聊齋志異

第四册

全本 全注 全译

蒲松龄 著

岳麓書社 · 长沙

目 录

卷十

卷十一

卷十二

卷十

王货郎

原文

济南业酒人某翁，遣子小二[1]如齐河[2]索贳价[3]。出西门，见兄阿大。时大死已久，二惊问："哥那得来？"答云："冥府一疑案，须弟一证之。"二作色怨讪[4]。大指后一人如皂[5]状者，曰："官役在此，我岂自由耶！"但引手招之，不觉从去，尽夜狂奔，至太山下。忽见官衙，方将并入，见群众纷出。皂拱问："事何如矣？"一人曰："勿须复入，结矣。"皂乃释令归。大忧弟无资斧[6]。皂思良久，即引二去，走二三十里，入村

译文

济南一个卖酒的老头，派他儿子小二去齐河讨赊酒钱。小二出了西门，看到哥哥阿大。当时阿大已经过世很久了，小二非常惊讶："哥，你怎么到这儿来了？"阿大答道："冥府有一桩疑案，要你走一趟去做证。"小二变了脸色，怨骂起阿大来。阿大指着他背后一个差役模样的人说："官差在这儿呢，我哪儿做得了主啊？"只是伸手招呼他，小二不由自主地跟着他走了。他们彻夜狂奔，跑到泰山脚下，忽然看到了官府的衙门，正要一块儿进去，却看见一群人接二连三走了出来。差役拱手问道："案子怎么样了？"有人答道："不用进去了，结案了。"差役便放了小二，让他回家。阿大担心小二没有路费。差役沉思许久，然后领着小二走了，走了二三十里地，到了某村某户人家的屋檐底下。差役嘱咐他："如果有人出来，你

至一家檐下，嘱云：“如有人出，便使相送；如其不肯，便道王货郎言之矣。”遂去。二冥然而僵[7]。既晓，第主[8]出，见人死门外，大骇。守移时微苏，扶入饵[9]之，始言里居，即求资送，主人难之，二如皂言。主人惊绝，急雇骑送之归。偿之，不受，问其故，亦不言，别而去。

就让他送你回家，他要是不肯，你就说是王货郎交代他办的。”说完就走了。小二便昏沉沉地倒在地上死了。天亮以后，屋主人出来，看到有人死在门外，吓了一大跳。等了一小会儿，见小二逐渐醒转过来，便扶他进屋，给了他一点吃的。小二这才告诉主人自己家住何处，并请主人给些盘缠送他回家。主人犯了难，小二见状，便把差役之前教他的话说了一遍。主人大惊失色，赶紧雇了车马送他回家。到家后，小二要还他钱，主人推辞不受，问他个中原因，他也不说，便告辞了。

注释　1 小二：山东方言，指次子。　2 齐河：今山东德州齐河县，东临济南。　3 贳(shì)价：赊欠的钱，此指赊酒钱。　4 怨讪(shàn)：怨骂。　5 皂：衙门的差役。　6 资斧：本指财物与器用，后多指旅费、盘缠。　7 僵：倒地死亡。　8 第主：宅院主人。第，宅第，宅舍。　9 饵：泛指食物。这里是给他吃饭的意思。

罢　龙[1]

原文

胶州[2]王侍御[3]出使琉球[4]。舟行海中，忽

译文

胶州王侍御奉命出使琉球国。船行海上，突然一条巨龙从云端落进海里，激

自云际堕一巨龙，激水高数丈。龙半浮半沉，仰其首，以舟承颔，睛半含，嗒然若丧[5]。阖舟大恐，停桡[6]不敢少动。舟人曰："此天上行雨之疲龙也。"王悬敕[7]于上，焚香共祝之。移时，悠然遂逝。舟方行，又一龙堕如前状。日凡三四。又逾日，舟人命多备白米，戒曰："去清水潭不远矣。如有所见，但糁[8]米于水，寂无哗。"俄至一处，水清澈底，下有群龙，五色，如盆如瓮，条条尽伏。有蜿蜒者，鳞鬣[9]爪牙，历历可数。众神魂俱丧，闭息含眸，不惟不敢窥，并不能动。惟舟人握米自撒。久之见海波深黑，始有呻者。因问掷米之故，答曰："龙畏蛆，恐入其甲。白米类

起了好几丈高的水。这龙一半浮在水面上，一半沉在水里头，脑袋抬着，下巴撑在船上，眼睛半张着，一副累得要死了的样子。全船人大为惊恐，停下划桨一动都不敢动。船夫说："这是天上负责布雨的疲龙啊。"王侍御便把圣旨挂在船上，焚香与全船人一同祈祷。不一会儿，那条龙便慢慢消失了。船才走了不远，又有一条龙掉了下来，和先前的状况一模一样。一天之内竟然掉了三四条龙下来。第二天，船夫让全船人多准备些白米，告诫大家："这里离清水潭不远了。到时如果大家看到什么东西，只管把米撒进水里就行，注意保持安静，千万不要喧哗。"一会儿，船行到一处地方，海水清澈见底，水下有一群龙，龙分五色，粗得像盆，大得像瓮，一条条都趴卧着。有几条龙蜿蜒盘曲，龙鳞、龙鬣、龙爪、龙牙，清晰可见。众人吓得魂飞魄散，都屏住呼吸，紧闭双眼，不仅不敢睁眼偷看，甚至怕得动也动不了。唯独船夫握起白米撒向水中。过了很久，见到海浪变得深黑不见底，才有人敢出声。于是问起船夫为什么要向海里撒米，船夫解释说："龙怕蛆虫，最怕被蛆钻进鳞甲。白米看上去和蛆很像，所以龙看到它就会一

蛆,故龙见辄伏,舟行其上,可无害也。”

直趴伏到水底,船在上面走,就能免受其害了。”

注释 1 罢龙:疲惫的龙。罢,通“疲”。 2 胶州:今胶州市,隶属山东省青岛市,地处山东半岛西南部,胶州湾西北岸。 3 王侍御:指王垓,字汉京,康熙二年(1663)奉旨出使琉球,撰有《使琉球记》,描述海上行旅的艰辛,及琉球国的风土人情。本篇的原型,即《使琉球记》所载海上遇龙事。侍御,清代指御史,负责纠察和弹劾的官员。 4 琉球:琉球国,康熙年间正式向清朝请求册封,光绪年间日本强令琉球停止对清政府的朝贡,并改用日本年号,后强行将琉球并入日本,废藩置县,设冲绳县,即今日本冲绳。 5 嗒(tà)然若丧:茫然若失,此处指极度疲惫。 6 桡(ráo):船桨。 7 敕:敕令,此处指皇帝的圣旨。 8 糁(sǎn):撒落。 9 鬣(liè):此处指龙颔旁的髻。

真 生

原文

长安士人贾子龙,偶过邻巷,见一客风度洒如[1],问之则真生,咸阳僦寓者[2]也。心慕之。明日往投刺[3],适值其亡。凡三谒皆不遇,乃阴使人窥其在舍而后过之。

译文

长安有个读书人贾子龙,一次偶然路过邻近的小巷,见到一位气度潇洒的客人,上前询问,对方说自己叫真生,咸阳人,在长安赁屋寓居。贾子龙心下倾慕。第二天他前去府上拜见,不巧真生正好出门去了。他接连三次前往求见,都没见着,便偷偷派人窥探他家,见到他在家了,才前去拜访他。真生跑到屋里躲起来不见客。贾子龙

真走避不出。贾搜之始出。促膝倾谈，大相知悦。贾就逆旅，遣僮行沽。真又善饮，能雅谑[4]，乐甚。酒欲尽，真搜箧出饮器，玉卮无当[5]，注杯酒其中，盎然[6]已满；以小盏挹取[7]入壶，并无少减。贾异之，坚求其术。真曰："我不愿相见者，君无他短，但贪心未净耳。此乃仙家隐术，何能相授？"贾曰："冤哉！我何贪？间萌奢想者，徒以贫耳！"一笑而散。由是往来无间，形骸尽忘[8]。每值乏窘，真辄出黑石一块，吹咒其上，以磨瓦砾，立刻化为白金，便以赠生，仅足所用，未尝赢余。贾每求益，真曰："我言君贪，如何，如何！"贾思明告必

把他从屋子里搜出来，真生这才出来相见。两人促膝长谈，都非常愉快，引为知交。贾子龙到了旅店，派了一个小仆人打了些酒来。真生酒量很好，而且擅长说风雅的笑话，两人很是开心。酒快喝完的时候，真生从竹箱里翻出一个酒器来，是一个没有底的玉酒杯，真生往这个玉杯里倒了一杯酒，一下子就满了；用小酒杯把玉杯里的酒舀到酒壶里，玉杯里的酒也未减少。贾子龙对此觉得很神奇，坚持求真生把这门法术传授给他。真生说："我先前之所以不想见你，就是因为你没有别的缺点，只是贪心没除干净啊。况且这是仙家秘术，怎能轻易传授于人？"贾子龙说："冤枉啊！我哪里贪心了？就算我偶然萌生些奢侈的想法，也只是因为我穷罢了！"两人欢笑而散。自此以后两人常有往来，亲密无间，毫无拘束。每到贾子龙缺钱困窘的时候，真生便掏出一块黑石头，对着它吹气念咒，然后拿这石头去磨瓦砾，瓦砾便立刻化作白花花的银子，真生便把这些银子送给贾子龙，银子的分量刚好够花，从来不会有剩余。贾子龙每每请求真生多给一些，真生便说："我就说你贪心吧，怎么样，怎么样！"贾子龙心想，跟他明说肯定是要不到多的银子

不可得,将乘其醉睡,窃石而要之。一日,饮既卧,贾潜起,搜诸衣底。真觉之,曰:“子真丧心,不可处矣!”遂辞别,移居而去。

了,便想要趁他醉卧酣睡以后,把黑石头偷走,以此为筹码来要挟他。某天,两人喝完酒睡下后,贾子龙便偷偷爬起来,伸手在真生的衣服底下摸寻。真生察觉,说道:“你真是丧心病狂,我不能跟你再相处了!”于是真生辞别贾子龙,搬到别处去住了。

注释 1 洒如:潇洒脱俗的样子。 2 咸阳僦寓者:赁屋居住的咸阳人。咸阳,即今陕西咸阳。僦,租赁。 3 投刺:递上名帖以求相见。刺,名帖。 4 雅谑:格调高雅的玩笑。 5 玉卮(zhī)无当:无底的玉酒杯。卮,一种酒杯。当,底。 6 盎(àng)然:充满的样子。 7 挹取:舀,把液体盛出来。 8 形骸尽忘:指关系亲密,无拘无束。

后年余,贾游河干[1],见一石莹洁,绝类真生物。拾之,珍藏若宝。过数日,真忽至,瞻然[2]若有所失。贾慰问之,真曰:“君前所见,乃仙人点金石也。曩从抱真子[3]游,彼怜我介[4],以此相贻。醉后失去,隐卜当在君所。如有还带之恩[5],不敢忘报。”贾笑曰:“仆生平不敢欺友朋,诚如所卜。但

过了一年多,贾子龙在河边游玩,看到一块石头莹润光洁,和真生那块黑石头非常像。他便捡了起来,当作宝贝珍藏着。几天后,真生突然来访,神情恍惚,若有所失。贾子龙便安慰他,问他怎么回事,真生道:“你之前看到的那块石头,是仙人的点金石。我之前跟随抱真子游学的时候,他欣赏我的正直耿介,把这块石头送给了我。我之前一次喝醉了,把这块石头给丢了,暗自占卜,算到它应该在你这里。你如果能把此物归还给我,我绝不敢忘恩不报。”贾子龙笑笑说:“我平生从来不敢欺骗朋友,你算得不错,那块石头是在我这

知管仲之贫者，莫如鲍叔[6]，君且奈何？”真请以百金为赠。贾曰：“百金非少，但授我口诀，一亲试之无憾矣。”真恐其寡信。贾曰：“君自仙人，岂不知贾某宁失信于朋友者哉！”真授其诀。贾顾砌上有巨石，将试之。真掣其肘，不听前。贾乃俯掬半砖置砧[7]上，曰：“若此者非多耶？”真乃听之。贾不磨砖而磨砧。真变色欲与争，而砧已化为浑金。反石于真。真叹曰：“业如此，复何言。然妄以福禄加人，必遭天谴。如逭[8]我罪，施材[9]百具、絮衣百领，肯之乎？”贾曰：“仆所以欲得钱者，原非欲窖藏之也。君尚视我为守钱卤[10]耶？”真喜而去。

里。但是知道管仲有多贫穷的，莫过于他的好朋友鲍叔，你打算做点什么？”真生提出送给贾子龙一百两银子。贾子龙说：“一百两银子是不少了，但是你如果把口诀传授给我，让我亲自试一试，也是了却我的一件憾事了。”真生怕他言而无信。贾子龙道：“你是仙人，难道还不知道我贾某人从来不肯失信于朋友吗！”真生便把口诀传给了他。贾子龙看到石阶上有块大石头，想用那块石头试一试。真生扯住他的胳膊，不让他上前。贾子龙便弯下腰捡起半块砖头放在大石砧上，说：“这么大一块，不多吧？”真生于是同意了。结果贾子龙不去磨那块砖，反而磨起了大石砧。真生变了脸色，正要上前抢下来，可是大石砧已经化成整块大银子了。贾子龙把石头还给真生。真生长叹：“事已至此，说什么也没用了。只是我随便赐予他人福禄，一定会遭天谴。你如果愿意帮我免除我的罪孽，就请你施舍一百具棺材和一百件棉衣，行吗？”贾子龙说：“我要这么多钱，本来就不是扔进地窖里藏着掖着的。你难道还当我是个守财奴吗？”真生听了这话高兴地离开了。

注释 1 河干：河岸，河边。 2 瞒然：形容失意的样子。 3 抱真子：传说中仙人名。 4 介：耿介，有节操。 5 还带之恩：指归还他人遗失的珍贵物品的恩德。唐丁用晦《芝田录》载有裴度还带一事：唐裴度一日游香山寺。有一妇人借得三条玉带、一条犀带，准备贿赂权贵，营救获罪的父亲，结果遗失寺中。裴度得而还之。后以“还带”表示归还珍贵的失物。 6 鲍叔：字叔牙，春秋齐国人。《史记·管晏列传》：“管仲曰：‘吾始困时，尝与鲍叔贾，分财利多自与，鲍叔不以我为贪，知我贫也。’” 7 砧：捣衣石。此处指垫在砖下的石头。 8 逭(huàn)：免除。此意为使免除。 9 材：棺材。 10 守钱卤：即守财奴。

贾得金，且施且贾[1]，不三年，施数已满。真忽至，握手曰：“君信义人也！别后被福神奏帝，削去仙籍。蒙君博施，今以功德消罪。愿勉之，勿替[2]也。”贾问真：“系天上何曹[3]？”曰：“我乃有道之狐耳，出身綦微[4]，不堪孽累，故生平自爱，一毫不敢妄作。”贾为设酒，遂与欢饮如初。贾至九十余，狐犹时至其家。

贾子龙得到银子，便一边施舍救济一边做买卖，不到三年，先前答应真生的施舍数已经满了。某天真生忽然来了，握住贾子龙的手说：“你真是讲信义的人啊！上次辞别后，我被福神告到天帝那里，被剥夺了仙籍。多亏你广为布施，我现在才以此功德抵罪。希望你继续努力，不要停下啊。”贾子龙问真生：“你在天上当什么官？”真生答道：“我是得道成仙的狐狸，因为出身卑微，不能承受罪孽，所以素来自重自爱，不敢有丝毫妄为。”贾子龙摆下酒席招待他，两人便像从前一样欢畅地喝起酒来。直到贾子龙活到了九十多岁，这狐仙还经常到他家拜访。

注释　1 贾(gǔ):经商。　2 替:停止;断绝。　3 曹:古时分科办事的官署。　4 綦(qí)微:极其低微。綦,极其,非常。

长山某卖解砒药,即垂危,灌之无不活。然秘其方,不传人。一日以株累被逮。妻弟饷狱食,隐置砒霜。坐待食已,乃告之,不信。少顷,腹中溃动,始大惊,骂曰:“畜生!速向城中物色薜荔爪[1]为末,清水一盏,将来!”妻弟如言。觅至,某已呕泻欲死,急服之,立刻而愈。其方始传。此亦犹狐之秘其石也。

长山有个卖砒霜解药的,哪怕中毒者生命垂危,只要灌下他的药,没有救不活的。但是他秘藏药方,从不传给任何人。某次他遭受株连牵累,被捕入狱。他的小舅子到牢里给他送饭,偷偷在饭里放了砒霜。小舅子坐等他吃完饭,才告诉他饭里掺了砒霜,这人不信。没多久他感到腹中剧痛,这才大惊失色,骂道:“你个畜生!赶紧到城里买薜荔爪捣成粉末,再拿清水一碗,快点弄来!”小舅子照办了。东西拿来以后,此人已经上吐下泻,差点没命了,急忙服下解药,一下子就好了。这个解毒的药方这才流传开来。这和狐仙秘藏他的点金石也是一样的道理。

注释　1 薜荔爪:未详,盖指薜荔之叶或花。薜荔,别称木莲,桑科榕属,常绿攀缘性灌木藤本植物,我国华东、华南、西南等地区均有种植。其藤叶可作药用。

布 商

原文

布商某至青州[1]境,偶入废寺,见其院宇零落,叹悼不已。僧在侧曰:“今如有善信[2],暂起山门,亦佛面之光。”客慨然自任。僧喜,邀入方丈,款待殷勤。僧又举内外殿阁,并请装修。客辞不能。僧固强之,词色悍怒。客惧,请倾囊倒装,悉以授僧。欲出,僧止之曰:“君竭资实非所愿,得毋甘心于我乎[3]?不如先之。”遂握刀相向。客哀求切,不听。请自经[4],许之。逼置暗室,且迫促之。适有防海将军经寺外,遥自缺墙外望见一红裳女子入僧舍,疑之。下马入寺,遍搜不得。至暗室所,

译文

有个卖布的商人来到青州境内,偶然走进一座废弃的寺庙,看到寺院凋敝破败,不禁感慨哀叹。旁边一个僧人说:“你如果诚心向佛,便只是给小庙建个山门,也会给我佛门增光。”商人爽快地答应了。僧人大喜,把布商请入居室,殷勤款待。之后僧人又列举寺庙内外殿堂楼阁,请求布商一并出资装修。布商以财力不足为由,推辞了。僧人语气转为强硬,神色变得恼怒,坚决要求布商出资修缮。布商害怕了,把所有财物都拿出来,全部交给了僧人。正打算交完钱就溜的时候,僧人拦住他:“你竭尽财物给我,并非出于自愿,怕不是回头还要杀我而后快吧?那我不如先下手为强!”于是握着刀便逼上前去。布商苦苦哀求,僧人还是不肯放过他。布商只好请求自己上吊,僧人同意了。僧人把他逼进密室,催他赶紧自行了断。恰好这时有位防海将军打寺院外头经过,从院墙的缺口处远远望见有个红衣女子走进僧人的居舍,便起了疑心。将军下马走进寺庙,把庙里都搜遍了,也没找着个人。

严扃双扉，僧不肯开，托有妖异。将军怒，斩关[5]入，则见客缢梁上。救之，复苏，诘得其情。又械问僧女子所在，实为乌有，盖神佛现化[6]也。杀僧，财物仍以归客。客重募修庙宇，从此香火大盛。赵孝廉丰原[7]言之最悉。

搜到密室门口，看到双门紧闭，僧人谎称密室里有妖怪，不肯开门。将军大怒，破门而入，只见布商吊在房梁上。将军把他救了下来，布商醒来以后，将军向他问明了事情经过。接着又给僧人上刑，问他红衣女子在哪里，然而事实上没有什么红衣女子，大概是神佛显灵的化身吧。将军杀了僧人，并把财物原样还给了布商。布商加倍出资，修缮庙宇，从此以后寺庙香火大盛。这件事情，可以问赵丰原孝廉，他知道得最清楚。

注释 **1** 青州：府名。治今青州市，山东省辖县级市，由潍坊市代管。 **2** 善信：对宗教的虔诚信仰。 **3** 得毋甘心于我乎：怕不是要杀我而后快吧？甘心，称心，快意。 **4** 自经：上吊自杀。 **5** 斩关：破门。关，指门闩。 **6** 现化：佛教所称佛或菩萨在人间显现的化身。 **7** 赵孝廉丰原：赵丰原，字于京，号香坡，又号客亭，历城人，官至河南府知府。

彭二挣

原文

禹城[1]韩公甫言：与邑人彭二挣并行于途，忽回首不见之，惟空蹇[2]随行。但闻号救

译文

禹城韩公甫自称：之前曾和同乡的彭二挣一块儿出门，正走着，一回头就不见彭二挣的人影了，只有那头驴还在跟着走。只听得有人急切地喊救命，仔细听才

甚急,细听则在被囊[3]中。近视囊内累然,虽偏重,不得堕。欲出之,而囊口缝纫甚密;以刀断线,始见彭犬卧[4]其中。出而问之,亦不自知其何以入。盖其家有狐为祟,乃狐之所为也。

发现声音是从装行李的布口袋里发出来的。靠近再看那布袋,里面鼓鼓囊囊的,虽然重得偏在驴背的一边,但又不掉下来。正要把布袋打开,却发现袋口缝得非常紧密,用刀把缝线割开,这才看到彭二挣像条狗一样蜷卧在口袋里。把他拉出来,问他怎么回事,他自己也不知道自己是怎么进去的。大概他家有妖狐作祟,这次的事也是那妖狐干的。

注释　1 禹城:地处山东省西北部,明清属济南府,山东省德州市下辖县级市。　2 蹇:跛脚,后多指驽马或驴子。　3 被囊:放置被褥衣物的行李袋。北方风俗以之搭于驴背。　4 犬卧:像犬一样蜷伏。

何　仙

原文

长山[1]王公子瑞亭,能以乩卜[2]。乩神自称何仙,乃纯阳[3]弟子,或云是吕祖所跨鹤云。每降辄与人论文作诗。李太史质君[4]师事之,丹黄课艺[5],理绪明切。太史揣摹成[6],

译文

长山的王瑞亭公子会扶乩占卜。降乩的神明自称何仙,是吕洞宾的弟子,也有人说是吕洞宾所驾的鹤。何仙每次降临,都会与人谈论文章,写作诗篇。太史李质君拜他为师,品评文章研读制艺之事,何仙说得有条有理清晰晓畅。太史能成功登科,何仙出力不少,

何仙力居多焉,故文学士多皈依之。每为人决疑难事,多凭理,不甚言休咎。辛未[7],朱文宗案临济南[8]。试后,诸友请决等第。何仙索试艺,悉月旦[9]之。有乐陵[10]李忭,乃好学深思之士,其相好友在座,出其文代为之请。乩批云:“一等。”少间,又批云:“适评李生,据文为断。然此生运气大晦,应犯夏楚[11]。异哉!文与数适不相符,岂文宗不论文耶?诸公少待,试往探之。”

因此许多士子举人都依附他。但是何仙帮人解答疑难的时候,大多从事理出发,不太言及吉凶祸福。辛未年间,朱文宗到济南主试科考。考试结束以后,考生们请何仙评判文章的等第。何仙便讨来大家的试卷,逐篇加以评判。有一位乐陵人李忭,是一位好学深思的士人,他有位好友在席间,拿出李忭的文章,替他请何仙评判。何仙降乩评道:“一等。”不一会儿,又写道:“适才我评判李生的文章,是以文章本身的水平判定的。但是他运气实在太差,命定了会有岁考四等的遭遇。真是怪了!文章与命数恰恰不合,难道文宗不阅卷的吗?各位稍等片刻,容我去看看。”

注释 **1** 长山:旧县名。治所在今山东邹平市境东长山镇,明代属济南府。 **2** 乩(jī)卜:扶乩。中国古代的一种巫术。由二人扶一木架,架设木锥,下设沙盘依法“请神”,木锥在沙盘上写下字迹,即为神明的旨意。 **3** 纯阳:指吕洞宾,号纯阳子。道教全真道尊为北五祖之一,故称“吕祖”。 **4** 李太史质君:李质君,名斯义,号静庵,康熙二十七年(1688)进士,官至福建巡抚。 **5** 丹黄课艺:评改课试之制艺。丹黄,指点校书籍。因点校时用朱笔书写,改错时用雌黄涂抹,故名。后世评改八股文,圈赞用朱,删改用黄,此处即指评改八股文。课艺,指制艺或研读制艺,即写作或研读八股文。 **6** 揣摹成:此处指考中进士,入翰林。揣摹,研究琢磨。 **7** 辛未:康熙三十年(1691)。 **8** 朱文宗案临济南:

朱文宗到济南主试科考。朱文宗,名雯,字复思,石门人,康熙三十年任山东省提学道,三十三年(1694)离职。文宗,明清时称提学、学政为“文宗”。案临,莅临查考。 **9** 月旦:品评。 **10** 乐陵:在今山东德州,清代属武定府。 **11** 犯夏(jiǎ)楚:清初岁考用六等黜陟法,考四等者,除去廪生资格,增、附、青、社俱扑责(即杖责),不许科考,乡试年只准录遗,因此称岁考四等为“犯夏楚”。夏楚,同“榎楚”。用榎木、荆条做成的鞭扑之具,用于责罚。

少顷,又书云:“适至提学署中,见文宗公事旁午[1],所焦虑者殊不在文也。一切置之幕客[2],客六七人,粟生、例监[3]都在其中,前生全无根气[4],大半饿鬼道[5]中游魂,乞食于四方者也。曾在黑暗狱中八百年,损其目之精气,如人久在洞中,乍出则天地异色,无正明也。中有一二为人身所化者,阅卷分曹[6],恐不能适相值耳。”众问挽回之术,书云:“其术至实,人所共晓,何必问?”

不一会儿,又写道:“刚才我到提学署中,看到文宗忙于公务,工作重点并不在考试文章上。所有科考事务都交给幕客处理,幕客大概六七人,其中颇有些花钱买得功名的廪生和监生,这些人前世毫无禀赋,大半是饿鬼道的游魂,四方乞讨的饿鬼。他们曾经在黑暗地狱里待了八百年,损耗了眼睛的精气,就像人长期躲在洞穴里,突然出洞,肯定会觉得天地都变了颜色,失去了正常的视力。幕客中有一二人是前生人身转世,但是评判试卷是分开进行的,恐怕不能正好让他们判到李生的试卷。”众人求问挽回的方法,何仙写道:“这个方法再明白不过,大家都是知道的,何必问我呢?”

注释 1 旁午:繁杂。 2 幕客:官员手下的师爷、幕僚等辈。 3 粟生、例监:通过捐纳银钱可得的名号。粟生,即廪生,因其岁发廪饩银两或粮食而得名。例监,明清时代以捐纳取得资格的监生。 4 根气:犹根基,指禀赋。 5 饿鬼道:佛教迷信谓人生死轮回的六道之一。 6 分曹:清制,考务官员分内帘官和外帘官。头场考试结束后,试卷由外帘封送内帘,正、副主考按房签、卷签分送各房官,然后依例主考同考官校阅试卷,是谓"分曹",房官取中意者,加以圈评,向主考推荐。

众会其意,以告李。李惧,以文质孙太史子未[1],且诉以兆。太史赞其文,为解其惑。李心益壮,乩语不复置怀。案发,竟居四等。太史大骇,取其文复阅之,殊无疵摘。评云:"石门公祖[2]素有文名,必不悠谬[3]至此。此必幕中醉汉,不识句读者所为。"于是众益服何仙之神,共焚香祝谢之。乩又批云:"李生勿以暂时之屈,遂怀惭怍。当多写试卷,益暴[4]之,明岁可得优等。"李如言布之。久而署中亦闻,

众人领会了何仙的意思,告诉了李忭。李忭很害怕,把文章交给太史孙子未请他品评,并告诉他扶乩的内容。太史称赞了他的文章,让他打消心中的疑虑。李忭因此壮了胆子,不把乩语的内容放在心上了。发榜以后,李忭的文章竟然真的居于四等。太史感到震惊,把他的文章拿来再评阅了一遍,确实没有任何瑕疵。于是他写下评语:"石门公祖素来享有善于作文章的名声,一定不会荒唐到这种程度。这肯定是幕客中哪个不懂文章的醉汉干的好事。"众人因此更加佩服何仙的神明,一起焚香祷告致谢。何仙又降乩写道:"李生也不要因为一时受到委屈,内心就觉得惭愧。应当多写试卷文章,发布出去让更多人读到,明年肯定能拿优等。"李忭听了何仙的话,多写文章多加发布。久而久之,提学署中也听说了李忭的遭遇,因此

悬牌特慰之。次岁果列前名。其灵应如此。

挂牌特意宽慰他。次年考试，李忭果然名列前茅。何仙就是这么灵验。

注释 **1** 孙太史子未：孙子未，名勷(ráng)，字子未，号莪山，又号诚斋。康熙二十四年(1685)进士，改庶吉士，授检讨。官至大理寺少卿，终于通政司参议。著有《鹤侣斋集》。 **2** 公祖：明清时士绅对知府以上地方官的尊称。"提学"为省级官员，故亦称之。 **3** 悠谬：犹荒谬，荒诞无稽。 **4** 暴(pù)：晒，此处指公布。

异史氏曰："幕中多此辈客，无怪京都丑妇巷中，至夕无闲床也。"

异史氏说："提学署的幕客中这样的人多的是，怪不得京城的丑妇巷里，到晚上都没有空闲的床位呢。"

牛同人

原文

（上缺）牛过父室[1]，则翁卧床上未醒，以此知为狐。怒曰："狐可忍也，胡败我伦[2]！关圣号为'伏魔'[3]，今何在？而任此类横行！"因作表上玉帝，内微诉关帝之不职。久之，忽闻空中喊嘶声，则关帝

译文

牛同人经过父亲的卧室，看到父亲躺在床上还没醒来，知道是妖狐干的坏事。于是他生气地说："是可忍孰不可忍，这妖狐为何要败坏我家人伦！关圣号称'伏魔大帝'，如今他又在何处？竟然放任这类妖物横行于世！"因而作表上呈玉帝，表中隐晦地指责关帝失职。过了一段时日，忽然听到空中马嘶人喊之声，原来是关帝驾到。关帝一见牛同人就生气地大声呵

也。怒叱曰:“书生何得无礼!我岂专掌为汝家驱狐耶?若禀诉不行,咎怨何辞矣。”即令杖牛二十,股肉几脱。少间,有黑面将军[4]缚一狐至,牵之而去,其怪遂绝。

斥道:“你这书生怎么如此无礼!我关帝难道是专门为你一家驱赶妖狐的吗?如果你的控告申诉没有得到反馈,届时我被归罪和埋怨,自然不推脱。”当即下令杖责牛同人二十下,打得他大腿皮开肉绽,几乎脱落。不一会儿,有一个黑脸的将军绑来一只妖狐,把它牵走了,牛家的怪事从此再也没有发生过。

注释 1 牛过父室:此句以上残缺。篇名依据稿本存目《牛同人》补录。 2 胡败我伦:为什么败坏我家人伦!胡,何。伦,伦常,封建时代的伦理道德。 3 关圣号为“伏魔”:明万历三十三年(1605),关羽被加封为“三界伏魔大帝神威远震天尊关圣帝君”。 4 黑面将军:当指传说中关羽的部将周仓。

后三年,济南游击[1]女为狐所惑,百术不能遣。狐语女曰:“我生平所畏惟牛同人而已。”游击亦不知牛何里,无可物色。适提学按临,牛赴试,在省偶被营兵迕辱[2],忿诉游击之门。游击一闻其名,不胜惊喜,伛偻甚恭,立捉兵至,捆责尽法。

三年以后,济南府游击将军的女儿被妖狐迷惑,各种法术都无法驱逐妖狐。妖狐告诉女子说:“我平生唯一害怕的就是牛同人。”游击将军也不知道牛同人是哪里人氏,找也没处找去。适逢提学使来到济南主持科考,牛同人前来应试,在省府偶然被绿营兵欺侮,便来到游击将军的衙署告状。游击将军一听说来者的名字,不禁大喜,对他非常客气恭敬,立即下令捉拿那个欺负他的营兵,依照军法捆绑责打。惩罚了那个营兵以后,将军便把实情

已，乃实告以情。牛不得已，为之呈告关帝。俄顷，见金甲神降于其家。狐方在室，颜猝变，现形如犬，绕屋嗥窜。旋出，自投阶下。神言：“前帝不忍诛，今再犯，不赦矣！”縶系马颈而去。

告诉了他。牛同人不得已，把这件事奏呈关帝。片刻后，只见金甲神人降临游击将军家中。妖狐此时正在女儿的卧室里，见到金甲神人，当时脸色大变，现出原形，如同一条狗，绕着屋里一边嗥叫一边乱窜。没多久妖狐跑出房子，自己跪在台阶下。金甲神人怒喝：“先前关帝不忍心杀你，现在你又出来犯事，真是罪无可赦！”于是把妖狐绑在马颈下带走了。

注释 **1** 游击：官名。清代绿营兵统兵官，职位次于参将。 **2** 迕(wǔ)辱：欺侮。

神　女

原文

米生，闽[1]人。偶入郡，饮醉过市，闻高门中有箫声。询知为开寿筵者，然门庭殊清寂。醉中雅爱笙歌，因就街头写晚生刺[2]，封祝寿仪[3]投焉。人问：“君系此翁何亲？”米云：“并非。”

译文

米生是福建人。某天他到郡里去，醉酒以后经过集市，听到高门之中有箫声。他向附近的人打听，得知是有人家在开祝寿筵席，但是这家门前却冷冷清清。米生醉中非常喜欢奏乐唱歌之声，于是当街写下名刺，自称晚辈，缄封以后与祝寿的贺礼一同投递了进去。旁人问道：“您是这家老爷的什么亲戚？”米生答道：“并不是亲戚。”

人又云："此流寓[4]于此，不审何官，甚属骄倨。既非亲属，又将何求？"生悔之，而刺已投矣。

旁人便又说："这家人是从外地来此定居的，不知道是什么大官，非常骄横傲慢。既然你不是他家亲戚，又指望求他什么呢？"米生很是后悔，但是名刺已经递进去了。

注释 1 闽：福建省的简称。 2 晚生刺：自称晚生的名帖。晚生，旧时后辈对前辈的谦称。 3 仪：此处指贺礼。 4 流寓：侨居，指从外地来本地定居。

未几，两少年出迎，华裳眩目，丰采都雅[1]，揖生入。见一叟南向坐，东西列数筵，客六七人，皆似贵胄。见生至，俱起为礼，叟亦杖而起。生久立，待与周旋[2]，叟殊不离席。两少年致词曰："家君衰迈，起拜良难，予兄弟代谢高贤之枉驾也。"生逊谢。遂增一筵于上，与叟接席。未几，女乐作于下。座后设琉璃屏，以幛内眷。鼓吹大作，座客无哗。筵将终，两少年起，各以巨杯劝客，

不一会儿，两位少年出来迎接，衣着华美炫目，举止端庄优雅，两人向米生作揖并引他入内。米生进门以后看到一位老翁南向而坐，东西两边陈设着几桌筵席，宾客有六七人，看上去都是达官贵人。众宾客看到米生入内，都起身致礼，老人也拄杖起立。米生原地站了许久，等着要与老人还礼，老人却一直不离席。两位少年解释道："家父老迈衰弱，起身答礼确实很艰难，我们兄弟二人替家父答谢您的屈尊驾临。"米生谦恭地还了礼。于是堂上又增设了一桌筵席，与老翁那桌紧挨着。过了一会儿，堂下演起了女乐。座席后面设有琉璃屏风，挡住了女眷。鼓乐吹奏之声大作，座中宾客因而都不出声了。筵席到尾声时，两位少年起身，各持一大杯向客人劝酒，杯子

杯可容三斗。生有难色,然见客受,亦受。顷刻四顾,主客尽釂,生不得已,亦强尽之。少年复斟,生觉惫甚,起而告退。少年强挽其裾。生大醉踢[3]地,但觉有人以冷水洒面,恍然若寤。起视,宾客尽散,惟一少年捉臂送之,遂别而归。后再过其门,则已迁去矣。

大得一次可以装下三斗酒。米生面有难色,但是看到宾客都接受了劝酒,自己也只好接受。当时米生四下张望,发现主客双方都一饮而尽,米生不得已,也勉强干了。两位少年又来斟酒,米生觉得非常疲惫,便起身告退。少年强拉他的衣襟。米生大醉,跌倒在地上,只觉得有人用冷水泼自己的脸,迷迷糊糊好像醒过来了。起身一看,宾客们都离开了,只有一位少年扶着他的手臂将他送出门外,米生于是告辞回家了。后来再经过这家人门前时,得知他们已经搬走了。

注释 1 丰采都雅:举止端庄优雅。丰采,指端庄的举止。都雅,美好娴雅。 2 周旋:此处指古人行礼时进退揖让的礼仪。 3 踢(dàng):跌倒。

自郡归,偶适市,一人自肆中出,招之饮。并不识,姑从之入,则座上先有里人鲍庄在焉。问其人,乃诸姓,市中磨镜者也。问:“何相识?”曰:“前日上寿者,君识之否?”生曰:“不识。”诸曰:“予

米生从郡中回来以后,偶然路过集市,有一个人从酒馆中出来,招呼米生一起喝酒。米生并不认识这个人,姑且跟他进去,进门看到同乡的鲍庄已经在席间了。米生问鲍庄招呼他进来的人是谁,鲍庄说这人姓诸,是集市里磨镜子的。米生问诸某:“您怎么会认识我呢?”诸某道:“之前去拜寿的人,您认识吗?”米生说:“不认识。”诸某说:“我经常出入他家,对他家的情况再

出入其门最稔。翁，傅姓，不知其何籍、何官。先生上寿时，我方在墀下[1]，故识之也。”日暮饮散。鲍庄夜死于途。鲍父不识诸，执名讼生。检得鲍庄体有重伤，生以谋杀论死，备历械梏[2]。以诸未获，罪无申证[3]，颂系[4]之。年余，直指[5]巡方，廉[6]知其冤，释之。

熟悉不过了。这位老人家姓傅，不知道哪里人氏、什么官职。先生您去给他拜寿的时候，我就坐在堂下，所以认得您。”他们喝到黄昏才各自离开。当晚，鲍庄在路上死了。鲍庄的父亲不认识诸某，便写了诉状告了米生。经过验尸，发现鲍庄身上受过重伤，米生因此以谋杀定罪，判处死刑，并饱受拷打刑讯。因为诸某未能抓获，没有明确证据证明鲍庄系米生所杀，于是将米生去除刑具另行关押。一年多以后，巡按御史视察来此，查明米生的冤情，便将他释放了。

注释 1 墀(chí)下：即堂下或台阶下。墀，堂上经过涂饰的地面，也泛指台阶上方的空地。 2 械梏(gù)：都指刑具。此处指刑讯拷打。 3 申证：明证。申，明白。 4 颂(róng)系：关押在狱，不加刑具。颂，古容字，宽容。 5 直指：汉武帝时朝廷设置的专管巡视、处理各地政事的官员。也称“直指使者”，因出巡时穿着绣衣，故又称“绣衣直指”，或称“直指绣衣使者”。明清时指巡按御史。 6 廉：考察，查访。

家中田产荡尽，衣巾革褫[1]。冀其可以辨复[2]，于是携囊入郡。日将暮，休憩路侧。遥见小车来，二青衣夹随之。既过，忽命停舆，

米生出狱后，家中田产荡然已尽，自己的功名也被革除了。米生指望能通过申诉恢复功名，所以背着行囊到郡里去。这天赶路到了快黄昏的时候，便在路边停下歇息。远远看见有小车前来，两位青衣人左右跟随。经过米生身边时，车中人

车中命一青衣问生:“君非米姓乎?”生曰:“诺。”问:“何贫窭[3]若此?”生告以故。问:“安往?”又告之。青衣向车中语,复返,请生至车前。车中以纤手搴帘,微睨之,乃绝代佳人也。谓生曰:“君不幸得无妄之祸,甚为太息。今日学使署非白手可以出入者,途中无可为赠……”乃于髻上摘珠花一朵授生,曰:“此物可鬻百金,请缄藏之。”生下拜,欲问官阀,车发已远,不解何人。执花悬想,上缀明珠,非凡物也。珍藏而行。至郡投状,上下勒索甚苦,生又不忍货花,遂归依于兄嫂。幸兄贤,为之经纪,贫不废读。

忽然下令停车,并命其中一位青衣人问米生:“请问您是姓米吗?”米生说:“正是。”又问:“为何贫苦到这个地步?”米生把原因告诉了对方。又问:“您往何处去?”米生把自己的打算告诉了对方。青衣人向车中人一一转述了,然后又走回来,请米生到车前说话。车中人用柔细的手揭开了车帘,米生微微往车内一看,发现是一位绝代佳人。这位佳人对米生说:“先生不幸遭到这种无妄之灾,真是令人叹息。现在的学使衙署也不是两手空空就能进的,路途之中没有准备什么可以作为赠礼的……”说着便从发髻上摘下一朵珠花赠给米生,说道:“这件东西可以卖一百两银子,请妥善保存。”米生下拜答谢,刚想问女子家中的官阶门第时,车已经远去了,不知道车中那位到底是什么人。米生手持珠花暗自思量,珠花上缀着一颗明珠,不是普通的饰品。他将珠花仔细收好,继续前行。到郡中投递申诉状,上下官吏对他苦苦勒索,米生又不忍心把珠花变卖掉,于是回来寄居在兄嫂家中。幸而兄长贤良,帮米生打理生活,尽管米生贫困,却始终读书不辍。

注释 1 衣巾革褫(chǐ):指革除功名。旧时生员犯罪,先由学官报请革除功名,然后才能下令逮捕。 2 辨复:革除功名的生员,经辨明无罪,恢复功名,称“辩复”。 3 贫窭(jù):贫困。

过岁,赴郡应试,误入深山。时值清明,游人甚众。有数女骑来,内一女郎,即向年车中人也。见生停骖[1],问:“何往?”生具对。女惊曰:“君衣顶[2]尚未复耶?”生惨然于衣下出珠花,曰:“不忍弃此,故未复也。”女郎晕红上颊,嘱云:“且坐待路隅。”款段[3]而去。久之,一婢驰马来,以裹物授生,曰:“娘子说,如今学使之门如市[4],赠白金二百,为进取[5]之资。”生辞曰:“娘子惠我多矣!自分掇芹[6]不难,重赐所不敢受。但告以姓名,绘一小像,焚香供之,足矣。”婢不顾,委金于地,上马而去。生得

过了一年,米生到郡中参加考试,却不小心走入深山。当时正值清明,游人颇多。有数名女子骑马前来,其中一位女郎,便是当年的车中人。女郎见到米生便停下马,问:“您往何处去?”米生如实回答了。女郎惊问:“您的功名还没有恢复吗?”米生心中难过,从衣服里取出珠花,说:“我不忍心抛弃此物,所以至今还没有恢复功名。”女郎脸颊显出红晕,嘱咐米生道:“先在路边坐着等一下。”缓缓地骑着马走了。过了许久,一位婢女骑着快马前来,把一个包裹交给米生,说:“我们娘子说了,如今学使衙署门庭若市,特赠先生二百两白银,作为进取功名的资金。”米生推辞道:“娘子给我的恩惠实在太多了!小生自认为考取秀才还是不难的,这么厚重的惠赐真的不敢接受。只要娘子可以告知芳名,让小生绘一张小像,焚香供奉,就足够了。”婢女不管他说的话,把银子扔在地上,骑上马就离开了。米生得到这笔钱,终究还是不屑拉

金,终不屑夤缘[7]。后入邑庠第一,乃以金授兄。兄善行运,三年旧业尽复。适有巡抚于闽者乃生祖门人,优恤甚厚。然生素清鲠[8],虽属通家,不肯少有干谒[9]。

关系走后门。后来他考了郡学的第一,便把这笔钱交给了兄长。兄长很会做生意,三年以后,原先的家业全部恢复了。恰逢此时在福建当巡抚的是米生祖上的门人,对米生厚加优待抚恤。但米生素来清正耿直,虽然与对方是世交,但也不愿意上门请托。

注释 1 停骖(cān):此谓停马。骖,本指一车三马中的边马。 2 衣顶:此指生员冠服,代指生员资格。 3 款段:缓缓。 4 如市:如同贸易的场所;隐指学使之门贿赂公行。 5 进取:努力争取;此指"辨复"功名,努力上进。 6 掇芹:指考取秀才。 7 夤(yín)缘:攀附以升,喻攀附权要,以求仕进。此指贿赂学使,准予辨复。 8 清鲠:清正耿直,不苟随俗。 9 干谒:指为某种目的而求见,此处指请托。

一日有客裘马[1]至门,家人不识。出视,则傅公子也。揖入,各道间阔[2]。治具相款,肴酒既陈,公子起而请间[3]。相将入内,公子拜伏于地。生惊问故,则怆然曰:"家君适罹[4]大祸,欲有求于抚台,非兄不可!"生力辞曰:"渠[5]虽世谊,而以私干[6]人,生平从不为也。"

某天,有客人衣裘乘马来到米生家门前,家里人不认识来客。米生出来一看,原来是傅家公子。米生行礼请他进来,二人互相寒暄。米生设宴招待客人,酒菜上桌以后,公子起身请求私下里谈话。米生把他带入室内,公子拜倒在地。米生大惊,问他怎么了,傅公子沉痛地说:"家父近来遭遇大祸,有事相求于抚台大人,这件事非仁兄去办不可!"米生极力推辞说:"虽然他们家与我们家是世交,但是因为个人私事去求见他人,在下

公子伏地哀泣。生厉色曰:“小生与公子,一饮之知交耳,何遂以丧节[7]强人!”公子大惭,起而别去。

平生从来不会做这种事。”公子跪在地上痛哭流涕。米生怒形于色,说道:“小生与公子,不过是喝过一次酒的朋友而已,怎么能拿这种让人丧失操守的事来强迫我呢!”公子非常羞愧,起身告辞。

注释 1 裘马:衣轻裘,策肥马,形容阔绰。 2 间阔:久不相见,指寒暄,可直译为“别来无恙”。 3 请间:请求私下里谈话,不想让无关众人得知。 4 罹:遭遇。 5 渠:此处为第三人称用法。 6 干:此处指干谒,即带有某种目的(通常是请托关系)求见他人。 7 丧节:丧失品节,丧失操守。

越日方独坐,有青衣人入,视之即山中赠金者。生方惊起,青衣曰:“君忘珠花耶?”生曰:“不敢忘。”曰:“昨公子,即娘子胞兄也。”生闻之窃喜,伪曰:“此难相信。若得娘子亲见一言,则油鼎可蹈[1]耳;不然,不敢奉命。”青衣乃驰马去。更半复返,扣扉入曰:“娘子来矣。”言未几,女郎惨然入,向壁而哭,不出一语。生拜曰:“小生非娘子,无

第二天,米生正独坐家中,有位婢女入内,米生一看,就是山中赠给他银子的人。米生惊喜地起身,那位婢女说:“您忘记珠花的事情了吗?”米生说:“我不敢忘记。”婢女又说:“昨天那位公子,是我家娘子的同胞兄长。”米生听闻此事暗暗高兴,假意说道:“这话我难以轻信。如果能让娘子亲自见我说明此事,就是前面有口油锅我也跳下去;否则的话,不敢从命。”婢女听完骑上快马奔驰而去。到了夜半,婢女又叩门而入,说:“我家娘子来了。”话音未落,女郎神色惨然地走了进来,只是面对着墙壁哭泣,一言不发。米生下拜说道:“小生如果不是遇到

以有今日。但有驱策，敢不惟命！”女曰：“受人求者常骄人，求人者常畏人。中夜奔波，生平何解此苦，只以畏人故耳，亦复何言！”生慰之曰：“小生所以不遽诺[2]者，恐过此一见为难耳。使卿夙夜蒙露，吾知罪矣！”因挽其袪[3]，隐抑搔之。女怒曰：“子诚敝人也！不念畴昔之义，而欲乘人之厄。予过矣！予过矣！”忿然而出，登车欲去。生追出谢过，长跪而要遮之。青衣亦为缓颊[4]。女意稍解，就车中谓生曰：“实告君：妾非人，乃神女也。家君为南岳都理司[5]，偶失礼于地官[6]，将达帝庭，非本地都人官[7]印信[8]不可解也。君如不忘旧义，以黄纸一幅为妾求之。”言已，车发遂去。

娘子，就不会有今天。只要娘子吩咐，绝不敢不从命！”傅小姐说：“被人请求的人，往往对人骄横；有求于人的人，往往畏惧他人。我连夜奔波，平生哪里吃过这样的苦，只是因为畏惧他人的缘故，又有什么好说的呢！”米生宽慰她说：“小生之所以不当场答应这件事，只是因为担心错过这次以后想再见面就难了。让小姐半夜时候蒙受露寒之苦，我知道错了！”说着便挽她的袖子，偷偷搔弄。傅小姐大怒道：“你真是个缺德的家伙！不感念以往的情义，就想乘人之危。你做得太过了！你做得太过了！”说着恼怒地往外走，便要上车离开。米生赶忙追出去谢罪，长跪在地拦住傅小姐马车的去路。婢女也为米生开脱求情。傅小姐的怒意稍微有所消解了，便在车中对米生说：“实话告诉您吧，妾身不是凡人，是神女。家父是南岳都理司，因为偶然对土地神失了礼数，被上告到天庭，除非获得本地人间长官的印信，否则不可消除此难。您如果还没有忘记旧日的恩义，希望能用黄纸一张，为妾身求得印信。”说完，车子便离去了。

注释 1 油鼎可蹈：烹人的油锅也可以下去，喻不计生死。 2 遽诺：立即应允，当场答应。 3 袪(qū)：袖。 4 缓颊：求情。 5 南岳都理司：道教神名。道教崇奉五岳，谓每岳皆有岳神，各领仙官、玉女几万人治理其地。南岳衡山岳神，叫司天王。都理司，当系司天王的属官。 6 地官：道教所信奉的神。道教以天官、地官、水官为三官。传说天官赐福，地官赦罪，水官解厄。 7 本地都人官：此指该省的最高长官巡抚。都，总领。 8 印信：官印。

生归，悚惧不已，乃假驱祟言于巡抚。巡抚以事近巫蛊，不许。生以厚金赂其心腹，诺之，而未得其便。及归，青衣候门。生具告之，默然遂去，意似怨其不忠。生追送之曰："归告娘子：如事不谐，我以身命殉之！"归而终夜思维，计无所出。适院署[1]有宠妾购珠，生乃以珠花献之。姬大悦，窃印为生嵌[2]之。怀归，青衣适至。笑曰："幸不辱命。然数年来贫贱乞食所不忍鬻者，今仍为主人弃之矣！"因

米生回到室内之后，非常恐惧自己无法完成承诺，便假装驱赶邪祟，跟巡抚说明自己需要印信。巡抚觉得这件事近乎巫蛊邪术，不同意。米生又用重金贿赂巡抚的心腹，对方答应了，但是没有合适的机会取得印信。米生懊丧回家，看到婢女在门口等候。米生以实情相告，婢女默然离去，意下似是抱怨他不诚心。米生追上前去相送，并说："请您回去以后转告娘子：如果事情没有办成，我以身家性命相报！"回来以后米生彻夜思索，却是想不出任何办法。恰逢此时巡抚有位宠妾购买珠宝，米生于是将珠花进献给她。宠妾大为欢喜，便偷取印信为米生盖了章。米生怀揣盖了印的黄纸回家，正巧婢女也到了他家门口。米生笑着说："万幸没有辜负娘子给我的使命。只是这么多年来即使贫贱乞讨为生都不肯卖掉的物件，今天

告以情，且曰："黄金抛置，我都不惜。寄语娘子：珠花须要偿也。"逾数日，傅公子登堂申谢，纳黄金百两。生作色曰："所以然者，为令妹之惠我无私耳；不然，即万金岂足以易名节哉！"再强之，生色益厉。公子惭退，曰："此事殊未了！"翼日，青衣奉女郎命，进明珠百颗，曰："此足以偿珠花否耶？"生曰："重花者非贵珠也。设当日赠我万镒之宝[3]，直须卖作富家翁耳。什袭[4]而甘贫贱，何为乎？娘子神人，小生何敢他望？幸得报洪恩于万一，死无憾矣！"青衣置珠案间，生朝拜而后却之。

还是为了原主而抛弃了！"便把事情的原委告诉了婢女，还补充道："抛弃黄金我都在所不惜。请转告你家娘子：这朵珠花她可是要还我的。"过了几天，傅公子来到米生堂上答谢，送上黄金一百两。米生变了脸色，说道："我之所以这么做，都是因为令妹无私地给我恩惠；否则，哪怕是黄金万两，难道就能让我违背名节吗！"公子再三请他一定要收下，米生的脸色更加严厉。公子惭愧地离开了，临走时说："这事还没完呢！"次日，婢女奉傅小姐的命令，前来送上一百颗明珠，说："这些总能抵得过那朵珠花了吧？"米生答道："我看重那朵珠花不是因为看重明珠啊。假设当年娘子送我的是价值万金的珍宝，小生只要卖掉换钱当个富翁就行了。但是小生恭谨地把珠花收藏起来，而甘于贫贱，又是为什么呢？因为娘子是神仙，小生怎么敢有别的奢望？只要能够报答大恩的万分之一，也就死而无憾了！"婢女把明珠放在桌上，米生对着明珠拜了拜，然后退还给了婢女。

注释　1 院署：巡抚衙门。院，抚院，按惯例巡抚兼任都察院右副都御史，故称"院署"。　2 嵌：盖印。　3 万镒(yì)之宝：价值万金的宝物。镒，古时一镒为一金，一金为二十四两。　4 什袭：层层包裹。

越数日，公子又至。生命治酒。公子使从人入厨下，自行烹调，相对纵饮，欢若一家。有客馈苦糯[1]，公子饮而美，引尽百盏，面颊微赪[2]，乃谓生曰：“君贞介士[3]，愚兄弟不能早知君，有愧裙钗[4]多矣。家君感大德，无以相报，欲以妹子附为婚姻，恐以幽明[5]见嫌也。”生喜出非常，不知所对。公子辞出，曰：“明夜七月初九，新月钩辰[6]，天孙[7]有少女下嫁，吉期也，可备青庐[8]。”次夕，果送女郎至，一切无异常人。三日后，女自兄嫂以及仆妇，皆有馈赏。又最贤，事嫂如姑。数年不育，劝纳妾，生不肯。

没过几天，傅公子又来了。米生命令下人准备酒宴。公子又让自己的随从到厨房里自行烹饪，两人相对纵情豪饮，如同一家人那般开心。有客人献上苦糯酒，公子喝过之后觉得非常醇美，一下子喝了上百盏，脸颊微微泛红，便跟米生说：“您是坚贞耿介的士人，我们兄弟不能早些认识您，比起妹妹，我们真的很惭愧。家父感念您的大恩大德，没有什么可以报答您的，想把我妹妹嫁给您，但又担心因为人神相隔，您会嫌弃。”米生喜出望外，不知道该怎么回答。公子辞别出门，说：“明天晚上七月初九，新月与钩辰星一起出现的时候，正是织女的小女儿嫁入人间的时候，这是吉日良辰，可以准备迎娶新娘的仪式。”次日晚上，果然如约把傅小姐送来了，一切与正常人毫无异处。三天以后，从兄嫂到婢女仆人，傅小姐都一一给予馈赠。傅小姐又最为贤惠，侍奉嫂嫂如同侍奉婆婆。但是结婚数年，傅小姐始终没有生育，劝米生纳妾，米生也不肯。

注释 1 苦糯：一种米酒。 2 赪(chēng)：赤色。 3 贞介士：坚贞耿介的读书人。 4 裙钗：代指女性，此处指神女。 5 幽明：幽为阴，明为阳。这里指人神隔绝。 6 新月钩辰：民间传说认为新月和钩辰星一同出现是佳期之兆。 7 天孙：织女星。《史记·天官书》：“织女，天女孙。” 8 青庐：古代婚姻礼俗，用青布幔作屋，于此交拜迎娶新妇，后来用以指代迎娶新妇的礼仪。

适兄贾于江淮，为买少姬而归。姬，姓顾，小字博士，貌亦清婉，夫妇皆喜。见髻上插珠花，酷似当年故物，摘视，果然。异而诘之，答云：“昔有巡抚爱妾死，其婢盗出鬻于市。先人廉其直，买归。妾爱之，先父止生妾，故与妾。后父死家落，妾寄养于顾媪家。顾，妾姨行，见珠屡欲售去，妾死不肯，故得存也。”夫妇叹曰：“十年之物，复归故主，岂非数哉？”女另出珠花一朵，曰：“此物久无偶矣！”因并赐之，亲为簪于髻上。姬退，问女郎家世甚悉，家人皆讳言之。阴语生曰：“妾视娘

恰逢兄长在江淮一带做生意，为米生买了一位年轻的姬妾。这位姬妾姓顾，小字博士，容貌也是清丽婉约，米生夫妇见了，都很喜欢。看到顾博士髻上插着珠花，酷似当年自家旧物，摘下来仔细看，果然就是当年那朵。米生夫妇很讶异，问她这珠花哪里来的，博士答道：“当年有个巡抚的爱妾去世了，她的婢女就把珠花偷出来在集市上卖掉了。先父看价格还挺便宜，就买回家了。我很喜欢这朵珠花，先父只有我这一个孩子，便把珠花给了我。后来先父去世，家道中落，我在顾妈妈家寄养。顾妈妈是我的姨娘辈，看到珠花，几次想拿去卖掉，我宁死不肯卖掉，所以就保留到现在。”夫妇俩都感叹道：“十年前的旧物，如今物归原主，岂不是天数吗？”傅小姐另外拿出一朵珠花，说：“这朵珠花很久没有伙伴了。”便一并赐给博士，亲自为她簪在发髻上。博士离开后，非常详细地打听傅小姐的家世，家人们都不肯明说。博士私下里对米生说：“我看

子非人间人也，其眉目间有神气。昨簪花时得近视，其美丽出于肌里，非若凡人以黑白位置中见长耳。”生笑之。姬曰：“君勿言，妾将试之。如其神，但有所须，无人处焚香以求，彼当自知。”女郎绣袜精工，博士爱之而未敢言，乃即闺中焚香祝之。女早起，忽检箧中出袜，遣婢赠博士。生见而笑。女问故，以实告。女曰：“黠哉婢乎！”因其慧益怜爱之，然博士益恭，昧爽[1]时必熏沐以朝[2]。

大娘子绝不是凡间的人，因为她的眉宇间有神的气质。昨天她给我簪花的时候，我得以就近观察，发现她的美丽是出自肌肤内部，不像凡人只是表面长得好看。”米生笑她。博士说：“您不必笑话，我倒要试一试。如果她真是神女，只要有所需求，找个没人的地方焚香向她请求，她一定会知道的。”傅小姐绣的袜子非常精美，博士很喜欢，但不敢明说，于是就在她自己的屋里焚香向她祷告。傅小姐早上起来，忽然翻找箱子，找出袜子，派婢女送给博士。米生见了，不由得笑了起来。傅小姐问他缘故，米生便将实情告诉了她。傅小姐说：“这丫头真是狡猾啊！”因为博士很聪慧，傅小姐更加喜爱她，而博士对她也更加恭敬，每天早上天未亮时，必定沐浴一番后去向她行礼问候。

注释 1 昧爽：天未亮时。 2 朝：拜见。

后博士一举两男，两人分字[1]之。生年八十，女貌犹如处子。生病，女置材，倍加宽大。及死，女不哭。

后来博士生了一对双胞胎男孩，由傅小姐和博士两人各自抚养。米生年纪到八十岁时，傅小姐的容貌依然犹如少女。米生患病，傅小姐准备了棺材，比寻常棺材加倍宽大。米生去世后，傅小姐并不哭泣。

男女他适，女已入材中死矣。因合葬之，至今传为“大材冢”云。

等到大家都离开以后，她也躺进棺材死了。人们因而将他们合葬，至今相传有“大材冢”之事。

注释 1 字：养育。

异史氏曰：“女则神矣，博士而能知之，是遵何术欤？乃知人之慧，固有灵于神者矣！”

异史氏说：“傅小姐确实是神仙，但是顾博士能够知道这件事，又是用的什么方法呢？由此可见人的智慧，也会有比神仙更灵验的！”

湘裙

原文

晏仲，陕西延安[1]人，与兄伯同居，友爱敦笃[2]。伯三十而卒，无嗣，嫂亦继亡。仲痛悼之，每思生二子，则以一子为兄后。甫举一男，而仲妻又死。仲恐继室不恤其子，将购一妾。邻村有货婢者，仲往相之，略[3]不称意，情

译文

晏仲，是陕西延安人，他和哥哥晏伯生活在一起，兄弟间非常友爱。晏伯三十岁时就死了，没留下子嗣，不久嫂子也接着去世。晏仲悲痛悼念兄嫂，常常希望自己如果能生两个儿子，就过继一个做兄嫂的子嗣。但他刚得一个儿子，妻子也死了。晏仲担心再娶后继室会虐待儿子，便想买一个小妾。正好邻村有人卖婢女，晏仲前去看了看，但不是很中意，心里感觉无聊，又被朋友拉去喝酒，喝得醉醺醺的才回家去。

绪无聊，被友人留酌，醺醉而归。途中遇故窗友梁生，握手殷殷，邀至其家。竟忘其已死，随之而去。入其门，并非旧第，疑而问之。曰：“新移于此。”入而谋酒，则家酿[4]已竭，嘱仲坐待，挈瓶往沽[5]。

在路上，晏仲忽然碰到以前的同窗好友梁生，热情地握手问好，梁生邀请晏仲到家里做客。晏仲喝得大醉，竟然忘记他已经去世，就跟着走了。一进梁生家的门，晏仲就发现不是他原来的家，心生疑惑，便问他怎么回事，梁生回答说：“新搬到这里来的。”进屋里坐下后，梁生要拿酒招待，却发现家里酿的酒已经没了，于是嘱咐晏仲稍等，自己拿着酒瓶出去买酒。

注释 1 延安：清代府名。今陕西省延安市。 2 敦笃：敦厚笃实。 3 略：颇。 4 家酿：家里酿的酒。 5 挈瓶往沽：拿着瓶子去买酒。沽，买。

仲出立门外以俟之，忽见一妇人控驴而过，有八九岁童子随之，其面目神色，绝类其兄。心恻然动，急委缀[1]之，便问童子何姓。童曰：“姓晏。”仲惊，又问其父名。曰：“不知。”叙问间，已至其家，妇人下驴入。仲执童子曰：“汝父在家否？”童诺而入。少顷一媪出窥，则

晏仲出来，站在门口等他回来，忽然看到一个妇人骑着毛驴从面前经过，后面还跟着一个八九岁的小孩，孩子的相貌神态，极像他的哥哥晏伯。晏仲心中怦然一动，急忙跟上他们，问那孩子姓什么。小孩回答说：“姓晏。”晏仲惊疑，又接着他父亲的名字。小孩回答说：“不知道。”正说话间，就已经到了小孩家门口，妇人下驴进了门。晏仲拉住小孩的手说：“你父亲在家吗？”小孩回答是，也跟着走了进去。不一会儿，一个妇人出来察看，晏仲一看果然是嫂子。嫂子见了晏仲，惊讶地问小叔子怎么来的。

其嫂也。讶叔何来。仲大悲，随之而入。见庐落整顿[2]，问："兄何在？"嫂曰："责负[3]未归。"问："骑驴者何人？曰："此汝兄妾甘氏，生两男矣，长阿大赴市未返，汝所见者阿小。"坐久酒渐醒，始悟所见皆鬼。然以兄弟情切，亦不甚惧。嫂治酒饭。仲急欲见兄，促阿小觅之。良久哭而归，云："李家负欠不还，反与父闹。"仲闻之，与阿小奔去，见两人方捽[4]兄地上。仲怒，奋拳直入，当者尽踣[5]。急救兄起，敌已俱奔。追捉一人，捶楚无算，始起。执兄手，顿足哀泣。兄亦泣。既归，举家慰问，乃具酒食，兄弟相庆。

晏仲非常悲伤，跟着嫂子进了家门。他见院落整齐干净，于是问道："哥哥在哪儿呢？"嫂子回答说："出去收债了，还没有回来。"晏仲又问："刚才骑驴进来的妇人是谁？"嫂子回答说："是你哥哥的小妾甘氏，她已经生了两个男孩了，大的叫阿大，到集市上去了还没有回来，你见到的那个小孩是阿小。"晏仲坐了好大一会儿，酒也渐渐醒了，才明白自己看见的全是鬼。但因为兄弟感情深厚，所以他也不怎么害怕。嫂子准备酒肉饭菜。晏仲急于见到哥哥，就催促阿小去寻找。过了很久，阿小哭着跑回来说："李家不仅赖债不还，还和父亲闹了起来！"晏仲一听，急忙和阿小跑了过去，看到李家两个人正把哥哥推倒在地上。晏仲大怒，挥舞着拳头，直冲上去，挡他的人都被打倒在地。晏仲把哥哥救起来，李家的人已经四散逃走了。晏仲追过去抓住一个，按到地上痛打一顿才罢手。晏仲拉着哥哥的手，跺着脚伤心哭泣。哥哥也哭了。回来后，全家人都过来慰问，于是准备了酒菜，兄弟举杯相庆。

注释　1 委缀：尾随，跟踪。　2 整顿：整齐干净。　3 责负：索债。责，索取。负，欠债。　4 捽(zuó)：揪，抓。　5 当者尽踣(bó)：阻挡的都倒在地上。当，阻挡，抵挡。踣，倒地。

忽一少年入，年约十六七，伯呼阿大，令拜叔。仲挽之，哭向兄曰：“大哥地下有两子，而坟墓不扫。弟又子少而鳏[1]，奈何？”伯亦凄恻。嫂曰：“遣阿小从叔去，亦得。”阿小闻言，依叔肘下，眷恋不去。仲抚之，问：“汝乐从否？”答云：“乐从。”仲念鬼虽非人，慰情亦胜无也，因为解颜。伯曰：“从去但勿娇惯，宜啖以血肉，驱向日中曝[2]之，午过乃已。六七岁儿，历春及夏，骨肉更生，可以娶妻育子，但恐不寿[3]耳。”

忽然一个少年走了进来，约十六七岁，晏伯叫他阿大，让他拜见叔叔。晏仲连忙扶起阿大，哭着跟哥哥说：“大哥在地下已经有了两个儿子，但地上的坟墓却无人祭扫。弟弟我的孩子还小，妻子也死了，这可怎么办是好？”晏伯听了，也辛酸悲伤起来。嫂子跟晏伯说：“要不让阿小跟他叔叔去吧，这样也可以。”阿小听了，依偎在叔叔的怀里，恋恋不舍。晏仲抚摸着他，问阿小：“你愿意跟我走吗？”阿小回答：“愿意。”晏仲心想阿小虽然是鬼不是人，但有总比没有能够宽慰人心，也高兴起来。晏伯嘱咐弟弟说：“让他跟你去，但你对他不要太娇惯，应让他多吃血肉食物，让他在太阳底下暴晒，直到过了中午才行。他才六七岁，此后历经春天和夏天，再长出骨肉，仍可以娶妻生子，只是恐怕不会长寿。”

注释 1 鳏(guān)：无妻或丧妻的男人。 2 曝：暴晒。 3 不寿：不能长寿。

言间有少女在门外窥听，意致温婉。仲疑为兄女，因问兄。兄曰：“此

正说话间，门外有个少女在偷听，看着温柔文静。晏仲猜着是哥哥的女儿，便问晏伯。晏伯说：“她叫湘裙，是我的小

名湘裙，吾妾妹也。孤而无归[1]，寄食十年矣。”问：“已字否[2]？”伯曰：“尚未。近有媒议东村田家。”女在窗外小语曰：“我不嫁田家牧牛子。”仲颇有动于中[3]，未便明言。既而伯起，设榻于斋，止弟宿。仲本不欲留，意恋湘裙，将探兄意，遂别兄就寝。时方初春，天气尚寒，斋中夙无烟火，森然起粟[4]。对烛冷坐，思得小饮。俄见阿小推扉入，以杯羹斗酒置案上。仲问：“谁为？”答曰：“湘姨。”酒将尽，又以灰覆盆火置床下。仲问：“爹娘睡乎？”曰：“睡已久矣。”“汝寝何所？”曰：“与湘姨同榻耳。”阿小俟叔眠，乃掩门去。仲念湘裙惠而解意，愈爱慕之；且能抚阿小，欲得之心更坚，辗转床头，终夜不寝。

妾甘氏的妹妹。她父母双亡，孤独无靠，寄养在这里也有十年了。”晏仲又问道：“已经定亲了吗？”哥哥回答：“还没有，最近有媒人介绍东村田家的孩子。”少女湘裙在窗外小声说：“我才不嫁田家那放牛娃。”晏仲听了不觉心动，但不方便直说。过了一会儿，晏伯起身，在书房中摆好床铺，让弟弟留宿。晏仲本不想住下，但心中惦念着湘裙，也想设法探探哥哥的意思，于是便向哥哥告辞去睡觉了。当时正值初春，天气还很寒冷，书房中向来没有火炉，感觉阴寒冷清，晏仲不觉浑身起了鸡皮疙瘩。他在烛光中冷清地坐着，想喝点酒暖暖身子。过了一会儿，阿小推门进来，把肉羹和酒放到桌子上。晏仲问：“是谁准备的。”阿小回答说：“是湘姨。”酒快喝完的时候，阿小又端盆炭火过来，上面盖着炭灰，放到床下。晏仲问：“你爹娘都睡了吗？”阿小说：“已经睡了很久了。”晏仲问：“你睡在什么地方？”阿小说：“我跟湘姨一块儿睡。”阿小等叔叔睡下后，才关上门离开。晏仲心想，湘裙既贤惠又体贴人，心中更加爱慕她；又因为她能抚养阿小，更加坚定了娶她的念头。晏仲在床上辗转反侧，一夜也没睡着。

注释 1 无归:没有嫁人。归,女子出嫁。 2 已字否:已经订婚了吗?字,订婚,许配。 3 有动于中:动心。中,同"衷",心。 4 森然起粟:阴寒冷清,起了鸡皮疙瘩。

早起,告兄曰:"弟孑然[1]无偶,愿大哥留意。"伯曰:"吾家非一瓢一担[2]者,物色当自有人。地下即有佳丽,恐于弟无所利益。"仲曰:"古人亦有鬼妻,何害?"伯会意,曰:"湘裙亦佳。但以巨针刺人迎[3],血出不止者,便可为生人妻,何得草草?"仲曰:"得湘裙抚阿小,亦得。"伯但摇首。仲求不已,嫂曰:"试捉湘裙强刺验之,不可乃已。"遂握针出门外,遇湘裙急捉其腕,则血痕犹湿。盖闻伯言时,已自试之矣。嫂释手而笑,反告伯曰:"渠作有意乔才久矣[4],尚为之代虑耶?"妾闻之怒,趋

第二天早晨起来,晏仲告诉哥哥:"弟弟我孤身一人,没有配偶,想请哥哥多留意。"晏伯说:"我家不是穷苦人家,物色的话肯定能找到合适的。不过即使地下有漂亮女子,但恐怕对弟弟没有好处。"晏仲说:"古人也有娶鬼妻的事,有什么害处呢?"晏伯好像明白了他的心意,于是说:"湘裙也是个很好的姑娘。只要用大针刺她的人迎穴,如果血流不止,便能做活人的妻子,怎么能草率行事呢?"晏仲又说道:"娶了湘裙也方便照顾阿小,这也很好。"晏伯只是摇头不同意。晏仲哀求不已,嫂子对他说:"不妨捉住湘裙,拿针强刺,检验一下,如果不行就算了吧。"于是嫂子握着针出了门,遇到湘裙,急忙拉住她的手腕就要检验,只见她手上血痕还是湿的。原来湘裙听到晏伯的话,自己已经试过了。嫂子放开她的手笑了,回去告诉晏伯说:"原来她早就对小叔有意了,我们还为她忧虑什么啊?"小妾甘氏听说后很愤怒,跑到湘裙跟前,用

近湘裙，以指刺眶而骂曰：“淫婢不羞！欲从阿叔奔[5]走耶？我定不如其愿！”湘裙愧愤，哭欲觅死，举家腾沸。仲乃大惭，别兄嫂，率阿小而出。兄曰：“弟姑去。阿小勿使复来，恐损其生气也。”仲曰：“诺。”

既归，伪增其年，托言兄卖婢之遗腹子[6]。众以其貌酷类，亦信为伯遗体。仲教之读，辄遣抱书就日中诵之。初以为苦，久而渐安。六月中，几案灼人，而儿戏且读，殊无少怨。儿甚慧，日尽半卷，夜与叔抵足，恒背诵之。叔甚慰。又以不忘湘裙，故不复作“燕楼”想[7]矣。

手指着她的眼骂道：“不要脸的丫头，真是不害臊！想跟着小叔子私奔吗？我一定不会让你如愿以偿的！”湘裙听了又害羞又生气，号哭着要寻死，闹得全家都沸腾起来。晏仲也感觉很惭愧，就向兄嫂告别，带着阿小出了门。哥哥说：“弟弟你暂时先回去。阿小不要让他再回来了，以免伤了他的生气。”晏冲回答：“好的。”

回到家后，晏仲虚说了阿小的年龄，多报了几岁，假说他是哥哥先前卖的婢女生的遗腹子。众人因为阿小相貌长得极像晏伯，也就相信了他是晏伯的遗腹子。晏仲教阿小读书，总是让他抱着书在太阳底下诵读。阿小起初觉得苦，时间长了也就习惯了。六月中正是酷暑，桌子都被晒得烫人，但阿小却能一边玩耍一边读书，丝毫没有怨言。阿小非常聪明伶俐，白天能读半卷书，夜晚和叔叔抵足而眠，常常把白天学的背诵出来。晏仲感觉十分欣慰。晏仲又因为心中念念不忘湘裙，也不再有纳妾的打算了。

注释 **1** 孑然：孤独的样子。 **2** 非一瓢一担者：并非贫寒人家。一瓢，食物只有一瓢；一担，家财只有一担，指家境贫苦。 **3** 人迎：人迎穴，位于颈部。 **4** 渠作有意乔才久矣：原来她早就对小叔有意了。渠，第三人称。乔才,坏坯子,亲昵称谓。 **5** 奔:私奔。旧指女子私自投奔所爱男子。 **6** 遗腹子:怀孕妇人于丈夫死后所生的孩子。 **7**“燕楼”想:纳妾的想法。唐代武宁节度使张建封为其爱妾关盼盼建燕子楼,后称纳妾为“燕楼”想。

一日双媒来为阿小议婚,中馈无人[1],心甚躁急。忽甘嫂自外入曰:“阿叔勿怪,吾送湘裙至矣!缘婢子不识羞,我故挫辱之。叔如此表表[2]而不相从,更欲从何人者?”见湘裙立其后,心甚欢悦。肃嫂坐,具述有客在堂,乃趋出。少间复入,则甘氏已去。湘裙卸妆入厨下,刀砧盈耳[3]矣。俄而肴胾[4]罗列,烹饪得宜。客去,仲入,见湘裙凝妆坐室中,遂与交拜成礼。至晚,女仍欲与阿小共宿,仲曰:“我欲以阳气温之,不可离也。”因置女别室,惟晚间杯酒一往欢会而已。湘裙抚前子如己出,仲益贤之。

一天,有两个媒人来为阿小说亲,因为家里没有女人操持家务,晏仲十分焦躁着急。忽然小嫂子甘氏从外面走进来,说道:“小叔不要怪罪,我把湘裙送来了!上次因为她太不知害羞,所以我故意羞辱她一番,挫挫她的脾气。小叔仪表堂堂,不让她嫁给你,要想嫁给谁呢?”晏仲见湘裙站在甘氏身后,心里非常高兴。晏仲恭敬地请小嫂子坐下,告诉她还有客人在堂上,才出去了。过了一会儿他又回来,见甘氏已走了。湘裙卸妆进了厨房,满耳都是一阵刀板声。很快,桌上摆满了美味的菜肴,烹饪手艺非常不错。客人走后,晏仲进屋,只见湘裙盛装打扮端坐着,于是两人交拜成礼。到了晚上,湘裙仍想和阿小一起睡,晏仲说:“我要用我的阳气温暖他,他现在还不能离开我。”于是他让湘裙到别的屋子住下,只是每天晚上过去喝几杯酒欢会一下罢了。湘裙待晏仲前妻生的儿子如同自己亲生的一样,晏仲更加觉得她非常贤惠。

注释 1 中馈无人：指没有妻子。中馈，古时指妇女在家中主持饮食等家务，引申指妻室。 2 表表：卓异；特出。 3 刀砧盈耳：耳中充满切菜剁肉的声音。砧，案板。盈，满。 4 肴胾(zì)：肉类等比较丰盛的菜肴。肴，熟食。胾，大块的肉。

一夕，夫妻款洽，仲戏问："阴世有佳人否？"女思良久，答曰："未见。惟邻女葳灵仙，群以为美。顾貌亦犹人，要善修饰耳。与妾往还最久，心中窃鄙其荡也。如欲见之，顷刻可致。但此等人，未可招惹。"仲急欲一见。女把笔似欲作书，既而掷管曰："不可，不可！"强之再四，乃曰："勿为所惑。"仲诺之。遂裂纸作数画若符，于门外焚之。少时帘动钩鸣，吃吃作笑声。女起曳入，高髻云翘[1]，殆类画图。扶坐床头，酌酒相叙间阔。初见仲，犹以红袖

一天晚上，夫妻二人正亲热时，晏仲开玩笑问湘裙："阴间也有美人吗？"湘裙想了很久，回答说："我没见过。只是邻居家的女儿葳灵仙，大家都夸她漂亮。但我看她相貌和平常人差不多，不过善于打扮罢了。她和我来往的时间最久，但我心中私下很鄙视她浪荡的样子。如果你想见她，我马上就可以把她叫来。不过这种女人，最好不要招惹。"晏仲却急于见她。湘裙提起笔似乎想要给她写信，但又扔下笔说："不行，不行！"晏仲再三强求，湘裙才说："你可不要被她迷惑了。"晏仲答应了。湘裙于是撕开纸，作了几张像符咒一样的画，然后拿到门外烧了。不一会儿，就听见门帘响动，传来"吃吃"的笑声。湘裙起身出去，拉着一个女子进来，这女子高高的发髻，鬓角翘起，真像画里的美人。湘裙拉着她坐在床头，一边喝酒一边诉说分别之后的情形。初见晏仲时，女子还十分害羞，用红袖子掩着嘴，话也说得不多；

掩口，不甚纵谈；数盏后，嬉狎无忌，渐伸一足压仲衣。仲心迷乱，魄荡魂飞。目前惟碍湘裙，湘裙又故防之，顷刻不离于侧。葳灵仙忽起搴帘而出，湘裙从之，仲亦从之。葳灵仙握仲趋入他室。湘裙甚恨，然而无可如何，愤愤归室，听其所为而已。既而仲入，湘裙责之曰："不听我言，后恐却之不得耳。"仲疑其妒，不乐而散。次夕，葳灵仙不召自来。湘裙甚厌见之，傲不为礼，仙竟与仲相将而去。如此数夕。女望其来则诟辱之，而亦不能却也。月余，仲病不能起，始大悔，唤湘裙与共寝处，冀可避之。昼夜之防稍懈，则人鬼已在阳台[2]。湘裙操杖逐之，鬼忿与争，湘裙荏弱[3]，手足皆为所伤。

喝了几杯酒后，葳灵仙就毫无顾忌地跟晏仲嬉笑打闹，慢慢伸过一只脚踩住晏仲的衣服挑逗。晏仲不禁心乱神迷，魂都不知飞到哪里去了。只是碍着湘裙在眼前，湘裙也提防着葳灵仙，在旁边坐着片刻不离。过了一会儿，葳灵仙忽然起身，拉开门帘就走出了门，湘裙连忙跟上，晏仲也跟着她出来。葳灵仙竟一下子拉住晏仲跑进了别的屋子。湘裙十分愤恨，但又无可奈何，只好愤愤地回屋，任由他们胡来罢了。不一会儿，晏仲回来了，湘裙责备他说道："让你不听我的话，恐怕以后你想摆脱她也不可能了。"晏仲怀疑湘裙在嫉妒葳灵仙，因此二人不欢而散。第二天晚上，葳灵仙不等召唤自己就来了。湘裙极为讨厌见到她，不再以礼接待她，葳灵仙竟又和晏仲一起走了。接连好几晚都是这样。湘裙看见葳灵仙来就对她百般斥骂羞辱，然而却也赶不走她。又过了一个多月，晏仲一病不起，才非常后悔，叫湘裙和他一起睡，希望这样能躲避葳灵仙的纠缠。虽然日夜防范，但稍一松懈，两人又在一起欢会。湘裙拿起棍子赶葳灵仙走，葳灵仙也愤怒地和她争执起来，湘裙身体弱，手脚都被她打伤了。晏仲因

仲寖[4]以沉困。湘裙泣曰："吾何以见吾姊乎！"

此病情更加沉重。湘裙哭着说："我这样怎么去见姐姐啊！"

注释 1 高髻(jì)云翘：高耸的发髻像云一样翘起。 2 阳台：男女合欢之处。典故出自宋玉《高唐赋》，说楚王与巫山仙女欢会之事。 3 荏弱：身体柔弱。 4 寖：古同"浸"，渐渐。

又数日，仲冥然遂死。初见二隶执牒[1]入，不觉从去。至途患无资斧[2]，邀隶便道过兄所。兄见之，惊骇失色，问："弟近何作？"仲曰："无他，但有鬼病耳。"实告之。兄曰："是矣。"乃出白金一裹，谓隶曰："姑笑纳之。吾弟罪不应死，请释归，我使豚子[3]从去，或无不谐。"便唤阿大陪隶饮，反身入家，便告以故。乃令甘氏隔壁唤葳灵仙。俄至，见仲欲遁。伯揪返骂曰："淫婢！生为荡妇，死为贱鬼，不齿群众[4]久矣，又祟[5]吾弟耶！"立

又过了几天，晏仲昏沉沉地死去了。刚开始，晏仲见两个差役拿着文牒走了进来，自己不知不觉地跟他们走了。他途中担心没有路费，便邀请差役顺道到他哥哥家。哥哥一看见他，大惊失色，问道："弟弟你最近干了什么？"晏仲回答说："没有别的事，只是得了鬼病罢了。"于是他把实情告诉哥哥。晏伯听完说道："事情原来是这样。"于是他拿出一包银子，对两个差役说："请你们笑纳。我弟弟罪不至死，请你们放他回去吧，我让犬子跟你们回去交差，不会有什么不妥的。"便喊阿大来陪差役喝酒，自己转身进屋，将这件事告诉给家里人。他让甘氏去隔壁把葳灵仙叫来。不一会儿，葳灵仙来了，看见晏仲转身就要跑。晏伯一把揪住她，骂道："你这个淫贱的奴婢！活着的时候是荡妇，死了又成了贱鬼，你被人瞧不起已经很长时间了，竟然还敢来害我弟弟！"

批之，云鬟蓬飞，妖容顿减。久之一妪来，伏地哀恳。伯又责妪纵女宣淫，诃詈[6]移时，始令与女俱去。

说着就挥手打她，打得她头发散乱，花容失色。过了很久，一个老妇人进来，趴在地上苦苦哀求。晏伯斥责老妇人放纵女儿淫荡，痛骂了一会儿，才让她领着女儿一起走了。

注释 1 执牒：拿着公文。 2 资斧：旅费、盘缠。 3 豚子：猪之子，对自己孩子的谦称。 4 不齿群众：被众人鄙视，瞧不起。 5 祟：古谓鬼怪祸害人。 6 诃詈(lì)：厉声责骂。诃，同“呵”。

伯乃送仲出，飘忽间已抵家门，直至卧室，豁然若寤，始知适间之已死也。伯责湘裙曰：“我与若姊谓汝贤能，故使从吾弟，反欲促吾弟死耶！设非名分之嫌[1]，便当挞楚！”湘裙惭惧啜泣，望伯伏谢。伯顾阿小喜曰：“儿居然生人矣！”湘裙欲出作黍，伯曰：“弟事未办，我不遑暇[2]。”阿小年十三，渐知恋父，见父出，零涕从之。伯曰：“从叔最乐，我行复来耳。”转身遂

晏伯送晏仲出门，飘忽之间，不觉就到了家门前，径直走进卧室，晏仲一下子醒了，才知道刚才自己已经死了。晏伯责怪湘裙说：“我和你姐姐觉得你贤惠能干，所以才让你嫁给我弟弟，没想到你反而催我弟弟早死！要不是碍于名分，真要把你痛打一顿！”湘裙觉得既惭愧又惧怕，低声哭泣，跪下向晏伯谢罪。晏伯回头看见阿小，高兴地说：“我儿子竟然成了活人了！”湘裙要出去做饭招待，晏伯说：“弟弟的事还没有办妥，我没时间在这里待。”阿小这时已经十三岁了，渐渐知道了留恋父亲，见父亲要走，就流着泪跟出来。晏伯说：“你跟着叔叔生活最快乐，我走后还会再回来看你的。”说完，他一转身就无影无踪了，从此以后，再也

逝，从此不复相闻问矣。后阿小娶妇，生一子，亦三十而卒。仲抚其孤如侄生时。仲年八十，其子二十余矣，乃析[3]之。湘裙无出。一日，谓仲曰："我先驱狐狸于地下[4]可乎？"盛妆上床而殁。仲亦不哀，半年亦殁。

没有音讯来往。后来，阿小娶了媳妇，生了个儿子，阿小也是活到三十岁就死了。晏仲抚养着阿小的孤儿，和侄子活着时一样。晏仲八十岁时，阿小的儿子已经二十多岁了，便分家让他另过。湘裙始终没有生孩子。有一天，她突然对晏仲说："我先到地下赶走狐狸怎么样？"说完，她便盛装躺在床上死了。晏仲也不悲伤，半年后也死了。

注释 1 名分之嫌：有违名分的事。按古时旧礼，大伯不能过问弟媳的事。 2 遑暇：闲空，安闲。 3 析：分家产。 4 先驱狐狸于地下：首先死去的委婉说法。狐狸居荒坟之中，为其驱狐清圹，即先进入坟墓。

异史氏曰："天下之友爱如仲，几人哉！宜其不死而益之以年也。阳绝阴嗣[1]，此皆不忍死兄之诚心所格[2]。在人无此理，在天宁有此数乎？地下生子，愿承前业者，想亦不少，恐承绝产[3]之贤兄贤弟，不肯收恤耳！"

异史氏说："天下像晏仲这样友爱的人，能有几个啊！所以才命里不死又增了寿。晏伯在人世绝嗣，在阴间却续上香火，这都是因为晏仲友爱死去兄长的诚心感动了上天。如果在人世间没有这样的情理，在天上难道会有这样的命数吗？在阴间生下的儿子，愿意到人世继承前代家业的，想来不在少数，只恐怕已经继承了绝后之人产业的好兄弟，不肯收留抚恤他们的孤儿吧！"

注释 1 阳绝阴嗣:阳间绝后而在阴间生了孩子。 2 诚心所格:被诚心打动。格,感通;感动。 3 绝产:绝后之人的家产。封建礼法,一人绝后,由其兄弟之子继承家业。

三 生

原文

湖南某,能记前生三世。一世为令尹[1],闱场入帘[2]。有名士兴于唐被黜落,愤懑而卒,至阴司执卷讼之。此状一投,其同病死者以千万计,推兴为首,聚散成群。某被摄去对质。阎王问曰:"尔既衡文,何得黜佳士而进凡庸?"某辨曰:"上有总裁[3],某不过奉行之耳。"阎罗即发一签,往拘主司。勾至,阎罗即述某言。主司曰:"某不过总其大成,虽有佳章,而房官[4]不荐,吾何由见之?"阎罗曰:"此

译文

湖南有个人,记得自己前生三世的事情。第一世时他当知县,在乡试中负责阅卷。有个名士叫作兴于唐,被判落榜,抑郁不平而死,到阴曹地府上书告这个人的状。这张状子投上去以后,和兴于唐同样因为落榜抑郁而死的数千万计,他们推举兴于唐为首,聚成一团。某人魂魄被勾去阴司和这些鬼魂对质。阎罗王问他:"你既然是负责阅卷的,为什么要黜落奇才,而录用庸才?"某人争辩道:"我上头还有主考官,我只是奉命行事而已。"阎罗王听了马上发下一支签,让人把主考官也抓来。主考官的魂魄被勾来以后,阎罗王便把某人的话转述给他。主考官道:"我不过是负责总其大成的,即使有好文章,同考官不推荐的话,我又怎么能看得到呢?"阎罗王说:"这

不得相诿，其失一也，例合笞。”方将施刑，兴不满志，戛然大号，两墀诸鬼，万声鸣和。阎罗问故，兴抗言曰：“笞罪太轻，是必掘其双睛，以为不识文字之报。”阎罗不肯，众呼益厉。阎罗曰：“彼非不欲得佳文，特其所见鄙耳。”众又请剖其心。阎罗不得已，使人褫[5]去袍服，以白刃劙[6]胸，两人沥血鸣嘶。众始大快，皆曰：“吾辈抑郁泉下，未有能一伸此气者；今得兴先生，怨气都消矣。”哄然而散。

种事不能互相推诿，你们一样存在失职，按照惯例要一起受笞刑。”正要动刑的时候，兴于唐对这个结果很不满意，放声号哭起来，两边阶下的冤魂怨鬼也齐声响应。阎罗王问为何号哭，兴于唐高声说道：“笞刑的判罚太轻了，一定要挖掉他们的两个眼珠子，作为不识文章水平的报应。”阎罗王不肯答应，众鬼的呼号因而更加凄厉了。阎罗王说：“他们不是不想看到好文章，只是见识鄙陋而已。”众鬼又请求把两人的心挖出来。阎罗王不得已，下令把两人的袍服剥去，用雪亮的刀刃剖开他们的胸膛，两人鲜血直流，痛得惨叫。众鬼这才大为快意，都说：“我们在九泉之下抑郁不已，一直没人能帮我们出这口恶气；如今有了兴先生，我们的怨气都消了。”于是一哄而散。

注释　1 令尹：明清指知县。　2 闱场入帘：在乡试中负责阅卷。闱场，乡试。入帘，负责阅卷的内帘官，是同考官的一种。　3 总裁：科举考试的主考官。　4 房官：乡试、会试的同考官，因分房批阅试卷，故称“房考官”或“房官”。试卷由房考官先阅，加批荐给主考或总裁。不被推荐给主考官的卷子，依例不得录用。　5 褫(chǐ)：剥夺，脱下。　6 劙(lí)：割开。

某受剖已，押投陕西为庶人子。年二十余，值土寇大作，陷入盗中。有兵巡道[1]往平贼，俘掳其众，某亦在中。心犹自揣[2]非贼，冀可辨释。及见堂上官亦年二十余，细视则兴也。惊曰："吾合休矣！"既而俘者尽释，惟某后至，不容置辨，立斩之。某至阴司投状讼兴。阎罗不即拘，待其禄[3]尽。

某人遭受剖心之苦以后，被押送投胎到陕西，当一个普通百姓家的孩子。他在二十多岁的时候，遇上土匪作乱，他就被盗匪抓去了。有官兵巡道前去平定贼寇，把这伙土匪抓住了，某人也在其列。某人心里想着自己不是土匪，希望能辩解获释。等他见到堂上的官员也是二十多岁时，便仔细一看，原来是兴于唐。他暗自惊呼："我命该绝！"之后被俘虏的人都被释放了，最后到了某人的时候，不由分辩，直接把他斩了。某人到了阴曹地府，一纸诉状告了兴于唐。阎罗王也不立即抓人，说要等他禄命尽了再说。

注释 **1** 兵巡道：官名。明代各省设"提刑按察使司"，置按察使为其长官，一省又分为数道，道设"按察分司"。以按察副使、按察佥事等员任其职，掌分察府、州、县，称谓分巡道。其兼兵备职者，又称兵巡道、兵备道，仍兼副使、佥事等衔。清初因之，乾隆时裁衔存官。亦简称"巡道"。 **2** 自揣：自我揣度。 **3** 禄：福运，气运。

迟之三十年，兴方至，面质之。兴以草菅人命，罚作畜。稽某所为，曾挞其父母，其罪维均[1]。某恐后世再报，请为大

一直推迟到三十多年以后，兴于唐才到了地府，某人与他当面对质。兴于唐因为草菅人命，被罚投胎做畜生。反过来考察某人的行为，发现他曾经打过父母，与兴于唐罪行同等（都要罚作畜生）。某人害怕后世又遭报复，请求转世能当个大的畜生。于是阎

畜。阎罗判为大犬，兴为小犬。某生于顺天府[2]市肆中。一日卧街头，适有客自南携金毛犬来，大如狸。某视之，兴也。心易其小，龁之。小犬咬其喉下，系缀如铃。大犬摆扑嗥窜，市人解之不得。两犬俱毙。

罗王判决某人当大狗，兴于唐当小狗。某人转世当狗后出生在顺天府的集市里。一天他正卧在街头，适逢有人从南边携带一条金毛狗来，体形如同一只狸猫一样大。某人看看那条金毛狗，原来是兴于唐。某人觉得它个头小，好欺负，于是就扑上去咬它。这小狗反过来咬住了大狗的咽喉下方不放，就像颈下系住的铃铛一样。大狗痛得不停摆动扑打，嗥叫乱窜，集市上的人想把两条狗分开但是做不到。最后这两条狗都死了。

注释 **1** 维均：均等，一样。 **2** 顺天府：古代行政区划名，明、清设于京师（今北京）之府属建制。

并至阴司，互有争论。阎罗曰："冤冤相报，何时可已？今为若解之。"乃判兴来世为某婿。某生庆云[1]，二十八举于乡[2]。生一女，娴静娟好，世族争委禽[3]焉，皆不许。过临郡[4]，值学使发落诸生[5]，其第一卷[6]李生，

死后他们都到了阴曹地府，各执一词互相争论。阎罗王说："你们冤冤相报，什么时候是个头啊？今天我帮你们化解了吧。"于是判决兴于唐来世当某人的女婿。某人投生到庆云县，二十八岁乡试中举。他生了一个女儿，品性娴淑，容貌姣好，世家大族争相上门请求结为婚姻，某人都不同意。某次他经过邻郡，正逢学使为生员发榜，排在第一的生员姓李，也就是兴于唐。于是某人挽着李生到旅舍，

即兴也。遂挽至旅舍优待之。问其家,适无偶,遂订姻好。人皆谓怜才,而不知其有夙因也。及完娶,相得甚欢。然婿恃才辄侮翁,恒隔岁不一至其门。翁亦耐之。后婿中岁淹蹇[7],苦不得售[8],翁为百计营谋,始得连捷[9]。从此和好如父子焉。

对他颇为优待。某人问李生的家庭情况,正好他没有配偶,于是订下婚姻之好。大家都说某人爱才,而不知道背后有前世因缘。李生与某人之女完婚以后,男女双方两情相悦,甚是投机。但是女婿每每自恃才高,动不动欺侮岳父,时常一两年都不到岳父府上探望。岳父也容忍了。后来女婿在中年的时候生活窘迫,苦于不能考中功名,岳父为他百般出谋划策,女婿这才在考场上连续中式。从此两人和好,如同父子。

注释 1 庆云:县名,明清属河北,今属山东德州。 2 举于乡:即乡试中举。 3 委禽:下聘礼。古代婚礼纳采用雁,故称。 4 临郡:即邻郡。临,借作“邻”。 5 学使发落诸生:学使到任第一年,对生员进行的岁考。发落,指岁考以后,学使为生员定等拆发试卷,分别作出赏罚。 6 第一卷:第一名。 7 中岁淹蹇:在中年的时候生活窘迫。中岁,中年。淹蹇,困顿,窘迫。 8 不得售:不得售其才,即不能考中功名。售,卖,引申为考试得中。 9 连捷:科举考试连续中式。一般指乡试考中举人后,接着会试又考中进士。

异史氏曰:“一被黜而三世不解,怨毒之甚至此哉!阎罗之调停固善,然墀[1]下千万众,如此纷纷,毋

异史氏说:“一世被黜落而三世不能和解,怨毒之念居然深重到这个程度!阎罗王的调停固然做得很好,但是阶下的冤魂怨鬼数千万计,如此

亦天下之爱婿，皆冥中之悲鸣号动者耶？”

众多，难道说天下人的爱婿，都是在阴曹地府中悲鸣号叫的人吗？”

注释 1 墀(chí)：台阶。

长 亭

原文

石太璞，泰山[1]人，好厌禳[2]之术。有道士遇之，喜其慧，纳为弟子。启牙签[3]，出二卷，上卷驱狐，下卷驱鬼，乃以下卷授之曰：“虔奉此书，衣食佳丽皆有之。”问其姓名，曰：“吾汴城[4]北村玄帝观王赤城也。”留数日，尽传其诀。石由此精于符箓[5]，委贽[6]者接踵于门。

译文

石太璞是泰山人，喜好画符驱鬼祈神的道术。有一个道士遇见了他，很赏识他的聪慧，就收他当弟子。道士打开书匣的签子，拿出两卷书，上卷讲驱狐，下卷讲驱鬼，道士把下卷交给他，说道：“只要你虔诚认真地学好此书，就衣食美人什么都有了。”石太璞问道士姓名，他说：“我是汴州城北村玄帝观的王赤城。”道士留下住了几天，详尽地向他传授了下卷的口诀。石太璞从此精于画符驱鬼的道术，上门给他送礼拜师的人接踵而至。

注释 1 泰山：指泰安府。今山东省泰安市泰山区。 2 厌禳(ráng)：谓以巫术祈祷鬼神除灾降福，或致灾祸于人，或降伏某物。 3 牙签：系在书卷上作为标识，以便翻检的牙骨等制成的签牌。 4 汴城：汴州城，今河南开封。 5 符箓：符和箓的合称，是道教中的一种法术，亦称“符字”“墨箓”“丹书”。 6 委贽：亦作“委质”。送上礼物，拜人为师。

一日有叟来，自称翁姓，炫陈币帛[1]，谓其女鬼病已殆，必求亲诣。石闻病危，辞不受贽，姑与俱往。十余里入山村，至其家，廊舍华好。入室，见少女卧縠幛[2]中，婢以钩挂帐。望之年十四五许，支缀[3]于床，形容已槁。近临之，忽开目云：“良医至矣。”举家皆喜，谓其不语已数日矣。石乃出，因诘病状。叟曰：“白昼见少年来，与共寝处，捉之已杳，少间复至，意其为鬼。”石曰：“其鬼也驱之匪难[4]；恐其是狐，则非余所敢知矣。”叟曰：“必非，必非！”石授以符，是夕宿于其

有一天，来了一个自称姓翁的老头，炫耀地摆开带来的财物，对石生说他女儿被鬼缠身，已经快死了，求他务必亲自去救。石生听说他女儿已经病危了，推辞不收他的财物，就和他一起上路了。他们走了十几里路，进入一个山村，到了翁老头的家，只见他家的房舍华丽美观。进入内室，石太璞看到一个少女躺在薄纱帐子里，婢女用钩子把纱帐挂起来。石太璞一看，见那姑娘十四五岁，躺在床上气息微弱，面容枯槁消瘦。石太璞走近一看，姑娘忽然睁开眼睛说道：“良医终于来啦。”翁老头全家人都非常高兴，说她已经好几天没说话了。石太璞便走出内室，详细询问姑娘的病情。翁老头说道：“白天见一个少年进来，和她睡在一起，等到去抓他的时候，却又不见了踪迹，但一会儿他又来了，我们觉得他一定是个鬼。”石太璞说：“如果他是个鬼，驱赶走他并不困难；恐怕他是个狐狸，这就不是我能知道该如何应对的了。”翁老头说：“一定不是，一定不是！”石太璞画了一道符给他，这天晚上就住在他家里。到了半夜，有

家。夜分有少年人，衣冠整肃。石疑是主人眷属，起而问之。曰："我鬼也。翁家尽狐。偶悦其女红亭，姑止焉。鬼为狐祟，阴骘[5]无伤，君何必离人之缘[6]而护之也？女之姊长亭，光艳尤绝，敬留全璧[7]，以待高贤[8]。彼如许字[9]，方可为之施治，尔时我当自去。"石诺之。是夜少年不复至，女顿醒。天明，叟喜告石，请石入视。石焚旧符，乃坐诊之。见绣幕有女郎，丽如天人，心知其长亭也。诊已，索水洒幛，女郎急以碗水付之，蹀躞[10]之间，意动神流。石生此际心殊不在鬼矣。出辞叟，托制药去，数日不返。鬼益肆，除长亭外，子妇婢

一个少年进入石太璞房间，穿戴得非常端庄。石太璞以为他是主人家的亲属，就起身询问。少年说："我是个鬼。翁老头一家都是狐狸。我偶然喜爱上他家的女儿红亭，才暂时留在他家。鬼迷惑狐狸，并不损害阴德，你又何必护着他家而拆散我们的姻缘呢？红亭的姐姐长亭，容貌更加艳丽，我一直恭敬地留住她清白的身子，等待高尚贤良的人来。他们如果答应把长亭许配给你，你才可以给红亭治病，到那时候，我自会离去。"石生答应了他。这天晚上，少年没有再来，红亭顿时也清醒过来了。天明以后，翁老头非常高兴，把这件事告诉了石太璞，请他进去诊视。石太璞烧了原来的道符，才坐下来诊视病人。只见绣幕边有一个女郎，美得如同天上的神仙，石太璞心里知道她一定就是长亭。诊视完毕以后，石太璞要一碗水来洒帐子，这位姑娘急忙端了一碗水给他，只见她走路步履轻盈，眉目传情，神韵动人。石太璞此时心思早已不在鬼身上了。他出了内室后辞别翁老头，假托自己要回去制药就走了，好几天也没有回来。此后，翁老头家的那个鬼更加猖獗了，除了长亭之外，翁老头家的媳妇、婢女都被他迷惑奸淫了。翁老头又派仆人骑

女俱被淫惑。又以仆马招石,石托疾不赴。

着马去请石太璞,他却推托说自己有病,不能前去。

注释 **1** 币帛:泛指财物。 **2** 縠(hú)幛:薄纱帐。古称质地轻薄纤细透亮、表面起绉的平纹丝织物为縠。 **3** 支缀:支持延续。 **4** 匪难:不难,容易。匪,通“非”。 **5** 阴骘(zhì):上苍默默地安定下民,后指阴德。 **6** 离人之缘:拆散别人的姻缘。 **7** 全璧:完璧。谓不予玷污,保其贞洁。 **8** 高贤:高人贤者。对别人的敬称。 **9** 许字:把女子许配于人。 **10** 蹀躞(dié xiè):小步行走的样子。

明日,叟自至。石故作病股[1]状,扶杖而出。叟问故,曰:“此鳏[2]之难也!曩夜婢子登榻,倾跌,堕汤夫人[3]泡两足耳。”叟问:“何久不续?”石曰:“恨不得清门[4]如翁者。”叟默而出。石送嘱曰:“病瘥[5]当自至,无烦玉趾[6]也。”又数日叟复来,石跛而见之。叟慰问曰:“顷与荆人[7]言,君如驱鬼去,使举家安枕,小女长亭,年十七

第二天,翁老头亲自来请。石太璞故意装出腿有病的样子,拄着拐杖出来迎接。翁老头问他腿怎么得的病,他说道:“这是一个人鳏居的难处啊!昨天晚上婢女上床给我换汤壶,不小心跌了一跤,失手把汤壶摔了,烫伤了我的双脚。”翁老头问道:“这么久了你为什么没有续娶呢?”石太璞说:“只可惜找不到像您这样高雅清白的人家。”翁老头听了默默无言地走了。石太璞走出来相送,说道:“等我病好了一定亲自去,不用劳烦您再过来了。”又过了几天,翁老头又来了,石太璞跛着脚去见他。翁老头安慰了他几句,说道:“我来之前和老伴商议了,如果你能把鬼驱走,让我们全家重获安宁,我家女儿长亭,今年十七岁了,情愿把她嫁过

矣，愿遣奉事君子。”石喜，顿首于地，乃曰：“雅意若此，病躯何敢复爱？”立刻出门，并骑而去。入视祟者既毕，石恐负约，请与媪盟。媪出曰：“先生何见疑也？”随拔长亭所插金簪，授石为信。石喜拜受，乃遍集家人，悉为祓除[8]。惟长亭深匿不出，遂写一佩符，使持赠之。是夜寂然，惟红亭呻吟未已，投以法水，所患若失。石欲起辞，叟挽留殷恳。至晚，肴核罗列，劝酬殊切。漏二下，主人辞去。石方就枕，闻叩扉甚急，起视，则长亭掩[9]入，仓皇告曰：“吾家欲以白刃相仇[10]，可急走！”言已，径返身去。石战惧失色，越垣急窜。遥见火光，疾奔而

去侍奉你。”石太璞听了大喜，跪在地上磕头，并对翁老头说：“你有这样的美意，我又怎敢怜惜这病体呢？”说着就立刻走出门去，和翁老头一起骑马走了。到了翁老头家，给患鬼病的人看完病，石太璞恐怕翁家背弃约定，就要求和老太太订下婚约。老太太出来说：“先生怎么能怀疑我们呢？”于是拔下长亭头上所插的金簪，交给石太璞作为凭证。石太璞非常高兴地跪下接过来，于是他把全家人都召集起来，一一为他们驱除了邪鬼。只有长亭深居闺房没有出来，石太璞就画了一道佩在身上的符，叫人拿给她。这天晚上翁家寂静无声，鬼都消失了，只有红亭还在不停地呻吟，石太璞向她身上洒了一些法水，所患的病立刻就消失了。石太璞想要起身告辞，翁老头殷勤诚恳地挽留下他。到了晚上，翁老头摆上珍肴美味，非常殷切地请他喝酒。一直喝到二更天，主人翁老头才向石太璞告辞走了。石太璞刚要上床睡觉，就听到很急的敲门声，他起身开门一看，长亭闪身就进来了，慌慌张张地对他说：“我家的人要拿刀杀你，你赶快逃走吧！”说完，径直就转身走了。石太璞一听胆战心惊，吓得面容失色，越过墙急忙逃走了。石太璞远远看见前面有火光，急忙跑过去，原来是他同

往，则里人[11]夜猎者也。喜，待猎已，从与俱归。心怀怨愤，无路可伸，欲往汴城寻师治之，奈家有老父，病废在床，日夜筹思，进退莫决。

村晚上打猎的人。石太璞大喜，等到他们打完猎，就跟他们一起回去了。他的心里满怀怨恨，但无处可以申诉，想到汴州寻找王赤城，但无奈家里的老父亲卧病在床已经很久了。石太璞日夜思来想去谋划这件事，下不定决心去还是不去。

注释 1 病股：腿病。 2 鳏(guān)：无妻或丧妻的男人。 3 汤夫人：用陶瓷等制作的一种扁壶，冬天装入热水，搁在被窝里取暖。 4 清门：高雅清白人家。 5 病瘥(chài)：病愈。 6 无烦玉趾：不必劳烦亲自前来。玉趾，对人脚步的敬称。 7 荆人：对自己妻子的谦称。 8 祓(fú)除：除灾去邪的一种祭祀仪式。 9 掩：迅捷，闪身。 10 白刃相仇：兵刃相杀。 11 里人：同里的人，同乡。

忽一日双舆至门，则翁媪送长亭至，谓石曰："曩夜之归，胡再不谋[1]？"石见长亭，怨恨都消，故隐不发。媪促两人庭拜讫。石欲设筵，媪曰："我非闲人，不能坐享甘旨[2]。我家老子昏髦[3]，倘有不悉[4]，郎肯为长亭一念老身，为幸多矣。"登车遂去。盖杀婿之谋，

忽然有一天，两辆车来到门前，原来是翁老太太送长亭过来了，她对石太璞说："那天晚上你回来后，为什么不再来商量婚事呢？"石太璞一见长亭，怨恨顿时烟消云散了，所以对那天夜里的事也就忍下不发作。翁老太太督促两人在庭院里拜了天地。石太璞准备设酒席招待，翁老太太推辞说："我不是清闲的人，没有时间留下来品尝美酒佳肴。我家老头子年纪大糊涂了，如果有什么对不住的地方，还请你为了长亭，也看在老身的分上，就不要和他计较了，我也就深感荣幸了。"说完她就上车走了。原

媪不与闻，及追之不得而返，媪始知之，心不能平，与叟日相诟谇[5]。长亭亦涕泣不食。媪强送女来，非翁意也。长亭入门，诘之，始知其故。过两三月，翁家取女归宁[6]。石料其不返，禁止之。女自此时一涕零。年余，生一子，名慧儿，雇乳媪哺之。儿好啼，夜必归母。一日翁家又以舆来，言媪思女甚。长亭益悲，石不忍复留之。欲抱子去，石不可，长亭乃自归。别时以一月为期，既而半载无耗。遣人往探之，则向所僦宅[7]久空。

来翁老头准备杀女婿的预谋，翁老太太并不知情，等到翁老头没有追上石太璞返回来，她才知道了这事，心里非常生气，整天和老头子吵骂不停。长亭也哭泣流泪不肯吃饭。翁老太太硬把长亭送来，不是翁老头的本意。长亭过了门，石太璞问她，才知道了实情。过了两三个月，翁家来接女儿回家省亲。石太璞估计她去后就再也回不来了，就不许她回去。长亭从此就经常落泪。过了一年多，长亭生了个儿子，起名叫慧儿，雇了一个奶妈喂养他。然而慧儿喜欢哭，晚上一定要回到母亲那里睡。有一天，翁家又派车来接长亭回去，说翁老太太非常想念女儿。长亭更加悲伤，石太璞不忍心再强留她了。长亭要带着孩子一起去，石太璞不允许，长亭就自己一个人回娘家了。临别时，他们约定一个月就回来，可是过了半年却没有一点消息。石太璞派人去打探，翁家从前租住的院子已经空了很久，早没人住了。

注释　1 胡再不谋：为什么不再商量一下？胡，何。　2 甘旨：美味的食物。　3 昏髦(máo)：年老昏庸。　4 不悉：不周到之处，对不住的地方。　5 诟谇(suì)：辱骂。　6 归宁：回娘家省亲。　7 僦(jiù)宅：租赁的房屋。

又二年余，望想都绝，而儿啼终夜，寸心如割。既而父又病卒，倍益哀伤，因而病惫，苫次[1]弥留，不能受宾朋之吊。方昏愦间，忽闻妇人哭入。视之，则缞绖[2]者长亭也。石大悲，一恸遂绝。婢惊呼，女始辍泣，抚之良久，渐苏。曰："我疑已死，与汝相聚于冥中。"女曰："非也。妾不孝，不得严父心，尼归[3]三载，诚所负心。适家人由东海过此，得翁凶信。妾遵严命[4]而绝儿女之情，不敢循乱命[5]而失翁媳之礼。妾来时，母知而父不知也。"言间，儿投怀中。言已，始抚而泣曰："我有父，儿无母矣！"儿亦嗷啕，一室掩泣。女起，经理[6]家政，柩前牲盛

又过了两年多，石太璞所有的希望和念想都破灭了，而儿子整夜啼哭，石太璞也心如刀割。不久，父亲也病死了，石太璞更加悲伤，自己也病倒了，在给父亲服丧期间，他的病势更重了，甚至不能接待宾客朋友的吊唁。正在昏昏沉沉之际，石太璞忽然听见一个妇人哭着进来。他一看，原来穿着孝服的人是长亭。石太璞心中十分悲痛，大哭一场就断了气。婢女吓得惊慌呼叫起来，长亭这才止住哭泣，轻轻抚推石太璞身体很久，他才渐渐苏醒过来。他对长亭说："我怀疑自己已经死了呢，觉得和你是在阴间相聚。"长亭说："不是的。我不孝，不能讨得严父的欢心，回家三年受他阻挠不能回来，实在辜负了你的一片心意。正好我的家人从东海经过这里，才得知公公去世的坏消息。我遵从严父之命断绝了儿女之情，但不敢遵从他不合情理的命令而违背身为儿媳的礼制。我来的时候，母亲知道，但是父亲却不知道。"说话间，儿子慧儿就扑到了她怀中。她说完了话，才抚摸着儿子哭着说道："我有父亲，儿子你却没有母亲啊！"慧儿也号啕大哭起来，满屋子的人都掩面哭泣。长亭起身，去料理家务，灵柩前摆的祭品器具干净又齐全，石太

洁备[7],石乃大慰。然病久,急切不能起。女乃请石外兄[8]款洽吊唁。丧既闭,石始能杖而起,相与营谋斋葬[9]。葬已,女欲辞归,以受背父之谴。夫挽儿号,隐忍而止。未几,有人来言母病,乃谓石曰:"妾为君父来,君不为妾母放令归耶?"石许之。女使乳媪抱儿他适,涕洟[10]出门而去。去后数年不返,石父子渐亦忘之。

璞心中非常安慰。但是他因为病得久了,一时间也不能起床。长亭就请石太璞的表兄代为接待前来吊唁的宾客。吊唁结束以后,石太璞才能拄着拐杖站起来,与长亭一起商议安葬的事。安葬完毕后,长亭就要辞别回家,去接受违背父命的责罚。可是丈夫石太璞拉着她的手臂不放手,儿子也大声哭泣,于是她只好忍住暂时不回去了。过了不久,翁家有人来告诉说长亭的母亲病了,长亭就对石太璞说:"当初我是为了郎君的父亲而来,现在郎君就不能为了我的母亲而放我回去吗?"石太璞答应了。长亭叫奶妈抱走儿子到别处去,她自己流着泪出门离开。这一去之后,长亭又好几年没有回来,石家父子也渐渐把她忘记了。

注释 1 苫(shān)次:原指居亲丧的地方,也用作居亲丧的代称。 2 缞绖(cuī dié):丧服,亦指服丧。缞,丧带;绖,丧服。 3 尼(nǐ)归:受阻不归。尼,受外力阻止。 4 严命:严父之命。古代尊称父亲为严君、严父。 5 乱命:本指弥留之际神志不清时胡乱留下的遗命,后又指不合情理的命令。 6 经理:打理。 7 柩前牲盛洁备:灵柩前摆的祭品器具干净又齐全。牲盛,牲祭,供设。 8 外兄:表兄。 9 斋葬:祭祀殡葬。斋,斋祭。 10 涕洟(tì yí):涕泪俱下,哭泣。

一日昧爽[1]启扉，则长亭飘入。石方骇问，女戚然[2]坐榻上，叹曰："生长闺阁，视一里为遥；今一日夜而奔千里，殆矣！"细诘之，女欲言复止。固诘之，乃哭曰："今为君言，恐妾之所悲，而君之所快也。迩年徙居晋界，僦居赵缙绅之第[3]。主客交最善，以红亭妻其公子。公子数逋荡[4]，家庭颇不相安。妹归告父，父留之，半年不令还。公子忿恨，不知何处聘一恶人来，遣神绾[5]锁缚老父去。一门大骇，顷刻四散矣。"石闻之，笑不自禁。女怒曰："彼虽不仁，妾之父也。妾与君琴瑟数年，止有相好而无相尤。今日人亡家败，百口流离，即不为父伤，宁不为妾吊乎！闻之忭

有一天，天刚亮，石太璞打开窗户，长亭飘然而至。石太璞大吃一惊，刚要询问，长亭就满面愁容地坐到床上，叹息着说道："我从小就在闺阁中长大，走一里路都觉得很远；现在一天一夜奔波上千里，真是累坏了！"石太璞仔细询问她，长亭欲言又止。石太璞坚持请长亭说，她才哭着说道："我现在对你说的，恐怕是让我感到悲痛，但却让郎君感到快乐的事。近几年来，我家迁居到山西境内，租住在赵员外家府上。主客之间的交情十分深厚，父母就把红亭许配给赵公子为妻。然而赵公子一向散漫放荡，家里很不和睦。妹妹回家告诉了父亲，父亲就留下她，过了半年也不让她回去。赵公子非常怨恨，不知从哪儿请来一个恶人，叫神仙连锁带捆地把老父亲绑走了。全家人十分害怕，顷刻间就四散而去了。"石太璞听后，禁不住笑起来。长亭气愤地说："他虽然不够仁义，但也是我的父亲。我与你成为夫妻好几年，只有相好而没有相互怨恨。如今我家破人亡，上百人流离失所，你即使不为我父亲伤心，难道也不为我伤心吗！听说之后，你反而手舞足蹈，更没有说一言半语来安慰我，何等无情无义啊！"说着长

舞[6],更无片语相慰藉,何不义也!”拂袖而出。石追谢之,亦已渺矣。怅然自悔,拚[7]已决绝。

亭一甩袖子就走了。石太璞急忙追出去向她道歉,然而长亭已经不见了。石太璞心里悔恨不已,只好打算和她彻底决裂了。

注释 **1** 昧爽:拂晓;黎明。 **2** 戚然:忧伤的样子。 **3** 赵缙(jìn)绅之第:赵员外家府上。缙绅,插笏于绅带间,旧时官宦的装束,后为官宦的代称。 **4** 逋荡(bū dàng):散漫游荡。 **5** 绾(wǎn):系结,这里是捆绑的意思, **6** 忭舞(biàn wǔ):高兴得手舞足蹈。 **7** 拚(pàn):舍弃,不顾惜。

过二三日,媪与女俱来,石喜慰问。母女俱伏。惊问其故,又俱哭。女曰:“妾负气而去,今不能自坚,又要求人复何颜面!”石曰:“岳固非人,母之惠[1],卿之情,所不敢忘。然闻祸而乐,亦犹人情,卿何不能暂忍?”女曰:“顷于途中遇母,始知絷[2]吾父者,乃君师也。”石曰:“果尔,亦大易。然翁不归,则卿之

又过了两三天,翁老太太和长亭一起来了,石太璞高兴地上前问候。老太太与长亭二人却都向他跪下了。石太璞大吃一惊,忙问怎么回事,母女二人又都哭了起来。长亭说:“先前我赌气走了,现在自己不能坚持,又要来求你,还有什么脸面呢!”石太璞说:“岳父虽然不是个人,但岳母对我的恩惠、你对我的情义,都是我不敢忘记的。然而那天我听说岳父遭遇祸事而高兴起来,也是人之常情,你为何不能暂时忍耐一下呢?”长亭对他说:“刚才在路上遇到母亲,我才知道抓走我父亲的人,原来正是你的师父。”石太璞说:“如果真是这样,那就很容易办了。但是岳父不

父子离散；恐翁归，则卿之夫泣儿悲也。”媪矢以自明，女亦誓以相报。石乃即刻治任[3]如汴，询至玄帝观[4]，则赤城归未久。入而参拜，师问：“何来？”石视厨下一老狐，孔前股而系之，笑曰：“弟子之来，为此老魅[5]。”赤城诘之，曰：“是吾岳也。”因以实告。道士谓其狡诈，不肯轻释。固请，始许之。石因备述其诈，狐闻之，塞身入灶，似有惭状。道士笑曰：“彼羞恶之心未尽亡也。”石起，牵之而出，以刀断索抽之。狐痛极，齿龈龈然[6]。石不遽[7]抽，而顿挫之，笑问之曰：“翁痛乎？勿抽可耶！”狐睛睒闪[8]，似有愠色。既释，摇尾出观而去。石辞归。

回来，你们父女离散；只是恐怕岳父回来了，那么你的丈夫儿子就要哭泣悲伤了。”翁老太太一听，发誓表明自己的心意，长亭也立誓要报答。石生立刻准备好行装到汴州去，一路打听到了玄帝观，王赤城也刚回来不久。石太璞进门参拜师父，师父问他：“你来这里做什么？”石太璞看见厨房灶下有一只老狐狸，前腿被绳子穿透绑着，他就笑着说：“弟子这次前来，就是为了这只老狐精。”王赤城追问他，石太璞说道：“它正是我岳父。”接着就把实情告诉了师父。王道士说这只老狐狸太过狡诈，不肯轻易释放它。石太璞再三请求，王道士才答应了。石太璞详细述说了这老狐狸的种种狡诈行为，老狐狸听了，把身体塞进灶膛里，好像有些惭愧的样子。王道士笑着说道：“他的羞耻之心看来还没有完全丧失。”石太璞站起来，牵着老狐狸出去，他用刀割断绳子抽它。狐狸痛极了，咬得牙“咯咯”直响。石太璞不疾速抽，而是一点一顿地抽，还笑着问老狐狸：“岳父觉得痛吗？那就不抽了吧！”老狐狸眼睛闪着光，好像生气的样子。石太璞解开了绳子后，它便摇着尾巴走出了道观。石生辞别师父回了家。

注释 1 惠:恩惠。 2 絷(zhí):抓,捕。 3 治任:谓整理行装。 4 玄帝观:道家宫观。玄帝,即真武大帝,又称玄天上帝。 5 老魅:老鬼,老东西。魅,传说中的鬼怪。 6 龈(kěn)龈然:咬啮的样子。龈,啃,咬。 7 遽(jù):赶快,疾速。 8 睒(shǎn)闪:光闪烁貌。

三日前,已有人报叟信,媪先去,留女待石。石至,女逆而伏。石挽之曰:"卿如不忘琴瑟之情[1],不在感激也。"女曰:"今复迁还故居矣,村舍邻迩,音问可以不梗[2]。妾欲归省,三日可旋,君信之否?"曰:"儿生而无母,未便殇折。我日日鳏居,习已成惯。今不似赵公子,而反德报之,所以为卿者尽矣。如其不还,在卿为负义,道里虽近,当亦不复过问,何不信之与有?"女去,二日即返。问:"何速?"曰:"父以君在汴曾相戏弄,未能忘怀,言之絮叨。妾不欲复闻,

三天前,就已经有人来报信说翁老头被释放了,翁老太太先回去了,留下女儿等候石太璞。石太璞刚回到家,长亭就迎上前跪在地上。石太璞把她扶起来说道:"你如果能不忘我们的夫妻之情,我也就不在意你的感激。"长亭说:"现在我父母家又搬回故居了,村子与这儿邻近,以后音信就不会被阻断了。我想回娘家探望,三天就能够回来,你相信吗?"石太璞说:"儿子生下来就没了母亲照顾,但也没有夭折。我整天一个人过,已经习惯了。现在我不像赵公子那样,对你父亲以德报怨,我对你可以说是用尽了情义。如果你真的不回来,就是你辜负我的情义,虽然村子相距很近,我也不再过问你的事了,还说什么信不信你呢?"长亭回了娘家,只过了两天就回来了。石太璞问道:"你为什么这么快就回来了?"长亭说:"父亲因为你在汴州曾经捉弄过他,不能忘怀,絮絮叨叨说个不停。我不

故早来也。”自此闺中之往来无间，而翁婿间尚不通吊庆[3]云。

想再听，所以早回来了。”从此以后，长亭和她母亲之间倒是往来频繁，而岳父和女婿之间还是不相往来。

注释 **1** 琴瑟之情：夫妻之情。《诗经·小雅·常棣》：“妻子好合，如鼓瑟琴。” **2** 梗：阻塞，断绝。 **3** 不通吊庆：不予贺喜、吊唁，即不与人来往，形容关系疏远。庆，贺喜。吊，吊唁。

异史氏曰：“狐情反复，谲诈[1]已甚。悔婚之事，两女而一辙，诡可知矣。然要而婚之，是启其悔者犹在初也。且婿既爱女而救其父，止宜置昔怨而仁化之，乃复狎弄于危急之中，何怪其没齿不忘也！天下之有冰玉而不相能者，类如此。”

异史氏说：“狐精生性反复无常，非常狡诈。在悔婚这件事上，两个女儿的婚事如出一辙，它的狡诈就可以知道了。然而石太璞为了娶长亭，使用了要挟的方法，让翁老头一开始就有了悔婚的念头。而且身为女婿，既然因为爱长亭而救她的父亲，就应该把往日的恩怨放在一边，用仁义去感动他，而石太璞在他危难的时候还捉弄他，难怪翁老头一辈子也忘不了这个耻辱啊！天下岳父和女婿不能和睦相处的，都跟这个故事很像。”

注释 **1** 谲诈：谲诡狡诈。

席方平

原文

席方平，东安人。其父名廉，性戆拙[1]。因与里中富室羊姓有隙，羊先死，数年，廉病垂危，谓人曰："羊某今贿嘱冥使搒[2]我矣。"俄而身赤肿，号呼遂死。席惨怛[3]不食，曰："我父朴讷[4]，今见凌于强鬼。我将赴冥，代伸冤气矣。"自此不复言，时坐时立，状类痴，盖魂已离舍[5]。

译文

席方平是东安人，他的父亲叫作席廉，性情迂直诚实。因为与同里一户姓羊的富人家有过节，姓羊的先去世了，几年以后，席廉也得了重病，生命垂危，跟别人说："羊某人现在贿赂了冥间的使者让他们打我呢。"不久全身红肿，哀号着死了。席方平悲恸得吃不下饭，说："我的父亲为人老实，不善言辞，现在却被强横的鬼魂欺凌。我要去冥间，替他伸张冤屈。"自那以后他再也不说一句话，时而坐着时而站着，样子像是痴呆了，原来他已经魂不附体了。

注释 1 戆(zhuàng)拙：迂直诚实。 2 搒(péng)：用棍子或板子抽打。 3 惨怛(cǎn dá)：悲痛，忧伤。 4 朴讷(nè)：老实，不善言辞。 5 舍：指躯体。

席觉初出门，莫知所往，但见路有行人，便问城邑。少选[1]，入城。其父已收狱中。至狱门，遥见父卧檐

席方平感觉自己好像刚走出家门，不知道该去哪，见到路上有行人，就问他县城怎么走。没多久，他就进城了。他的父亲已经被收押在监狱里。他到了监狱门口，远远望见父亲躺在屋檐下，看上去样

下，似甚狼狈。举目见子，潸然流涕，曰："狱吏悉受赇[2]嘱，日夜搒掠，胫股摧残甚矣！"席怒，大骂狱吏："父如有罪，自有王章[3]，岂汝等死魅所能操耶！"遂出，写状，值城隍早衙[4]，喊冤以投。羊惧，内外贿通，始出质理[5]。城隍以所告无据，颇不直席[6]。席忿气无伸，冥行百余里至郡，以官役私状，告诸郡司。迟至半月始得质理。郡司[7]扑席，仍批城隍覆案。席至邑，备受械梏[8]，惨冤不能自舒[9]。城隍恐其再讼，遣役押送归家。役至门辞去。

子非常狼狈。父亲抬眼见到儿子，潸然泪下，道："狱卒都被那姓羊的花钱收买了，每天早晚都拷打我，我的腿都被他们打坏了！"席方平很生气，大骂狱卒："我父亲如果有罪，自然要按王法处置，哪里是你们这些死鬼能任意决定的呢！"于是他走出监狱，写了一张状子，趁着县里的城隍早上升堂的时候，喊冤投状。姓羊的听说此事非常害怕，里外打点贿赂以后，才出来和席方平对质。县城隍以席方平的控告没有根据为由，认为席方平理屈。席方平一腔怨怒无处伸张，连夜跑了一百多里路到了郡里，把县里官员差役的种种情状，告到了府里的城隍。府城隍拖延了半个多月才开堂审理。结果府城隍打了席方平一顿板子，批复仍然把案子送回县城隍处审理。席方平回到县里，备受酷刑，奇冤无处伸张。县城隍怕他再提起诉讼，就派衙役把他押送回家。衙役把他送到门口以后就走了。

注释 1 少选：一会儿。 2 赇(qiú)：贿赂。 3 王章：王法。 4 趁城隍早衙：趁着县里的城隍早上升堂的时候。城隍，有的地方又称城隍爷，是中国宗教文化中普遍崇祀的重要神祇之一，为儒教《周官》八神之一。也是中国民间和道教信奉的守护城池之神。早衙，旧时官府早晚坐衙治事，早上卯时的一次称“早衙”。 5 质理：对质理论，即打官司。 6 不直席：认为席方平理屈。 7 郡司：府的长官。 8 械梏：古代拘住犯人手足的刑具。 9 不能自舒：指冤屈无处伸张。

席不肯入，遁赴冥府，诉郡邑之酷贪。冥王立拘质对。二官密遣腹心[1]与席关说[2]，许以千金。席不听。过数日，逆旅主人告曰：“君负气已甚，官府求和而执不从，今闻于王前各有函[3]进，恐事殆矣。”席犹未信。俄有皂衣人唤入。升堂，见冥王有怒色，不容置词，命笞二十。席厉声问：“小人何罪？”冥王漠若不闻。席受笞，喊曰：“受笞允当[4]，谁教我无钱也！”冥王益怒，命置火床。两鬼捽[5]席下，见东墀有铁床，炽火其下，床面通赤。鬼脱席衣，掬置其上，反

席方平不肯进门，于是逃到了冥府，控诉郡、县两级城隍的残酷贪婪。冥王马上下令拘捕郡、县城隍前来对质。两位城隍偷偷派遣心腹和席方平说好话，并许诺给他一千两银子。席方平不肯。过了几天，旅店主人告诉他：“您赌气也赌得太过分了，官府跟您请求和解您都坚决不答应，我今天听说他们送了成箱的贿赂给冥王，您这事恐怕是不成了。”席方平还不相信。没过多久，有个黑衣人(冥府差役)传唤席方平进去。升堂以后，席方平看见冥王面有怒色，不由分说先要打席方平二十大板。席方平厉声争辩道：“小人何罪之有？”冥王装作没有听见。席方平挨了一顿打，喊道：“我被打也是活该，谁叫我没有钱呢！”冥王听了更为生气，命人把他送上火床。两个小鬼揪着席方平下堂，席方平看见东边台阶下有铁床，床下烧着滚烫的火，床板整个被烧得通红。小鬼把席方平的衣服扒了，把他抬起来往火床上一扔，并且把他反复往火床上按压。席方平

复揉捺之。痛极,骨肉焦黑,苦不得死。约一时许,鬼曰:“可矣。”遂扶起,促使下床着衣,犹幸跛而能行。复至堂上,冥王问:“敢再讼乎?”席曰:“大冤未伸,寸心不死,若言不讼,是欺王也。必讼!”王曰:“讼何词?”席曰:“身所受者,皆言之耳。”冥王又怒,命以锯解其体。二鬼拉去,见立木高八九尺许,有木板二仰置其上,上下凝血模糊。方将就缚,忽堂上大呼“席某”,二鬼即复押回。冥王又问:“尚敢讼否?”答云:“必讼!”冥王命捉去速解。既下,鬼乃以二板夹席缚木上。锯方下,觉顶脑渐辟,痛不可忍,顾亦忍而不号。闻鬼曰:“壮哉此汉!”锯隆隆

痛得死去活来,骨肉都被烫得焦黑,苦于不能当场受死。大概过了一个多时辰,小鬼说:“可以了。”就把席方平扶起来,催促他下床穿衣服。幸好席方平只是跛着脚,勉强还能走路。又到了堂上,冥王问他:“你还敢再提起诉讼吗?”席方平答道:“莫大的冤屈还没伸张,我的心依然不死,如果我说不再诉讼了,那就是欺瞒冥王了。我一定还会提起诉讼!”冥王说:“那你要拿什么作为讼词?”席方平说:“我亲身遭受的这一切,都会成为讼词。”冥王再度发怒,命令用锯子肢解他的身体。两个小鬼把席方平拉走,只见地上立着一根木柱,高约八九尺,上头有两块木板垂直放着,木板上下都血迹模糊。席方平正要受绑的时候,堂上忽然大喊“席方平”,两个小鬼马上把席方平押回去。冥王又问:“你还敢再提起诉讼吗?”席方平答道:“一定要提起诉讼!”冥王下令马上把他捉去尽快肢解。押下去以后,小鬼用两块木板把席方平夹着,把他绑在木柱上。锯子才拉下来的时候,席方平觉得脑门上似乎渐渐被劈开,痛得无法忍受,但又强行忍住,不肯叫出声。只听到一个小鬼说:“真是个壮烈的汉子!”锯子隆隆响着一会儿就锯

然寻至胸下，又闻一鬼云："此人大孝无辜，锯令稍偏，勿损其心。"遂觉锯锋曲折而下，其痛倍苦。俄顷半身辟矣，板解，两身俱仆。鬼上堂大声以报，堂上传呼，令合身来见。二鬼即推令复合，曳使行。席觉锯缝一道，痛欲复裂，半步而踣。一鬼于腰间出丝带一条授之，曰："赠此以报汝孝。"受而束之，一身顿健，殊无少苦。遂升堂而伏。冥王复问如前，席恐再罹酷毒，便答："不讼矣。"冥王立命送还阳界。隶率出北门，指示归途，反身遂去。

到了胸口，又听到一个小鬼说："这个人非常孝顺，而且无辜，我们稍微锯得偏一点，不要伤到他的心脏。"于是他觉得锯齿曲折歪斜地往下锯，感到痛苦加倍。随即他就被锯成了两半，木板被松开的时候，他的两截身体都倒在了地上。小鬼上堂大声禀报，堂上传来号令，命令把他的身体合起来再送到堂上。两个小鬼就推着他的两截身体重新合起来，拖着他上堂去。席方平觉得那条锯缝痛得好像随时要裂开一样，走了半步就跌倒在地。一个小鬼从腰间掏出一条丝带拿给他，说："这个送给你，算是回报你的孝心。"他接过丝带系在身上，随即觉得浑身舒服，一点也不痛苦了。于是走上堂去，跪在堂下。冥王又问了和先前一样的问题，席方平害怕再受酷刑，就说："我不再诉讼了。"冥王马上下令把他送回阳间。衙役带着席方平从北门出去，向他指了回去的路，随即转身离开了。

注释　1 腹心：心腹，贴身的亲信。　2 关说：代人陈说；从中给人说好话。　3 函：匣子。此处指贿赂。　4 允当：恰当，公允。这里是反语，指活该。　5 捽(zuó)：揪。

席念阴曹之昧暗尤甚于阳间，奈无路可达帝听。世传灌口二郎[1]为帝勋戚，其神聪明正直，诉之当有灵异。窃喜二隶已去，遂转身南向。奔驰间，有二人追至，曰：“王疑汝不归，今果然矣。”捽回复见冥王。窃疑冥王益怒，祸必更惨。而王殊无厉容，谓席曰：“汝志诚孝。但汝父冤，我已为若雪之矣。今已往生富贵家，何用汝鸣呼为[2]？今送汝归，予以千金之产、期颐之寿[3]，于愿足乎？”乃注籍中，嵌以巨印，使亲视之。席谢而下。

席方平想阴曹地府的黑暗竟比阳间还厉害，无奈他又没有门路可以上达天听。世人传说二郎神是天帝的亲戚，这位神灵聪明正直，向他告状，应该会有灵异的结果。他暗暗高兴两个衙役已经走了，于是转身向南跑去。正在跑的时候，有两个人追上来，说：“冥王怀疑你没有老老实实回家，果然如此。”就把他揪回去见冥王。席方平心想这下冥王肯定会更生气，自己肯定还要遭更惨的罪。没想到冥王一点儿都不生气，跟席方平说：“你确实是至孝之人。但你父亲的冤屈，我已经帮你昭雪了。他现在已经投生富贵之家，你何必再到处鸣冤呢？我现在就把你送回去，给你千金家产、百岁寿数，这下你可满意了吧？”说完就把这些写在生死簿上，盖上大印，让席方平亲自过目。席方平拜谢以后下堂了。

注释　1 灌口二郎：即二郎神。　2 何用汝鸣呼为：你何必再到处鸣冤呢？　3 期颐之寿：百岁的寿数。

鬼与俱出，至途，驱而骂曰：“奸猾贼！频频翻复，使人奔波欲死！

两个小鬼跟着席方平一同出来，走到路上以后，小鬼赶着他往前，并骂道：“你个狡猾的奸贼，屡屡生事，让我们奔

再犯，当捉入大磨中细细研之！”席张目叱曰：“鬼子胡为者！我性耐刀锯，不耐挞楚。请反见王，王如令我自归，亦复何劳相送。”乃返奔。二鬼惧，温语劝回。席故蹇缓[1]，行数步辄憩路侧。鬼含怒不敢复言。约半日至一村，一门半开，鬼引与共坐，席便据门阈[2]。二鬼乘其不备，推入门中。

波得要死！你要是再犯事，就把你抓进大磨盘里细细地磨碎了！”席方平瞪着眼睛回骂道：“你这小鬼想干什么！我天生经受得住刀锯，不耐烦打板子。我们这就回去见冥王，冥王如果让我自己回家，又何必劳驾你们送我。”说完转身就要往回跑。两个小鬼怕了，好言将他劝了回来。席方平故意装作腿脚不便的样子，走几步就在路边休息。小鬼心里生气但是敢怒不敢言。大约走了半天，到了一个村子，一扇门半开着，小鬼拉他一块儿坐，他就坐在门槛上。两个小鬼趁他不提防，把他推进门里。

注释　1 蹇(jiǎn)缓：步履蹒跚。　2 门阈：门槛。

惊定自视，身已生为婴儿。愤啼不乳，三日遂殇[1]。魂摇摇不忘灌口。约奔数十里，忽见羽葆[2]来，幡戟[3]横路。越道避之，因犯卤簿[4]，为前马[5]所执，絷送车前。仰见车中一少年，丰仪瑰玮[6]。问席：“何人？”席冤愤正无所出，

席方平惊魂甫定，一看发现自己已经变成一个婴儿。他生气地啼哭，不肯吃奶，三天以后就夭折了。灵魂摇摇荡荡，始终不忘前往灌口。他跑了大概数十里，忽然看见有羽盖装饰的车驾前来，旌旗和棨戟的仪仗遮满道路。席方平穿过道路想要避开车队，但还是冲撞了仪仗队，被前驱的马队抓住，捆起来送到车前。席方平抬头看到车中坐着一位少年，仪表堂堂，奇伟不凡。那人问席方平：“你是什么人？”

且意是必巨官，或当能作威福[7]，因缅诉毒痛。车中人命释其缚，使随车行。俄至一处，官府十余员，迎谒道左，车中人各有问讯。已而指席谓一官曰："此下方人，正欲往诉，宜即为之剖决。"席询之从者，始知车中即上帝殿下九王，所嘱即二郎也。席视二郎，修躯多髯[8]，不类世间所传。

席方平满腔怨愤正无处宣泄，而且想着此人一定是大官，或许有权势，能掌祸福，就详细地把自己的惨痛经历全都说了出来。车中人命令给他松绑，让他跟着车驾一块儿走。不久到了一处地方，只见十几位官员，站在道旁迎接，车中人和他们互相问候。然后，他指着席方平跟其中一位官员说："这个人是从下界来的，正要去你那里告状，你应该马上为他作出判决。"席方平问侍从这些人都是谁，才知道车中的人是天帝的殿下九王爷，他嘱咐的官员就是二郎神。席方平看着二郎神，身躯修长，胡须甚多，和世间相传的模样不大一样。

注释 1 殇：夭折。 2 羽葆：以鸟羽联缀为饰的华盖。 3 幡戟：旌旗和棨戟，泛指前驱仪仗。 4 卤簿：仪仗队。 5 前马：仪仗队的前驱。 6 丰仪瑰玮：仪表堂堂，奇伟不凡。 7 作威福：指当权者专行赏罚，独揽威权。 8 修躯多髯：身躯修长，胡须甚多。

九王既去，席从二郎至一官廨，则其父与羊姓并衙隶俱在。少顷，槛车[1]中有囚人出，则冥王及郡司、城隍也。当堂对勘[2]，席所言皆不妄。三官战栗，状若伏

九王爷走后，席方平跟着二郎神到了一处官署，发现他的父亲和那个姓羊的人，还有阴曹地府的衙役都在。不一会儿，从囚车里又下来几个犯人，原来是冥王和府、县两城隍。二郎神让他们当堂对质，席方平所说的没有一句虚言。三个地府官员战战兢兢，跪在地上仿佛老鼠。二郎

鼠。二郎援笔立判,顷刻,传下判语,令案中人共视之。

神提起笔来作了判决,没过多久,堂上传来了判决书,让涉案的人都来看。

注释 1 槛车:囚车。 2 对勘:对质审讯。勘,审问。

判云:"勘得[1]冥王者:职膺王爵,身受帝恩。自应贞洁以率臣僚,不当贪墨[2]以速官谤。而乃繁缨[3]棨戟,徒夸品秩之尊;羊很狼贪[4],竟玷人臣之节。斧敲斫[5],斫入木,妇子之皮骨皆空;鲸吞鱼,鱼食虾,蝼蚁之微生可悯。当掬西江之水,为尔湔[6]肠;即烧东壁之床,请君入瓮。

判决书是这么写的:"查得冥王:任职地府的王爵,受到天地的恩泽。本该清正廉洁,做臣僚的表率;不当贪污腐败,招来赃官的骂名。然而你倚仗繁缨和棨戟,徒然夸耀着品秩的尊贵;效仿羊狠和狼贪,竟然玷污了人臣的节操。斧劈刀,刀砍木,妇孺的皮肉骨髓都被吸干;鲸吞鱼,鱼吃虾,百姓的生命像蝼蚁一样可怜。只当捧来西江的清水,给你洗肠;立即烧热东边的铁床,请君入瓮。

注释 1 勘得:查实,查得。 2 贪墨:同"贪冒",谓贪以败官。 3 繁(pán)缨:天子、诸侯所用辂马的带饰。繁,通"鞶",马腹带。缨,马颈革。 4 羊很狼贪:比喻冥王的凶狠与贪婪。很,同"狠"。 5 斫(zhuó):砍削。 6 湔(jiān):清洗。

"城隍、郡司:为小民父母之官,司上帝牛羊之牧[1]。虽则职居下列,而尽

"县城隍、郡城隍:身为百姓的父母官,负责代替天帝管理百姓之事。虽然官职居于下等,但是鞠躬尽瘁者也不

瘁者不辞折腰[2];即或势逼大僚,而有志者亦应强项[3]。乃上下其鹰鸷[4]之手,既罔念夫民贫;且飞扬其狙狯[5]之奸,更不嫌乎鬼瘦。惟受赃而枉法,真人面而兽心!是宜剔髓伐毛,暂罚冥死;所当脱皮换革,仍令胎生。

辞折腰;哪怕受到强权威逼,然而心怀志节者也应该不屈服。然而你们都像鹰鸷一样上下其手,根本不念及民众贫苦;而且都像狙狯一样放纵奸诈,甚至不嫌饿鬼瘦弱。只会贪赃枉法,实在人面兽心。就应该剔除你们的骨髓,刮掉你们的毛发,暂且在阴间处以死刑;应该扒掉你们的人皮,换上禽兽的兽皮,来生在阳世投胎为牲畜。

注释 1 司上帝牛羊之牧:负责代替天帝管理百姓之事。牛羊,比喻被统治的百姓。 2 折腰:反用陶渊明"不为五斗米折腰"的典故,谓应当委屈奉公。 3 强项:东汉光武帝时董宣秉公执法,得罪湖阳公主,光武帝令董宣向公主叩头谢罪,董宣不肯低头,光武帝称之为"强项令"。 4 鹰鸷(zhì):都是猛禽,比喻贪婪暴虐。 5 狙狯(jū kuài):都是猴子,比喻阴险狡诈。

"隶役者:既在鬼曹,便非人类。只宜公门修行[1],庶还落蓐之身[2];何得苦海生波,益造弥天之孽?飞扬跋扈,狗脸[3]生六月之霜;隳突[4]叫号,虎威断九衢[5]之路。肆淫威于冥界,咸知狱吏为尊;助酷虐于昏官,共以屠伯[6]是惧。当于法场[7]之

"地府的衙役:既然身在阴曹,那就不是人类。本该在衙门中修身行善,或能还你投胎做人;何必在苦海里兴风作浪,加重你的弥天罪孽?飞扬跋扈,狗脸惹来六月飞霜;冲撞嚎叫,虎威截断九衢大道。在冥界大作淫威,让众人都恭敬狱卒;为昏官助纣为虐,让大家都害怕酷吏。应该把你们送进刑场里,剁掉你们的四肢;

内，剁其四肢；更向汤镬之中，捞其筋骨。

外加把你们推进汤锅里，捞出你们的筋骨。

注释 1 公门修行：在衙门中修身行善。修行，修身行善。 2 落蓐(rù)之身：指人身。蓐，陈草复生，引申为草垫子、草席。此处指产褥。 3 狗脸：此处指衙役的面孔。 4 隳(huī)突：冲撞，破坏。 5 九衢(qú)：四通八达的大道。 6 屠伯：指手段残酷、杀人无数的酷吏。 7 法场：刑场。

"羊某：富而不仁，狡而多诈。金光盖地，因使阎摩殿上尽是阴霾；铜臭熏天，遂教枉死城[1]中全无日月。余腥犹能役鬼，大力直可通神。宜籍[2]羊氏之家，以偿席生之孝。即押赴东岳[3]施行。"

"羊某人：为富不仁，诡诈多端。金银之多光芒盖地，使得阎罗殿上全是阴霾；铜钱之多臭气熏天，于是让枉死城中暗无天日。残余的腥臭还能役使小鬼，天大的势力直接能通冥神。应该查抄羊氏的家产，用来补偿席生的至孝。以上罪犯立即押送到东岳大帝那里执行惩罚。"

注释 1 枉死城：指地狱。 2 籍：抄家，查抄。 3 东岳：泰山。此指东岳大帝，即道教所奉东岳庙中的泰山神。民间传说东岳大帝掌管人间的生死祸福并且施行赏罚。

又谓："席廉：念汝子孝义，汝性良懦，可再赐阳寿三纪[1]。"因使两人送之归里。席乃抄其判词，途中父子共读之。

又判决道："席廉：感念令郎的至孝高义，你的性情温良，可以再赐给你三十六年阳寿。"于是，二郎神派了两个神仙把他们送归故里。席方平抄写了二郎神的判词，途中父子二人共同诵读。到了家中，

既至家，席先苏，令家人启棺视父，僵尸犹冰。俟之终日，渐温而活。又索抄词，则已无矣。

席方平先苏醒，命家人打开棺材验看父亲，尸体僵硬，还很冰冷。等了一整天，渐渐有了体温，并且活过来了。再去找那份抄下来的判决书，则已经找不到了。

注释 1 三纪：一纪十二年，三纪三十六年。

自此，家道日丰，三年良沃遍野。而羊氏子孙微[1]矣，楼阁田产尽为席有。即有买其田者，必梦神人叱之曰："此席家物，汝乌得有之！"初未深信，既而种作，则终年升斗无所获，于是复鬻[2]于席。席父九十余岁而卒。

自那以后，席氏家道日渐兴盛，三年之间良田遍野。而羊氏子孙逐渐衰微，楼房田产都归席家所有。羊家有人想买席家的田产，就会梦到有神人斥责他："这是席家的东西，你怎么能够拥有呢！"羊家人一开始都不太相信，但是耕种了以后，一年下来终究颗粒无收，只好又卖回席家。席方平的父亲活到九十多岁才去世。

注释 1 微：衰微，败落。 2 鬻(yù)：卖。

异史氏曰："人人言净土[1]，而不知生死隔世，意念都迷，且不知其所以来，又乌知其所以去，而况死而又死，生而复生者乎？忠孝志定，万劫不移。异哉席生，何其伟也！"

异史氏说："大家都讲西方极乐世界，但不知道生与死本来隔着一个世界，连意念都是模糊的，而且不知道自己从哪里来，又怎么知道自己往哪里去，更何况死者又死，生者又生呢？但是忠贞孝顺的志节一旦定了，即使遭受万般劫难，也会矢志不移。席方平真是奇人，确实太伟大了！"

注释 1 净土:佛教认为西天佛土清净自然,是"极乐世界",因称为"净土"。

素 秋

俞慎字谨庵,顺天旧家子[1]。赴试入都,舍于郊郭,时见对户一少年,美如冠玉[2]。心好之,渐近与语,风雅尤绝。大悦,捉臂邀至寓所,相与款宴。问其姓氏,则金陵[3]俞士忱也,字恂九。公子闻与同姓,更加浃洽[4],订为昆仲[5],少年遂减名字为忱。

俞慎,字谨庵,是顺天的官宦世家子弟。他进京赶考的时候,住在城外,经常看见对面人家有一个年轻人,长得美如碧玉。俞慎心中非常喜欢他,便渐渐和他接近交谈,发现他尤其风流高雅。俞慎非常高兴,于是拉着他的胳膊,邀请他到自己的住处,设宴款待他。俞慎问他的姓氏,他自称是金陵人,姓俞名士忱,字恂九。俞慎听到他与自己同姓,更觉得亲近,于是和他结拜为兄弟,少年便将自己名字中的"士"字去掉,改名俞忱。

注释 1 旧家子:世家子弟,往往指没落的世家。 2 冠玉:装饰于帽子上的美玉。用以比喻美男子。 3 金陵:南京旧称。 4 浃洽(jiā qià):和谐,融洽。 5 订为昆仲:结为兄弟。

明日,过其家,书舍光洁,然门庭踧落[1],更无厮仆。引公子入内,呼妹出拜,年约十三四,

第二天,俞慎到俞忱家拜会,见他的书斋房屋都明亮整洁,但门庭很冷落,更没有仆人。俞忱领着俞慎进入内室,叫妹妹出来拜见,他妹妹年纪大约十三四岁,

肌肤莹澈，粉玉无其白也。少顷托茗献客，家中似无臧获[2]。公子异之，数语遂出。自后友爱如胞。恂九无日不来，或留共宿，则以弱妹无伴为辞。公子曰："吾弟流寓千里，曾无应门之僮，兄妹纤弱，何以为生？计不如从我去，有斗舍可共栖止，如何？"恂九喜，约以场后。试毕，恂九邀公子去，曰："中秋月明如昼，妹子素秋具有蔬酒，勿违其意。"竟挽入内。素秋出，略道温凉，便入复室，下帘治具。

肌肤晶莹洁白，就连粉玉也比不上。不一会儿，俞忱的妹妹又亲自端茶敬客，看来家里好像也没有婢女仆妇。俞慎感觉很奇怪，说了几句话就起身告辞了。从此以后他们就像亲兄弟一样友爱。俞忱没有哪天不到俞慎住所相聚的，有时俞慎想留他住下一起睡，他就推辞说妹妹弱小无伴。俞慎说道："弟弟你离家千里，也没有一个应门的童仆，兄妹俩又身单力薄，以什么为生啊？我想，你们不如跟我回去，我有一座房子可以让你们兄妹一起住，怎么样？"俞忱听了很高兴，约定考完后就随他回去。考试完毕后，俞忱邀请俞慎前往家中，说道："今天是中秋佳节，月明如昼，我妹妹素秋准备了酒菜，希望不要辜负了她的一番心意。"说完，他拉着俞慎到内室。素秋出来相见，略微寒暄了几句，说完就又进了屋，放下帘子准备酒菜。

注释　1 蹴(cù)落：萧条的样子。　2 臧获(zāng huò)：古代奴婢的贱称。

少间，自出行炙[1]。公子起曰："妹子奔波，情何以忍！"素秋笑入。

不一会儿，素秋亲自端上酒菜。俞慎站起身来说："让妹妹来回操劳，我怎么忍心呢！"素秋听了笑着进去了。又

顷之搴帘[2]出，则一青衣婢捧壶，又一媪托柈[3]进烹鱼。公子讶曰："此辈何来？不早从事，而烦妹子？"恂九微笑曰："妹子又弄怪矣。"但闻帘内吃吃作笑声，公子不解其故。既而筵终，婢媪撤器，公子适嗽，误咳婢衣。婢随唾而倒，碎碗流炙。视婢，则帛剪小人，仅四寸许。恂九大笑。素秋笑出，拾之而去。俄而婢复出，奔走如故。公子大异之。恂九曰："此不过妹子幼时，卜紫姑之小技[4]耳。"公子因问："弟妹都已长成，何未婚姻？"答云："先人即世[5]，去留尚无定所，故此迟迟。"遂与商定行期，鬻[6]宅，携妹与公子俱西。既归，除舍舍之；又遣一婢为之服役。

过了一会儿，门帘掀开，一个穿青衣的婢女捧着酒壶，还有一个老仆妇端着一盘鱼出来。俞慎惊讶地说："她们是从哪里来的？为什么不早点出来做事，却劳烦妹妹呢？"俞忱微笑着说："素秋又作怪了。"只听到帘内传来"吃吃"的笑声，俞慎不明白怎么回事。等到筵席结束，老仆妇和婢女出来撤席，正巧俞慎咳嗽，不小心将唾沫溅到婢女身上。婢女应声而倒，碗摔得粉碎，菜汤流了一地。再看那婢女，原来是用绢布剪的小人，大小只有四寸。俞忱大笑起来。素秋笑着出来，拾起小人走了。不一会儿，婢女又出来，像刚才一样行走自如。俞慎非常惊异。俞忱说："这不过是妹妹小时候向紫姑学的一些小把戏罢了。"俞慎于是又问道："你们兄妹都已长大成人，为什么都还没成婚呢？"俞慎回答说："父母都已经去世了，我二人颠沛流离，居无定所，所以也迟迟没有结亲。"两人商定了回去的日子，俞忱卖掉房子，带着妹妹同俞慎一起西去顺天府。回到家后，俞慎命人打扫出房间，让他们兄妹住下，又派了一个婢女侍奉他们。

注释 1 行炙(xíng zhì):传送烤肉。亦泛指宴会时上菜。 2 搴(qiān)帘:掀开帘子。 3 柈(pán):古同“盘”,盘子。 4 卜紫姑之小技:向紫姑学习的小把戏。紫姑是传说中的司厕之神,多迎祀于家,占卜诸事。 5 即世:去世。 6 鬻(yù):卖。

公子妻,韩侍郎[1]之犹女[2]也,尤怜爱素秋,饮食共之。公子与恂九亦然。而恂九又最慧,目下十行,试作一艺[3],老宿[4]不能及之。公子劝赴童子试[5],恂九曰:“姑为此业者,聊与君分苦耳。自审福薄,不堪仕进;且一入此途,遂不能不戚戚于得失,故不为也。”居三年,公子又下第[6]。恂九大为扼腕,奋然曰:“榜上一名,何遂艰难若此!我初不欲为成败所惑,故宁寂寂耳。今见大哥不能发舒[7],不觉中热。十九岁老童当效驹驰也。”公子喜,试期送入场,邑、郡、道皆第一[8]。益与公子下帷攻苦。逾年科试,并为郡、邑冠

俞慎的妻子,是韩侍郎的侄女,非常喜爱素秋,常和她一起吃饭。俞慎同俞忱也是这样。俞忱又非常聪明,读书时一目十行,试着写了一篇文章,那些有名的老学究也比不上他。俞慎劝他去考秀才,俞忱说:“我暂时以读书为业,不过是想替你分担些辛苦罢了。我自知福分浅薄,无福在仕途高进,况且一旦走上这条路,就不能不患得患失,所以我不想去参加科举。”过了三年,俞慎考试又落榜。俞忱极为他鸣不平,激动地说:“金榜上挂个名字,怎么能艰难到如此地步!当初我不想被成败迷惑,所以宁愿默默生活。如今看到大哥不能扬名,心中不觉得发热。我这十九岁的老童生,也要像马驹一样驰骋考场了。”俞慎听了非常高兴,到了考试的时候,送俞忱去考场,结果他在县、郡、道三场考试都考中第一名。从此俞忱与俞慎在一起更加刻苦攻读。第二年的科试中,两人并列为郡、县第一。俞忱

军。恂九名大噪，远近争婚之，恂九悉却去。公子力劝之，乃以场后[9]为解。

从此名声大噪，远近的人都争相要和他结亲，他都拒绝了。俞慎竭力劝说他成亲，他就推托等参加乡试完后再说。

注释 1 侍郎：唐以后，为中央所属各部的副官。 2 犹女：侄女。 3 艺：制艺。指八股文。 4 老宿(sù)：年老而资深的人，此处指年纪大阅历广的儒生。 5 童子试：亦称童试，明、清时取得生员（秀才）资格的入学考试。 6 下第：落榜。 7 发舒：立功扬名。 8 邑、郡、道皆第一：童子试包括县试、府试和院试三个阶段的考试，此即指三场考试都是第一名。 9 场后：指参加乡试完了以后。

无何，试毕，倾慕者争录其文，相与传颂；恂九亦自觉第二人不屑居也。既榜发，兄弟皆黜。时方对饮，公子尚强作噱[1]，恂九失色，酒盏倾堕，身仆案下。扶置榻上，病已困殆。急呼妹至，张目谓公子曰："吾两人情虽如胞，实非同族。弟自分已登鬼箓[2]，衔恩无可相报。素秋已长成，既蒙嫂抚爱，媵[3]之可也。"公子作色曰："是真吾弟之乱命[4]

不久以后，乡试完毕，倾慕俞忱文采的人都争着抄录他的文章，互相传诵，俞忱自己也觉得第二名都不屑一顾了。等到放榜，结果兄弟二人都榜上无名。当时他们正在一起喝酒，听到这消息，俞慎还强颜欢笑，故作镇静，俞忱却大惊失色，酒杯摔在地上，身体一下子扑倒在桌子下面。俞慎连忙把他扶到床上，发现他的病情已经十分危险了。俞慎急忙喊俞忱的妹妹素秋前来，俞忱睁开眼对他说："我们虽然情同手足，但实际上不是同族。小弟我感到自己已经上了阎王爷的鬼簿了，我们兄妹多年来受你恩惠，无法报答。如今素秋已经长大成人，承蒙嫂子喜爱，就让她给你做妾吧。"俞慎脸色一沉，说："兄

也！其将谓我人头畜鸣者[5]耶！"恂九泣下。公子即以重金为购良材。恂九命舁[6]至，力疾而入，嘱妹曰："我没后，急阖棺，无令一人开视。"公子尚欲有言，而目已瞑矣。公子哀伤，如丧手足。然窃疑其嘱异，俟素秋他出，启而视之，则棺中袍服如蜕；揭之，有蠹鱼[7]径尺，僵卧其中。骇异间，素秋促入，惨然曰："兄弟何所隔阂？所以然者，非避兄也，但恐传布飞扬，妾亦不能久居耳。"公子曰："礼缘情制，情之所在，异族何殊焉？妹宁不知我心乎？即中馈[8]当无漏言，请勿虑。"遂速卜吉期，厚葬之。

弟真是胡言乱语啊！想让人骂我衣冠禽兽吗！"俞忱泪流不止。俞慎马上花重金为他购置了上好的棺材。俞忱让人把棺材抬到跟前，竭力支撑着爬进去，嘱咐妹妹素秋说："我死以后，赶忙封棺，不要让任何人打开看。"俞慎还想和他说些话，他已经闭眼死了。俞慎非常悲伤，就像亲兄弟死了一样。可是他私下里怀疑俞忱的遗嘱有些奇怪，于是趁素秋外出，偷偷打开棺材看，只见里面的袍服像蛇褪下的皮，揭开衣服一看，却是一条一尺来长的蠹鱼，僵卧在里面。俞慎正在惊讶的时候，素秋急匆匆地走进来，悲痛地说："你们兄弟之间有什么好隐瞒的？之所以这样做，并不是有意瞒着兄长，只是怕这件事传扬出去，我也就不能在这里长久住下去了。"俞慎说："礼法是为人情而设定的，只要感情真挚，即使不是同类又有什么不同呢？妹妹难道还不明白我的心吗？就是对夫人我也不会泄露一句的，请你不要担忧。"于是俞慎尽快选定下葬吉日，把俞忱厚葬了。

注释 1 强作噱(jué)：强作轻松的样子。噱，大笑。 2 鬼箓：迷信谓冥间死者的名册。 3 媵(yìng)：古代指随嫁，亦指随嫁的人，这里指收纳为妾。 4 乱命：病重昏迷时的遗言。指其主意荒谬。 5 人头畜鸣者：

人面畜生。 **6** 舁(yú):共同用手抬。 **7** 蠹(dù)鱼:又称“衣鱼”,蛀蚀书籍衣服等物的小虫。 **8** 中馈:妻室。

初,公子欲以素秋论婚于世家,恂九不欲。既没,公子商于素秋,素秋不应。公子曰:“妹子年已二十,长而不嫁,人其谓我何?”对曰:“若然[1],但惟兄命。然自顾无福相,不愿入侯门,寒士而可。”公子曰:“诺。”不数日,冰媒[2]相属,卒无所可[3]。先是,公子之妻弟韩荃来吊,得窥素秋,心爱悦之,欲购作小妻。谋之姊,姊急戒勿言,恐公子知。韩心不释,托媒风示公子,许为买乡场[4]关节。公子闻之,大怒诟骂,将致意者批逐出门,自此交往遂绝。又有故尚书孙某甲,将娶而妇卒,亦遣冰来。其甲第[5]人所素识,公

当初,俞慎想把素秋嫁给官宦世家子弟,俞忱不同意。俞忱死后,俞慎又同素秋商量这事,素秋还是不肯。俞慎说:“妹妹已经二十岁了,到了该出嫁的年龄却不嫁人,别人会怎么说我呢?”素秋回答说:“如果是这样,我就听凭兄长的安排。但是我自觉没有福分,不愿高攀世家大户,嫁个寒门书生就可以了。”俞慎说:“可以。”没过几天,媒人们就接踵而至,但介绍的人家素秋都不中意。此前,俞慎的妻弟韩荃来给俞忱吊丧,私下看到过素秋,心里非常喜爱她,想买她做妾。他同姐姐商量,姐姐急忙告诫他此事不要再提,怕俞慎知道了生气。韩荃回家后,心里放不下素秋,便托媒人传话给俞慎,如果姐夫答应,他就为姐夫买通乡试的关节。俞慎听后,勃然大怒,大骂一通,将捎信人也赶了出去,从此他和韩荃断绝了来往。又有一个已故尚书的孙子某甲,正要娶亲时,没过门的媳妇却突然死了,也派媒人来提亲。某甲家高宅大院,家财万贯,俞慎平时就知道,但他想亲眼见一见某甲本人如何,就同媒人约定日期,让某甲亲自登门。

子欲一见其人,因使媒约,使甲躬谒。及期,垂帘于内,令素秋自相之。甲至,裘马驺从[6],炫耀闾里[7]。人又秀雅如处子。公子大悦,而素秋殊不乐。公子竟许之,盛备装奁[8]。素秋固止之,公子亦不听,卒厚赠焉。既嫁,琴瑟甚敦。然兄嫂系念,月辄归宁。来时,奁中珠绣,必携数事付嫂收贮。不解其意,亦姑听之。

到了那天,俞慎让素秋在里屋隔着帘子,由她自己相看。某甲来了,身穿皮袍,骑着骏马,还带着一帮随从,在街坊里显得光彩夺目。再看他人长得清秀文雅,像个姑娘一样。俞慎一见非常喜欢,但素秋却很不中意。俞慎不听素秋的心意,竟然应了这门亲事,为素秋准备了丰厚的嫁妆。素秋再三制止,俞慎也不听,终究还是陪送了丰厚的嫁妆。素秋出嫁以后,夫妻间感情很好。但是兄嫂时常挂念她,所以她每月总要回来看望。来的时候,素秋都要将梳妆盒中的首饰拿回几件,交给嫂子收藏好。嫂子不明白她的用意,姑且依从了她。

注释　1 若然:如果是这样。　2 冰媒:媒人。　3 卒无所可:始终没有称心的。可,可意,中意。　4 乡场:乡试。　5 甲第:旧时显贵者的宅第。　6 驺从:贵族官僚出门时所带的骑马的侍从。　7 闾里(lǘ lǐ):乡里。　8 装奁(lián):古代妇女梳妆用的镜匣。泛指嫁妆。

甲少孤,寡母溺爱太过,日近匪人[1],引诱嫖赌,家传书画鼎彝[2],皆以鬻偿戏债。韩荃与有瓜葛,日招甲饮而窃

某甲从小就没了父亲,寡母因此对他过分溺爱,他经常和坏人混在一起,渐渐被引诱去吃喝嫖赌,家里的书画和珍贵的古玩,都让他卖掉去还玩乐的债了。韩荃与他有来往,便经常请他喝酒暗中探听

探之，愿以两妾及五百金易素秋。甲初不肯，韩固求之，甲意摇动，恐公子不甘。韩曰：“彼与我至戚，此又非其支系[3]，若事已成，彼亦无如我何。万一有他，我身任之。有家君在，何畏一俞谨庵哉！”遂盛妆两姬出行酒，且曰：“果如所约，此即君家人矣。”甲惑之，约期而去。至日，虑韩诈谖[4]，夜候于途，果有舆来，启帘验照不虚，乃导去，姑置斋中。韩仆以五百金交兑明白。甲奔入，诳素秋曰：“公子暴病相呼。”素秋未遑[5]理妆，草草遂出。舆既发，夜迷不知何所，逴行[6]良远，殊不可到。忽有二巨烛来，众窃喜其可以问路。及至前，则巨蟒两目如灯。众大骇，人马俱窜，委

他的意思，说愿意用两个小妾加上五百两银子交换素秋。某甲开始不同意，韩荃再三请求，某甲就有些心动了，但又担心俞慎知道后不会与他善罢甘休。韩荃说：“我与他是至亲，况且素秋又不是他同族，如果事情办成了，他也不能拿我怎么样。万一有什么事，由我来承担。有家父在，还怕他一个俞谨庵吗！”接着他让两个盛装打扮的侍妾出来陪酒，并且对他说：“如果约定的事成了，这两个侍妾就是你家的人了。”某甲被韩荃迷惑，两人约定好日期就回去了。到了那天，某甲担心韩荃欺诈他，夜里就守候在路上，果然看到有辆车子前来，他掀开帘子察看，发现果然不假，便领她们回家，暂时安置在书房里。韩荃的仆人又拿出五百两银子，当面交给他。某甲急忙跑进内室，骗素秋说：“哥哥俞慎得了急病，叫你赶快回家。”素秋顾不上梳妆，急急忙忙就出了门。车子出发后，夜里看不清方向迷了路，一直走了很远，也没有到韩荃家。忽然有两支巨大的蜡烛迎面而来，大家心里暗暗高兴，以为可以上前问路了。走到跟前，发现原来是一条大蟒蛇，两只眼睛像灯一样。众人惊慌失措，四下逃窜，把车子丢在路旁。天

舆[7]路侧。将曙复集，则空舆存焉。意必葬于蛇腹，归告主人，垂首丧气而已。

亮了众人又聚到一起才回去察看，发现只剩下空车子了。他们猜想素秋一定是被大蟒蛇吃了，于是回去禀报主人，韩荃只能垂头丧气。

注释 1 匪人：行为不正的人，坏人。 2 鼎彝(yí)：泛指古代祭祀用的鼎、尊等礼器。这里指珍贵的古玩。 3 支系：宗族的分支。此处指同族。 4 诈谖(xuān)：欺诈。 5 未遑：来不及，顾不上。 6 逴(chuō)行：远行。 7 委舆：丢掉车。

数日后，公子遣人诣妹，始知为恶人赚去，初不疑其婿之伪也。陪媵婢归，细诘情迹[1]，微窥其变，忿极，遍诉郡邑。某甲惧，求救于韩。韩以金妾两亡，正复懊丧，斥绝不为力。甲呆憨无所复计，各处勾牒至，但以赂嘱免行。月余，金珠服饰典货一空。公子于宪府[2]究理甚急，邑官皆奉严令，甲知不可复匿，始出，至公堂实情尽吐。宪票[3]拘韩对质。

几天以后，俞慎派人来看望妹妹，这才知道素秋被坏人骗走了，最初他也没有怀疑是女婿某甲搞的鬼。直到陪嫁的婢女回来，俞慎仔细盘问了事情的经过，才稍微觉察出其中的变故，十分气愤，去县府衙门四处告状。某甲心里很害怕，于是向韩荃求救。韩荃因为人财两空，正懊丧不已，斥责一番，不肯为他出力。某甲本就呆蠢，想不出什么办法，府县各处的拘票来了，他只好纷纷贿赂，才暂时没被抓走。过了一个多月，家里的金银珠宝和服饰都被他变卖一空。俞慎告到省里，省衙追究得很急，县官也都只能服从上司严加追查的命令。某甲知道再也不能隐藏下去了，才出来对簿公堂，招供出全部实情。省衙又发出拘票，拘捕韩荃前来对质。韩

韩惧,以情告父。父时已休职,怒其所为不法,执付隶。及见官府,言及遇蟒之变,悉谓其词枝梧。家人搒掠[4]殆遍,甲亦屡被敲楚[5]。幸母日鬻田产,上下营救,刑轻得不死,而韩仆已瘐毙[6]矣。韩久困囹圄[7],愿助甲赂公子千金,哀求罢讼。公子不许。甲母又请益以二姬,但求姑存疑案,以待寻访。妻又承叔母命,朝夕解免,公子乃许之。甲家綦贫,货宅办金,而急切不能得售,因先送姬来,乞其延缓。

荃十分害怕,就把事情的经过告诉了父亲。当时,他父亲已经辞官在家,对儿子所做的违法的事大为震怒,把他绑起来交给官差带走。到了官府公堂上,韩荃说到遇见大蟒蛇的变故,大家都认为他在胡言乱语。韩家的仆人几乎都被拷打审问,某甲也屡屡受刑。幸亏他母亲整日变卖田产,上下打点营救,韩荃才受刑不重,没被打死,而韩家的仆人却已经病死在监牢中了。韩荃长期被囚禁在牢狱中,愿意拿出一千两银子帮助某甲贿赂俞慎,请求他撤销诉状。俞慎不答应。某甲的母亲又请求再加上两个侍妾,只求暂时将此事当作疑案搁置,等他们派人去寻访素秋。俞慎的妻子也受叔母的嘱托,天天劝解俞慎,他才答应了。某甲家已经很穷了,想卖掉宅院筹集银两,但一时又卖不出去,就先送侍妾过来,乞求俞慎延缓些时日。

注释 1 情迹:事情的经过。 2 宪府:旧时称御史为“宪府”,清代称巡抚、布政使和按察使为“三大宪”。此处指朝廷委驻各行省的高级官吏衙门。 3 宪票:本指都察院发出的指令,泛指上司发出的指令。 4 搒(péng)掠:鞭笞,拷打。 5 敲楚:扑责,受刑。 6 瘐(yǔ)毙:古代指囚犯因受刑、冻饿、生病而死在监狱里。 7 囹圄(líng yǔ):亦作“囹圉”,监狱。

逾数日，公子夜坐斋中，素秋偕一媪，蓦然忽入。公子骇问："妹固无恙耶？"笑曰："蟒变乃妹之小术耳。当夜窜入一秀才家，依于其母。彼亦识兄，今在门外。"公子倒屣出迎[1]，烛之，非他，则宛平[2]名士周生也，素以声气相善。把臂入斋，款洽[3]臻至。倾谈既久，始知颠末[4]。初，素秋昧爽款[5]生门，母纳入，诘之，知为公子妹，便欲驰报。素秋止之，因与母居。甚得母欢，以子无妇，窃属意素秋，微言之。素秋以未奉兄命为辞。生亦以公子交契[6]，故不肯作无媒之合，但频频侦听。知讼事已有关说[7]，素秋乃告母欲归。母遣生率一媪送之，即嘱媪为媒。公子以素

过了几天，俞慎晚上正坐在书房中，忽然素秋带着一个老妇人进来了。俞慎惊讶地问道："妹妹原来一直平安无事吗？"素秋笑着说："那条大蟒蛇只不过是妹妹施展的小把戏罢了。那天夜里我逃到一个秀才家，和他母亲住在一起。秀才说他也认识哥哥，现在就在门外。"俞慎一听，倒穿着鞋就跑出去迎接，他拿灯一照，这秀才不是别人，正是宛平县的名士周生，两人向来意气相投。俞慎拉着周生的胳膊进了书房，热情地设宴款待他，十分周到。两人倾心交谈了很久，才知道事情的原委。原来，素秋在天刚刚亮时，去敲周生家的门，周母让她进去，仔细询问怎么回事，知道是她是俞公子的妹妹，就要派人前来通知。素秋制止了，于是素秋就和周母住在一起。周母很喜欢她，因为儿子周生还没有媳妇，就暗中很中意素秋当儿媳妇，还稍微探听了一下她的意思。素秋推辞说没有得到哥哥的同意。周生也因为和俞慎交情很好，不肯没有媒人提亲就和素秋成亲，只是经常打听案子的消息。当得知官司已经调解，素秋便告诉周母想回家。周母让周生带一老妇人送她回去，并嘱咐她说媒提亲。俞慎因为素秋

秋居生家久，亦有此心；及闻媪言，大喜，即与生面订姻好。先是，素秋夜归，将使公子得金而后宣之。公子不可，曰："向愤无所泄，故索金以败之耳。今复见妹，万金何能易哉！"即遣人告诸两家，罢之。又念生家故不甚丰，道又远，亲迎殊难，因移生母来，居以恂九旧第。生亦备币帛鼓乐，婚嫁成礼。	在周家住了很长时间，也有心把素秋嫁给他；听说老妇人是来提亲的，非常高兴，就同周生当面订好了婚事。先前，素秋在夜里回来，是想让俞慎得到那笔银子后再公开此事。俞慎认为不能这么办，说道："以前是因为心中气愤无处发泄，所以想要索取钱财让他家败落。如今又能见到妹妹，万两黄金也换不回来啊！"他马上派人告诉那两家，官司就此了结。俞慎又想到周生家不太富裕，路途也遥远，前来迎亲很困难，就接周生的母亲过来，住在俞忱原来住的房子里。周生也准备好了彩礼，请来鼓乐队，举行了婚礼。

注释　1 倒屣(xǐ)出迎：形容热情欢迎宾客，尊重贤才。古人家居脱鞋席地而坐，急于迎客时将鞋倒穿。　2 宛平：旧县名。治今北京市城区西南隅。　3 款洽(kuǎn qià)：亲密，亲切。　4 颠末：事情的原委。　5 款：敲。　6 交契：交情很好。契，意气相合。　7 关说：调解说情。

一日，嫂戏素秋曰："今得新婿，从前枕席之爱犹忆之否？"素秋笑顾婢曰："忆之否？"嫂不解，研问之。盖三年床笫皆以婢代。每夕以	一天，嫂子同素秋开玩笑说："如今你有了新女婿，从前的夫妻枕席之爱还记得吗？"素秋笑着问婢女说："还记得吗？"嫂子不明白怎么回事，就追问她。原来素秋在某甲家的那三年，夫妻之事都是让婢女代替的。每到晚上，素秋用笔给婢女画

笔画其两眉，驱之去。即对烛独坐，婿亦不之辨也。益奇之，求其术，但笑不言。次年大比[1]，生将与公子偕往。素秋曰："不必。"公子强挽而去。是科，公子中式，生落第归，隐有退志。逾年母卒，遂不复言进取矣。一日，素秋谓嫂曰："向求我术，固未肯，以此骇物听也。今将远别行有日矣，请秘授之，亦可以避兵燹[2]。"嫂惊问故，答曰："三年后，此处当无人烟。妾荏弱[3]不堪惊恐，将蹈海滨而隐。大哥富贵中人，不可以偕，故言别也。"乃以术悉授嫂。数日又告别，公子留之不得，至泣下，问："何往？"又不言。鸡鸣早起，携一白须奴，控双卫[4]而去。公子阴使人尾送之，至胶

好双眉，让她去和某甲睡。即便是在蜡烛底下对坐着，某甲也分辨不出来真假。嫂子更加惊奇，请求素秋教她法术，素秋只笑着没有开口答应。第二年，是三年一次的乡试。周生准备和俞慎一起去赶考，素秋说道："周生不必去。"俞慎强拉着周生就去了。结果这科考试，俞慎考中了，而周生落榜回来了，隐约心生退意。过了一年，周母去世，周生于是再也不提进京赶考的事了。有一天，素秋告诉嫂子说："以前你问我学习法术，我不肯答应，是不想这些东西惹人惊骇。现在我要离别远去，一去要很长时间，所以让我秘密地将它传授给你吧，将来也可以靠它躲避战乱。"嫂子吃惊地问她怎么回事，素秋回答说："三年后，这里就变得荒无人烟了。我身体羸弱，受不了惊吓，要躲到海滨隐居。大哥是富贵中人，不能和他一起去，所以说就要分别了。"她就将法术全部传授给了嫂子。几天后，素秋又与俞慎告别，俞慎挽留不住她，难过得流下眼泪，问她："你要到什么地方去呢？"素秋也不告诉他。第二天鸡一叫，素秋就早早起身，带着一个白胡须的老仆人，骑着两头驴就走了。俞慎叫人暗中跟在后边送她，到了胶

莱之界[5]，尘雾幛天，既晴，已迷所往。

莱一带，突然大雾遮天，等天晴后，已经不知道他们的去向。

注释 1 大比：乡试。明清科举制度，每三年举行一次乡试，叫“大比”。 2 兵燹(xiǎn)：因战乱而遭致的焚烧破坏。 3 荏(rěn)弱：柔弱。 4 双卫：两头驴。卫，驴。 5 胶莱之界：胶州、莱州一带。

三年后，闯寇犯顺[1]，村舍为墟。韩夫人剪帛置门内，寇至，见云绕韦驮[2]高丈余，遂骇走，以是得保无恙。后村中有贾客[3]至海上，遇一叟似老奴，而髭发[4]尽黑，猝不能认。叟停足笑曰：“我家公子尚健耶？借口寄语：秋姑亦甚安乐。”问其居何里，曰：“远矣，远矣！”匆匆遂去。公子闻之，使人于所在遍访之，竟无踪迹。

三年后，李自成起兵打到了顺天府，村里房屋变成了一片废墟。俞慎的妻子韩夫人剪个绢布人放在大门内，起义军来后，看到院子里云雾缭绕，围着一丈多高的天神韦驮，于是吓得跑了，因此全家得以保全，安然无恙。后来，村中有一个商人来到海上，遇见一个老头，很像素秋的老仆人，但他的胡子头发全是黑的，不敢贸然相认。老头驻足笑着问：“我家公子还安康吧？请你回去捎个口信，就说素秋姑娘也很安乐。”商人问他住在什么地方，老头回答道：“很远，很远！”说着就急忙走了。俞慎听说后，派人到老头出现的地方四处寻访，竟然毫无踪迹。

注释 1 闯寇犯顺：李自成率众造反。闯，李自成称闯王。寇，李自成的蔑称。犯顺，造反作乱。 2 韦驮：佛教天神，传说为南方增长天王的八神将之一，居四天王三十二神将之首。 3 贾客：商人。 4 髭(zī)发：须发。

桂馥蘭賞

异史氏曰:“管城子[1]无食肉相,其来旧矣。初念甚明,而乃持之不坚。宁知糊眼主司[2],固衡命不衡文耶?一击不中,冥然遂死,蠹鱼之痴,一何可怜!伤哉!雄飞不如雌伏。”

异史氏说:“读书人没有做官的福相,可以说由来已久。俞忱起初的想法非常明智,然而没能坚持到底。他哪里知道那些瞎眼的考官,本来就只看重人的命相而并不看重才华啊?一次乡试落了榜,便昏然死去,蠹鱼一般的痴傻,多么可怜啊!令人悲伤啊!雄的想飞天而夭亡,不如雌的潜伏而长保啊。”

注释 1 管城子:唐代韩愈曾写《毛颖传》,说毛笔被封在管城,叫“管城子”。后因为毛笔的代称。亦称“管城君”等。 2 主司:主管官员。指科场试官。

贾奉雉

原文

贾奉雉,平凉[1]人。才名冠世,而试辄不售[2]。一日途中遇一秀才,自言姓郎,风格飘洒,谈言微中[3]。因邀俱归,出课艺就正。郎读之,不甚称许,曰:“足下[4]文,小试[5]取第一则有余,大场[6]取

译文

贾奉雉是平凉人。他的才华冠绝一时,但是参加考试却每每落第。某天他在路上遇到一位秀才,自称姓郎,风度飘逸潇洒,谈吐精微切中。贾奉雉于是邀请他跟自己一同回家,取出自己的作文请他指正。郎秀才读了以后,不是特别赞赏,说:“足下的文章,岁考、科考当中拿第一绰绰有余,但是在乡试、会试当

榜尾亦不足。”贾曰：“奈何？”郎曰：“天下事，仰而跂之[7]则难，俯而就之甚易，此何须鄙人言哉！”遂指一二人、一二篇以为标准，大率贾所鄙弃而不屑道者。贾笑曰：“学者立言，贵乎不朽，即味列八珍，当使天下不以为泰[8]耳。如此猎取功名，虽登台阁[9]，犹为贱也。”郎曰：“不然。文章虽美，贱则弗传。君欲抱卷以终也则已；不然，帘内[10]诸官，皆以此等物事进身，恐不能因阅君文，另换一副眼睛肺肠也。”贾终默然。郎起笑曰：“少年盛气哉！”遂别去。

中，恐怕连榜尾也不足以排得上。”贾奉雉问他：“那该如何是好？”郎秀才答道：“天下事，抬头踮脚去够那就很难，俯身低头去摸就很容易，这样浅显的道理，又何必在下来说呢！”于是点名一两个人、一两篇文章作为标准，多是贾奉雉平时鄙弃不屑言及的。贾奉雉笑着说：“读书人写文章，贵在流传不朽，即使是享受八珍美味，也让世人不觉得过分奢侈。像您这样说的来博取功名，即使能够当上大官，也是轻贱不足一提的。”郎秀才说：“不是这样的。文章写得再好，如果作者地位卑贱，就不会流传下去了。您若只想抱着书卷了此一生那倒罢了；如果不是这样的话，那些阅卷的考官，也是拿着这样的文字作为进身之阶的，他们恐怕不会为了阅读您的文章，而另换一副眼睛心肠区别对待。”贾奉雉听了终究默然不语。郎秀才起身笑道：“毕竟年轻气盛啊！”于是辞别离开了。

注释　1 平凉：今甘肃省地级市，位于甘肃省东北部。　2 不售：卖不出去。此处指落第。　3 谈言微中(zhòng)：谈吐精微切中，形容说话委婉而中肯。　4 足下：称呼对方的敬辞。　5 小试：旧时太学生、童生应贡举及学政、府县之考试。也称“小考”或“小场”，即岁试或科试。　6 大场：也称“闱场”，指乡试或会试。　7 仰而跂(qǐ)之：抬头踮脚去够。 **8** 泰：泰侈，过分。 **9** 台阁：指宰相之类的高官重臣。 **10** 帘内：科举考试时负责考校之官员。

是秋入闱复落，邑邑[1]不得志，颇思郎言，遂取前所指示者强读之。未至终篇，昏昏欲睡，心惶惑无以自主。又三年，场期将近，郎忽至，相见甚欢。出拟题七使贾作文。越日，索文而阅，不以为可，又令复作。作已，又訾[2]之。贾戏于落卷[3]中，集其阘茸[4]泛滥，不可告人之句，连缀成文，示之。郎喜曰："得之矣！"因使熟记，坚嘱勿忘。贾笑曰："实相告，此言不由中，转瞬即去，便受夏楚[5]，不能复忆之也。"郎坐案头，强令自诵一遍，因使袒背，以笔写符而去，曰："只此已足，可以束阁群书[6]

当年秋天的考试，贾奉雉又落榜了，郁郁不得志，想起了郎秀才的话，就把之前郎秀才指定的作者的文章取出来，勉强细读。一篇都没读完，贾奉雉就觉得昏昏欲睡，内心惶恐，不能自主。又过了三年，眼见考试的日子快到了，郎秀才又来拜访贾奉雉，两人见面都很高兴。郎秀才拟了七个题目让贾奉雉写。第二天，取来他的文章一读，觉得写得不行，又让贾奉雉重写。贾奉雉重写后，郎秀才又批评了他的文章。贾奉雉想和他开玩笑，就从几份落榜的卷子中，摘录一些文辞低劣、见不得人的句子，拼凑成一篇文章，交给郎秀才。郎秀才喜道："你终于领悟了！"就让他熟读记诵，反复叮嘱他千万别忘了。贾奉雉笑着说："实话告诉你吧，这些文章言不由衷，瞬间就随风而去了，即使是让老师责打我，我也想不起来了。"郎秀才坐在桌上，让贾奉雉把这些文章强记一遍，然后让他袒露背部，用笔画了一道符咒以后就走了，临走时说："有这几篇文章就够了，别的书可以束之高阁了。"贾奉雉后来检

矣。”验其符，濯之不下，深入肌理。

查那道符，怎么洗也洗不掉，笔墨竟然已经深入肌理了。

注释 1 邑邑：郁郁不乐的样子。 2 訾(zǐ)：批评，指责。 3 落卷：落榜的考卷。 4 阘(tà)茸：低劣。 5 夏(jiǎ)楚：学校体罚的用具。 6 束阁群书：把群书束之高阁，不需要再用功读书了。

入场七题[1]无一遗者。回思诸作，茫不记忆，惟戏缀之文，历历在心。然把笔终以为羞；欲少窜易[2]，而颠倒苦思，更不能复易一字。日已西坠，直录而出。郎候之已久，问：“何暮也？”贾以实告，即求拭符，视之已漫灭矣。再忆场中文，浑如隔世。大奇之，因问：“何不自谋？”笑曰：“某惟不作此等想，故不能读此等文也。”遂约明日过其寓。贾曰：“诺。”郎去，贾复取文自阅，大非本怀，怏怏自失，

贾奉雉进入考场，七道题无一遗漏，全是郎秀才给他出的题目。贾奉雉回想自己之前写的那几篇，一片茫然，毫无印象，只有那几篇闹着玩的拼凑文章倒是记得清清楚楚。但是提笔写下时，还是觉得很羞耻；想稍微作点改动，但是颠来倒去冥思苦想，实在不能再改动一个字。眼见太阳都快西沉了，贾奉雉干脆径直把那几篇文章原封不动笔录上去，然后就出了考场。郎秀才在场外等他很久了，问他：“怎么出来得这么迟呀？”贾奉雉把实情告诉了他，并求他帮自己把符咒擦掉，然而解开衣服看时，符咒已经消失了。再回想考场中写的文章，恍若隔世，完全想不起来。贾奉雉大为惊奇，于是问郎秀才：“你怎么自己不用这个方法博取功名呢？”郎秀才笑着说：“在下因为完全没有求取功名的想法，所以才能不读这等文章。”于是约贾奉雉明天来家里。贾奉雉说：“好。”郎秀才走后，贾奉雉又取出先前

不复访郎，嗒丧[3]而归。榜发，竟中经魁[4]。复阅旧稿，汗透重衣，自言曰：“此文一出，何以见天下士矣！”正惭怍间，郎忽至曰：“求中即中矣，何其闷也？”曰：“仆适自念，以金盆玉碗贮狗矢[5]，真无颜出见同人。行将遁迹山林，与世长辞矣。”郎曰：“此论亦高，但恐不能耳。若果能，仆引见一人，长生可得，并千载之名，亦不足恋，况傥来[6]之富贵乎！”贾悦，留与共宿，曰：“容某思之。”天明，谓郎曰：“予志决矣！”不告妻子，飘然遂去。

记诵的几篇文章来读，全然不是出乎本心而写，感到怏怏不乐，怅然若失，第二天也没去拜访郎秀才，就失意沮丧地回老家了。发榜的时候，贾奉雉发现自己居然中了第一名。他又把先前的文稿取出来重读，出了一身冷汗，浸透了全身的衣服，自言自语道：“这样的文章要是公布了，我有什么脸去见天下士人啊！”正在羞惭愧怍的时候，郎秀才忽然前来拜访，说道：“求中举得中举，何必如此闷闷不乐？”贾奉雉答道：“在下刚才想着自己写出那样的文章，就像是用金盆玉碗装狗屎一样，实在没脸去见同辈士人。我打算隐居山林，从此与世隔绝了。”郎秀才说：“这样倒是立意颇高，就怕您做不到啊。如果您可以做到的话，在下愿意带您引见一个人，能让您求得长寿，这样的话，即使是千载留名，也不值得留恋，更何况不意之富贵呢！”贾奉雉很高兴，把郎秀才留下来住，说：“容我再想想。”第二天白天，他跟郎秀才说：“我意已决！”也不告诉妻子儿女，就与郎秀才飘然离去了。

注释 **1** 七题：即“七艺”。乡试第一场试时文七篇，四书三题，经书四题。 **2** 窜易：改动，更改。 **3** 嗒(tà)丧：失意沮丧。 **4** 经魁：明科举有以五经取士之法，每经各取一名为首，名为“经魁”。乡试中每科必于五经中各中一名，列为前五名。清亦沿称前五名为“五经魁”，或“五魁”。 5 以金盆玉碗贮狗矢：比喻名高贵而实丑劣。 6 傥来：意外得到。

渐入深山，至一洞府，其中别有天地。有叟坐堂上，郎使参[1]之，呼以师。叟曰：“来何早也？”郎曰：“此人道念已坚，望加收齿[2]。”叟曰：“汝既来，须将此身并置度外，始得。”贾唯唯听命。郎送至一院，安其寝处，又投以饵，始去。房亦精洁，但户无扉[3]，窗无棂[4]，内惟一几一榻。贾解履登榻，月明穿射，觉微饥，取饵啖之，甘而易饱。因即寂坐，但觉清香满室，脏腑空明，脉络皆可指数[5]。忽闻有声甚厉，似猫抓痒，自牖窥之，则虎蹲檐下。乍见甚惊；因忆师言，收神凝坐。虎似知有其人，寻入近榻，

渐渐走进深山，看到一处洞府，其中别有洞天。有个老者坐在堂上，郎秀才让贾奉雉上前参见，称呼老者为老师。老者问：“怎么来得这么早啊？”郎秀才答道：“此人修道的意志已经很坚定了，希望老师收下他。”老者就对贾奉雉说：“你既然来了，就应该把身家性命都置之度外，才能得道。”贾奉雉连声答应了。郎秀才领着贾奉雉到了一处院落，为他安排好住处，又给他带了吃的，这才离开。屋里倒也精致整洁，但是门没有门板，窗也没有窗棂，室内只有一张桌子一张床榻。贾奉雉脱下鞋子上了床榻，月光明晃晃地照进屋里，贾奉雉觉得有点饿了，拿了一些郎秀才送来的食物吃了，这些食物味道甘美，而且很饱肚子。然后贾奉雉开始静坐，只觉得满屋子飘着清香，五脏六腑感到空明，身上的经络也都可以清点。忽然听到有一阵凄厉的声音，好像猫在抓痒，从窗户往外一看，原来一只老虎正蹲在屋檐下。贾奉雉刚看到老虎时吓了一跳，但是随即想起老师的嘱咐，就收起心思，凝神打坐。老虎似乎知道屋子里面有人，随即走了进来，喘着粗气，把

气咻咻，遍嗅足股。少间闻庭中嗥动，如鸡受缚，虎即趋出。

贾奉雉的双腿双足嗅了一遍。不一会儿，他听到庭院中一阵响动，像是鸡被捉住了一样，老虎就往屋外跑走了。

注释 1 参：参见，拜见。 2 收齿：接纳，收录。 3 扉：门。 4 棂：窗格子。 5 指数：清点。

又坐少时，一美人入，兰麝[1]扑人，悄然登榻，附耳小言曰："我来矣。"一言之间，口脂散馥。贾瞑然不少动。又低声曰："睡乎？"声音颇类其妻，心微动。又念曰："此皆师相试之幻术也。"瞑如故。美人曰："鼠子动矣！"初，夫妻与婢同室，狎亵惟恐婢闻，私约一谜曰："鼠子动，则相欢好。"忽闻是语，不觉大动，开目凝视，真其妻也。问："何能来？"答云："郎生恐君岑寂思归，遣一妪导我来。"言次，因贾出门不相告语，偎傍之际，颇

又坐了一小会儿，一位美女进了屋子，身上香气扑人，她悄悄地爬上床榻，附在贾奉雉耳边小声说："我来了。"一句话之间，女子口唇间都散发着香气。贾奉雉闭着双眼，一动也不动。美女又低声问道："睡着了吗？"声音很像贾奉雉的妻子，贾奉雉心里稍微动了一动。转念又想："这都是老师用来考验我的幻术。"就如同先前一样闭着眼睛。美女说："小老鼠动了！"先前，贾奉雉夫妻和婢女同住一间屋，两人欢爱的时候怕被婢女听见，就私下约定了一个暗号说："小老鼠动了，我们就可以交欢。"顷刻间听到这句话，贾奉雉不由得心中大动，张开双眼定睛一看，还真是他的妻子。就问她："你是怎么到这里来的？"妻子答道："郎秀才担心郎君一个人寂寞想回家，就派了一个老婆婆带我来这里了。"说罢，又因为贾奉雉离家以前都不告诉她，所以依偎在贾奉雉怀里

有怨怼。贾慰藉良久，始得嬉笑为欢。既毕，夜已向晨[2]，闻叟谯呵[3]声，渐近庭院。妻急起，无地自匿，遂越短墙而去。俄顷，郎从叟入。叟对贾杖郎，便令逐客。郎亦引贾自短墙出，曰："仆望君奢[4]，不免躁进；不图情缘未断，累受扑责。从此暂别，相见行有日矣。"指示归途，拱手遂别。

的时候，也对他颇为抱怨。贾奉雉抚慰妻子许久，之后两个人才嬉笑欢爱。完事以后，天已微亮，只听到老者的呵斥声逐渐靠近庭院。妻子急忙起身，屋里没处藏身，就翻出矮墙跑了。没过多久，郎秀才跟着老者进了屋。老者当着贾奉雉的面，用拐杖责打郎秀才，并且命令他下逐客令。郎秀才也领着贾奉雉从矮墙出去了，跟贾奉雉说："看来在下对您奢望过高，不免急躁冒进；没想到您的情缘还没有断，连累我挨了一顿责打。你就先走吧，我们以后还会见面的。"郎秀才给贾奉雉指明了回家的方向，两人拱拱手，相互道别。

注释　1 兰麝：兰花与麝香，这里指女子的脂粉香气。　2 夜已向晨：天已微亮。　3 谯(qiào)呵：呵斥，申斥。谯，责备责问。　4 望君奢：对您奢望过高。奢，过分。

贾俯视故村，故在目中。意妻弱步[1]，必滞途间。疾趋里余，已至家门，但见房垣零落，旧景全非，村中老幼，竟无一相识者，心始骇异。忽念刘、阮返自天台[2]，情景真似。不敢

贾奉雉站在高处俯视老家村落，历历在目。想着妻子步履缓慢，这会儿应该还在路上。他一路小跑了一里多，已经到了自家门口，只见房屋墙壁残破败落，旧日景象而今已全然不同，村里男女老幼，居然一个都不认识，这才觉得很恐怖。突然想到刘晨、阮肇天台山遇仙又回家的典故，情景跟现在何其相似。他也不敢走进

入门，于对户憩坐。良久，有老翁曳杖出。贾揖之，问："贾某家何所？"翁指其第曰："此即是也。得无欲闻奇事耶？仆悉知之。相传此公闻捷[3]即遁。遁时，其子才七八岁。后至十四五岁，母忽大睡不醒。子在时，寒暑为之易衣。迨后穷蹴[4]，房舍拆毁，惟以木架苫覆[5]蔽之。月前，夫人忽醒，屈指百余年矣。远近闻其异，皆来访视，近日稍稀矣。"贾豁然顿悟，曰："翁不知贾奉雉，即某是也。"翁大骇，走报其家。

家门，就在对面人家门口坐着歇息。许久以后，有位老翁拄着拐杖出来了。贾奉雉上前作揖，问他："贾奉雉的家在什么地方？"老翁指着对面的房子说："这家就是了。您想听听奇事吗？我可都知道呢。相传此公听说自己中举，就消失了。他消失的时候，儿子才七八岁呢。后来到他儿子十四五岁的时候，母亲突然大睡不醒。儿子还在世的时候，每到换季都会给母亲换上应季的衣服。后来儿子去世，家道中落，房屋也被拆毁了，只好用木头架着，用草当被子覆盖她。一个月前，夫人忽然醒了，屈指算来，已经过了一百多年。远近的人们听说这件事觉得很怪异，都来探访，最近几天来的人才稍微少了一点。"贾奉雉恍然大悟，问道："老人家不认识贾奉雉吧？我就是贾奉雉啊。"老翁大为惊骇，赶紧跑进对门告诉贾家的人。

注释　1 弱步：步履孱弱。指行走缓慢。　2 刘、阮返自天台：南朝宋刘义庆《幽明录》载东汉永平年间，刘晨、阮肇进入天台山樵采，遇到两位仙女，便留居山上。后来回乡时，子孙已到了七世。　3 捷：科举考中。　4 迨后穷蹴(cù)：后来家道中落。迨，等到，达到。穷蹴，窘迫，困厄。蹴，通"蹙"。　5 苫(shàn)覆：用草覆盖、遮蔽。

时长孙已死。次孙祥，至五十余矣，以贾年少，疑有诈伪。少间夫人出，始识之。双涕霪霪，呼与俱去。苦无屋宇，暂入孙舍。大小男妇，奔入盈侧，皆其曾、玄[1]，率陋劣少文。长孙妇吴氏，沽酒具藜藿[2]，又使少子杲及妇，与己同室，除舍舍祖翁姑。贾入舍，烟埃儿溺，杂气熏人。居数日，懊惋殊不可耐。两孙家分供餐饮，调饪尤乖[3]。里中以贾新归，日日招饮，而夫人恒不得一饱。吴氏故士人女，颇娴[4]闺训，承顺不衰。祥家给奉渐疏，或呼尔与之。贾怒，携夫人去，设帐[5]东里。每谓夫人曰："吾甚悔此一返，而已无及矣。不得已，复理旧业，若心无愧耻，富

当时贾奉雉的长孙已经过世。次孙贾祥也五十多岁了，因为贾奉雉看着年轻，怀疑其中有诈。过了一会儿，夫人走出来，才认出他是贾奉雉。两人泣涕如雨，互相招呼着进了屋。但是苦于没有额外的地方住，暂时住在孙子的屋子里。家中男女老幼，全都跑来看望，都是贾奉雉的曾孙、玄孙辈了，都粗陋，没什么文化。长孙的妻子吴氏给他们打了酒，准备了粗茶淡饭，又让小儿子贾杲和他的妻子搬来与自己一起住，腾出一间房子给曾祖父曾祖母住。贾奉雉住进了屋子，觉得到处都是烟尘灰土，还有小孩子的尿臊味，臭气熏人。住了几天以后，他就很是懊悔，实在是受不了了。两个孙子轮流供应餐食，但是饭菜做得特别差。乡里的人因为贾奉雉刚回来，就每天请他去喝酒，然而贾夫人却常常一顿饱饭都吃不到。吴氏是读书人家出身，闺门的礼数还很娴熟，一直把贾奉雉夫妇侍奉得很好。但是贾祥家里的赡养逐渐稀少，有时甚至大呼小叫地给他们送吃的。贾奉雉很生气，带着夫人离开，去东边村子教书了。每每跟夫人说："我很后悔这次回来，但是已经来不及了。不得已，只好重操旧业，只要心中没有廉

贵不难致也。”居年余,吴氏犹时馈赠,而祥父子绝迹矣。是岁,试入邑庠[6]。宰重其文,厚赠之,由此家稍裕。祥稍稍来近就之。贾唤入,计曩所耗费,出金偿之,斥绝令去。遂买新第,移吴氏共居之。吴二子,长者留守旧业,次杲颇慧,使与门人辈共笔砚[7]。

耻,富贵不难得到。”过了一年多,吴氏家还经常给贾奉雉夫妇送东西,贾祥父子却完全不理他们了。这一年,贾奉雉考入县学。县令很看重他的文章,给了他丰厚的赠礼,此后贾奉雉家稍微宽裕了起来。贾祥就时不时前来套近乎。贾奉雉把他喊进来,算了算之前接受他奉养的耗费,取出银子全数还给了他,喝令他从此不要再来了。于是置办了一间新宅第,让吴氏一起搬进来住。吴氏有两个儿子,长子留在家中打理产业,次子贾杲颇为聪慧,贾奉雉让他和自己的学生一同学习。

注释　1 曾、玄:曾孙或玄孙。　2 藜藿(lí huò):藜和藿,指粗劣的饭菜。　3 调饪尤乖:饭菜做得尤其差。　4 娴:娴熟。　5 设帐:开馆执教。　6 试入邑庠:考入县学为生员。　7 共笔砚:一同学习。

贾自山中归,心思益明澈,遂连捷[1]登进士。又数年,以侍御出巡两浙,声名赫奕[2],歌舞楼台,一时称盛。贾为人鲠峭[3],不避权贵,朝中大僚思中伤之。贾屡疏恬退[4],未蒙俞允[5]。未几而祸作矣。先是,祥六

贾奉雉从山里回家以后,心思比以前更加透彻,因而连考连中,得了进士。又过了几年,以侍御的身份出巡两浙,声名显赫,歌舞楼台,一时间称为盛事。贾奉雉为人耿直,不避权贵,朝廷大员总想着找机会中伤他。贾奉雉屡屡上表,提出辞官隐退,皇上不允许。没过多久,大祸上身了。先前,贾祥的六个儿子,都很无赖。贾奉雉虽然和他们断绝往来,不

子皆无赖。贾虽摈斥不齿[6],然皆窃余势以作威福,横占田宅,乡人共患之。有某乙娶新妇,祥次子篡取为妾。乙故狙诈[7],乡人敛金助讼,以此闻于都。于是当道者交章攻贾。贾殊无以自剖,被收经年。祥及次子皆瘐死[8]。贾奉旨充辽阳军。

与之为伍,但他们还是都借着贾奉雉的声势作威作福,霸占田产,乡里人都把他们视为祸患。后来村民某乙娶媳妇,贾祥的次子把她抢来当自己小妾。某乙就趁机使诈,乡人也凑钱帮他打官司,因此这件事传到了京城。于是那些当权的大官纷纷上奏弹劾贾奉雉。贾奉雉实在没法为自己辩白,只好被收押监禁了一年。贾祥及其次子也死在牢里。贾奉雉出狱后,奉旨去辽阳充军。

注释 1 连捷:指乡试、会试连续考中。 2 赫奕:显耀,盛大。 3 鲠峭:骨鲠正直。 4 恬退:辞官退隐。 5 俞允:谕旨允许。 6 摈(bìn)斥不齿:断绝往来,不以同类视之。 7 狙诈:趁机使诈。 8 瘐(yǔ)死:本意指犯人在监狱中饥寒交迫而死,后来也指在监狱中病死。

时杲入泮[1]已久,人颇仁厚,有贤声。夫人生一子,年十六,遂以嘱杲,夫妻携一仆一媪而去。贾曰:"十余年之富贵,曾不如一梦之久。今始知荣华之场,皆地狱境界,悔比刘晨、阮肇,多造一重孽案耳。"数日抵海岸,遥见巨舟

当时贾杲考入县学已经有段时间了,为人仁德宽厚,颇有贤才之名。贾奉雉夫人之前生了一个孩子,这年也已经十六岁了。夫人就把孩子托付给贾杲,自己和丈夫带着一个仆人一个老婢就走了。贾奉雉说道:"十余年的富贵,居然不如一场大梦持久。今天才知道名利场都是地狱世界。我后悔自己相比刘晨、阮肇,还多了一桩罪孽啊。"几天以后到达海岸,远远看到一艘大船驶来,鼓乐声

来,鼓乐殷作[2],虞候[3]皆如天神。既近,舟中一人出,笑请侍御过舟少憩。贾见惊喜,踊身而过,押吏不敢禁。夫人急欲相从,而相去已远,遂愤投海中。漂泊数步,见一人垂练[4]于水引救而去。隶命篙师[5]荡舟,且追且号,但闻鼓声如雷,与轰涛相间,瞬间遂杳。仆识其人,盖郎生也。

大作,船上的侍从都像天神一样。大船驶近了以后,船舱里出来一个人,笑着请贾侍御上船稍作歇息。贾奉雉见了很高兴,纵身跳上大船,负责押解的差役不敢阻拦。夫人赶忙要跟上,但是船已经开远了,于是她愤然跳进大海。漂浮了没几步远,看到一个人从船上放下一条白布,把她拉着救上了船。差役命令船夫撑船去追,边追边喊,然而只听到鼓声如雷,与波涛轰鸣的声音相呼应,一瞬间大船就消失了。贾奉雉的仆人认得船上那个人,原来是郎秀才。

注释　1 泮(pàn):泮池,古代学宫前的水池。清代称考取秀才为入泮。　2 殷作:大作。　3 虞候:官名。这里指巨舟上的侍从人员。　4 练:白布,白绢。　5 篙师:船夫。

异史氏曰:"世传陈大士[1]在闱中,书艺既成,吟诵数四,叹曰:'亦复谁人识得!'遂弃而更作,以故闱墨不及诸稿。贾生羞而遁去,盖亦有仙骨焉。乃再返人世,遂以口腹自贬,贫贱之中人[2]甚矣哉!"

异史氏说:"相传陈大士在考场上,写完应试文章以后,再三吟诵,感叹道:'这样的文章又有什么人才能慧眼识珠!'于是毁弃前文,重新写了一篇,所以他的应试作文比其他文稿写得都差。贾奉雉考中以后还懂得羞惭逃遁,说明他也是有仙骨的人。可是等他再度回到人间时,竟然会为了维持生计而自降身份,贫贱对人的打击实在是太大了!"

注释 1 陈大士:陈际泰,字大士,号方城,江西临川鹏田陈坊村人。明末古文家。崇祯七年(1634)六十八岁时才考中进士,担任行人。 2 中(zhòng)人:伤害人。

胭 脂

原文

东昌[1]卞氏,业牛医者,有女小字胭脂,才姿惠丽。父宝爱之,欲占凤于清门[2],而世族鄙其寒贱,不屑缔盟[3],所以及笄未字[4]。对户庞姓之妻王氏,佻脱善谑[5],女闺中谈友也。一日送至门,见一少年过,白服裙帽,丰采甚都[6]。女意动,秋波萦转[7]之。少年俯首趋去,去既远,女犹凝眺[8]。王窥其意,戏谓曰:"以娘子才貌,得配若人,庶可无憾。"女晕红上颊,脉脉不作一语。王

译文

东昌一户姓卞的人家,从事牛医行业,有个女儿小字胭脂,才貌双全。父亲很是宠爱她,想为她挑个官宦人家出身的夫婿,但是世家大族瞧不起他们家贫寒低贱,不屑与他缔结亲事,所以胭脂到了及笄的年龄,还没有许配人家。对门住着一户姓庞的人家,主人妻子姓王,为人轻佻放浪,爱开玩笑,和胭脂是闺房中一起聊天的密友。某天胭脂送王氏到门口,看到一位少年经过门前,穿戴浑身皆白,很有风采。胭脂对他一见钟情,双眼盯着他上下打量。少年低下了头,小跑着离开了,去得远了以后,胭脂还凝神望向他离开的方向。王氏看出她的心思,跟她开玩笑说:"以姑娘的才华和美貌,就得配上这样的男子,才算完美无憾。"胭脂晕红了双颊,含情脉脉,一言不发。王氏问她:"姑娘认

问:“识得此郎否?”女曰:“不识。”曰:“此南巷鄂秀才秋隼,故孝廉之子。妾向与同里,故识之,世间男子无其温婉。近以妻服未阕[9],故衣素。娘子如有意,当寄语使委冰[10]焉。”女无语,王笑而去。

识这位公子吗?”胭脂说:“不认得。”王氏跟她介绍:“他是住在南巷的鄂秋隼秀才,是已故的鄂孝廉的儿子。妾身之前和他们同住一里,所以认识他,世界上的男子,论温婉没有能比得过他的。近期因为已故的妻子服丧,丧期还没满,所以他才穿着白色的衣服。姑娘如果对他有意思,我就请人让他来跟你说媒。”胭脂默默不说话,王氏看她的样子,笑着离开了。

注释 1 东昌:府名。府治在今山东聊城。 2 占凤:择婿。清门:清贵的门第。 3 缔盟:指缔结婚约。 4 及笄(jī)未字:到了婚龄还没有许配人家。及笄,成人。字,旧指女子许嫁。 5 佻脱:轻佻。善谑:善于开玩笑。 6 都:美。 7 秋波萦转:上下打量。萦,缠绕。 8 凝眺:注目远望。 9 妻服未阕:为死去的妻子服丧尚未满期。服,按丧礼规定所穿的服饰。阕,完了。服丧期满称为“服阕”。 10 冰:媒人。

数日无耗[1],女疑王氏未往,又疑宦裔不肯俯就[2]。邑邑[3]徘徊,萦念颇苦,渐废饮食,寝疾惙顿[4]。王氏适来省视[5],研诘病由。女曰:“自亦不知。但尔日别后,渐觉不快,延命假息[6],朝暮人[7]也。”王小

接连好几天,一点消息都没有,胭脂怀疑王氏根本没去跟鄂秀才说这件事,又觉得可能对方是官宦世家,不肯俯身低就。于是心情抑郁,终日徘徊牵挂,魂牵梦萦,动情甚苦,渐渐地茶饭不思,竟至于生病卧床,气虚体弱了。适逢王氏前来探望,问她为什么得了病。胭脂说:“我自己也不知道。但是那天跟你分别以后,我渐渐觉得心里不愉快,现在已经是苟延残喘,命在旦

语曰:“我家男子负贩未归,尚无人致声鄂郎。芳体违和[8],莫非为此?”女赪颜良久。王戏曰:“果为此,病已至是,尚何顾忌?先令其夜来一聚,彼岂不肯可?”女叹息曰:“事至此,已不能羞。若渠不嫌寒贱,即遣冰来,疾当愈;若私约,则断断不可!”王颔之而去。

夕了。”王氏小声对她说:“我家男人出远门做生意还没回来,所以还没派人去跟鄂秀才说这件事。姑娘芳体有碍,难道是为了这件事吗?”胭脂听了以后,脸色羞红,许久不退。王氏又开玩笑说:“要是果然因为此事,你都已经病到这个程度了,还有什么好顾忌的?我们今晚就请他来聚一聚,他又怎么会不愿意呢?”胭脂叹了口气,说:“事已至此,已经不能再害羞了。如果他不嫌弃我们家贫寒低贱的话,就让他派媒人前来,那我的病就能好;如果是私下约会,那是万万不可的!”王氏点点头,离开了。

注释 1 耗:信息。 2 宦裔:官宦人家的后代。指鄂秋隼为故孝廉之子。俯就:指降低身份与之联姻。 3 邑邑:忧郁不乐的样子。 4 寝疾:卧床生病。惙(chuò)顿:有气无力。惙,心忧气短。 5 省视:看望。 6 延命假息:苟延残喘。 7 朝暮人:朝不保夕的人。 8 芳体:对妇女身体的敬称。违和:不舒服。称他人患病的婉词。

王幼时与邻生宿介通。既嫁,宿侦夫他出,辄寻旧好。是夜宿适来,因述女言为笑,戏嘱致意鄂生。宿久知女美,闻之窃喜其有机可乘。欲与妇谋,

王氏年幼的时候,和邻家的书生宿介私通。王氏出嫁以后,宿介只要打探到她的丈夫出了门,就前来和旧情人相会。当天晚上刚好宿介来了,王氏因而跟他提起胭脂,把她的事情当作笑话来说,并且还开玩笑让宿介去跟鄂秀才通报此事。宿介早就知道胭脂长得漂亮,听说这件事以

又恐其妒，乃假无心之词[1]，问女家闺闼甚悉。次夜逾垣入，直达女所，以指叩窗。女问："谁何？"答曰："鄂生。"女曰："妾所以念君者，为百年，不为一夕。郎果爱妾，但当速遣冰人；若言私合，不敢从命。"宿姑诺之，苦求一握玉腕为信[2]。女不忍过拒，力疾启扉。宿遽入，抱求欢。女无力撑拒，仆地上，气息不续。宿急曳之。女曰："何来恶少，必非鄂郎。果是鄂郎，其人温驯，知妾病由，当相怜恤，何遂狂暴若此！若复尔尔[3]，便当鸣呼，品行亏损，两无所益！"宿恐假迹败露，不敢复强，但请后会。女以亲迎[4]为期。宿以为远，又请。女厌

后，暗暗高兴自己有机可乘。他本想和王氏共谋此事，又怕王氏嫉妒，于是假装说些有意无意的话，从王氏那里套出了胭脂家的详细情况。第二天晚上，宿介翻墙溜进了卞家，径直找到胭脂的闺房，用手指轻轻敲窗。胭脂问："谁呀？"宿介回答道："鄂生。"胭脂说："妾身对郎君的思念，是为百年厮守，而不是一夜欢爱。郎君如果真心喜爱妾身，就应该赶紧请媒人来；如果要私下相会，妾身不敢从命。"宿介假装答应她，但又苦苦相求，要握一下她的手腕作为凭信。胭脂不忍心严词拒绝，就勉力起身开门。宿介马上闯入室内，抱着胭脂就要求欢。胭脂没有力气抗拒他，倒在地上，气息断断续续。宿介急忙要去拉她。胭脂说："你是哪里来的小无赖，你肯定不是鄂郎。如果是鄂郎的话，他为人温良恭顺，知道妾身得病的缘由，肯定会怜惜体恤，又怎么会做出如此狂暴的事！如果你再这样过分的话，我就要喊人了，到时候品行有亏，于你于我都没有好处！"宿介担心假冒鄂秀才的事迹败露，不敢再勉强她，只是请求约定下次见面的日期。胭脂提出行亲迎礼时再见面。宿介说这样等得太久了，又请求在此之前见一面。胭脂烦他如此纠缠，就约

纠缠，约待病愈。宿求信物[5]，女不许。宿捉足解绣履而出。女呼之返，曰："身已许君，复何吝惜？但恐'画虎成狗[6]'，致贻污谤。今亵物[7]已入君手，料不可反。君如负心，但有一死！"宿既出，又投宿王所。既卧，心不忘履，阴摸衣袂[8]，竟已乌有。急起篝灯[9]，振衣[10]冥索。诘王，不应。疑其藏匿，妇故笑以疑之。宿不能隐，实以情告。言已，遍烛门外，竟不可得。懊恨归寝，犹意深夜无人，遗落当犹在途也。早起寻之，亦复杳然[11]。

定等她病好了再见面。宿介请胭脂给他一个信物，胭脂不同意。宿介就捉着胭脂的脚，脱下她的绣鞋往外走。胭脂把他喊回来，说："妾身已经以身相许，又怎么会舍不得这只绣鞋？但就怕'画虎成狗'，导致招来污名。现在这贴身之物已经到了您的手上，想来是要不回来的了。您如果负心薄幸，那妾身只有一死了！"宿介出了卞家以后，又到王氏那里过夜。他躺下以后，心里对那只绣鞋念念不忘，偷偷摸了摸衣袖，却发现绣鞋已经不见了。他赶紧起身点灯，抖动衣服，翻来覆去地找。他质问王氏，王氏也没回应。他怀疑是王氏藏起来的，王氏故意笑了笑，让他更是猜疑不定。宿介想想肯定隐瞒不下去了，就把实情告诉了王氏。说完以后，他又拿着蜡烛一路找到门外，终究还是没找着。他心下懊丧，回到床上睡下，还想着深夜路上没人，丢了的东西应该还在路上。第二天一早起来去路上找，也还是找不到。

注释 1 无心之词：漫不经心的话语。 2 为信：表示诚信。 3 尔尔：这样。 4 亲迎：结婚之时。 5 信物：作为凭信的物件。 6 画虎成狗：比喻与追求的目标相去甚远。 7 亵物：贴身之物。此指绣履。 8 阴摸衣袂：暗中摸摸衣袖。 9 篝灯：点灯。 10 振衣：抖擞衣服。 11 杳然：没有踪迹。

先是，巷中有毛大者，游手无籍[1]。尝挑王氏不得，知宿与洽，思掩执以胁之。是夜过其门，推之未扃[2]，潜入。方至窗下，踏一物，软若絮绵，拾视，则巾裹女舄[3]。伏听之，闻宿自述甚悉，喜极，抽息而出。逾数夕，越墙入女家，门户不悉，误诣翁舍。翁窥窗见男子，察其音迹，知为女来，大怒，操刀直出。毛大骇，反走。方欲攀垣，而卞追已近，急无所逃，反身夺刃。媪起大呼，毛不得脱，因而杀翁。女稍痊，闻喧始起。共烛之，翁脑裂不能言，俄顷已绝。于墙下得绣履，媪视之，胭脂物也。逼女，女哭而实告之；不忍

先前，巷里住着一个人叫作毛大，游手好闲，没有固定工作。他曾经挑逗王氏，但是没有得手，知道宿介和王氏关系很是亲密，就想抓个现行，以此胁迫王氏。当晚，毛大路过王氏家门口，推了推门发现门没有锁，于是就潜入王氏家中。才到房间窗户下，就踩到一样东西，软软的好像棉絮，捡起来看，发现是用手绢裹着的女人鞋子。毛大伏在窗下听屋里人说话，清清楚楚听到宿介讲述自己的经历，大为高兴，抽身离开了。几天以后的晚上，毛大翻墙溜进胭脂家里，但是因为对卞家的门径不熟悉，不小心闯到老汉的门前。卞老汉发现窗外有个男子，看他那副样子，知道是为了自己的女儿来的，大为窝火，提着刀径直走了出来。毛大吓了一跳，转身就跑。正要翻墙出去的时候，卞老汉已经快追到跟前来了，情急之下无处可逃，就转身去抢卞老汉手里的刀。此时卞老太也起身了，大声喊人，毛大脱不开身，就把卞老汉杀了。那天胭脂病情已经稍有好转，听到喧闹声才起了床。和母亲一起点了蜡烛出来看是什么情况，随即发现卞老汉脑袋已经被劈开，一句话都说不出来，不一会儿就气绝身亡了。两人在墙脚下找到一只绣鞋，老太仔细一看，是胭脂的东西。卞老太就逼问胭脂，胭脂大哭，把实

贻累[4]王氏，言鄂生之自至而已。天明讼于邑。

情告诉了母亲；又因为不忍心连累王氏，就说是鄂秀才自己来的。天亮以后，她们把鄂秀才告到了官府。

注释 1 游手无籍：无业游民。籍，名籍。这里借指固定的职业。 2 扃(jiōng)：关。 3 舄(xì)：鞋。 4 贻累：连累，拖累。

官拘鄂。鄂为人谨讷[1]，年十九岁，见客羞涩如童子。被执骇绝，上堂不能置词，惟有战栗。宰益信其情真，横加梏械[2]。生不堪痛楚，遂诬服[3]。及解郡，敲扑如邑。生冤气填塞，每欲与女面质，及相见，女辄诟詈[4]，遂结舌不能自伸，由是论死。经数官复讯无异。

官府受理后，把鄂秋隼捉拿到案。鄂秋隼为人谨慎讷言，年方十九岁，见到外人还像小童子一样表现羞涩。他被捉拿的时候几乎吓破了胆，上了公堂以后，一句话都不敢说，只是一直哆嗦。县官一看更加相信就是他杀了人，于是就给他上了刑具。鄂秋隼受不了痛苦，就屈打成招。他被押解到州郡，和在县里一样受了一番责打。鄂秋隼满腔冤屈，每每要求和胭脂对质，但是与胭脂见面的时候，胭脂就不停地骂他，骂得鄂秋隼张口结舌，没法为自己申辩，因而被判了死罪。经过好几个官员复审，判决结果仍然不变。

注释 1 谨讷：拘谨不善言谈。讷，拙于言辞。 2 横加梏械：滥施刑罚。 3 诬服：蒙冤被迫服罪。诬，冤屈。 4 诟詈(lì)：辱骂。

后委济南府复案[1]。时吴公南岱[2]守济南，一见鄂生，疑其不类杀人者，阴使人从容私问之，俾尽得其词。公以是益知鄂生冤，筹思数日始鞫之。先问胭脂："订约后有知者否？"曰："无之。""遇鄂生时别有人否？"亦曰："无之。"乃唤生上，温语慰问。生曰："曾过其门，但见旧邻妇王氏同一少女出，某即趋避，过此并无一言。"吴公叱女曰："适言侧无他人，何以有邻妇也？"欲刑之。女惧曰："虽有王氏，与彼实无关涉[3]。"公罢质[4]，命拘王氏。拘到，禁不与女通，立刻出审，便问王："杀人者谁？"王曰："不知。"公诈之曰："胭脂供杀下某汝悉知之，何得不招？"妇呼曰："冤哉！

后来这个案子交给济南府复审。当时吴南岱公担任济南太守，一见鄂秋隼，就怀疑他不像是杀人凶手，暗地里使人慢慢盘问他，这才让他把实情都说了出来。吴公从而更加确信鄂秋隼是冤枉的，考虑了好几天才开堂复审。吴公先问胭脂："你们约定以后还有旁人知道吗？"胭脂答道："没有。""你见到鄂秀才的时候边上还有别人吗？"胭脂依旧答道："没有。"于是传唤鄂秋隼上堂，温言劝慰。鄂秋隼说："我曾经路过胭脂家门口，见到我先前邻家的妻子王氏跟着一位少女一起出来，我就急忙避开了，自那以后再也没与她说过一句话。"吴公听了这番话，呵斥胭脂道："刚才你还说边上没有别人，怎么又有个邻家的妻子呢？"就想给胭脂上刑。胭脂害怕了，说道："虽然是有王氏在场，但是跟她真的没有关系。"吴公马上停止审讯，派人拘捕王氏到案。把王氏拘到以后，吴公不让她跟胭脂有见面的机会，而是让她立刻上堂受审。吴公问王氏："杀人凶手是谁？"王氏说："不知道。"吴公骗她说："胭脂已经招供，说下老汉被杀的事情你都知道，你还不肯从实招来吗？"王氏哭喊道："冤枉啊！

淫婢自思男子，我虽有媒合之言，特戏之耳。彼自引奸夫入院，我何知焉！”公细诘之，始述其前后相戏之词。公呼女上，怒曰：“汝言彼不知情，今何以自供撮合哉？”女流涕曰：“自己不肖，致父惨死，讼结不知何年，又累他人，诚不忍耳。”公问王氏：“既戏后，曾语何人？”王供：“无之。”公怒曰：“夫妻在床应无不言者，何得云无？”王曰：“丈夫久客未归。”公曰：“虽然，凡戏人者，皆笑人之愚，以炫己之慧，更不向一人言，将谁欺？”命梏十指[5]。妇不得已，实供：“曾与宿言。”公于是释鄂拘宿。宿至，自供：“不知。”公曰：“宿妓者必非良士！”严械之。宿供曰：“赚女是真。自失履

那个小淫妇自己想男人，我虽然有跟她说请媒人的事，但只是跟她开玩笑而已。她自己勾引奸夫进了家门，这种事我怎么会知道呢！”吴公细细盘问她，王氏才把前前后后的种种玩笑话都招了。吴公就传唤胭脂上堂，怒喝道：“你说她不知情，那她现在怎么自己供认了那些撮合你们的玩笑话？”胭脂哭着说：“是我自己不肖，才让家父惨死，诉讼不知何年何月才能结案，又怕连累他人，实在是不忍心。”吴公又问王氏：“你跟胭脂开玩笑以后，又跟什么人说起过这件事？”王氏供认道：“没有。”吴公大怒道：“夫妻俩在床上应该无话不谈的吧，怎么会没有呢？”王氏说：“丈夫长时间客居外乡，还没回来。”吴公说：“就算如此，但凡是开了别人玩笑的，都会嘲笑别人愚笨，炫耀自己聪明。你还说你没跟任何人说过，骗谁啊？”命人给王氏的十根手指上刑具。王氏迫不得已，如实招供：“曾经和宿介说过这事。”吴公就下令把鄂秋隼放了，然后拘捕宿介。宿介到案以后，自己交代说：“不知道。”吴公说：“夜宿妓女家中的人，肯定不是什么好东西！”命衙役大刑伺候。宿介这才招供：“哄骗卞家女儿是真

后，未敢复往，杀人实不知情。”公曰：“逾墙者何所不至！”又械之。宿不任凌籍[6]，遂亦诬承。招成[7]报上，咸称吴公之神。铁案如山，宿遂延颈以待秋决矣。

的，但是丢了绣鞋以后，就再也不敢去卞家了，杀人的事，我确实不知情。”吴公说：“翻墙进屋的人，什么事干不出来！”又命人动刑。宿介不堪忍受严刑拷打，也就屈打成招。太守把招供写成上报，大家都称道吴公断案如神。铁案如山，宿介只能伸着脖子等待秋后问斩了。

注释 1 复案：再次审案。犹言复审。 2 吴公南岱：吴南岱，江南武进(今属江苏省常州市)人，进士，顺治时任济南知府。见《济南府志》。 3 关涉：关联，联系。 4 罢质：停止审讯。质，质询。 5 梏十指：指拶指之刑。“拶指”是旧时的一种酷刑，用绳穿五根小木棍，夹犯人手指用力收绳，作为刑罚。 6 不任凌籍：不堪折磨。 7 招成：招供既成。

然宿虽放纵无行，实亦东国[1]名士。闻学使施公愚山[2]贤能称最，且又怜才恤士，宿因以一词控其冤枉，语言怆恻。公乃讨其招供，反覆凝思之，拍案曰：“此生冤也！”遂请于院、司[3]，移案再鞫。问宿生：“鞋遗何所？”供曰：“忘之。但叩妇门时，犹在袖中。”转诘王氏：“宿

然而宿介虽然生性放纵，品行不端，但在齐鲁一带，也是知名度很高的人。他听说学使施愚山公最称贤能，而且爱惜人才，体恤文士，宿介就写了一份状子，控诉自己的冤情，用语很是悲痛凄惨。施公于是讨来了宿介的供词，反复细读，凝神沉思，突然拍案说道：“这人是冤枉的！”于是向巡抚和按察使请求移交此案再度审理。施公问宿介：“鞋子丢在什么地方？”宿介招供说：“忘了。但是前去王氏家敲门的时候，鞋子还在我衣袖里。”施公转而质问王氏：“除了宿介以外，你还有几个

介之外，奸夫有几？”供言：“无有。”公曰：“淫妇岂得专私一人？”又供曰：“身与宿介稚齿交合，故未能谢绝。后非无见挑者，身实未敢相从。”因使指其挑者，供云：“同里毛大，屡挑屡拒之矣。”公曰：“何忽贞白如此？”命搒之。妇顿首出血，力辨无有，乃释之。又诘：“汝夫远出，宁无有托故而来者？”曰：“有之。某甲、某乙，皆以借贷馈赠，曾一二次入小人家。”盖甲、乙皆巷中游荡之子，有心于妇而未发者也。公悉籍[4]其名，并拘之。

奸夫？”王氏招供说：“没有。”施公喝道：“淫乱的妇人，怎么会专门只和一个男人私通呢？”王氏又招供说：“妾身和宿介从小就有私情，所以一直没能谢绝他。在那以后倒也不是没有人来挑逗我，但是妾身实在不敢从了他们。”施公让王氏指出都有谁挑逗过她，王氏招供说：“同乡的毛大，屡次挑逗我，但我每次都拒绝了他。”施公怪道：“怎么突然就这么贞洁了？”命令衙役给王氏打板子。王氏连连磕头，鲜血直流，竭力争辩确实没有，施公这才让衙役停手。又问道：“你丈夫出远门，在此期间就没有人找借口上门来吗？”王氏说：“有的。某甲、某乙，因为借钱和送礼的事情，来过小妇人家一两次。”原来某甲、某乙都是巷里游手好闲的人，对王氏有心思但是没有表现出来。施公把他们的名字全都记下来，一并拘捕到案。

注释 **1** 东国：指齐鲁地区。古代齐、鲁等国，因皆位于我国东方，故称“东国”。 **2** 施公愚山：施闰章(1618—1683)，字尚白，一字屺云，号愚山、媲萝居士，晚号矩斋，江南宣城(今属安徽)人。顺治六年(1649)进士，授刑部主事。康熙十八年(1679)举博学鸿词，授侍讲，预修《明史》，进侍读。 **3** 院、司：指部院和臬司。部院，即巡抚，一省的军政长官。臬司，也称“按察使”，省级最高司法官员。 **4** 籍：记录，登记。

既齐，公赴城隍庙，使尽伏案前。讯曰："曩梦神告，杀人者不出汝等四五人中。今对神明，不得有妄言。如肯自首，尚可原宥[1]。虚者[2]廉得[3]无赦！"同声言无杀人之事。公以三木[4]置地，将并夹之。括发裸身[5]，齐鸣冤苦。公命释之，谓曰："既不自招，当使鬼神指之。"使人以毡褥悉障殿窗，令无少隙；袒诸囚背，驱入暗中，始授盆水，一一命自盥讫；系诸壁下，戒令："面壁勿动，杀人者当有神书其背。"少间，唤出验视，指毛曰："此真杀人贼也！"盖公先使人以灰涂壁，又以烟煤濯[6]其手。杀人者恐神来书，故匿背于壁而有灰色；临出以手护背，而

嫌犯到齐了以后，施公和他们前去城隍庙，命令他们都跪在香案前，并说："我先前梦到有神人告诉我，杀人凶手就在你们四五个人当中。现在面对神明，不能再说假话。如果有人愿意自首，那还可以原谅。要是说了假话，被查出来，那就罪无可赦了。"这些人都说他们没有杀人。施公命人把刑具放在地上，准备给这些人都上刑。正在把他们头发束起，上衣扒除的时候，这些人都齐声喊冤。施公命令停止动刑，跟他们说："既然你们自己不肯招的话，那我就让鬼神来指认了。"于是命人用毛毡褥垫把大殿的窗户都遮住，一点儿缝隙也不留，然后让嫌犯们裸露后背，把他们赶到暗处，先给他们一盆水，让他们一一洗手以后，把他们捆在墙脚下，对他们下令："面向墙壁不要乱动，杀人凶手会有神灵前来在他的背上写字。"不一会儿，施公把他们传唤出来一一验视，指着毛大说："此人就是真正的杀人凶手！"原来施公事先让人用石灰涂抹墙壁，又用烟煤给嫌犯们洗手。杀人凶手担心有神灵来他背上写字，就把背靠在墙壁上，从而染了石灰的颜色；被传唤出来之前，又用手护住背部，因而也有烟煤的颜色。施公一开

有烟色也。公固疑是毛,至此益信。施以毒刑,尽吐其实。

始就怀疑是毛大杀了人,到了这个时候更加相信了。于是对毛大严刑拷打,毛大就把犯罪实情一五一十全都招认了。

注释 1 原宥:原谅,宽免。 2 虚者:说谎话的人。虚,不实。 3 廉得:查出。廉,查访。 4 三木:古时加在犯人颈、手、足上的木制刑具。 5 括发裸身:把头发束起来,把上衣剥下来,都是对犯人动刑前的准备。 6 濯:洗。

判曰:"宿介:蹈[1]盆成括[2]杀身之道,成登徒子好色之名。只缘两小无猜,遂野鹜[3]如家鸡之恋;为因一言有漏[4],致得陇兴望蜀之心[5]。将仲子而逾园墙[6],便如鸟堕[7];冒刘郎[8]而至洞口,竟赚门开。感帨惊尨[9],鼠有皮[10]胡若此?攀花折树[11],士无行其谓何!幸而听病燕[12]之娇啼,犹为玉惜[13];怜弱柳[14]之憔悴,未似莺狂[15]。而释幺凤[16]于罗中,尚有文人之意;乃劫香盟[17]于袜底,宁非无赖之尤[18]?蝴蝶过墙[19],隔窗有耳[20];莲花卸瓣[21],堕地无踪。假中

施公判决道:"宿介:重蹈盆成括惹祸杀身的覆辙,招来登徒子贪好女色的恶名。只因为两个人青梅竹马,就产生野鸭家鸡的恋情;只因为一句话走漏风声,就兴起得陇望蜀的色心。效仿仲子翻过院墙,就像轻捷小鸟落地;冒充刘郎来到洞口,居然骗得房门打开。摇落佩巾惊动龙犬,人如果有脸怎么会这么做?攀援花枝折断树杈,士人无行那还能说什么!幸而听到病燕之娇弱啼哭,还懂得怜香惜玉;心疼弱柳之质的身形憔悴,才没有蝶舞莺狂。虽然从罗网中释放幺凤,还有一些文人之意;但是在香袜下抢走信物,难道不是无耻之尤?蝴蝶翻过院墙,不提防隔墙有耳;莲花被摘下花瓣,落地后再无踪迹。假冒中的

之假以生，冤外之冤谁信？天降祸起，酷械至于垂亡；自作孽盈[22]，断头几于不续。彼逾墙钻隙[23]，固有玷夫儒冠；而僵李代桃[24]，诚难消其冤气。是宜稍宽笞扑，折其已受之惨；姑降青衣[25]，开彼自新之路。

假冒因而产生，冤情外的冤情又有谁信？从天而降灾祸引发，遭受酷刑几乎将死；自己恶贯满盈，断头几乎没法接续。彼时翻墙钻洞，固然有辱儒者衣冠；后来李代桃僵，毕竟难以消除冤屈。是以应该稍微宽限刑罚，抵消他已经承受的惨痛；姑且降为青衫，开辟他悔过自新的道路。

注释 1 蹈：蹈袭，重复旧时成例。 2 盆成括：复姓盆成，名括，战国时人。这里以盆成括为喻，斥责宿介调戏妇女，招致杀身之祸。 3 野鹜：野鸭。家鸡、野鹜本指自家与外人的两种不同的书法风格。此处借以喻宿介把野花当作家花，把情妇当作正妻。 4 一言有漏：指王氏一句话泄露了胭脂爱慕鄂生的心思，招致宿介骗奸胭脂的邪念。 5 致得陇兴望蜀之心：即“得陇望蜀”，比喻贪心不足。此指宿介既占有王氏，又进而想得到胭脂。 6 将仲子而逾园墙：谓宿介逾墙而到卞家，企图骗胭脂开门。 7 鸟堕：形容轻捷。 8 刘郎：指刘晨。此用刘晨和阮肇在天台山遇见仙女的故事，喻宿介冒充鄂生追求胭脂。 9 感帨(shuì)惊尨(máng)：意谓宿介至卞家粗暴而毫无顾忌。 10 鼠有皮：此用以谴责宿介，谓其如有脸皮怎能干出此等事情。 11 攀花折树：喻私会偷情行为。 12 病燕：指胭脂。 13 玉惜：犹言惜玉。旧时以玉比女子之美，因称爱护美女为“惜玉”。 14 弱柳：喻指胭脂。 15 莺狂：喻过分放肆。 16 幺凤：鸟名。有五色彩羽，似燕而小，暮春时栖集于桐花，因此也称“桐花凤”。喻少女胭脂。 17 劫香盟：以暴力威胁对方订立相爱之盟。 18 尤：突出，特别。 19 蝴蝶过墙：喻宿介逾墙偷情。 20 隔窗有耳：指毛大偷听。 21 莲花卸瓣：指胭脂的绣履被宿介强夺。 22 自作孽盈:指宿介自取灾祸。 23 逾墙钻隙:指宿介逾墙至卞家的非礼行为。 24 僵李代桃:也称“李代桃僵”。此指宿介代毛大受刑。 25 姑降青衣:姑且保留其生员资格,略施惩罚。降青衣,对生员的一种降级惩罚。

“若毛大者:刁猾无籍,市井凶徒。被邻女之投梭[1],淫心不死;伺狂童[2]之入巷,贼智忽生。开户迎风[3],喜得履张生之迹[4];求浆值酒[5],妄思偷韩掾之香[6]。何意魄夺自天,魂摄于鬼。浪乘槎木,直入广寒之宫[7];径泛渔舟,错认桃源之路[8]。遂使情火息焰,欲海生波。刀横直前,投鼠无他顾之意[9];寇穷安往,急兔起反噬之心[10]。越壁入人家,止期张有冠而李借;夺兵遗绣履,遂教鱼脱网而鸿罹[11]。风流道乃生此恶魔,温柔乡何有此鬼蜮哉!即断首领,以快人心。

“至于毛大:刁诈奸猾的无业游民,流窜市井的凶暴狂徒。被邻家女子拒绝,依旧淫心不死;见轻狂少年进入巷子私会,便贼智忽生。对方开着房门迎接春风,就有追随张生踪迹的狂喜;自己请求水浆却得美酒,便起效仿韩寿偷香的妄念。谁知道七魄被上天夺去,三魂被鬼神夺走。轻易乘着木筏,想直通广寒宫;径直泛着渔舟,认错了去往桃源的路。便使得情火熄灭了火焰,欲海掀起了波澜。对方横刀直追,追打老鼠没有其他的顾忌;自己穷寇无路,逼急的兔子便想反过来咬人。翻过墙壁进入别人的家,张家那顶冠借来李家头上戴;夺走兵刃丢下绣花的鞋,于是使得鱼儿脱了网连累鸿雁被网住。风流道生出这样的恶魔,温柔乡哪有这样的鬼蜮!当即斩下他的脑袋,以期快慰众人的心。

注释 1 被邻女之投梭:《晋书·谢鲲传》:"邻家高氏女有美色,鲲尝挑之,女投梭,折其两齿。"比喻女子严正拒绝男子的挑逗勾引。 2 狂童:轻狂顽劣的少年,见《诗经·郑风·褰裳》:"狂童之狂也且。"这里指宿介。 3 开户迎风:唐元稹《莺莺传》记莺莺寄张生诗有句:"待月西厢下,迎风户半开。"典出于此,后用于比喻男女私会。 4 履张生之迹:跟随张生潜入莺莺家的踪迹,这里指毛大跟着宿介潜入王氏家。 5 求浆值酒:《类说》卷三十五引《意林》:"袁惟正书曰:岁在申酉,乞浆得酒。"比喻得到的超过想要的。 6 偷韩掾之香:《世说新语·惑溺》载贾充的女儿爱慕贾充的掾吏韩寿,与之私会,并曾把晋武帝赐给贾家的西域奇香偷来送给韩寿,贾充知道以后,把女儿嫁给了韩寿,后用"韩寿偷香"比喻男女幽会,这里指毛大产生了和胭脂私会的妄念。 7 浪乘槎木,直入广寒之宫:晋张华《博物志·杂说》:"旧说天河与海通,近世有人居海渚者,年年八月有浮槎去来。"即乘着筏子登天的妄想。 8 径泛渔舟,错认桃源之路:指晋陶渊明《桃花源诗记》所载武陵渔夫误入桃花源之事。 9 投鼠无他顾之意:反用"投鼠忌器"意,此处指卞老汉持刀追逐毛大,而没有伤到别人的顾忌。 10 急兔起反噬之心:俗语"兔子急了也咬人",此处指毛大跑不掉,干脆反过来伤害卞老汉。 11 鱼脱网而鸿罹:《诗经·邶风·新台》:"鱼网之设,鸿则离之。"谓捕捉到错误的对象。这里指毛大逃跑了,却使鄂秋隼和宿介先后被捕。

"胭脂:身犹未字,岁已及笄。以月殿之仙人,自应有郎似玉;原霓裳之旧队,何愁贮屋无金[1]?而乃感关雎而念好逑,竟绕春婆之梦[2];怨摽梅[3]而思

"胭脂:此身尚未许配,年龄已到及笄。作为广寒月宫的仙女,自然能够拥有如玉郎君;原属霓裳羽衣的舞队,何必担心不被金屋藏娇?却因有感雎鸠互相求爱而心想佳偶,竟被春婆缠上春梦;怀怨梅子成熟落地而思念郎君,就

吉士[4]，遂离倩女之魂[5]。为因一线缠萦，致使群魔交至。争妇女之颜色，恐失‘胭脂’；惹鸷鸟之纷飞，并托‘秋隼’。莲钩[6]摘去，难保一瓣之香[7]；铁限敲来，几破连城之玉[8]。嵌红豆于骰子[9]，相思骨竟作厉阶[10]；丧乔木[11]于斧斤，可憎才[12]真成祸水！葳蕤自守，幸白璧之无瑕；缧绁[13]苦争，喜锦衾之可覆[14]。嘉其入门之拒，犹洁白之情人；遂其掷果[15]之心，亦风流之雅事。仰彼邑令，作尔冰人。”案既结，遐迩[16]传颂焉。

让倩女魂不守舍。因为一线相思缠绕，导致各路魔鬼前来。竞相争夺美貌的少女，唯恐失去了‘胭脂’；惹得来去纷飞的猛禽，全都假托为‘秋隼’。绣鞋被人摘走，恐怕保不住莲花一瓣的馨香；铁门被人敲开，差点打破了价值连城的美玉。把红豆嵌入骰子，相思的女子竟然成为危险发端；被斧头砍倒乔木，可爱的情人真的化作红颜祸水。葳蕤之人得以维持操守，幸亏洁白的璧玉尚未沾染瑕疵；缧绁之中仍然艰苦抗争，好在锦绣的棉被还能覆盖缺点。出于嘉奖她拒绝苟合的礼节，还是个清白的情人；应当成全她投掷果子的爱慕，也是件风流的雅事。希望该县的县令，充当他们的媒人。”结案以后，远近争相传颂施公的美名。

注释　1 何愁贮屋无金：用《汉武故事》“金屋藏娇”的典故，比喻胭脂定有如意郎君。　2 春婆之梦：宋赵令畤《侯鲭录》卷七：“东坡老人（苏轼）在昌化，尝负大瓢，行歌于田间。有老妇年七十，谓坡云：‘内翰昔日富贵，一场春梦。’坡然之。里人呼此媪为春梦婆。”　3 怨摽梅：用《诗经·召南·摽有梅》的典故，此诗以梅子的成熟和掉落，比喻女子正当年华，渴望求得佳偶的焦急。　4 吉士：古时对男子的美称。《诗经·召南·野有死麕》：“有女怀春，吉士诱之。”　5 遂离倩女之魂：唐陈玄祐《离魂记》记载，衡州张镒的女儿倩娘，与张镒的外甥太原王宙两情相悦，后来张镒把倩娘许配他人，王宙愤恨出走，倩娘也抑郁成疾，其灵魂居然离开躯体，追随王宙去了四川，居五年，生两子，直到一同回家看望张镒，倩娘的灵魂和躯体才合为一体。 6 莲钩：指绣鞋。 7 一瓣之香：双关，既指代绣鞋，也指代贞操。 8 连城之玉：价值连城的美玉，此处指代贞操。 9 嵌红豆于骰子：红豆也称为"相思子"，唐温庭筠《南歌子》："玲珑骰子安红豆，入骨相思知不知？" 10 厉阶：祸端。 11 乔木：此处是指胭脂的父亲卞老汉。 12 可憎才：《西厢记》张生怨莺莺："则为这可憎才熬得心肠耐。"用以作为对情人带有嗔怪意味的昵称。 13 缧绁(léi xiè)：捆绑犯人的绳索，指代监狱或监禁。 14 锦衾之可覆：指缺陷可以掩盖，错误可以弥补。 15 掷果：《晋书·潘岳传》："岳美姿仪，辞藻绝丽，尤善为哀诔之文。少时常挟弹出洛阳道，妇人遇之者，皆连手萦绕，投之以果，遂满车而归。"指女子对男子的爱慕。 16 遐迩：远近。

自吴公鞫[1]后，女始知鄂生冤。堂下相遇，靦然[2]含涕，似有痛惜之词，而未可言也。生感其眷恋之情，爱慕殊切；而又念其出身微贱，日登公堂，为千人所窥指，恐娶之为人姗笑，日夜萦回，无以自主。判牒[3]既下，意始安贴。邑宰为之委禽[4]，送鼓吹[5]焉。

自从吴公复审此案以后，胭脂才知道鄂秋隼是冤枉的。在堂下遇到他的时候，胭脂总是羞惭落泪，似乎想说一些怜惜哀痛的话，但是说不出来。鄂秋隼感念她对自己的眷恋，也对她有着深切的爱慕；又想到她出身卑微，还每天都要上公堂对质，被千人所望，千夫所指，担心娶了她以后会被人耻笑，便终日徘徊，拿不定主意。直到判决文书下达了，他的心思才安定下来。县令为他们纳采订婚，并找来乐队为他们的喜事演奏乐曲。

注释 1 鞫(jū):审理,审案。 2 靦(miǎn)然:羞愧的样子。 3 判牒:判决书。牒,公文。 4 委禽:即纳采,订婚。 5 鼓吹:指乐器合奏。

异史氏曰:"甚哉!听讼之不可以不慎也!纵能知李代为冤,谁复思桃僵亦屈?然事虽暗昧,必有其间,要非审思研察,不能得也。呜呼!人皆服哲人[1]之折狱明,而不知良工之用心苦矣。世之居民上者[2],棋局消日,绸被放衙[3],下情民艰,更不肯一劳方寸[4]。至鼓动衙开,巍然坐堂上,彼哓哓[5]者直以桎梏靖之,何怪覆盆之下[6]多沉冤哉!"

异史氏说:"确实呀!审判案件不能不谨慎啊!纵使知道鄂秋隼这样的"李树"是冤枉的,谁又会去想宿介这样的"桃树"也是冤枉的呢?但是真相虽然模糊不清,毕竟还有破绽可寻。要不是审慎思索细加考察,是不能得出真相的。哎呀!众人都佩服智慧之人断案圣明,却不知道高明之人用心良苦。世间那些居于平民百姓之上的人,每天下棋排遣度日,睡在丝绸被里放掉衙署的工作,民情艰苦的事,他们却不肯稍费心思。直到击鼓开庭的时候,他们高高地坐在堂上,对于争辩的声音,直接用刑具让他们安静。难怪大盆倒扣暗无天日,百姓多有沉积未能昭雪的冤屈啊!"

注释 1 哲人:智慧卓越的人。 2 居民上者:居于平民百姓之上的人,指官员。 3 绸被放衙:睡在丝绸被里放掉衙署的工作。谓好逸贪睡废政。 4 方寸:指人心。 5 哓(xiāo)哓:争辩声。 6 覆盆之下:晋葛洪《抱朴子·辨问》:"是责三光不照覆盆之内也。"比喻暗无天日。

愚山先生吾师也。方见知[1]时，余犹童子[2]。窃见其奖进士子，拳拳如恐不尽；小有冤抑，必委曲呵护之，曾不肯作威学校，以媚权要。真宣圣之护法[3]，不止一代宗匠，衡文无屈士已也。而爱才如命，尤非后世学使虚应故事者所及。尝有名士入场，作"宝藏兴焉"文，误记"水下"[4]，录毕而后悟之。料无不黜之理，因作词文后云："宝藏在山间，误认却在水边。山头盖起水晶殿[5]。瑚长峰尖，珠结树颠。这一回崖中跌死撑船汉！告苍天：留点蒂儿[6]，好与友朋看。"先生阅而和之曰："宝藏将山夸，忽然见在水涯。樵夫漫说渔翁话[7]。题目虽差，文字却佳，怎肯放在他人下。尝见他，登高怕险；那曾见，会水淹杀[8]？"此亦风雅之一斑[9]，怜才之一事也。

施愚山先生是我的老师。刚被他赏识时，我还是个童生。我见他奖掖士人，拳拳之意唯恐不能尽心；别人稍有冤屈，先生一定会周到地保护他们，从不在学校作威作福，讨好权贵。真真可以说是大成至圣文宣王(孔子)的护法，不止自己文章方面是一代宗师，主持考试时也不让一个读书人屈才。而且他爱才如命，这点尤其不是后世那些虚与委蛇敷衍了事的学使所能比得上的。曾经有位名士进考场应试，以"宝藏兴焉"为题作文，不小心把典故记成"水下"，把文章抄完以后才想起来。他料想没有不被黜落的道理了，于是就在文章后面多写了一首小令："宝藏在山间，误认却在水边。山头盖起水晶殿。瑚长峰尖，珠结树颠。这一回崖中跌死撑船汉！告苍天：留点蒂儿，好与友朋看。"先生读完，也和了一首小令："宝藏将山夸，忽然见在水涯。樵夫漫说渔翁话。题目虽差，文字却佳，怎肯放在他人下。尝见他，登高怕险；那曾见，会水淹杀？"这里也可见先生情调风雅的一面，是爱惜人才的一件趣事。

注释 1 见知:被赏识。 2 童子:未成年。此处指尚未取得秀才资格。 3 宣圣之护法:大成至圣文宣王(孔子)的护法,即保护儒教的人。 4 作"宝藏兴焉"文,误记"水下":《中庸》:"今夫山,一卷石之多,及其广大,草木生之,禽兽居之,宝藏兴焉。"则"宝藏"是在山上而非水下。 5 水晶殿:传说中海里的龙宫。 6 留点蒂儿:指留点颜面。 7 樵夫漫说渔翁话:山上砍柴的人随意说水中打鱼的人的话。指文不对题。漫,空自。 8 会水淹杀:这里指不会将会写文章的人一棒子打死,而是会留有余地。 9 一斑:比喻事物的一小部分。

阿纤

原文

奚山者,高密[1]人。贸贩为业,常客蒙沂间[2]。一日途中阻雨,至歇处,夜已深。遍叩无应。徘徊庑下[3]。忽二扉豁开,一叟出,邀客入,山喜从之。絷蹇[4]登堂,堂上并无几榻。叟曰:"我怜客无归,故相容纳。我实非卖食沽饮者,家下止有老荆[5]弱女,已眠熟矣。虽有宿肴[6],苦少烹鬻[7],勿嫌冷啜也。"

译文

奚山是高密人,以做买卖为生,经常在蒙阴、沂水之间旅居。某天他在路上被雨水耽误了行程,到了平时下榻的地方时,已经夜深人静了。他敲遍当地各家旅店的门,都没有人应答,于是在屋檐下徘徊。忽而两扇门豁然打开,一位老人走了出来,邀请客人进屋。奚山高兴地跟他进去了。他把驴拴好,走上堂去,堂上并没有几案和床榻。老人说:"我可怜您这位客人无处可归,所以才留您住下来。我也不是贩卖饮食的人,家里只有老妻和幼女,已经睡熟了。虽然有些隔夜的剩饭菜,但是也没法加热了,希望你不要嫌菜凉。"

言已，便入。少顷，以足床[8]来置地上，促客坐，又携一短足几[9]至，往来蹀躞[10]。山起坐不自安，曳令暂息。

说完就走进内室。没过多久，他拿来一张板凳放在地上，让客人坐上去，之后又拿了一张矮桌，来往几趟忙忙碌碌。奚山过意不去，坐立不安，就拉住老人让他暂时休息。

注释　1 高密：县名，在今山东省。　2 客：客居。蒙沂：指蒙阴、沂水，均县名，在山东省中南部山区。　3 庑下：屋檐下。庑，堂周的廊檐。　4 絷蹇：拴驴。蹇，蹇卫，驽钝的驴子。　5 老荆：老妻。　6 宿肴：隔夜的菜肴。　7 烹鬵(xín)：烹煮器具。鬵，大釜，炊器。　8 足床：矮凳。　9 几：案，小桌。　10 蹀躞(dié xiè)：小步走路，徘徊不定。

少间，一女郎出行酒。叟顾曰："我家阿纤兴[1]矣。"视之，年十六七，窈窕秀弱，风致嫣然。山有少弟未婚，窃属意焉。因问叟清贯尊阀[2]，答云："士虚，姓古。子孙夭折，剩有此女。适不忍搅其酣睡，想老荆唤起矣。"问："婿家阿谁？"答云："未字。"山窃喜。既而品味杂陈，似所宿具。食已，致谢曰："萍水之人[3]，遂蒙宠

不一会儿，一位女郎出来斟酒。老人看了一眼说："是我家阿纤起来了。"奚山一看，这位女郎年纪十六七岁，身材窈窕，秀气文弱，颇有风采韵味。奚山有位弟弟还没结婚，因而私下里看中了阿纤。于是他问起老人的籍贯门第，老人回答说："在下士虚，姓古。子孙都夭折了，只剩下这个女儿。刚才不忍心打扰她睡觉，想来是我老伴把她叫起来了。"奚山问："嫁到谁家了呀？"老人答道："还没嫁人。"奚山心下暗喜。接着各种美味都端了上来，好像事先准备好了一样。吃饱以后，奚山答谢道："萍水相逢，就蒙受您的莫大恩惠，今天的情谊我没齿不

惠，没齿所不敢忘。缘翁盛德，乃敢遽陈朴鲁[4]：仆有弟三郎，十七岁矣。读书肆业，颇不顽冥[5]。欲求援系[6]，不嫌寒贱否？”叟喜曰：“老夫在此亦是侨寓，倘得相托，便假一庐，移家而往，庶免悬念。”山都应之，遂起展谢[7]。叟殷勤安置而去。鸡既鸣，叟出，呼客盥沐。束装已，酬以饭金。固辞曰：“客留一饭，万无受金之理，矧[8]附为婚姻乎！”

忘。也因为您老人家的盛德，我才敢冒昧提出请求：在下有位弟弟叫作三郎，今年十七岁了。正在读书习业，生性并不顽劣。希望能与您家结亲，不知老人家会不会嫌弃我们贫贱？”老人大喜，说道：“老夫在这里也是侨居，如果能把小女托付给您家，就请您给我们一间屋子，让我们也搬过去同住，省得我们遥相牵挂。”奚山全都应承下来，于是起身道谢。老人殷勤地为他安置好才离开。第二天鸡鸣的时候，老人走出来，喊客人盥洗沐浴。奚山收拾好行装以后，要付给老人饭钱。老人坚决推辞说：“留客人吃了一顿饭而已，绝对没有收钱的道理，况且我们还结为亲家了呢！”

注释　1 兴：起，起床。　2 清贯尊阀：籍贯和门第。清、尊，都是敬辞。　3 萍水之人：偶然相逢的人。萍水，如浮萍随水，飘泊无定。　4 朴鲁：诚朴鲁钝。指真实朴直的心意。　5 顽冥：愚笨。　6 援系：攀附求亲。　7 展谢：申谢。　8 矧(shěn)：何况。

既别，客月余乃返。去村里余，遇老媪率一女郎，冠服尽素。既近，疑似阿纤。女郎亦频转顾，

奚山和老人道别以后，过了一个月又回来了。离村子还有一里多路的时候，看到有一位老婆婆带着一个女郎，两人衣帽都是白色的。走近一看，那女郎像是阿纤。女郎也频繁回头看他，然后抓着老婆

因把媪袂，附耳不知何辞。媪便停步，向山曰：“君奚姓乎？”山曰：“然。”媪惨容曰：“不幸老翁压于败堵，今将上墓。家虚无人，请少待路侧，行即还也。”遂入林去，移时始来。途已昏冥，遂与偕行。道其孤弱，不觉哀啼，山亦酸恻。媪曰：“此处人情大不平善，孤孀难以过度[1]。阿纤既为君家妇，过此恐迟时日，不如早夜同归。”山可之。

婆的衣袖，附在耳边不知道说了些什么。老婆婆停下脚步，对奚山说：“请问您是姓奚吗？”奚山说：“是的。”老婆婆神情凄惨地说：“我家老头子不幸被倒塌的屋墙给压死了，今天是要去上坟的。家里现在没有人了，请您在路边等我们一下，我们去去就回。”于是她们二人往林子里去了，过了一段时间才走出来。此时天色已晚，路途昏暗，奚山就跟母女二人一块儿走了。老婆婆跟他说起孤女寡母的情状，不由得哀痛啼哭起来，奚山也觉得酸楚可怜。老婆婆跟他说：“这里的人情不太友善，孤女寡母生活难以为继。既然阿纤已经许给你们家当媳妇了，过了这回恐怕往后就会耽搁很久，不如趁早连夜跟你回去吧。”奚山同意了。

注释　1 孤孀：孤儿寡妇。孀，寡妇。过度：度日。

既至家，媪挑灯供客已，谓山曰：“意君将至，储粟都已粜去。尚存二十余石，远莫致[1]之。北去四五里，村中第一门有谈二泉者，是吾售主。君勿惮

到了阿纤家中，老婆婆点上灯，给奚山备了饭对他说：“我们先前觉得您快要回来了，所以存留的粮食都卖掉了。现在还剩下二十几石粮食，因为路途遥远，没有送过去。此处往北四五里，村里第一家门，有个叫作谈二泉的，是我们家的买主。您如果不嫌麻烦的话，就请先用您的坐骑驮运

劳，先以尊乘[2]运一囊去，叩门而告之，但道南村古媪有数石粟，粜作路用，烦驱蹄躈[3]一致之也。”即以囊粟付山。山策蹇去，叩门，一硕腹男子出，告以故，倾囊先归。俄有两夫以五骡至。媪引山至粟所，乃在窖中。山下为操量执概[4]，母放女收[5]，顷刻盈装，付之以去。凡四返而粟始尽。既而以金授媪。媪留其一人二畜，治任遂东。行二十里，天始曙。至一市，市头赁骑，谈仆乃返。既归，山以情告父母。相见甚喜，即以别第馆媪，卜吉为三郎完婚。媪治奁装甚备。阿纤寡言少怒，或与语，但有微笑，昼夜绩织无停晷[6]，以是上下俱怜悦之。嘱三

一袋粮食过去，敲门告诉他，说南村的古老太太有几石粮食，打算卖掉当作路费，请他派些牲口过来，把粮食都给运过去。”就把一袋粮食交给奚山。奚山赶着驴过去了，敲了敲门，有个挺着大肚子的男子走了出来，奚山告诉男子自己前来的缘故，把粮食卸下倒出来就先回去了。没过多久，就有两个仆人赶着五头骡子前来。老婆婆把奚山带到存放粮食的地方，原来在一处地窖里。奚山下了地窖，代为称量，老婆婆把米拿出来往袋子里倒，阿纤提着袋子装粮食，不一会儿袋子就装满了，交给来人把粮食运走。总共走了四个来回，粮食才装完。接着谈家仆人就把粮食钱交给老婆婆，老婆婆又留下一位仆人和两头骡子同行，打点好行李就往东边出发。走了二十里，天才亮。到了一个集市，老婆婆在集市上租了坐骑，谈家这位同行的仆人才带着骡子回去了。奚山回家以后，把事情告诉父母。父母家人与阿纤母女相见，都很高兴，另外找了一处住宅让老婆婆住下，挑了一个吉日为三郎完婚。老婆婆准备的嫁妆非常齐全。阿纤寡言少语，不怎么发脾气，有人跟她说话，她只是微笑回应，且昼夜纺织，没有停歇的时候，因此全家上下对她都很是

郎曰："寄语大伯：再过西道，勿言吾母子也。"居三四年，奚家益富，三郎入泮[7]矣。

疼爱喜欢。阿纤嘱咐三郎说："跟大哥说，以后再走西道时，不要跟人提起我们母女的事。"过了三四年，奚家比以前富裕了不少，三郎也考入了县学。

注释 1 致：运送。 2 尊乘：您的坐骑。乘，这里指奚山所乘的驴子。 3 蹄躈：牲口。 4 操量执概：用斗斛量粟。量，指斗、斛之类的量具。概，量粟时刮平斗斛溢粟的用具。 5 母放女收：母亲往里装，女儿用容器接。 6 无停晷(guǐ)：没有停止的时刻。晷，时间。 7 入泮：考中秀才。

一日山宿古之旧邻，偶及曩年无归，投宿翁媪之事，主人曰："客误矣。东邻为阿伯别第，三年前居者辄睹怪异，故空废甚久，有何翁媪相留？"山讶之，而未深信。主人又曰："此宅向空十年无敢入者。一日第后墙倾，伯往视之，则石压巨鼠如猫，尾在外犹摇。急归，呼众往视，则已渺矣。群疑是物为妖。后十余日复入试，寂无形声。又年余始有

某天，奚山在古家的旧邻居那里下榻，偶然谈及往年无处可归，投宿古家老头老太太的事，主人说："这位客人记错了吧。东邻是我家大伯的别墅，三年前在那里住的人动不动看到一些灵异的事情，所以荒废很久了，怎么会有老头老太太留你住宿呢？"奚山很是讶异，但又不太相信。主人又跟他说："这个宅子已经空了十年没人敢入住。某天屋后的墙倒塌了，我大伯去看，发现石板压着一只和猫一样大的大老鼠，尾巴露在外面，还一直在摇呢。大伯赶紧跑回来，再喊大家去看时，老鼠已经不见了。大家都觉得那个东西是个妖怪。过了十几天，大家又试着去看，但是一点动静都没有了。又过了一年多，

居人。”山益奇之。归家私语，窃疑新妇非人，阴为三郎虑。而三郎笃爱如常。久之，家人竞相猜议。女微察之，至夜语三郎曰：“妾从君数年，未尝少失妇德。今置之不以人齿[1]。请赐离婚书，听君自择良偶。”因泣下。三郎曰：“区区寸心，宜所夙知。自卿入门，家日益丰，咸以福泽归卿[2]，乌得有异言？”女曰：“君无二心，妾岂不知？但众口纷纭，恐不免秋扇之捐[3]。”三郎再四慰解，乃已。

才有人住。”奚山听了感到更为惊奇。回家之后他偷偷跟家里其他人说，大家私下都怀疑新媳妇不是人类，暗中为三郎感到忧虑。但是三郎和阿纤依旧情意甚笃，恩爱如常。久而久之，家人竞相猜测议论。阿纤渐渐察觉到了这点，某天晚上她跟三郎说：“妾身跟着郎君有几年了，不曾做过有失女德的事。但是如今别人却不把我当人看。请赐我一份离婚文书，由你自己另选佳偶吧。”于是潸然泪下。三郎说：“我的一片心，你向来是知道的。自从你嫁入我家以来，家中日益富裕，大家都把我们的福泽归功于你，怎么会有人说你坏话呢？”阿纤说：“郎君没有二心，妾身怎么会不知道？但是众说纷纭，我恐怕还是不免被作为秋凉以后的扇子抛弃掉吧。”三郎多次劝解她，阿纤才安静了下来。

注释　1 置之不以人齿：把我置于非人地位。齿，并列。　2 福泽归卿：把我们的福泽归功于你。福泽，犹言幸福。归卿，归功于你。　3 秋扇之捐：秋凉之后，扇子即弃置不用；比喻妇女年老色衰而被遗弃。

山终不释，日求善扑之猫以觇其异。女虽不惧，然蹙蹙不快。一

但是奚山始终不能释怀，每天访求善于抓老鼠的猫，观察阿纤有没有异状。阿纤虽然不怕猫，但是表现得不太自在。

夕谓媪小恙，辞三郎省侍[1]之。天明三郎往讯，则室已空。骇极，使人于四途[2]踪迹，并无消息。中心营营[3]，寝食都废。而父兄皆以为幸，将为续婚，而三郎殊不怿[4]。俟之年余，音问已绝。父兄辄相诮责，不得已，勉买一妾，然思阿纤不衰。又数年，奚家日渐贫，由是咸忆阿纤。

一天晚上，阿纤说母亲生病了，跟三郎辞别，要去照顾。天亮后三郎去老婆婆的住所问讯，发现屋子已经空了。他大为惊骇，派人四处打探她的行踪，但是没有任何消息。三郎心中惴惴不安，以至于废寝忘食。但是父母兄长都觉得很庆幸，要为三郎续娶他人，然而三郎很不高兴。又过了一年多，已经完全断绝了阿纤的音信，父母兄长也动不动就拿这件事数落三郎，三郎实在不得已，勉强买了一个小妾，但是对阿纤的思念一直不减。又过了几年，奚家日渐贫苦，那时大家才都想念起阿纤来。

注释 1 省(xǐng)侍：探望，侍候。 2 四途：东南西北，四面。 3 营营：烦虑不安。 4 怿(yì)：喜悦。

有叔弟岚以事至胶[1]，迂道[2]宿表戚陆生家。夜闻邻哭甚哀，未遑诘问。及返，又闻之，因问主人。答云："数年前有寡母孤女，僦居于此。月前姥死，女独处，无一线之亲，是以哀耳。"问："何姓？"曰："姓古。尝闭户不与里社[3]通，故未

奚山有个叔伯弟弟叫作奚岚，绕道在表亲陆生家住。晚上听到邻家有哭声，声音十分哀戚，但是没来得及问。等到要回家的时候，奚岚又听到同样的哭声，就问主人其中缘故。陆生答道："几年前有寡母孤女，来这里租住。一个月前，老太太过世了，女儿一个人住在这里，又举目无亲，所以哭得很哀戚。"奚岚问："她姓什么？"陆生说："姓古。她家总是关着门不跟邻里打交道，所以没有人了解

悉其家世。"岚惊曰:"是吾嫂也!"因往款扉。有人挥涕出,隔扉问曰:"客何人?我家故无男子。"岚隙窥而遥审之,果嫂,便曰:"嫂启关,我是叔家阿遂。"女拔关纳入,诉其孤苦,意凄怆悲怀。岚曰:"三兄忆念颇苦,夫妻即有乖迕[4],何遂远遁至此?"即欲赁舆同归。女怆然曰:"我以人不齿数故,遂与母偕隐。今又返而依人,谁不加白眼[5]?如欲复还,当与大兄分炊[6];不然,行乳药[7]求死耳!"

她的家世。"奚岚惊道:"她是我的嫂子啊!"于是就去敲门。有人抹着眼泪往外走,隔着门问他:"来客是什么人?我家没有男子。"奚岚从门缝往里看,远远地看到门内女子,果然是嫂子,就说:"嫂嫂开门,我是叔家的阿遂啊。"阿纤听了,把门闩拉开,请他进屋,告诉他自己的孤苦无依,听起来满怀凄苦。奚岚便说:"我三哥想嫂子想得好苦,就算夫妻之间有什么矛盾,又何必躲得这么远呢?"就想雇车把阿纤一起接回家。阿纤悲痛地说:"我是因为别人不把我当人类看,所以才和母亲一起隐居。现在又回去跟人家住,谁又能不拿白眼看我?如果真要我回去的话,一定要和大哥分开住;否则,我就服毒自杀了!"

注释 1 胶:胶州,在山东省东部。 2 迂道:绕道。 3 里社:乡邻。 4 乖迕:不和睦。 5 白眼:目不正视,露出眼白;表示鄙夷或厌恶。 6 分炊:分开吃饭,即分家。 7 乳药:服毒药。

岚归以告三郎。三郎星夜驰去,夫妻相见,各有涕洟。次日告其屋主。屋主谢监生,窥女美,阴欲图致

奚岚回去以后,把情况告知了三郎。三郎连夜赶过去,夫妻相见,各自伤心落泪。第二天又告诉屋主人要把阿纤接走。屋主人谢监生,觊觎阿纤的美貌,私下里想把她收作小妾,所以几年以来不跟她收房

为妾，数年不取屋值，频风示媪，媪绝之。媪死，窃幸可媒，而三郎忽至。通计房租以留难之。三郎家故不丰，闻金多，有忧色。女曰："不妨。"引三郎视仓储，约粟三十余石，偿租有余。三郎喜以告谢。谢不受粟，故索金。女叹曰："此皆妾身之恶幛[1]也！"遂以其情告三郎。三郎怒，将讼于邑。陆氏止之，为散粟于里党，敛资偿谢，以车送两人归。

租，并且频繁暗示老婆婆自己的想法，老婆婆回绝了他。老婆婆死后，谢监生暗自高兴可以托媒人说亲了，但是三郎又突然出现了。他就把几年以来积欠的房租全都算上，要让阿纤一次性还清，用这种方式来为难他们。三郎家本来就不富裕，听说房租这么多，面露愁容。阿纤说："不碍事。"带着三郎去看她粮仓里的存粮，大概有三十余石粮食，偿还房租绰绰有余。三郎很高兴，把此事告诉了谢监生。但是谢监生说他不接受用粮食抵租，就是要用现钱。阿纤感慨道："这都是妾身造的孽啊！"于是把谢监生的阴谋告诉了三郎。三郎很生气，要去县里告他。陆生把三郎拦住了，并帮他把粮食分发到乡里，积攒了一笔钱，偿付给了谢监生，并用一辆车把两人送回家了。

注释　1 恶幛：佛教名词，指造成的恶果。

三郎实告父母，与兄析居。阿纤出私金，日建仓廪，而家中尚无儋石[1]，共奇之。年余验视，则仓中满矣。又不数年，家中大富，而山苦贫。女请翁

三郎把事情经过告诉了父母，并且与长兄分居。阿纤拿出自己私藏的积蓄，每天兴建粮仓，但是家中甚至都没有一石米。大家都对建粮仓的事情很奇怪。过了一年多，大家去粮仓里验视，发现粮仓中已经堆满了粮食。又过了没几年，三郎家中非常富裕，而奚山却过得很贫苦。阿纤请求由

姑自养之，辄以金粟周兄，狃以为常[2]。三郎喜曰："聊可谓不念旧恶矣。"女曰："彼自爱弟耳。且非兄，妾何缘识三郎哉？"后亦无甚怪异。

自己家来供养公婆，还时不时取用钱财粮食周济长兄，习以为常。三郎高兴地说："你可真的是不念旧恶啊。"阿纤说："大哥也是出于爱护自己的弟弟嘛。况且如果不是兄长的话，妾身又怎么有缘认识三郎呢？"此后再也没有发生过什么怪异的事情。

注释　1 儋(dàn)石：也作"担石"，形容少量米粟。　2 狃以为常：习以为常。狃，习惯。

瑞　云

原文

瑞云，杭[1]之名妓，色艺[2]无双。年十四，其母蔡媪，将使出应客。瑞云曰："此奴终身发轫[3]之始，不可草草。价由母定，客则听奴自择之。"媪曰："诺。"乃定价十五金，逐日见客。客求见者必以贽[4]，贽厚者，接以弈，酬以画；薄者，一茶而已。瑞云名噪已久，富商贵介[5]接踵于门。

译文

瑞云是杭州名妓，才貌无双。十四岁那年，养母蔡妈妈让她接客。瑞云说："这是奴家一生发迹的开始，不能草草行事。身价由母亲来定，但是客人得奴家亲自挑选。"蔡妈妈说："可以。"于是定价接客一次十五两银子，从此瑞云每天都见客。客人求见她一定带礼物，礼物给得丰厚的，瑞云就陪对方下棋，或者是画一幅画作为回礼；礼物轻的，便只留下喝杯茶而已。瑞云芳名传扬已久，富商贵胄接连上门求见。

注释　1 杭：指浙江杭州。　2 色艺：容貌和才艺。　3 发轫(rèn)：喻事情的开端；这里指妓女初次应客。轫，止住车轮转动的闸木；车启行时须先去轫，称"发轫"。　4 贽(zhì)：见面的赠礼。　5 贵介：尊贵；指贵家子弟。

余杭[1]贺生，才名夙著，而家仅中资。素仰瑞云，固未敢拟同鸳梦[2]，亦竭微贽，冀得一睹芳泽。窃恐其阅人既多，不以寒畯[3]在意。及至相见一谈，而款接殊殷。坐语良久，眉目含情，作诗赠生曰："何事求浆者，蓝桥叩晓关？有心寻玉杵，端只在人间[4]。"

余杭有位书生姓贺，长期以才气名世，但是家庭经济状况一般。他素来仰慕瑞云，本来不敢奢求与她欢爱，但是仍然竭力准备一份薄礼，希望能一睹芳容。贺生私下担心瑞云阅人无数，恐怕不会在意他这位寒门士人。等到两人相见对谈，瑞云对他款待特别殷勤。两人对坐交谈良久，瑞云眉目含情，写了一首诗送给贺生："何事求浆者，蓝桥叩晓关？有心寻玉杵，端只在人间。"

注释　1 余杭：旧县名，明清时属杭州府。　2 鸳梦：喻男女欢合。鸳，鸳鸯，雌雄偶居不离，古称"匹鸟"。　3 寒畯：贫穷的读书人。　4 何事求浆者，蓝桥叩晓关？有心寻玉杵，端只在人间：此诗化用裴铏《传奇》裴航与云英的爱情故事，诗前二句，以裴航在蓝桥驿会见云英，比喻贺生求见瑞云；后二句以裴航寻觅玉杵为聘，示意贺生备资与瑞云欢聚。叩晓关，清晨叩门。端，端的；确实。

生得诗狂喜，更欲有言，忽小鬟来白"客至"，生仓猝遂别。既归，吟玩

贺生得到这首诗欣喜若狂，正想多说几句话的时候，有个丫鬟走进来说"有客人来"。贺生只得仓促告别。回

诗词，梦魂萦扰。过一二日，情不自已，修贽复往。瑞云接见良欢，移坐近生，悄然曰：“能图一宵之聚否？”生曰：“穷踧[1]之士，惟有痴情可献知己。一丝之贽[2]，已竭绵薄。得近芳容，私愿已足；若肌肤之亲，何敢作此梦想？”瑞云闻之，戚然不乐，相对遂无一语。生久坐不出，媪频唤瑞云以促之，生乃归。心甚邑邑，思欲罄家[3]以博一欢，而更尽而别，此情复何可耐？筹思及此，热念都消，由是音息遂绝。

家以后，贺生吟诵此诗，玩味其意，只觉得魂牵梦萦。一两天后，贺生情不能已，又准备礼物前往求见。瑞云接见他时，非常欢喜，把座位移到了贺生身旁，悄悄问他：“能与我共度良宵吗？”贺生答道：“穷苦之士，只有一片痴情可以献给知己之人。虽然只带了一点小小心意，但是已经竭尽我的绵薄之力。能够亲近芳容，我内心已经非常满足了；至于肌肤之亲，我哪里敢痴心妄想？”瑞云听了以后，闷闷不乐，两人相对无言。贺生在室内久坐不出，蔡妈妈频频叫唤瑞云催促着，贺生这才离开。回家以后，贺生心下惆怅，想要倾家荡产博取瑞云的欢心，但是天亮以后又得告别，如此苦情如何能够忍耐？想到此处，他的激情都消减了，从此以后与瑞云再无往来。

注释　1 穷踧(cù)：穷困。踧，通“蹙”。　2 一丝之贽：微薄之礼。丝，重量的微小单位。　3 罄家：拿出全部家产。

瑞云择婿数月，不得一当[1]，媪恚，将强夺之。一日有秀才投贽，坐语少时，便起，以一指按女额曰：“可惜，可

瑞云挑选夫婿挑了几个月，始终没有挑到一个中意的，蔡妈妈很生气，甚至想强迫她接客。有一天，一位秀才带了礼物求见，与瑞云坐着交谈片刻，便起身，用一只手指按在瑞云的前额上说道：“可惜，可

惜！"遂去。瑞云送客返，共视额上有指印黑如墨，濯之益真；过数日墨痕益阔；年余连颧彻准[2]矣，见者辄笑，而车马之迹[3]以绝。媪斥去妆饰，使与婢辈伍。瑞云又荏弱[4]，不任驱使，日益憔悴。贺闻而过之[5]，见蓬首厨下，丑状类鬼。举目见生，面壁自隐。贺怜之，便与媪言愿赎作妇。媪许之。贺货田倾装[6]，买之以归。入门，牵衣揽涕[7]，不敢以伉俪[8]自居，愿备妾媵，以俟来者[9]。贺曰："人生所重者知己。卿盛时犹能知我，我岂以衰故忘卿哉！"遂不复娶。闻者又姗笑之，而生情益笃。

惜！"说完就走了。瑞云送客回来以后，大家看到她的额上有指印，黑如墨水，试图洗掉却越洗越黑；过了几天，墨痕更是扩大了；一年多以后，墨痕已经铺满整个额头，覆盖到了鼻梁骨，旁人见到瑞云如此都嘲笑她，贵客也都不来拜访她了。蔡妈妈斥令收走她的妆奁首饰，让她去做婢女。瑞云又体弱，不堪使唤，日益憔悴。贺生听说这件事，便去探望她，只见她蓬头垢面在厨房里干活，丑得跟鬼一样。瑞云抬眼一看是贺生，扭头面壁，不想让贺生看到自己的丑态。贺生很心疼，跟蔡妈妈说希望能为瑞云赎身作自己的妻子。蔡妈妈同意了。贺生变卖田产，倾囊出资，将瑞云买回家。瑞云到他家后，牵着贺生的衣服，抹着眼泪，不敢以妻子的身份自居，希望作为媵妾，等贺生另行娶妻。贺生说："人生最重要的是知己。你在享有盛名的时候，尚且对我有知遇之恩，我又岂能因你容貌衰退就忘记你的恩遇呢！"于是不再娶妻。旁人听闻此事，又都嘲笑他，但他与瑞云的感情却越发深厚。

注释　1 一当：一个中意的。当，当意，中意。　2 连颧(quán)彻准(zhǔn)：谓墨痕漫延至左右颧骨及上下鼻梁。颧，颧骨。准，鼻梁。　3 车马之迹：指来访的贵客。　4 荏(rěn)弱：柔弱，怯懦。　5 过之：探望她。过，访。 6 货田倾装:变卖田地,竭尽所有。倾装,犹言倾囊。 7 揽涕:挥泪。 8 伉俪:夫妻,这里指夫妻名分。 9 愿备妾媵,以俟来者:谓自惭形秽,只愿权充姬妾,等待贺生另娶正妻。

居年余,偶至苏,有和生与同主人[1],忽问:"杭有名妓瑞云,近如何矣?"贺曰:"适人[2]矣。"问:"何人?"曰:"其人率与仆等[3]。"和曰:"若能如君,可谓得人矣。不知其价几何?"贺曰:"缘有奇疾,姑从贱售耳。不然,如仆者,何能于勾栏中买佳丽哉?"又问:"其人果能如君否?"贺以其问之异,因反诘之。和笑曰:"实不相欺,昔曾一觐其芳仪,甚惜其以绝世之姿,而流落不偶[4],故以小术晦其光而保其璞[5],留待怜才者之真赏耳。"贺急问曰:"君能点之,亦能涤之否?"和笑曰:"乌得不能?但须其人一诚求[6]

过了一年多,贺生偶然经过苏州,有一位书生姓和,与贺生同住一处寓所,和生突然问起:"杭州有个名妓瑞云,不知道最近怎么样了?"贺生答道:"嫁人了。"和生追问道:"嫁给谁了?"贺生答道:"跟我差不多的人吧。"和生听后说:"如果是跟您一样的人,那算是嫁对人了。不知道花了多少钱赎身?"贺生答道:"因为瑞云得了怪病,所以才贱价赎卖了。不然,像我这样的人,怎么能从青楼当中买回佳丽女子呢?"和生又问:"那个人真的和您一样吗?"贺生觉得他如此问法非常奇怪,于是反过来盘问他。和生笑着说:"实不相瞒,小生曾经一睹其芳容,见她有着绝世无双的姿容,却流落青楼遭逢不幸,觉得非常可惜,于是用一点小法术遮蔽她的光彩,而保留了她的玉质,希望等到有真正爱惜其才的人来欣赏。"贺生急忙问他:"您能给她点上墨痕,应该也能为她洗去墨痕吧?"和生哈哈笑道:"怎么不能?只是要那人以

耳!”贺起拜曰:“瑞云之婿,即某是也。”和喜曰:“天下惟真才人为能多情,不以妍媸[7]易念也。请从君归,便赠一佳人。”遂同返杭。

诚意相求而已!”贺生起身下拜,说:“瑞云的夫婿,就是贺某人。”和生大喜,说道:“天下只有真正有才华的人才能如此重情,不因为美丑而改变心意。请让我跟您一起回家,我会把佳人送还给您的。”于是两人一起回杭州了。

注释　1 与同主人:和他同住一处。主人,指旅居的房东。　2 适人:嫁人。　3 率(shuài)与仆等:与我略同。率,大致。等,相等。　4 不偶:不遇,不幸。　5 晦其光而保其璞:谓遮掩其光彩,保护其纯真。晦,使其晦暗。光,指玉石的光泽。璞,未雕琢的玉石,比喻天真、本色。　6 一诚求:言诚求一次就可以了。　7 妍媸:美丑。

抵家,贺将命酒。和止之曰:“先行吾法,当先令治具者[1]有欢心也。”即令以盥器贮水,戟指而书之[2],曰:“濯之当愈。然须亲出一谢医人也。”贺喜谢,笑捧而去,立俟瑞云自靧[3]之。随手光洁,艳丽一如当年。夫妇共德之,同出展谢,而客已渺,遍觅之不得,意者其仙欤?

到了家中,贺生便要准备酒席。和生拦下他说:“请先让我作法,我应该先让准备酒席的人高兴才对嘛。”便让贺生用脸盆装了水,戟指施法,书写符箓,说:“用这盆水洗脸就能痊愈了。但是她得亲自出见感谢一下我这位医生。”贺生大喜称谢,笑着把这盆水捧进屋内,站在旁边看瑞云洗脸。果然随手洗到之处,立刻光鲜洁净,洗完脸后变得如同当年一样艳丽。夫妇对和生都感恩戴德,共同出来表示感谢,但客人已经消失了,到处找都找不到,想来他应该是个仙人吧?

注释 1 治具者：准备酒食之人；指瑞云。 2 戟指而书之：指书写符箓，施行法术。戟指，屈指如戟形，施法术时所作的手势。 3 醴(huì)：洗脸。

仇大娘

原文

仇仲，晋人也。值大乱，为寇俘去。二子福、禄俱幼。继室[1]邵氏，抚双孤[2]，遗业[3]幸能温饱。而岁屡祲[4]，豪强者复凌藉[5]之，遂至食息不保[6]。仲叔尚廉利其嫁，屡劝驾[7]，邵氏矢志不摇。廉阴券[8]于大姓，欲强夺之。关说已成，并无人知。里人魏名，夙狡狯[9]，与仲家积不相能[10]，事事思中伤之。因邵寡，伪造浮言以相败辱。大姓闻之，恶其不德而止。久之，廉之阴谋与外之飞语[11]，邵渐闻之，冤结

译文

仇仲是山西人。一次碰上大乱，他被强盗掳走了。两个儿子仇福、仇禄都还年幼。继室邵氏为他抚养两个孤儿，依靠遗留下来的产业还能过上温饱的日子。后来本地连年遭灾，地方豪强又欺压他们，于是连衣食都不能保障了。仇仲的叔叔仇尚廉觉得让邵氏改嫁有好处，屡屡敦促她改嫁，邵氏却矢志守节，不肯改嫁。仇尚廉暗地里与大户人家立了改嫁文书，打算强行夺志。双方口头上已经说好，并没有他人知道。村里有个人叫魏名，素来狡诈，与仇仲家积怨已久，事事都想中伤他们家。因为邵氏寡居，就伪造流言，败坏她的名誉。大户人家听说以后，厌弃邵氏不守女德，于是和仇尚廉终止了婚约。久而久之，仇尚廉的阴谋和外面的流言蜚语，邵氏渐渐都

胸怀，朝夕陨涕[12]，四体渐以不仁[13]，委身床榻[14]。福甫十六岁，因缝纫无人，遂急为毕姻。妇，姜秀才屺瞻之女，颇贤能，百事赖以经纪。由此用渐裕，仍使禄从师读。

听说了，冤屈怨气聚在心胸，早晚流泪不止，身体也渐渐坏了，卧床不起。仇福年方十六岁，因为家中没人从事缝纫，所以就急着帮仇福完婚。妻子是姜屺瞻秀才的女儿，很是贤惠能干，家中一切事情都依靠她操持。从此家用逐渐宽裕，让仇禄依旧跟着塾师读书。

注释 1 继室：续娶的妻子。 2 孤：无父叫“孤”。 3 遗业：犹遗产。 4 岁：农业收成。祲(jìn)：受灾。 5 凌藉：侵凌，欺压。 6 食息不保：谓吃饭无有保障。食息，犹言吃饭、生活。每顿饭必有间隔；一食一间曰“食息”。 7 劝驾：犹言敦促。 8 阴券：暗地里立下契约。指署约强嫁。 9 狡狯：狡诈奸猾。 10 积不相能：长期不和睦。不相能，不相容。 11 飞语：犹流言。 12 陨涕：落泪。 13 四体：四肢。不仁：麻痹，指患痹症。 14 委身床榻：卧床不起。

魏忌嫉之，而阳与善，频招福饮，福倚为心腹交。魏乘间告曰：“尊堂病废，不能理家人生产，弟坐食一无所操作，贤夫妇何为作牛马哉！且弟买妇，将大耗金钱。为君计，不如早析[1]，则贫在弟而

魏名很是妒忌仇家，但表面上还是与他们往来和善，经常喊仇福一块喝酒，仇福把魏名当作心腹之交。魏名有一次找到机会跟他说：“现在令堂卧病在床，不能打理家庭产业，您的弟弟又坐享其成，什么事情都不做，贤夫妇为什么这么为他们做牛做马呢！而且您的弟弟要讨媳妇，又得花一大笔钱。我为您着想啊，觉得你们不如早点分家，这样贫穷的境况就分给了您弟

富在君也。”福归谋诸妇，妇咄之。奈魏日以微言相渐渍[2]，福惑焉，直以己意告母。母怒，诟骂之。福益恚，辄视金粟为他人物而委弃之。魏乘机诱赌，仓粟渐空，妇知而未敢言。及粮绝，被母骇问，始以实告。母怒，遂析之。幸姜女贤，旦夕为母执炊[3]，奉事一如平日。福既析，益无顾忌，大肆淫赌[4]，数月间田屋悉偿戏债，而母与妻皆不知。福资既罄，无所为计，因券妻贷资，苦无受者。邑人赵阎罗，原漏网大盗，武断一乡[5]，竟不畏福言之食[6]，慨然假资。福持去，数日复空。意踟蹰[7]，将背券盟。赵横目[8]相加，福惧，赚妻付之。魏闻窃喜，急奔

弟，您自己就能独享富裕了。”仇福回家之后和妻子商量这件事，妻子呵斥了他一通。奈何魏名天天暗示他，给他灌输分家的想法，仇福就被他蛊惑了，直接把自己的意思告诉了母亲。母亲大怒，骂了他一顿。仇福因此更加心生怨念，就把家中的财产和粮食都看作别人家的东西，而随便挥霍。魏名趁机引诱他去赌博，家里的存粮逐渐空了，妻子知道这件事，但是不敢说什么。直到家中断了粮，被母亲惊讶地问起这件事，姜氏才把实情告诉了母亲。母亲大怒，于是分了家。幸好姜氏很贤惠，每天早晚都给母亲做饭，如同平时一样侍奉她。自从分家以来，仇福更加没了顾忌，赌博更加大手大脚，几个月内，田产房屋都拿去抵了赌债，而母亲和妻子都不知情。仇福的家资全都耗尽后，无计可施，于是就想拿妻子抵押借钱，苦于没人答应这么借钱。县里有个人叫赵阎罗，原来是个漏网大盗，横行乡里，竟然不怕仇福食言，慷慨答应借钱给他。仇福把钱拿走以后，没几天又花光了。他心下犹豫，就想背弃契约。赵阎罗横眉竖目冷眼视之，仇福害怕了，就把妻子骗出来交给了赵阎罗。魏名听说这件事以后暗喜，赶紧跑去告诉姜秀才家的人，而实际上

告姜，实将倾败仇也。姜怒，讼兴。福惧甚，亡去。

他是想让仇家彻底败落。姜秀才听说这事以后震怒，就把仇家告到了官府。仇福怕得要命，就逃走了。

注释 1 析：析居，分家。 2 微言：秘密进言，谓暗中怂恿。渐渍：浸润，影响。 3 执炊：做饭。 4 淫赌：滥赌。 5 武断一乡：谓以威势横行乡里。 6 言之食：食言，不守信用。 7 踟躕(chí chú)：犹豫。 8 横目：怒目，凶恶的样子。

姜女至赵家，方知为婿所卖，大哭，但欲觅死。赵初慰谕之，不听。既而威逼之，愈骂。大怒，鞭挞之，终不肯服。因拔笄自刺其喉，急救，已透食管，血溢出。赵急以帛束其项，犹冀从容而挫折[1]焉。明日，拘票已至，赵行行[2]不置意。官验女伤，命重笞之，隶相顾不敢用刑。官久知其横暴，至此益信，大怒，唤家人出，立毙之。姜遂舁女归。自姜之讼也，邵氏始

姜氏到了赵家，才知道自己被夫婿卖了，气急大哭，只想寻死。赵阎罗开始还劝慰她，但是姜氏不听。既而赵阎罗便威逼她屈从，姜氏骂得更厉害了。赵阎罗很生气，拿鞭子抽了她一顿，但是姜氏终究不肯服从。于是姜氏拔下簪子刺向自己的咽喉，赵阎罗赶紧去救，但是簪子已经刺穿食管，鲜血直流。赵阎罗急忙用布帛把姜氏的颈部裹住，还想着慢慢消磨她的意志。第二天，官府的拘捕令到了赵家，赵阎罗做出强硬而不以为意的样子。县官让人验视姜氏的伤情，并下令重重地鞭笞赵阎罗，衙役们面面相觑，不敢用刑。县官很久之前就听说赵阎罗凶横残暴，到这个地步以后更加相信了，他大为恼怒，直接喊家仆前来，当场把赵阎罗打死了。姜秀才于是派人把女儿抬了回去。自从姜家告了仇家以后，邵氏

知福不肖[3]状，一号几绝，冥然大渐[4]。禄时年十五，茕茕[5]无主。

才知道仇福不肖到什么地步，放声号哭，几乎气死，生了一场重病，整天昏沉沉的。仇禄年方十五岁，孤苦无依。

注释　1 挫折：指摧折其意志。　2 行行(hàng hàng)：刚强的样子。　3 不肖：不贤。　4 大渐：病危。　5 茕茕(qióng qióng)：孤独无依。

先是，仲有前室[1]女大娘，嫁于远郡。性刚猛，每归宁[2]，馈赠不满其志，辄迕父母，往往以愤去，仲以是怒恶之，数载已不往置问。邵氏垂危，魏欲招之来而启其争。适有贸贩者与大娘同里，便托寄信大娘，且歆以家之可图[3]。数日大娘果与少子至。入门，见幼弟侍病母，景象凄惨，不觉恻然，因问弟福，禄实告之。大娘闻之，忿气塞吭[4]，曰："家无成人，遂任人蹂躏至此！吾家田产，诸贼何得赚去！"因入厨下，爇火炊糜[5]，先

先前，仇仲有个前妻生的女儿叫大娘，嫁到很远的一个郡去了。她性情刚猛，每每回娘家的时候，如果给她的礼品让她不满意，她就顶撞父母，往往愤愤不平地离开，仇仲因此很讨厌她，已经好几年没有来往了。邵氏病危之时，魏名想把仇大娘叫回来，让仇家继续闹矛盾。恰好有个生意人和大娘同住一里，魏名就请他寄信给大娘，并且利诱她说可以图谋家产。没过几天，大娘果然带着小儿子回来了。刚进门，就看到年幼的弟弟照顾生病的母亲，一副凄惨的景象，不由得生出恻隐之心，于是问弟弟仇福的事情，仇禄把实情告诉她。大娘听了，燃起满腔怒火，道："家里没有成年男子，就让别人欺压到这个程度吗！我家的田产，凭什么让那帮恶贼骗走！"于是下了厨房，烧火煮粥，先给母亲吃了，然后又

供母,而后呼弟及子啖之。啖已,忿出,诣邑投状,讼诸博徒。众惧,敛金赂大娘。大娘受其金而仍讼之。邑令拘甲、乙等,各加杖责,田产殊置不问。大娘率子赴郡讼之。郡守最恶赌博。大娘力陈孤苦,及诸恶局骗[6]之状,情词慷慨。守为之动,判令知县追田给主,仍惩仇福以儆不肖。到县,邑令奉命敲比[7],于是故产尽反。

喊弟弟和小儿子来吃。吃完粥后,仇大娘带着怒气出门去了,到县衙里,一纸诉状把众赌徒告上了官府。众赌徒都很害怕,赶紧搜罗钱财贿赂大娘。大娘收下了钱,但还是坚持上告。官府把赌徒甲、乙等人拘捕了,每个人都施以杖刑,但还是不过问田产的事。大娘带着小儿子到郡府上诉。郡守最恨赌博。大娘极力陈述母家的孤苦和恶贼们设局诱骗的情状,陈词慷慨激昂。郡守被大娘打动了,下令让知县追回田产,仍归原主,但还是惩罚仇福,警戒那些不肖的人。回到县衙以后,县令奉命对赌徒严刑拷打,催逼他们归还钱财,于是仇家先前的产业全都收回来了。

注释 1 前室:前妻。 2 归宁:回娘家。 3 歆以家之可图:以可以图谋仇家家产引诱仇大娘。歆,引诱。 4 吭(háng):喉咙。 5 爇火炊糜:烧火煮粥。 6 局骗:构成圈套骗人。 7 敲比:敲扑追比,指强令限期完成“追田给主”。比,追比。

大娘已寡,乃遣少子归,且嘱从兄务业,勿得复来。大娘从此止母家,养母教弟,内外井然。母大慰,病渐瘥,家务悉委大娘。里中豪强

大娘已经是寡居的人了,于是就让小儿子先回家,嘱咐他跟着哥哥一起打理家业,不要再来娘家了。从此以后大娘就住在娘家,奉养母亲,教养弟弟,一家内外,事务井然。母亲非常宽慰,病也渐渐好了,家里的事情都交给大娘打理。村里

少见陵暴，辄握刀登门，侃侃[1]争论，罔不屈服。居年余，田产日增。时市药饵珍肴，馈遗姜女。见禄渐长成，嘱媒谋姻。魏告人曰："仇家产业，悉属大娘，恐将来不可复返矣。"人咸信之，故无肯与论婚者。

的豪强只要稍稍敢来欺侮，大娘就提着刀到他们家门口，理直气壮地争论，那些豪强没有不屈服的。过了一年多，家中的田产与日俱增。大娘还时不时去采购药材和美食，送给姜氏。眼见仇禄也逐渐长大了，大娘就请了媒人帮他说媒。魏名就跟别人说："仇家的产业现在都归大娘所有，恐怕将来仇禄是拿不回来了。"大家都相信了，所以没有人愿意和仇家谈婚论嫁。

注释 1 侃侃：理直气壮，从容而谈。

有范公子子文，家中名园为晋第一。园中名花夹路，直通内室。或不知而误入之，公子怒，执为盗，杖几死。会清明，禄自塾中归，魏引与遨游，遂至范园。魏故与园丁相熟，放令入，周历亭榭[1]。俄至一处，溪水汹涌，有画桥朱栏，通一漆门，遥望门内，繁花如锦，盖即公子内斋也。魏绐[2]禄曰："君请先入，我适欲私[3]焉。"禄

有位范公子名叫子文，家里的名园在山西称为第一。园中道路两旁都是名贵的花卉，这条道路直通内室。有位访客不知道这条路通到内室而误入室内，公子大怒，把来者当作盗贼抓起来，几乎把他用棍子活活打死。适逢清明节，仇禄从私塾回家，魏名邀请他一块游玩，于是到了范家的园林。魏名之前与园丁相熟，园丁把他们放进去了，两人游遍了园中的亭台楼榭。不久他们走到一处，溪水汹涌奔腾，溪上有座朱漆栏杆的画桥，通向一扇涂漆的门，远远望去，只见门里繁花似锦，原来是范公子的内斋。魏名骗仇禄说："您先请进，我这会儿正想去方便一下。"仇禄

信之，寻桥入户，至一院落，闻女子笑声。方停步间，一婢出，窥见之，旋踵即返。禄始骇奔。无何公子出，叱家人绾索[4]逐之。禄大窘，自投溪中。公子反怒为笑，命仆引出。见其容裳都雅，便令易其衣履，曳入一亭，诘其姓氏，蔼颜温语[5]，意甚亲昵。俄趋入内，旋出，笑握禄手，过桥渐达曩所[6]。禄不解其意，逡巡不敢入。公子强曳之入，见花篱内隐隐有美人窥伺。既坐，则群婢行酒。禄辞曰："童子无知，误践闺闼，得蒙赦宥，已出非望。但求释令早归，受恩非浅。"公子不听。俄顷，肴炙纷纭。禄又起，辞以醉饱。公子捺坐，笑曰："仆有一乐拍名，若能对之，即放君行。"禄

听信了他的话，过了桥进了门，到了一处院落，听见有女子笑声。正当他停下脚步的时候，一位婢女走出来，看到仇禄，掉头就走。仇禄这才大惊失色，赶紧往回跑。没过多久，范公子走了出来，命令家仆带上绳索去追。仇禄大为窘迫，自己跳进溪中。公子见状，转怒为笑，命令家仆把他拉上来。公子见仇禄相貌衣着都很文雅，就令人给他换一套衣服鞋子，拉他进了一个亭子，问他姓甚名谁，脸色和蔼，语气温柔，看上去很亲切。过了一会儿，范公子小跑进了院子，没一会儿又走出来，笑着握着仇禄的手，两人一同过桥，到了仇禄之前所到之处。仇禄不理解范公子的用意，犹犹豫豫不敢跟进去。公子强行拉着他往里走，仇禄看到花篱墙内隐隐约约有位美女在窥探他。两人就座以后，一群婢女前来斟酒。仇禄推辞说："学生事先不知情，不小心闯入内室，承蒙您的宽恕，已经是大喜过望了。我只请求您能放我早些回去，也是受了您的大恩大德了。"公子不同意。不一会儿，美味佳肴纷纷呈上。仇禄又起身，以吃饱喝足为由推辞。公子按着他的肩膀让他坐着，笑道："我有一个乐拍的名称，如果您能对得上的话，我就

请教。公子曰:“拍名‘浑不似’[7]。”禄默思良久,对曰:“银成‘没奈何’[8]。”公子大喜曰:“真石崇[9]也!”禄殊不解。

放您回去。”仇禄请他赐教。公子说:“拍名‘浑不似’。”仇禄默默思考了良久,对了一句:“银成‘没奈何’。”公子大喜过望:“还真的是一位石崇啊!”仇禄听了,大惑不解。

注释 1 周历亭榭:周游园林。历,游历。亭榭,园林中的建筑。榭,建在高处的敞屋。 2 绐(dài):欺骗。 3 私:小便。 4 绾(wǎn)索:拿着绳子。绾,盘结。 5 蔼颜温语:面容和蔼,言语温和。 6 曩所:以前所到的地方,指“内斋”。 7 拍:即上文的“乐拍”,本指乐曲,此指乐器。浑不似:弹拨乐器名,形似琵琶,四弦,长项,圆鼙,又名“火不思”“和必斯”。 8 银成“没奈何”:相传宋朝张俊家多白银,每千两铸成一个圆球,视为“没奈何”;意谓特大银块,盗贼也没法偷窃。见《夷坚支志》戊四《张拱之银》。 9 石崇:字季伦,晋代南皮人,使客航海致富。后世多以石崇代指富豪。

盖公子有女名蕙娘,美而知书,日择良偶。夜梦一人告之曰:“石崇,汝婿也。”问:“何在?”曰:“明日落水矣。”早告父母,共以为异。禄适符梦兆,故邀入内舍,使夫人女辈共觇之也。公子闻对而喜,乃曰:“拍

原来公子有个女儿名叫蕙娘,生得美貌,知书达礼,范公子近来天天都想着给她挑个佳婿。夜里蕙娘梦见一个人告诉她:“石崇,是你的夫婿。”蕙娘问他:“他在哪里?”这人答道:“明天落水的那个就是。”次日早晨,蕙娘把这个梦告诉父母,大家都觉得很奇怪。而仇禄恰好符合梦里的预兆,所以范公子才把他请进内室,让夫人和婢女都看看。公子听到了这个对句也很高兴,于是说:“拍名这一联,是小女拟出来的,我

名乃小女所拟，屡思而无其偶，今得属对[1]，亦有天缘。仆欲以息女奉箕帚[2]，寒舍不乏第宅，更无烦亲迎耳。”禄惶然逊谢，且以母病不能入赘[3]为辞。公子姑令归谋，遂遣园人负湿衣，送之以马。既归告母，母惊为不祥，于是始知魏氏险。然因凶得吉，亦置不仇，但戒子远绝而已。逾数日，公子又使人致意母，母终不敢应。大娘应之，即倩双媒纳采[4]焉。未几禄赘入公子家。年余游泮，才名籍甚[5]。妻弟长成，敬少弛。禄怒，携妇而归，母已杖而能行。频岁赖大娘经纪，第宅完好。新妇既归，仆从如云，宛然大家矣。

冥思苦想也想不出对句，今天既然被您对上了，说明也是上天注定的缘分。我希望让小女嫁给你做妻子，寒舍的宅第不少，因此也不必劳烦你行亲迎礼了。”仇禄非常惶恐，连忙谢绝，并且以老母生病，无法入赘为由推辞。公子暂且让他回去和家里人商量，便让园里的仆人背着仇禄换下来的湿衣服，还用马把他送回去。回去以后，仇禄把事情经过告诉了母亲，母亲很惊讶，觉得此事不祥，这才知道魏名多么凶狠危险。但是毕竟因祸得福，所以就不去计较，只是告诫儿子远离魏名罢了。过了几天，范公子又请人向仇禄的母亲提起这门亲事，母亲始终不敢答应。仇大娘做主答应下来，就请双方的媒人行了纳采的礼数。没过多久，仇禄入赘了范公子家。又过了一年多，仇禄进了县里的学宫读书，他的才学远近闻名。后来，妻子蕙娘的弟弟逐渐长大成人，对仇禄的礼敬也放松了不少。仇禄不高兴，带着妻子回自家去了，此时母亲已经可以拄着拐杖下地了。这几年多亏仇大娘经营家业，宅第都很完好。新娘子回家以后，跟来的仆人也不少，仇家看上去已经有大户人家的样子了。

注释 1 属对:撰成对句。 2 息女:亲生女。奉箕帚:持箕帚洒扫,代指做妻子。奉,通“捧”。 3 入赘:男子就婚于女家叫“入赘”。 4 纳采:古代婚礼,男女双方同意后,男家备彩礼去女家缔结婚约。 5 籍甚:亦作“藉甚”。盛大;多。

魏既见绝,嫉妒益深,恨无瑕之可蹈[1],乃引旗下逃人诬禄寄资[2]。国初[3]立法最严,禄依令徙口外[4]。范公子上下贿托,仅以蕙娘免行。田产尽没入官。幸大娘执析产书,锐身告理[5],新增良沃如干[6]顷,悉挂福名,母女始得安居。禄自分不返,遂写离书付岳家,伶仃自去。

自从和仇家断绝来往以后,魏名对仇家的嫉恨更强烈了,但是又恨无机可乘,于是就诱导被清兵掳走编入旗籍为奴后来又逃出来的那些人,让他们诬陷仇禄为他们窝藏钱财。国朝初年,立法非常严苛,仇禄根据当时的法令,被判流放到关外。范公子上下打点,行贿请托,也只能争取到让蕙娘不必跟着被流放而已。仇家田产尽数没收充公。幸好仇大娘拿着当年分家的文书,挺身而出,前往官府据理力争,这才把新增的几顷良田都挂在仇福的名下不被没收,母女二人才勉强安居。仇禄自忖有生之年是回不来了,于是写了离婚文书,交给岳父家,只身一人孤苦伶仃地去流放地了。

注释 1 无瑕之可蹈:无机可乘,指找不到陷害的借口。瑕,喻缺点、毛病。蹈,践踏,利用。 2 引旗下逃人诬禄寄资:诱引旗下逃人诬陷仇禄窝藏其钱财。旗下逃人,指被清兵掳去为奴而逃亡的人。旗下,编入旗籍的人。明代末年,满族统治者建立八旗制度。以旗为标志,分正黄、正白、正红、正蓝、镶黄、镶白、镶红、镶蓝,合称八旗。最初八旗兼有军事、行政、生产三方面的职能,后来成为兵籍编制。编入八旗的人习称为“旗下”。逃人，指逃走的家奴。这些家奴，多是清兵在战争中掳掠的人丁。入关前后，清帝和八旗贵族、官员，掳掠上百万汉民，通令充当家奴，耕田放牧，从征厮杀。清政权严禁家奴逃亡，顺治年间制定详细条例，凡“逃人及窝逃之人，两邻、十家长、百家长，俱照逃人定例治罪”，见《清世祖实录》卷十五。仇禄被诬陷替逃人寄放钱财，就成了“窝逃之人”。 **3** 国初：指清朝建国之初。 **4** 禄依令徙口外：仇禄按照法令应流放口外充军。口外，长城以外的我国北部地区。口，长城的关隘。清初法例规定，文武官员或有功名的人，隐匿逃人，将本人“并妻子流徙，家产入官”。见《清世祖实录》卷八十六。 **5** 锐身告理：挺身而出，据理诉讼。 **6** 良沃：肥沃的良田。如干：若干。

行数日至都北，饭于旅肆。有丐子怔营[1]户外，貌绝类兄。亲往讯诘，果兄。禄因自述，兄弟悲惨。禄解复衣，分数金，嘱令归。福泣受而别。禄至关外，寄将军帐下为奴。因禄文弱，俾主支籍[2]，与诸仆同栖止。仆辈研问家世，禄悉告之。内一人惊曰：“是吾儿也！”盖仇仲初为寇家牧马，后寇投诚，卖仲旗下，时从主屯关外。

仇禄走了没几天，到了国都北边的地方，在旅店里吃饭。看到有个乞丐惶恐不安地站在门外，相貌和他的哥哥极为相似。仇禄亲自前去探问，果然是他哥哥。仇禄就跟他述说自己的状况，兄弟二人都很悲伤。仇禄把厚衣服脱下来给仇福，又交给他一些银子，让他回家去。仇福哭着接受了，两人告别。仇禄到了关外，在将军帐下当奴仆。因为仇禄斯文瘦弱，将军就让他当个文书，跟其他仆人一同起居。仆人们问起他的家世，仇禄全都告诉了他们。其中一人惊讶地喊道：“是我的儿子啊！”原来仇仲被掳走以后，先是帮贼寇牧马，后来贼寇投诚了，就把仇仲卖到了旗人籍下，当时就跟着主人到关外屯兵了。刚才仇禄详

向[3]禄缅述，始知真为父子，抱头大哭，一室皆为酸辛。已而愤曰：“何物逃东[4]，遂诈吾儿！”因泣告将军。将军即命禄摄书记[5]，函致亲王，付仲诣都。仲伺车驾[6]出，先投冤状[7]。亲王为之婉转[8]，遂得昭雪，命地方官赎业归仇。仲返，父子各喜。禄细问家口，为赎身计。乃知仲入旗下，两易配而无所出，时方鳏[9]居。禄遂治任归。

细陈述了自己的家世，仇仲才知道这人是自己的儿子，父子二人抱头大哭，满屋的人都为他们的经历感到心酸。继而仇仲气愤地喊道：“是哪个逃奴，居然敢使诈坑害我的儿子！”因而哭着向将军诉苦。将军马上让仇禄代理军队的书记官，然后写了信给亲王，让仇仲去京城送信。仇仲到京以后，等着亲王的车马出门，便向亲王投了诉冤状。亲王替仇仲委婉求情，仇家的冤情这才昭雪，又命令地方官赎回田产还给仇家。仇仲回营以后，父子二人都很高兴。仇禄就问父亲现在家中的人口，打算为父亲赎身。这才知道仇仲来到旗下以后，虽然两次婚配，但都没有后代，现在正鳏居。仇禄于是先打点行李回家去了。

注释　1 怔营：惊怖懊恨的样子。　2 俾：使。主支籍：掌管文书。支，处理，应付。　3 向：先前。　4 逃东：清兵未入关前称为“东师”，被其所掳为奴的人称为“东人”。“逃东”就是“逃人”。　5 摄书记：代理文书人员。摄，代理。书记，主管文书记录的人员。　6 车驾：帝王所乘车，这里代指亲王。　7 冤状：鸣冤的讼状。　8 婉转：意指委婉说情、解脱。　9 鳏(guān)：老而无妻叫“鳏”。

初，福别弟归，匍匐[1]投大娘。大娘奉母坐堂上，操杖问之：“汝

当初，仇福和弟弟告别以后就回了家，匍匐跪地向大娘请罪。大娘扶着母亲坐在堂上，拿着棍棒问他：“你要是愿意受

愿受扑责，便可姑留；不然，汝田产既尽，亦无汝啖饭之所，请仍去。”福涕泣伏地，愿受笞。大娘投杖曰：“卖妇之人，亦不足惩。但宿案[2]未消，再犯首官[3]可耳。”即使人往告姜，姜女骂曰：“我是仇家何人，而相告耶！”大娘频述告福而揶揄之。福惭愧不敢出气。居半年，大娘虽给奉周备，而役同厮养[4]。福操作无怨词，托以金钱辄不苟[5]。大娘察其无他，乃白母，求姜女复归。母意其不可复挽，大娘曰：“不然。渠如肯事二主，楚毒岂肯自罹[6]？要不能不有此忿耳。”遂率弟躬往负荆[7]。岳父母诮让良切[8]。大娘叱使长跪，然后请见姜女。请之再四，坚避不出。大娘搜捉以出。女

责打的话，姑且能把你留下；否则的话，你的田产都被败光了，这里也没有你吃饭的地方，你还是从哪里来就回哪里去。”仇福跪在地上直哭，说愿意接受责打。大娘把棍棒一扔，说：“卖掉妻子的人，也不值得惩罚了。但是先前的案子还没完呢，你要是再犯的话，就先把你告到官府再说。”然后就派人前去通知姜家，姜氏骂道：“我现在还是仇家的什么人吗，还要通知我！”大娘就时常拿姜氏的话嘲讽仇福。仇福非常惭愧，大气都不敢出。过了半年，大娘虽然给仇福的生活供应还很周到，但是只是把仇福当作仆人在养。仇福操持家务毫无怨言，把涉及钱财花费的事交给他办，倒也能办得一丝不苟。大娘看仇福已经改正了，就跟母亲说，请求姜氏再回来。母亲觉得姜氏应该是无法挽回的了，大娘说：“不一定。如果姜氏愿意改嫁的话，当时又怎么肯受那么多罪呢？只是实在对仇福不能没有怨恨罢了。”于是带着弟弟前去姜家负荆请罪。岳父岳母见了仇福，非常痛切地斥责他。大娘喝令仇福长跪在地，然后求见姜氏。三番五次地请求，姜氏坚决地躲在屋里不肯见。大娘进屋找到姜氏，拉着她出来了。姜氏见到

乃指福唾骂，福惭汗无地自容。姜母始曳令起。大娘请问归期，女曰："向受姊惠綦多，今承尊命，岂复敢有异言？但恐不能保其不再卖也！且恩义已绝，更何颜与黑心无赖子共生活哉？请别营一室，妾往奉事老母，较胜披削[9]足矣。"大娘代白其悔，为翌日之约而别。

仇福，就指着他唾弃责骂，仇福惭愧得无地自容。姜氏的母亲这才把仇福拉起来。大娘就问起姜氏什么时候能回夫家，姜氏说："我向来蒙受姐姐的大恩大德，既然今天姐姐开了尊口，我哪里敢不答应？只是恐怕他不能担保不再把我卖掉！而且我们恩断义绝，我又有什么脸面跟这个黑心的无赖子一块生活？希望姐姐能单独给我准备一间屋子，我当前去侍奉老母，总比削发为尼强多了。"大娘替仇福表达了他的悔意，约定让姜氏次日回夫家，然后就辞别了。

注释　1 匍匐：伏身地下。　2 宿案：旧案。　3 首官：告官。首，陈述罪状叫"首"，自陈叫"自首"，告人叫"出首"。　4 役：役使。厮养：仆人。　5 不苟：不马虎；认真对待。　6 楚毒岂肯自罹：指姜女自刺其喉，拒绝赵阎罗的威逼。　7 负荆：主动请罪。　8 诮(qiào)让良切：责备甚严。　9 披削：披缁削发，指出家为尼。佛教戒律规定，出家为僧尼，须披僧衣，剃去长发。

次日，以乘舆取归，母逆于门[1]而跪拜之。女伏地大哭。大娘劝止，置酒为欢，命福坐案侧，乃执爵而言曰："我苦争者，非自利

第二天，仇家派车把姜氏接回家，仇母到门前迎接，并且向姜氏跪拜。姜氏见状，也跪在地上大哭。大娘把她俩劝住，并且准备酒食，庆祝夫妻团聚，让仇福坐在桌子的侧面，端着酒杯说道："我苦苦争回这些家产，并不是为了私利。现如今弟

也。今弟悔过，贞妇复还，请以簿籍[2]交纳。我以一身来，仍以一身去耳。”夫妇皆兴席[3]改容，罗拜哀泣，大娘乃止。居无何，昭雪命下，不数日，田宅悉还故主。魏大骇，不知其故，自恨无术可以复施。适西邻有回禄之变[4]，魏托救焚而往，暗以编菅[5]爇禄第，风又暴作，延烧几尽，止余福居两三屋，举家依聚其中。

弟已经后悔改过，贞烈的媳妇也回了家，就请让我把账簿交还给你们。我既然是一个人来，那就还是一个人回去。”夫妇二人都起身离席，变了神色，跪拜在大娘面前哭着求她，大娘这才同意不走。没过多久，昭雪仇家冤屈的命令下达了，不过几天，田产宅第全都物归原主。魏名大惊失色，不知道是什么缘故，暗自愤恨无计可施。恰好仇家的西邻闹火灾，魏名假装前往救火，暗地里用草席把火引到仇禄的宅第，当天狂风大作，把仇家的房子几乎绵延着烧得干干净净，只剩下仇福住的两三间屋子还在，全家依托着这几间屋子聚居。

注释　1 逆于门：在家门前迎接。逆，迎。　2 簿籍：指记录家产的账簿。　3 兴席：离席；站起。兴，起。改容：变了脸色，表示惶恐。　4 回禄之变：指发生火灾。回禄，传说中的火神。　5 编菅（jiān）：草荐。

未几，禄至，相见悲喜。初，范公子得离书，持商蕙娘。蕙娘痛哭，碎而投诸地。父从其志，不复强。禄归闻其未嫁，喜如岳所。公

不久后，仇禄也回来了，一家团聚，悲喜交集。当初，范公子接到仇禄写的离婚文书，拿去和蕙娘商量。蕙娘悲痛地大哭，把文书撕碎了扔在地上。范公子听从蕙娘的意愿，不再勉强她改嫁。仇禄回来以后听说蕙娘还没改嫁，非常高兴地去

子知其灾，欲留之，禄不可，遂辞而退。大娘幸有藏金，出葺[1]败堵。福负锸[2]营筑，掘见窖镪，夜与弟共发之，石池盈丈，满中皆不动尊[3]也。由是鸠工[4]大作，楼舍群起，壮丽拟于世胄[5]。禄感将军义，备千金往赎父。福请行，因遣健仆辅之以去。禄乃迎蕙娘归。未几，父兄同归，一门欢腾。大娘自居母家，禁子省视，恐人议其私也。父既归，坚辞欲去。兄弟不忍。父乃析产而三之，子得二，女得一也。大娘固辞。兄弟皆泣曰："吾等非姊，乌有今日！"大娘乃安之，遣人招子移家共居焉。或问大娘："异母兄弟，何遂关切如此？"大娘曰："知有母而不知有

岳父家拜访。范公子知道仇家遭了火灾，想留仇禄住下来，仇禄婉言谢绝，于是辞别岳父回去了。幸好大娘藏有一些钱财，就拿出来把败落的屋墙整修一番。仇福提着铁锹挖地基，突然挖到一个藏有银子的地窖，他连夜和弟弟一起把地窖挖开，只见到一个一丈见方的石池，池子里全是银锭。于是他们用这笔钱请来了工匠，大兴土木，一座座房屋平地而起，外观壮丽，媲美世家大族。仇禄很感激将军的恩义，准备了一千两银子打算前去为父亲赎身。仇福提出由他去接父亲，于是就请了个健壮的仆人跟着他一块去。仇禄就去迎接蕙娘回夫家。没过多久，父亲和兄长一道回来了，一家人都欢天喜地。大娘自从回娘家住以后，禁止自己的孩子前来探望，担心别人议论她是谋私利。既然父亲回到家了，大娘坚决要求离开。兄弟二人不忍心。父亲就把家产分成三份，两份给两个儿子，一份给女儿。大娘坚持谢绝了。兄弟二人都哭着说："如果没有姐姐，我们怎么会有今天！"大娘这才安下心，就请人让她的儿子搬家过来一起聚居。有人问大娘："你们是同父异母的姐弟，为什么对他们这么关心？"大娘答道："只知道有

父者，惟禽兽如此耳，岂以人而效之？”福、禄闻之，皆流涕，使工人治其第，皆与己等。

母亲，而不知道有父亲，只有禽兽才会有这样的行为，我们做人怎么能跟禽兽一样呢？”仇福、仇禄兄弟听说了，都感动流泪，请工匠整饬大娘的宅第，和弟兄二人同等。

注释 **1** 葺：修理，装修。 **2** 锸：铁锹，掘土的工具。 **3** 不动尊：指白银，意为收藏不用，如佛像端坐不动。 **4** 鸠工：聚集工匠。 **5** 拟于世胄：类似世家。拟，比拟、类似。世胄，犹言“世家”。

魏自计十余年，祸之而益福之，深自愧悔。又仰其富，思交欢之，因以贺仲阶进[1]，备物而往。福欲却之，仲不忍拂，受鸡酒焉。鸡以布缕缚足，逸入灶，灶火燃布，往栖积薪，僮仆不察。俄而薪焚灾舍[2]，一家惶骇。幸手指众多，一时扑灭，而厨中已百物俱空矣。兄弟皆谓其物不祥。后值父寿，魏复馈牵羊[3]。却之不得，系羊庭树。夜有僮被仆殴，

魏名自忖十几年来，每每祸害仇家，反而让仇家受到更多福报，暗自惭愧后悔。又仰慕他们家的富裕，总想和他们搞好关系。于是以庆祝仇仲回家作为前往拜访的理由，准备好礼物就去仇家了。仇福想推辞不见，仇仲还是不忍心拂了人家的好意，就接受了他带来的鸡和酒。这只鸡是用布条把腿绑上的，但是它却逃到了灶下，灶火把布条点着了，鸡又跑到了堆柴禾的地方，仆人都没有发现。突然间柴堆被点燃，烧着了屋子，一家人都惊慌失措。幸亏人手众多，没过多久就把火扑灭了，但是厨房已经被烧得干干净净了。仇家兄弟都觉得魏名带来的东西不祥。后来仇父大寿，魏名又牵了一只羊送来。他们推辞却推不掉，于是就把羊拴在了庭院的树下。当晚有个

忿趋树下，解羊索自经死。兄弟叹曰："其福之不如其祸之也！"自是魏虽殷勤，竟不敢受其寸缕，宁厚酬之而已。后魏老，贫而作丐，仇每周以布粟而德报之。

小僮被仆人殴打，怀着怨恨跑到了树下，把拴羊的绳子解开来，用那条绳子上吊自杀了。兄弟二人感叹道："他与其对我们好，还不如对我们不好呢！"自那以后尽管魏名越发殷勤，但是仇家再也不肯接受他的一针一线，宁可给他丰厚的报酬把他打发走。后来魏名老了，穷得当了乞丐，仇家还常常周济他衣食，用恩德回报他。

注释 **1** 阶进：作为进见的因由。 **2** 灾舍：火烧房舍。 **3** 馈牵羊：此既实指送羊祝寿，又暗喻服输悔过之意。

异史氏曰："噫嘻！造物[1]之殊不由人也！益仇之而益福之，彼机诈者无谓甚矣。顾受其爱敬，而反以得祸，不更奇哉？此可知盗泉[2]之水，一掬亦污也。"

异史氏说："哎呀！命运确实是由不得人啊！越是陷害别人，就越是给别人带来福分，那个机巧奸诈的人的所作所为都是毫无意义的。但是接受他的敬意，却反而给自己带来祸患，这不是更为奇怪吗？由此可见，盗泉的水，哪怕一捧，也是污浊的。"

注释 **1** 造物：创造万物。这里指命运、福分。 **2** 盗泉：古泉名，故址在今山东省泗水县东北。此用以比喻恶人魏名所送的礼物。

曹操冢

原文

许城[1]外有河水汹涌,近崖深黯。盛夏时有人入浴,忽然若被刀斧,尸断浮出。后一人亦如之。转相惊怪。邑宰闻之,遣多人闸断上流,竭其水。见崖下有深洞,中置转轮,轮上排利刃如霜。去轮攻入,中有小碑,字皆汉篆[2]。细视之,则曹孟德[3]墓也。破棺散骨,所殉金宝尽取之。

译文

许昌城外有条大河,河水汹涌,靠近山崖的地方水深且黑。盛夏时节,有人到河里洗澡,突然好像被刀斧砍了一样,尸体断成几截浮上水面。下一个去洗澡的人也是如此。众人相互转告,都感到惊恐。县令听说了以后,派众人修闸截断上流,将水排干。于是看到山崖下有深洞,洞中有转轮,轮上排列着亮如白霜的利刃。众人拆除转轮闯入洞内,只见洞中有个小碑,碑铭的字体是汉代的篆文。仔细察看,原来是曹孟德的墓。大伙儿打破棺材,拆散尸骨,将用于殉葬的金银珠宝全部取走了。

注释 1 许城:指许昌,即今河南省许昌市。 2 汉篆:汉代篆书,为当时通行的一种字体。 3 曹孟德:即魏武帝曹操,三国时政治家、军事家、诗人。字孟德,小字阿瞒。

异史氏曰:"后贤诗[1]云:'尽掘七十二疑冢,必有一冢葬君尸。'宁知竟在七十二冢之外乎?奸哉

异史氏说:"后世贤士有诗道:'尽掘七十二疑冢,必有一冢葬君尸。'又有谁知道真墓竟然在这七十二疑冢之外呢?阿瞒真是太奸诈了!然而经过

瞒也！然千余年而朽骨不保，变诈亦复何益？呜呼，瞒之智，正瞒之愚也！”

一千多年却连腐朽的尸骨都最终不保，再奸诈权变又有什么意义呢？唉，阿瞒这是聪明反被聪明误啊！”

注释 1 后贤诗：此指宋人俞应符诗。

龙飞相公

原文

安庆[1]戴生，少薄行[2]，无检幅[3]。一日醉归，途中遇故表兄季生。醉后昏眊[4]，竟忘其死，问：“向在何所？”季曰：“仆已异物[5]，君忘之耶？”戴始恍然，而醉亦不惧，问：“冥间何作？”答曰：“近在转轮王[6]殿下司录。”戴曰：“人世祸福，当必知之？”季曰：“此仆职也，乌得不知？但过烦，非甚关切，不能尽记耳。三日前偶稽册，尚睹君名。”戴急问

译文

安庆书生戴某，年轻时轻狂放浪，行为不检点。某天喝醉了酒回来，路上遇到他已故的表哥季生。戴生醉得脑子都糊涂了，竟然忘记季生已经死了的事实，就问他：“你之前都在哪里啊？”季生回答说：“我已经不是活人了，您难道忘了吗？”戴生这才想起来，但是酒后胆大，竟也并不害怕，问他：“你在冥界何处高就？”季生答道：“最近在转轮王殿下那里当司录。”戴生就问：“人间的祸福你一定知道吧？”季生说：“这是我的本职工作，哪有不知道的道理？但是事务太烦琐，如果不是特别关照的人，我也没法全都记住。不过三天前偶然核查档案册的时候，还看到了您的名字。”戴生急忙问他上面写了什么，季生说：

其何词，季曰："不敢相欺，尊名在黑暗狱[7]中。"戴大惧，酒亦醒，苦求拯拔。季曰："此非仆所能效力，惟善可以已之。然君恶籍盈指[8]，非大善不可复挽。穷秀才有何大力？即日行一善，非年余不能相准[9]，今已晚矣。但从此砥行[10]，则地狱或有出时。"戴闻之泣下，伏地哀恳。及仰首而季已杳矣。悒悒而归。由此洗心改行，不敢差跌[11]。

"实不相瞒，您的大名是写在黑暗狱下面的。"戴生非常害怕，连酒都醒了，苦苦哀求季生拯救自己。季生说："这件事情在下实在爱莫能助，唯有行善可以自救。但是您干的坏事实在太多了，如果没有天大的善行，也是没法挽回的。但是一介穷秀才又有多大的能力呢？即使是日行一善，也得有一年多的时间才能把恶行抵消，现在已经太晚了。只是您如果能够从此砥砺言行，合乎正道，那么也许以后会有从地狱放出来的一天。"戴生听罢潸然泪下，跪在地上哀切地恳求。等他抬起头来时，季生已经不见了，这才闷闷不乐回去了。从此他洗心革面，痛改前非，不敢在言行上有任何差错。

注释 **1** 安庆：府名，治所在今安徽省安庆市。 **2** 少薄行：年轻时轻薄无行。 **3** 无检幅：不修边幅。 **4** 昏眊(mào)：视力模糊。亦指头脑糊涂，不明事理。 **5** 异物：指死亡的人。 **6** 转轮王：梵语意译，亦称"转轮圣帝""转轮圣王""轮王"等。古印度神话中法力极大的"圣王"。据说他自天感应得轮宝，转之威震四方。 **7** 黑暗狱：传说中的地狱之一。 **8** 恶籍盈指：犹言记录恶迹的簿册堆满一尺厚。极言其罪恶之多。籍，记事簿。指，指尺。古时以中指中节为寸，十倍为尺，名曰指尺。 **9** 相准：相准折，谓善恶之事两相抵消。 **10** 砥(dǐ)行：砥砺自己的言行，使之合乎正道。 **11** 差(cuō)跌：同"蹉跌"，失足跌倒，比喻失误。

先是，戴私其邻妇，邻人闻之而不肯发，思掩执之[1]。而戴自改行，永与妇绝。邻人伺之不得，以为恨。一日遇于田间，阳与语，绐窥眢井[2]，因而堕之。井深数丈，计必死。而戴中夜苏，坐井中大号，殊无知者。邻人恐其复生，过宿往听之，闻其声，急投石。戴移避洞中[3]，不敢复作声。邻人知其不死，劚土[4]填井，几满之。

在此之前，戴生和他邻家的妇人私通，邻家主人知道此事以后不想声张，打算出其不意当场捉奸。但是戴生自那以后痛改前非，与妇人永远断绝了往来。邻人找不到机会捉住他，于是怀恨在心。某天邻人在田里遇到戴生，就假装和他攀谈，骗他看一口枯井，趁机把他推进井里去了。那口井有好几丈深，邻人想他必死无疑。但是到了半夜，戴生居然醒转过来，坐在井里大声号叫，竟没人能听到。邻人怕戴生没死，过了一宿以后又去井边听动静，听到戴生的哭声，急忙往井里扔石头。戴生转移而躲到井底的洞里，再也不敢作声。邻人知道他没死，便挖土填井，几乎把整口井都填满了。

注释 1 掩执之：乘其不备抓获他。 2 眢(yuān)井：枯井，废井。 3 移避洞中：转移而藏身洞中。 4 劚(zhú)土：掘土。劚，同“斸”，大锄，引申为挖掘。

洞中冥黑，真与地狱无异。况空洞无所得食，计无生理。蒲伏[1]渐入，则三步外皆水，无所复之，还坐故处。初觉腹馁，久竟忘之。因

洞里黑漆漆的一片，真的和地狱毫无二致。而且洞中空空荡荡的，没有什么吃的东西，戴生想自己这下死定了。他匍匐着往洞里深处走，发现三步开外全是水，过不去，就返回坐到原处了。最开始他还觉得腹中饥饿，久了以后竟然

思重泉[2]下无善可行，惟长宣佛号[3]而已。既见磷火[4]浮游，荧荧满洞，因而祝之曰：“闻青磷悉为冤鬼，我虽暂生，固亦难返，如可共话，亦慰寂寞。”但见诸磷渐浮水来；磷中皆有一人，高约人身之半。诘所自来，答云：“此古煤井。主人攻煤，震动古墓，被龙飞相公决地海之水，溺死四十三人。我等皆鬼也。”问：“相公何人？”曰：“不知也。但相公文学士，今为城隍幕客。彼亦怜我等无辜，三五日辄一施水粥。思我辈冷水浸骨，超拔[5]无日。君倘再履人世，祈捞残骨，葬一义冢，则惠及泉下者多矣。”戴曰：“如有万分之一，此更何难。但深在九地，安望重睹天日乎！”因教诸鬼使

也忘了饿了。戴生想着在这深渊之下也没有什么善事可做，只能不断地念佛。接着他看到鬼火漂浮着，荧光闪闪照满洞中，于是祝祷道：“听说鬼火都是冤魂，虽然我暂时还活着，但是应该也回不去了，如果我们可以一块儿聊聊，也算是排遣我的寂寞吧。”只见那些鬼火渐渐浮在水上漂了过来，鬼火之中都出现了一个人，身高有正常人的一半。戴生问他们从哪里来，对方答道：“这口井古时候是煤井。当年主人挖煤的时候，震动了古墓，所以被龙飞相公引来了地海的水，溺死四十三个人。我们都是溺死鬼。”戴生追问：“龙飞相公是什么人？”答道：“不知道。只知道相公是个读书人，如今在城隍爷那里当幕客。他也可怜我们无辜溺死，每隔三五天就会给我们施舍一次水粥。但是我们都被冷水浸泡尸骨，超度应该遥遥无期。您如果能再回人间，请帮我们打捞残骨，合葬在一座义冢，那就是给我们泉下之人的大恩大德了。”戴生说：“如果万一我真的能回到人间，这点小事又有何难？但是现在深处九地之下，怎么敢奢望能重见天日啊！”于是他教众鬼跟他念佛，捻土块代替佛珠，暗

念佛，捻块代珠，记其藏数[6]。不知时之昏晓，倦则眠，醒则坐而已。

记自己念过几部经文。完全不知道外面是白天是黑夜，困了就睡觉，醒了就坐起而已。

注释 1 蒲伏：同“匍匐”。伏地而行。 2 重泉：谓地下，犹九泉。下文“九地”，同此。 3 长宣佛号：长日宣诵佛的名号。佛，此指阿弥陀佛，佛教净土宗称其为“西方极乐世界”的教主，能接引念佛人往生“西方净土”。 4 磷火：俗称“鬼火”。忽隐忽现的青色野火。下文“青磷”同。 5 超拔：犹超度。佛、道谓使死者灵魂得以脱离地狱之苦。 6 捻块代珠，记其藏(zàng)数：捻泥块代替佛珠，以记其诵念佛经之数。珠，佛珠，僧人诵经时用以计数。详见《瞳人语》“捻珠”注。藏数，佛经数。藏，佛道经典的总称，此指佛经。

忽见深处有笼灯，众喜曰：“龙飞相公施食矣！”邀戴同往。戴虑水沮[1]，众强曳扶以行，飘若履虚。曲折半里许，至一处，众释令自行。步益上，如升数仞之阶。阶尽，睹房廊，堂上烧明烛一枝，大如臂。戴久不见火光，喜极趋上。上坐一叟，儒服儒巾。戴辍步不敢前。叟已睹见，讶问：“生人何

忽然看到洞内深处点了一盏灯笼，众鬼喜道：“龙飞相公施舍食物了！”邀请戴生一起过去。戴生担心有水挡着过不去，众鬼强行拉着他走过去，戴生只觉得自己飘飘然，好像脚踩在虚空当中。曲曲折折走了半里多，到了一个地方，众鬼放下他，让他自己走。戴生一步步往上走，好像登上了几仞高的台阶。走到台阶的尽头以后，看到了屋室和走廊，堂上明晃晃地点着一支蜡烛，蜡烛粗得像手臂一样。戴生很久没见到火光了，非常高兴地小跑上堂。堂上坐着一位老翁，穿戴着儒生的服饰头巾。戴生停下脚步，不敢再上

来？”戴上，伏地自陈。叟曰：“我子孙也。”因令起，赐之坐，自言：“戴潜，字龙飞。向因不肖孙堂，连结匪类，近墓作井，使老夫不安于夜室，故以海水没之。今其后续如何矣？”盖戴近宗凡五支，堂居长。初，邑中大姓赂堂，攻煤[2]于其祖茔之侧。诸弟畏其强，莫敢争。无何，地水暴至，采煤人尽死井中。诸死者家群兴大讼，堂及大姓皆以此贫，堂子孙至无立锥[3]。戴乃堂弟裔也，曾闻先人传其事，因告翁。翁曰：“此等不肖，其后焉得昌！汝既来此，当勿废读。”因饷以酒馔，遂置卷案头，皆成、洪制艺[4]，迫使研读。又命题课文[5]，如师教徒。堂上烛常明，不剪亦不灭。倦时辄眠，莫

前。老翁看到了他，惊问道：“这位活人是哪里来的？”戴生走上前去，跪在地上讲了自己的情况。老翁听完说道：“是我家的子孙啊。”于是让他起来，请他入座，自我介绍道：“老夫本名戴潜，字龙飞。之前因为不肖子孙戴堂，勾结强盗，在靠近坟墓的地方挖井，让老夫在墓室里无法安睡，于是放海水把井淹了。如今他的后代怎么样了？”原来戴家近宗有五家分支，戴堂是长房。起初，地方上大户人家给了戴堂一点好处，在他祖坟旁边挖煤。几位弟弟畏惧戴堂的强势，没人敢据理力争。没过多久，地下水突然暴涨，采煤的人都死在井中。那些死者的家属纷纷去告状，戴堂和那家大户都因此陷入贫困，戴堂的子孙以致贫无立锥之地。戴生是戴堂某位弟弟的后裔，曾经听先辈说起这件事，就把这事告诉了老人家。老人家说：“这等不肖子孙，后代怎么可能昌盛！你既然来到我这里，还是不要把学业荒废了。”于是先给戴生酒食，然后又在案头放了些书卷，都是成化、弘治年间的八股文章，老者要戴生仔细研读。又给戴生指定题目，教授其文章，就像塾师教徒弟一样。堂上火烛总是亮的，尽管不去剪烛，也不会熄

辨晨夕。翁时出,则以一僮给役[6]。历时觉有数年之久,然幸无苦。但无别书可读,惟制艺百首,首四千余遍矣。翁一日谓曰:"子孽报已满,合还人世。余冢邻煤洞,阴风刺骨,得志后,当迁我于东原。"戴敬诺。翁乃唤集群鬼,仍送至旧坐处。群鬼罗拜[7],再嘱。戴亦不知何计可出。

灭。戴生困了就睡,分不清是白天还是夜晚。老翁有时出门,就派一个小僮服侍戴生。如此过了大概有好几年,好在也没有受什么苦。只是没有别的书可读,唯有百来篇八股文章,每篇都诵读了四千多遍。某天老翁对戴生说:"你罪孽的报应已经满了,应该回到人间去了。我的坟墓靠近煤坑,阴风刺骨。你如果哪天得志了,记得把我的墓迁到东原去。"戴生恭敬地答应。老翁便把群鬼召集过来,仍旧把戴生送回他先前坐着的地方。群鬼围着老者下拜,老者再次叮嘱。戴生也不知道该怎么才能出去。

注释 **1** 水沮:水深难行。沮,阻。 **2** 攻煤:开发煤矿。 **3** 无立锥:贫无立锥之地,言其贫困到一无所有。 **4** 成、洪制艺:明代成化、弘治年间的八股文。成,成化,明宪宗朱见深年号(1465—1487)。洪,应作"弘",即弘治,明孝宗朱祐樘年号(1488—1505)。制艺,经义的别称。因是制举应试文章,故称制艺。此指八股文。 **5** 课文:教授其写文章。课,按照规定的内容和分量教授和学习。 **6** 给役:服务,当差。 **7** 罗拜:围在四周行礼。

先是,家中失戴,搜访既穷,母告官,系缧多人[1],杳无踪迹。积三四年,官离任,缉

先前,家里找不见戴生,家人到处都找遍了也没找到,戴生的母亲便向官府告状,为此官府抓了不少嫌犯,但还是没有戴生的消息。过了三四年,这位县官离任,于

察亦弛。戴妻不安于室，遣嫁去。会里中人复治旧井，入洞见戴，抚之未死。大骇，报诸其家。舁归，经日始能言其底里。自戴入井，邻人殴杀其妻，为妻翁所讼，驳审年余，仅存皮骨而归。闻戴复生，大惧亡去。宗人议究治之，戴不许，且谓曩时实所自取，此冥中之谴，于彼何与焉？邻人察其意无他，始逡巡而归。井水既涸，戴买人入洞拾骨，俾各为具[2]，市棺设地，葬丛冢[3]焉。又稽宗谱名潜，字龙飞，先设品物祭诸其冢。学使闻其异，又赏其文，是科以优等入闱[4]，遂捷于乡[5]。既归，营兆[6]东原，迁龙飞厚葬之。春秋上墓，岁岁不衰。

是地方上的缉查也就放松下来。戴生的妻子不肯安分守寡，家人就把她改嫁出去了。后来适逢乡里人重新修整老井，进到井底洞中看到了戴生，一摸他的身体，发现还没有死。此人感到大为惊骇，把这事报告了戴生的家人。戴生被人抬回家以后，过了一天才能讲清详情。自从戴生被推进井里以后，邻人殴打并杀害了他的妻子，被岳父告到了官府，官府驳问审讯他长达一年多，回来的时候都被折磨到只剩皮包骨了。邻人听说戴生又活了过来，大惊失色，赶紧逃跑。戴氏族人打算追究邻人的责任，戴生否决了，并说这是自己之前咎由自取，冥冥之中遭了天谴，和邻人有什么关系呢？邻人发现戴生没有对他怎么样的意思，才惴惴不安地回来了。井水已经干涸了，戴生就雇人进入井底洞中，把尸骨捡出来，把残骨拼成全尸，买了棺材，挑了一块地方，把这些死人聚集着安葬了。他又考察自家族谱，找到先辈戴潜，字龙飞者，便准备了祭品在他的坟前祭拜。当地的学使听说这件异事，又赏识他的文章，就在这年科试中以优等的成绩录取戴生参加乡试，之后戴生又在乡试中举了。考中回家以后，戴生在东原营建坟墓，迁出龙飞的尸骨厚葬到这里。每逢春秋两季戴生都来扫墓，年年不断。

注释 1 系缧(léi)多人：拘囚入狱多人。缧，缧绁，拘系犯人的绳索，引申为囚禁。 2 俾各为具：使其各凑成完整的尸骨。俾，使。具，完备。 3 丛冢：丛聚之冢。丛，聚集。 4 是科以优等入闱：谓这年科考以优等的成绩参加乡试。科，科举考试。明清科举制度，生员经学政岁、科两试录科之后，才能选送参加乡试。闱，秋闱。详《陆判》注。 5 捷于乡：谓考中举人。乡，指乡试。 6 营兆：营建坟墓。兆，指墓地。

异史氏曰："余乡有攻煤者，洞没于水，十余人沉溺其中。竭水求尸，两月余始得涸，而十余人并无死者。盖水大至时，共泅高处，得不溺。缒而上之，见风始绝，一昼夜乃渐苏。始知人在地下，如蛇鸟之蛰，急切未能死也。然未有至数年者。苟非至善，三年地狱中，乌复有生人[1]哉！"

异史氏说："我的家乡也有人挖煤，一次煤坑被水淹没，十几个人淹在里头。外面的人要把水淘干以寻找尸体，两个多月以后水才排干，但是那十几个人没人被淹死。原来大水暴涨的时候，他们一起游到了洞内的高处，所以没有被淹死。大伙儿把他们用绳子拉上来，这些人吹到风就昏过去了，过了一天一夜才醒来。从而我们知道人在地底下，就像蛇和鸟蛰伏冬眠，一时之间也死不了。但是从没听说过有能在地底下活上好几年的。如果不是大善之人，三年处在地狱中，怎么可能还会有活人呢！"

注释 1 生人：活人。

珊 瑚

原文

安生大成，重庆[1]人。父孝廉，早卒。弟二成，幼。生娶陈氏，小字珊瑚，性娴淑。而生母沈，悍谬不仁[2]，遇之虐。珊瑚无怨色，每早旦靓妆往朝[3]。值生疾，母谓其诲淫，诟责之。珊瑚退，毁妆以进。母益怒，投颡自挝[4]。生素孝，鞭妇，母少解。自此益憎妇。妇虽奉事惟谨，终不与一语。生知母怒，亦寄宿他所，示与妇绝。久之母终不快，触物类而骂之[5]，意总在珊瑚。生曰："娶妻以奉姑嫜[6]，今若此，何以妻为！"遂出[7]珊瑚，使老妪送归母家。

译文

书生安大成是重庆人。父亲是个举人，去世得早。弟弟安二成，年纪还小。大成娶了一位陈姓女子，小字珊瑚，性情娴静淑惠。但是大成的生母沈氏，性情悍暴不仁，对待珊瑚非常暴虐。珊瑚毫无怨容，每天早上都会认真地梳妆打扮，给婆婆请安。有一回安大成生病，安母就说是珊瑚（每天盛装打扮）勾引大成，严厉责骂她。珊瑚退下以后，卸了妆，又前来见婆婆。安母见了，更为窝火，自己撞自己的脑袋，打自己的脸。大成素来孝顺，把妻子鞭打了一顿，安母这才稍微消了气。自此以后，安母更加讨厌自己的儿媳妇。虽然珊瑚侍奉婆婆恭谨小心，安母始终不跟她说一句话。大成知道母亲发怒，就搬到别处去住（不与珊瑚同住一室），表示与妻子断绝来往。过了很久，安母还是心里不舒服，动不动骂东骂西，不论骂什么总能骂到珊瑚头上。安大成道："娶妻本来是要侍奉公婆的，如今像这个样子，还要妻子做什么！"于是把珊瑚休了，派一个老婆婆送她回娘家。

注释 1 重庆:府名,治今重庆市。 2 悍谬不仁:凶横心狠。悍谬,凶横而不讲道理。谬,悖逆,言行荒谬,不合事理。 3 靓(jìng)妆往朝:谓打扮齐整去拜见婆母。靓妆,艳丽的妆饰。一般指面部的修饰,如敷粉描眉等。打扮齐整去朝拜,是表示恭敬。 4 投颡(sǎng)自挝(zhuā):叩头碰地,自打嘴巴。颡,额头。 5 触物类而骂之:谓碰着什么骂什么。 6 姑嫜:公婆。 7 出:休弃。

方出里门,珊瑚泣曰:"为女子不能作妇,归何以见双亲?不如死!"袖中出剪刀刺喉。急救之,血溢沾衿。扶归生族婶家。婶王氏,寡居无耦,遂止焉。媪归,生嘱隐其情,而心窃恐母知。过数日,探知珊瑚创渐平,登王氏门,使勿留珊瑚。王召生入,不入,但盛气[1]逐珊瑚。无何,王率珊瑚出见生,便问:"珊瑚何罪?"生责其不能事母。珊瑚脉脉[2]不作一语,惟俯首呜泣,泪皆赤,素衫尽染。生惨恻,不能尽词而退。又数日,

才出里门,珊瑚哭着说:"身为女子却不能尽妇道,回去以后又有何面目见父母?不如死了算了!"从袖子里掏出剪刀刺进自己的咽喉。老婆婆赶紧来救她,鲜血流出,已经沾上了衣襟。老婆婆扶着珊瑚来到安大成的婶娘家。婶娘姓王,长期寡居,没有配偶,就把珊瑚留下了。老婆婆回安家以后,安大成嘱咐她隐瞒这件事,内心唯恐母亲知道。过了几天,大成打听到珊瑚伤势渐渐平复的消息,就去王氏家中,让王氏不要收留珊瑚。王氏让大成进屋说话,大成不肯进去,只是口气严厉地赶珊瑚走。不一会儿,王氏领着珊瑚出来见大成,于是诘问他:"珊瑚有什么过错?"大成责怪她不能侍奉母亲。珊瑚沉默,一言不发,只是低下头呜咽而已,流出的泪水是血色的,把白衫都染红了。大成见到此情此景也觉得凄惨悲恸,话没说完就走了。又过了几天,安母已经知道这件

母已闻之，怒诣王，恶言诮让。王傲不相下，反数其恶，且曰："妇已出，尚属安家何人？我自留陈氏女，非留安氏妇也，何烦强与[3]他家事！"母怒甚而穷于词，又见王意气讻讻[4]，惭沮大哭而返。

事，怒气冲冲地去找王氏，口出恶言，讥讽责怪王氏。王氏是一个自尊心很强的人，也不肯让步，反过来数落安母的恶行，并说："儿媳妇已经被你们休了，她现在还是你们安家的什么人吗？我留的是陈家的女儿，不是安家的媳妇，你何苦非要管别人家的闲事！"安母怒不可遏但是理屈词穷，又见到王氏气势汹汹的样子，羞惭沮丧，大声哭着回家去了。

注释　1 盛气：犹言怒气冲冲。　2 脉脉：含情不语的样子。　3 与：干涉。　4 讻讻：形容声势盛大或凶猛的样子。今通作"汹汹"。

珊瑚意不自安，思他适。先是生有母姨于媪，即沈姊也。年六十余，子死，止一幼孙及寡媳，又尝善视珊瑚。遂辞王，往投媪。媪诘得故，极道妹子昏暴，即欲送之还。珊瑚力言其不可，兼嘱勿言，乃与于媪居，如姑妇[1]焉。珊瑚有两兄，闻而怜之，欲移归另

珊瑚（寄住在王氏家时间长了）终究内心不安，想着投靠别人。先前安大成有个姨母于婆婆，是沈氏的姐姐。于婆婆六十几岁，儿子死了，只有一个年幼的孙子和寡居的儿媳，而且她曾经对珊瑚也很好。珊瑚就辞别王氏，前去投靠于婆婆。于婆婆问得她前来投靠的原因以后，极力指责妹妹的愚蠢凶恶，还想马上把珊瑚送回安家去。珊瑚竭力劝告于婆婆不要这么做，并且嘱咐她不要声张此事，于是就和于婆婆一起住，关系如同婆媳。珊瑚有两位胞兄，听说这件事以后也很同情珊瑚，打算接

嫁。珊瑚执不肯，惟从于媪纺绩以自度。

她回家然后改嫁他人。珊瑚坚决不肯，只是跟着于婆婆靠纺织过日子。

注释 1 姑妇：婆媳。

生自出妇，母多方为生谋婚，而悍声流播，远近无与为耦。积三四年，二成渐长，遂先为毕姻。二成妻臧姑，骄悍戾沓[1]，尤倍于母。母或怒以色，则臧姑怒以声。二成又懦，不敢为左右袒。于是母威顿减，莫敢撄[2]，反望色笑而承迎之，犹不能得臧姑欢。臧姑役母若婢。生不敢言，惟身代母操作，涤器洒扫之事皆与焉。母子恒于无人处，相对饮泣。无何，母以郁抑成病，委顿在床，便溺转侧皆须生，生昼夜不得寐，两目尽赤。呼弟代役，甫入门，臧姑辄唤去。

自从安大成休了媳妇以后，安母多方打点，为大成谋求再婚，但是她的凶悍名声已经广为传播，竟然没有人愿意和安家结亲。过了三四年，安二成渐渐长大成年，于是先帮安二成完婚。二成的妻子臧姑，骄纵凶悍，暴戾贪婪，比安母要加倍厉害。安母生气的时候摆脸色给她看，臧姑反而愤怒地对她大吼大叫。二成又生性懦弱，两边都不敢袒护。自那以后，安母声威顿时大减，不敢冒犯臧姑，反而时时看臧姑的脸色，笑脸相待奉承迎合，还是不能得到臧姑的欢心。臧姑把安母当婢女使唤。安大成不敢有异议，只是亲自替母亲操劳，清洗用具和打扫内务的事大成都帮着做了。母子二人常常在私下没人的地方相对哭泣。没过多久，安母抑郁成疾，整天瘫在床上，大小便和翻身都得靠安大成帮忙，弄得大成整天整夜都不能好好休息，两只眼睛都红肿了。偶尔喊弟弟帮忙，每每二成刚要进屋，就又被臧姑叫走了。

注释 1 戾沓：贪婪暴虐。戾，暴虐。沓，贪而无厌。 2 撄(yīng)：触犯。

生于是奔告于媪，冀媪临存[1]。入门，泣且诉。诉未毕，珊瑚自帏中出。生大惭，禁声欲出。珊瑚以两手叉扉[2]，生窘极，自肘下冲出而归，亦不敢以告母。无何，于媪至，母喜止之。从此媪家无日不有人来，来必以甘旨饷媪。媪寄语寡媳："此处不饿，后无复尔。"而家中馈遗卒无少间。媪不肯少尝食，缄留[3]以待病者。母病亦渐瘥[4]。媪幼孙又以母命将佳饵来问病。沈叹曰："贤哉妇乎！姊何修者！"媪曰："妹以去妇[5]何如人？"曰："嘻！诚不至夫己氏[6]之甚也，然乌如甥妇贤！"媪曰："妇在，汝不知劳；汝怒，妇

于是安大成跑到于婆婆家，希望于婆婆能亲往问候。大成一进门，就向于婆婆哭诉。话还没说完，只见珊瑚从帏帐后面走了出来。大成大为羞惭，默不作声就想离开。珊瑚两手把门叉住，大成非常窘迫，从珊瑚的胳膊肘下钻出去跑回家了，回去以后也不敢告诉母亲这件事。没过多久，于婆婆到安家来了，安母非常高兴，就把于婆婆留下来同住。自那以后，于婆婆家每天都有人来安家，每次来都会给于婆婆带很多美味佳肴。于婆婆让人转告寡居的媳妇说："这里自然有吃的，饿不到我，以后不用再送了。"但是家里还是源源不断地送吃的过来。于婆婆连一口都没吃，原封不动地留给病人。安母的病渐渐好转了，于婆婆的小孙子又奉母命带着美食来探望病人。沈氏感叹道："真是贤惠的好媳妇！姐姐是哪里修来的福分啊！"于婆婆说："那妹妹觉得你家休掉的儿媳妇又怎么样呢？"沈氏说："嗨！确实不至于有臧氏那么坏就是了！但是怎么能比得上外甥媳妇的贤惠呢？"于婆婆说："媳妇在的时候，你丝毫不知道什么是辛劳；你

不知怨。恶乎弗如？”沈乃泣下，且告之悔，曰：“珊瑚嫁也未者？”答云：“不知，请访之。”又数日，病愈，媪欲别。沈泣曰：“恐姊去，我仍死耳！”媪乃与生谋，析二成居。二成告臧姑，臧姑不乐，语侵兄，兼及媪。生愿以良田悉归二成，臧姑乃喜。立析产书已，媪始去。	生气的时候，媳妇也完全不埋怨。怎么就比不上了？”沈氏这才潸然泪下，告诉姐姐自己很后悔，问她：“珊瑚改嫁了没有？”于婆婆说：“不知道，我回头问问看吧。”过了几天，沈氏的病全好了，于婆婆打算跟她告别。沈氏哭着说：“我怕姐姐走以后，我还是要死的！”于婆婆于是跟大成商量，和二成分家。二成把这事告诉了臧姑，臧姑不乐意，就说兄长的坏话，顺带骂了于婆婆。大成表示愿意把良田都划归二成名下，臧姑这才满意。双方立了分家文书以后，于婆婆才回去。

注释 1 临存：亲至慰问。 2 两手叉扉：谓两手叉开，分抵门框。 3 缄留：犹言封存不动。 4 瘥(chài)：病愈。 5 去妇：被休弃的儿媳。 6 夫(fú)己氏：指不欲明言的人，犹言某人。语出《左传·文公十四年》。此指臧姑。

明日，以车来迎沈。沈至其家，先求见甥妇，极道甥妇德。媪曰：“小女子百善，何遂无一疵？余固能容之。子即有妇如吾妇，恐亦不能享也。”沈曰：“冤哉！谓我木石鹿豕	第二天，于婆婆雇了车来迎接沈氏。沈氏到了于婆婆家，首先求见已故外甥的媳妇，极力称赞外甥媳妇的德行。于婆婆说：“一个小女子就算有一百样好，难免会有一两个毛病吧？而我自然是能容忍的。但换作是你，就算有一个跟我家一样的媳妇，恐怕你也享受不到这个福分。”沈氏说：“冤枉啊！你这是在说我像没有知觉的木

耶[1]！具有口鼻，岂有触香臭而不知者？”媪曰：“被出如珊瑚，不知念子作何语。”曰：“骂之耳。”媪曰：“诚反躬无可骂，亦恶乎而骂之[2]？”曰：“瑕疵人所时有，惟其不能贤，是以知其骂也。”媪曰：“当怨者不怨，则德焉者可知；当去者不去，则抚焉者可知[3]。向之所馈遗而奉事者，固非予妇也，尔妇也。”沈惊曰：“如何？”曰：“珊瑚寄此久矣。向之所供，皆渠夜绩之所贻也。”沈闻之，泣数行下，曰：“我何以见吾妇矣！”媪乃呼珊瑚。珊瑚含涕而出，伏地下。母惭痛自挞，媪力劝始止。遂为姑媳如初。

头石块，像不辨是非的野鹿山猪啊！我也是有口有鼻的人，怎么会分不清面前的东西是香的还是臭的呢？”于婆婆说：“像那个被你家休掉的珊瑚，不知道她现在想起你的时候会怎么说你。”沈氏说：“骂我呗。”于婆婆说：“好好反思一下自己，如果你确实没有什么可骂的，那她为什么还要骂你？”沈氏答道：“毛病人人都有，只是因为她不贤惠，所以知道她会骂我。”于婆婆说：“应当抱怨的人却不去抱怨，那么她的德行如何也就可想而知了；应当离开的人却不肯离开，那么她对人的照顾能到什么程度也就可想而知了。之前给你送吃的来孝敬你的，确实不是我的儿媳妇，而是你的儿媳妇。”沈氏惊问：“这是怎么回事？”于婆婆答道：“珊瑚寄住在我这儿很久了。之前给你的那些吃的，都是她每天晚上纺织换钱买的。”沈氏听了这话，止不住地掉眼泪，说：“我还有什么脸面见我的儿媳妇啊！”于婆婆就把珊瑚喊出来。珊瑚眼中含泪走了出来，跪拜在地。安母非常惭愧，自扇耳光，于婆婆极力劝住，她才停手。于是安母和珊瑚仍为婆媳，和好如初。

注释　**1** 谓我木石鹿豕耶：犹言你认为我是无知觉的木石和不辨是非的禽兽吗？　**2** 诚反躬无可骂，亦恶乎而骂之：谓如反躬自省，认为自己一无可骂之处,别人又怎么能骂你呢?诚,如果。恶,如何,怎么。 3 当怨者不怨,则德焉者可知;当去者不去,则抚焉者可知:谓不以怨报怨,可见其品德之好;受虐待而不改嫁,可见其爱你之深。去,离开,此指离开婆家而改嫁。

十余日偕归。家中薄田数亩,不足自给,惟恃生以笔耕[1],妇以针耨[2]。二成称饶足,然兄不之求,弟亦不之顾也。臧姑以嫂之出也鄙之;嫂亦恶其悍,置不齿。兄弟各院居。臧姑时有凌虐,一家尽掩其耳。臧姑无所用虐,虐夫及婢。婢一日自经死,婢父讼臧姑。二成代妇质理,大受扑责,仍坐拘臧姑。生上下为之营脱,卒不免。臧姑械十指,肉尽脱。官贪暴,索望良奢。二成质田贷赀,如数纳入,始释归。而债家责负日亟[3],不得已,悉以良田鬻于村中任翁。

十几天以后,三人一同回了家。家中只有几亩薄田,不足以维持生活,只好依靠安大成卖文为生,媳妇做针线活儿补贴家用。二成家里称得上是宽裕了,但是哥哥不开口相求,弟弟也就不去管他。臧姑因为嫂子曾经被休,就很看不起她;嫂子也看不惯臧姑的凶悍,甚至有些鄙视。兄弟二人各住一个院子。臧姑有时候前来挑衅,大成一家就都把耳朵捂上。臧姑无处施展暴虐,于是虐待丈夫和婢女。某天婢女上吊死了,婢女的父亲把臧姑告到官府。二成替媳妇去公堂对质,狠狠地挨了一番责打,但官府还是判决要拘捕臧姑。大成也为他们上下打点,希望能设法脱罪,但最终没能免除。臧姑受夹十指的刑罚,手指上的肉都脱落了。县官又贪婪残暴,打算勒索他们一大笔钱。二成把田产都抵押出去,如数把钱交给县官,县官这才把臧姑放回家了。但是债主催债一天比一天急,二成不得已,只好把良田全都卖给村里一个姓任的老头。任老头觉得,

翁以田半属大成所让，要生署券[4]。生往，翁忽自言：“我安孝廉也。任某何人，敢市吾业！”又顾生曰：“冥中感汝夫妻孝，故使我暂归一面。”生出涕曰：“父有灵，急救吾弟！”曰：“逆子悍妇不足惜也！归家速办金，赎吾血产[5]。”生曰：“母子仅自存活，安得多金？”曰：“紫薇树下有藏金，可以取用。”欲再问之，翁已不语。少时而醒，茫不自知。

这块田地有一半是大成让给弟弟的，就要大成也在文书上签名。大成去了任老头家，任老头突然自言自语：“我是安举人。任老头算什么东西，竟然敢买我的产业！”又跟大成说：“冥府为你们的孝行所打动，所以让我暂时回阳世和你们见一面。”大成流着眼泪道：“父亲地下有灵，赶紧救救我弟弟！”安举人答道：“逆子悍妇死不足惜！你赶紧回家准备赎金，把我辛苦赚来的产业赎回来。”大成说：“我们母子也只能勉强养活自己，哪来那么多钱啊？”安举人说：“紫薇树下藏着一笔银子，你可以拿出来用。”大成还想再问，安举人（任老头）却一句话都不说了。一会儿，任老头醒了过来，对于刚才发生的事茫然不知。

注释 1 笔耕：以笔代耕，谓依靠为人抄写或写文章谋生。 2 针耨(nòu)：以针代耨，谓以缝纫刺绣谋生。耨，除草。 3 责负日亟：逼索债款，一天紧似一天。责，索讨。负，欠债。亟，急。 4 署券：在契据上签名。 5 血产：以血汗换取来的产业。

生归告母，亦未深信。臧姑已率人往发窖，坎地[1]四五尺，止见砖石，并无金，失意而去。生闻其掘藏，戒母

安大成回去以后把事情告诉了母亲，母亲也不是很相信。臧姑却已经带人来挖地窖了，挖到地下四五尺，只看到砖头石块，并没有看到银子，失望地回去了。大成听说臧姑来挖藏着的银子，就告诫母

及妻勿往视。后知其无所获，母窃往窥之，见砖石杂土中，遂返。珊瑚继至，则见土内悉白镪[2]，呼生往验之，果然。生以先人所遗，不忍私，召二成均分之。数适得揭取之二，各囊归。二成与臧姑共验之，启囊则瓦砾满中，大骇。疑二成为兄所愚，使二成往窥兄，兄方陈金几上，与母相庆。因实告兄，生亦骇，而心甚怜之，举金而并赐之。二成乃喜，往酬债讫，甚德兄。臧姑曰："即此益知兄诈。若非自愧于心，谁肯以瓜分者[3]复让人乎？"二成疑信半之。次日债主遣仆来，言所偿皆伪金，将执以首官。夫妻皆失色。臧姑曰："何如！我固谓兄贤不至于此，

亲和妻子不要去看。后来听说臧姑一无所获，母亲偷偷前去窥探，也只看到砖头和石块夹杂在泥土里，就回去了。接着珊瑚前去看时，却发现土里都是白银，喊大成前去验视，果然都是银子。大成因为这些银子是先辈的遗产，不忍心私吞，就叫二成来平分。银子的数量正好够两人平均分，他们各自用口袋装回去了。回去以后，二成和臧姑一起验视，打开口袋，发现袋中满是瓦砾，大为惊骇。臧姑怀疑二成被哥哥骗了，就让二成去哥哥家暗中察看，二成到了哥哥家一看，哥哥正把银子放在桌上，和母亲一起庆祝呢。二成把实情告诉了兄长，大成听了也吓了一跳，然而内心却很可怜二成，就把自己的银子全都给了他。二成这下很高兴，拿着银子把债还清了，对哥哥很感激。臧姑说："从这件事上就更能知道你哥哥是个奸诈小人了。如果不是内心有愧，谁会肯把瓜分到手的财产又拱手让人呢？"二成听了半信半疑。第二天债主派了一个仆人过来，说二成还的都是假的银子，要把他抓去官府告发他。二成夫妻都大惊失色。臧姑说："怎么样！我就说你哥不可能善良到这个地步，这是要借此杀了你啊！"二成怕了，

是将以杀汝也！”二成惧，往哀债主，主怒不释。二成乃券田于主，听其自售，始得原金而归。细视之，见断金二铤，仅裹真金一韭叶许，中尽铜耳。臧姑因与二成谋：留其断者，余仍反诸兄，以觇之。且教之言曰：“屡承让德[4]，实所不忍。薄留二铤，以见推施之义[5]。所存物产，尚与兄等。余无庸多田也，业已弃之，赎否在兄。”生不知其意，固让之。二成辞甚决，生乃受。秤之少五两，命珊瑚质奁妆以满其数，携付债主。主疑似旧金，以剪刀夹验之，纹色俱足，无少差谬，遂收金，与生易券。

前去哀求债主，债主很生气不肯作罢。二成就把地契都给了债主，任凭他处理买卖，这才拿到之前还给债主的银子后回家了。拿回银子以后细细察看，其中有两锭被剪断的银子，只有表面裹着一层如同韭菜叶一样薄的真银，里头都是铜。臧姑就跟二成商量，留下剪断的两锭银子，剩下的还给大成，看他怎么处理。并且臧姑交代二成这么跟大成说：“屡次承蒙您推让的恩德，我实在于心不忍。我只留下其中的两锭银子就好，以此纪念哥哥推让施舍的高谊。我剩下的财产，还和哥哥家的相等。我也不要那么多田产了，反正都已经放弃（抵债）了，要不要赎回来全在于哥哥。”大成不知道他的用意，坚决推让。二成坚持不肯接受，大成就把这些银子收下了。他称了一下重量，发现短了五两，就让珊瑚变卖首饰，凑够数目，拿去交给债主。债主担心跟之前拿来的银子一样是假的，用剪刀夹断验视，发现纹理成色都很足，数目一点不差，于是就把银子收下了，把地契还给了大成。

注释 1 坎地：犹言掘地，从地表向下挖掘。坎，地面低陷之处。 2 白镪(qiǎng)：白银的别称。 3 瓜分者：犹言平分者。瓜分，喻指像剖瓜一样分割成若干份。 4 屡承让德:屡次受到您谦让的恩惠。德,恩惠。 5 推施之义:推恩施惠的情谊。推,推恩,施恩惠于他人。

二成还金后,意其必有参差[1]。既闻旧业已赎,大奇之。臧姑疑发掘时,兄先隐其真金,忿诣兄所,责数诟厉。生乃悟返金之故。珊瑚逆而笑曰:"产固在耳,何怒为?"使生出券付之。二成一夜梦父责之曰:"汝不孝不弟[2],冥限已迫[3],寸土皆非己有,占赖将以奚为[4]!"醒告臧姑,欲以田归兄。臧姑嗤其愚。是时二成有两男,长七岁,次三岁。未几,长男病痘死。臧姑始惧,使二成退券于兄。言之再三,生不受。无何,次男又死。臧姑益惧,自以券置嫂所。春将尽,田芜秽[5]不耕,生不得已,种治之。

二成把银子还给大成以后,想着大成那里肯定还会出什么岔子。听说旧有的产业已经赎回来后,感到很是惊奇。臧姑怀疑是自己带人挖银子的时候,哥哥已经事先把真的银子藏起来了,于是恼怒地前往哥哥家里,对他厉声责骂。大成这才知道二成把银子还给他的原因。珊瑚笑语相迎,说道:"田产不都还在嘛,有什么好发火的?"让大成把地契拿出来还给臧姑。某天晚上二成梦到先父责备他:"你不孝敬父母,不友爱兄长,你的死期就要到了,连一寸田地都不会归你所有,你还赖占着田产干什么!"二成惊醒以后把这事告诉了臧姑,打算把田产还给哥哥。臧姑笑骂他愚笨。当时二成有两个儿子,年长的七岁,年幼的三岁。没过多久,长子出水痘,病死了。臧姑这才觉得害怕,让二成拿地契去还给兄长。但是尽管他们再三辞让,大成还是不肯接受。没过多久,二成的次子也死了。臧姑更害怕了,亲自拿着地契去还给嫂子。此时春天快要过去了,但是田地抛荒没有耕种,大成不得已,只好整饬土地开始耕种。

注释 1 意其必有参差:谓料想其去一定会发生争执。参差,此指双方意见不一而发生争执。 2 不孝不弟:谓不善事父母,不敬爱兄长。弟,通“悌”。 3 冥限已迫:冥世索命的期限已近。 4 奚为:何为。奚,何。 5 芜秽:犹荒芜,农田中杂草丛生。

臧姑自此改行,定省[1]如孝子,敬嫂亦至。半年母病卒,臧姑哭之恸,至勺饮[2]不入口。向人曰:“姑早死,使我不得事,是天不许我自赎也!”育十胎皆不存,遂以兄子为子。夫妻皆寿终。生养二子皆举进士。人以为孝友之报云。

自此以后,臧姑改头换面,每天都给婆婆请安,表现得像个孝顺的儿媳妇,对嫂子也是尊敬有加。半年以后,安母病逝,臧姑哭得非常悲恸,以致滴水不进。她对别人说:“婆婆早死,让我不能继续侍奉她,是老天不允许我赎清罪孽啊。”臧姑后来生了十个孩子,都没有养大的。只好把兄长的儿子过继为自己的儿子。而大成夫妻都寿终正寝。他们育有两个儿子,都考中了进士。人们说这是大成孝敬父母友爱兄弟的善报。

注释 1 定省:“昏定晨省”的略语。指子女早晚向父母问安。 2 勺饮:一勺汤水。言汤水量少。

异史氏曰:“不遭跋扈之恶,不知靖献之忠,家与国有同情哉[1]。逆妇化而母死,盖一堂孝顺,无德以戡之也[2]。臧姑自克,谓天不许其自赎,非

异史氏说:“不遭遇飞扬跋扈者的恶行,就不能知道尽忠者的忠心,家族和国家有相通之处。忤逆的媳妇被感化,而母亲却去世了,这是因为全家上下都很孝顺她,但是她没有应有的德行来承受。臧姑自我约束,说老天不允许她为自己赎罪,

悟道者何能为此言乎？然应迫死，而以寿终，天固已恕之矣。生于忧患，有以矣夫[3]！”

如果不是悟道的人，怎么能说出这番话呢？但是她本来应该早早就猝死，最后却寿终正寝，说明上天已经宽恕她了。所谓‘生于忧患’，确实是有道理的啊。”

注释 1 不遭跋扈之恶，不知靖献之忠，家与国有同情哉：言如不遇到强梁不驯的恶人，便不知安分尽责之人的忠诚，家庭与国家的情形有一致之处。跋扈，横暴不驯。靖献，犹言安分尽责。 2 逆妇化而母死，盖一堂孝顺，无德以戡之也：谓忤逆之儿媳被感化而婆母却早早死去，这说明一堂孝顺，她是无德来承受的。逆妇，忤逆之妇，即不孝敬父母的儿媳妇。化，被感化。戡，通“堪”，胜。 3 生于忧患，有以矣夫：《孟子·告子下》：“入则无法家拂士，出则无敌国外患者，国恒亡。然后知生于忧患而死于安乐也。”二句谓孟子所以说出忧患足以使人生存，安乐足以使人灭亡的话，是有一定原因的。

五　通

原文

南有五通[1]，犹北之有狐也。然北方狐祟，尚可驱遣；而江浙五通，则民家美妇辄被淫占，父母兄弟皆莫敢息，为害尤烈。

译文

南方有五通神，就像北方有狐狸精一样。但北方的狐狸精作祟，人们还能想方设法地驱赶；而江浙一带的五通，则百姓家有漂亮的女子，动辄被他们奸淫，她们的父母兄弟，都不敢声张反抗，五通的祸害便更加厉害。

注释 1 五通:江南淫鬼邪神名,又称"五圣""五显灵公""五郎神"。唐宋以来,即有记载。明清两代,吴中人多祀此神,见王士禛《池北偶谈·毁淫祠》。

有赵弘者,吴[1]之典商[2]也,妻阎氏,颇风格[3]。一夜有丈夫岸然[4]自外入,按剑四顾,婢媪尽奔。阎欲出,丈夫横阻之,曰:"勿相畏,我五通神四郎也。我爱汝,不为汝祸。"因抱腰举之,如举婴儿,置床上,裙带自开,遂狎之。而伟岸甚不可堪,迷惘中呻楚欲绝。四郎亦怜惜,不尽其器。既而下床,曰:"我五日当复来。"乃去。弘于门外设典肆,是夜婢奔告之。弘知其五通,不敢问。质明视之,妻惫不起,心甚羞恨,戒家人勿播。

有一个叫赵弘的商人,在吴县一带做典当生意,他的妻子阎氏,长得颇有姿色。一天夜里,一个男人从外面傲然走了进来,手里拿着宝剑四下察看,婢女仆妇吓得四散逃走。阎氏刚要逃走,男子蛮横地拦住她,说道:"不用害怕,我是五通神里的四郎。我喜欢你,不会伤害你。"说着便拦腰抱起她,像举个婴儿一般,把她放到床上,阎氏的衣服裙带自动就解开了,于是四郎就奸淫了她。四郎阳具粗大,粗暴异常,阎氏难以忍受,昏迷中痛声呻吟难受得要死。四郎倒也怜惜她,并未十分尽兴。完事后四郎下床,对她说:"五天后我再来。"于是就走了。赵弘当时在城门外开了间典当铺,当晚婢女跑过去告诉他这件事。赵弘知道是五通神干的,不敢过问。天亮后,赵弘回家看望妻子,只见她疲惫不堪地躺在床上,不能下床,他心里感觉十分羞恼,告诫家里人不要传出去。

注释 1 吴:吴县,旧县名,在今江苏省苏州市郊。 2 典商:当铺商人。 3 颇风格:颇有姿色。风格,仪容,风度。 4 岸然:高傲的样子。

妇三四日始就平复，惧其复至。婢媪不敢宿内室，悉避外舍，惟妇对烛含愁以伺之。无何四郎偕两人入，皆少年蕴藉[1]。有僮列肴酒，与妇共饮。妇羞缩低头，强之饮亦不饮；心惕惕然[2]，恐更番为淫，则命合尽矣。三人互相劝酬，或呼大兄，或呼三弟。饮至中夜，上座二客并起，曰："今日四郎以美人见招，会当邀二郎、五郎醵酒[3]为贺。"遂辞而去。四郎挽妇入帏，妇哀免。四郎强合之，鲜血流离，昏不知人，四郎始去。妇奄卧床榻，不胜羞愤，思欲自尽，而投缳[4]则带自绝，屡试皆然，苦不得死。幸四郎不常至，约妇痊可始一来。积两三月，一家俱不聊生。

三四天后，阎氏身体才恢复过来，又害怕四郎再来。婢女仆妇都不敢睡在阎氏内室，全都躲在外屋里，只有阎氏独自一人对着蜡烛，愁眉苦脸地等着五通神。不一会儿，四郎带着两个人进来，都是俊朗潇洒的少年。僮仆摆上酒肴，三人与阎氏一起喝酒。阎氏既害羞又惧怕，低着头，强让她喝她也不喝，心里惶恐不安，唯恐他们三人轮番奸淫她，那样她命恐怕就没了。三人互相劝酒，有的喊大哥，有的叫三弟。一直喝到半夜，上座的两个客人才一块站起来说："今天四郎喜得美人而款待我们，以后应当邀请二郎、五郎，大家凑钱买酒来庆贺。"于是告辞走了。四郎搂着阎氏进入床帐，阎氏苦苦哀求他放过自己。四郎强迫和她交合，弄得她鲜血直流，昏了过去，不省人事，四郎这才离去。阎氏奄奄一息地躺在床上，既羞愧又气愤，想要自杀，但刚挂上绳子就断了，试了好几次都是这样，求死不能，十分痛苦。所幸四郎不常来，大约等阎氏身体恢复后才来一次。这样过了两三个月，一家人都过得生不如死。

注释　1 蕴藉(yùn jiè)：温恭貌。　2 惕惕然：恐惧担心的样子。　3 醵(jù)酒：凑钱喝酒。　4 投缳(huán)：上吊，自缢。

有会稽[1]万生者，赵之表弟，刚猛善射。一日过赵，时已暮，赵以客舍为家人所集，遂宿赵内院。万久不寐，闻庭中有人行声，伏窗窥之，见一男子入妇室。疑之，捉刀而潜视之，见男子与阎氏并肩坐，肴陈几上矣。忿火中腾，奔而入。男子惊起，急觅剑，刀已中颅，颅裂而踣。视之，则一小马，大如驴。愕问妇，妇具道之，且曰："诸神将至，为之奈何！"万摇手，禁勿声，灭烛取弓矢，伏暗中。未几有四五人自空飞堕，万急发一矢，首者殪[2]。三人吼怒，拔剑搜射者。万握刀倚扉后，寂不动。一人入，剁颈亦殪。仍倚扉后，久之

会稽有一个叫万生的人，是赵弘的表弟，刚强勇猛，擅长射箭。有一天，万生来赵家拜访，天色已晚，赵弘因为客房都住着家人，便让万生住到内院。万生很长时间也没睡着，忽然听到院子里有脚步声，趴在窗子上往外偷偷一看，只见一个男人进了阎氏的卧室。他觉得可疑，便持刀偷偷过去一窥究竟，只见那个男人和阎氏并肩坐着，桌子上摆满了饭菜。万生不禁怒火中烧，冲进室内。男子惊慌地站起身来，急忙寻找自己的宝剑，但万生已挥刀砍中他的脑袋，他头颅裂开倒地而死。万生仔细一看，原来是一匹和驴大小差不多的小马。他万分惊愕，询问阎氏怎么回事，阎氏详细告诉了他事情的经过，又说："其他的五通神马上就要来了，该怎么办啊！"万生摇手，示意她不要出声，自己吹灭蜡烛，取出弓箭，埋伏在黑暗之处。不一会儿，有四五个人从空中飞落下来，万生急忙射出一箭，为首的中箭而死。剩下的三个人怒吼着，拔出宝剑搜寻射箭的人。万生手握着刀靠在门后，悄悄地没发出一点声响。一会儿，有一个人走进屋里来，万生挥刀砍在那人的脖子上，他也死了。万生仍靠在门后，过了很久也没有动静，于

无声，乃出，叩关告赵。赵大惊，共烛之，一马两豕[3]死室中。举家相庆。犹恐二物复仇，留万于家，炰[4]豕烹马而供之，味美异于常馐[5]。万生之名，由是大噪。

是他出来，敲门告诉赵弘。赵弘大吃一惊，一起点亮蜡烛察看，只见一匹马、两头猪死在屋里。全家热烈庆贺打死了妖怪。但恐怕剩下的两个回来报仇，就把万生留在家里，把杀死的猪、马烹煮了给他吃，味道非常美妙，远胜过平常的美味。万生从此以后名声大噪。

注释 1 会(kuài)稽：会稽郡，今长江下游一带。 2 殪(yì)：死。 3 豕(shǐ)：猪。 4 炰(fǒu)：烹煮。 5 馐：美味的食品。

居月余，其怪竟绝，乃辞欲去。有木商某苦要[1]之。先是，某有女未嫁，忽五通昼降，是二十余美丈夫，言将聘作妇，委金百两，约吉期而去。计期已迫，合家惶惧。闻万生名，坚请过诸其家。恐万有难词，隐不以告。盛筵既罢，妆女出拜客，年十六七，是好女子[2]。万错愕不解其故，离席伛偻[3]，某捺坐

万生住了一个多月，五通神最终也无踪迹，他便想告辞回去。有个木材商人苦苦邀请万生前去他家。原来，木材商有个女儿还没出嫁，忽然一个五通神大白天就降临他家，是一个二十多岁的美男子，说要娶他的女儿为妻，拿出一百两黄金当聘礼，约定良辰吉日便走了。计算着约定的日期临近，木材商全家惊惶不安。他们听说万生的名声后，坚决请万生到家里做客。他们唯恐万生不愿意来，隐瞒了五通神要来的实情。盛宴款待万生后，木材商的女儿梳妆打扮出来拜见客人，那姑娘十六七岁，生得十分漂亮。万生很惊愕，不明白什么缘故，连忙离座向姑娘鞠躬行礼，木材商把

清道
清道
喜
喜
喜
喜

而实告之。万初闻而惊,而生平意气自豪,遂亦不辞。至日某乃悬采于门,使万坐室中。日昃[4]不至,疑新郎已在诛数[5]。未几,见檐间忽如鸟坠,则一少年盛服入,见万,返身而奔。万追出,但见黑气欲飞,以刀跃挥之,断其一足,大嗥而去。俯视,则巨爪大如手,不知何物。寻其血迹,入于江中。某大喜,闻万无耦,是夕即以所备床寝,使与女合卺[6]焉。于是素患五通者,皆拜请一宿其家。居年余始携妻而去。从此吴中止有一通,不敢公然为害矣。

他按在座位上,告诉了他实情。万生刚开始一听很吃惊,但他平生意气豪爽,于是也没有推辞。到了约定的日子,木材商于是在门口张灯结彩,让万生坐在室内。但一直等到日头西斜,五通神也没有来,万生怀疑新郎已经在上次杀死的几人中了。不一会儿,忽然见房檐上像有只鸟飞落下来,再一看原来是一个衣着华丽的年轻人,他进入室内,看见万生,转身拔腿就跑。万生急忙追出门外,只见一道黑气就要飞起逃走,万生一跃而起,挥刀砍去,砍掉了怪物一只脚,怪物嗥叫着逃走了。万生俯身察看,只见那爪子像人的手一样大,不知道是什么怪物的。万生循着血迹寻找,发现怪物已经逃入江中。木材商大喜,听说万生没有娶妻,当晚就用已经准备好的新房,让万生和女儿成了亲。于是,原来遭受五通神祸害的人家,都拜请万生到家住一宿,帮忙除害。这样过了一年多,万生才带着妻子回家。从此以后,吴中的五通神只剩下"一通",再也不敢公然出来祸害了。

注释 1 要:同"邀",邀请。 2 好女子:美丽的女子。 3 伛偻(yǔ lǚ):曲。表示恭敬的样子。 4 日昃(zè):太阳偏西,下午二时左右。 5 诛数:被杀的行列中。 6 合卺:此指举行婚礼,结婚。

异史氏曰："五通、青蛙[1]，惑俗已久，遂至任其淫乱，无人敢私议一语。万生真天下之快人也！"

异史氏说："五通神、青蛙神，祸害民间已经很久了，以至于任由他们奸淫妇女，竟没有人敢说一句话。万生真是天下痛快豪爽的人啊！"

注释 1 青蛙：青蛙神，邪神名。

又

原文

金生字王孙，苏州人。设帐[1]于淮，馆搢绅园[2]中。园中屋宇无多，花木丛杂。夜既深，僮仆散尽，辄吊孤影。一夜三漏将残[3]，忽有人以指弹扉。急问之，对以"乞火"，声类馆僮。启户则二八佳丽，一婢从之。生意妖魅，穷诘甚悉。女曰："妾以君风雅之士，枯寂可怜，不畏多露[4]，相与遣此良宵。恐言其故，妾不敢来，君亦不敢纳也。"生又以为

译文

金生，字王孙，是苏州人。他在江淮之地设馆授徒，书馆在一个士大夫家的花园里。园中房屋不多，花木杂生。每天等到夜深了，僮仆就都回去了，只剩下他一个人，形单影只。一天晚上，三更天将尽的时候，忽然有人用手指敲门。金生连忙问是谁，门外的人回答道："借个火。"听着像是书馆僮仆的声音。他打开门一看，原来是一个十六七岁的漂亮女子，后面还跟着个婢女。金生怀疑她是妖怪，于是仔细询问她。那姑娘说："我以为先生是一位高雅潇洒的文士，见您孤单寂寞可怜，所以才不怕被人指责行为不检，来和您共度良宵。恐怕我说明来此的缘由，不仅我不敢来，您也不敢收留我。"金生又怀疑

邻之奔女[5]，惧丧行检[6]，敬谢之。女横波一顾，生觉神魂都迷，忽颠倒不能自主。婢已知之，便云："霞姑，我且去。"女颔之，既而呵之曰："去则去耳，甚得云耶、霞耶！"婢既去，女笑曰："适室中无人，遂偕婢从来。无知如此，遂以小字令君闻矣。"生曰："卿深细如此，故仆惧有祸机[7]。"女曰："久当自知，保不败君行止，勿忧也。"上榻缓其装束，见臂上腕钏，以条金贯火齐[8]，衔明珠二粒，烛既灭，光照一室。生益骇，终莫测其所自至。事甫毕，婢来叩窗。女起，以钏照径，入丛树而去。自此无夕不至。生于女去时遥尾之，女似已觉，遽蔽[9]其光，树浓茂，昏不见掌而返。

她是邻居家与人私奔的女子，害怕毁了自己的操行，所以恭敬地谢绝了她的好意。姑娘眼送秋波，金生觉得自己魂都被勾跑了，突然神魂颠倒控制不住自己。婢女见此情景，便说道："霞姑，我先回去了。"姑娘点点头，接着又呵斥道："走就走吧，说什么云姑霞姑的！"婢女离开后，姑娘笑着说道："刚才见您屋里没人，于是带婢女一起来了。没想到她愚昧无知，竟然让您知道了我的小名。"金生说道："你心思如此精细，所以我担心藏着什么祸患。"姑娘说道："时间一长您就知道了，我保证不会损害您的德行，不用担心。"两人上床后，金生脱去姑娘的衣服装束，见她手臂上戴着一副手镯，用细金条串着火齐宝石，上面还镶嵌着两颗明珠，熄灭灯烛后，手镯的光芒就照亮了整间屋子。金生更加惊骇，始终也猜不透姑娘是从哪里来的。两人欢会完毕，那婢女来敲窗户。霞姑起身离开，用手镯照路，进入树丛走了。从此后，霞姑没有一天晚上不来的。有一次，金生在霞姑回去的时候，远远地在后面尾随着，霞姑似乎已经察觉，马上掩遮住手镯的光芒，树丛茂密，黑得伸手不见五指，金生也只好返回来。

注释 1 设帐:设馆教书授徒。 2 馆搢绅园:寓居于某乡绅花园。搢绅,亦作“缙绅”,官宦或儒者的代称。 3 三漏将残:三更天将尽。古代滴漏计时,三漏即三更天。 4 多露:语出《诗·召南·行露》。比喻行为不谨,受人指责。 5 奔女:与人私奔之女。 6 行检:操行。 7 祸机:包藏、埋伏着祸患。 8 贯火齐:串着宝石火齐。火齐:宝石名。 9 遽(jù)蔽:急忙遮蔽起来。

一日,生诣河北[1],笠[2]带断绝,风吹欲落,辄于马上以手自按。至河,坐扁舟上,飘风堕笠,随波竟去。意颇自失。既渡,见大风飘笠,团转空际,渐落。以手承之,则带已续矣。异之,归斋向女缅述[3];女不言,但微笑之。生疑女所为,曰:“卿果神人,当相明告,以祛[4]烦惑。”女曰:“岑寂[5]之中,得此痴情人为君破闷,妾自谓不恶。纵令妾能为此,亦相爱耳!苦致诘难,欲相绝耶?”生不敢复言。

有一天,金生骑马到淮河北边的地方去,斗笠的带子突然断了,风一吹就要落下来,他只好在马上不时地用手按住。来到淮河,金生坐在一艘小船上,忽然一阵风吹来,将他的斗笠吹落到河里,随着水流漂走了。金生怅然若失。等他过河后,突然一阵大风刮起他的斗笠,盘旋着飘在空中,渐渐地落下来。金生用手接住,发现斗笠的带子已经接好了。金生感觉非常惊异,回到学馆后向霞姑详细讲述这件怪事;霞姑也不说话,只是笑了笑。金生怀疑是她干的,说:“你如果真的是神仙,就应该明白地告诉我,解除我的烦恼疑惑。”霞姑说:“在您寂寞孤独的时候,能有我这样痴情的女子为您排忧解闷,我自认为自己不是坏人。即使我有能力做那件事,也是因为爱恋您啊!现在这样苦苦地盘问我,难道是想和我断绝来往吗?”金生听后不敢再问了。

注释 1 河北:泛指淮河以北地区。 2 笠:斗笠。 3 缅(miǎn)述:尽情叙说,详细叙说。 4 祛:祛除。 5 岑寂:冷清,寂寞。

先是,生有甥女,既嫁,为五通所惑,心忧之而未以告人。缘与女狎昵既久,肺鬲无不倾吐[1]。女曰:"此等物事,家君能驱除之。顾[2]何敢以情人之私告诸严君?"生苦哀求计。女沉思曰:"此亦易除,但须亲往。若辈皆我家奴隶,若令一指得着肌肤,则此耻西江不能濯[3]也。"生哀求不已,女曰:"当即图之。"次夕至,告曰:"妾为君遣婢南下矣。婢子弱,恐不能便诛却耳。"次夜方寝,婢来叩户。生急起纳入,女问:"何如?"答曰:"力不能擒,已宫之[4]矣。"笑问其状,曰:"初以为郎家也,既到,

此前,金生有个外甥女,出嫁后,被五通迷惑,金生心里担忧但从没有告诉别人。因为和霞姑亲密的时间久了,两人心事没有不畅所欲言的,便把这件事告诉了她。霞姑说道:"五通这种东西,我父亲就能驱除。只是我怎么敢把情人的私事告诉父亲呢?"金生哀求她想个办法。霞姑沉思了一会儿,说道:"这些东西驱除倒也容易,但是需要我亲自前去。那些五通神都是我家的奴仆,如果被他们碰到一个手指头,那这个耻辱是跳进西江也洗不清了。"金生苦苦哀求,霞姑才答应说:"马上替你想办法。"第二天晚上,霞姑告诉金生:"我已经为您派遣婢女南下了。不过婢女力量弱小,恐不能立即把那怪物杀死。"第二天晚上,两人刚刚睡下,就听到婢女敲门。金生急忙起身请她进来,霞姑问道:"事情办得怎么样?"婢女回答:"我的能力不足以抓住它,但已经把它阉了!"霞姑笑着询问当时的情况,婢女讲述道:"起初我以为是金郎家,等到了后才知道不是。再赶到金郎的外甥女婿家,已

始知其非。比至婿家，灯火已张[5]，入见娘子坐灯下，隐几若寐[6]。我敛魂覆瓿[7]中。少时，物至，入室急退，曰：'何得寓生人！'审视无他，乃复入。我阳若迷。彼启衾入，又惊曰："何得有兵气！'本不欲以秽物污指，奈恐缓而生变，遂急捉而阉之。物惊嗥遁去。乃起启瓿，娘子若醒，而婢子行矣。"生喜谢之。女与俱去。

经是掌灯时分，我进屋后看见一个娘子正坐在灯下，靠着桌子好像睡了。我把娘子的魂魄收敛到一个小瓮里。不一会儿，怪物来了，刚进屋又急忙退出去，说道：'屋里怎么有生人的气味！'它仔细察看，没有发现什么情况，然后才又进屋。我装作昏迷。怪物掀开被子钻进来，又吃惊地说：'怎么有兵器的气味？'我本不想被这污秽的东西脏了自己的手，但恐怕动作慢了再有什么变故，于是急忙抓住那脏东西一刀割掉。怪物惊嗥着逃走了。我这才打开小瓮放出魂魄，娘子像是要醒的时候，我就回来了。"金生听了非常高兴，向婢女致谢。霞姑和婢女一起走了。

注释 1 肺鬲无不倾吐：内心之事无不畅所欲言。肺鬲，犹"肺膈"，言人的内心。 2 顾：但，但是。 3 此耻西江不能濯：西江的水也洗清不了这个耻辱。 4 宫之：言将其生殖器割掉。宫，古代刑罚之一，割除男性生殖器。 5 灯火已张：晚上已经点上灯。 6 隐几若寐：依靠着几案好像睡着了。 7 敛魂覆瓿(bù)：收敛起魂魄放到小瓮里。

后半月余，女不复至，亦已绝望。岁暮，解馆[1]欲归，女复至。生喜逆之，曰："卿久见弃，念必有获罪处，幸不终绝

此后半个多月时间，霞姑一次也没有来，金生慢慢也绝望了。到了年底，学馆休假，金生正想要回家，霞姑又来了。金生惊喜万分，迎接她说："你抛弃我这么长时间，想必是我哪里做得不对得罪了

耶？”女曰：“终岁之好，分手未有一言，终属缺事[2]。闻君卷帐[3]，故窃来一告别耳。”生请偕归，女叹曰：“难言之矣！今将别，情不忍昧：妾实金龙大王[4]之女，缘与君有宿分[5]，故来相就。不合遣婢江南，致江湖流传，言妾为君阉割五通。家君闻之，以为大辱，忿欲赐死。幸婢以身自任，怒乃稍解；杖婢以百数。妾一跬步[6]，必使保姆从之，投隙[7]一至，不能尽此衷曲，奈何！”言已欲别，生挽之而泣。女曰：“君勿尔，后三十年可复相聚。”生曰：“仆年三十矣；又三十年，皤然一老，何颜复见？”女曰：“不然，龙宫无白叟也。且人生寿夭，不在容貌，如徒求驻颜[8]，固亦大易。”乃书一方[9]于卷头而去。

你，所幸你还没有和我断绝情义吧？”霞姑说道：“我们相好了一年，分手时却不说一句话，终究是件遗憾的事。听说你要休假回家，我才偷偷跑出来特来送别。”金生请她和自己一起回去，霞姑叹息道：“一言难尽！现在就要长久分别了，看在我们的情义上我也不忍心再瞒你：我是河神金龙大王的女儿，因为和您有一段前缘，所以才来和您相会。我不该派婢女下江南，以致江湖上到处都传言，说我因为您阉割了五通。父亲听说后，认为这是奇耻大辱，气愤得要赐我一死。多亏婢女把责任都揽在自己身上，父亲怒气才稍减，将婢女杖打了几百下。现在，我每走一步，都有保姆跟随，我今天偷空跑出来见您，也不能尽诉衷肠，又有什么办法呢！”说完，她便要告别，金生拉住她不停流泪。霞姑说道：“您不要这样，三十年后我们就能再次相会。”金生说道：“我现在已经三十岁了，再过三十年，就成白发老头了，还有什么脸面再和你相见？”霞姑说道：“不是的，龙宫里没有白发老人。何况人的寿命长短，也不在于容貌，如果仅求容貌不老，倒也非常容易。”于是她便在卷头写了个医方交给金生，然后就走了。

注释 1 解馆：谓书塾停办或塾师辞去教职，亦指塾中休假。 2 缺事：缺憾之事。 3 卷帐：谓坐馆的塾师休假回家。 4 金龙大王：即"金龙四大王"，黄河之神，漕运之神，相传姓谢名绪，因助朱元璋而获封神。 5 宿分：亦作"夙分"。谓前定的缘分。 6 跬(kuǐ)步：指半步，跨一脚，引申为迈步。 7 投隙：犹言乘隙、乘间。 8 驻颜：谓使容颜不老。 9 书一方：写上一种驻颜的药方。

生旋里，甥女始言其异，云："当晚若梦，觉一人捉塞盎中。既醒，则血殷床褥，而怪绝矣。"生曰："我曩祷[1]河伯[2]耳。"群疑始解。后生六十余，貌犹类三十许人。一日渡河，遥见上流浮莲叶，大如席，一丽人坐其上，近视则神女也。生跃从之，人随荷叶俱小，渐渐如钱而灭。此事与赵弘一则，俱明季事，不知孰前孰后。若在万生用武之后，则吴下仅遗半通，宜其不足为害也。

金生返回家乡后，外甥女才对他说起那件怪事，说道："那天晚上，我好像做了个梦一样，觉得一个人抓住我塞进了瓦罐里。等我醒过来，只见鲜血沾透了床褥，怪物从此消失了。"金生解释说："那是我先前祈请河神做的。"大家的疑虑这才打消了。后来，金生六十多岁的时候，容貌还像是三十来岁的人。有一天金生乘船渡河，远远望见上游漂来一片像席子那样大的荷叶，一个美丽的女子坐在上面，等靠近了一看，原来正是霞姑。金生跳到荷花上，不一会儿，人和荷叶都变小了，渐渐成了铜钱那么大，最后消失不见。这件事与赵弘那件事，都发生在明朝末年，只是不知哪件在前，哪件在后。如果这件事发生在万生动武驱杀五通之后，那么吴中的"五通"就只剩下"半通"了，难怪也不足为害了。

注释 1 曩(nǎng)祷：先前祈祷。曩，以往，从前。 2 河伯：河神。

申 氏

原文

泾河之侧[1],有士人子申氏者,家窭贫[2],竟日恒不举火。夫妻相对,无以为计。妻曰:“无已,子其盗乎[3]!”申曰:“士人子,不能亢宗[4]而辱门户、羞先人,跖而生,不如夷而死[5]!”妻忿曰:“子欲活而恶辱耶?世不田而食者[6],止两途,汝既不能盗,我无宁娼乎!”申怒,与妻语相侵。妻含愤而眠。

译文

泾河岸边,有一户读书人家姓申,家庭贫困,时常一天到晚都没法生火做饭。夫妻俩面面相觑,无计可施。妻子说:“没办法了,你去抢东西吧!”申生说:“我作为读书人家的后代,不能光大门楣,却要做出有辱门户、有愧先辈的事,(这怎么行?)与其当盗跖而活,不如当伯夷而死!”妻子生气地说:“你是又想活又不想蒙受耻辱是吗?世上不靠种田而能混口饭吃的,只有两条路,你既然不能当强盗,那我还不如去当娼妓!”申生勃然大怒,和妻子大吵一架。当晚妻子带着怨怒睡下了。

注释 1 泾河之侧:泾水岸边。泾河,源出宁夏回族自治区南部六盘山东麓,至陕西省西安市高陵区境入渭河。 2 窭(jù)贫:贫穷。 3 无已,子其盗乎:犹言没法办,你就去抢劫吧! 4 亢宗:庇护宗族,此谓光宗耀祖。亢,庇护。 5 跖而生,不如夷而死:像盗跖那样劫掠而活,不如像伯夷那样高洁而死。跖,盗跖,古时大盗。 6 不田而食者:犹言不靠种田而过活的人。

申念：为男子不能谋两餐，至使妻欲娼，固不如死！潜起，投缳庭树间。但见父来，惊曰："痴儿，何至于此！"断其绳，嘱曰："盗可以为，须择禾黍深处伏之。此行可富，无庸再矣。"妻闻堕地声，惊寤，呼夫不应，爇火[1]觅之，见树上缳绝，申死其下。大骇，抚捺之，移时而苏，扶卧床上。妻忿气少平。既明，托夫病，乞邻得稀酏[2]饵申。申啜已，出而去。至午负一囊米至。妻问所从来，曰："余父执[3]皆世家，向以摇尾为羞[4]，故不屑以相求也。古人云：'不遭者可无不为[5]。'今且将作盗，何顾焉！可速炊，我将从卿言往行劫。"妻疑其未忘前言

申生心想：自己身为男子汉，连一日两餐都弄不来，以至于让妻子想去做娼妓，如此处境不如死了算了！当晚他偷偷从床上爬起来，到庭院的树下上吊自杀了。忽然他看到父亲走来，惊呼："傻孩子啊，你怎么就走到这一步了呢！"说着便把绳子割断，并嘱咐道："强盗的事还是可以做的，就是要挑个庄稼茂盛的地方藏好。就这么一次便能发财，不用再干第二回了。"妻子听到有东西落在地上的声音，惊醒了，呼喊丈夫的名字，没人答应，便点上火烛去找，看到树上一个绳套断了，申生昏死在树下。妻子吓了一大跳，赶紧抚摩掐按，不一会儿申生醒了过来，便把他扶上床躺着。妻子的怨气也因此稍微平息了。次日天亮以后，妻子假称丈夫生病，向邻居讨了稀粥喂申生吃。申生一口一口吃完以后，出门去了。中午，他背了一袋米回来。妻子问这米哪里来的，申生说："我父亲的朋辈都出身世家大族，之前我以摇尾乞怜为耻，所以不屑找他们救济。古人有云：'命不好的人什么事都做得出来。'如今我就去做强盗了，管他那么多呢！你赶紧做饭，我就要听你的话抢劫去了。"妻子怀疑他还没忘之前说的气话因

之忿，含忍之。因淅米作糜[6]。申饱食讫，急寻坚木，斧作梃[7]，持之欲出。妻察其意似真，曳而止之。申曰："子教我为，事败相累，当无悔！"绝裾[8]而去。

而心里不爽，也就忍下来了。于是她去洗了米做了粥。申生吃饱以后，急忙找了一根坚硬的木头，砍成一根木棒，带着它就要出门。妻子看了觉得他是真的要去抢劫，赶紧拉住他不让出去。申生说："是你让我这么干的，如果事情败露你被牵连，可不要后悔！"说完，扯断衣襟就走了。

注释 1 爇(ruò)火：烧火，点火。 2 稀酏(yí)：稀粥。 3 父执：父亲的朋友。 4 以摇尾为羞：以摇尾乞食为羞。摇尾，摇尾而求食。 5 不遭者可无不为：本谓不逢其时则什么官职都可接受，见《汉书·孙宝传》。此谓不得志的人则什么事都可以干。 6 淅米作糜：淘米做粥。 7 斧作梃(tǐng)：用斧砍削成木棒。梃，棍棒。 8 绝裾：扯断衣襟，表示去意坚决。

日暮抵邻村，违[1]村里许伏焉。忽暴雨，上下淋湿，遥望浓树，将以投止。而电光一照，已近村垣。远处似有行人，恐为所窥，见垣下有禾黍蒙密，疾趋而入，蹲避其中。无何一男子来，躯甚壮伟，亦投禾中。申惧，不敢少动，幸男子斜行去。

傍晚，申生到了邻村，在距离村子一里多的地方埋伏下来。忽然下了暴雨，申生全身上下都被淋湿了，远远看到有一片浓密的树，打算到树下避雨。此时电光一闪，他看到自己已经靠近村边的矮墙了。远处似乎有行人，申生担心被人发现，看到矮墙下有一片密密的庄稼，赶忙跑了进去，蹲着躲了起来。没过多久又来一位男子，身躯非常健壮，也走进了庄稼地。申生很是害怕，一动也不敢动，幸好那男子只是斜穿过庄稼地走了。申生稍微探头窥视，发现

微窥之，入于垣中。默忆垣内为富室亢氏第，此必梁上君子[2]，俟其重获而出，当合有分。又念其人雄健，倘善取不予，必至用武。自度力不敌，不如乘其无备而颠之[3]。计已定，伏伺良专。直将鸡鸣，始越垣出，足未至地，申暴起，梃中腰膂[4]，踣然倾跌，则一巨龟，喙张如盆。大惊，又连击之，遂毙。

这个男人已经进了矮墙所围的院落里。申生默然想到墙院里是一户姓亢的富家的豪宅，而这个男人一定是个小偷，等他偷到大笔财物之后，自己应该能分到一点。但是转念一想，这人长得健壮，如果好言讨取不成，那肯定要动武。他觉得以自己的力气肯定不是那人的对手，不如趁着他没有防备直接把他击倒。计策已定，申生趴在墙下，专心窥伺。等到快要鸡鸣的时候，那人才翻过矮墙跳了出来，脚还没着地，申生猛地站了起来，一棍子打中了他的腰背，这人一下被打得跌倒在地，原来是一只大龟，嘴张开时大得像个盆。申生吓得不轻，又接着用木棍打了好几下，这龟就死了。

注释　1 违：离，距。　2 梁上君子：指窃贼。　3 颠之：将其打倒。　4 腰膂(lǚ)：犹腰背，此谓要害之处。膂，脊骨。

先是，亢翁有女绝惠美，父母甚怜爱之。一夜有丈夫入室，狎逼为欢。欲号则舌已入口，昏不知人，听其所为而去。羞以告人，惟多集婢媪，严扃门户而已。夜既寝，更

在此之前，亢家老爷有个女儿非常贤惠美貌，父母很是疼爱她。某天晚上有个男子闯进她的卧室，逼她和自己亲近交欢。女儿想要喊叫，男子的舌头已经伸进她的口中，她当即昏过去不省人事，听任那男子为所欲为后离开。女儿羞于把此事告诉别人，只能叫来许多婢女仆妇，把门窗关紧，如此而已。而女儿睡下以后，也

不知扉何自而开，入室则群众皆迷，婢媪遍淫之。于是相告各骇，以告翁。翁戒家人操兵环绣闼，室中人烛而坐。约近夜半，内外人一时都瞑，忽若梦醒，见女白身卧，状类痴，良久始寤。翁甚恨之，而无如何。积数月，女柴瘠[1]颇殆。每语人："有能驱遣者，谢金三百。"申平时亦悉闻之。是夜得龟，因悟祟翁女者，必是物也。遂叩门求赏。翁喜，延之上座，使人舁龟于庭脔割[2]之。留申过夜，其怪果绝，乃如数赠之。

不知道怎么回事，门就自己开了，那男子进了卧室之后，众人都昏倒了，婢女仆妇也都遭到奸淫。于是众人相告，都很害怕，把这件事告诉了老爷。老爷让家仆带着兵刃围守女儿的闺房，房间里的人都点着蜡烛坐着。大概在靠近半夜的时候，屋内屋外的人突然都昏睡过去，忽然又像从梦中醒来一般，只见到女儿赤身裸体地躺着，好像痴呆了一样，过了很久才醒了过来。老爷恨得咬牙切齿，但也无可奈何。过了几个月，女儿骨瘦如柴，气虚体弱。亢老爷每每对人说："如果有人能驱散这个妖魔，我给他三百两银子当谢礼。"申生平时也都听说过这件事。当天晚上得到这只大龟，由此想到在亢家小姐身上作妖的，必定是这个家伙。于是他敲门请求赏赐。老爷非常高兴，设下筵席，请申生坐上座，让人抬着乌龟到中庭一刀一刀割碎了。老爷留申生过夜，而怪物果然绝迹，于是如数把谢礼给了申生。

注释 1 柴瘠：骨瘦如柴。 2 脔(luán)割：碎割。

负金而归。妻以其隔夜不还，方切忧盼。

申生背着银子回了家。妻子因为他隔了一夜都没回来，正在着急盼望。看到

见申入，急问之。申不言，以金置榻上。妻开视，几骇绝，曰："子真为盗耶！"申曰："汝逼我为此，又作是言！"妻泣曰："前特以相戏耳。今犯断头之罪，我不能为贼人累[1]也，请先死！"乃奔。申逐出，笑曳而返之，具以实告，妻乃喜。自此谋生产[2]，称素封[3]焉。

申生进了屋，急忙问他去了哪里。申生不说话，把银子放在床上。妻子打开看，差点吓死过去，惊呼："你还真的当强盗去啦！"申生说："是你逼我这么干的，现在怎么又说这种话！"妻子吓哭了："我之前只是跟你说着玩的。这下犯了杀头之罪，我不想受你这个盗贼的拖累，还是让我先去死吧！"说着跑了出去。申生赶紧追了出去，笑着拉她回屋里，把实情一五一十告诉了她，妻子听了以后很是高兴。从此以后两人设法谋求生计，过着富足的生活。

注释 **1** 累：连累，拖累。 **2** 生产：犹生计。 **3** 素封：无官爵封邑而资财丰厚的富人。

异史氏曰："人不患贫，患无行[1]耳。其行端者，虽饿不死；不为人怜，亦有鬼祐也。世之贫者，利所在忘义，食所在忘耻，人且不敢以一文相托，而何以见谅于鬼神乎！"

异史氏说："人不怕贫穷，就怕没有德行。品行端正的人，虽然挨饿，也饿不死；虽然不被他人同情，但也有鬼神保佑。世上的那些穷人，见利就会忘义，见食就会忘耻，别人尚且不敢把一文钱托付给他，鬼神又怎么会体谅他呢！"

注释 **1** 行：品行，道德。

邑有贫民某乙，残腊向尽[1]，身无完衣。自念：何以卒岁[2]？不敢与妻言，暗操白梃[3]，出伏墓中，冀有孤身而过者，劫其所有。悬望甚苦，渺无人迹，而松风刺骨，不可复耐。意濒绝矣，忽见一人伛偻来。心窃喜，持梃遽出。则一叟负囊道左，哀曰："一身实无长物。家绝食，适于婿家乞得五升米耳。"乙夺米，复欲褫[4]其絮袄。叟苦哀之。乙怜其老，释之，负米而归。妻诘其自，诡以"赌债"对。

邑中有个贫民某乙，腊月就要结束的时候，他身上还没有一件完整的衣服。他心里想着：该怎么熬过年关呢？也不敢跟妻子说，偷偷拿着一根大木棒出门，躲在墓地里，希望有个孤身路过此地的人，好抢走他的全部财物。某乙盼望得很苦，但是一个人都见不到，而松林中寒风刺骨，他实在受不了了。正在他快要绝望的时候，忽然看到一个人佝偻着腰走了过来。某乙暗自高兴，提着木棒跳了出来。他看到原来是个老人背着一个口袋走在路边，老人哀求道："我身上确实没什么值钱的东西了。家里面断了粮，我刚从女婿那里讨了五升米呢。"某乙把米抢走了，又想抢走他的棉衣。老人家苦苦哀求。某乙可怜他年纪大，就把他放了，背着米回了家。妻子问他这米哪里来的，某乙假称是别人还的赌债。

注释　1 残腊向尽：犹言将至腊月（农历十二月）底。　2 何以卒岁：如何过年。　3 白梃：大木棍。　4 褫（chǐ）：剥去衣服。引申为夺去。

阴念此策良佳，次夜复往。居无几时，见一人荷梃来，亦投墓中，蹲居眺望，意似同道。乙

某乙心中暗想，这个办法还不错，第二天晚上又去墓地蹲守。没多久，看到一个人扛着一根木棍过来，也躲进墓地里，蹲在那里四下张望着，似乎是自己

乃逡巡[1]自家后出。其人惊问:"谁何?"答云:"行道者。"问:"何不行?"曰:"待君耳。"其人失笑。各以意会,并道饥寒之苦。夜既深,无所猎获。乙欲归,其人曰:"子虽作此道,然犹雏也。前村有嫁女者,营办中夜[2],举家必殆[3]。从我去,得当均之。"乙喜从之。至一门,隔壁闻炊饼声,知未寝,伏伺之。无何,一人启关荷杖出行汲[4],二人乘间掩入[5]。见灯辉北舍,他屋皆暗黑。闻一媪曰:"大姐,可向东舍一瞩,汝奁妆悉在椟中,忘扃鐍[6]未也。"

的同行。某乙于是小心地从墓后走出来。那人慌忙问道:"什么人?"某乙答道:"过路人。"那人又问:"为什么还不走?"某乙说:"在等你。"那人不禁笑出了声。两人都明白了对方的来意,并且互相倾诉饥寒交迫的苦楚。夜深以后,两人一无所获。某乙打算回家了,那个人突然说:"你虽然也干这行,但毕竟是个新手。前面的村子有人嫁女儿,一直筹备到半夜,全家人肯定都累了。你跟我一块儿去,得到的东西我们平分。"某乙很高兴地跟他去了。到了一家门口,隔着墙壁听到屋里有做烧饼的声音,知道这家人还没休息,便趴在墙外窥伺时机。不一会儿,有人打开房门,扛着扁担去挑水,两人趁机潜进屋里。只见北边屋子还亮着灯,其他房间都黑了。听到一个老妇说:"大姐,你到东边屋里看看,你的嫁妆都在箱子里,看看忘记上锁了没。"

注释 1 逡巡:退却。 2 中夜:半夜。 3 殆:疲惫。 4 行汲:打水。 5 乘间掩入:乘其不备偷偷进入。 6 扃鐍(jué):上锁。扃,关闭。鐍,锁钥。

闻少女作娇惰声。二人窃喜,潜趋东舍,

然后又听到少女娇媚慵懒的声音。两人暗暗高兴,偷偷地溜进东边房屋,在

暗中摸索得卧椟[1],启覆探之,深不见底。其人谓乙曰:“入之!”乙果入,得一裹[2],传递而出。其人问:“尽矣乎?”曰:“尽矣。”又绐之曰:“再索之。”乃闭椟,加锁而去。乙在其中,窘急无计。未几,灯火亮入,先照椟。闻媪云:“谁已扃矣。”于是母及女上榻息烛。乙急甚,乃作鼠啮物声。女曰:“椟中有鼠!”媪曰:“勿坏尔衣。我疲顿已极,汝宜自觇[3]之。”女振衣起,发扃启椟。乙突出,女惊仆。乙拔关奔去,虽无所得,而窃幸获免。

一片漆黑中摸到了一只卧柜,打开来用手试探,发现箱子很深,摸不到底。那个人对某乙说:“你进去!”某乙就跳进了箱子里,拿到一个包裹,递出来给了这人。那人小声问:“就这些了吗?”某乙答道:“就这些了。”这人又哄骗某乙说:“再找找看。”然后把箱子合上,上了锁就走了。某乙困在箱内,焦急窘迫却无计可施。不多久,有人提着灯火进来,先照着看了箱子。听到老妇说:“有人已经给锁上了。”于是母女二人上了床,吹灭了蜡烛。某乙非常着急,便发出老鼠啃咬东西的声音。女儿叫道:“箱子里有老鼠!”老妇说道:“别让老鼠咬坏了你的衣服。我已经很累了,你自己去看看吧。”女儿披上衣服起了床,打开锁掀开箱子。某乙突然从箱子里跳了出来,女儿吓得跌坐在地。某乙赶紧开门逃跑了,虽然一无所获,但是暗自高兴没被抓住。

注释　1 卧椟:一种平置床头、长方形的衣柜。　2 一裹:一个包裹。　3 觇(chān):察看。

嫁女家被盗,四方流播。或议乙,乙惧,东遁百里,为逆旅主人

嫁女儿这家人遭了贼,消息传到了四面八方。有人传言是某乙干的,某乙很害怕,往东逃了一百里多地,被一家旅店的主

赁作佣。年余,浮言[1]稍息,始取妻同居,不业[2]白梃矣。此其自述,因类申氏,故附志之。

人雇为佣人。一年多后,流言稍微平息了,某乙这才把妻子接来一起住,不再干拿棍棒的勾当了。以上是某乙的自述,因为事情和申生的经历很像,所以附记在这里。

注释 **1** 浮言:流言。 **2** 业:从事。

恒 娘

原文

都中[1]洪大业,妻朱氏,姿致[2]颇佳,两相爱悦。后洪纳婢宝带为妾,貌远逊朱,而洪嬖[3]之。朱不平,遂致反目。洪虽不敢公然宿妾所,然益嬖妾,疏朱。后徙居,与帛商狄姓为邻。狄妻恒娘,先过院谒朱。恒娘三十许,姿仅中人,而言词轻倩[4],朱悦之。次日答拜,见其室亦有小妾,年二十许,甚娟好。邻居几半年,并不闻其

译文

京城人洪大业,娶朱氏为妻,朱氏容貌举止都很好,二人两情相悦。后来洪大业纳婢女宝带为妾,宝带的相貌远不如朱氏,但是洪大业却很宠爱她。朱氏愤愤不平,于是与洪大业关系破裂。洪大业虽然不敢公然在小妾那里过夜,但是他更加宠爱小妾,而疏远朱氏。后来他们搬家,和一位姓狄的布商为邻。狄商人的妻子恒娘,先到洪家来看望朱氏。恒娘三十多岁,相貌不过平平,而说话轻快风趣,朱氏很喜欢她。次日朱氏来狄家回访,看到狄商人家也有小妾,年纪二十几岁,相貌姣好。两家比邻而居将近半年,从没听见狄家吵过架。而狄商

诟谇[5]一语。而狄独钟爱恒娘,副室则虚位而已。朱一日问恒娘曰:“余向谓良人之爱妾,为其为妾也,每欲易妻之名呼作妾。今乃知不然。夫人何术?如可授,愿北面为弟子[6]。”恒娘曰:“嘻!子则自疏,而尤[7]男子乎?朝夕而絮聒之,是为丛驱雀[8],其离滋甚耳!其归,益纵之,即男子自来,勿纳也。一月后当再为子谋之。”朱从其谋,益饰宝带,使从丈夫寝。洪一饮食,亦使宝带共之。洪时一周旋朱,朱拒之益力。于是共称朱氏贤。

人也唯独钟爱恒娘,侧室好像只是摆设而已。一天朱氏问恒娘说:“我之前一直觉得我丈夫喜欢妾,只是因为她是妾,所以常常想把妻的名分改成妾。如今才知道不是这么一回事。夫人是用的什么法子(让丈夫爱自己的)?如果可以传授的话,我愿意拜你为师。”恒娘笑着说:“嘻嘻!是你自己让男人疏远你的,你怎么还怪人家呢?一天到晚絮叨聒噪,就像想捉麻雀却把麻雀赶到了丛林里一样,不过让他和你更疏离而已!等他回来,你就放纵他,即使他自己前来找你,你也别接纳他。一个月后我再给你出主意。”朱氏听从了她的计策,更是给宝带梳妆打扮,让她侍奉丈夫就寝。洪大业每次吃饭,朱氏也让宝带和他一块儿吃。洪大业偶尔要与朱氏亲近,朱氏更是极力拒绝。从那以后,大家都说朱氏很贤惠。

注释 1 都中:指北京。都,京都。 2 姿致:容貌举止。 3 嬖(bì):宠爱。 4 轻倩:轻快美好。倩,美好动人的情态。 5 诟谇(suì):辱骂。 6 北面为弟子:犹言拜您为师。北面,向北朝拜之意。古代学生敬师之礼。 7 尤:怨恨;归咎。 8 为丛驱雀:语出《孟子·离娄上》。喻指行为不当,则效果与愿望相反。

如是月余，朱往见恒娘，恒娘喜曰：“得之矣！子归毁若妆，勿华服，勿脂泽，垢面敝履，杂家人操作。一月后可复来。”朱从之，衣敝补衣，故为不洁清，而纺绩外无他问。洪怜之，使宝带分其劳，朱不受，辄叱去之。

如是者一月，又往见恒娘。恒娘曰：“孺子真可教也[1]！后日为上巳节[2]，欲招子踏春园。子当尽去敝衣，袍裤袜履崭然一新，早过我。”朱曰：“诺。”至日，揽镜细匀铅黄[3]，一如恒娘教。妆竟，过恒娘，恒娘喜曰：“可矣！”又代挽凤髻，光可鉴影。袍袖不合时制，拆其线更作之；谓其履样拙，更于笥[4]中出业履[5]，共成之，讫，即令易着。临别，饮以酒，

如此一个多月以后，朱氏去见恒娘，恒娘高兴地说：“得手了！你回去以后，把妆容卸掉，不要穿漂亮衣服，不要涂脂抹粉，蓬头垢面穿上破鞋，跟家奴一起干活。一个月以后可以再来找我。”朱氏听了她的话，穿上打了补丁的破衣服，故意打扮得不干净不整洁，除了纺织以外什么事都不过问。洪氏心疼她，让宝带帮她分担，朱氏不答应，总是把宝带喝退。

如此一个月以后，朱氏又去见恒娘。恒娘说：“你真是孺子可教啊！后天是上巳节，我想带你一块儿去游园踏青。到时候你把破衣服全部换掉，要穿上焕然一新的衣裤鞋袜，当天早上到我这儿来。”朱氏说：“好。”到了上巳节，朱氏对着镜子仔细梳妆打扮，完全照着恒娘教她的去做。整妆完毕以后，便去恒娘那里，恒娘喜道：“可以了！”又为朱氏梳了凤髻，显得光彩照人。朱氏的袍袖与时髦的式样不合，恒娘拆掉了线重新缝制；恒娘说朱氏的鞋子式样很笨拙，更是从箱子里拿出一双还没完成的鞋子，两人一起做成以后，让朱氏换穿这双新鞋。临走时，恒娘请她喝酒，嘱咐她：“回家以后一看到你家男人，就赶紧关门睡觉，就

嘱曰："归去一见男子，即早闭户寝，渠来叩关，勿听也。三度呼可一度纳。口索舌，手索足，皆吝之。半月后当复来。"朱归，炫妆见洪，洪上下凝睇之，欢笑异于平时。朱少话游览，便支颐作惰态。日未昏，即起入房，阖扉眠矣。未几，洪果来款关[6]，朱坚卧不起，洪始去。次夕复然。明日，洪让之，朱曰："独眠习惯，不堪复扰。"日既西，洪入闺坐守之。灭烛登床，如调新妇，绸缪甚欢。更为次夜之约；朱不可，长，与洪约以三日为率。

算他来敲门，也不要开。他每喊门三次，你可以开门让他进来一次。他要亲你的嘴，摸你的腿，你都不要答应。半个月以后你再来找我。"朱氏回家以后，带着光彩照人的妆容去见洪大业。洪大业盯着朱氏浑身上下地看，欢笑声与平时大为不同。朱氏稍微说了几句关于春游的话，就用手托腮做出慵懒的样子。日头还没到黄昏，朱氏就起身进了卧室，关上门睡了。不多久，洪大业果然来敲门了，朱氏坚决躺着不起来，洪大业这才离开。第二天晚上依旧如此。第三天洪大业说了她几句，朱氏推说："习惯一个人睡了，受不了别人再来打扰。"当天日头偏西以后，洪大业到朱氏闺房里坐守她回来。两人灭了蜡烛上了床，好像新婚之夜一样缠绵交欢。洪大业提出明天晚上再约，朱氏不答应，跟洪大业约定每三天一次。

注释　1 孺子真可教也：本为长者对可造就的年轻人的赞语，见《史记·留侯世家》。此处恒娘借以称许朱氏能虚心接受指导。 2 上巳节：古时节日名。有士女踏春游园之俗。汉以前以农历三月上旬巳日为"上巳"，魏以后一般在三月初三。 3 铅黄：铅粉和雌黄。指古代女子的化妆品。 4 笥(sì)：竹制箱笼。 5 业履：正在制作的鞋。业，从事。 6 款关：即叩关，敲门。

半月许，复诣恒娘，恒娘阖门与语曰："从此可以擅专房[1]矣。然子虽美，不媚[2]也。子之姿，一媚可夺西施[3]之宠，况下者乎！"于是试使睨，曰："非也！病在外眦。"试使笑，又曰："非也！病在左颐。"乃以秋波送娇[4]，又辴然[5]瓠犀微露[6]，使朱效之。凡数十作，始略得其仿佛。恒娘曰："子归矣，揽镜而娴习之，术无余矣。至于床笫之间，随机而动之，因所好而投之，此非可以言传者也。"

大约半个月以后，朱氏又去见恒娘。恒娘关上门和她说："从今以后你可以独占他了。但是你虽然貌美，却不娇媚。以你的容貌，一旦娇媚起来，连西施的专宠都会被你抢走，更何况容貌不如西施的人呢！"于是试着让她抛媚眼，说："不对！缺点在眼角。"试着让她笑，又说："不对！缺点在左边脸颊。"于是恒娘演示如何目送秋波，又笑起来微露皓齿，让朱氏学着她做。朱氏练习了几十遍，才学了个大概。恒娘说："你回去吧，对着镜子练熟了，我的方法就全都教完了。至于床笫之间的事情，你就随机而动，投其所好，这就是只可意会不可言传的了。"

注释　1 擅专房：获得专宠。　2 媚：指诱引男子的娇媚情态。　3 西施：古越国美女。　4 秋波送娇：以脉脉含情的眼波，传送柔媚爱悦之意。秋波，以澄净的秋水微波，喻顾盼多情的眼波。　5 辴(chǎn)然：笑的样子。　6 瓠犀微露：形容笑得娇媚自然。瓠犀，瓠瓜的子。因其洁白整齐，常以比喻女子的牙齿。

朱归，一如恒娘教。洪大悦，形神俱惑，唯恐见拒。日将暮，则相对调笑，跬步不离闺

朱氏回家以后，完全按照恒娘教的来做。洪大业大为欢喜，身体和精神都被朱氏所迷惑，唯恐被朱氏拒绝。快到黄昏的时候，两人对坐调笑，半步都不离开闺

闼，日以为常，竟不能推之使去。朱益善遇宝带，每房中之宴，辄呼与共榻坐。而洪视宝带益丑，不终席，遣去之。朱赚夫入宝带房，扃闭之，洪终夜无所沾染。于是宝带恨洪，对人辄怨谤。洪益厌怒之，渐施鞭楚。宝带忿，不自修，拖敝垢履[1]，头类蓬葆[2]，更不复可言人矣。

房，每日如此，习以为常，最后洪大业居然推也推不走。朱氏又更加善待宝带，每每在房间里吃饭，都让宝带一起坐在床边。但是洪大业越看宝带却越觉得丑，饭还没吃完就把宝带打发走了。朱氏又把丈夫骗入宝带的房间，然后把他们锁在屋里，洪大业整个晚上都不碰宝带一下。自那以后宝带怨恨洪大业，逢人就说洪大业的坏话。洪大业也更加讨厌她，渐渐地还用鞭子抽她。宝带愤愤不平，再也不梳妆打扮，穿着破衣烂鞋，头发乱得像蓬草，更没有什么能让丈夫喜欢的了。

注释　**1** 敝垢履：又破又脏的鞋子。　**2** 头类蓬葆：乱发如同茂盛的蓬草。

恒娘一日谓朱曰：“我之术何如？”朱曰：“道则至妙。然弟子能由之，而终不能知之也。纵之，何也？”曰：“子不闻乎：人情厌故而喜新，重难而轻易。丈夫之爱妾，非必其美也，甘其所乍获，而幸其所难遘[1]也。纵而饱

恒娘某天跟朱氏说：“我的招数怎么样？”朱氏说：“你的方法真是太妙了。但是弟子只能照办，却始终不明白其中的道理。比如说你要我放纵他宠爱小妾，这是为什么呢？”恒娘说：“你没有听说过吗：人情都是喜新厌旧、重难轻易的。男人喜欢妾，并不一定是因为妾长得美，而是因为刚刚得到觉得新鲜，而又因为难以得到觉得庆幸。放纵他让他饱尝此妾，则即使是山珍海味，也会觉得厌倦，更何况只是

之,则珍错[2]亦厌,况藜羹[3]乎!""毁之而复炫之,何也?"曰:"置不留目,则似久别;忽睹艳妆,则如新至,譬贫人骤得粱肉[4],则视脱粟[5]非味矣。而又不易与之,则彼故而我新,彼易而我难,此即子易妻为妾之法也。"朱大悦,遂为闺中密友。

菜羹呢!""先自卸妆容,然后又化上光彩照人的妆,是为什么呢?"恒娘说:"故意收敛自己不让人看到,就像是别离了很久;忽然看到艳美的装扮,就像是新来的一样,譬如贫苦的人突然得到精美的膳食,就会觉得糙米没什么味道了。但是又不轻易让他得到,如此妾就是旧的,你就是新来的,妾就是容易到手的,你就是难以得手的,这就是你所说的把妻换成妾的方法。"朱氏听了非常高兴,于是与恒娘结成了闺中密友。

注释 1 难遘(gòu):难以遇到。遘,遭遇。 2 珍错:山珍海错,今谓山珍海味。 3 藜羹:用藜菜作的羹。泛指粗劣的食物。 4 粱肉:精美的膳食。 5 脱粟:糙米饭。

积数年,忽谓朱曰:"我两人情若一体,自当不昧[1]生平。向欲言而恐疑之也,行相别,敢以实告:妾乃狐也。幼遭继母之变,鬻妾都中。良人遇我厚,故不忍遽绝,恋恋以至于今。明日老父尸解[2],妾往省觐[3],不复还

过了好几年,恒娘突然对朱氏说:"我们两个人感情好得就像合为一体,我自然不应该隐瞒身份。之前想告诉你,但是担心你起疑心,这会儿我就要离开了,所以才敢以实情相告:妾身其实是狐狸。幼年的时候遭受继母的迫害,妾身就被卖到了京城。我的丈夫对我非常仁厚,所以不忍心突然分手,恋恋不舍直到今天。明天我的老父亲就要尸解成仙了,妾身要前去探望家人,以后再也不回来了。"朱氏握着恒

矣。”朱把手唏嘘。早旦往视，则举家惶骇，恒娘已杳。

娘的手不胜唏嘘。第二天一大早，朱氏去狄家看望，发现全家人都很惊恐不安，原来恒娘已经消失了。

注释　1 不昧：不隐瞒。昧，暗。　2 尸解：道家用语。道家认为得道者死后，只有尸体留在世间，魂魄离开形骸成仙而去，谓尸解。　3 省覲：拜见父母。

异史氏曰：“买珠者不贵珠而贵椟[1]。新旧易难之情，千古不能破其惑；而变憎为爱之术，遂得以行乎其间矣。古佞臣事君，勿令见人，勿使窥书[2]。乃知容身固宠，皆有心传[3]也。”

异史氏说：“买珠子的人不看重珠子而看重匣子。新与旧，易与难的关系，千载以来不能破除其中的困惑；而将憎恨转化为喜爱的方法，才能够大行其道。古代奸佞大臣侍奉君主，不让他见外人，不让他读别的书。可见保住自己的位置而固化自己的受宠地位，都是有心法相传的。”

注释　1 买珠者不贵珠而贵椟(dú)：即买椟还珠。比喻没有眼力，去取失当。　2 古佞臣事君，勿令见人，勿使窥书：事本《新唐书·仇士良传》。唐武宗时，内监仇士良年老后教训宫中内监：“天子不可令闲暇，暇必观书；见儒臣，则又纳谏，智深虑远，减玩好，省游幸，吾属恩且薄而权轻矣。为诸君计，莫若殖财货，盛鹰马，日以球猎声色蛊其心，极侈靡，使悦不知息，则必斥经术，暗外事，万机在我，恩泽权力欲焉往哉？”此谓妾妇事夫，与佞臣事君，为容身固宠计，其邀媚取悦之求是相同的。　3 心传：佛教语，谓以心传心。即不立文字，不依经卷，唯以师徒心心相印，理解契合，递相授受。此喻指精微法则的传授。

葛巾

原文

常大用,洛[1]人,癖好牡丹。闻曹州牡丹甲齐、鲁[2],心向往之。适以他事如曹,因假搢绅之园居焉。时方二月,牡丹未华[3],惟徘徊园中,目注句萌[4],以望其拆[5]。作《怀牡丹》诗百绝[6]。未几,花渐含苞,而资斧将匮[7];寻典[8]春衣,流连忘返。一日凌晨趋花所,则一女郎及老妪在焉。疑是贵家宅眷,遂遄[9]返。暮往,又见之,从容避去。微窥之,宫妆艳绝。眩迷[10]之中,忽转一想:此必仙人,世上岂有此女子乎!急返身而搜之,骤过假山,适与妪遇。女郎方坐石上,相顾失惊。妪以身幛女,叱曰:

译文

常大用,洛阳人,喜爱牡丹成癖。听说曹州的牡丹在齐鲁之地称冠,心里十分向往。正巧因为有别的事情要去曹州,就借住在一个官宦人家的花园里。当时正值二月,牡丹还没有开花,他只能整天在花园中徘徊,注视着花枝上的幼芽,期待着它早日开花。常大用还作了《怀牡丹》绝句一百首。不久,牡丹渐渐含苞待放,但他的盘缠也快用完了;他便拿出春天的衣服典当了,流连在牡丹园中,忘记了回家。一天凌晨,常大用来到花园,只见有一位姑娘和一位老婆婆在园里。常大用怀疑她是富贵人家的家眷,就赶紧转身离去了。黄昏的时候,他去花园,又看见了她们,就从容地躲在一旁。他微微偷窥姑娘,只见她穿着十分华丽的宫装,美艳动人。常大用正目眩神迷之际,忽然转念一想:这姑娘一定是仙女,世间怎么会有这么美丽的女子!于是急忙返身回去寻找她们,刚转过假山,正好和老婆婆迎面相遇。那姑娘正坐在石头上,相互一看,都大吃一惊。老婆婆用身体挡住姑娘,大声

"狂生何为!"生长跪曰:"娘子必是仙人!"妪咄之曰:"如此妄言,自当縶送令尹[11]!"生大惧,女郎微笑曰:"去之!"过山而去。

呵斥他说:"大胆狂生,你要干什么!"常大用直身而跪说:"姑娘你一定是仙女!"老婆婆又斥责他说:"口出狂言,就应该把你捆起来送到官府!"常大用非常害怕。姑娘微笑着说道:"让他走吧!"说完转过假山就走了。

注释 1 洛:洛阳的省称。 2 曹州:州、府名。明改曹州为曹县;清雍正时升为府。治所在今山东省菏泽市。甲:数第一。齐、鲁:均春秋时国名,在今山东省境,故以齐鲁代称山东地区。 3 华:同"花",指开花。 4 句萌:草木的幼芽;弯的叫"句",直的叫"萌"。句,同"勾",弯曲。 5 拆:开,指花开。 6 百绝:百首绝句。绝,诗体的一种,共四句,分五言绝句和七言绝句。 7 资斧将匮:盘缠将尽。匮,缺乏。 8 典:典当。 9 遄:快速,迅速。 10 眩迷:目眩神迷。指眼花缭乱,心神摇荡。 11 令尹:周代楚国上卿称令尹。秦汉以来为地方官之异称。此指县令。

生返,不能徒步[1]。意女郎归告父兄,必有诟辱相加。偃卧空斋,甚悔孟浪[2];窃幸女郎无怒容,或当不复置念。悔惧交集,终夜而病。日已向辰[3],喜无问罪之师[4],心渐宁帖[5]。而回忆声容,转惧为

常大用往回走,脚都迈不动了。他心想那姑娘回家后禀告她父母,必定会有人来辱骂他。常大用仰面躺在空荡荡的书房,非常悔恨自己当时太鲁莽冒失;又暗自庆幸姑娘脸上没有怒色,也许她并没有把这事放心上。他心里一会儿后悔,一会儿又害怕,折腾一夜竟然病倒了。第二天天大亮后,幸好没有人来兴师问罪,常大用的心才渐渐安定下来。他回想起姑

想。如是三日，憔悴欲死。秉烛夜分，仆已熟眠。妪入，持瓯[6]而进曰："吾家葛巾娘子，手合鸩汤[7]，其速饮！"生骇然曰："仆与娘子，夙无怨嫌，何至赐死？既为娘子手调，与其相思而病，不如仰药[8]而死！"遂引而尽之。妪笑，接瓯而去。生觉药气香冷，似非毒者。俄觉肺鬲宽舒，头颅清爽，酣然睡去。既醒，红日满窗。试起，病若失，心益信其为仙。无可夤缘[9]，但于无人时，虔拜而默祷之。

娘的声音与容仪，心里的害怕又化为想念。这样又过了三天，他憔悴得像要死了一样。一天深夜，常大用还点着灯没睡，仆人已经睡熟了。忽然那个老婆婆走进来，手里捧着个瓦罐说："这是我家葛巾娘子亲手调和的毒药，赶快把它喝了！"常大用惊恐地说道："我与娘子向来没有什么怨仇，何至于要赐我死呢？既然这是娘子亲手调和的，与其相思得病，还不如喝了这碗毒药死个痛快！"于是接过瓦罐仰头就喝了下去。老婆婆笑着接过瓦罐就走了。常生觉得这药气味香冷，不像是毒药。不一会儿，常大用觉得胸中宽敞舒畅，头脑清爽，酣然入睡。一觉醒来，已经日头高照了。常大用试着起身，病好像全好了，心中更加相信她就是仙女。因为无缘再见那姑娘，常大用只好趁无人的时候，虔诚地跪拜，默默地祷告。

注释 1 徒步：步行。 2 孟浪：鲁莽，冒失。 3 辰：辰时。上午7点到9点。 4 问罪之师：指追究有罪者。古代两国作战，一方宣布对方罪状，然后出兵讨伐，称为"兴问罪之师"。 5 宁帖：宁静，安心。 6 瓯：瓦制小盆。 7 手合鸩汤：亲手调和的毒药。鸩，传说中的一种毒鸟，羽毛浸酒，饮之即死。 8 仰药：仰首饮药，指服毒药。 9 夤缘：拉拢关系，攀附。此指寻求再见那姑娘的机会。

一日行去，忽于深树内觌面[1]遇女郎，幸无他人，大喜投地[2]。女郎近曳之，忽闻异香竟[3]体，即以手握玉腕而起，指肤软腻，使人骨节欲酥。正欲有言，老妪忽至。女令隐身石后，南指曰："夜以花梯度墙，四面红窗者即妾居也。"匆匆而去。生怅然，魂魄飞散，莫知所往。至夜，移梯登南垣，则垣下已有梯在。喜而下，果有红窗。室中闻敲棋[4]声，伫立不敢复前，姑逾垣归。少间，再过之，子声犹繁。渐近窥之，则女郎与一素衣美人相对弈，老妪亦在坐，一婢侍焉。又返。凡三往复，漏已三催[5]。生伏梯上，闻妪出云："梯也，谁置此？"呼婢共移去之。

有一天，常大用走到花园中，忽然在树丛深处，迎面遇见了姑娘葛巾，幸好四下没有其他人，常生不禁大喜，立即跪拜在地参见。葛巾过来拉起他，常大用忽然闻到她身上有种奇异的香气，就握着她雪白的手腕站起身来，只觉得她皮肤柔软细滑，让人骨头都要酥了。他正想说话，老婆婆忽然来了。葛巾叫常大用躲藏到石头后面，指着南边说道："夜里你用花梯翻墙过来，看见一座四面红窗的房子，那就是我住的地方。"说完她匆匆走了。常大用怅然若失，魂不守舍，不知道该到什么地方去才好。到了夜里，他搬了花梯爬上南边墙头，发现墙里边已经放好了梯子。常大用心中狂喜，踩着梯子下去，果然看见了红窗。他听到屋里传来下棋的声音，在外面站了很久，不敢贸然前去，只好翻墙回来。过了一会儿，他再翻墙过来，屋里下棋的声音依然频频作响。常大用慢慢靠近偷看，只见葛巾正和一个身穿素色衣服的美人对坐下棋，老婆婆也坐在旁边，有一个婢女在一旁侍候。他只好又翻墙返回去。如此往返了三次，已经三更天了。常大用趴在梯子上，听到老婆婆出来说："这梯子，是谁放在这里的啊？"于是叫婢女过来一起把梯子搬走了。

生登垣，欲下无阶，恨悒[6]而返。	常大用爬上墙头，想下去却没了梯子，只好闷闷不乐地回去了。

注释 1 觌面：迎面；见面。 2 投地：伏地，指行拜见大礼。 3 竟：整个，全。 4 敲棋：下棋。 5 漏已三催：已至三更。催，谓时间催人。 6 恨悒：闷闷不乐。

次夕复往，梯先设矣。幸寂无人，入，则女郎兀坐[1]若有思者，见生惊起，斜立含羞。生揖曰："自谓福薄，恐于天人[2]无分，亦有今夕也！"遂狎抱之，纤腰盈掬，吹气如兰。撑拒曰："何遽尔！"生曰："好事多磨[3]，迟为鬼妒。"言未已，遥闻人语。女急曰："玉版妹子来矣！君可姑伏床下。"生从之。无何，一女子入，笑曰："败军之将，尚可复言战否？业已烹茗，敢邀为长夜之欢。"女郎辞	第二天夜里，常大用又前去，发现梯子已经放在那儿了。幸亏四周寂静无人，常大用进屋，看见葛巾独自坐着，一副若有所思的样子，看见常大用进来，吃惊地站起身来，斜过身子站着，满脸害羞。常大用作揖施礼，说道："我自以为福分浅薄，恐怕凡人之身同仙人没有缘分，想不到能有今夜相会！"说着就亲热地拥抱她，只觉得她腰身纤细，盈手可握，口中气息像兰花一样清香芬芳。葛巾推开他说："为什么这么心急！"常生说："好事多磨，迟了怕是连鬼都要嫉妒了！"他话还没说完，就听见远处传来有人说话的声音。葛巾急忙说道："玉版妹妹来了！你可以暂时躲到床底下。"常大用急忙躲起来。不一会儿，一个女子进来，笑着说："你这手下败将，还敢和我再战一局吗？我已经煮好了茶，特地邀请你痛痛快快地玩一场，共度长夜。"葛巾推辞说自己

以困惰，玉版固请之，女郎坚坐不行。玉版曰：“如此恋恋，岂藏有男子在室耶？”强拉出门而去。生出恨极，遂搜枕簟。室内并无香奁，惟床头有一水精如意[4]，上结紫巾，芳洁可爱。怀之，越垣归。自理衿袖，体香犹凝，倾慕益切。然因伏床之恐，遂有怀刑之惧[5]，筹思不敢复往，但珍藏如意，以冀其寻。

困倦了。玉版再三请她前去，葛巾坐着坚决不走。玉版说道：“你如此恋恋不舍，难道在屋里藏了男人？”说着强拉着她出了门。常大用从床下爬出来，心里恨死了玉版，于是遍搜葛巾的枕席。但是屋里并没有香奁之类的东西，只在床头上放着一个水晶做的如意，上面系着一条紫巾，芬芳洁净，十分可爱。常大用把如意揣在怀中，翻墙回到住处。他整理自己的衣服时，只觉得身上还留有葛巾的体香，心中对她更加倾心爱慕。然而因有趴在床底下的恐惧，又怕因为拿了如意被人发觉而受到惩罚，思来想去再也不敢去了，只是把如意珍藏起来，希望葛巾能前来寻找。

注释　**1** 兀坐：独自端坐。　**2** 天人：犹言天仙，对容貌出众的女子的美称。　**3** 好事多磨：指男女相爱，多经波折。董解元《西厢记》：“真所谓佳期难得，好事多磨。”　**4** 如意：器物名。头部作灵芝或云朵形，柄微曲，旧时把它当作供玩赏的吉祥器物。　**5** 怀刑之惧：害怕受到惩罚。怀刑，畏法。

隔夕，女郎果至，笑曰：“妾向以君为君子，不知其为寇盗也！”生曰：“有之。所以偶不君子[1]者，第[2]望其如意

隔了一夜，葛巾果然来了，笑着对他说：“我向来以为你是正人君子，想不到竟然是个小偷呢！”常生说：“确实如此！我之所以偶然不做君子，只是希望能够如意罢了。”说着就把她揽入怀里，替她解开

耳。”乃揽体入怀，代解裙结。玉肌乍露，热香四流，偎抱之间，觉鼻息汗熏，无气不馥[3]，因曰：“仆固意卿为仙人，今益知不妄。幸蒙垂盼，缘在三生[4]。但恐杜兰香之下嫁，终成离恨耳[5]。”女笑曰：“君虑亦过。妾不过离魂之倩女[6]，偶为情动耳。此事要宜慎秘，恐是非之口捏造黑白，君不能生翼，妾不能乘风，则祸离更惨于好别矣。”生然之，而终疑为仙，固诘姓氏。女曰：“既以妾为仙，仙人何必以姓名传。”问：“妪何人？”曰：“此桑姥。妾少时受其露覆，故不与婢辈等。”遂起欲去，曰：“妾处耳目多，不可久羁，蹈隙[7]当复来。”临别，索如意，曰：“此非妾物，乃玉版所遗。”问：“玉版为

衣裙的扣子。葛巾洁白的肌肤一下子就露出来，温热的香气四溢。两人依偎搂抱之间，常大用只觉得她的鼻息汗气，无不馥郁芳香，于是说：“我本来就觉得你是仙女，如今更知道猜测不假。有幸能得到你的赏识，真是三生有缘啊！只是担心你像杜兰香下嫁一般，终还是一场离愁别恨！”女郎笑着说：“你担心得太多了。我不过是离魂的人间少女，偶然为情所动罢了。这件事你一定要谨慎保密，恐怕那些搬弄是非的人捏造黑白，到时候你不能插翅而逃，我也不能乘风而走，大祸临头再分别可比好离好散更凄惨。”常大用认为她说得很对，但始终觉得她是仙女，就一再询问她的姓氏。葛巾说：“你既然认为我是仙女，神仙又何必留下姓名呢？”常生问：“那老婆婆是谁？”葛巾说：“她是桑姥姥。我小时候受她照顾，所以待她和别的婢女不一样。”接着葛巾就起身想走，说道：“我那里耳目众多，在外面不能待得太久，等有空我还会再来的。”临别的时候，她向常大用讨要如意，说：“这不是我的东西，是玉版遗忘在我那儿的。”常大用问道：“玉版是谁？”葛巾回答说：“她是我

谁？”曰：“妾叔妹也。”付钩[8]乃去。

的叔叔家的堂妹。”常大用交还如意，葛巾才离去。

注释 1 偶不君子：偶尔一次不当君子。 2 第：只。 3 馥：香。 4 缘在三生：注定的因缘。三生，佛家语，指前生、今生、来生。 5 但恐杜兰香之下嫁，终成离恨耳：意为担心婚姻不能长久。杜兰香，神话传说中的仙女，传说与凡人张硕成婚，不久即离去。 6 离魂之倩女：指因情而离魂的少女。故事见唐陈玄祐《离魂记》。 7 蹈隙：乘机、抽空。 8 钩：所藏物。此指水晶如意。

去后，衾枕皆染异香。从此三两夜辄一至。生惑之，不复思归，而囊橐既空，欲货马，女知之，曰：“君以妾故，泻囊质衣，情所不忍。又去代步，千余里将何以归？妾有私蓄，聊可助装。”生辞曰：“感卿情好，抚臆誓肌[1]，不足论报；而又贪鄙以耗卿财，何以为人乎！”女固强之，曰：“姑假[2]君。”遂捉生臂至一桑树下，指一石曰：“转之！”生从之。又拔头

葛巾走后，常大用的被子枕头上都沾满了异香。从此每隔两三晚，葛巾就来一趟。常大用迷恋她，不再想回家，但是他已经囊空如洗，就准备卖马筹钱，葛巾知道后说：“你因为我的缘故，才花光了钱财，又典当了衣服，我心里实在过意不去。现在你又要卖马，一千多里的路程，你以后该怎么回家啊？我有些私蓄，姑且可以帮你应付一下。”常大用推辞说：“我很感谢你的好意，就是摸着良心起誓，我也无法报答你；如再贪心卑鄙地花费你的钱财，我以后还怎么做人啊！”葛巾坚决要给他，说道：“那就算是我借给你的吧。”接着她拉着常大用的胳膊，来到一株桑树底下，指着一块石头说道：“把它搬开！”常大用按照她说的把石头搬开了。葛巾拔

上簪，刺土数十下，又曰："爬之。"生又从之。则瓮口已见。女探入，出白镪近五十余两。生把臂止之，不听，又出数十铤，生强分其半而后掩之。

下头上的簪子，往土上刺了几十下，又说道："把土扒开。"常大用又照做了。只见土里露出一个瓮口。葛巾把手伸进瓮里，取出五十多两银子。常大用拉住她的胳膊不让她再拿了，她不听，又拿出十几锭银子。常生强迫她放回去一半，又用土掩埋好了。

注释 1 抚臆誓肌：意谓竭诚图报。 2 假：借。

一夕，谓生曰："近日微有浮言，势不可长，此不可不预谋也。"生惊曰："且为奈何！小生素迂谨，今为卿故，如寡妇之失守[1]，不复能自主矣。一惟卿命，刀锯斧钺[2]，亦所不遑顾耳！"女谋偕亡，命生先归，约会于洛。生治任旋里，拟先归而后迎之。比至，则女郎车适已至门。登堂朝家人，四邻惊贺，而并不知其窃而逃也。生窃自危，女殊坦然，谓生曰："无论千里外非逻察

一天夜里，葛巾告诉常大用说："近来有些流言蜚语，我们不能让流言的势头越来越猛，这事不能不提前有所准备。"常大用吃惊地说："这该如何是好！我一向迂腐谨慎，如今因为你的缘故，就像寡妇失去了节操，再也做不了自己的主。我全听你安排，酷刑加身，我也顾不得了！"葛巾计划说一起逃走，叫常大用先回家准备，两人约定到洛阳相会。常生收拾行装回家，准备回到家后再来接她。结果他刚到家门口，葛巾的车子也到了。两人一同进门拜见家人，街坊邻居都非常惊奇，纷纷前来祝贺，并不知道他们是偷偷逃回来的。常大用心里暗暗担心，但葛巾非常坦然，告诉他说："不要说在千里之外他们找不到，就是被人知

所及,即或知之,妾世家[3]女,卓王孙当无如长卿何也[4]。”

道了,我是官宦世家的女儿,就像当年卓王孙不能处治司马相如那样,我家人也不能把你怎样!”

注释 1 失守:丧失平日的操守。 2 刀锯斧钺:古代四种刑具。借指酷刑。 3 世家:世代显贵之家族。 4 卓王孙当无如长卿何也:意谓世家女私奔,其家因怕出丑,不敢张扬其事,为难男方。

生弟大器,年十七,女顾之曰:“是有惠根[1],前程尤胜于君。”完婚有期,妻忽夭殒。女曰:“妾妹玉版,君固尝窥见之,貌颇不恶,年亦相若,作夫妇可称嘉耦。”生请作伐[2],女曰:“是亦何难?”生曰:“何术?”曰:“妹与妾最相善。两马驾轻车,费一妪之往返耳。”生恐前情发,不敢从其谋,女曰:“不妨。”即命桑妪遣车去。数日至曹,将近里门,媪下车,使御者止而候于途,乘夜入里。良久偕女子来,登车遂发。昏暮即宿车中,

常生的弟弟常大器,年方十七,葛巾看到他,对常大用说:“弟弟是有慧根的人,将来前程要远远胜过你。”大器已经定下来婚期,然而未婚妻却突然死了。葛巾说:“我堂妹玉版,你原来曾经偷偷地看到过,相貌很不错,和弟弟年龄也相当,他们结为夫妇可以说是天作之合。”常生请她来说媒,葛巾说:“又有什么难的呢?”常大用说:“有什么办法?”葛巾说:“堂妹跟我最要好。只要两匹马拉辆轻车,派个老婆婆来回一趟接过来就行了。”常大用害怕先前他们私奔的事情会暴露,不敢听从她的计划,葛巾说:“没有妨碍。”于是就让桑姥姥派车去接她。过了几天到了曹州,快到门口时,桑姥姥下了车,让车夫在路边等着,自己趁黑进了花园。过了很久,她才带着一个女子出来,上车就出发了。她们夜里就睡在车

五更复行。女郎计其时日，使大器盛服而迎之。五十里许乃相遇，御轮[3]而归；鼓吹花烛，起拜成礼。由此兄弟皆得美妇，而家又日富。

里，等到五更天再赶路。葛巾估算她们回来的日子，叫常大器身穿盛装去迎接。大约走了五十里路才相遇，常大器行了御轮之礼后将其接回家中。到了家鼓乐齐奏，洞房花烛，两人拜堂成亲。从此常家兄弟都娶了漂亮媳妇，家境也越来越富裕。

注释 1 惠根：佛家语，指通达道理、成就功德的根性。惠，通“慧”。 2 伐：指代媒人。 3 御轮：古代汉族婚姻礼仪之一，即新郎迎亲礼。新郎迎新娘坐进车子后，新郎亲自驾车，待车轮行三周后才改由车夫驾车，谓之“御轮”。

一日，有大寇数十骑突入第。生知有变，举家登楼。寇入围楼。生俯问：“有仇否？”答云：“无仇。但有两事相求：一则闻两夫人世间所无，请赐一见；一则五十八人，各乞金五百。”聚薪楼下，为纵火计以胁之。生允其索金之请，寇不满志，欲焚楼，家人大恐。女欲与玉版下楼，止之不听。炫妆下，阶未尽者三级[1]，谓寇曰：“我姊妹皆

一天，几十个骑马的强盗突然闯进常家。常大用知道发生了大变故，带领全家登上楼顶躲避。强盗冲进院子，把楼团团围住。常大用俯下身问道：“我们可有仇吗？”强盗回答说：“没有仇。但是有两件事相求：一是听说两位夫人都是世间没有的美人，请让我们见一见；二是我们五十八个人，每人讨要五百两银子。”说完，强盗在楼下堆满柴草，扬言放火烧楼威胁他们。常大用只答应了勒索钱财的要求，强盗不满意，要放火烧楼，一家人十分惊慌。葛巾要和玉版下楼，常大用劝阻她们也不听。两人盛装打扮下了楼，站在离地三级的台阶上，对

仙媛[2],暂时一履尘世,何畏寇盗!欲赐汝万金,恐汝不敢受也。"寇众一齐仰拜,喏声"不敢"。姊妹欲退,一寇曰:"此诈也!"女闻之,反身伫立,曰:"意欲何作,便早图之!尚未晚也。"诸寇相顾,默无一言。姊妹从容上楼而去。寇仰望无迹,哄然始散。

强盗说道:"我们姐妹都是仙女,暂时下凡到尘世间,难道还怕你们这些强盗!我倒是想赐给你们万两黄金,恐怕你们还不敢接受!"强盗们一齐仰头跪拜,连声说道:"不敢不敢。"姐妹二人刚要转身上楼,一个强盗说道:"这是在欺骗我们!"葛巾听到后,返身站住说道:"你想做什么便早做打算!现在还不算晚。"强盗们面面相觑,谁也不敢说一句话。姐妹二人从容地上楼去了。强盗们仰头直到看不见她们踪迹了,才一哄而散。

注释 1 三级:三个台阶。 2 仙媛:仙女。媛,美女,淑女。

后二年,姊妹各举一子,始渐自言:"魏姓[1],母封曹国夫人。"生疑曹无魏姓世家,又且大姓失女,何得置之不问?未敢穷诘,心窃怪之,遂托故复诣曹。入境谘访[2],世族并无魏姓。于是仍假馆旧主人。忽见壁上有赠曹国夫人诗,颇涉骇异,因诘

过了两年,姐妹俩各自生了个儿子,才自己渐渐透露出家世,说:"我家姓魏,母亲被封为曹国夫人。"常大用怀疑曹州没有姓魏的官宦世家,而且如果世家大族丢失了女儿,怎么会到现在也不管不问呢?常大用不敢追根问底,但心里觉得很奇怪,就找了个借口又去曹州。他在曹州境内四处察访,官宦世家里根本没有姓魏的。于是,常大用仍旧借住在旧主人家的花园里。忽然他看见墙壁上有首赠曹国夫人的诗,写得非常怪异,他就向主人打

主人。主人笑，即请往观曹夫人，至则牡丹一本，高与檐等。问所由名，则以其花为曹第一，故同人戏封之。问其何种，曰："葛巾紫[3]也。"愈骇，遂疑女为花妖。既归，不敢质言，但述赠夫人诗以觇之。女蹙然变色，遽出，呼玉版[4]抱儿至，谓生曰："三年前感君见思，遂呈身相报；今见猜疑，何可复聚！"因与玉版皆举儿遥掷之，儿堕地并没。生方惊顾，则二女俱渺矣。悔恨不已。后数日，堕儿处生牡丹二株，一夜径尺，当年而花，一紫一白，朵大如盘，较寻常之葛巾、玉版，瓣尤繁碎。数年茂荫成丛，移分他所，更变异种，莫能识其名。自此牡丹之盛，洛下无双焉。

听怎么回事。主人笑了，就请他去看曹国夫人，到面前一看，原来是一棵和房檐一样高的牡丹。常大用问花名的由来，则是因这棵牡丹在曹州名列第一，所以业内人戏封它为曹国夫人。常大用问它是什么品种，主人说："葛巾紫。"常大用更惊奇，于是怀疑葛巾她们是花妖。回到家后，他不敢质问，只是念那首赠曹国夫人的诗，观察葛巾的反应。葛巾听了立刻皱起眉头，变了脸色，迅速走出房门，叫玉版把儿子抱来，对常大用说道："三年前，我被你的思念感动，所以才现身嫁给你来报答；如今你既然怀疑我，我们怎么能还在一起生活！"说完她和玉版都举起孩子远远地抛出去，孩子落在地上一下子就消失了。常大用吃惊地回头看，葛巾和玉版也渺无踪迹了。常大用悔恨不已。几天以后，孩子落地的地方长出两棵牡丹，一夜间就长到一尺，当年就开了花，一棵紫的，一棵白的，花朵像盘子一样大，与平常的葛巾、玉版相比，花瓣更加繁茂。又过了几年，两棵牡丹枝繁叶茂，长成一片花丛，把它们移栽到别的地方，就变了品种，谁也不知道叫什么名字。从此洛阳的牡丹盛名远播，天下无双。

注释　1 魏姓：隐指牡丹葛巾出于魏家。魏家，牡丹花品种之一，相传为宋时洛阳魏仁浦家所植，色紫红。　2 谘(zī)访：打听。　3 葛巾紫：牡丹品种名，见明王象晋《二如亭群芳谱》。　4 玉版：亦作“玉板”。牡丹品种名，单叶细长如拍板，其色如玉而深。见欧阳修《洛阳牡丹记》。

异史氏曰：“怀[1]之专一，鬼神可通，偏反者[2]亦不可谓无情也。少府寂寞，以花当夫人[3]。况真能解语[4]，何必力穷其原哉？惜常生之未达也！”

异史氏说：“用心专一的人，就能通鬼神，这么说花朵也不是无情之物啊！当年白居易寂寞落魄的时候，也是把花当夫人。只要真能善解人意，又何必去追根究底呢？可惜常大用还不够通达啊！”

注释　1 怀：思念，此指爱恋。　2 偏反者：指花，这里指葛巾。偏反，形容花摇动的样子。语本《论语·子罕》：“唐棣之华，偏其反而。”　3 少府寂寞，以花当夫人：唐代诗人白居易在盩厔县做县尉时，曾作《戏题新栽蔷薇》诗：“少府无妻春寂寞，花开将尔当夫人。”少府，唐代县尉的别称。　4 真能解语：指能善解人意。唐明皇曾把杨贵妃比作“解语花”，见《开元天宝遗事·解语花》，后用以比喻善解人意的女子。

卷十一

冯木匠

原文

抚军[1]周有德[2]，改创故藩邸[3]为部院衙署[4]。时方鸠工[5]，有木作匠冯明寰直[6]宿其中。夜方就寝，忽见纹窗半开，月明如昼。遥望短垣上立一红鸡，注目间，鸡已飞抢至地[7]。俄一少女，露半身来相窥。冯疑为同辈所私；静听之，众已熟眠。私心怔忡[8]，窃望其误投也。少间，女果越窗过，径已入怀。冯喜，默不一言。欢毕，女亦遂去。自此夜夜至。初犹自隐，后遂明告。女曰："我非误就，敬相投耳。"两人情日密。既而工满，冯欲

译文

抚军周有德，把前朝藩王的府邸改建成巡抚衙门。当时正在召集工匠，有个木匠冯明寰在里面值班。晚上正要就寝，忽然看见雕饰着花纹的窗户开了一半，月光明亮，如同白昼。远远望见矮墙上站着一只红色的鸡，凝视的时候，鸡已经飞落到地上。一会儿有一位少女，露出半边身子来窥视。冯明寰疑心是同伴私下相好的人；静静地听，大家都睡熟了。他心里忐忑不安，暗自希望她误到自己房中来。不久，少女果然翻窗过来，径直投入他怀里。冯明寰非常高兴，默默地不说一句话。欢好完毕，少女也就离开了。从此少女每晚都来。一开始冯明寰还有所隐瞒，后来就把实情明明白白告诉了她。少女说："我不是误到你房间来，是心意诚敬地投身于你。"两个人感情日益密切。不久工期结束了，冯明

归，女已候于旷野。冯所居村离郡固不甚远，女遂从去。既入室，家人皆莫之睹，冯始知其非人。迨数月，精神渐减，心益惧，延师[9]镇驱，卒无少验。一夜，女艳妆来，向冯曰："世缘俱有定数：当来推不去，当去亦挽不住。今与子别矣。"遂去。

寰想要回家，少女已经在旷野等候他了。冯明寰所住的村子离郡城本来就不太远，少女就跟他一起走了。进了屋以后，家人都看不见那少女，冯明寰才知道她不是人类。过了几个月，冯明寰精神日渐衰减，心里越来越害怕，请来法师镇鬼驱魔，最终也没有一点儿灵验。有一个晚上，少女画着美艳的妆到来，对冯明寰说："世间缘分都有定数：应当来的无法推脱开去，应当离开的也挽留不住。现在我要和你分别了。"于是就离开了。

注释　1 抚军：清巡抚的别称。　2 周有德：字彝初，汉军镶红旗人。康熙二年(1663)为山东巡抚。　3 故藩邸：指明藩王的宅第。明代英宗次子德庄王朱见潾，"初国德州，改济南"，成化三年(1467)变藩。这里的藩邸，当指朱见潾在济南的王邸。　4 部院衙署：即巡抚衙门。　5 鸠工：召集工匠。　6 直：通"值"，值班，当值。　7 飞抢至地：飞掠至地。抢，触、撞。《庄子·逍遥游》："我决起而飞，抢榆枋而止。"　8 怔忡：忐忑不安。　9 师：此指巫师。

黄英

原文

马子才，顺天[1]人，世好菊，至才尤甚。闻有佳种必购之，千里不惮[2]。一日，有金陵[3]客寓其家，自言其中表亲[4]有一二种，为北方所无。马欣动，即刻治装，从客至金陵。客多方为之营求，得两芽[5]，裹藏如宝。归至中途，遇一少年，跨蹇从油碧车[6]，丰姿洒落。渐近与语。少年自言："陶姓。"谈言骚雅[7]。因问马所自来，实告之。少年曰："种无不佳，培溉在人。"因与论艺[8]菊之法。马大悦，问："将何往？"答云："姊厌金陵，欲卜居于河朔[9]耳。"马欣然曰："仆虽固贫，茅庐可以寄榻。不嫌荒

译文

马子才是顺天府人士，马家世代爱好菊花，到马子才这辈尤其厉害。只要听说哪里有优良的品种，他一定会去买，就算远隔千里也不畏难。一天，有位金陵来的客人借住在马家，自称一位有中表亲的兄弟有一两个北方没有的品种。马子才欣然起身，即刻准备行装，跟着客人前往金陵。客人找了各种关系为他谋求菊种，才得到了两株菊苗，马子才如获至宝，将它们包裹起来收好。回去的途中，马子才遇到了一个少年，他骑着驴跟在一辆装有青绿色油幕的车子后面，风姿洒脱。马子才慢慢靠近他，和他搭话。少年自称姓陶，谈吐文雅。问起马子才从哪里来，他如实相告。少年说："菊花的品种没有不好的，只是要看人的培育灌溉罢了。"于是两人谈论起养花的方法。马子才谈得兴起，就问陶生："你准备去哪里呢？"陶生答道："我姐姐厌烦了金陵的生活，想要在北方找个地方住下来。"马子才欣喜地说："我虽然安于贫困，但家中的茅舍也可以让你们寄住。如果你们不嫌弃我家简陋，就不

陋，无烦他适。”陶趋车前向姊咨禀[10]，车中人推帘语，乃二十许绝世美人也。顾弟言：“屋不厌卑，而院宜得广。”马代诺之，遂与俱归。

用麻烦找其他住处了。”陶生快步走到车前去禀告姐姐，车中人推开帘子说话，原是一位二十几岁的绝色美人。她看着弟弟说：“屋子小没关系，只是院子最好要宽阔些。”马子才替弟弟答话，答应下来，于是姐弟俩跟着他回家了。

注释 1 顺天：顺天府，明清时期设于京师(今北京地区)的府制。 2 千里不惮：谓不怕路远。惮，怕。 3 金陵：今南京。 4 中表亲：古代称姑母的儿子为外兄弟，称舅父或姨母的儿子为内兄弟。外为“表”，内为“中”，合称这种亲戚关系为“中表亲”。 5 两芽：两株幼苗。菊花芽栽，从母本上所生的幼苗叫“芽”。 6 跨蹇从油碧车：骑着小驴跟随在油碧车后面。蹇，驴子。油碧车，古时贵妇人用的装有青绿色油幕的车子。 7 谈言骚雅：说话文雅。《楚辞》有《离骚》，《诗经》有《大雅》和《小雅》，故以“骚雅”代指文学修养。 8 艺：种植。 9 河朔：古地区名。泛指黄河以北地区。 10 咨禀：商量，禀告。

第南有荒圃，仅小室三四椽，陶喜居之。日过北院为马治菊，菊已枯，拔根再植之，无不活。然家清贫，陶日与马共饮食，而察其家似不举火[1]。马妻吕，亦爱陶姊，不时以升斗馈恤之。陶姊小字[2]黄英，雅

马家的宅邸南面有一片废弃的园子，里面只有三四间小屋子，陶生很喜欢，便住在这里。白天陶生会到北院，为马子才培植菊花，哪怕菊花已经枯萎，他把根拔出来再种下去，也没有不活过来的。然而陶家清贫，陶生每天都到马子才家来一起吃饭，看陶家的样子，好像并不生火做饭。马子才的妻子吕氏也很喜爱陶生的姐姐，时常拿出一些米粮送给她。陶生的

善谈，辄过吕所，与共纫绩[3]。陶一日谓马曰：“君家固不丰，仆日以口腹[4]累知交，胡可为常！为今计，卖菊亦足谋生。”马素介[5]，闻陶言，甚鄙之，曰：“仆以君风流高士[6]，当能安贫。今作是论，则以东篱为市井[7]，有辱黄花矣。”陶笑曰：“自食其力不为贪，贩花为业不为俗。人固不可苟求富[8]，然亦不必务求贫[9]也。”马不语，陶起而出。

姐姐小名黄英，素来健谈，总是会到吕氏的屋子里来，和她一起做针线活。一天，陶生对马子才说：“你家也不是很富裕，我天天来吃饭，给你添了很多麻烦，长久下来怎么能行呢！现在看来，倒是可以通过售卖菊花来维持生计啊。”马子才一向耿介，听了陶生这番话，心里很鄙夷，说：“我一直当你是高尚风雅的君子，应当能够安于贫穷。今天你说出这种话，竟是要把种菊花的地方当成集市，简直是辱没了菊花。”陶生笑着说：“依靠自己的劳动谋生不叫贪，把贩卖菊花作为职业不叫俗。人固然不能苟且追求富贵，但也不必追求贫寒。”马子才不说话，陶生便起身，自己离开了。

注释　1 举火：生火做饭。　2 小字：小名，乳名。　3 纫绩：缝纫、捻线，指针线活。　4 口腹：指饮食。　5 素介：素来耿介。介，孤洁，有操守。　6 风流高士：有风度的志节高尚之士。风流，有才学而不拘礼法。　7 以东篱为市井：把种菊的地方当作贸易的场所。晋陶渊明《饮酒》诗：“采菊东篱下，悠然见南山。”因此这里以“东篱”代指种菊的园地。　8 苟求富：以不正当的手段谋求富足。　9 务求贫：追求贫穷。

自是，马所弃残枝劣种，陶悉掇拾而去。由此不复就马寝食，招

自此，凡是马子才养花时丢弃的残枝劣种，陶生都会收拾起来带回去。于是陶生也不再到马家去吃饭睡觉，只有招呼他

之始一至。未几，菊将开，闻其门嚣喧[1]如市，怪之，过而窥焉，见市人买花者，车载肩负，道相属[2]也。其花皆异种，目所未睹。心厌其贪，欲与绝；而又恨其私秘佳本[3]，遂款其扉，将就诮让[4]。陶出，握手曳入。见荒庭半亩皆菊畦，数椽[5]之外无旷土。劚[6]去者，则折别枝插补之。其蓓蕾在畦者，罔不佳妙，而细认之，尽皆向所拔弃也。陶入室，出酒馔，设席畦侧，曰："仆贫不能守清戒[7]，连朝幸得微资，颇足供醉。"少间，房中呼"三郎"，陶诺而去。俄献佳肴，烹饪良精。因问："贵姊胡以不字[8]？"答云："时未至。"问："何时？"曰："四十三月。"又诘："何说？"但笑不

时才偶尔过去。没多久，菊花就要开放了，马子才听到陶生家门口热闹得像集市一样，便感到奇怪，过去窥探，才发现来买花的人像赶集一样，用车子运，用肩膀扛，路上络绎不绝。那些菊花都是奇异的品种，马子才从没见过。马子才心中厌恶陶生的贪婪，想和他绝交；但又怨他私藏优良的花种，就敲开陶生的家门，打算责问他。陶生出来，拉着他的手进了院子。子才看到之前荒废的庭院里半亩地都种上了一畦畦的菊花，除了几间屋子以外就没有空地了。菊花被挖出来卖掉的地方，就折下别的菊花枝条种上去补充。田地里的那些花蕾，没有不优质美好的，但是细细辨认，竟都是先前马子才所拔掉丢弃的。陶生进了屋子，拿出酒菜，在花圃边铺设坐席，说："我家境贫寒，不能恪守高节。幸好每天都能赚到微薄的钱财，足够买酒而已。"隔了一会儿，屋里传来呼叫"三郎"的声音，陶生应声而去。没多久就端过来一桌子好菜，烹饪得都很精良。马子才就问："你姐姐为什么不嫁人？"陶生答道："时候还没到。"马子才问："那要到何时？"陶生说："四十三个月以后。"马子才又问："这是什么意思？"陶生却只笑笑不

言，尽欢始散。过宿又诣之，新插者已盈尺矣，大奇之，苦求其术。陶曰：“此固非可言传，且君不以谋生，焉用此？”又数日，门庭略寂，陶乃以蒲席包菊，捆载数车而去。逾岁，春将半，始载南中异卉[9]而归，于都中设花肆，十日尽售，复归艺菊。问之去年买花者，留其根，次年尽变而劣，乃复购于陶。

说话了，两人把酒言欢，尽兴以后才散席。过了一晚，马子才又到陶生这里来，发现新种的菊花已经超过一尺高了，心里十分惊异，苦苦请求陶生告诉他技法。陶生说：“这技法本来就是不能外传的，何况你不以此谋生，知道了又有什么用呢？”又过了几天，陶家的门前稍微冷清下来，陶生就用蒲席包着菊花，捆起来装了几车离开了家。第二年春天过去了一半，陶生才驱车装着南方的奇异花卉回来，在城里开办了花店，十天就全部卖完了，又回到家培植菊花。问那些去年买花的人，留下来的根第二年就全部变成了低劣的品种，只好再来找陶生买菊花。

注释 1 嚣喧：吵闹，喧哗。 2 相属(zhǔ)：络绎不绝。 3 佳本：优良品种。本，菊根。 4 诮让：责问，数落。 5 数椽：几间房屋。 6 劚(zhú)：同“斸”，大锄。引申为挖掘。 7 清戒：清廉的戒规。 8 不字：不嫁人。 9 南中异卉：南方的珍奇花卉。南中，泛指南方。

陶由此日富。一年增舍，二年起夏屋。兴作从心，更不谋诸主人。渐而旧日花畦，尽为廊舍。更于墙外买田一区，筑墉[1]四周，悉种

从此陶家一天天富足起来。一年就新建了房舍，两年就造了大屋。兴建房屋都由自己做主，不再和马子才商议。渐渐地，往日的花圃都变成了长廊屋舍。陶生又在墙外另外买了一块田地，在四周建了围墙，全部种上菊花。到了秋天，陶生就

菊。至秋，载花去，春尽不归。而马妻病卒。意属黄英，微使人风示[2]之。黄英微笑，意似允许，惟专候陶归而已。年余，陶竟不至。黄英课仆[3]种菊，一如陶。得金益合商贾，村外治膏田二十顷，甲第益壮。忽有客自东粤来，寄陶生函信，发之，则嘱姊归[4]马。考其寄书之日，即妻死之日；回忆园中之饮，适四十三月也，大奇之。以书示英，请问"致聘何所"。英辞不受采[5]。又以故居陋，欲使就南第居，若赘[6]焉。马不可，择日行亲迎礼[7]。

运着花离开，第二年春天过去也没有回来。这时马子才的妻子病死了。马子才心里属意黄英，就悄悄派人去探听黄英的意思。黄英听了微微一笑，话中的意思似乎是愿意嫁给马子才的，只是要特意等候陶生回来而已。等了一年多，陶生还是没有回来。黄英每天像陶生那样，督促仆人种植菊花。得到的钱就拿去经商，在村外置办了二十顷良田，宅第也修建得更加壮观。突然有位客人从东粤过来，捎来了陶生的信，打开一看，原来是陶生嘱咐姐姐嫁给马子才。推算他寄信的日子，正是马子才的妻子去世的时候；回忆园中对饮的那一天，正好过去了四十三个月，马子才十分惊奇。他把信拿给黄英看，问她："聘礼要送到哪里呢？"黄英推辞了，不愿意接受彩礼。她又觉得马家的旧屋子太简陋，想让马子才住到南院里来，就像入赘那样。马子才不同意，选好了日子举行迎亲礼。

注释　1 墉：高墙。　2 风示：暗示，用言语示意。　3 课仆：督促仆人。课，督促完成指定的工作。　4 归：女子出嫁。　5 采：彩礼。　6 赘：就婚于女家。　7 亲迎礼：古代婚礼"六礼"之一，新郎到女家迎娶新娘。

黄英既适马，于间壁开扉通南第，日过课其仆。马耻以妻富，恒嘱黄英作南北籍[1]，以防淆乱。而家所需，黄英辄取诸南第。不半岁，家中触类皆陶家物。马立遣人一一赍还[2]之，戒勿复取。未浃旬[3]又杂之。凡数更，马不胜烦。黄英笑曰："陈仲子[4]毋乃劳乎？"马惭，不复稽，一切听诸黄英。鸠工庀料[5]，土木大作，马不能禁。经数月，楼舍连亘，两第竟合为一，不分疆界矣。然遵马教，闭门不复业菊，而享用过于世家。马不自安，曰："仆三十年清德[6]，为卿所累。今视息人间[7]，徒依裙带而食[8]，真无一毫丈夫气矣。人皆祝[9]富，我但祝穷耳！"黄英曰："妾非贪鄙，但不少

黄英嫁给马子才后，就在墙上开了扇与南院相通的门，每天都要过去查验仆人的工作。马子才以凭借妻子获得财富为耻，一直叮嘱她把两家的财产分开登记，以免混淆。但只要家里有需要的东西，黄英就会到南院去取。不到半年，马家能碰到的就都是陶家的东西了。马子才立即派人把这些东西一一送回去，告诫黄英不要再拿过来。然而不到十天，两家的物品又混在了一起。这样的事发生了几次，马子才很厌烦。黄英笑着说："陈仲子也没有像你这样辛苦地分开两家的财物吧？"马子才自觉惭愧，不再核查家中的物品，一切听凭黄英安排。黄英召集工匠，准备材料，大兴土木，马子才也无法阻止。过了几个月，家中楼阁屋舍就连在了起来，两座宅子最终合成一体，分不出边界了。然而黄英也听从了马子才的劝告，待在家里不再以卖菊花为业，而马家的吃穿用度也比世家大族还要讲究。马子才心里很不安，说："我三十年来清高的德行被你给拖累了啊。我现在活在世上，只是依靠着你生存，实在是没有丝毫的大丈夫气概。人人都祈求能够富有，我只祈求贫穷起来！"黄英说："我

致丰盈，遂令千载下人，谓渊明贫贱骨，百世不能发迹，故聊为我家彭泽[10]解嘲耳。然贫者愿富为难，富者求贫固亦甚易。床头金任君挥去之，妾不靳[11]也。”马曰：“捐他人之金，抑亦良丑。”英曰：“君不愿富，妾亦不能贫也。无已，析君居：清者自清，浊者自浊，何害？”乃于园中筑茅茨[12]，择美婢往侍马。马安之。然过数日，苦念黄英。招之不肯至，不得已反就之，隔宿辄至，以为常。黄英笑曰：“东食西宿[13]，廉者当不如是。”马亦自笑，无以对，遂复合居如初。

并非贪婪鄙陋，只是不稍微让家底丰厚一些，就会让千百年后的人们，说陶渊明是贫贱的命，百世也不能发迹，我努力致富只是为了不让我们陶家的彭泽县令被后世取笑罢了。然而穷人希望富有很难，富人希望贫穷下来却很容易。我床头的钱财随便你拿去挥霍，我不会吝惜。”马子才说：“花别人的钱财也是很丑恶的事情。”黄英说：“你不愿意富有，我也不能守着贫穷。实在没有办法，我们就分居吧：清高的人就维持自己的清高，世俗的人就继续自己的世俗，就没什么妨害了吧？”于是黄英在园中建了简陋的屋子，选了漂亮的婢女前去服侍马子才。马子才安然接受了。然而不过几天，他就开始苦苦思念黄英。叫她来她却不肯，不得已只好自己过去找她，隔一天就去一次，逐渐习以为常。黄英笑话他：“东家吃饭，西家住宿，清廉的人才不会这样。”马子才也笑了，无言以对，于是和黄英重新住在了一起。

注释 1 作南北籍：为南北两宅各立账簿。 2 赍(jī)还：送还。 3 浃(jiā)旬：一旬，十天。 4 陈仲子：战国时齐人。陈仲子因见其兄食禄万钟，以为不义，故避兄离母，又先后坚辞不受齐国大夫、楚国国相等职，先迁居於陵，后隐居长白山中，终日为人灌园，以示“不入污君之朝，不食乱世之食”，最终饥饿而死。 5 鸠工庀(pǐ)料：聚集工匠，准备材料。庀，具备。 6 清德:清廉自守的德行。 7 视息人间:犹言"活在世上"。视,看。息,呼吸。 8 徒依裙带而食:只是靠妻子生活。裙带,妇女裙子的腰带,亦用以代指妇女、妻子。 9 祝:祈求。 10 我家彭泽:陶渊明曾为彭泽县令,黄英也姓陶,故曰"我家彭泽"。 11 靳:吝惜。 12 茅茨(cí):茅屋,此指简陋的居室。 13 东食西宿:比喻贪心的人各方面的好处都要。典出汉应劭《风俗通》,讲的是齐国有人有个女儿,有两家人来求婚。东家的男子长得丑但很有钱,西家的男子长得俊美但是很穷。父母犹豫不决,便询问女儿,女儿说:"想在东家吃饭,在西家住宿。"

会马以事客金陵,适逢菊秋。早过花肆,见肆中盆列甚繁,款朵[1]佳胜,心动,疑类陶制。少间主人出,果陶也。喜极,具道契阔[2],遂止宿焉。要[3]之归,陶曰:"金陵吾故土,将婚于是。积有薄资,烦寄吾姊。我岁杪[4]当暂去。"马不听,请之益苦,且曰:"家幸充盈,但可坐享,无须复贾[5]。"坐肆中,使仆代论价,廉其直[6],数日尽售。逼促囊装,赁舟遂北。入门,则姊已除舍,

后来马子才有事到金陵,正碰上秋天菊花盛开。早晨经过一家花店,看见店里陈列的菊花繁多,每一种、每一朵都是上佳的,马子才心中有所触动,怀疑这些菊花是陶生培育的。不一会儿主人走出来,果真是陶生。马子才高兴极了,和他道尽久别的思念,于是留宿在陶生家里。马子才邀请陶生跟着自己回去,陶生却说:"金陵是我的故乡,我打算在这里成家。我积攒了一些小钱,劳烦你带给我姐姐。年终的时候,我会暂时离开这里回家的。"马子才不同意,更加苦苦地请他回去,又说:"我们有幸家产丰厚,只要坐着享用就可以,没必要再经商了。"于是马子才坐在店里,让下人代为议价,以低廉的价格售卖菊花,没几天花就卖完了。马子才催着陶生整理行装,租了船带他回北方。刚进门,

床榻裀褥皆设，若预知弟也归者。陶自归，解装课役，大修亭园，惟日与马共棋酒，更不复结一客。为之择婚，辞不愿。姊遣二婢侍其寝处，居三四年，生一女。

马子才就发现黄英已经清扫了陶生的屋子，铺设好了床榻被褥，就好像她早就知道弟弟也会回来。陶生自回家后，解下行囊就督促仆役，修整亭台园林，除了每天和马子才一起下棋饮酒，不再结交一个客人。马子才为他选择姑娘成婚，他推拒了。黄英派了两个婢女去侍候他起居，三四年以后，婢女为他生了一个女儿。

注释 1 款朵：花朵的式样，指菊花品种。 2 契阔：久别之情。 3 要(yāo)：邀请。 4 岁杪(miǎo)：岁末，年底。 5 贾：经商。 6 直：同“值”。

陶饮素豪[1]，从不见其沉醉。有友人曾生，量亦无对。适过马，马使与陶相较饮。二人纵饮甚欢，相得恨晚。自辰以讫四漏[2]，计各尽百壶。曾烂醉如泥，沉睡座间。陶起归寝，出门践菊畦，玉山倾倒[3]，委衣于侧，即地化为菊，高如人，花十余朵，皆大如拳。马骇绝，告黄英。英急往，拔置地

陶生喝酒素来豪放，从未见他喝醉过。马子才的好友曾生，在酒量上也没遇到过对手。正好曾生到马子才家来，马子才便叫他和陶生较量一番。两人纵情畅饮，相见恨晚。从辰时到四更天，他们每人总共喝掉了上百壶酒。曾生喝得烂醉如泥，在座位上昏睡过去。陶生起身回房睡觉，醉醺醺地走出门，不小心踩进菊花地里，身子一下子倾倒，衣服掉在旁边的地上，居然就地变成了一株菊花，有一个人那么高，这株菊花有十几朵花，都大得像拳头一样。马子才惊骇欲绝，连忙去告诉黄英。黄英急忙赶过去，把花拔出来放

上,曰:“胡醉至此!”覆以衣,要马俱去,戒勿视。既明而往,则陶卧畦边。马乃悟姊弟皆菊精也,益敬爱之。而陶自露迹,饮益放,恒自折柬[4]招曾,因与莫逆。值花朝[5],曾乃造访,以两仆舁药浸白酒一坛,约与共尽。坛将竭,二人犹未甚醉。马潜以一瓻[6]续入之,二人又尽之。曾醉已惫,诸仆负之以去。陶卧地,又化为菊。马见惯不惊,如法拔之,守其旁以观其变。久之,叶益憔悴。大惧,始告黄英。英闻骇曰:“杀吾弟矣!”奔视之,根株已枯。痛绝,掐其梗,埋盆中,携入闺中,日灌溉之。马悔恨欲绝,甚怨曾。越数日,闻曾已醉死矣。盆中花渐萌,九月既开,短干粉朵,嗅之有酒香,名之

在地上,说:“你怎么醉成这样!”又拿起边上的衣服盖在这株菊花上面,邀马子才和自己一起离开,警告他不要看。天明以后赶过去,马子才发现陶生竟躺在菊花地边上。他才明白陶家姐弟都是菊精,从此愈发敬爱他们。而陶生呢,自从暴露了身份后,喝酒更加狂放,还总是自己准备请柬来请曾生,与他结为莫逆之交。正值花朝节,曾生前来拜访,陶生命两个仆人抬来一坛浸着药材的白酒,两人约定一起喝完这坛酒。坛中酒快要喝完时,他们醉意还不是很浓。马子才偷偷往坛中加了一瓶酒,两人又把剩下的酒喝完了。曾生醉酒后很疲惫,一众仆人背着他离开了。陶生却躺倒在地,又变成了菊花。马子才见惯了不再惊讶,照着黄英的法子把花拔出来,守在一边等着看它的变化。过了很久,菊花的叶子却更加枯黄了。马子才感到很害怕,才去告诉黄英。黄英一听惊骇地说:“你杀了我弟弟!”她跑过去看情况,发现菊花的根茎已经枯萎了。黄英悲痛欲绝,掐断了花梗,埋进花盆,带进闺房之中,每天悉心浇灌照料。马子才悔恨极了,很怨恨曾生。过了几天,他听说曾生已经醉死了。盆中的花渐渐萌芽,九月就开放了,枝干短短的,开着粉色的花,闻起来有

原文	译文
"醉陶",浇以酒则茂。后女长成,嫁于世家。黄英终老,亦无他异。	酒香,便命名为"醉陶",用酒浇灌就长得很繁茂。后来,陶生的女儿长大,嫁到了名门世家。黄英到老也没有异于常人的地方。

注释 1 豪:豪放;此指豪饮。 2 自辰以讫四漏:从辰时一直到夜里四更天。讫,通"迄",至。 3 玉山倾倒:比喻人酒醉后摔倒的样子。《世说新语·容止》载,嵇康酒醉时"若玉山之将崩"。 4 折柬:写信。也作"折简"。 5 花朝:旧俗以阴历二月十五日为百花生日,称为"花朝节"。 6 瓻(chī):古时盛酒用具。

原文	译文
异史氏曰:"青山白云人[1],遂以醉死,世尽惜之,而未必不自以为快也。植此种[2]于庭中,如见良友,如对丽人,不可不物色之也。"	异史氏说:"青山白云人,因为醉酒而死去,世人都感到惋惜,但他自己未必不以此为乐。把这样的菊花种在庭院里,就像看见好友,就像面对美人一样,不能不寻找这样的菊花啊。"

注释 1 青山白云人:唐代傅奕生性豪放,一次醉酒后为自己作墓志铭:"傅奕,青山白云人也。因酒醉死,呜呼哀哉!"这里借指醉死的陶生。 2 此种:指上文所说的"醉陶"菊。种,品种。

书 痴

原文	译文
彭城[1]郎玉柱,其先世官至太守,居官	彭城有个人叫郎玉柱,祖上有人做官做到太守,为官清廉,拿到的俸禄也不用

廉,得俸不治生产,积书盈屋。至玉柱尤痴。家苦贫,无物不鬻[2],惟父藏书,一卷不忍置[3]。父在时,曾书《劝学篇》[4]黏其座右[5],郎日讽诵。又幛以素纱,惟恐磨灭。非为干禄[6],实信书中真有金粟[7]。昼夜研读,无问寒暑。年二十余,不求婚配,冀卷中丽人自至。见宾亲不知温凉[8],三数语后,则诵声大作,客逡巡自去。每文宗临试[9],辄首拔之[10],而苦不得售[11]。

来添置田产,而是拿来买书,收集的书堆满了屋子。到了玉柱这里,更是爱书成痴。他家里贫穷,什么都卖掉了,只有父辈留下的藏书,一卷都舍不得舍弃。他父亲在世时,曾经把《劝学篇》抄录下来,贴在他书桌右边,郎玉柱每天都认真诵读。他还在上面覆了一层白纱,唯恐座右铭被磨损。郎玉柱读书并非为了做官,而是真的相信书里有黄金和米粟。他日夜研读书本,不管天气寒冷还是炎热。二十多岁了,也不着急婚事,只盼着书中的美人自己来到面前。看见客人亲戚也不懂得寒暄,三两句话说完,就自顾自读起了书,客人徘徊一会儿不见回应,只好自己离开。每到学政主持考试时,他总是被选为头名,但就是乡试不能得中。

注释　1 彭城:古县名,秦置。治所在今江苏省徐州市。　2 鬻(yù):卖。　3 置:弃置。　4《劝学篇》:指宋真宗赵恒所作《劝学诗》,诗曰:“富家不用买良田,书中自有千钟粟。安居不用架高堂,书中自有黄金屋。出门莫恨无人随,书中车马多如簇。娶妻莫恨无良媒,书中自有颜如玉。男儿欲遂平生志,六经勤向窗前读。”　5 黏其座右:意谓当作“座右铭”,以鞭策自己。　6 干(gān)禄:求取禄位。干,求取。　7 金粟:指《劝学诗》所说的“黄金屋”“千钟粟”。　8 不知温凉:不知话温凉,谓不解应酬。温凉,犹言“寒暄”。　9 文宗临试:学政莅临查考。文宗,明清对提学、学政的尊称。　10 首拔之:此指岁试或科试选拔他为第一。　11 不得售:此指乡试不得中。

一日，方读，忽大风飘卷去。急逐之，踏地陷足。探之，穴有腐草；掘之，乃古人窖粟，朽败已成粪土。虽不可食，而益信“千钟”之说[1]不妄，读益力。一日，梯登高架，于乱卷中得金辇[2]径尺，大喜，以为“金屋”之验[3]。出以示人，则镀金而非真金。心窃怨古人之诳己也。居无何，有父同年，观察是道[4]，性好佛。或劝郎献辇为佛龛[5]。观察大悦，赠金三百、马二匹。郎喜，以为金屋、车马[6]皆有验，因益刻苦。然行年已三十矣，或劝其娶，曰：“‘书中自有颜如玉’，我何忧无美妻乎？”又读二三年，迄[7]无效，人咸揶揄之。时民间讹言

一天，郎玉柱正在读书，忽然狂风大作，吹走了他的书卷。他急忙追过去，脚踏到地上就陷了下去。他探头去看，洞穴里有一堆腐烂的草，把草扒开，原来这是古人储藏粮食的地窖，里面的粟米已经烂成了粪土。虽然粟米已经不能食用了，却让郎玉柱更加相信“书中自有千钟粟”的说法不假，从此读书更加卖力。又一天，郎玉柱登上梯子去够书架的高处，在一堆杂乱的书卷中发现了一架直径一尺的金车辇，他欣喜万分，认为这是“黄金屋”的说法应验了。他把金车辇拿出去请别人验看，却发现这是镀金而非纯金制作的。郎玉柱只好在心里暗暗埋怨古人诓骗自己。过了没多久，有位与他父亲同年登科的官员到当地来做观察使，此人非常信佛。有人劝郎玉柱把金车辇进献给他做佛龛，郎玉柱照做了。观察使果然很高兴，赠送给郎玉柱三百两黄金和两匹马。郎玉柱大喜过望，相信这是“书中自有黄金屋”“书中车马多如簇”的说法应验了，因此读书愈发刻苦。然而玉柱已经三十岁了，有人劝他早日娶亲，他却说：“‘书中自有颜如玉’，我为什么要忧愁没有贤惠美丽的妻子呢？”就这样他又苦读了两三年书，“书中自有颜如玉”的说法始终没有灵验，其他人都

天上织女私逃，或戏郎："天孙[8]窃奔，盖为君也。"郎知其戏，置不辨。

以此调侃他。当时民间传言天上的织女私自逃到人间了，有人就戏弄郎玉柱说："仙女私奔到人间，大概是为了你吧。"郎玉柱知道自己是被戏弄了，对此置之不理。

注释 1 "千钟"之说：指《劝学诗》中"书中自有千钟粟"之说。钟，古代的量器，春秋时齐国以十釜为一钟(标准不一)，可容六斛四斗。 2 金辇(niǎn)：人力拉挽的饰金之车。秦汉以后专指帝、后所乘的车子。 3 以为"金屋"之验：当作"书中自有黄金屋"的验证。辇车车盖如屋，故当作"金屋"之验。 4 观察是道：做彭城这个地方的观察使。观察，清代道员尊称，为地方各道主官。 5 佛龛(kān)：供奉佛像的小阁子。 6 车马：指"书中车马多如簇"之说。 7 迄：始终。 8 天孙：即织女。

一夕，读《汉书》至八卷[1]，卷将半，见纱翦美人夹藏其中。骇曰："书中颜如玉，其以此验之耶？"心怅然自失。而细视美人，眉目如生，背隐隐有细字云"织女"。大异之。日置卷上，反复瞻玩，至忘食寝。一日，方注目间，美人忽折腰起，坐卷上微

一天晚上，郎玉柱正在读《汉书》，第八卷快读到一半时，他发现一个用纱剪成的美人夹藏在书页中。郎玉柱惊道："书中的颜如玉难道是以这种方式应验吗？"他心中怅然若失。但是细看那美人，眉眼栩栩如生，背面隐约写着小字"织女"。郎玉柱十分惊讶。他每天把它放在书上，反复赏玩，到了废寝忘食的地步。一天，他正在专注地看着，那美人忽然折腰起身，坐在书卷上微笑。郎玉柱惊讶至极，慌忙拜倒在书桌下。等他起身时，美人已

笑。郎惊绝，伏拜案下。既起，已盈尺矣。益骇，又叩之。下几亭亭[2]，宛然绝代之姝。拜问："何神？"美人笑曰："妾颜氏，字如玉，君固相知已久。日垂青[3]盼，脱[4]不一至，恐千载下无复有笃信古人者。"郎喜，遂与寝处。然枕席间亲爱倍至，而不知为人[5]。每读必使女坐其侧。女戒勿读，不听。女曰："君所以不能腾达者，徒以读耳。试观春秋榜[6]上，读如君者几人？若不听，妾行去矣。"郎暂从之。少顷忘其教，吟诵复起。逾刻索女，不知所在。神志丧失，嘱而祷之，殊无影迹。忽忆女所隐处，取《汉书》细检之，直至旧处，果得之。呼之不动，伏以哀祝，女乃下曰："君再不听，当相永

经有一尺高了。郎玉柱更加惊奇，再次叩头。美人走下书桌，亭亭玉立，显然是一位绝代佳人。郎玉柱向她行礼，问道："您是何方神圣？"美人笑着说："我姓颜，名叫如玉，你应该很早就知道了。你每天盼望着我垂怜，倘若我不来一次，恐怕千百年后不再会有人相信古人的话了。"郎玉柱很欣喜，就把她带到卧室。然而郎玉柱和颜如玉在床上非常亲密，但他却不懂男女之事。每到读书时，他一定要让颜如玉坐在边上。颜如玉告诫他不要死读书，他也不听。颜如玉说："你之所以不能飞黄腾达，就是因为你只管一味地读书。你看看考试录取的名单上，像你这样读书的有几个？如果你还是不听我劝，我就走了。"郎玉柱只好暂时听她的话。没多久他就忘了颜如玉的劝告，又开始读书吟诵。片刻后他找颜如玉，却找不到了。郎玉柱失魂落魄，反复祈祷，但仍旧没有找到颜如玉的踪影。他突然忆起颜如玉过去隐藏的地方，忙拿起《汉书》仔细检查，翻到原来那处地方，果真发现了她。只是郎玉柱怎么叫她都没有回应，他拜倒在地苦苦祈祷，颜如玉才走了下来，说："你再不听从我的劝导，我们就永远断绝关系吧！"于

绝！”因使治棋枰、樗蒱之具[7]，日与遨戏。而郎意殊不属，觑女不在，则窃卷流览。恐为女觉，阴取《汉书》第八卷，杂溷[8]他所以迷之。一日，读酣[9]，女至竟不之觉；忽睹之，急掩卷，而女已亡矣。大惧，冥搜诸卷，渺不可得；既，仍于《汉书》八卷中得之，叶数不爽[10]。因再拜祝，矢不复读。

是她让郎玉柱准备了围棋、樗蒱的用具，每天与他肆意游戏。然而郎玉柱却不感兴趣，趁着颜如玉不在的时候，就偷偷拿出书来看。他担心颜如玉发现，就暗中取出《汉书》的第八卷，和其他书混在一起，让颜如玉找不到路回去。一天，他读书兴味正浓，颜如玉走过来也没发现，乍看见她，急忙把书合上，但颜如玉却已经消失了。郎玉柱很害怕，毫无头绪地翻找那些书卷，怎么也找不到颜如玉。最终，仍旧是在《汉书》第八卷中找到了她，连页数也分毫不差。于是郎玉柱再次拜倒祈求，发誓不再死读书。

注释 1 读《汉书》至八卷：《汉书》卷八《宣帝纪》载，宣帝地节四年，夏五月，诏曰：“父子之亲，夫妇之道，天性也。虽有患祸，犹蒙死而存之。诚爱结于心，仁厚之至也，岂能违之哉！”就本文情节而言，盖取其“夫妇之道……蒙死而存之”义。 2 亭亭：耸立的样子；这里是站立的意思。 3 垂青：以青眼相看，比喻看重、见爱。 4 脱：倘若。 5 为人：指男女性事。 6 春秋榜：春榜和秋榜。春榜，指春试考中进士之榜。秋榜，指秋试考中举人之榜。 7 樗(chū)蒱之具：泛指赌具。樗蒱，即“樗蒱”，古博戏的一种。 8 溷：杂，混杂。 9 读酣：读兴正浓。 10 爽：差失，违背。

女乃下，与之弈，曰：“三日不工[1]，当复去。”至三日，忽一局赢女二子。女乃喜，授以弦索[2]，限五日工一曲。郎手营目注[3]，无暇他及；久之，随手应节，不觉鼓舞。女乃日与饮博，郎遂乐而忘读。女又纵之出门，使结客，由此倜傥之名暴著。女曰：“子可以出而试矣。”郎一夜谓女曰：“凡人男女同居则生子，今与卿居久，何不然也？”女笑曰：“君日读书，妾固谓无益。今即夫妇一章[4]，尚未了悟，枕席二字有工夫。”郎惊问：“何工夫？”女笑不言。少间潜迎就之。郎乐极曰：“我不意夫妇之乐，有不可言传者。”于是逢人辄道，无有不掩口者。女知而责之，郎曰：“钻穴逾隙[5]者始

颜如玉这才从书中走下来，与他下棋，说：“三天后若是你棋艺不精，我会再次离开。”三天过后，郎玉柱突然在一局棋中赢了颜如玉两子。颜如玉这才高兴起来，又教他弹琴，限他五天之内弹好一首曲子。起初，郎玉柱一边拨弦，一边看谱，根本没有工夫顾及其他；练了一段时间，他的手终于能应和节拍，不知不觉中他也受到了鼓舞。于是颜如玉每天和他饮酒赌博，郎玉柱享乐之中就忘了读书。颜如玉又督促他出门，结交友人，从此他风流倜傥的名声大起。颜如玉说：“你现在可以去参加考试了。”一天夜里，郎玉柱对颜如玉说：“凡间的男女住在一起就能生出孩子，现在我和你住了那么久，为什么没有孩子呢？”颜如玉笑着说：“你天天只知读书，我就说没什么用处。这夫妻之间的道理，你现在还没有了悟啊，‘枕席’这两个字是大有学问的。”郎玉柱惊讶地问：“什么大学问？”颜如玉但笑不语。不一会儿颜如玉暗中迎合挑逗他。郎玉柱惊喜地说：“我没想到夫妻之间还有这样无法描述的快乐呢。”因此，他碰到别人就说这些事，听到的人没有不捂嘴偷笑的。颜如玉知道后就责怪他，郎

不可以告人,天伦之乐[6]人所皆有,何讳焉?”过八九月,女果举一男,买媪抚字[7]之。

玉柱却说:“偷情私奔这些事才是不可告人的,天伦之乐是人人都有的,为什么要避讳呢?”过了八九个月,颜如玉果然生下了一个男孩,郎玉柱买来一个老妇人抚养他。

注释 1 工:精通。 2 弦索:指弦乐。 3 手营目注:谓手眼并用,意念专注。营,操作。 4 夫妇一章:泛指经书中论述夫妇之道的章节。如《周易·序卦》:“有天地,然后有万物。有万物,然后有男女。有男女,然后有夫妇。有夫妇,然后有父子。有父子,然后有君臣。” 5 钻穴逾隙:指偷情、私奔、偷窃等行为。 6 天伦之乐:这里指夫妇乐趣。天伦,指父子、兄弟、夫妇等天然的亲属关系。 7 抚字:抚育。字,养育。

一日,谓郎曰:“妾从君二年,业生子,可以别矣。久恐为君祸,悔之已晚。”郎闻言泣下,伏不起,曰:“卿不念呱呱者耶?”女亦凄然,良久曰:“必欲妾留,当举架上书尽散之。”郎曰:“此卿故乡,乃仆性命,何出此言!”女不之强,曰:“妾亦知其有数,不得不预告耳。”先是[1],亲族或窥见女,无不骇

一天,颜如玉对郎玉柱说:“我跟了你两年,已经为你生了孩子,我们可以分别了。长久下去怕是会给你带来祸患,到时候后悔就晚了。”郎玉柱听了这番话,流下眼泪,伏在地上不愿起来,说:“你难道不顾念刚出生的孩子吗?”颜如玉也很哀伤,过了许久才说:“你一定要留下我,那就把架子上的书都扔了吧。”郎玉柱哀痛地说:“这是你的故乡所在,我的性命所系呀,你怎么能说这种话呢!”颜如玉也不勉强他,只说:“我也是知道命数如此,才不得不预先告诉你。”在此之前,郎玉柱的亲戚中见过颜如玉的,没有不被惊艳的,但他们又没有听说过郎家和哪家人家结了亲,于是他们纷

绝，而又未闻其缔姻何家，共诘之。郎不能作伪语，但默不言。人益疑，邮传[2]几遍，闻于邑宰[3]史公。史，闽人，少年进士。闻声倾动，窃欲一睹丽容，因而拘郎与女。女闻知遁匿无迹。宰怒，收郎，斥革衣衿[4]，梏械备加，务得女所自往。郎垂死无一言。械其婢，略得道其仿佛[5]。宰以为妖，命驾亲临其家。见书卷盈屋，多不胜搜，乃焚之庭中，烟结不散，暝若阴霾。

纷追问郎玉柱。郎玉柱不愿意说谎，因此只是沉默不回应。众人愈发怀疑颜如玉的身份，这件事就传开了，连县令史公都听说了。史公是福建人，年纪很轻就中了进士。他听到风声后也很心动，私心想看一眼颜如玉美丽的容颜，因此下令抓捕郎玉柱和颜如玉。颜如玉听说此事后躲藏了起来不见踪迹。县令大怒，收押了郎玉柱，革除了他的功名，对他严刑拷打，务必要知道颜如玉去了哪里。郎玉柱面对死亡也不说一句话。县令便命人捉拿他家的婢女，才大致知道事情的经过。县令觉得颜如玉是妖怪，就命人安排车马来到郎家。只见屋里满满的书卷，数量多得搜查不过来，便下令在庭院中焚毁这些书，烟凝结在一起久久不散，天色昏暗得好像在灰霾之中。

注释 1 先是：在此以前。多用于追述往事之词。 2 邮传：旧时传递文书、供应食宿和车马的驿站。这里指传播到各地。 3 邑宰：县邑之长。即县令。 4 斥革衣衿：褫夺生员衣冠。指取消生员资格。斥革，同“褫革”。 5 道其仿佛：说出其事的大致情况。仿佛，不太真切。

郎既释，远求父门人书，得从辨复[1]。是年秋捷，次年举进士。而

郎玉柱被释放以后，远道去请求父亲的学生为自己上书陈情，才得以平反，恢复功名。这一年郎玉柱秋试中举，第二年

衔恨切于骨髓。为颜如玉之位[2]，朝夕而祝曰：“卿如有灵，当佑我官于闽。”后果以直指巡闽。居三月，访史恶款[3]，籍[4]其家。时有中表为司理[5]，逼纳爱妾，托言买婢寄署中。案既结，郎即日自劾[6]，取妾而归。

考中进士。他一直对县令恨之入骨。他为颜如玉做了牌位，早晚对着牌位祈求：“你如果在天有灵，一定要保佑我在福建当官。”后来他果然以直指的身份被派去巡视福建。三个月里，他调查了县令的劣迹，查抄了他的家。当时郎玉柱有位表亲任司理官，逼郎玉柱收了一个小妾，郎玉柱只好假称是买了个婢女放在官署中。县令的案子完结后，郎玉柱当天就自己弹劾自己，请求卸任，然后带着小妾回家了。

注释 1 得从辨复：经申辩恢复功名的请求得到批准。辨复，科举时代士人因犯法革去功名，后由于申辩而得以恢复，谓之“辨复”。 2 位：牌位，灵位。 3 恶款：作恶的条款。 4 籍：即籍没，登记并没收家产。 5 司理：刑狱官泛称。 6 自劾：上疏自陈过错，请求免职。劾，弹劾，揭发罪过。

异史氏曰：“天下之物，积[1]则招妒，好则生魔。女之妖，书之魔也。事近怪诞，治之未为不可。而祖龙之虐[2]不已惨乎！其存心之私，更宜得怨毒之报也。呜呼！何怪哉！”

异史氏说：“天下的事物，积累太多就会招来嫉妒，爱好到了痴迷的地步就会生出魔障。颜如玉此妖就是郎玉柱爱书成痴生出的魔障。这件事近乎怪诞，要治理它也不是不可以。但是像秦始皇焚书坑儒那样把书都烧掉不是已经很惨烈了吗！史县令的行为又是出于私心，更理应得到之后怨毒的报应。唉！这有什么奇怪的呢！”

注释 1 积：积聚，聚敛。 2 祖龙之虐：指秦始皇焚书坑儒。祖龙，指秦始皇。

齐天大圣

原文

许盛，兖[1]人。从兄成贾于闽，货未居积。客言大圣灵著[2]，将祷诸祠。盛未知大圣何神，与兄俱往。至则殿阁连蔓，穷极弘丽。入殿瞻仰，神猴首人身，盖齐天大圣孙悟空[3]云。诸客肃然起敬，无敢有惰容。盛素刚直，窃笑世俗之陋。众焚奠叩祝，盛潜去之。既归，兄责其慢[4]。盛曰："孙悟空乃丘翁[5]之寓言，何遂诚信如此？如其有神，刀槊雷霆[6]，余自受之！"逆旅主人闻呼大圣名，皆摇手失色，若恐大圣闻。盛见其状，益哗[7]辨之，听者皆掩耳而走。

译文

许盛是兖州府人。跟哥哥许成在福建做生意，没有囤积好货物。有客人说大圣非常灵验，就打算到神祠祷告。许盛不知道大圣是什么神，就和哥哥一起去了。到了神祠，只见殿阁连绵，极尽华丽。进入殿堂瞻仰，神像长着猴头人身，原来是齐天大圣孙悟空。各位宾客都肃然起敬，没人敢露出怠惰的神情。许盛向来耿直，暗笑世俗之人的浅薄。众人焚香祭奠，叩头祷告，许盛偷偷溜走了。回来之后，哥哥责怪他怠慢了神灵。许盛说："孙悟空是丘处机的寓言，为什么就对他衷心信仰到这个地步呢？如果他真有神威，刀砍雷轰我都自己承受！"旅店的主人听他直呼大圣的姓名，都连连摆手、大惊失色，好像害怕大圣听到一样。许盛看到他们这个样子，就更大声地争辩起来，听见的人都捂着耳朵逃走了。

注释 1 兖(yǎn)：兖州府。明洪武十八年(1385)升兖州置，治今山东省济宁市兖州区。 2 灵著：灵异显著。 3 齐天大圣孙悟空：神魔小说《西游记》中的人物。孙悟空在花果山水帘洞，与天庭对抗，曾自封为"齐天大圣"。 4 慢：怠慢，不恭敬。 5 丘翁：指金元时道士丘处机。

丘为道教全真道龙门派创始人,字通密,号长春子,登州栖霞(今山东栖霞市)人。成吉思汗十五年(1220),丘处机弟子李志常随其师赴西域谒成吉思汗,往返约四年,归后将丘往返西域的经历,写成《长春真人西游记》一书,凡二卷,今存《道藏》中。旧时曾误以此书为小说《西游记》。鲁迅《中国小说史略》已作辨正。 **6** 刀槊雷霆:犹言刀砍雷轰。槊,长矛。 **7** 哗:喧哗,大声。

至夜盛果病,头痛大作。或劝诣祠谢[1],盛不听。未几头小愈,股又痛,竟夜生巨疽[2],连足尽肿,寝食俱废。兄代祷迄无验。或言:神谴须自祝,盛卒不信。月余疮渐敛,而又一疽生,其痛倍苦。医来,以刀割腐肉,血溢盈碗。恐人神其词[3],故忍而不呻。又月余始就平复。而兄又大病。盛曰:"何如矣!敬神者亦复如是,足征余之疾非由悟空也。"兄闻其言,益恚,谓神迁怒,责弟不为代祷。盛曰:"兄弟犹手足。前日支体糜烂而不之

到了夜里,许盛果然生病了,头痛得厉害。有人劝他到神祠去谢罪,许盛没有听从。不久头痛稍微缓和,大腿又开始疼,过了一夜竟然长了个大毒疮,一直到脚全都肿了,睡不着觉也吃不下饭。哥哥替他祷告却始终没有效果。有人说:受到神的惩罚必须亲自去祷告,许盛终究没有相信。过了一个多月,腿疮渐渐收敛,但又长了一个毒疮,而且更加痛苦。医生前来诊治,用刀割掉腐烂的肉,血流了一整碗。他怕人又觉得他不敬神的行为灵验,所以忍着不发出呻吟。又过了一个多月才开始恢复。而他的哥哥又生了重病。许盛说:"怎么会这样!尊敬神的人也这样,足以证明我的病不是悟空导致的。"哥哥听了他的话,更加愤怒,说是神迁怒于他,责怪弟弟不代他祷告。许盛说:"兄弟就像手足一样。前些天我自己肢体糜烂都不为之祷告,现在

祷，今岂以手足之病，而易吾守[4]乎？”但为延医锉药[5]，而不从其祷。药下，兄暴毙。

怎么能因为手足生了病，而改变我所坚守的事呢？”许盛就只为他请医生并抓药，而不听从他去祷告。药服下以后，哥哥突然就死了。

注释 1 谢：谢罪，道歉。 2 疽(jū)：中医指局部皮肤肿胀坚硬而肤色不变的毒疮。 3 神其词：以神其说。指世人以许盛之病而证实神人灵验之说。 4 易吾守：改变我的操守。守，操守，此指不随俗祷神。 5 锉药：抓药，到药店买药。

盛惨痛结于心腹，买棺殓兄已，投祠指神而数[1]之曰：“兄病，谓汝迁怒，使我不能自白。倘尔有神，当令死者复生，余即北面称弟子[2]，不敢有异词；不然，当以汝处三清之法[3]，还处汝身，亦以破吾兄地下之惑。”至夜梦一人招之去，入大圣祠，仰见大圣有怒色，责之曰：“因汝无状[4]，以菩萨刀穿汝胫股，犹不自悔，啧有烦言[5]。本宜送拔舌狱[6]，念汝一生刚鲠[7]，姑置宥赦。汝兄病，乃汝以庸医夭其

许盛痛彻心扉，买了棺材安葬了哥哥，就到神祠里指着神像数落它说：“我哥哥病了，说是你迁怒于他，让我不能自我辩解。如果你真有神力，现在就让我哥哥死而复生，我立刻服从你做你的信徒，不敢有什么二话；如果你不这样做，我就用你当初处置三清的方法来处置你，也好破解我哥哥在九泉之下的疑惑。”到了夜里，许盛梦见一个人把自己招呼过去，走进大圣祠，仰头看见大圣脸上有怒意，责怪他说：“因为你行为无礼，我用菩萨刀刺穿你的腿；但你仍然不知悔改，说了许多闲话。本来应当将你打入拔舌狱，念在你一向刚直的份上，姑且饶过你。你哥哥生病，是你请来庸医使他折寿早死，怎么怨得了别

寿数，与人何尤[8]？今不少施法力，益令狂妄者引为口实。”乃命青衣使请命于阎罗。青衣曰：“三日后鬼籍已报天庭，恐难为力。”神取方版[9]，命笔不知何词，使青衣执之而去。良久乃返。成与俱来，并跪堂上。神问：“何迟？”青衣曰：“阎摩不敢擅专，又持大圣旨上咨斗宿[10]，是以来迟。”盛趋上拜谢神恩。神曰：“可速与兄俱去。若能向善，当为汝福。”兄弟悲喜，相将俱归。醒而异之。急起，启材[11]视之，兄果已苏，扶出，极感大圣力。盛由此诚服信奉，更倍于流俗。而兄弟资本，病中已耗其半，兄又未健，相对长愁。

人？今天不稍微施展一点法力，就更给狂妄的人留下口实了。”于是大圣派青衣使者向阎罗王请命。青衣使者说：“人死三天后鬼籍就会上报天庭，恐怕无能为力。”大圣拿来一块木板，提笔不知写了些什么，让青衣使者带走了。过了很久使者才回来。许成跟他一起回来，他们并排跪在堂上。大圣问：“为什么来得这么晚？”青衣使者说：“阎罗王也不敢擅作主张，就拿着您的圣旨上天咨询斗宿，这才来晚了。”许盛快步上前拜谢大圣之恩。大圣说：“你可以赶快和哥哥一起回去。如果能一心向善，我会给你赐福的。”兄弟二人悲喜交加，互相搀扶着一起回到家中。许盛醒过来感到十分惊异。连忙起身，打开棺材一看，哥哥果然已经苏醒了，许盛扶他出来，深感大圣神通广大。许盛从此对大圣笃信服从，甚至超过了常人。但兄弟二人的资产，在生病时已经耗费了一半，哥哥又还没康复，两个人面面相觑，很是发愁。

注释　**1** 数：责数其罪。　**2** 北面称弟子：意为甘心做信徒。旧时尊长南面而坐，幼者北面参谒。后拜人为师也称“北面”。　**3** 当以汝处三清之法：意谓以你处置三清圣像的办法来对待你。《西游记》第四十四回，孙悟空等在车迟国三清殿，把供奉的三清，即元始天尊、灵宝道君、太上老君的塑像投入茅坑。 4 无状：无礼貌。 5 啧有烦言：争论纷纷，抱怨责备。《左传·定公四年》："会同难，啧有烦言，莫之治也。" 6 拔舌狱：佛教称人生前毁谤佛法，死后堕入受拔舌刑罚的地狱。《西游记》第十一回，唐太宗入冥，在阴山后见到十八层地狱，其中有拔舌狱。 7 刚鲠(gěng)：刚强正直。 8 尤：怨。 9 方版：木板。古时的简牍。 10 斗宿：天上二十八星宿之一。此指南斗星、北斗星。传说南斗主生，北斗主死。故阎王请示斗宿。 11 材：棺材。

一日偶游郊郭，忽一褐衣[1]人相之曰："子何忧也？"盛方苦无所诉，因而备述其遭。褐衣人曰："有一佳境，暂往瞻瞩，亦足破闷。"问："何所？"但云："不远。"从之。出郭半里许，褐衣人曰："予有小术，顷刻可到。"因命以两手抱腰，略一点头，遂觉云生足下，腾踔[2]而上，不知几百由旬[3]。盛大惧，闭目不敢少启。顷之曰："至矣。"忽见琉璃世界，光明异色，讶问："何处？"曰："天宫也。"信步而行，上上益高[4]。遥见一叟，喜曰：

一天，许盛偶然去郊外游玩，忽然有一个穿着粗布衣服的人看着他，说："您有什么忧愁呢？"许盛正苦恼没处倾诉，于是就向他详细地讲述了自己的遭遇。穿粗衣的人说："有一个好地方，你暂且可以前去看看，也足以解闷。"许盛问他："在什么地方？"那人只是说："不远。"许盛就跟他去了。出了城半里左右，穿粗衣的人说："我有个小法术，一会儿就能到。"于是让许盛两手抱住他的腰，稍稍一点头，许盛就觉得脚下生出云来，腾空直上，不知道飞过了几千公里。许盛十分害怕，紧闭双眼不敢睁开一点点。不久穿粗衣的人说："到了。"忽然只见一个琉璃世界，五光十色，许盛惊讶地问道："这是什么地方？"那人回答说："这是天宫。"两人慢慢向前走，越走越高。远远看见一位老翁，粗衣人高兴

"适遇此老,子之福也!"举手相揖。叟邀过诣其所,烹茗献客,止两盏,殊不及盛。褐衣人曰:"此吾弟子,千里行贾,敬造仙署,求少赠馈。"叟命僮出白石一柈[5],状类雀卵,莹澈如冰。使盛自取之,盛念携归可作酒枚[6],遂取其六。褐衣人以为过廉,代取六枚付盛并裹之,嘱纳腰橐[7]。拱手曰:"足矣。"辞叟出,仍令附体而下,俄顷及地。盛稽首请示仙号,笑曰:"适即所谓筋斗云[8]也。"盛恍然悟为大圣,又求祐护。曰:"适所会财星[9],赐利十二分,何须他求。"盛又拜之,起视已渺。

地说:"恰巧遇到这位老人,是你的福气啊!"两人拱手互相行礼。老人邀请他俩去自己的居所,煮茶招待客人,只有两杯茶,竟没有许盛的。粗衣人说:"这是我的弟子,不远千里来经商,诚心拜访您的府邸,恳请您稍微给他一点馈赠。"老人命令童仆拿出一盘白石子,石子形状如同鸟蛋,像冰一样晶莹剔透。老人让许盛自己拿,许盛想着拿回去可以当酒筹,就拿了六个。粗衣人觉得他拿得太少,就替他又拿了六个,一块包起来,嘱咐许盛收进腰包里。许盛冲老人拱手说:"够了。"告别老人出门来,仍让许盛抱着他的腰飞下去,不久就到了地上。许盛向他跪拜行礼,并问他的仙号,那人笑着说:"你刚才乘的就是所谓的筋斗云啊。"许盛恍然大悟,原来这就是大圣,又求他庇佑自己。大圣说:"刚才见到的是财神星,赐给你十二分利,哪还需要求别的什么。"许盛又向他行礼,起身一看,他已经不见了。

注释 1 褐衣:粗布衣服。古代贫贱者所穿。 2 腾踔(chuō):腾跃。 3 由旬:古代印度的长度单位,也作"俞旬",为帝王一日行军的路程。约为四十里,一说三十里。 4 上上益高:意为越上越高。 5 柈(pán):盘子。 6 酒枚:犹言酒筹,饮酒时用以计数之具。 7 橐(tuó):口袋。 8 筋斗云:《西游记》中孙悟空飞行时所乘的云。 9 财星:民间传说认为天宫有主财的星宿,此星照临,财运就兴旺。

既归,喜而告兄。解取共视,则融入腰橐矣。后辇货而归,其利倍蓰[1]。自此屡至闽必祷大圣。他人之祷时不甚验,盛所求无不应者。

回家以后,许盛高兴地告诉了哥哥。解下腰包一起看,发现石子已经跟腰包融为一体了。后来他们用车拉着货物回家,获得的利益翻了几倍。从此以后,他们每次到福建一定会向大圣祈祷。其他人的祷告有时并不很灵验,但许盛所求的东西没有不应验的。

注释 1 倍蓰(xǐ):谓数倍。倍,一倍;蓰,五倍。

异史氏曰:"昔士人过寺[1],画琵琶于壁而去,比返,则其灵大著,香火相属焉。天下事固不必实有其人,人灵之则既灵焉矣。何以故?人心所聚,而物或托[2]焉耳。若盛之方鲠[3],固宜得神明之祐,岂真耳内绣针,毫毛能变,足下筋斗,碧落[4]可升哉!卒为邪惑,亦其见之不真也。"

异史氏说:"从前有一个士人经过寺庙,在墙上画了个琵琶就离开了,等他回来,就发现人们都觉得琵琶很灵验,香火延续不绝。天下的事本来不必确有其人,人们觉得它灵验,那它就灵验了。为什么呢?人的心意所汇聚的地方,神灵就可能会依托于此。就像许盛本来耿直,就应当得到神明的庇佑,哪里真的会有耳朵里藏绣花针、毫毛能变化多端、脚下踩着筋斗云、能飞升天空的人呢?最终被邪术迷惑,也可以看出许盛并不真的坚持自己的准则。"

注释 1 昔士人过寺:《太平广记》卷三一五引《原化记》,谓昔有书生欲游吴地,道经江西,因风阻泊舟,闲步入寺,见僧房院开,旁有笔砚。书生善画,乃于房门素壁上画一琵琶,大小与真不异。画毕离去。僧归,见画,乃告村人曰:“恐是五台山圣琵琶。”于是“遂为村人传说,礼施求福甚效”。后来,书生得知其事,甚为惭愧,乃回到僧寺,以水洗尽所画琵琶,自是灵圣亦绝。 2 托:依托,附着。 3 方鲠:方正耿直。 4 碧落:天空。

青蛙神

原文

江汉之间[1],俗事[2]蛙神最虔。祠[3]中蛙不知几百千万,有大如笼者。或犯神怒,家中辄有异兆,蛙游几榻,甚或攀缘滑壁,其状不一,此家当凶。人则大恐,斩牲[4]禳祷[5]之,神喜则已。

译文

长江、汉水一带,民间对蛙神的侍奉最为虔敬。神祠中不知有几百千万只青蛙,有的竟大如蒸笼。有的人触犯了神怒,家里就会发生异兆,比如青蛙在几案和床榻上游走,甚至有的爬上滑溜溜的墙壁却不掉下来,各种状况都不一样,这家一定会发生灾祸。人们就会十分恐惧,赶紧宰杀牲畜向青蛙神祷告,青蛙神高兴了,灾祸自会消弭。

注释 1 江汉之间:长江、汉水之间,指今湖北地区。 2 事:侍奉、崇奉。 3 祠:供奉祖宗、鬼神或有功德的人的房屋。此处指蛙神祠。 4 牲:祭祀用的家畜。 5 禳祷:祭祀祷告,祈求消灾。

楚[1]有薛昆生者，幼惠，美姿容。六七岁时，有青衣媪至其家，自称神使，坐致神意，愿以女下嫁[2]昆生。薛翁性朴拙，雅不欲，辞以儿幼。虽固却之，而亦未敢议婚他姓。迟数年昆生渐长，委禽[3]于姜氏。神告姜曰："薛昆生吾婿也，何得近禁脔[4]！"姜惧，反其仪[5]。薛翁忧之，洁牲往祷，自言不敢与神相匹偶。祝已，见肴酒中皆有巨蛆浮出，蠢然扰动，倾弃谢罪而归。心益惧，亦姑听之。

楚地有个叫薛昆生的，年幼的时候就聪慧过人，且姿容秀美。六七岁时，有一个穿青衣的老婆婆来到他家中，自称是青蛙神的使者，坐下来传达了青蛙神的旨意，愿意把女儿下嫁给薛昆生。薛翁生性质朴，心里十分不乐意，就以儿子年幼为借口推辞。薛家虽然坚持拒绝了亲事，却也不敢和别的人家说亲。过了几年薛昆生渐渐长大，和姜家定了婚事。青蛙神警告姜家说："薛昆生是我的女婿，你怎么敢染指？"姜家怕了，便返还了聘礼。薛翁非常忧虑，便带上干净的祭品前去祷告，自称不敢和青蛙神联姻。祷告完毕，只见酒菜中都有很大的蛆虫浮出，到处蠕动，薛翁倒掉祭品，谢罪而返。他心里更加恐惧，却也只好听之任之。

注释　1 楚：古楚国最初都城在今湖北省境内。这里泛指湖北地区。　2 下嫁：谓帝王之女出嫁。这里指蛙神的女儿嫁于凡人。　3 委禽：致送聘礼。此指订婚。　4 近禁脔(luán)：染指不可觊觎之物。禁脔，比喻不许别人染指的独占物。　5 反其仪：退还订婚的礼物。

一日昆生在途，有使者迎宣神命，苦邀移趾[1]。不得已，从与俱往。入一朱门，楼阁华好。

一天薛昆生正在赶路，有个使者迎上来宣读青蛙神的旨意，苦苦邀请他前去神府。没办法，薛昆生只好跟随使者一同前往。他们走进一道朱漆大门，里

有叟坐堂上，类七八十岁人。昆生伏谒，叟命曳起之，赐坐案旁。少间婢媪集视，纷纭满侧。叟顾曰："入言薛郎至矣。"数婢奔去。移时一媪率女郎出，年十六七，丽绝无俦[2]。叟指曰："此小女十娘，自谓与君可称佳偶，君家尊乃以异类见拒。此自百年事[3]，父母止主[4]其半，是在君耳。"昆生目注十娘，心爱好之，默然不言。媪曰："我固知郎意良佳，请先归，当即送十娘往也。"昆生曰："诺。"趋归告翁，翁仓遽无所为计，乃授之词[5]，使返谢[6]之。昆生不肯行。方诮让[7]间，舆已在门，青衣成群，而十娘入矣。上堂朝见翁姑，见之皆喜。即夕合卺，琴瑟甚谐。由此神翁神媪时降其家。视其

面楼阁华丽精美。有一个老人坐在堂上，看上去有七八十岁。薛昆生伏地行礼，老人命人拉他起来，并让他坐在几案一旁。不多时婢女婆子都跑出来看他，挤挤挨挨站满了两侧。老人回过头说："进去通报说薛郎来了。"几个婢女便跑进了内室。过了一会儿一个婆婆领着一位女郎出来，大约十六七岁，姿容秀丽，天下无双。老人指着女郎说："这是我的小女儿十娘，自称与你是天生一对，只是你父亲因我们是异类加以拒绝。婚姻是百年大事，父母只能做一半主，这要由你拿主意。"薛昆生目不转睛地看着十娘，心里十分喜爱，而沉默着不置一词。婆婆说："我早就知道薛郎会满意的，请你先回去，我立刻就送十娘前往。"薛昆生说："好的。"薛昆生回家后告知了父亲，薛翁仓促间无计可施，于是就教给他一些话，让他回去谢绝青蛙神的美意。薛昆生不肯去。薛翁还在谴责薛昆生的时候，送亲的车马已经到了家门口，成群的婢女簇拥下，十娘进入了家门。她上堂拜见公婆，公婆见了都喜欢她。当晚二人就举行了婚礼，夫妻俩感情甚笃。自此十娘父母经常降临薛家。看他们穿的衣

衣，赤为喜，白为财，必见[8]，以故家日兴。

服，红色代表喜事，白色代表钱财，每次都会灵验，因此薛家日渐兴旺起来。

注释 1 苦邀移趾：苦苦邀请他前往。移趾，请人走动的敬辞。 2 无俦(chóu)：没有能够与之相比。俦，同辈，伴侣。 3 百年事：指婚姻大事。 4 主：做主。 5 授之词：教他推托之词。 6 谢：推辞。 7 诮(qiào)让：谴责。 8 必见：必定灵验。见，同“现”。

自婚于神，门堂藩溷[1]皆蛙，人无敢诟蹴[2]之。惟昆生少年任性，喜则忌，怒则践毙，不甚爱惜。十娘虽谦驯[3]，但含怒，颇不善昆生所为，而昆生不以十娘故敛抑之[4]。十娘语侵昆生，昆生怒曰：“岂以汝家翁媪能祸人耶？大丈夫何畏蛙也！”十娘甚讳言“蛙”，闻之恚[5]甚，曰：“自妾入门为汝家妇，田增粟，贾增价[6]，亦复不少。今老幼皆已温饱，遂如鸮鸟生翼，欲啄母睛[7]耶！”昆生益愤曰：“吾正嫌所增

自从与青蛙神联姻后，薛家门前、大堂、篱笆、厕所都有青蛙，家人没有敢辱骂踩踏的。只有薛昆生年少任性，高兴的时候还有所忌讳，生气时就毫无顾忌地踩死青蛙，十分不爱惜。十娘虽然为人谦和温顺，但也心怀怒气，对薛昆生的行为很不满意，但是薛昆生并不因为十娘而有所收敛。一次十娘话语间侵犯了薛昆生，薛昆生生气地说：“难道是因为你父母能祸害人吗？大丈夫为什么要畏惧青蛙！”十娘十分忌讳别人说“蛙”字，听薛昆生直言大怒，说：“自从我过门做你的妻子，帮助你家种田增产，做买卖盈利，各种好处也不少了。如今一家老小都能填饱肚子了，就要学习猫头鹰羽翼丰满，要啄母鸟的眼睛了吗！”薛昆生更加生气地说：“我正嫌弃这些增加的东西

污秽，不堪贻子孙。请不如早别。”遂逐十娘，翁媪既闻之，十娘已去。呵昆生，使急往追复之。昆生盛气不屈。至夜母子俱病，郁闷不食。翁惧，负荆于祠，词义殷切。过三日病寻愈，十娘已自至，夫妻欢好如初。

污秽，不堪留给子孙呢。不如请你早早离去得了。”于是就驱赶十娘，薛昆生父母听说这事后，十娘已经离去了。他们呵斥薛昆生，催促他赶紧去把十娘追回来。薛昆生正在气头上，不听。到了晚上，薛昆生母子都得了病，烦闷郁结，吃不下饭。薛翁怕了，去神祠负荆请罪，祷告之言恳切真挚。过了三天母子俩的病就好了，十娘也自己回来了，夫妻俩和好如初。

注释　1 藩溷(hùn)：篱笆和厕所。　2 诟蹴(cù)：指不敬行为。诟，辱骂。蹴，踩踏。　3 谦驯：谦和温顺。　4 敛抑之：收敛、克制自己的行为。　5 恚(huì)：怒。　6 田增粟，贾(gǔ)益价：种田增产，经商增利。　7 鸮(xiāo)鸟生翼，欲啄母睛：比喻忘恩负义。鸮鸟，猫头鹰。旧传幼鸟羽翼长成，啄食母鸟眼睛而去。

十娘日辄凝妆坐，不操女红[1]，昆生衣履一委诸母。母一日忿曰：“儿既娶，仍累媪！人家妇事姑，我家姑事妇！”十娘适闻之，负气登堂曰：“儿妇朝侍食，暮问寝[2]，事姑者，其道[3]如何？所短者，不能吝佣钱，自作苦耳。”母无

十娘每日总是打扮好坐在那里，并不做女红，薛昆生的衣服鞋子全都交给母亲做。母亲一日来气说：“儿子娶了媳妇，还劳累做母亲的！人家的媳妇都是伺候婆婆，我家婆婆伺候媳妇！”十娘恰巧听到了，赌气来到大堂说：“我早晨伺候您吃饭，晚上伺候您睡觉，伺候婆婆的礼数，除此之外还有什么呢？我所缺的，不过是不会自己干活，省下给佣人的钱，自讨苦吃罢了。”母亲无言以对，神情沮

言，惭沮自哭。昆生入见母涕痕，诘得故，怒责十娘。十娘执辨不相屈。昆生曰："娶妻不能承欢，不如勿有！便触老蛙怒，不过横灾死耳！"复出十娘。十娘亦怒，出门径去。次日居舍灾[4]，延烧数屋，几案床榻，悉为煨烬。昆生怒，诣祠责数曰："养女不能奉翁姑，略无庭训[5]，而曲护其短！神者至公，有教人畏妇者耶！且盎盂相敲[6]，皆臣所为，无所涉于父母。刀锯斧钺[7]，即加臣[8]身；如其不然，我亦焚汝居室，聊以相报。"言已，负薪殿下，爇火欲举。居人集而哀之，始愤而归。父母闻之，大惧失色。至夜，神示梦于近村，使为婿家营宅。及明，赍材鸠工，共为昆生建造，辞之不

丧，一个人默默流泪。薛昆生进来看到母亲脸上有泪痕，询问之下得知原委，便怒气冲冲地指责十娘。十娘据理力争，一点也不让步。薛昆生说："娶妻子却不能让父母高兴，这样的妻子不如没有的好！就是惹怒了老青蛙，横竖不过是死于横祸。"便又休了十娘。十娘也很气愤，出了家门就头也不回地走了。第二天薛家住宅着火，火势蔓延，烧着了好几间屋子，几案、床榻等家具，都化为灰烬。薛昆生怒火中烧，来到神祠指责数落道："养的女儿不能侍奉公婆，一点家教都没有，你倒护起短来了！神仙都是很公正的，哪里有教人畏惧妻子的道理！况且两口子吵架，都是我干的，与我父母根本没有任何关系。就是要惩罚，也只能施加在我身上；如果不这样，我也一把火烧掉你家，借以报复。"说完，薛昆生就把柴火背到屋檐下，点燃火把就要放火。附近居住的人都围过来苦苦哀求他，薛昆生这才怒气冲冲地回家了。他父母听说了此事，大惊失色。到了这天晚上，青蛙神给邻村的人托梦，让他们为薛家营建住宅。天刚亮邻村的人就备足木材，聚集工匠，一同前来给薛昆生家建造住宅，薛家推

肯。日数百人相属于道，不数日第舍一新，床幕器具悉备焉。修除甫竟[9]，十娘已至，登堂谢过，言词温婉。转身向昆生展笑，举家变怨为喜。自此十娘性益和，居二年无间言。

辞，大伙也不答应。每天都有几百人络绎不绝地前来帮忙，没过几天，房屋便焕然一新，床帐器具全都齐全了。薛家的房屋刚刚收拾妥当，十娘就回来了，她登堂向二老道歉，言辞温婉恳切。又转过身朝薛昆生一笑，全家都转忧为喜。自此十娘性情更加随和，过了两年夫妻间也没有闹口角。

注释 1 女红：也作"女功"，旧指妇女所做的针线活。 2 朝侍食，暮问寝：犹言"昏定晨省"。这是旧时子妇侍奉翁姑的日常礼节。 3 道：指"妇道"，规范礼数。 4 灾：发生火灾。 5 略无庭训：毫无家教。庭训，指父教。泛指家教。 6 盎盂相敲：比喻家庭口角。盎、盂，皆盛饮食手的器皿。 7 刀锯斧钺：刀、锯、斧、钺，皆为古代刑具。此处代指惩罚。 8 臣：古时与尊者谈话时的对自己的谦称。 9 修除甫竟：此处指薛家的房屋刚刚收拾妥当。修，装修。除，清理打扫。甫，刚刚。竟，完结。

十娘最恶蛇，昆生戏函[1]小蛇，绐[2]使启之。十娘色变，诟[3]昆生。昆生亦转笑生嗔，恶相抵。十娘曰："今番不待相迫逐，请自此绝。"遂出门去。薛翁大恐，杖昆生，请罪于神。幸

十娘最讨厌蛇，薛昆生有一次开玩笑，用盒子装了一条小蛇，骗十娘打开。十娘打开一看，脸色陡变，怒骂薛昆生。薛昆生也从开玩笑转变成生气，夫妻俩就恶言相向。十娘说："这次不等你赶我走，我们就此一刀两断。"说完就出门而去。薛翁怕极了，拿木棒狠打薛昆生，并向青蛙神请罪。所幸这次青蛙神没有降临灾

不祸之，亦寂无音。积有年余，昆生怀念十娘，颇自悔。窃诣神所哀十娘，迄无声应。未几，闻神以十娘字[4]袁氏，中心失望，因亦求婚他族。而历相数家，并无如十娘者，于是益思十娘。往探袁氏，则已垩壁涤庭[5]，候鱼轩[6]矣。心愧愤不能自已，废食成疾。父母忧皇，不知所处。

祸，但也没有一点动静。如此过了一年多，薛昆生思念起十娘，心里很是后悔。他还悄悄来到神祠哀求十娘，始终没有得到回应。不多久，听说青蛙神把十娘许配给了袁家，薛昆生心中失望，索性也向别家求婚。但是看了好多人家的姑娘，并没有一个赶得上十娘的，于是薛昆生更加思念十娘。他悄悄跑去袁家打探，只见人家已经开始粉刷墙壁，打扫庭院，只等着迎接十娘的车轿了。薛昆生内心又是惭愧又是生气，不能自已，竟食不下咽，渐成一疾。父母忧心忡忡，却不知该怎么办。

注释　1 函：匣子。此指用匣子装着。　2 绐(dài)：哄骗。　3 诟：斥责，骂。　4 字：女子许嫁。　5 垩(è)壁涤庭：粉刷墙壁，清扫庭院。垩，粉刷。　6 鱼轩：以鱼皮为饰的车子，古时贵夫人所乘。

忽昏愦中有人抚之曰："大丈夫频欲断绝[1]，又作此态！"开目，则十娘也。喜极，跃起曰："卿何来？"十娘曰："以轻薄人[2]相待之礼，止宜从父命，另醮[3]而去。固久受袁家采币[4]，妾千思万思而不忍也。卜吉[5]已在今

薛昆生在昏迷中忽然感觉有人抚摸他，说："堂堂大丈夫，多次要与我断绝关系，怎么又这副模样了！"薛昆生睁开眼睛，原来是十娘。薛昆生喜不自胜，一跃而起说："十娘从哪里来的？"十娘说："以你这个轻薄之人对待我的礼数，我就该听从父亲的话，另嫁他人。本来早就收下了袁家的聘礼，但是我左想右想，实在不忍心离你而去。今晚就是成亲的吉

夕,父又无颜反璧[6],妾亲携而置之矣。适出门,父走送曰:‘痴婢!不听吾言,后受薛家凌虐,纵死亦勿归也!’”昆生感其义,为之流涕。家人皆喜,奔告翁媪。媪闻之,不待往朝[7],奔入子舍,执手呜泣。由此昆生亦老成[8],不作恶谑[9],于是情好益笃。十娘曰:“妾向以君儇薄[10],未必遂能相白首[11],故不欲留孽根[12]于人世。今已靡他[13],妾将生子。”居无何,神翁神媪着朱袍,降临其家。次日十娘临蓐[14],一举两男。

日,父亲又拉不下脸去退还聘礼,我就自个儿拿着聘礼送还了人家。刚才出门的时候,父亲一边送我一边说:‘傻丫头!你不听我的话,以后再受薛家欺负,就是去寻死也不要回来了!’”薛昆生被十娘的情义感动,为之流下泪来。家里人都很高兴,跑去告诉薛昆生父母。薛母听了,不等十娘来拜见,径直跑进儿子的房间,握住十娘的手呜呜哭泣。自此薛昆生也渐渐老成持重,不再做恶作剧,于是夫妻俩的感情更深了。一日十娘说:“我以前因为你为人轻薄,未必就能与你白头偕老,所以不打算生下孩子留在人世间。如今已经没有什么后顾之忧,我打算生孩子了。”过了不久,青蛙神夫妇穿着红色衣服,降临薛家。第二天十娘就临盆,一下子生了两个儿子。

注释 1 频欲断绝:谓屡次想断绝夫妇恩义。 2 轻薄人:指薛生。 3 醮(jiào):女子嫁人。特指妇女再嫁。 4 采币:彩礼。 5 卜吉:占问选定的吉日。指与袁家的婚期。 6 反璧:指退还聘礼。 7 往朝:指十娘来拜见。按照旧时礼数,儿媳应该先拜见婆婆。 8 老成:稳重不轻浮。 9 恶谑:恶作剧。谑,开玩笑。 10 儇(xuān)薄:轻薄。 11 相白首:白头偕老。 12 孽根:祸根。多用为昵称,以指子女。 13 靡他:无有他心。靡,无。 14 临蓐:临产;分娩。

由此往来无间。居民或犯神怒，辄先求昆生。乃使妇女辈盛妆入闺，朝拜十娘，十娘笑则解。薛氏苗裔[1]甚繁，人名之“薛蛙子家”。近人不敢呼，远人则呼之。

自此薛家与青蛙神经常来往，没有阻碍。附近居民有的触犯了神怒，就先来求薛昆生。薛昆生就让那家的妇女穿着漂亮的衣服进入内室，拜见十娘，只要十娘笑了，灾祸就会免除。薛家后代繁衍昌盛，人们都称他家为“薛蛙子家”。不过附近的人不敢这样叫，只有住得远的人这样称呼。

注释　1 苗裔：后代子孙。

又

原文

青蛙神，往往托诸巫以为言。巫能察神嗔喜[1]：告诸信士[2]曰“喜矣”，福则至；“怒矣”，妇子坐愁叹，有废餐者。流俗然哉？抑神实灵，非尽妄也？

译文

青蛙神，总是托巫人之口传话。巫人能察觉青蛙神的喜怒：告诉信神的人说“青蛙神高兴”，那么福就会降临；若说“青蛙神发怒”，那么这人的妻儿就会忧愁叹息，有的甚至没有胃口吃饭。这是流俗导致的吗？还是青蛙神确实灵验，并不是虚妄的呢？

注释　1 嗔喜：喜怒。嗔，怒。　2 信士：此泛指信奉青蛙神的人。

有富贾周某，性吝啬。会[1]居人敛金修关圣祠，贫富皆与有力[2]，独周一毛所不肯拔[3]。久之，工不就[4]，首事者[5]无所为谋。适众赛[6]蛙神，巫忽言："周将军仓[7]命小神司募政[8]，其取簿籍来。"众从之。巫曰："已捐者不复强，未捐者量力自注[9]。"众唯唯敬听，各注已。巫视曰："周某在此否？"周方混迹其后，惟恐神知，闻之失色，次且[10]而前。巫指籍曰："注金百。"周益窘。巫怒曰："淫债尚酬二百，况好事耶！"盖周私一妇，为夫掩执，以金二百自赎，故讦[11]之也。周益惭惧，不得已，如命注之。

有一个富商周某，生性吝啬。正赶上居民共同出资修建关圣祠，无论贫富都出了一份力，只有周某像铁公鸡一样一毛不拔。过了很长时间，修建工作也没有完成，为首主持其事的人也没有办法再筹到资金。恰巧大家祭祀青蛙神，巫人忽然开口说话："周仓将军命令我管理募捐的事情，快快拿账簿过来。"众人取给他看。巫人说："已经捐钱的人不再勉强了，未捐助的人量力而行，自行认捐吧。"众人都恭敬地听着，各自捐了钱。巫人环视一圈后说："周某在这里吗？"周某正躲在大家后面，生怕被青蛙神发现，听到青蛙神叫自己的名字，他大惊失色，犹犹豫豫地走到前面来。巫人指着账簿说："你捐一百两。"周某愈发为难。巫人大怒，说："你偷情还交了二百两封口费，何况这是做好事呢！"原来周某与一个妇人私通，被其丈夫捉住了，为了息事宁人，他拿出了二百两银子，所以巫人揭了他的短。周某更加惭愧恐惧，没有办法，只好听命在账簿上认捐了二百两。

注释　1 会：恰巧，适逢。　2 有力：出力。　3 一毛所不肯拔：比喻极端吝啬。　4 就：完成。　5 首事者：倡议或主持其事者。　6 赛：

祭祀酬神之称。 **7** 周将军仓：即周仓，传说为三国时蜀国关羽的部将，旧时小说、戏曲多演其事。 **8** 司募政：主持筹集建祠资金之事。 **9** 注：注入，下注。 **10** 次且(zī jū)：同“趑趄”，且前且却，犹豫不进。 **11** 讦(jié)：揭发别人的隐私。

既归，告妻，妻曰：“此巫之诈耳。”巫屡索，卒不与。一日方昼寝，忽闻门外如牛喘。视之则一巨蛙，室门仅容其身。步履蹇缓，塞两扉而入。既入，转身卧，以阈[1]承颔。举家尽惊。周曰：“此必讨募金也。”焚香而祝，愿先纳三十，其余以次赍送[2]，蛙不动；请纳五十，身忽一缩小尺许；又加二十，益缩如斗；请全纳，缩如拳，从容出，入墙罅[3]而去。周急以五十金送监造所，人皆异之，周亦不言其故。积数日，巫又言：“周某欠金五十，何不催并？”周闻之，惧，

周某回家后，把这事告诉了妻子，妻子说：“这一定是巫人在敲诈你。”后来巫人多次索要捐款，周某最终也没有给。一天周某正打算睡午觉，忽然听到门外像有牛在喘粗气。开门一看竟然是一只巨大的青蛙，房门仅仅能容得下它的身子。青蛙步履缓慢地挤过房门进来，进屋以后，转个身趴下，把下巴放在门槛上。周家上下都惊恐不安。周某说：“这一定是来讨要捐款的。”便焚香祷告青蛙神，愿意先交纳三十两，剩下的分批次送过去，青蛙一动不动；周某又说先交五十两，青蛙的身子忽然缩小了一尺多；再多交二十两，青蛙便缩小到像斗一样大了；答应全部交纳，青蛙已经缩小到拳头大小，不慌不忙地跳出屋子，钻进墙缝中离去了。周某急忙拿出五十两送到监造所，人们都感到十分诧异，周某也不说出原因。又过了几天，巫人又说：“周某还欠五十两，为什么不去催交？”周某听了，很害怕，就又送去了十

又送十金，意将以此完结。一日夫妇方食，蛙又至，如前状，目作怒。少间，登其床，床摇撼欲倾。加喙[4]于枕而眠，腹隆起如卧牛，四隅[5]皆满。周惧，即完百数与之。验之，仍不少动。半日间，小蛙渐集，次日益多，穴仓登榻，无处不至。大于碗者，升灶啜蝇，糜烂釜[6]中，以致秽不可食。至三日，庭中蠢蠢[7]，更无隙地。一家皇骇，不知计之所出。不得已，请教于巫。巫曰："此必少之也。"遂祝之，益以二十，首始举；又益之，起一足；直至百金，四足尽起，下床出门，狼犺[8]数步，复返身卧门内。周惧，问巫。巫揣其意，欲周即解囊。周无奈何，如数付巫，蛙乃行，数步

两，打算就此了结。一天周某夫妇正要吃饭，那只巨蛙又来了，像之前一样，目露凶光。过了一会儿巨蛙爬上床，床摇晃得像要塌了。巨蛙把嘴放在枕头上睡起觉来，腹部隆起，像一头卧着的牛，床的四个角落都被它占满了。周某怕极了，马上把剩余的钱交给它，凑足了一百两的数目。再一看，青蛙还是不肯下床。过了半天，小青蛙渐渐聚集到周家，第二天聚集的更多，它们钻进粮仓，爬上木床，没有它们不到的地方。比碗还大的青蛙，跳到灶台上捕食苍蝇，有的就死在锅里并腐烂掉，以至于肮脏得没法吃饭。到了第三天，院子里蠢蠢蠕动的都是青蛙，根本没有落脚的地方。一家人惶恐至极，不知道该如何办才好。没办法，只好向巫人求救。巫人说："这一定是嫌弃交的钱少。"周某于是祷告，答应增加二十两，巨蛙的头这才抬起来；又加了些钱，巨蛙抬起了一条腿；直到加到了一百两，巨蛙的四条腿才都起来，下了床，走到门外，笨拙地跳了几步，又返身回来卧在了门内。周某很害怕，问巫人是怎么回事。巫人揣摩青蛙神的意思，大概是要周某现在就把钱交上。周某无可奈何，只好如数付给巫人，巨蛙这才离去，

外，身暴缩，杂众蛙中，不可辨认，纷纷然亦渐散矣。

刚跳了几步，身子就突然缩小，杂在一大群青蛙中，再也分辨不出，青蛙们也就乱哄哄地渐渐离去。

注释 1 阈(yù)：门槛。 2 以次赍(jī)送：分批送交。赍，赠送。 3 罅(xià)：缝隙。 4 喙：嘴。 5 隅：角落。 6 釜：古炊器，相当于现在的锅。 7 蠢蠢：蠕动貌。 8 狼犺(kàng)：踉跄的样子。

祠既成，开光[1]祭赛，更有所需。巫忽指首事者曰："某宜出如干数。"共十五人，止遗二人。众祝曰："吾等与某某，已同捐过。"巫曰："我不以贫富为有无，但以汝等所侵渔[2]之数为多寡。此等金钱，不可自肥，恐有横灾非祸。念汝等首事勤劳，故代汝消之也。除某某廉正无苟且[3]外，即我家巫，我亦不少私之，便令先出，以为众倡。"即奔入家，搜括箱椟。妻问之亦不答，尽卷囊蓄而

关圣祠修建完毕，要进行开光祭拜活动，又需要花费银子。巫人忽然指着主持其事的人说："某某应该再交多少钱。"一共点出了十五个人，只遗漏了两个人。这些人祷告说："我们和某人一样，已经捐过钱了。"巫人说："我不是依据你们的贫富来决定交不交钱，而是依据你们侵吞修建神祠的钱的多少来判定的。这等钱款，不可以肥私囊，不然恐有飞来横祸。念在你们领头做事勤劳有加，所以我来帮你们消除灾祸。除了某人廉正没有做出苟且的事情之外，即便是我的代言人巫人，我也不会有一点偏袒的，我这就让他先拿出侵吞的钱来，为你们做个榜样。"巫人说完就跑回家，翻箱倒柜搜寻。妻子问他怎么了，他也不回答，只是把家中的积蓄全部包起来拿走，当面

出，告众曰："某私克银八两，今使倾橐[4]。"与众衡之，秤得六两余，使人志其欠数。众愕然，不敢置辨，悉如数纳入。巫过此茫不自知。或告之，大惭，质衣以盈之。惟二人亏其数，事既毕，一人病月余，一人患疔瘇[5]，医药之费，浮于所欠[6]，人以为私克之报云。

告诉大家说："巫人私自克扣了八两银子，今天让他全部交出来了。"巫人和大家一起称量，称出来只有六两多银子，便让人记下他欠的数目。大家都感到惊愕，也不敢再申辩了，都按照数目交纳了银两。这件事办完之后，巫人却茫然不知。有人告诉了他，他惭愧不已，把衣服典当了补交欠下的钱。只有两个人少交了，事情结束后，这两人一个人病了一个多月，另一个人脚上长了疮，所花费的医药费，超过了他们所欠的款，大家都认为这是私吞钱财得到的报应。

注释　**1** 开光：佛家语。佛像塑就后，择吉日致礼供奉，称为"开光"。此指对新塑关圣像举行首次祭拜仪式。　**2** 侵渔：侵夺公众的财物。　**3** 苟且：不守礼法。指侵渔之事。　**4** 倾橐(tuó)：犹"倾囊"，谓尽出所有。　**5** 疔瘇(dīng zhǒng)：脚上长疮。　**6** 浮于所欠：超出欠数。

异史氏曰："老蛙司募，无不可与为善之人，其胜刺钉拖索[1]者不既多乎？又发监守之盗[2]而消其灾，则其现威猛，正其行慈悲也。神矣！"

异史氏说："老青蛙主持募捐，就没有不参与做善事的人，这比刺钉拖索之类以自残自虐行为来募集捐款的不是强很多吗？而且它还揭发监守自盗的人，并替他们消除了灾祸，这说明它显露的外形威武凶猛，正是为施以慈悲之行啊。真是神奇！"

注释 1 刺钉拖索：旧时僧道通过自残或自虐希图引人怜悯而劝善募化的两种行为。刺钉，谓身上扎上铁钉的自残行为。拖索，谓身拖铁索行街的自虐行为。 2 发监守之盗：揭露监守自盗者的贪污行为。指揭发巫者等人私克公银。监守之盗，即监守自盗，指窃取公务上自己看管的财物。

任 秀

原文

任建之，鱼台[1]人，贩毡裘[2]为业。竭资赴陕，途中逢一人，自言："申竹亭，宿迁[3]人。"话言投契，盟为昆弟[4]，行止与俱。至陕，任病不起，申善视之。积十余日，疾大渐[5]，谓申曰："吾家故无恒产[6]，八口衣食皆恃一人犯霜露[7]。今不幸殂谢异域。君，我手足也，两千里外，更有谁何！囊金二百余金，一半君自取之，为我小备殓具，剩者可助资斧[8]；其半寄吾妻子，俾[9]

译文

任建之是鱼台人，以贩卖裘皮衣服为生。他带着所有的本钱到陕西去，途中遇到一个人，自称申竹亭，是宿迁人。两人言语投机，就结拜为兄弟，一路同行，休息也在一起。到了陕西，任建之病倒了，申竹亭殷勤地照顾他。过了十几天，任建之的病情还是一直恶化，他对申竹亭说："我家里原来就没有田地、房屋之类固定的资产，八口人的吃穿用度都靠我一人在外辛苦奔走，苦苦支撑。现在我却要不幸死在外乡了。你是我的兄弟，在这离家两千里的地方，除了你，我的遗愿还有谁能托付呢？我的口袋里有两百多两银子，一半你拿走，简单地给我准备一个棺木，剩下的就给你当作盘缠；另一半劳你寄给我家中的妻儿，让她们雇车把我的棺材运

辇吾榇[10]而归。如肯携残骸旋故里，则装资[11]勿计矣。”乃扶枕为书付申，至夕而卒。申以五六金为市薄材[12]，殓已。主人催其移槥[13]，申托寻寺观，竟遁不返。任家年余方得确耗。

回去。如果你肯带着我的尸骨回乡，那路上的费用就都从我那里出好了。”说完他支着枕头写下遗书，交给了申竹亭，到了晚上，他就死了。申竹亭只拿五六两银子买来简陋的棺材，收殓了他的遗体。店主人催他赶紧把棺材移走，申竹亭假托要寻找停放棺材的寺观，竟然自己逃走没再回来。任家一年多后才知道确切的消息。

注释　1 鱼台：县名，属今山东省济宁市。　2 毡裘：古代西北少数民族用兽毛制成的衣服。　3 宿迁：今江苏省宿迁市，距鱼台县较近。　4 盟为昆弟：结拜为兄弟。　5 大渐：谓病势加剧。　6 恒产：指土地、房屋等产业。即不动产。　7 犯霜露：指辛苦奔走。　8 资斧：旅费；盘缠。　9 俾(bǐ)：使(达到某种效果)。　10 榇(chèn)：棺材。　11 装资：衣装和资费。指生活费用。　12 薄材：指简陋的棺木。　13 槥(huì)：小而薄的棺材。

任子秀，年十七，方从师读，由此废学，欲往寻父柩。母怜其幼，秀哀涕欲死，遂典资治任[1]，俾老仆佐之行。半年始还。殡后，家贫如洗。幸秀聪颖，释服[2]，入鱼台泮[3]。而佻达[4]喜博，母教戒綦[5]严，卒不改。一日文

任建之有个十七岁的儿子叫任秀，正跟着老师读书，听说此事后竟中止了学业，想去寻找父亲的灵柩。任母疼惜儿子年幼，起初不舍得他去，而任秀痛哭流涕，任母只好典当筹钱为他整理行装，派了个老仆陪他上路。半年后，任秀才回来。为父亲补办了丧事后，任家变得一贫如洗。幸而任秀聪明，过了孝期，就考中秀才，进了鱼台的学宫。只是他轻浮放纵，喜欢赌博，任母对他训诫极严，也不见他改正。一天，学政

宗案临，试居四等[6]。母愤泣不食，秀惭惧，对母自矢[7]。于是闭户年余，遂以优等食饩[8]。母劝令设帐[9]，而人终以其荡无检幅[10]，咸诮薄[11]之。

前来主持岁试，任秀的答卷被评为四等。任母心中愤怒，终日悲泣，不愿进食，任秀又是愧疚又是害怕，对着母亲发誓会好好改过。从此闭门读书一年多，于是考取了廪生。任母劝他开馆执教，但当地人都知道他从前行为放荡、不修边幅，因此都讥笑且瞧不起他。

注释 **1** 治任：整理行装。 **2** 释服：除去丧服。谓除丧。 **3** 入鱼台泮：考入鱼台县学。指为县学生员。 **4** 佻达：举止轻浮。 **5** 綦(qí)：很，极。 **6** 试居四等：试，指岁试。清代科举制度，各省学政在三年的任职期间，要巡回所属府州县学，主持生员考试，称“岁试”或“岁考”。岁试成绩分为六等，一、二等与三等前列者赏，四等以下者罚。 **7** 自矢：自己发誓。矢，发誓。 **8** 以优等食饩(xì)：以成绩优异补选为廪生。清代岁试，一等前列者，可补廪生。食饩，指明清时经考试取得廪生资格的生员享受廪膳补贴。亦即成为廪生。 **9** 设帐：开馆执教。 **10** 荡无检幅：行为放荡，不修边幅。 **11** 诮薄：讥刺，轻视。

有表叔张某贾京师，劝赴都，愿携与俱，不耗其资。秀喜从之。至临清[1]，泊舟关外。时盐航舣集[2]，帆樯如林。卧后，闻水声人声，聒耳不寐。更既静，忽闻邻舟骰声[3]

任秀有个姓张的表叔在京城经商，知道他的窘境后就劝他一起上京，还表示愿意捎带上他，不耗费他任何路费。任秀欣喜地答应了。到了临清，他们把船停在关外。这时运盐的船只停泊在一起，四下里船帆和桅杆林立。晚上，众人都躺下歇息了，任秀听着外面传来的水声和人声，嘈杂刺耳，令他难以成眠。晚些时候外面终于

清越，入耳萦心，不觉旧技复痒。窃听诸客，皆已酣寝，囊中自备千文，思欲过舟一戏。潜起解囊，捉钱踟蹰，回思母训，即复束置。既睡，心怔忡[4]苦不得眠。又起又解，如是者三。兴勃发，不可复忍，携钱径去。至邻舟，则见两人对赌，钱注[5]丰美。置钱几上，即求入局。二人喜，即与共掷。秀大胜。一客钱尽，即以巨金质舟主，渐以十余贯[6]作孤注[7]。赌方酣，又有一人登舟来，眈视[8]良久，亦倾囊出百金质主人，入局共博。张中夜醒，觉秀不在舟，闻骰声，心知之，因诣邻舟，欲挠沮之。至，则秀胯侧[9]积资如山，乃不复言，负钱数千而返。呼诸客并起，往来

静下来，忽然他听见隔壁船上清脆的骰子声，传入耳中，萦绕心头，不知不觉引得他心痒难耐。他偷偷地听着同船客人的反应，确定他们都睡熟了，又想到自己口袋里还有一千文钱，很想去隔壁船上赌上一把。他悄悄起身解开行囊，拿钱的时候却又有点犹豫，回想起母亲的训诫，随即束好口袋放了回去。任秀重新躺下，心脏却还是狂跳，苦于无法入睡。他又起身去解行囊，想想却又放弃，像这样重复了三次。他的兴致愈加勃发，再也忍不下去，拿上钱就径直走了出去。任秀到了邻船，就看见两个人正在对赌，赌注很大。他把钱放在桌上，要求加入赌局。那两人很高兴，任秀就这样与他们赌了起来。几局下来，任秀大胜。一位客人的钱输光了，就重新拿出一大块银子给船主作为抵押，渐至用十余贯钱孤注一掷。他们赌兴正浓，又有一个人登船过来，围观了许久，也尽出所有的一百两抵押给船主，加入了赌局。张表叔半夜醒来，发现任秀不在船上，又听见隔壁掷骰子的声音，心下明了，就到邻船上去寻他，打算阻止他。他一到邻船就看见任秀腿边的钱堆积如山，便没说话，背起几千钱就回去了。他又叫醒了同船

移运，尚存十余千。未几三客俱败，一舟之钱尽空。客欲赌金[10]，而秀欲已盈，故托非钱不博以难之。张在侧，又促逼令归。三客燥急。舟主利其盆头[11]，转贷他舟，得百余千。客得钱，赌更豪，无何，又尽归秀。

的客人一起去把赢的钱运回来，最后还是剩下十几千钱没运完。没多久，与任秀对赌的三位客人都把赌注输光了，一船的钱都没了。他们还想拿银子作注继续赌，任秀的赌瘾却已经被满足了，于是找借口说除了钱别的不赌来为难他们。张表叔又在一边催他回去。三位客人当下心急如焚。船主为了赚取盆头，又从别的船上借来很多钱。客人拿到了钱，赌起来更加肆无忌惮，只是没多久，赌钱又全归了任秀。

注释 **1** 临清：今山东省临清市。临清是京杭大运河的要冲，明清时设临清关，征收船只税和商税。商船过关需报税。 **2** 盐航舣集：运盐的船停泊聚集。舣，停船靠岸。 **3** 骰(tóu)声：掷骰子的声音。骰，骰子，一种赌具。也称“色子”。 **4** 怔忡：心悸。指心脏跳动的不适感和心慌感。 **5** 钱注：赌注。注，用为赌博的财物。 **6** 贯：穿制钱用的绳子，一千文为一贯。 **7** 孤注：谓把所有的钱并作一次赌注。 **8** 眈视：贪婪地注视。 **9** 胯：腰的两侧和大腿之间的部分。 **10** 赌金：指以白银作赌注。 **11** 盆头：聚赌抽头所得的钱。

天已曙，放晓关矣，共运资而返。三客已去。主人视所质二百余金，尽箔灰[1]耳。大惊，寻至秀舟，告以故，欲取偿于秀，及问里居、

此时已是天明，到一大早码头放船的时候了，张表叔和任秀一起把赢来的钱运回船上。那三位客人也离开了。船主去察看他们抵押的二百两银子，竟全都化成了纸锭烧出的灰。船主大惊失色，连忙找到任秀船上，告诉了他原委，想要向他索

姓名，知为建之之子，缩颈羞汗而退。过访榜人[2]，乃知主人即申竹亭也，秀至陕时，亦颇闻其姓字。至此鬼已报之，故不复追其前郄[3]矣。乃以资与张合业而北，终岁获息倍蓰[4]。遂援例入监[5]，益权子母[6]，十年间财雄一方。

要补偿，等到问及他的籍贯、姓名，知道了他是任建之的儿子，才羞出了冷汗，缩着脖子走了。任秀过船访问船夫，才知道船主就是申竹亭，他到陕西时也曾听到过申的姓名。他随即明白鬼魂已经报复了申竹亭，也就不再追究过去的嫌隙。任秀就用这笔钱和张表叔合伙到北方经商，一年下来赚的钱就翻了数倍。后来，他捐钱买了个监生的身份，生意也做得更大了，十年下来富甲一方。

注释　1 箔灰：箔锞的灰烬。箔，一种涂金属粉的烧纸，旧时焚烧以为冥钱。　2 榜人：船夫，舟子。　3 郄(xì)：通“隙”，嫌隙。　4 倍蓰(xǐ)：谓数倍。　5 援例入监：根据条例纳资取得监生资格。监，国子监。　6 权子母：谓以资本经商或借贷生息。

晚　霞

原文

五月五日，吴越间[1]有斗龙舟之戏。刳木[2]为龙，绘鳞甲，饰以金碧[3]；上为雕甍[4]朱槛，帆旌皆以锦绣。舟末为

译文

每年的五月初五，吴越一带有赛龙舟的表演。当地人把木头剖开并挖空，做成龙的形状，在上面绘画龙鳞，装饰以金碧山水画；上面是雕镂文采的殿亭屋脊和红色的栏杆，船帆和旌旗都用锦绣

龙尾，高丈余，以布索引木板下垂。有童坐板上，颠倒滚跌，作诸巧剧[5]。下临江水，险危欲堕。故其购是童也，先以金啖[6]其父母，预调驯[7]之，堕水而死，勿悔也。吴门[8]则载美姬，较不同耳。

做成。船尾做成龙尾的样子，有一丈多高，用布绳牵引木板垂放下来。有小孩儿坐在木板上，颠倒滚跌，做各种巧妙的表演。木板下临江水，十分危险，搞不好就会掉下去。所以，当地人买这种小孩儿时，先给孩子父母很多钱，预先调教训练，就算掉水里淹死了，孩子父母也不能反悔。苏州则是在龙舟上搭载美人，两者有所不同。

注释 1 吴越间：春秋时吴国和越国所辖地区。指今江苏、浙江一带。 2 刳(kū)木：剖开木头将中心挖空。 3 金碧：指中国画颜料中的泥金、石青和石绿。凡用这三种颜料作为主色的山水画，叫作“金碧山水”，比“青绿山水”多泥金一色。以此绘出的山水楼阁，色泽呈金绿色，笔调细致华丽。 4 雕甍(méng)：雕饰的屋脊。甍，屋脊。 5 巧剧：精妙的节目。 6 啖：收买。 7 调驯：训练使之娴熟。 8 吴门：旧时苏州的别称。因其地为春秋时吴越故地，故称。

镇江[1]有蒋氏童阿端，方七岁，便捷奇巧莫能过，声价益起，十六岁犹用之。至金山[2]下，堕水死。蒋媪止此子，哀鸣而已。阿端不自知死，有两人导去，见水中别有天地；回视，则流波四绕，屹如

镇江有个小孩儿叫蒋阿端，才七岁，身手就十分敏捷灵巧，无人能比，他声价日益上涨，到十六岁还被用来表演。一次，阿端到金山表演，落水而亡。蒋老太太只有他这一个儿子，也只能痛哭而已。阿端不知道自己已经死了，有两人引导他离去，只见水中别有一番天地；回头再看，只见四周波浪环绕，像墙

壁立。俄入宫殿，见一人兜牟[3]坐。两人曰："此龙窝君也。"便使拜伏。龙窝君颜色和霁[4]，曰："阿端伎巧可入'柳条部'。"遂引至一所，广殿四合，趋上东廊，有诸少年出与为礼，率十三四岁。即有老妪来，众呼解姥。坐令献技。已，乃教以"钱塘飞霆"之舞，"洞庭和风"之乐[5]。但闻鼓钲[6]喤聒[7]，诸院皆响，既而诸院皆息。姥恐阿端不能即娴，独絮絮[8]调拨[9]之；而阿端一过殊已了了[10]。姥喜曰："得此儿，不让晚霞矣！"

壁一样屹立着。不久，他们走进一座宫殿，只见一人戴着头盔坐着。两位使者告诉阿端："这就是龙窝君。"于是便让阿端跪拜行礼。龙窝君和颜悦色地说："凭阿端的技艺，可以编入'柳条部'。"于是使者把他带到一处，宽广的宫殿四面围拢，阿端走上东廊，有一些少年出来和他行礼，年纪大概十三四岁的样子。很快有位老太太走过来，大家都叫她解姥。解姥坐下，让阿端展示技艺。阿端演完后，解姥便教他"钱塘飞霆"的舞蹈，"洞庭和风"的乐曲。只听锣鼓喧腾，各院都传出响声，不久，各院的声音都平息下来。解姥担心阿端短时间内不能娴熟掌握，就独自絮絮叨叨地调教他；而阿端过一遍就很清楚了。解姥高兴地说："我得到这个孩子，不比晚霞差啊！"

注释　**1** 镇江：明清府名。位于江苏省的西南部，即今江苏镇江。　**2** 金山：在今江苏省镇江市西北。　**3** 兜牟：头盔，古称"胄"。这里指戴着头盔。　**4** 和霁(jì)：本指天气和暖放晴。这里指脸色和蔼。　**5** "钱塘飞霆"之舞，"洞庭和风"之乐：均是作者虚拟的舞乐，受到唐人传奇《柳毅传》的影响。　**6** 鼓钲：打击乐器。钲，古代铜制打击乐器，形似钟而狭长。有长柄可执，口向上，以物击之而鸣。　**7** 喤聒：形容声音喧腾洪亮。　**8** 絮絮：唠唠叨叨地讲个不休。　**9** 调拨：指点、教导。　**10** 了了：明白，清楚。

明日，龙窝君按部[1]，诸部毕集，首按“夜叉部”。鬼面鱼服[2]，鸣大钲，围四尺许，鼓可四人合抱之，声如巨霆，叫噪不复可闻。舞起，则巨涛汹涌，横流空际，时堕一点火如盆，着地消灭。龙窝君急止之，命进“乳莺部”，皆二八姝丽，笙乐细作，一时清风习习，波声俱静，水渐凝如水晶世界，上下通明。按毕，俱退立西墀[3]下。次按“燕子部”，皆垂髫[4]人。内一女郎，年十四五已来，振袖倾鬟，作“散花舞[5]”。翩翩翔起，衿袖袜履间，皆出五色花朵，随风飏下，飘泊满庭。舞毕，随其部亦下西墀。

第二天，龙窝君考察部属，各部都集合在一处，首先考察的是“夜叉部”。演员们画着鬼脸，身穿鱼服，敲着周长四尺的大锣，打着四个人才能合抱的鼓，声音像巨大的雷鸣，喧闹得让人听不下去。他们跳起舞，则波涛汹涌，在空中横流，不时落下一团火，有盆那么大，落到地上就消失了。龙窝君急忙让他们停下，命“乳莺部”表演。“乳莺部”都是些十六七岁的漂亮姑娘，只听轻柔的笙乐响起，一时清风习习，波涛都安静下来，水渐渐凝结，宛如水晶世界，上下通明。考察过后，她们都退到西面的台阶下站着。接下来，龙窝君考察“燕子部”，“燕子部”的人都是未成年的女子。其中一位女郎，年纪十四五上下，她挥动衣袖，侧着头，跳起“散花舞”。只见她翩翩飞舞，衣襟、袖子、鞋袜之间，都有五彩花朵落下，随风飘扬，落满了庭院。跳完后，她也跟随“燕子部”的人退到西面的台阶下。

注释　1 按部：巡视各部。按，巡行，视察。　2 鬼面鱼服：着假面，佩鱼服。鱼服，用鱼的皮革做成的箭袋。服，通“箙”。　3 墀：台阶下空地，亦指台阶。　4 垂髫：此指女子未笄前之发式；不束发，头发下垂。　5 散花舞：天女散花之舞。

阿端旁睨，雅爱好之，问之同部，即晚霞也。无何，唤“柳条部”。龙窝君特试阿端。端作前舞，喜怒随腔，俯仰中节[1]。龙窝君嘉其惠悟，赐五文袴褶[2]、鱼须金束发[3]，上嵌夜光珠。阿端拜赐下，亦趋西墀，各守其伍。端于众中遥注晚霞，晚霞亦遥注之。少间，端逡巡出部而北，晚霞亦渐出部而南。相去数武[4]，而法严不敢乱部，相视神驰[5]而已。既按“蛱蝶部”，童男女皆双舞，身长短、年大小、服色黄白，皆取诸同。诸部按毕，鱼贯[6]而出。“柳条”在“燕子部”后，端疾出部前，而晚霞已缓滞在后。回首见端，故遗珊瑚钗，端急纳袖中。

阿端在一旁偷偷观看，心里很喜欢这个女孩儿，询问同部的人，原来她就是晚霞。不一会儿，唤“柳条部”出场。龙窝君特地考察了阿端。阿端跳了之前解姥所教之舞，喜怒都跟随乐腔变化，一举一动都符合节拍。龙窝君表扬他聪慧颖悟，赐给他一件五彩连衣裤和一条鱼须金发箍，上边嵌有夜明珠。阿端拜谢过赏赐，也退到西面的台阶下，站在“柳条部”的队伍中。阿端在人群中远远地注视晚霞，晚霞也远远地注视着他。过了一会儿，阿端徘徊着离开队伍，向北走去，晚霞也渐渐离开自己的队伍，向南走去。两人相距几步，然而法令严明，他们不敢扰乱部伍，只是互相对视而已。龙窝君考察到“蛱蝶部”，只见童男童女双双起舞，他们身材长短、年纪大小、衣服的颜色，都是一样的。各部都考察完毕后，演员们鱼贯而出。“柳条部”在“燕子部”后边，阿端快速走在部伍前边，而晚霞已经慢慢走在了后边。她回头看到了阿端，故意把珊瑚钗丢地上，阿端急忙把它收在袖子里。

注释　1 喜怒随腔，俯仰中节：喜怒表情随着乐曲内容而变化，舞蹈动作按照音乐节拍而展开。腔，声腔。节，音乐的节奏。　2 袴褶：服装名。盛行于南北朝时期。北方游牧民族的传统服装，基本款式为上身穿齐膝大袖衣，下身穿肥管裤。此处代指舞蹈演员所穿的连衣裤。　3 鱼须金束发：鱼须形金丝所制的束发。束发，童子束发为髻的饰物。　4 武：半步，泛指脚步。　5 神驰：神往，心意向往。　6 鱼贯：首尾相连，一个接着一个。

既归，凝思成疾，眠餐顿废。解媪辄进甘旨[1]，日三四省[2]，抚摩殷切，病不少瘥[3]。媪忧之，罔所为计，曰："吴江王寿期已促[4]，且为奈何！"薄暮，一童子来，坐榻上与语，自言隶"蛱蝶部"。从容问曰："君病为晚霞否？"端惊问："何知？"笑曰："晚霞亦如君耳。"端凄然[5]起坐，便求方计[6]。童问："尚能步否？"答云："勉强尚能自力。"童挽出，南启一户，折而西，又辟双扉。见莲花数十亩，皆生平地上，叶大如席，花大如盖[7]，落瓣堆

阿端回去后，因凝神思索得了病，吃不下也睡不着。解媪总给他送些好吃的，一天探望三四次，抚爱照料十分殷切，可是阿端的病情并没有一丝好转。解媪很是担忧，但又没有办法，自言自语说："吴江王的寿辰眼看就快到了，这可怎么办啊！"傍晚时，有个童子前来，坐在床上对阿端说话，自称隶属"蛱蝶部"。他慢慢地问道："你生病是为了晚霞吗？"阿端惊问道："你怎么知道的？"童子笑着说："晚霞也跟你一样。"阿端悲伤地坐起来，问小童有何办法。小童问："你还能走路吗？"阿端回答说："勉强还能走一下。"小童扶他出门，向南走过一道门，转向西，又打开两扇门。只见几十亩莲花，都生长在平地上，叶子像竹席一样宽阔，花朵像伞盖一样大，花瓣在莲梗下堆了一尺多厚。小童领着阿端走

梗下盈尺。童引入其中，曰："姑坐此。"遂去。少时，一美人拨莲花而入，则晚霞也。相见惊喜，各道相思，略述生平。遂以石压荷盖令侧，雅可幛蔽；又匀铺莲瓣而藉[8]之，忻[9]与狎寝。既订后约，日以夕阳为候[10]，乃别。端归，病亦寻愈。由此，两人日以会于莲亩。

进莲花丛中，说："请在这儿坐一会儿。"然后就离开了。过了片刻，一位美人拨开莲花走了进来，原来是晚霞。两人相见又惊又喜，各自诉说相思之情，并简略讲了自己的情况。于是，两人就用石头压住荷叶，让叶子侧过来，正好可以当作屏障；又将莲瓣均匀地铺在地上垫着，便在一起欢快地亲热。然后，阿端和晚霞约定，此后每天以日落为相会之时，两人便分别了。阿端回去后，病很快就好了。从此，两人天天在莲花丛中相会。

注释　1 甘旨：好吃的食品。　2 省：看视。　3 瘥(chài)：病愈。　4 寿期已促：祝寿的日期已近。促，迫近。　5 凄然：凄凉悲伤的样子。　6 方计：解决的办法。　7 盖：伞。　8 藉：垫，衬。　9 忻(xīn)：同"欣"。快乐。　10 候：征兆，此处指约会的时间标志。

过数日，随龙窝君往寿吴江王。称寿已，诸部悉归，独留晚霞及"乳莺部"一人在宫中教舞。数月更无音耗，端怅惘若失。惟解姥日往来吴江府，端托[1]晚霞为外妹[2]，求携去，冀一见之。留吴江门下数日，宫禁森

过了几天，阿端跟随龙窝君前去给吴江王贺寿。祝寿之后，各部都回去了，唯独留下晚霞和"乳莺部"的一个人在宫中教习舞蹈。过了几个月还没有音讯，阿端心里惆怅迷惘，好像丢了什么东西似的。只有解姥每天往来吴江府，阿端就假托晚霞是自己的表妹，请求她带自己过去，希望能见上一面。阿端在吴江府待了几天，宫禁森严，晚霞苦于不能外

吟香書屋

严，晚霞苦不得出，怏怏而返。积月余，痴想欲绝。一日解姥入，戚然相吊曰："惜乎！晚霞投江矣！"端大骇，涕下不能自止。因毁冠裂服[3]，藏金珠而出，意欲相从俱死。但见江水若壁，以首力触不得入。念欲复还，惧问冠服，罪将增重。意计穷蹙[4]，汗流浃踵。忽睹壁下有大树一章[5]，乃猱[6]攀而上，渐至端杪，猛力跃堕，幸不沾濡，而竟已浮水上。不意之中，恍睹人世，遂飘然泅去。移时得岸，少坐江滨，顿思老母，遂趁舟而去。抵里，四顾居庐，忽如隔世。次且[7]至家，忽闻窗中有女子曰："汝子来矣。"音声甚似晚霞。俄，与母俱出，果霞。斯时，两人喜胜于悲，而媪则悲疑惊喜，万状俱作矣。

出，阿端只得扫兴而归。又过了一个多月，阿端痴痴地思念晚霞，几乎要死了。一天解姥走进来，悲伤地慰问说："太可惜了！晚霞投江了！"阿端大为惊骇，眼泪直流，难以控制。于是他撕烂帽子、扯碎衣服，把金银珠宝藏在身上跑出来，想要追随晚霞一起赴死。只见江水如同墙壁，阿端用头猛撞也进不去。他转念想回去，但又害怕被责问衣帽的事，罪责将会加重。他实在想不出办法，害怕得汗水直流，浸湿了脚跟。忽然，阿端看到水壁下有一棵大树，于是就攀援而上，逐渐爬到树梢上，然后使劲跳了下去，所幸没有沾湿衣服，而自己竟然已经漂在水面上了。不经意间，他恍惚看到了人世，于是就迅速游了过去。游了片刻，阿端到了岸边，他在江边稍微坐了一会儿，忽然想起老母亲，于是就坐船离开。他到了村里，朝四周看看房屋，恍若隔世。阿端犹豫着走到家，忽然听见窗内有女子说："你儿子回来了。"声音像极了晚霞。不一会儿，女子跟阿端的母亲一起走出来，果然是晚霞。这时，两人欣喜之情超过了悲伤，而老太太则既悲伤又疑惑，既惊讶又高兴，流露出各种情态。

注释 1 托：托辞，假托。 2 外妹：表妹。 3 毁冠裂服：指阿端把所着龙宫中的衣冠脱下撕毁。 4 穷蹙：窘迫，困厄。 5 章：指高大的木材。 6 猱(náo)：猿类，善攀援。此指像猿猴一样。 7 次且：同"趑趄"，犹豫不进。

初，晚霞在吴江，觉腹中震动，龙宫法禁严，恐旦夕身娩，横遭挞楚，又不得一见阿端，但欲求死，遂潜投江水。身泛起，沉浮波中，有客舟拯之，问其居里。晚霞故吴名妓，溺水不得其尸，自念衏院[1]不可复投，遂曰："镇江蒋氏，吾婿也。"客因代赁[2]扁舟，送诸其家。蒋媪疑其错误，女自言不误，因以其情详告媪。媪以其风格婉妙，颇爱悦之。第虑年太少，必非肯终寡也者。而女孝谨，顾家中贫，便脱珍饰售数万。媪察其志无他，良喜。然无子，恐一旦临蓐，不见信于戚里，以谋女。女曰："母但得真孙，何必求人知？"媪亦安之。

起初，晚霞在吴江府时，感觉腹中胎儿震动，龙宫法规森严，她担心早晚就要分娩，会横遭鞭打，又见不到阿端一面，所以一心寻死，便悄悄地跳了江。在水中身子漂起来，随波浮沉，有艘客船经过，将她救起，问她住在什么地方。晚霞本是苏州的名妓，落水没找到尸体，她心想妓院不可再回去，于是就说："镇江蒋氏，是我夫家。"船客就替她租赁了小船，把她送到蒋家。蒋老太太怀疑她弄错了，晚霞声称没错，于是就把情况告诉老太太。蒋母因其风姿婉妙，十分喜欢她。只是担心她年纪太小，必定不会肯终身守寡。而晚霞恭敬孝顺，见家里贫困，就摘下珍珠首饰，卖了几万钱。蒋母观察她没有别的心思，很是高兴。然而家里没有儿子，蒋母担心晚霞一旦临盆，乡亲不会相信孩子是蒋家的，于是就跟晚霞商议。晚霞说："妈妈只要得到真的孙子就行，何必要让人知道？"蒋母也就心安下来。

注释 1 衏院：亦作“衏衏”“行院”。即妓院。 2 贳(shì)：租赁。

会端至，女喜不自已。媪亦疑儿不死，阴发儿冢，骸骨俱存，因以此诘端。端始爽然[1]自悟，然恐晚霞恶其非人，嘱母勿复言。母然之。遂告同里，以为当日所得非儿尸，然终虑其不能生子。未几，竟举一男，捉[2]之无异常儿，始悦。久之，女渐觉阿端非人，乃曰：“胡不早言！凡鬼衣龙宫衣，七七魂魄坚凝，生人不殊矣。若得宫中龙角胶，可以续骨节而生肌肤，惜不早购之也。”

等阿端到家后，晚霞高兴得不能自已。蒋母也怀疑儿子没有死，偷偷挖开儿子的坟墓，看见骸骨都在，便以此质问阿端。阿端这才恍然大悟自己原来已经死了，然而担心晚霞嫌恶他不是人类，就叮嘱母亲不要再提此事。蒋母答应了。于是她便告知同村的人，说此前捞到的不是儿子的尸体，然而她始终担心晚霞不能生育。没多久，晚霞竟然生了一个男孩儿，拿手摸摸，跟普通孩子没什么区别，蒋母这才高兴起来。时间久了，晚霞渐渐发觉阿端不是人类，就说：“为何不早说！凡是鬼穿上龙宫的衣服，经过七七四十九天，魂魄便会凝固起来，和活人没什么差异。如果能得到龙宫中的龙角胶，可以接续骨节而生出肌肤，可惜没有早点购买。”

注释 1 爽然：豁然开悟的样子。 2 捉：抚摸。

端货其珠，有贾胡[1]出资百万，家由此巨富。值母寿，夫妻歌舞称觞[2]，

阿端售卖他的珠宝，有个经商的胡人出价百万，蒋家由此巨富。一次赶上蒋母寿诞，夫妻俩唱歌跳舞为其祝寿，

遂传闻王邸。王欲强夺晚霞。端惧，见王自陈："夫妇皆鬼。"验之无影而信，遂不之夺。但遣宫人就别院传其技。女以龟溺[3]毁容，而后见之。教三月，终不能尽其技而去。

这事传到王府。王爷想强行夺走晚霞。阿端很害怕，就面见王爷说："我们夫妇都是鬼。"王爷一查验，见阿端果然没有影子，便相信了他的话，不再抢夺晚霞。只是派遣宫人到别院跟晚霞学习技艺。晚霞用龟尿毁容，然后去见王爷。教了三个月，最终也没有把技艺传授完就离去了。

注释 **1** 贾(gǔ)胡：经商的胡人。 **2** 称觞：举杯敬酒，此指祝寿。 **3** 龟溺：龟尿。据说龟尿沾污人的肌肤不易脱落。

白秋练

原文

直隶[1]有慕生，小字蟾宫，商人慕小寰之子。聪惠喜读。年十六，翁以文业迂[2]，使去而学贾，从父至楚。每舟中无事，辄便吟诵。抵武昌，父留居逆旅，守其居积[3]。生乘父出，执卷哦[4]诗，音节铿锵。辄见窗影憧憧[5]，似有人窃听之，而亦未之异也。

译文

直隶有位姓慕的书生，小名叫蟾宫，是商人慕小寰的儿子。慕生聪慧爱读书。十六岁时，父亲认为读书科考太不切实际，就让他出去学经商，慕生便跟着父亲来到楚地。每当在船里没事做时，慕生就吟诵诗书。等到了武昌，父亲把他留在旅店，让他看管货物。慕生趁父亲外出时，拿出书卷吟诗，音节铿锵。他时常看到窗外人影晃动，好像有人在偷听，但也没觉得有什么奇怪的。

注释 1 直隶:直接隶属于京师的地区。清代的直隶所辖相当于今北京、天津两市,河北大部和河南、山东的小部分地区。 2 以文业迂:认为读书科举不实用。文业,指举业。迂,拘泥固执,不切实际。 3 居积:囤积的货物。 4 哦:吟唱。 5 憧憧(chōng chōng):形容往来不绝或摇曳不定。

一夕,翁赴饮,久不归,生吟益苦。有人徘徊窗外,月映甚悉。怪之,遽出窥觇,则十五六倾城之姝[1]。望见生,急避去。又二三日,载货北旋,暮泊湖滨。父适他出,有媪入曰:“郎君杀吾女矣!”生惊问之。答云:“妾白姓。有息女[2]秋练,颇解文字。言在郡城[3],得听清吟[4],于今结想,至绝眠餐。意欲附为婚姻,不得复拒。”生心实爱好,第虑父嗔,因直以情告。媪不实信,务要盟约[5]。生不肯,媪怒曰:“人世姻好,有求委禽[6]而不得者。今老身自媒,反不

一晚,父亲出去喝酒,过了很久也没回来,慕生吟诵愈发勤苦。他见有人在窗外徘徊,在月色映照下,看得很清楚。他感到很奇怪,就匆忙出门察看,原来是一位十五六岁、姿色倾城的美女。女子看见慕生,急忙躲避离去。又过了两三天,慕生和父亲装载货物北返,傍晚船停泊在湖边。父亲有事出去了,有位老太太走进船说:“郎君你要害死我女儿了!”慕生吃惊地问她怎么回事,老太太回答说:“我姓白,有个女儿名叫秋练,颇通文辞。说在郡城时,听你吟诵诗书,如今还记在心里,以致废寝忘食。我想让小女和你结为婚姻,希望公子不要拒绝。”慕生心里很喜欢那个女孩儿,但想到父亲可能会责怪,就对老太太实情相告。老太太不相信他讲的,一定要慕生答应这桩亲事。慕生不肯,老太太生气地说:“人世间的婚姻,有的上门提亲都求不到。如今老身亲自做媒,反而不被接受,还有

见纳，耻孰甚焉！请勿想北渡矣！”遂去。少间，父归，善[7]其词以告之，隐冀[8]垂纳[9]。而父以涉远，又薄[10]女子之怀春[11]也，笑置之。

比这更令人感到羞耻的吗！请你不要再想乘船回北方了！”于是就离开了。不久，父亲回来了，慕生便好言好语地把提亲之事讲给父亲，暗自希望他能接受。父亲认为离家太远，又看不起这个女孩儿怀春思念男人，便一笑置之。

注释 1 倾城之姝：漂亮少女。倾城，形容女子极其美丽。 2 息女：亲生女。 3 郡城：此指武昌。 4 清吟：对别人吟诵的敬称。 5 务要盟约：坚持逼使对方缔结婚约。 6 求委禽：求亲。委禽，致送聘礼，指定亲。 7 善：加工修饰。 8 隐冀：心中暗想或希望。 9 垂纳：接受、接纳的敬辞。 10 薄：鄙视。 11 怀春：指少女思婚嫁。

泊舟处水深没棹，夜忽沙碛[1]拥起，舟滞不得动。湖中每岁客舟必有留住守洲[2]者，至次年桃花水[3]溢，他货未至，舟中物当百倍于原直也，以故翁未甚忧怪。独计明岁南来，尚须揭资[4]，于是留子自归。生窃喜，悔不诘媪居里[5]。日既暮，媪与一婢扶女郎至，展衣卧诸榻上，向

船停泊的地方，水深没过了船桨，夜晚忽然聚起沙石，船陷进去动摇不得。湖中每年客船中必定有留住守着沙洲的，等到来年桃花水上涨时，其他的货船还没到，船里的货物当比原来的价钱上涨百倍，因此，慕生的父亲对此并不太感到忧虑奇怪。只是想到明年南来时，还需要筹措资金，于是就把儿子留下，自己回去了。慕生心中暗自高兴，后悔没询问老太太的住处。等天黑后，老太太和一个婢女扶着女孩儿来到船上，铺开衣服让女孩儿躺在床上，老太太对慕生说：

生曰："人病至此，莫高枕[6]作无事者！"遂去。生初闻而惊，移灯视女，则病态含娇，秋波自流。略致讯诘，嫣然微笑。生强其一语，曰："'为郎憔悴却羞郎[7]'，可为妾咏。"

"人已经病成这样，你可不要高枕无忧像没事人一样！"说完就走了。慕生起初听了很是惊愕，拿灯看了看女孩儿，只见她病态中含着娇羞，眼睛顾盼动人。慕生稍稍问了下女孩儿的情况，她只是嫣然微笑。慕生非要她说句话，女孩儿说："'为郎憔悴却羞郎'，可以说是为我吟诵的诗句。"

注释　1 碛(qì)：浅水中的沙石。　2 洲：露出水面的沙洲。　3 桃花水：即"桃汛"。指桃花盛开时江河里暴涨的水。　4 揭资：筹措资金。　5 居里：住处。　6 高枕：高枕而卧，表示无所忧虑。　7 为郎憔悴却羞郎：此用唐代元稹《莺莺传》中的诗句。《莺莺传》写崔莺莺与张生两相爱慕。由于家庭阻挠，双方各自婚嫁。后来，在一次偶然相遇中，张生欲求见莺莺。莺莺不见，留诗一首给张生："自从消瘦减容光，万转千回懒下床。不为旁人羞不起，为郎憔悴却羞郎。"

生狂喜，欲近就之，而怜其荏弱[1]。探手于怀，接脗为戏。女不觉欢然展谑[2]，乃曰："君为妾三吟王建'罗衣叶叶'之作[3]，病当愈。"生从其言。甫两过，女揽衣起曰："妾愈矣！"再读，则娇颤相和。生神志益飞，遂灭烛共寝。女

慕生欣喜若狂，想亲近白秋练，又怜惜她身子柔弱。于是就把手伸到她怀里，和她接吻亲热。秋练不觉欢悦起来，戏谑道："你为我吟诵三遍王建的'罗衣叶叶'那首诗，我的病就好了。"慕生听从她说的。刚吟了两遍，秋练揽衣起来说："我的病痊愈了！"慕生再读时，秋练也娇声细语地相和。慕生更加神采飞扬，于是就熄灭蜡烛一起就

未曙已起，曰："老母将至矣。"未几，媪果至。见女凝妆[4]欢坐，不觉欣慰。邀女去，女俯首不语。媪即自去，曰："汝乐与郎君戏，亦自任也。"于是生始研问居止[5]。女曰："妾与君不过倾盖之交[6]，婚嫁尚不可必，何须令知家门。"然两人互相爱悦，要誓良坚。

寝。秋练天没亮就起来了，说："老母亲要到了。"没多久，老太太果然来了。她见白秋练盛装打扮，很愉快地坐着，不觉感到欣慰。邀女儿回去，秋练低头不言语。老太太就自己走了，说："既然你喜欢和郎君戏耍，也就随你吧。"于是慕生才开始询问她住在哪儿。秋练说："我和你不过是刚认识的朋友，尚未确定能否结婚，你何必要知道我家住哪儿呢？"然而两人互相爱慕，立下海誓山盟。

注释 1 荏(rěn)弱：柔弱，娇弱。 2 展谑：露出喜悦的神情。 3 王建"罗衣叶叶"之作：唐代诗人王建《宫词》："罗衫叶叶绣重重，金凤银鹅各一丛。每遍舞时分两向，太平万岁字当中。" 4 凝妆：盛装。 5 居止：住处。 6 倾盖之交：指一见如故的朋友。此处指初次相见、认识不久的朋友。

女一夜早起挑灯，忽开卷凄然泪莹，生起急问之。女曰："阿翁行且[1]至。我两人事，妾适以卷卜[2]，展之得李益《江南曲》[3]，词意非祥。"生慰解之，曰："首句'嫁得瞿塘贾'，即已大吉，何不祥之与有？"女乃少欢，起身作别曰：

秋练一天夜里早早起床点上灯，忽然展开书卷伤心落泪，慕生起来急忙问她发生了什么。秋练说："你父亲快来了。我们俩的事，我刚刚用书占卜了一下，打开一看是李益的《江南曲》，词意不太吉利。"慕生安慰解释道："首句'嫁得瞿塘贾'，就已经很吉利了，哪里有什么不祥呢？"秋练这才稍微有些高兴，起身道别说："请暂时分手，等天亮了会

“暂请分手，天明则千人指视[4]矣。”生把臂哽咽，问：“好事如谐，何处可以相报？”曰：“妾常使人侦探之，谐否无不闻也。”生将下舟送之，女力辞而去。无何，慕果至。生渐吐其情，父疑其招妓，怒加诟厉。细审舟中财物，并无亏损，谯诃[5]乃已。一夕，翁不在舟，女忽至，相见依依，莫知决策。女曰：“低昂有数[6]，且图目前。姑留君两月，再商行止。”临别，以吟声作为相会之约。由此值翁他出，遂高吟，则女自至。四月行尽，物价失时[7]，诸贾无策，敛资祷湖神之庙。端阳[8]后，雨水大至，舟始通。

被人指指点点。”慕生拉着她的胳膊哽咽起来，问：“如果父亲同意了这门亲事，我到哪儿告诉你呢？”秋练回答说：“我会时常派人侦查探听，成之与否，我都会知晓。”慕生要下船送她，秋练坚决推辞，一个人走了。没多久，慕生父亲果然来了。慕生渐渐向他吐露实情，慕翁怀疑他招妓，怒气冲冲地把他训斥了一番。仔细察看船里的财物，并没有亏损，这才不再责骂。一天晚上，慕翁不在船里，秋练忽然来了，两人相见后依依不舍，不知该怎么办。秋练说：“事情的成败自有天数，暂图当下。我再留你两个月，然后再商量怎么办。”临别时，两人约定以吟诵的声音作为相会的信号。从此，每当父亲外出，慕生就高声吟诵，秋练就会前来。四月将尽，货物错过了卖出好价钱的时机，商人们没有办法，集资到湖神庙祈祷。端午节后下起了大雨，船才通航。

注释　**1** 行且：将要。　**2** 以卷卜：用书占卜。信手翻阅书卷某一页，就其内容占卜吉凶。卷，书。　**3** 李益《江南曲》：唐代诗人李益《江南曲》：“嫁得瞿塘贾，朝朝误妾期。早知潮有信，嫁与弄潮儿。”写的是商人之妻对丈夫的思念。白秋练着眼于诗意的感伤离别，所以说“词意非祥”。慕生解此诗，却着眼于"嫁得瞿塘贾"一句，所以认为这是"大吉"。 4 指视：手指着看。即指指点点。 5 谯诃：训斥，指责。诃，同"呵"。 6 低昂有数：此处指事情的成败自有天数。 7 物价失时：指舟行受阻，某些季节性的货物就失去了高价出售的时机。 8 端阳：端午节，即阴历五月初五日。

生既归，凝思成疾。慕忧之，巫医并进[1]。生私告母曰："病非药禳[2]可痊，唯有秋练至耳。"翁初怒之，久之，支离[3]益惫，始惧。赁车载子复如楚，泊舟故处。访居人，并无知白媪者。会有媪操舵湖滨，即出自任。翁登其舟，窥见秋练，心窃喜，而审诘邦族，则浮家泛宅[4]而已。因实告子病由，冀女登舟，姑以解其沉痼[5]。媪以婚无成约，弗许。女露半面，殷殷窥听，闻两人言，眦泪欲堕。媪视女面，因翁哀请，即亦许之。至夜翁出，女果至，就榻呜泣曰："昔

慕生回去后，思念过度生了病。慕翁对此很忧虑，请来法师和医生治病。慕生私下告诉母亲说："我的病不是吃药、作法能治好的，唯有秋练来了才行。"慕翁起初听闻大怒，时间长了，慕生面目憔悴，精神更加疲惫，他这才害怕起来。于是租车载着慕生再次到楚地，将船停在原来的地方。慕翁寻访当地居民，并无人知晓谁是白老太太。正好有个老太太在湖边划船，她走出来说自己就是白老太太。慕翁登上她的船，看到秋练，心中暗自高兴，询问她家族情况，原来是水上人家。于是他就把儿子生病的缘由如实相告，希望秋练能到船上，暂且为儿子治病。老太太以没有约定婚事为由拒绝了。秋练露出半张脸，认真听两人谈话，眼眶里的泪水都要流出来了。老太太看见女儿的神情，再加上慕翁苦苦哀请，也就答应了。到夜里慕翁外出，秋练果然来了，她趴在床上呜呜哭泣道："我之前

年妾状，今到君耶？此中况味，要不可不使君知。然羸顿如此，急切何能便瘳[6]？妾请为君一吟。”生亦喜。女亦吟王建前作。生曰：“此卿心事，医二人何得效？然闻卿声，神已爽矣。试为我吟‘杨柳千条尽向西[7]’。”女从之。生赞曰：“快哉！卿昔诵诗余[8]，有《采莲子》云‘菡萏香连十顷陂[9]’，心尚未忘，烦一曼声度之[10]。”女又从之。甫阕[11]，生跃起曰：“小生何尝病哉！”遂相狎抱，沉痼若失。既而问：“父见媪何词？事得谐否？”女已察知翁意，直对“不谐”。

相思成疾的样子，如今转移到你身上了吗？这里边的境况和情味，不可不让你知晓。然而你如此瘦弱困顿，仓促间怎能一下子就痊愈呢？请让我给你吟诗一首吧。”慕生听了也很高兴。秋练也吟诵了王建的那首诗。慕生说：“想听王建的那首诗，是你的心事，医治我怎么会有效呢？然而，我听到你的声音，精神已经畅快了。请你试着为我吟诵‘杨柳千条尽向西’这首诗。”秋练便吟诵了一遍。慕生赞赏道：“痛快！你之前吟诵的词中，有《采莲子》一首，其中有句‘菡萏香莲十顷陂’，我心里还没忘记，烦请用舒缓的声音吟唱一遍吧。”秋练又吟唱了一遍。刚刚终了，慕生跳起来说：“小生何尝生病呢！”于是两人相拥在一起，慕生的病好像消失了。过了一会儿，他问道：“我父亲见到你母亲说了些什么？婚事能谈成吗？”秋练已经察觉出慕生父亲的意思，直接回答说“没成”。

注释　1 巫医并进：求神消灾和医药治疗同时进行。　2 禳(ráng)：祭祷消灾。　3 支离：残缺不全。引申为憔悴。　4 浮家泛宅：漂泊无定的水上人家。　5 沉痼：积久难治的疾病。　6 便瘳：立即病愈。瘳，病愈。　7 杨柳千条尽向西：唐代诗人刘方平《代春怨》诗：“朝日残莺伴妾啼，开帘只见草萋萋。庭前时有东风入，杨柳千条尽向西。”　8 诗余:词的别名。 9 菡萏香连十顷陂:唐代诗人皇甫松《采莲子》词:“菡萏香连十顷陂,小姑贪戏采莲迟。晚来弄水船头湿,更脱红裙裹鸭儿。” 10 曼声度之:用舒缓的声音吟唱。 11 甫阕:刚刚结束、终了。阕,乐终。

既而女去。父来,见生已起,喜甚,但慰勉之。因曰:“女子良佳。然自总角[1]时把舵棹歌[2],无论微贱,抑亦不贞。”生不语。翁既出,女复来,生述父意。女曰:“妾窥之审矣:天下事,愈急则愈远,愈迎则愈拒[3]。当使意自转,反相求。”生问计,女曰:“凡商贾之志在于利耳。妾有术知物价。适视舟中物,并无少息[4]。为我告翁:居某物,利三之;某物,十之。归家,妾言验,则妾为佳妇矣。再来时,君十八,妾十七,相欢有日,何忧为!”生以所言物价告父。父颇不信,姑以余资半从其教。既

过了一会儿,秋练离开了。慕生父亲回来,见儿子已经起床,十分高兴,只是劝慰勉励他。继而又说:“那个女孩子确实挺好。但她从小就掌舵唱歌,且不说身份低微,或许也并不贞洁。”慕生听了一言不发。慕翁出去后,秋练又来了,慕生就把父亲的意思告诉她。秋练说:“我已经看得很明白了:天下的事,你越着急它就越远离,你越迎合它就越拒绝。应当让他自己回心转意,反过来相求。”慕生问有何办法,秋练说:“凡是商人,心思都在获利上。我有法术能预知物价。刚才我看了船里的货物,并不能盈利。替我告诉你父亲:囤积某货物,可以获得三倍的利润;囤积某货物,可以获得十倍的利润。回家后,如果我的话应验了,那我就是你家的好媳妇了。你再来时十八岁,我十七岁,相会欢爱有的是时间,现在何必发愁呢!”慕生把秋练所预测的物价告诉了父亲。父亲颇不相信,姑且拿出剩余资金的一半,照秋练说的买了些货。回去后,他

归，所自买货，资本大亏；幸少从女言，得厚息，略相准[5]。以是服秋练之神。生益夸张之，谓女自言能使己富。翁于是益揭资而南。至湖，数日不见白媪；过数日，始见其泊舟柳下，因委禽焉。媪悉不受，但涓吉[6]送女过舟。翁另赁一舟，为子合卺[7]。女乃使翁益南，所应居货，悉籍付之。媪乃邀婿去，家于其舟。翁三月而返，物至楚，价已倍蓰。将归，女求载湖水。既归，每食必加少许，如用醯[8]酱焉。由是每南行，必为致数坛而归。后三四年，举一子。

自己原来买的货大大折了本；幸亏稍稍听了秋练的话，又赚了一大笔钱，前后大略相抵消。因此，慕翁开始信服秋练的神明。慕生更是夸大其词，称秋练说能让自己发财。于是慕翁筹集了更多资金南下。到了湖中，慕翁几天都不见白老太太；又过了几天，才看到她的船停在柳树下，于是他送去聘礼。老太太分毫不取，只是挑选了良辰吉日把女儿送到慕翁船上。慕翁另租了一条船，为儿子举办婚礼。秋练就让慕翁再往南行，将要购买的货物，全都写在簿册上交给他。老太太就邀请慕生到她家船上生活。慕翁三个月后归来，货物运到楚地，价格翻了数倍。将要返程时，秋练要求带些湖水。回到慕生老家后，每次吃饭，秋练都要稍微加点湖水，就像放醋和酱油一样。此后，每当慕翁南行，必定会带几坛湖水回来。又过了三四年，秋练生了个儿子。

注释　1 总角：指童年。古时男女未成年，束发为两结，形状如角，故称总角。　2 棹歌：指船夫在行船时候所唱的渔歌。棹，船桨。　3 愈急则愈远，愈迎则愈拒：谓急于求成，则愈加困难。急，着急、性急。迎，接近，迎合。　4 少息：微利。　5 相准：相抵。　6 涓吉：挑选吉利的日子。　7 合卺(jǐn)：举办婚礼。　8 醯(xī)：醋。

一日，涕泣思归。翁乃偕子及妇俱入楚。至湖，不知媪之所在。女扣舷呼母，神形丧失[1]。促生沿湖问讯。会有钓鲟鳇[2]者，得白骥[3]。生近视之，巨物也，形全类人，乳阴毕具。奇之，归以告女。女大骇，谓夙有放生愿[4]，嘱生赎放之。生往商钓者，钓者索直昂[5]。女曰："妾在君家，谋金不下巨万，区区者何遂靳直[6]也？如必不从，妾即投湖水死耳！"生惧，不敢告父，盗金赎放之。既返不见女。搜之不得，更尽[7]始至。问："何往？"曰："适至母所。"问："母何在？"觍然曰："今不得不实告矣：适所赎，即妾母也。向在洞庭，龙君命司行旅[8]。近宫中欲选嫔妃，妾被浮言[9]者所称道，遂敕妾母坐

一天，秋练哭着想回家。慕翁就带着儿子、儿媳一起进入楚地。到了湖中，不知道老太太在何处。秋练敲打船舷呼唤母亲，看起来十分焦急忧愁，脸都变了形。她催促慕生沿湖打探。正好碰上钓鲟鳇鱼的人，钓上来一条白鳖豚。慕生走近一看，是个庞然大物，外形完全与人相似，乳房、生殖器都有。他觉得很奇怪，回来就告诉了秋练。秋练听了大惊失色，称自己向来有放生的心愿，嘱咐慕生把白鳖豚买下放生。慕生就前去跟钓者商量，钓者要价高昂。秋练说："我在你家，帮你们赚了不下万两银子，区区一条白鳖豚，怎么就舍不得花钱呢？如果你一定不听我的，我就投水去死！"慕生感到害怕，不敢告诉父亲，就偷拿出钱把鱼买下放生了。慕生回船后，没见到秋练。四处搜寻，没有找到，直到天快亮时，她才回来。慕生问："你去哪儿了？"秋练回答说："刚才我去母亲那儿了。"慕生又问："你母亲在哪儿？"秋练惭愧地说："如今不得不对你讲实话：你刚买的那条白鳖豚，就是我的母亲。此前在洞庭湖时，龙君命她管理往来的旅客。最近龙宫要选嫔妃，有些夸夸其谈的人在龙君面前称赞我，于是龙

相索。妾母实奏之。龙君不听,放母于南滨,饿欲死,故罹前难。今难虽免,而罚未释。君如爱妾,代祷真君[10]可免。如以异类见憎,请以儿掷还君,妾自去。龙宫之奉,未必不百倍君家也。”生大惊,虑真君不可得见。女曰:“明日未刻[11],真君当至。见有跛道士,急拜之,入水亦从之。真君喜文士,必合怜允。”乃出鱼腹绫一方,曰:“如问所求,即出此,求书一‘免’字。”

君命母亲把我交出来。我母亲据实上奏,说我已经嫁人。龙君不相信,就把我母亲流放到洞庭之南,她快饿死了,所以才遭遇之前的灾难。如今祸患虽然已经免除,但惩罚还未释去。你如果真的爱我,可代我向真君祈祷,这样就能解除母亲的罪责。如果你觉得我是异类而厌恶我,我就把儿子还给你,我自己会离开。龙宫的生活,未必不比你家好上百倍。”慕生大惊,心想真君自己难以见到。秋练说:“明日未刻,真君会前来。你如果看见一位跛脚道士,就赶紧过去施礼祝拜,就算他下水,你也要跟着。真君喜欢文士,必定会怜悯应允的。”她于是拿出一块鱼腹绫,说:“如果真君问你有何请求,就把它拿出来,求他写一个‘免’字。”

注释 1 神形丧失:形容极度惊慌。 2 鲟鳇(xún huáng):鱼名。长者至一二丈,无鳞,状似鲟鱼而背有甲骨。 3 白骥:即白鳖豚。淡水海豚,产于我国长江中下游一带,是我国特有的水生兽类。 4 放生愿:谓对神灵许下的放生心愿。放生,释放被捕捉的生物,是佛教所提倡的善举。 5 直:价格。昂:高。 6 靳(jìn)直:吝惜钱财。靳,吝惜。 7 更尽:指天快亮时。古代一夜有五更,五更之后即将天亮。 8 行旅:往来的旅客。 9 浮言:浮华不实的言论。 10 真君:道家对神仙的尊称。 11 未刻:相当于现在下午一时至三时。

生如言候之，果有道士蹩躠[1]而至。生伏拜之，道士急走，生从其后。道士以杖投水，跃登其上。生竟从之而登，则非杖也，舟也。又拜之，道士问："何求？"生出罗[2]求书。道士展视曰："此白骥翼也，子何遇之？"蟾宫不敢隐，详陈始末。道士笑曰："此物[3]殊风流，老龙何得荒淫！"遂出笔草书"免"字如符形，返舟令下。则见道士踏杖浮行，顷刻已渺。归舟，女喜，但嘱勿泄于父母。

慕生按照秋练的话等候真君，果然有位道士一瘸一拐地走过来。慕生趴在地上施礼祝拜，道士匆忙走过，慕生就跟在他后边。道士把拐杖扔到水里，跳了上去。慕生竟然也跟着跳了上去，一瞧，原来不是拐杖而是条船。他又向道士叩拜，道士问："有什么请求？"慕生就拿出鱼腹绫求他写字。道士打开看了看说："这是白鳖豚的鱼翅，你是怎么得到的？"慕生不敢隐瞒，便详细讲述了经过。道士笑着说："此物颇具风韵，老龙王怎么能如此荒淫呢！"于是他就拿出笔草书"免"字，字形如符咒，然后将船驶到岸边，让慕生下船。只见道士脚踩拐杖，在水中浮行，顷刻就不见了。慕生回到船中，秋练很高兴，只是叮嘱他不要把此事告诉他父母。

注释 1 蹩躠(bié xiè)：走路一瘸一拐的样子。 2 罗：绫罗，指"鱼腹绫"。 3 此物：指白骥。

归后二三年，翁南游，数月不归。湖水既罄，久待不至。女遂病，日夜喘急，嘱曰："如妾死，勿瘗，当于卯、午、

他们回到家两三年后，慕翁又到南方旅行，几个月都没回来。家里的湖水都用完了，等了很久慕翁也没回来。秋练于是生了病，日夜急喘，她嘱咐慕生："如果我死了，不要埋葬，你当在卯、午、酉三个时

西三时[1]，一吟杜甫《梦李白》诗[2]，死当不朽。待水至，倾注盆内，闭门缓妾衣，抱入浸之，宜得活。"喘息数日，奄然遂毙。后半月，慕翁至，生急如其教，浸一时许[3]，渐苏。自是每思南旋。后翁死，生从其意，迁于楚。

辰，吟诵一遍杜甫的《梦李白》诗，我死后身体就不会腐朽。等湖水运来了，倒在盆里，关上门，然后把我的衣服脱下来，把我抱进盆里泡着，我就能活过来。"秋练喘了几天，就断气死了。过了半个月，慕翁才到家，慕生急忙按照秋练说的，将她泡在水盆里，泡了一个时辰左右，她渐渐复苏了。从此，秋练常常想回南方去。后来，等慕翁死了，慕生顺从她的心意，把家搬到了楚地。

注释 **1** 卯、午、酉三时：指早晨、中午、晚上。卯时，指上午五时至七时。午时，指上午十一时至下午一时。酉，指下午五时至七时。 **2** 杜甫《梦李白》诗：李白晚年遭到流放，杜甫写成《梦李白》二首表示对李白不幸遭遇的深切关怀。第一首云："死别已吞声，生别常恻恻。江南瘴疠地，逐客无消息。故人入我梦，明我长相忆。恐非平生魂，路远不可测。魂来枫林青，魂返关塞黑。君今在罗网，何以有羽翼？落月满屋梁，犹疑照颜色。水深波浪阔，无使蛟龙得。" **3** 一时许：一个时辰左右。

王 者

原文

湖南巡抚[1]某公，遣州佐[2]押解饷六十万赴

译文

湖南巡抚某公，派州佐押解饷银六十万两赶赴京城。半路上遇到大雨，

京。途中被雨，日暮愆程[3]，无所投宿，远见古刹[4]，因诣栖止[5]。天明视所解金，荡然无存。众骇怪，莫可取咎[6]。回白抚公，公以为妄，将置之法。及诘众役，并无异词。公责令仍反故处，缉察端绪[7]。

天黑时耽误了行程，没有地方可以借住，远远地看见一座古庙，于是就到那里休息。天亮以后检视押解的银两，已经什么都没有了。众人惊骇奇怪，却也找不到可以怪罪的人。州佐回去禀告巡抚，巡抚认为他撒谎，要按照法律处置他。等到责问了各位差役，他们也没有不一样的说法。巡抚责令州佐仍回到原来的地方，查明蛛丝马迹。

注释　1 巡抚：地方长官。明宣德五年始于各省专设，成为定员。清代巡抚主管一省军事、吏治、刑狱等，地位略次于总督，仍属平行。　2 州佐：辅佐州郡长官的副职。清代知州以下的州同、州判之类的官员泛称“州佐”。　3 愆程：耽误行程。愆，耽误。　4 刹：寺庙。　5 栖止：投宿休息。　6 莫可取咎：无人可以加罪，指找不到失金的原因。咎，加罪，责备。　7 端绪：头绪。

至庙前，见一瞽[1]者，形貌奇异，自榜云：“能知心事。”因求卜筮[2]。瞽曰：“是为失金者。”州佐曰：“然。”因诉前苦。瞽者便索肩舆[3]，云：“但从我去，当自知。”遂如其言，官役皆从之。瞽曰：“东。”东之。瞽曰：“北。”

到了庙前，看见一位盲人，形体样貌非常奇特，自我标榜说：“我能知道你心里想的事。”于是州佐请求他给自己占一卦。盲人说：“你是为丢了银两的事。”州佐说：“是的。”于是就向他诉说了丢失饷银的经过。盲人就向他要来轿子，说：“你只需要跟着我走，到时候就知道了。”州佐就按照他的话做了，官员衙役都跟着他。盲人说：“往东走。”他们就往东走。

北之。凡五日，入深山，忽睹城郭，居人辐辏[4]。入城，走移时[5]，瞽曰："止。"因下舆，以手南指："见有高门西向，可款关[6]自问之。"拱手自去。州佐如其教，果见高门，渐入之。一人出，衣冠汉制[7]，不言姓名。州佐述所自来，其人云："请留数日，当与君谒当事者。"遂导去，令独居一所，给以食饮。暇时闲步至第后，见一园亭，入涉之。老松翳[8]日，细草如毡。数转廊榭，又一高亭，历阶而入，见壁上挂人皮数张，五官俱备，腥气流熏。不觉毛骨森竖，疾退归舍。自分留鞹异域[9]，已无生望，因念进退一死，亦姑听之。

盲人说："向北走。"他们就向北走。一共走了五天，进了深山，忽然看到一座城，有很多居民。他们进了城，走了不久，盲人说："停下吧。"于是他就下了轿子，用手向南指："看见有一个朝西的高门，可以敲门自己去问。"说罢他就拱手径自离开了。州佐按照他的话去找，果然看见一座高门，慢慢走进去。一个人走出来，穿戴着汉代的衣帽，不介绍自己的姓名。州佐讲述自己为何而来，那人说："请在这里留几天，我会跟你去见当事人。"那人就引导他前去，让他单独住在一间屋子里，给他提供吃的喝的。闲暇时他漫步到屋后，看到一座有亭子的花园，就进去了。古老的苍松遮蔽了太阳，细小的绒草好像毡布。转过几处廊榭，又看到一座高大的亭子，顺着台阶走进去，看见墙上挂了好几张人皮，五官都还在，腥臭的气味流转熏人。他不由得毛骨悚然，赶快退回了房间。他料想自己也将死在异乡，空留人皮，已经没有生还的希望，于是想着进退都是一死，不如姑且听任它吧。

注释　1 瞽(gǔ)：瞎子。　2 求卜筮：占卜问吉凶。古时占卜，用龟甲、兽骨叫"卜"，用蓍草叫"筮"，合称"卜筮"。　3 肩舆：轿子。　4 辐辏：车轮的辐条集聚于轴心，比喻人或物集聚一处。 5 移时：一会儿，经历一段时间。 6 款关：敲门。 7 衣冠汉制：衣帽款式都是汉朝的体制。 8 翳(yì)：遮蔽。 9 留鞹(kuò)异域：意谓死在他乡。鞹，去毛的皮革，此指人皮。

明日，衣冠者召之去，曰："今日可见矣。"州佐唯唯。衣冠者乘怒马[1]甚驶[2]，州佐步驰[3]从之。俄，至一辕门[4]，俨如制府[5]衙署，皂衣人罗列左右，规模凛肃。衣冠者下马导入。又一重门，见有王者，珠冠绣绂[6]南面坐。州佐趋上伏谒。王者问："汝湖南解官耶？"州佐诺。王者曰："银俱在此。是区区者[7]，汝抚军即慨然见赠，未为不可。"州佐泣诉："限期已满，归必就刑，禀白何所申证[8]？"王者曰："此即不难。"遂付以巨函云："以此复之，可保无恙。"又遣力士送之。州佐慑息[9]不敢辨，受函而返。山川道

第二天，那个人叫他过去，说："今天可以见到了。"州佐唯唯应声。那个人骑着马跑得飞快，州佐跑步跟着他。一会儿，到了一处辕门，俨然像总督衙门，身穿皂衣的衙役左右两排站着，威严凛凛，庄重肃穆。那个人下马引他进门。又走进一道门，看见有一位王者，戴着珠冠，身着绣袍，朝南端坐。州佐赶忙上前跪拜。王者问："你是湖南押解饷银的那个官吗？"州佐称是。王者说："银两都在这里了。就这么点银子，你的抚军就算慷慨地送给我，也不是不可以的。"州佐哭诉说："我的限期已经到了，这样回去一定会受罚，我向他禀告的时候有什么作为凭证呢？"王者说："这也不难。"于是给他一封大信函说："拿着这个去回复，可以确保你安然无恙。"又派一个力士送他回去。州佐害怕得屏住呼吸不敢分辨，接受了信函就回去了。山川和道路都

路，悉非来时所经。既出山，送者乃去。

不是他来的时候经过的。出山以后，送他的人才回去。

注释 1 驽马：健壮的马。 2 驶：迅速。 3 步驰：跑步，快走。 4 辕门：古代帝王巡狩，止宿郊野时，用车子作为屏藩，出入处用两车的车辕相向交接为门，叫“辕门”。后也指领兵将帅的营门或督抚等官府的外门。 5 制府：指总督府。明清时，总督别称制军或制台。 6 绣绂(fú)：刺绣的礼服。绂，同“黼”，古代礼服上黑与青相间的花纹，此代指礼服。 7 是区区者：这微少之物。 8 申证：申述验证。 9 慑息：因恐惧而屏息。

数日，抵长沙，敬白抚公。公益妄之，怒不容辨，命左右者飞索以緆[1]。州佐解襆[2]出函，公拆视未竟，面如灰土。命释其缚，但云：“银亦细事，汝姑出。”于是急檄[3]属官，设法补解讫。数日，公疾，寻卒。先是公与爱姬共寝，既醒，而姬发尽失。阖署惊怪，莫测其由。盖函中即其发也。外有书云：“汝自起家守令[4]，位极人臣[5]。赇赂[6]贪婪，不可悉数。前银六十万，业

几天后，州佐抵达了长沙，恭敬地禀告了巡抚。巡抚更觉得他在说谎，怒不可遏，不容他辩解，命令役从拿绳子捆住他。州佐解开包袱拿出那封信函，巡抚拆开来看，还没看完，就已面如死灰。他命人解开那个州佐，只说：“饷银只是小事，你先出去吧。”于是巡抚急忙命令下属，想方设法补齐银两。几天后，巡抚生了病，不久就死去了。早先巡抚和爱妾一起睡觉，醒来以后，爱妾的头发都没了。全府上下都很惊异，不知道是什么原因。那信函里装的就是爱妾的头发。另外还写道：“你做太守、县令起家，一直做到了很大的官。你贪婪受贿，已经不知道贪了多少。上次那六十万两银

已验收在库。当自发贪囊，补充旧额。解官无罪，不得加谴责。前取姬发，略示微警。如复不遵教令，旦晚取汝首领。姬发附还，以作明信。”公卒后，家人始传其书。后属员遣人寻其处，则皆重岩绝壑，更无径路矣。

子，都已经验收存进库房。你应当打开自己贪赃的钱袋，来补充这些银子的数额。押解官员没有罪，不能责罚他。上次拿走你爱妾的头发，稍微表示警示。如果再不遵守我的教训，早晚取了你的头颅。你爱妾的头发随信还给你，以作为明证。”巡抚死去以后，家人才把这封信传开。后来属官派人去找那个地方，那里全都是重岩、深谷，根本无路可走。

注释 1 飞索以緆(tà)：立即以绳索捆缚。緆，用绳索套住、捆住。 2 襆(fú)：包裹，包袱。 3 急檄(xí)：犹急令。檄，檄文，古代官府用于征召、晓谕或声讨的文书。 4 守令：指太守、县令、刺史等地方官。 5 位极人臣：居于大臣中的最高官位。 6 赇赂：贿赂。

异史氏曰：“红线金合，以儆贪婪[1]，良亦快异。然桃源仙人[2]，不事劫掠；即剑客所集[3]，乌得有城郭衙署哉？呜呼！是何神欤？苟得其地，恐天下之赴诉者无已时矣。”

异史氏说：“红线女偷走田承嗣的金盒，来警示他不要再贪婪，也是大快人心了。然而桃花源中的仙人，不做劫掠这样的恶事；至于剑客所集中的地方，又怎么会有城墙官府呢？哎呀！这是什么神呀？如果真能找到这个地方，恐怕天下赶去告状的人就没完没了了。”

注释 1 红线金合，以儆贪婪：典出唐袁郊《甘泽谣·红线传》。写唐代潞州节度使薛嵩，忧虑魏博节度使田承嗣的武力兼并。薛嵩婢女红线，自告奋勇，黑夜潜入魏郡，盗走田承嗣藏于枕边的金盒，借以警告田承嗣不要侵犯潞州。此借喻王者寄巨函，警告湖南巡抚的贪婪。合，同“盒”。 2 桃源仙人：指晋代陶渊明《桃花源记》中所写的避居世外的桃源中人。 3 剑客所集：剑客聚居的地方。剑客，精于剑术的人，指侠客。

某 甲

原文

某甲私[1]其仆妇，因杀仆纳妇，生二子一女。阅[2]十九年，巨寇破城，劫掠一空。一少年贼，持刀入甲家。甲视之，酷类死仆，自叹曰：“吾今休[3]矣！”倾囊赎命。迄[4]不顾，亦不一言，但搜人而杀，共杀一家二十七口而去。甲头未断，寇去少苏，犹能言之。三日寻毙。呜呼！果报不爽[5]，可畏也哉！

译文

某甲跟他仆人的妻子私通，于是杀了仆人娶了他的妻子，生下两个儿子和一个女儿。过了十九年，大批贼寇攻破城池，把这里劫掠一空。有一个少年贼人，拿着刀闯进某甲家里。某甲看他，觉得他长得很像死去的仆人，自己悲叹道：“我今天就要死了！”拿出所有钱财求他饶过一命。那人始终不管不顾，也不说一句话，只找出人来杀，一共杀了全家二十七口才离开。某甲的头没有断，等贼人走了以后又稍稍苏醒过来，还能说话。三天之后才死去。哎呀！报应果然不会有差池，可怕至极啊！

注释 1 私:指通奸。 2 阅:经历。 3 休:完结,终止。 4 讫:始终。 5 爽:差错。

衢州三怪

原文

张握仲从戎衢州[1],言:"衢州夜静时,人莫敢独行。钟楼上有鬼,头上一角,象貌狞恶,闻人行声即下。人骇而奔,鬼亦遂去。然见之辄病,且多死者。又城中一塘,夜出白布一匹[2],如匹练[3]横地。过者拾之,即卷入水。又有鸭鬼,夜既静,塘边并寂无一物,若闻鸭声,人即病。"

译文

张握仲曾在衢州服兵役,他说:"衢州夜深人静的时候,没有人敢独自行走。钟楼上有鬼,头上长着一只角,相貌狰狞凶恶,听见人走路的声音就会下来。人吓跑了,鬼也就离开。然而见过鬼的人都会生病,而且大多数人都死了。城里还有一个水塘,夜里会出现一匹白布,就像一匹白练横放在地上一样。过路的人去捡拾,就会被卷进水里。又有一个鸭鬼,夜深人静的时候,池塘边什么也没有,如果听见鸭子叫,人就会生病。"

注释 1 衢州:旧府名。治所在今浙江衢州。 2 匹:古代计算布帛等织物长度的单位,四丈为一匹。 3 练:白绢。

拆楼人

原文

何冏卿，平阴人。初令秦中[1]，一卖油者有薄罪，其言戆[2]，何怒，杖杀之。后仕至铨司[3]，家资富饶。建一楼，上梁日，亲宾称觞为贺。忽见卖油者入，阴自骇疑。俄报妾生子，愀然[4]曰：“楼工未成，拆楼人已至矣！”人谓其戏，而不知其实有所见也。后子既长，最顽，荡其家，佣为人役，每得钱数文，辄买香油食之。

译文

何冏卿是平阴人。起初在秦中做县令，有一个卖油的小贩犯了一点小罪，但说话很直，何冏卿很生气，将他杖毙了。后来他到了吏部文选清吏司做官，家产丰厚。有天他建了一座楼，上梁的那天，亲朋好友都举杯祝贺。忽然看见那个卖油的小贩进来了，心里暗自惊恐狐疑。不久有人来报告说他的妾生了一个儿子，他郁郁不乐，说：“楼还没建成，拆楼的人已经来了！”别人都觉得他在开玩笑，而不知道他实际上看到了什么。后来儿子长大了，最为顽劣，搞得倾家荡产，到别人家里去做仆役，每次得到几文钱，就会买香油来吃。

注释 **1** 秦中：指今陕西中部平原地区。因春秋、战国时地属秦国而得名。 **2** 戆：愚直。 **3** 铨司：指吏部文选清吏司，主管考核文职官员的任免调迁。 **4** 愀然：闷闷不乐的样子。

异史氏曰：“常见富贵家楼第连亘[1]，死后，再过已墟[2]。此必有拆楼人降生其

异史氏说：“常常见到富贵人家宅第连绵不绝，死了以后，再经过那里时已经变成了废墟。这一定是有

家也。身居人上,乌[3]可不早自惕[4]哉?”

拆楼人生在他们家了。身为人上人,怎么能不早早自警呢?

注释 1 连亘:接连不断。 2 墟:废墟。 3 乌:怎么。 4 惕:警惕。

大 蝎

原文

明彭将军宏,征寇入蜀。至深山中,有大禅院[1],云已百年无僧。询之土人,则曰:“寺中有妖,入者辄死。”彭恐伏寇,率兵斩茅而入。前殿中有皂雕[2]夺门飞去;中殿无异;又进之,则佛阁,周视亦无所见,但入者皆头痛不能禁。彭亲入,亦然。少顷,有蝎如琵琶,自板上蠢蠢而下,一军惊走,彭遂火其寺。

译文

明朝有位将军彭宏,到蜀地征剿贼寇。到了深山里,有一座大禅院,说是已经上百年没有僧人了。彭宏询问当地人,人们说:“寺里有妖,进去的人都死了。”彭宏害怕里面藏着贼寇,就带领士兵砍断茅草走进去。前殿里有一只黑雕夺门而出,飞走了;中殿没什么异常;又往里走,就是佛阁,四处巡视也没发现什么,但是进去的人都头痛不止。彭宏亲自进了佛阁,也是这样。过了一会儿,有一只琵琶那么大的蝎子从楼板上慢慢爬下来,所有士兵都吓跑了,彭宏于是放火烧了这座寺庙。

注释 1 禅院:佛寺;寺院。 2 皂雕:一种黑色的大型猛禽。

陈云栖

原文

真毓生，楚夷陵[1]人，孝廉之子。能文，美丰姿，弱冠[2]知名。儿时，相者曰："后当娶女道士为妻。"父母共以为笑。而为之论婚，低昂苦不能就。

译文

真毓生是楚地夷陵人，举人的儿子。他擅长写文章，风度仪态颇佳，二十岁左右的时候就很有名气了。小的时候，有个看相的说："他长大后会娶女道士为妻子。"父母都认为这是开玩笑。但是等为儿子谈婚论嫁的时候，总是高不成低不就。

注释 1 夷陵：明清时期州名。治今湖北省宜昌市。 2 弱冠：古代男子二十岁行冠礼，故用以指男子二十岁左右的年龄。

生母臧夫人，祖居黄冈[1]。生以故诣外祖母，闻时人语曰："黄州[2]'四云'，少者无伦。"盖郡有吕祖[3]庵，庵中女道士皆美，故云。庵去臧氏村仅十余里，生因窃往。扣其关[4]，果有女道士三四人，谦喜承迎，仪度皆洁。中一最少者，旷世真无其俦[5]，心好而目注之。女

真毓生的母亲臧夫人，世代居住在黄冈。真毓生有事去拜访外祖母，听当地人说："黄州有'四云'，最小的那个最漂亮。"原来郡里有个吕祖庵，庵中女道士都很漂亮，所以才有这个说法。吕祖庵离臧家所在村子不过十多里地，真毓生就偷偷跑去了。真毓生敲开庵门，果然有三四个女道士，谦恭欣喜地迎出来，仪态举止都很端庄纯洁。其中最年少的一个，真是绝世无双的美女，真毓生心生爱慕，便目不转睛地注视她。那女子

以手支颐[6],但他顾。诸道士觅盏烹茶,生乘间问姓字,答云:“云栖,姓陈。”生戏曰:“奇矣!小生适姓潘[7]。”陈赪[8]颜发赪,低头不语,起而去。少间,瀹茗[9],进佳果,各道姓字:一白云深,年三十许;一盛云眠,二十以来;一梁云栋,约二十有四五,却为弟。而云栖不至,生殊怅惘,因问之。白曰:“此婢惧生人。”生乃起别,白力挽之,不留而出。白曰:“而欲见云栖,明日可复来。”

用手托着下巴,只是看着别处。其他道士忙着找茶盏煮茶去了,真毓生趁这个间隙询问女子的姓名,女子回答说:“我叫陈云栖。”真毓生就开玩笑说:“奇了!我正好姓潘。”陈云栖满脸通红,低头不语,接着起身离去了。不一会儿,几个道士端来煮好的茶,奉上好果子,并各自介绍了自己的名字:一个叫白云深,大约三十岁;一个叫盛云眠,也就二十出头;一个叫梁云栋,大约二十四五岁,却自称是师弟。只是陈云栖没有再露面,真毓生十分怅惘,就询问原因。白云深说:“那个小丫头怕见生人。”真毓生就站起来要告别,白云深竭力挽留,真毓生不肯,走出了庵门。白云深说:“你要是想见云栖,明天可以再来。”

注释　1 黄冈:古县名。位于湖北省东部,今湖北省黄冈市。 2 黄州:府名,府治在黄冈。 3 吕祖:道教的“八仙”之一,名嵒(一作岩),字洞宾。 4 关:门。 5 俦:同等,同列。 6 支颐:支撑着下巴。 7 适姓潘:这是真毓生戏语挑逗之词。冯梦龙《情史》卷十二《潘法成》谓宋朝女贞观尼姑陈妙常与潘法成相恋,后来结为夫妇。真毓生因云栖姓陈,故自称姓潘,暗用这个故事挑逗陈云栖。后文“便道潘郎待妙常已久”,也用此故事。 8 赪(chēng):赤色。 9 瀹(yuè)茗:煮茶。

生归，思恋綦切。次日，又诣之。诸道士俱在，独少云栖，未便遽[1]问。诸女冠治具留餐，生力辞，不听。白拆饼授箸，劝进良殷。既问："云栖何在？"答云："自至。"久之，日势已晚，生欲归。白捉腕留之，曰："姑止此，我捉婢子来奉见。"生乃止。俄，挑灯具酒，云眠亦去。酒数行，生辞已醉。白曰："饮三觥，则云栖出矣。"生果饮如数。梁亦以此挟劝之，生又尽之，覆盏[2]告辞。白顾梁曰："吾等面薄，不能劝饮。汝往曳陈婢来，便道潘郎待妙常已久。"梁去，少时而返，具言："云栖不至。"生欲去，而夜已深，乃佯醉仰卧。两人代裸之，迭就淫焉。

真毓生返回臧家村后，对陈云栖的思念更加强烈。第二天真毓生又前去拜访，几个道士都在，唯独不见陈云栖，真毓生也不好意思直接就问。几个女道士准备好菜肴留真毓生吃饭，真毓生坚决推辞，女道士们可不听他的。白云深撕饼递筷子给真毓生，十分殷勤地劝他吃。真毓生就问："陈云栖在哪里？"白云深回答："她自己会过来的。"过了很久，日头西斜，也不见陈云栖来，真毓生打算回去了。白云深抓住真毓生的手腕挽留他，说："你暂且在这里等一等，我去捉她来见你。"真毓生就停下脚步。不一会儿，白云深却进来点上灯，又摆上酒席，盛云眠也走开了。酒过数巡，真毓生推辞说自己不胜酒力。白云深说："你再饮三杯，陈云栖就来了。"真毓生果真如数喝了三杯。梁云栋也用陈云栖来要挟真毓生喝酒，真毓生只好又喝了，然后把酒杯倒扣在桌子上起身告辞。白云深看着梁云栋说："我们面子薄，不能劝公子喝酒，你去把陈丫头拽过来，就说潘郎等待妙常很久了。"梁云栋走开后，一会儿就返回了，说："陈云栖不肯来。"真毓生就想告辞，可是夜色已浓，就假装大醉仰面躺下了。白、梁二人就替真毓生脱光衣服，轮流与他交欢。

终夜不堪其扰。天既明,不睡而别。数日不敢复往,而心念云栖不忘也,但不时于近侧探侦之。

真毓生整晚都被她俩骚扰,难以忍受。天亮后,真毓生没有睡觉就径直离开了。过了好几天真毓生都不敢再去,可是心里念着陈云栖一刻也忘不了,他只好经常在吕祖庵附近探察。

注释 1 遽(jù):仓促。 2 覆盏:把酒杯覆置桌上,表示不再饮。

一日,既暮,白出门,与少年去。生喜,不甚畏梁,急往款关。云眠出应门,问之,则梁亦他适。因问云栖,盛导去,又入一院,呼曰:"云栖!客至矣。"但见室门阒然而合。盛笑曰:"闭扉矣。"生立窗外,似将有言,盛乃去。云栖隔窗曰:"人皆以妾为饵,钓君也。频来则身命殆矣。妾不能终守清规,亦不敢遂乖[1]廉耻,欲得如潘郎者事之耳。"生乃以白头相约[2]。云栖曰:"妾师抚养,即亦非易,果相见爱,当以

一天傍晚,白云深与一个少年一同出门了。真毓生暗自高兴,他不大害怕梁云栋,就急忙上前敲门。盛云眠出来开的门,真毓生一问,才知道梁云栋也出去了。真毓生就询问陈云栖,盛云眠引着他前去,又来到另一个院落,呼喊道:"云栖!有客人来了。"只见房门砰地一声关上了。盛云眠笑着说:"吃闭门羹了。"真毓生站在窗外,似乎有话要说,盛云眠于是离开了。陈云栖隔着窗子说:"她们是拿我做诱饵,来钓你这条鱼。你要是经常来就会丧命的。我无法终身坚守清规,但也不敢随便胡来,违背廉耻,希望嫁得像潘郎那样的人。"真毓生就发誓要和陈云栖白头偕老。陈云栖说:"我师父抚养我也不容易,你如果真的爱我,就拿二十两银子

二十金赎妾身,妾候君三年。如望为桑中之约[3],所不能也。"生诺之。方欲自陈,而盛复至,从与俱出,遂别归。

替我赎身,我等你三年。如果你想私下幽会,这不是我能做到的。"真毓生答应了。他正想再有所表白,可是盛云眠又过来了,真毓生只好与她一起出了院子,告别回家了。

注释 1 乖:违背。 2 以白头相约:相互约定终身。白头,白头偕老。 3 桑中之约:指男女幽会。《诗·鄘风·桑中》:"期我乎桑中,要我乎上宫。"后因指男女幽期为"桑中之约"。

中心怊怅[1],思欲委曲夤缘[2],再一亲其娇范[3],适有家人报父病,遂星夜而还。无何,孝廉卒。夫人庭训[4]最严,心事不敢使知,但刻减金资[5],日积之。有议婚者,辄以服阕[6]为辞。母不听。生婉告曰:"曩在黄冈,外祖母欲以婚陈氏,诚心所愿。今遭大故[7],音耗遂梗,久不如黄省问。旦夕一往,如不果谐,从母所命。"夫人许之。乃携所积而去。

真毓生内心惆怅,想找个什么借口,再去一睹陈云栖的芳容,可是恰好有家人赶来报告说父亲病危,他就连夜赶回了家。没多久,真孝廉去世了。真夫人家教最严厉,真毓生的心事不敢让母亲知道,只是削减开支,一天天积攒赎金。有人为他说媒,真毓生就用还在服丧为由婉拒。母亲不答应。真毓生就委婉地告诉母亲:"先前在黄冈,外祖母打算把陈氏许配给我,我也心甘情愿娶她。如今遭遇这样大的变故,以致音信断绝,很久没有去黄冈探问消息。这两天就让我前去黄冈一趟,如果事情不成,我就听从母亲的安排。"真夫人答应了,真毓生就带上赎金去了黄冈。

注释 1 怊(chāo)怅：惆怅失意貌。 2 委曲夤(yín)缘：曲意寻找借口或机会。夤缘，攀附以上，比喻拉拢关系。 3 娇范：少女仪容。范，仪范。 4 庭训：原指父亲的训导。这里指教训。 5 刻减金资：节省金钱。刻减，俭省节约。 6 服阕：守丧期满除服。阕，终了。 7 大故：重大事故。指父母之死。

至黄，诣庵中，则院宇荒凉，大异畴昔。渐入之，惟一老尼炊灶下，因就问。尼曰："前年老道士死，'四云'星散矣。"问："何之？"曰："云深、云栋，从恶少去；向闻云栖寓居郡北；云眠消息不知也。"生闻之悲叹。命驾即诣郡北，遇观[1]辄询，并少踪迹。怅恨而归，伪告母曰："舅言陈翁如岳州[2]，待其归，当遣伻[3]来。"

到了黄冈，来到吕祖庵，只见院落荒凉，房屋颓圮，与之前大不相同。真毓生慢慢走进庵内，只发现一个老尼姑在做饭，因此上前询问她发生了什么事。老尼姑说："前年老道士去世了，'四云'早已各自离去。"真毓生问："她们去了哪里？"老尼姑说："白云深、梁云栋跟着一位恶少走了；之前听说陈云栖在郡北漂泊；至于盛云眠就一点儿消息也没有了。"真毓生听了悲伤叹息。他命令仆人驾车即刻前往郡北，遇到一个道观就停车打听，但没有打听到一点儿踪迹。真毓生惆怅怨恨地回家了，对母亲撒谎说："舅舅说陈翁去了岳州，等他回来，就派媒人来提亲。"

注释 1 观：道教的庙宇。 2 岳州：府名，治所在今湖南省岳阳市。 3 伻(bēng)：使者，此指媒人。

逾半年，夫人归宁，以事问母，母殊茫然。夫人怒子诳；媪疑甥与舅谋，而未以闻也。幸舅出，莫从稽[1]其妄。夫人以香愿登莲峰[2]，斋宿山下。既卧，逆旅主人扣扉，送一女道士，寄宿同舍，自言："陈云栖。"闻夫人家夷陵，移坐就榻，告诉坎坷，词旨悲恻。末言："有表兄潘生，与夫人同籍，烦嘱子侄辈一传口语，但道其暂寄栖鹤观师叔王道成所，朝夕厄苦，度日如岁。令早一临存；恐过此以往，未之或知[3]也。"夫人审名字，即又不知。但云："既在学宫[4]，秀才辈想无不闻也。"未明早别，殷殷再嘱。

过了半年，真夫人回娘家，就拿婚事询问自己的母亲，老母亲竟茫然不知。真夫人恼怒儿子居然骗她，老母亲却怀疑外甥是私下与舅舅商量的，而自己没有询问过。所幸舅舅外出了，没有办法从他那里查清是真是假。真夫人去莲峰烧香还愿，在山脚客栈里斋戒住下。真夫人躺下后，客栈主人来敲门，送过来一个女道士和她同住，女道士自我介绍说："我叫陈云栖。"听说真夫人家在夷陵，陈云栖就坐到夫人床边，对她诉说自己坎坷的经历，言辞凄怆悲楚。最后又说："我有个表哥潘生，与夫人是老乡，劳烦您叮嘱子侄们帮我传个口信，只说我暂时寄宿在栖鹤观王道成师叔那里，早晚困苦，度日如年。让他早一点过来，恐怕过了这一段时间，就没有人知道我的下落了。"真夫人问潘生叫什么，陈云栖也不知道，只是说："既然他是学生，秀才们想来一定知道。"天还未亮陈云栖就与真夫人告别，不忘再三叮嘱夫人记得拜托之事。

注释　1 稽：考察，查询。　2 香愿：对神佛祈求时许下的烧香心愿。莲峰：山有莲峰者甚多，下文提到"五祖山"，此处当指湖北蕲州五祖山的

山峰。 **3** 未之或知:难以再知道。 **4** 学宫:学舍。指真毓生是县学生员,即秀才。

夫人既归,向生言及。生长跪曰:"实告母:所谓潘生,即儿也。"夫人既知其故,怒曰:"不肖儿!宣淫寺观,以道士为妇,何颜见亲宾乎!"生垂头,不敢出词。会生以赴试入郡,窃命舟访王道成。至,则云栖半月前出游不返。既归,悒悒[1]而病。

真夫人回去后,对儿子提及此事。真毓生长跪不起,说:"实话告诉母亲,所谓的潘生,就是孩儿。"真夫人知道了缘故后,大怒,说:"不肖儿。在道观里淫乱,娶道士为妻,还有什么脸面见亲戚朋友!"真毓生低着头,不敢说一句辩白的话。赶上真毓生到郡里考试,他就偷偷让人摆渡访问王道成。到了那里,才知道陈云栖半个月前出游一直没有回来。真毓生回家后,内心郁闷,竟病倒了。

注释 **1** 悒悒(yì yì):忧郁,愁闷。

适臧媪卒,夫人往奔丧,殡后迷途,至京氏家,问之,则族妹也。相便邀入。见有少女在堂,年可十八九,姿容曼妙,目所未睹。夫人每思得一佳妇,俾子不怼[1],心动,因诘生平。妹云:"此王氏女也,京氏甥也。怙恃[2]俱失,暂

赶上臧老太太去世,真夫人前往黄冈奔丧,安葬完臧老太太后回来迷了路,到了一户京氏家里,一打听,竟然是自己的族妹。京氏便邀请真夫人进门,真夫人看到有一个年轻女子在客厅,年纪十八九岁,容貌美艳,生平见所未见。真夫人总是想寻一个好儿媳,让儿子不至于恨自己,不由得动了心,就询问女子的身世。京氏说:"这是王家的女儿,是京家的外甥女。她父母都已经去世了,暂时寄住在这里。"真夫人

寄此耳。”问:“婿家谁?”曰:“无之。”把手与语,意致娇婉。母大悦,为之过宿,私以己意告妹。妹曰:“良佳。但其人高自位置[3],不然,胡蹉跎至今也。容商之。”夫人招与同榻,谈笑甚欢;自愿母夫人[4]。夫人悦,请同归荆州[5],女益喜。

问:“她的丈夫是谁?”京氏说:“还未曾许配人家。”真夫人握着女子的手与她说话,女子面带娇羞,表情柔婉。真夫人十分满意,为了她就在京氏家过夜,私下里把自己的意思告诉了族妹京氏。族妹说:“确实不错。但是她眼光很高,不然也不会拖到现在还没有结婚。你让我与她商量商量。”真夫人招呼女子睡在一起,两人谈笑甚欢,女子还自愿认真夫人为母。真夫人十分高兴,就邀请她一同回荆州,女子也很高兴。

注释 1 俾子不怼:让儿子不再怨恨。俾,使。不怼,不怨恨。 2 怙恃:父母的代称。 3 高自位置:自视甚高。 4 母夫人:认夫人为母。 5 荆州:府名,治所在今湖北省荆州市。

次日,同舟而还。既至,则生病未起,母欲慰其沉疴[1],使婢阴告曰:“夫人为公子载丽人至矣。”生未信,伏窗窥之,较云栖尤艳绝也。因念:三年之约已过,出游不返,则玉容[2]必已有主。得此佳丽,心怀颇慰。于是辗然[3]动色,病亦寻瘳。母乃招两人相

第二天,真夫人与王家女同船回家。到家后真毓生还是生病未起,真夫人想要慰藉病重的儿子,就让丫鬟悄悄告诉真毓生:“夫人为公子带回一个漂亮女子。”真毓生不相信,趴在窗前偷看,见王家女果然比陈云栖还要艳丽。他心里想:我与陈云栖三年之约已经过去,如今她出游没有回来,也许早已名花有主。我能娶这个女子为妻,心里也能有所安慰。于是他高兴地笑了起来,病也很快就好了。真夫人于是招呼两个人互相

拜见。生出，夫人谓女："亦知我同归之意乎？"女微笑曰："妾已知之。但妾所以同归之初志，母不知也。妾少字夷陵潘氏，音耗阔绝[4]，必已另有良匹。果尔，则为母也妇；不尔，则终为母也女，报母有日也。"夫人曰："既有成约，即亦不强。但前在五祖山[5]时，有女冠问潘氏，今又潘氏，固知夷陵世族无此姓也。"女惊曰："卧莲峰下者母耶？询潘者，即我是也。"母始恍然悟，笑曰："若然，则潘生固在此矣。"女问："何在？"夫人命婢导去问生。生惊曰："卿云栖耶？"女问："何知？"生言其情，始知以潘郎为戏。女知为生，羞与终谈，急返告母。母问其何复姓王。答云："妾本姓王。道师

见面。真毓生走出房门，真夫人对王家女说："你知道让你与我一起回来的用意了吧？"王家女笑着说："我早就知道了。但是我肯和母亲一起回来的初衷，母亲肯定不知道。我小时候许配给了夷陵潘生，谁知后来音信断绝，想必他早已另娶良妻。如果真是那样，我就做母亲的儿媳妇；不然，我就终身做您的女儿，以后报答您。"真夫人说："既然你有约在先，我也不会强求。只是前段时间我在五祖山时，有个女道士向我打听潘生，如今你又说起潘生，可是我知道夷陵并没有潘姓家族。"王家女惊讶地说："在莲峰脚下住宿的就是母亲吗？打听潘生的就是我啊。"真夫人这才恍然大悟，笑着说："如果是这样，那么还真有个潘生。"王家女急忙问："他在哪里？"真夫人让丫鬟带着王家女去问真毓生。真毓生惊讶地问："你真的是陈云栖？"王家女问："你怎么知道我的名字？"真毓生就说明了实情，陈云栖这才知道他是用潘生来开玩笑。陈云栖知道面前的人就是潘生，面带羞涩不好意思和他说下去了，就急忙返回告知真夫人。真夫人问她为什么又姓王。陈云栖说："我本来就姓王。因为师父喜

见爱，遂以为女，从其姓耳。"夫人亦喜，涓吉[6]为之成礼。

欢我，认我做了女儿，我就跟随她姓陈了。"真夫人也很高兴，挑选了一个好日子让他们成亲了。

注释 1 沉疴：重病。 2 玉容：女子的容貌。代指陈云栖。 3 冁(chǎn)然：高兴的样子。 4 阔绝：长久地断绝。 5 五祖山：在湖北蕲州境内，明清时属黄州府。前文所说的"莲峰"当在五祖山。 6 涓吉：选择吉利的日子。

先是，女与云眠俱依王道成。道成居隘[1]，云眠遂去之汉口。女娇痴不能作苦，又羞出操道士业，道成颇不善之。会京氏如黄冈，女遇之流涕，因与俱去。俾改女子装，将论婚士族，故讳其曾隶道士籍。而问名者女辄不愿，舅及妗皆不知意向，心厌嫌之。是日，从夫人归，得所托，如释重负焉。合卺[2]后，各述所遭，喜极而泣。女孝谨，夫人雅怜爱之。而弹琴好弈，不知理家人生业，夫人颇以为忧。

原来，陈云栖与盛云眠都在王道成观里做道士。王道成的道观太小，盛云眠就离开去了汉口。陈云栖娇弱做不了苦活，又羞于出来做道士，王道成很不喜欢她。恰好京氏来到黄冈，陈云栖碰到她就痛哭流涕，就这样跟着京氏一起离开了。京氏让她改穿女孩子的衣服，打算把她嫁到士族家里，于是隐瞒了她曾经做道士的经历。但是有来提亲的陈云栖都不愿意，舅舅和京氏都不知道她心里想些什么，慢慢就对她厌烦了。那一天，陈云栖跟着真夫人回去，有了依托，京氏夫妇感到如释重负。结婚后，两人各自叙述了遭遇的一切，喜极而泣。陈云栖很孝顺谨慎，真夫人十分喜欢她。只是她只会弹琴下棋，不会操持家务，真夫人为此感到很担心。

注释 1 居隘：此指寺观太小。 2 合卺(jǐn)：成婚。

积月余，母遣两人如京氏，留数日而归。泛舟江流，欻[1]一舟过，中一女冠，近之，则云眠也。云眠独与女善。女喜，招与同舟，相对酸辛。问："将何之？"盛云："久切悬念，远至栖鹤观，则闻依京舅矣，故将诣黄冈一奉探耳。竟不知意中人已得相聚。今视之如仙，剩此漂泊人，不知何时已矣！"因而欷歔。女设一谋：令易道装，伪作姊，携伴夫人，徐择佳耦。盛从之。

过了一个多月，真夫人让夫妻二人去看望京氏，他们在那里盘桓了好几天才返回。他们乘船在江中漂荡，忽然有一条船与之擦肩而过，船中坐着一个女道士，近距离一看，正是盛云眠。盛云眠在吕祖庵时唯独与陈云栖交好。陈云栖大喜，招呼她同坐一船，相对互道别后辛酸。陈云栖问："你打算去哪里？"盛云眠说："我一直挂念你，就不惜遥远去了栖鹤观，却听说你已经跟随姓京的舅舅走了，所以我想去黄冈探望你。想不到你已经和意中人相聚了。如今看来，你幸福快乐如神仙一般，可怜剩下我四处漂泊，不知道什么时候才是尽头啊！"因此唏嘘感慨起来。陈云栖就想出了一个主意：让盛云眠换下道士服装，谎称是自己的姐姐，带回来与真夫人做伴，慢慢地再寻找合意的男子。盛云眠听从了。

注释 1 欻(xū)：忽然。

既归，女先白夫人，盛乃入。举止大家[1]，谈笑间，练达世

回来后，陈云栖先向真夫人说明了情况，盛云眠这才进门。只见她举止大方，谈笑间通达人情世故。真夫人守寡已久，生

故[2]。母既寡，苦寂，得盛良欢，惟恐其去。盛早起，代母劬劳[3]，不自作客。母益喜，阴思纳女姊，以掩女冠之名，而未敢言也。一日，忘某事未作，急问之，则盛代备已久。因谓女曰："画中人不能作家[4]，亦复何为？新妇若大姊者，吾不忧也。"不知女存心久，但恐母嗔。闻母言，笑对曰："母既爱之，新妇欲效英、皇[5]，何如？"母不言，亦辗然笑。女退，告生曰："老母首肯矣。"

活苦闷寂寞，如今得到盛云眠陪伴，很是欢喜，唯恐她离去。盛云眠每天早起，代替真夫人操劳，从不把自己当作客人。真夫人更加高兴了，私下里谋划着想让儿子再把盛云眠娶了，好遮掩陈云栖曾是道士这件事，却一直不敢说出来。一天，真夫人忘记做某件事了，急忙询问，盛云眠却早已经替她准备好了。真夫人趁机对陈云栖说："画中美人是无法操持家务的，又能怎么办呢？如果新媳妇像你大姐这样，我也就没什么忧虑了。"真夫人不知道陈云栖早有此意，只怕真夫人生气。如今听真夫人这样说，陈云栖就笑着说："既然母亲喜欢姐姐，我就打算效仿女英、娥皇共同嫁给舜帝的做法，和姐姐共侍一夫，您看怎么样？"真夫人不说话，也笑了起来。陈云栖回到房间，告诉真毓生说："母亲点头答应了。"

注释　1 举止大家：举动行止有大户人家的气派。大家，旧指高门贵族；大户人家。　2 练达世故：待人接物老练通达。世故，指待人接物的处世经验。　3 劬(qú)劳：操劳。　4 画中人：形容女子美貌，这里指新妇陈云栖。作家：操持家务。　5 效英、皇：效仿女英、娥皇。指愿意两人同嫁一夫。

乃另洁一室，告盛曰："昔在观中共枕时，姊言：'但得一能知亲爱之人，我两人当共事之。'犹忆之否？"盛不觉双眦荧荧，曰："妾所谓亲爱者，非他：如日日经营，曾无一人知其甘苦。数日来，略有微劳，即烦老母恤念，则中心冷暖顿殊矣。若不下逐客令[1]，俾得长伴老母，于愿斯足，亦不望前言之践也。"女告母。母令姊妹焚香，各矢无悔词，乃使生与行夫妇礼。将寝，告生曰："妾乃二十三岁老处女也。"生犹未信。既而落红殷褥，始奇之。盛曰："妾所以乐得良人者，非不能甘岑寂也，诚以闺阁之身，觍然[2]酬应如勾栏，所不堪耳。借此一度，挂名君籍[3]，当为君奉事老母，作内纪纲[4]。若房闱之乐，请别与人

于是陈云栖另外打扫干净一个房间做婚房，对盛云眠说："当年在吕祖庵我们睡在一张床上时，姐姐说：'如果能得到一个懂得亲爱的男人，我们两个人一起侍奉他。'你还记得吗？"盛云眠不禁两眼含泪，说："我所说的懂亲爱的人，没有别的意思，像之前那样每日操劳，竟没有一个人理解我的辛苦。而最近这几天以来，我刚做了一点事情，就让母亲体恤挂虑，我内心感受到的冷暖顿时就不同了。如果母亲不下逐客令，我能一辈子陪伴母亲，我的愿望也就满足了，倒也不苛求实现之前的话。"陈云栖把话告诉了真夫人。真夫人让她们姐妹俩焚香，发誓永不后悔，然后就让真毓生与盛云眠行了夫妇礼。晚上将要入睡的时候，盛云眠告诉真毓生说："我二十三岁，还是处女。"真毓生不太相信。房事完毕血染红了被子，他这才感到奇怪。盛云眠说："我之所以想嫁个好男人，不是因为不能甘于寂寞，实在是以处女之身，却像妓女一样厚颜应酬，是我不堪忍受的。借此一夜，名义上成为你的妻子，就应当为你侍奉母亲，做个好管家。至于闺中玩乐之事，请你与别人一起探讨吧。"三天后，盛

探讨之。”三日后，襆被从母，遣之不去。女早诣母所，占其床寝，不得已，乃从生去。由是三两日辄一更代，习为常。

云眠就抱着被子去真夫人那里睡觉，赶也赶不走。陈云栖就早早地来到真夫人房里，占住盛云眠睡觉的床，盛云眠没办法，只好回去和真毓生睡在一起。自此过三两天二女就更换一次，习以为常。

注释 1 下逐客令：意谓驱逐客人。 2 靦(tiǎn)然：厚颜貌。 3 挂名君籍：意谓在名义上是您的妻子。 4 内纪纲：内室的管家。纪纲，统领奴仆的人，也泛指仆人。

夫人故善弈，自寡居，不暇为之。自得盛，经理井井[1]，昼日无事，辄与女弈。挑灯瀹茗，听两妇弹琴，夜分始散。每与人曰：“儿父在时，亦未能有此乐也。”盛司出纳[2]，每记籍[3]报母。母疑曰：“儿辈常言幼孤，作字弹棋[4]，谁教之？”女笑以实告。母亦笑曰：“我初不欲为儿娶一道士，今竟得两矣。”忽忆童时所卜，始信定数不可逃也。生再试不第，夫人曰：“吾家虽不

真夫人原本擅长下棋，自守寡独居后，也没有闲暇下了。自从有了盛云眠，里里外外打理得井井有条，真夫人白天无事可做了，就与陈云栖对弈。晚上就点上蜡烛烹煮茶水，听两个儿媳弹琴，到半夜时分才散去。真夫人常对人说：“孩子他爹在世的时候，也没有这样的快乐。”盛云眠负责家里的财务，每次进出账，都会写在账簿上汇报给真夫人。真夫人疑惑地问：“你们常说是孤儿，可是写字下棋是谁教你们的？”盛云眠就笑着说出了实情。真夫人也笑着说：“我当初不想让儿子娶女道士，如今竟娶了两个。”她忽然想起儿子小时候给他占卜的事情，这才相信一切都有定数，逃不过。真毓生再次参加科考仍旧没有高中，真

丰,薄田三百亩,幸得云眠纪理,日益温饱。儿但在膝下,率两妇与老身共乐,不愿汝求富贵也。"生从之。后云眠生男女各一,云栖女一男三。母八十余岁而终,孙皆入泮[5]。长孙,云眠所出,已中乡选[6]矣。

夫人说:"咱们家虽然不富裕,可是也有薄田三百亩,幸好盛云眠打理,日子一天比一天好。我儿只要在我面前,带着两个妻子与我一起共享天伦之乐,我也不想让你再求什么富贵了。"真毓生听从了。后来盛云眠生下一男一女,陈云栖生下一女三男。真夫人活到八十多岁去世,孙子们都进了县学。其中长孙是盛云眠生的,已经中了举人。

注释 1 井井:有条理。 2 司出纳:管钱财收支。 3 记籍:记在账簿上。 4 弹棋:此处指弈棋。 5 入泮:考中秀才。 6 中乡选:考中举人。

司札吏

原文

游击[1]官某,妻妾甚多。最讳某小字[2],呼年曰岁,生曰硬,马曰大驴;又讳败曰胜,安为放。虽简札[3]往来,不甚避忌,而家人道之,则怒。一日司札吏[4]白事,误犯,大怒,以研[5]击之

译文

有一个游击官,娶了很多妻妾。他最忌讳别人喊他小名,把"年"叫成"岁",把"生"说成"硬",把马叫作"大驴";又把"败"讳称"胜","安"称作"放"。虽然书信往来并不怎么忌讳,但家里人如果说出了这些字,他就很生气。有天主管书信的小吏禀告事情,无意中犯了他的忌讳,他勃然大怒,拿砚台打那个小吏,小吏当

立毙。三日后，醉卧，见吏持刺[6]入，问："何为？"曰："'马子安'来拜。"忽悟其鬼，急起，拔刀挥之。吏微笑，掷刺几上，泯然而没。取刺视之，书云："岁家眷硬大驴子放胜[7]。"暴谬之夫，为鬼揶揄，可笑甚已！

场死亡。三天后游击官喝醉了正在睡觉，看见小吏拿着拜帖进门，就问他："什么事？"小吏说："'马子安'来拜见您。"他猛然明白过来这是鬼，急忙起身，拔刀砍向小吏。小吏微微一笑，把拜帖扔到几案上，突然消失了。游击官把拜帖拿起来一看，上面写着："岁家眷硬大驴子放胜。"这样残暴荒谬的人，被鬼嘲弄了，真是可笑至极！

注释 1 游击：清代武官名。从三品，次于参将一级。 2 小字：小名，乳名。 3 简札：书信。 4 司札吏：主管书信文墨的胥吏。 5 研：通"砚"，砚台。 6 刺：名帖。 7 岁家眷硬大驴子放胜：这是避某所讳而写的一份拜帖。正确的写法是"年家眷生马子安拜"。年家，科举时代同年登科者，互称"年家"。眷生，旧时两家姻亲，对幼辈自称为"眷生"。胜，山东土俗称驴、马阳物为"胜"。

牛首山[1]一僧，自名铁汉，又名铁屎。有诗四十首，见者无不绝倒。自镂印章二，一曰"混账行子[2]"，一曰"老实泼皮[3]"。秀水王司直梓[4]其诗，名曰《牛山四十屁》。款云："混帐行子、老实泼皮放。"不必读其诗。标名已足解颐[5]。

牛首山有一个僧人，自称铁汉，又叫铁屎。作了四十首诗，见了的人没有不大笑不止的。他自己刻了两枚印章：一个写的是"混账行子"，一个写的是"老实泼皮"。秀水人王司直把他的诗印出来，起名叫《牛山四十屁》。落款写着："混帐行子、老实泼皮放。"不需要读这些诗，光题目就足以令人开怀大笑了。

注释 1 牛首山:因双峰角立,形如牛首,故名。在今南京中华门外15千米。 2 混帐行子:品行恶劣的人。谓人言行无礼无耻。 3 泼皮:流氓,无赖。 4 梓:经雕制以印书籍的木板。引申为印刷。 5 解颐:开颜欢笑。

蚰蜒

原文

学使朱矞三[1]家门限[2]下有蚰蜒,长数尺。每遇风雨即出,盘旋地上如白练[3]。按蚰蜒形若蜈蚣,昼不能见,夜则出,闻腥辄集。或云:蜈蚣无目而多贪也。

译文

学使朱矞三家的门槛下有一条蚰蜒,有几尺长。每当遇到风雨天就会爬出来,在地上盘旋,像一条白练。蚰蜒形状像蜈蚣,白天看不到,晚上就出来活动,闻到腥味就会聚集到一起。有人说:"蜈蚣没有眼睛,却很贪婪。"

注释 1 朱矞三:疑即朱雯。朱雯,浙江省石门县(今属桐乡市)人,康熙进士,康熙三十年(1691)任山东省提学使,见光绪《山东通志·职官志》。 2 门限:门槛。 3 白练:白色熟绢。

司训

原文

教官[1]某,甚聋,而与一狐善,狐耳语之,亦能

译文

有一个学官,聋得很厉害,但和一只狐狸交好,狐狸在他耳边说悄悄话

闻。每见上官，亦与狐俱，人不知其重听[2]也。积五六年，狐别而去，嘱曰：“君如傀儡，非挑弄之，则五官俱废。与其以聋取罪，不如早自高[3]也。”某恋禄[4]，不能从其言，应对屡乖。学使[5]欲逐之，某又求当道者为之缓颊[6]。一日执事文场[7]，唱名[8]毕，学使退与诸教官燕坐[9]。教官各扪籍靴中[10]，呈进[11]关说[12]。已而学使笑问：“贵学何独无所呈进？”某茫然不解。近坐者肘之，以手入靴，示之势。某为亲戚寄卖房中伪器[13]，辄藏靴中，随在求售。因学使笑语，疑索此物，鞠躬起对曰：“有八钱者最佳，下官不敢呈进。”一座匿笑。学使叱出之，遂免官。

也能听见。每当去见上级官员，他就跟狐狸一起去，人们不知道他耳聋。过了五六年，狐狸向他告辞离去，嘱咐他说：“你就像傀儡一样，如果没人控制你，你的五官就没什么用。与其因为耳聋而获罪，不如早些自己请辞。”学官贪恋利禄，没有听从他的劝告，回答上司问题时常常出错。学使想把他赶走，他又恳求主事的人为他求情。有一天主持考试，点名以后，学使退下来和各位学官闲坐。学官们各自从靴中拿出想要为之说情的学生名单，呈递给学使。一会儿学使笑着问：“您这位学官为什么独独没有要说的？”那个学官一脸茫然，不知道他在说什么。旁边的人用胳膊肘碰了碰他，把手伸进靴子里，向他示意。学官替亲戚寄售房事用品，就藏在靴子里，随处向人兜售。因为见学使笑着跟他说话，怀疑是向他索取这种东西，就起身鞠躬回答说：“有一种八钱的最好，下官不敢呈献给您。”在座的人都偷偷笑了。学使大声呵斥他让他出去，于是罢了他的官。

注释 1 教官：指明清时府、州、县学的学官。 2 重听：听力障碍，为耳聋之轻症。 3 自高：自求清高。指辞去官职。 4 禄：官位。 5 学使：提学使，省级学官。 6 缓颊：婉言说情。 7 执事：操办，从事。文场：

科举的考场。 8 唱名：点名。指考生按册点名入场。 9 燕坐：闲坐。燕，安闲。 10 扪籍靴中：从靴中摸出欲为之关说的考生名籍。籍，名籍。考生报名时均须填写姓名、籍贯、年岁及三代履历。 11 呈进：下级向上级或晚辈向长辈递送东西。呈，恭敬地送。 12 关说：代人陈说；替人说好话。 13 房中伪器：谓闺房之中行夫妇之事的淫器。

异史氏曰："平原独无[1]，亦中流之砥柱[2]也。学使而求呈进，固当奉之以此[3]。由是得免。冤哉！"

异史氏说："这个学官像平原相史弼一样不与他人同流合污，也是中流砥柱了。学使竟然向学官索求走后门的名单，本来就应该把那种东西呈给他。因为这种事而被免官，真是冤枉啊！"

注释 1 平原独无：意谓教官某不同流合污，买通关节，也是一个独立不屈的人物。平原，指东汉平原相史弼。 2 中流之砥柱：屹立在黄河急流中的砥柱山。比喻坚强独立的人能在动荡艰难的环境中起支柱作用。 3 固当奉之以此：就应该把房中伪器呈奉给他。意在讥讪其贪财好色。

朱公子子青[1]《耳录》云："东莱一明经迟[2]，司训沂水[3]。性颠痴，凡同人咸集时，皆默不语；迟坐片时，不觉五官俱动，笑啼并作，旁若无人焉者。若闻人笑声，顿止。俭鄙自奉[4]，积金百余两，自埋斋房，妻子亦

朱子青在《耳录》中说："东莱有一个明经姓迟，在沂水当学官。他性情癫痴，凡是同僚聚会时，他都沉默不语。迟某坐一会儿，就不自觉地五官一起动起来，又哭又笑，旁若无人。如果听到别人的笑声，就会停下来。迟某省吃俭用，存下一百多两银子，埋在书房里，连妻子也不让她知道。有一

不使知。一日，独坐，忽手足自动，少刻云：‘作恶结怨，受冻忍饥，好容易积蓄者，今在斋房。倘有人知，竟如何？’如此再四。一门斗[5]在旁，殊亦不觉。次日，迟出，门斗入，掘取而去。过二三日，心不自宁，发穴验视，则已空空。顿足拊膺[6]，叹恨欲死。”教职中可云千态百状矣。

天他一个人坐着，忽然手脚开始动，过了一会儿说：‘做了坏事，结了仇怨，挨饿受冻，好不容易攒了这些钱，现下放在书房。如果有人知道了，该怎么办呢？’这话说了好几遍。有一个差役在旁边，他竟也没有发现。第二天迟某出门，差役进了他的书房，把钱挖出来拿走了。过了两三天，迟某心神不宁，挖开洞一看，已经空了。他捶胸顿足，叹气恼恨得要死。”学官中的事情，可以说是千姿百态了。

注释　**1** 朱公子子青：朱缃，字子青，号橡村，历城(今山东省济南市历城区)人，康熙时为候补主事。蒲松龄的朋友。据说曾有《耳录》一书。　**2** 东莱：古郡名，治所在今山东省莱州市。明经：清代为贡生的别称。　**3** 沂水：今山东省沂水县。　**4** 俭鄙自奉：对自己很抠门。俭鄙，节约到了刻薄的程度。　**5** 门斗：在府县衙门中端茶送水的差役。　**6** 拊膺：捶胸。

黑　鬼

原文

胶州李总镇[1]，买二黑鬼，其黑如漆。足革[2]粗厚，立刃为途，往来其

译文

胶州的李总兵，买了两个黑鬼，黑得像漆一样。脚底的皮又粗又厚，把刀立起来排成道，在上面行走，毫发无伤。总

上，毫无所损。总镇配以娼，生子而白，僚仆[3]戏之，谓非其种。黑鬼亦疑，因杀其子，检骨尽黑，始悔焉。公每令两鬼对舞，神情亦可观也。

兵把娼妓许配给他们，生下的孩子皮肤很白，仆人拿他们开玩笑，说孩子不是他们的。黑鬼也起了疑心，于是杀了自己的儿子，发现骨头都是黑的，才开始后悔。总兵每次让两个黑鬼相对跳舞，他们的神情也十分耐看。

注释　**1** 胶州李总镇：胶州，治今山东省胶州市。清顺治元年(1644)设胶州镇总兵，习称胶州总镇。康熙二十一年(1682)废。据《增修胶州志》卷十四《职官》，李永盛、李克德，曾先后任胶州总领。此处的李总镇当指此二人之一。李永盛，奉天(今沈阳市)人，顺治十七年(1660)任。李克德，奉天人，康熙五年(1666)任。　**2** 足革：脚上的皮肤。　**3** 僚仆：指同事一主的仆人。

织　成

原文

洞庭湖中，往往有水神借舟。遇有空船，缆[1]忽自解，飘然游行。但闻空中音乐并作，舟人蹲伏一隅[2]，瞑目听之，莫敢仰视，任所往。游毕，仍泊旧处。有柳生，落第归，

译文

洞庭湖中常有水神借船。有时遇到有空船，缆绳会忽然自己解开，船便飘然游走。只听见空中传来交织在一起的吟唱声和器乐声，船上的人恐惧地蹲伏在角落里，闭着眼睛听着，都不敢抬头去看，只能任由船飘走，幸而水神游湖完毕，就会让船停在原处。柳生应试不中，在返程的船上喝得大醉，卧倒下来。四下里忽有笙歌奏响，船

醉卧舟上。笙乐忽作。舟人摇生不得醒,急匿艎[3]下。俄有人捽[4]生。生醉甚,随手堕地,眠如故,即亦置之。少间,鼓吹鸣聒[5]。生微醒,闻兰麝充盈,睨之,见满船皆佳丽。心知其异,目若瞑[6]。少间,传呼织成,即有侍儿来,立近颊际,翠袜紫舄[7],细瘦如指。心好之,隐以齿啮其袜。少间,女子移动,牵曳倾踣[8]。上问之,因白其故。在上者怒,命即行诛,遂有武士入,捉缚而起。

上的人去摇柳生,却没能叫醒他,只能自己急匆匆躲到了船板下。突然又有人来拽柳生。他醉得厉害,竟随着那人的动作倒在地上,但还是没醒过来,那人便任他躺在地上睡熟了。没过多久,乐声越发震耳,柳生微微转醒,鼻间充溢着兰麝的香气。他斜着眼睛,瞥见船上满是美丽的女子,心知遇上了奇事,便闭上了眼睛装睡。又过了一会儿,柳生听见有人唤了声"织成",便有个侍女走过来,站在了他的面前,穿着翠绿的袜子和紫色的鞋子,脚纤细瘦弱,像手指一样。他满心喜爱,偷偷地用牙齿啮咬她的袜子。不一会儿,那侍女要离开,但因为被牵扯住了而向前扑倒在地。上首的人问她怎么了,她便说出了缘由。那人大怒,命人即刻处死柳生,于是有武士进来,把柳生捉住绑了起来。

注释 1 缆:缆绳,系船用的粗绳或铁索。 2 隅:角落。 3 艎(huáng):一种木制大船。常用作渡船。 4 捽(zuó):揪;抓。 5 鸣聒:震耳。 6 目若瞑:眼睛好像是闭着。意谓伪装闭目,暗地观察。 7 舄(xì):古代一种复底鞋。引申为鞋的通称。 8 倾踣(bó):向前仆倒;跌倒。

见南面[1]一人,冠类王者。因行且语,曰:"闻洞庭君为柳氏[2],臣亦柳

柳生抬头看到有个人面南而坐,头冠很像是君王所戴的。武士押着柳生往外走,他急忙说:"我听说洞庭君姓柳,我

氏；昔洞庭落第，今臣亦落第；洞庭得遇龙女而仙，今臣醉戏一姬而死，何幸不幸之悬殊也！”王者闻之，唤回，问：“汝秀才下第者乎？”生诺。便授笔札，令赋“风鬟雾鬓”[3]。生固襄阳[4]名士，而构思颇迟，捉笔良久。上诮让曰：“名士何得尔？”生释笔自白：“昔《三都赋》[5]十稔[6]而成，以是知文贵工不贵速[7]也。”王者笑听之。自辰至午，稿始脱。王者览之，大悦曰：“真名士也！”遂赐以酒。顷刻，异馔纷纶[8]。

也姓柳；昔日洞庭君科考落第，现在我也落榜了；洞庭君遇到龙女并因此成仙，现在我却因为醉酒戏弄了一个女人而要丢掉性命，幸与不幸之间也太悬殊了吧！”那位君王听见这番话，便把人唤了回来，问柳生：“你是科考落榜的秀才？”柳生说是。君王赐他纸笔，命他以“风鬟雾鬓”为题作一篇赋。柳生本是襄阳的名士，只是他拿到题目后却构思缓慢，提笔思索了很久。君王讥笑他：“名士怎么会这样呢？”柳生放下笔答道：“当年左思用了十年才写成《三都赋》，从中就可以明白写文章贵在精巧不在快。”君王一听笑了。一直从早上到中午，柳生的赋才写完。君王看过以后，非常高兴，道：“你确实是名士啊！”说罢便赐他美酒。顷刻间，各种珍奇的美食也摆了上来。

注释 1 南面：面向南。古以南面为尊，天子见群臣或卿大夫见僚属，皆南面而坐。 2 洞庭君为柳氏：洞庭君，指柳毅。唐人李朝威《柳毅传》谓，洞庭龙女遭受夫家虐待，在野外放牧，碰到落第秀才柳毅。柳毅锐身自任，赴洞庭湖为其传书，解救龙女。后柳毅与龙女成为夫妇，并嗣为洞庭君。 3 风鬟雾鬓：《柳毅传》中柳毅向龙王述说龙女的情况，有云“见大王爱女牧羊于野，风鬟雨鬓，所不忍视”。此作“风鬟雾鬓”，亦用以形容龙女放牧时的苦难。 4 襄阳：今湖北省襄阳市。 5《三都赋》：西晋左思所作。《晋书·左思传》谓，左思写此赋，“构思十年，门庭藩溷皆著笔纸，遇得一句，即使疏之。” 6 稔：年。 7 文贵工不贵速：写文章以精巧为好，不以速成为贵。 8 纷纶：花样丰富。

方问对间，一吏捧簿进白：“溺籍[1]告成矣。”问：“人数几何？”曰：“一百二十八人。”问：“签差[2]何人矣？”答云：“毛、南二尉。”生起拜辞，王者赠黄金十斤，又水晶界方[3]一握[4]，曰：“湖中小有劫数，持此可免。”忽见羽葆[5]人马，纷立水面，王者下舟登舆，遂不复见，久之，寂然。舟人始自艎下出，荡舟北渡，风逆不得前。忽见水中有铁猫浮出，舟人骇曰：“毛将军出现矣！”各舟商人俱伏。又无何，湖中一木直立，筑筑[6]摇动。益惧曰：“南将军又出矣！”少时，波浪大作，上翳天日，四顾湖舟，一时尽覆。生举界方危坐舟中，万丈洪涛至舟顿灭，以是得全。

席间，君王与柳生正在对谈，一个小吏捧着簿册进来禀告：“溺水的名单已经准备好了。”君王问：“这回有多少人？”小吏答道：“有一百二十八人。”君王又问：“派谁去办事了？”小吏回答：“派了毛、南二位武官。”柳生起身告辞，君王赠给他十斤黄金，另加一柄水晶界方，交代他说：“你此去会遇到一些小劫难，拿着这柄界方就能幸免。”这时忽然出现了一队仪仗人马，纷纷立在水面上，君王下船登上车驾，就看不见了，过了很久，湖面才恢复平静。船夫这才从船板下出来，驾船向北行驶，却逆风难以前行。忽然看见有铁猫浮出水面，船夫惊叫：“毛将军出现了！”各船上的商人都害怕地伏在地上。又过了一会儿，湖中出现了一根直立的木头，上下摇摆不已，船上的人更加恐惧地喊道：“南将军也出现了！”不多时，湖面波涛翻涌，巨浪扬起，遮天蔽日，环顾湖面的船只，竟然一下子全部倾覆了。柳生高举界方，在船中正襟危坐，万丈波涛到了他的船前就立刻平息，他因此得以保全性命。

注释 1 溺籍：被淹死者的名册。 2 签差：犹言派遣。旧时派遣官吏，称“签差”。 3 界方：镇书纸的文具。 4 一握：一柄。 5 羽葆：仪仗名。 6 筑筑：上下摇动。如筑杵捣物的样子。

既归，每向人语其异，言：“舟中侍儿，虽未悉其容貌，而裙下双钩[1]，亦人世所无。”后以故至武昌，有崔媪卖女，千金不售；蓄一水晶界方，言有能配此者，嫁之。生异之，怀界方而往。媪忻然[2]承接，呼女出见，年十五六已来，媚曼[3]风流，更无伦比，略一展拜，返身入帏。生一见，魂魄动摇，曰：“小生亦蓄一物，不知与老姥家藏颇相称否？”因各出相较，长短不爽毫厘。媪喜，便问寓所，请生即归命舆[4]，界方留作信。生不肯留，媪笑曰：“官人亦太小心！老身岂为一界方抽身窜去耶？”生不得已，留之。出则赁舆

柳生回到家乡，每每和人谈起这桩异事，都会说：“船上的那个侍女，我虽然不清楚她的容貌，但她裙下的那双小脚，也是人间所没有的了。”后来柳生有事到武昌去，碰到一个姓崔的老太太要卖女儿，却又千金不售。崔老太太家里有一柄水晶界方，放言如果有人能拿出与之相配的，就把女儿嫁给他。柳生感到奇怪，便带上先前得来的界方去找她。老太太高兴地迎接柳生，把女儿叫出来见他。她女儿看起来十五六岁，曼妙风流，无与伦比，只略略施礼就转身退回到帷帐中。柳生一见她就被迷得神魂颠倒，说：“我这里也藏着一件东西，不知道和您老人家的那件相不相配？”于是两人拿出自己的界方比对，长短上不差毫厘。老太太很高兴，问明了他的住所，便让他马上回去安排车来接人，留下界方作为信物。柳生不肯留下界方，老太太笑他：“你也太小心了！我怎么会为了一柄界方就脱身逃走呢？”柳生没办法，只好留下了界方。出去以后

急返，而媪室已空。大骇。遍问居人，迄无知者。

急忙雇车赶回去，却发现已经人去楼空。柳生大惊，问遍了附近的人，没有一个人知道她去了哪儿。

注释 1 双钩：古代指女子缠足的形状。这里指织成的小脚。 2 忻然：喜悦貌；愉快貌。 3 媚曼：风韵美妙。 4 命舆：派车。舆，车。

日已向西，形神懊丧，邑邑而返。中途，值一舆过，忽搴帘曰："柳郎何迟也？"视之，则崔媪，喜问："何之？"媪笑曰："必将疑老身拐骗者矣。别后，适有便舆，顿念官人亦侨寓，措办[1]良艰，故遂送女归舟耳。"生邀回车，媪必不可。生仓皇不能确信，急奔入舟，女果及一婢在焉。见生入，含笑承迎。见翠袜紫履，与舟中侍儿妆饰，更无少别。心异之，徘徊凝注，女笑曰："眈眈[2]注目，生平所未见耶？"生益俯窥之，则袜后齿痕宛然，惊曰：

这时太阳已经西斜，柳生身形颓然，神态懊恼，郁闷地回去了。途中遇到一辆车经过他身旁，车中人忽然拉开了帘子，对他说："柳先生怎么来迟了？"柳生望过去，原来是崔老太太，便惊喜地问："您去了哪儿？"老太太笑着说："你一定是疑心我是坑蒙拐骗的吧。我们分别后，正好有顺路的车子，我一下子想到你也是侨居在这里，筹备车驾也不容易，因此就自己把女儿送到你的船上了。"柳生想邀请她掉转车头一起回去，老太太怎么都不同意。柳生慌忙中不敢轻易相信老太太的说辞，急忙跑回船上，她女儿果然带着一个婢女待在里面了。见柳生进来，她笑着过来迎接。柳生注意到她脚上绿色的袜子和紫色的鞋子，与当日船上侍女的装束没有一点差别。柳生心下吃惊，来回走动注视着她，女孩子笑着说："你这样盯着我看，是从没见过吗？"柳生又俯下身去看，她的

"卿织成耶？"女掩口微哂。生长揖曰："卿果神人，早请直言，以祛烦惑。"女曰："实告君：前舟中所遇，即洞庭君也。仰慕鸿才，便欲以妾相赠。因妾过为王妃所爱，故归谋之。妾之来，从妃命也。"生喜，沐手焚香，望湖朝拜，乃归。后诣武昌，女求同去，将便归宁。既至洞庭，女拔钗掷水，忽见一小舟自湖中出，女跃登，如飞鸟集，转瞬已杳。生坐船头，于没处[3]凝盼之。遥遥一楼船至，既近窗开，忽如一彩禽翔过，则织成至矣。一人自窗中递掷金珠珍物甚多，皆妃赐也。自是，岁一两觐[4]以为常。故生家富有珠宝，每出一物，世家所不识焉。

袜子后面还留着很显眼的齿痕，柳生惊喜地问道："你是织成？"女孩子掩着嘴轻笑。柳生拱手向她行了一礼，说道："你果然是仙人。就请你赶快对我直说吧，也好去除我的疑惑。"织成便说："实话告诉你吧，先前你在船上遇到的就是洞庭君。洞庭君仰慕你的才华，就想把我赠给你。只是我以前深受王妃的喜爱，所以他要回去与王妃商量一番。这次我来就是遵照了王妃的命令。"柳生大喜，洗手焚香，对着洞庭湖诚心跪拜以后才带着织成回去。后来他又到武昌，织成请求与他同去，想要回去看望父母。到了洞庭湖，织成拔下钗子投进水里，忽然就有一艘小船从湖中出现，她纵身一跃，像飞鸟一样登上去，转眼间就远得看不见踪影了。柳生坐在船头，注视着她消失的地方。只见远远的一艘楼船驶了过来，到了近处，船上的窗户打开，忽然飞过一只彩鸟，织成就站在了他跟前。有人从窗里投过来许多金银珠宝，都是王妃的赏赐。从此以后，每年织成都要回去一两次拜见王妃，逐渐成了习惯。所以柳生家中有许多珍奇珠宝，每次拿一样出去，都是连大户人家也没见识过的。

注释 1 措办：筹办。 2 眈眈：目不转睛的样子。 3 没(mò)处：指织成消失之处。没，潜入水中。 4 觐(jìn)：拜见。

相传唐柳毅遇龙女，洞庭君以为婿，后逊位[1]于毅。又以毅貌文，不能摄服水怪，付以鬼面，昼戴夜除。久之渐习忘除，遂与面合而为一。毅览镜自惭。故行人泛湖，或以手指物，则疑为指己也；以手覆额，则疑其窥己也。风波辄起，舟多覆。故初登舟，舟人必以此告戒之。不则设牲牢[2]祭享，乃得渡。许真君[3]偶至湖，浪阻不得行。真君怒，执毅付郡狱。狱吏检囚，恒多一人，莫测其故。一夕，毅示梦郡伯[4]，哀求拔救。伯以幽明异路，谢辞之。毅云："真君于某日临境，但为求恳，必合有

相传唐代书生柳毅遇见了龙女，洞庭君招他做女婿，后来还把王位让给了他。又因为柳毅长得文质彬彬，不能震慑住水怪，就给了他一副鬼面具，让他白天戴面具，晚上解下。时间久了，他经常忘记拿掉面具，面具就和他的脸合在了一起。柳毅照镜子时总感觉羞愧难当，因此行人泛舟湖上，若有人用手指着东西，他就疑心别人在指自己；有人用手挡住额头，他就觉得别人在窥视自己。他一怒，湖上就会风浪大作，大多数船只就沉没了。所以往往人们一登上船，船夫就会以此告诫他们。不然就要准备好祭祀的牲口，供奉给洞庭君，才能安然渡过洞庭湖。许真君偶然到过洞庭湖，湖上的风浪阻碍了他前行。真君大怒，抓着柳毅，把他放进了县里的监狱。狱吏查看监狱的时候，发现总是多一个人，却没人弄明白原因。一天晚上，柳毅托梦给郡守，哀求他解救自己，郡守以阴阳相隔、人神殊途为由拒绝了他。柳毅只好说："许真君将会在某天来到这里，只求你到时帮我求一求他，一定能有

济[5]。”既而真君果至，因代求之，遂得释。嗣后湖禁稍平。

用的。”后来许真君果真来了，郡守代柳毅求情，柳毅才被放出来。此后，洞庭湖的禁忌才稍微缓和下来。

注释　1 逊位：退位，让位。逊，礼让。　2 牲牢：杀牲为祭品。牛、羊、豕为“牲”，系养者为“牢”。　3 许真君：东晋道士许逊。传说他在东晋宁康年间飞升成仙，宋代封为“神功妙济真君”，世称许真君。　4 郡伯：郡守。　5 有济：有办法。济，原指过河，引申为获得帮助。

竹　青

原文

鱼客，湖南人，忘其郡邑[1]。家贫，下第[2]归，资斧断绝。羞于行乞，饿甚，暂憩吴王庙[3]中，拜祷神座。出卧廊下，忽一人引去见王，跪曰：“黑衣队尚缺一卒，可使补缺。”王曰：“可。”即授黑衣。既着身，化为乌，振翼而出。见乌友群集，相将俱去，分集帆樯[4]。舟上客旅，争以肉

译文

鱼客是湖南人，忘了是哪个郡县的了。家里贫困，落榜返回时盘缠用尽。他羞于乞讨，饿得头晕眼花，就暂且在吴王庙中休息，并于神像前祈祷。鱼客走出吴王庙躺在房檐下，忽然有一人前来，带着他去拜见吴王，那人跪在地上说：“黑衣队还缺一个士卒，可以让他补上。”吴王说：“可以。”然后交给鱼客一件黑衣。鱼客穿上黑衣后就变成了一只乌鸦，扇动翅膀飞了出去。只见外面乌鸦聚集在一起，鱼客跟着队伍一起飞走，分散栖息在船桅上。船上的旅客争相往空中

向上抛掷。群于空中接食之。因亦尤效[5],须臾果腹。翔栖树杪[6],意亦甚得。逾二三日,吴王怜其无偶,配以雌,呼之"竹青"。雅相爱乐。鱼每取食,辄驯无机[7],竹青恒劝谏之,卒不能听。一日,有满兵[8]过,弹之中胸。幸竹青衔去之,得不被擒。群乌怒,鼓翼搧波,波涌起,舟尽覆。竹青仍投饵哺鱼。鱼伤甚,终日而毙。忽如梦醒,则身卧庙中。先是居人见鱼死,不知谁何,抚之未冷,故不时令人逻察之。至是,讯知其由,敛资[9]送归。

抛掷肉块。群鸦就在空中接住吃下。鱼客就模仿着伙伴,一会儿就填饱了肚子。鱼客飞到树梢上,倒也十分满足。过了两三天,吴王可怜他没有配偶,就将一只雌鸦许配给他,这只雌鸦叫"竹青"。他们相亲相爱,非常快乐。鱼客每次取食时都显得非常驯服,没有心机,竹青总是劝谏他,最终他也没听进去。一天有满人的士兵过河,有人拿弹弓打中了鱼客的胸部,幸亏竹青把他叼走,才没有被生擒。鸦群发怒了,展开翅膀扇起波浪,一时间波涛汹涌,大船都翻了。竹青叼来食物喂鱼客,可是鱼客伤势很重,只过了一天就死了。忽然鱼客从梦中醒来,发现自己已经躺在庙里了。原来附近居民看到鱼客死了,也不知道他是谁,摸摸身体,还有热气,所以就不时派人过来观察观察。至此,大家问明了情况,凑了点钱送他回家。

注释 1 郡邑:所属府、县;犹言"籍贯"。 2 下第:科举落榜。 3 吴王庙:本称吴将军庙,祀三国时吴国大将甘宁,在湖北富池口镇。宋时以有神风助漕运有功,赐王爵,因称吴王庙。见《湖广通志》。往来船只多来祭庙,乌鸦成群迎送船只,当地人称为"吴王神鸦"。 4 帆樯:船桅,桅杆。 5 尤效:仿效。 6 杪(miǎo):树梢。 7 驯无机:驯良而不机警。 8 满兵:清兵。 9 敛资:凑集钱财。

后三年，复过故所，参谒吴王。设食，唤乌下集群啖，祝曰："竹青如在，当止。"食已，并飞去。后领荐[1]归，复谒吴王庙，荐以少牢[2]。已，乃大设[3]以飨[4]乌友，又祝之。是夜宿于湖村，秉烛方坐，忽几前如飞鸟飘落；视之，则二十许丽人，辗然[5]曰："别来无恙乎？"鱼惊问之，曰："君不识竹青耶？"鱼喜，诘所来。曰："妾今为汉江[6]神女，返故乡时常少。前乌使两道君情[7]，故来一相聚也。"鱼益欣感，宛如夫妻之久别，不胜欢恋。生将偕与俱南[8]，女欲邀与俱西[9]，两谋不决。寝初醒，则女已起。开目，见高堂中巨烛荧煌，竟非舟中。惊起，问："此何所？"女笑曰："此汉阳[10]也。妾家即君家，

过了三年，鱼客又经过这里，特意来参拜吴王。他摆上食物，招呼乌鸦飞下来一起吃，自己祷告说："竹青如果在里面，吃完请留下。"群鸦吃完后，全都飞走了。后来鱼客考中回来，又来参拜吴王庙，并用猪羊肉上供。参拜完毕，鱼客摆上很多吃的来招待旧日的乌鸦朋友，又在心里默默祷告。这天晚上鱼客就住在湖边的村子里，他点上蜡烛正坐着沉思，忽然几案前仿佛有一只鸟飘落，仔细一看，却是一个二十上下的漂亮女子，笑着说："别来无恙吗？"鱼客惊讶地问她是什么人，她说："你不认识竹青了吗？"鱼客大喜，问她从哪里来。竹青说："我如今已是汉江神女，回故乡的时间非常少。之前乌鸦使者两次传报你的情意，所以特地返回和你一聚。"鱼客更加感到欣慰和感动，二人就像夫妻长久离别后重逢，缠绵悱恻，欢欣依恋。鱼客打算带着竹青南下，竹青却想邀请鱼客西行，二人协商未果。第二天鱼客刚刚睡醒，发现竹青早已起床。他睁大眼睛一看，高堂上燃着的巨大红烛发出明亮的光芒，自己竟然已经不在船上。鱼客大惊，爬起来问："这里是什么地方？"竹青笑着说："这

何必南！”天渐晓，婢媪纷集，酒炙已进。就广床上设矮几，夫妇对酌。鱼问：“仆何在？”答：“在舟上。”生虑舟人不能久待，女言：“不妨，妾当助君报[11]之。”于是日夜谈宴，乐而忘归。

里是汉阳。我的家就是你的家，何必非要南下呢！”这时天渐渐亮了，丫鬟婆子纷纷进来，送来美酒佳肴。就在大床上摆上矮桌子，夫妻二人对饮。鱼客问：“我的仆人在哪里？”竹青说：“还在船上。”鱼客担心船家不会久等，竹青说：“不要紧，我会替你告诉船家的。”于是二人日夜谈笑欢饮，鱼客乐不思蜀。

注释　1 领荐：领乡荐，即乡试中举。　2 荐以少牢：以少牢之礼祭祀。荐，祭祀时献牲。少牢，古代祭祀，牛、羊、豕俱用叫太牢，只用豕、羊称少牢。　3 大设：盛设，大设肴馔。　4 飨(xiǎng)：广泛宴请。　5 冁(chǎn)然：微笑的样子。　6 汉江：即汉水，南流至湖北省汉口入江。　7 两道君情：两次说及您的情谊。　8 偕与俱南：偕同南去，指去鱼客的家乡湖南。　9 邀与俱西：请他一同西去，指西去竹青为神的地方汉江。　10 汉阳：县名，在湖北省汉水下游南岸。　11 报：报告，告知。

舟人梦醒，忽见汉阳，骇绝。仆访主人，杳无音信。舟人欲他适，而缆结不解，遂共守之。积两月余，生忽忆归，谓女曰：“仆在此，亲戚断绝。且卿与仆，名为琴瑟，而不一认家门，奈何？”女曰：“无论妾不能往；纵

船家从睡梦中醒来，忽然发觉置身汉阳，大骇不已。仆人寻访主人，也杳无音信。船家打算去别的地方，却怎么也解不开缆绳，于是只能和仆人一起守着船。过了两个多月，鱼客突然想回家了，就对竹青说：“我在这里欢愉，与亲戚好友的关系都断绝了。况且你和我，名义上虽为夫妻，却不跟随我回家认一认门，为什么呢？”竹青说：“别说我不能前

往,君家自有妇,将何以处妾乎?不如置妾于此,为君别院[1]可耳。"生恨道远不能时至,女出黑衣,曰:"君向所着旧衣尚在。如念妾时,衣此可至,至时为君解之。"乃大设肴珍,为生祖饯[2]。即醉而寝,醒则身在舟中,视之,洞庭旧泊处也。舟人及仆俱在,相视大骇,诘其所往,生故怅然自惊。枕边一襆[3],检视,则女赠新衣袜履,黑衣亦折置其中。又有绣橐[4]维絷腰际,探之,则金资充牣[5]焉。于是南发,达岸,厚酬舟人而去。

去了,就是去了,你家中有媳妇,打算怎么安置我呢?不如把我安置在这里,把此地当作你的别院吧。"鱼客恼恨路途遥远不能随时来这里,竹青拿出黑衣说:"你之前穿的旧衣服还在。如果想念我了,穿上它就可以很快来到这里,到时我替你解开衣服。"于是竹青大摆山珍海味美酒佳酿,为鱼客饯行。鱼客喝醉后就睡下了,醒来人已经在船上了,四顾一看,竟然是洞庭湖当初泊船的地方。船家和仆人都在船上,二人对视,惊讶不已,共同询问鱼客去了哪里。鱼客也怅然,几自心惊。他枕头边有一个包袱,打开一看,里面是竹青送的新衣和鞋袜,黑衣也折叠好放在里面。还有一个绣花的口袋绑在腰上,用手一摸,里面满满的都是金银。于是鱼客催促开船南下,到岸后,重重地酬谢了船家就离开了。

注释 1 别院:别宅,别业。 2 祖饯:饯别。古时出行,祭路神叫"祖",用酒食送行叫"饯"。 3 襆(fú):包袱。 4 绣橐(tuó):绣制的布囊。橐,口袋,可以维系腰间。 5 充牣(rèn):充满。

归家数月,苦忆汉水,因潜出黑衣着之,两胁生翼,翕然[1]凌空,经两

回到家刚几个月,鱼客就开始苦苦思念竹青,他悄悄拿出黑衣穿上,两肋竟长出翅膀,突然飞到空中,只用了两个时

时[2]许，已达汉水。回翔[3]下视，见孤屿中有楼舍一簇，遂飞堕。有婢子已望见之，呼曰："官人至矣！"无何，竹青出，命众手为缓结，觉羽毛划然尽脱。握手入舍，曰："郎来恰好，妾旦夕临蓐矣。"生戏问曰："胎生乎？卵生乎？"女曰："妾今为神，则皮骨已硬，应与曩异。"越数日，果产，胎衣[4]厚裹，如巨卵然，破之，男也。生喜，名之"汉产"。三日后，汉水神女皆登堂，以服食珍物相贺。并皆佳妙，无三十以上人。俱入室就榻[5]，以拇指按儿鼻，名曰"增寿"。既去，生问："适来者皆谁何？"女曰："此皆妾辈[6]。其末后着藕白者，所谓'汉皋解珮[7]'，即其人也。"居数月，女以舟送之，不用帆楫[8]，飘

辰，就抵达了汉水上空。鱼客盘旋着往下看，只见孤零零的小岛上有一簇楼房，于是飞落下去。有个丫鬟早已看到了鱼客，大声呼喊说："官人来了。"不一会，竹青迎了出来，命令丫鬟帮鱼客脱下衣服，鱼客只觉得羽毛一下子就掉光了。竹青拉着他的手走进屋里，说："你来的正是时候，我这几天就要临产了。"鱼客开玩笑说："那是胎生呢还是卵生？"竹青说："我如今是汉水神女，皮肉骨头都换过了，和过去已经不一样了。"过了几天，竹青果然生了，孩子裹在厚厚的胎衣中，像一个巨大的蛋，胎衣破了，产下的是个男孩。鱼客大喜，给孩子取名"汉产"。三天后，汉水神女都来了，带着衣服、食物和珍宝表示祝贺。这些神女都是些美丽的女子，没有一个人的年纪超过三十。神女们都进了屋来到床前，用拇指依次按孩子的鼻尖，这种习俗叫"增寿"。神女们离去后，鱼客问："刚才来的都是些什么人？"竹青说："她们都是我的同辈。最后面那个穿着藕白色衣服的，就是郑交甫在汉皋遇见的解珮相赠的仙女。"住了几个月，竹青用船送鱼客回家，这船用不着船帆和桨，飘飘然自行乘风破浪。

然自行。抵陆，已有人絷马道左，遂归。由此往来不绝。	到了岸边，已经有人牵着马在路边等着了，于是鱼客就回去了。自此鱼客两边往来不绝。

注释　1 翕(xī)然：飞翔迅疾。　2 两时：两个时辰。　3 回翔：盘旋飞翔。　4 胎衣：胎胞。　5 就榻：走近榻前。就，近。　6 妾辈：和我同样的人，指也是汉水女神。　7 汉皋解珮：《韩诗外传》载，郑交甫路过汉皋台下，遇见两个女子，每人都佩带一颗巨珠，郑交甫注目相挑，二女解下佩珠赠给郑交甫。汉皋，山名，在湖北省襄阳市西。珮，佩带的玉饰。　8 帆楫：船帆和船桨。

积数年，汉产益秀美，生珍爱之。妻和氏苦不育，每思一见汉产。生以情告女。女乃治任，送儿从父归，约以三月。既归，和爱之过于己出，过十余月，不忍令返。一日暴病而殇，和氏悼痛欲死。生乃诣汉告女。入门，则汉产赤足卧床上，喜以问女。女曰："君久负约。妾思儿，故招之也。"生因述和氏爱儿之故。女曰："待妾再育，令汉产归。"	过了几年，汉产长得更加秀气俊美，鱼客十分喜爱他。鱼客的妻子和氏不能生育，总是想见一见汉产。鱼客就把这个情况告诉了竹青。竹青便准备行装，送儿子跟随鱼客回家，并约定三个月为期。回去后，和氏对汉产的喜爱比对自己的亲生孩子还好，过了十个多月，还不愿让他回去。一天汉产突然得病死了，和氏悲痛欲绝。鱼客赶紧来到汉阳告诉竹青，一进门就看到汉产光着脚丫躺在床上，他大喜，问竹青是怎么回事。竹青说："你违期太久，我很想儿子，所以就把他招回来了。"鱼客于是叙述了和氏因不能生育而喜爱汉产的原因。竹青说："等我再生了孩子，就让汉产回去。"

又年余，女双生男女各一，男名"汉生"，女名"玉珮"。生遂携汉产归，然岁恒三四往，不以为便，因移家汉阳。汉产十二岁入郡庠。女以人间无美质[1]，招去，为之娶妇，始遣归。妇名"卮娘"，亦神女产也。后和氏卒，汉生及妹皆来擗踊[2]。葬毕，汉产遂留；生携汉生、玉珮去，自此不返。

又过了一年多，竹青生下一男一女一对双胞胎，男孩取名"汉生"，女孩取名"玉珮"。鱼客于是带着汉产回去了，然而一年里往往要来回跑三四趟，很不方便，鱼客就把家搬到了汉阳。汉产十二岁进入学校读书。竹青认为人间没有漂亮的女子配得上汉产，就把他叫回去，给他娶了一个媳妇，这才让他回去。媳妇名叫"卮娘"，也是神女的后代。后来和氏去世了，汉生和玉珮都赶去送葬。安葬完毕，汉产就留下了，鱼客带着汉生和玉珮离开了，自此就再也没有回来。

注释　1 美质：指素质美好的女子。　2 擗踊(pǐ yǒng)：擗，捶胸；踊，顿足。形容极度悲痛。此指举哀送葬。《孝经·丧亲》："擗踊哭泣，哀以送之。"

段　氏

原文

段瑞环，大名[1]富翁也，四十无子。妻连氏最妒，欲买妾而不敢。私一婢，连觉之，

译文

段瑞环是大名府的富翁，已经四十岁了还没有儿子。妻子连氏生性最喜欢嫉妒，段瑞环想买个小妾也不敢。他与一个丫鬟私通，被连氏发觉了，连氏痛打了丫

挞婢数百,鬻诸河间[2]栾氏之家。

鬟几百下,然后把她卖给了河间府一户姓栾的人家。

注释 1 大名:府名,府治在今河北省大名县。 2 河间:府名,治所在今河北省河间市。

段日益老,诸侄朝夕乞贷,一言不相应,怒征声色[1]。段思不能给其求,而欲嗣一侄,则群侄阻挠之,连之悍亦无所施,始大悔。愤曰:"翁年六十余,安见不能生男!"遂买两妾,听夫临幸,不之问。居年余,二妾皆有身[2],举家皆喜。于是气息渐舒,凡诸侄有所强取,辄恶声梗拒之。无何,一妾生女,一妾生男而殇[3]。夫妻失望。又将年余,段中风[4]不起,诸侄益肆,牛马什物,竞自取去。连诟斥之,辄反唇相稽。无所为计,朝夕呜哭。段病益剧,寻死。诸侄集

段瑞环一天天变老,他的几个侄儿每天都跑来借钱,只要一句话说得不得体,他们就会脸色难看,口吐脏话。段瑞环考虑到无法满足侄儿们的要求,打算过继一个侄儿为儿子,可是其他侄儿都从中阻挠,连氏就是再彪悍也无计可施,她这才十分后悔。连氏生气地说:"虽然丈夫已经六十多了,不见得就一定生不下儿子。"于是就买了两个小妾,听任丈夫宠幸她们,不加过问。过了一年多,两个小妾都有了身孕,一家都很高兴。于是家里的气氛慢慢缓和,只要侄儿们再来强行索取东西,连氏就说不好听的话加以拒绝。不多久,一个小妾生了个女儿,一个小妾生了个男孩,却夭折了。夫妻俩失望至极。又过了一年多,段瑞环中风瘫痪在床,几个侄儿更加肆无忌惮,争着把家里的牛马器物自行拿去了。连氏辱骂呵斥他们,他们就反唇相讥。无计可施,连氏只能每天痛哭。而段瑞环的病一天天加剧,不久就

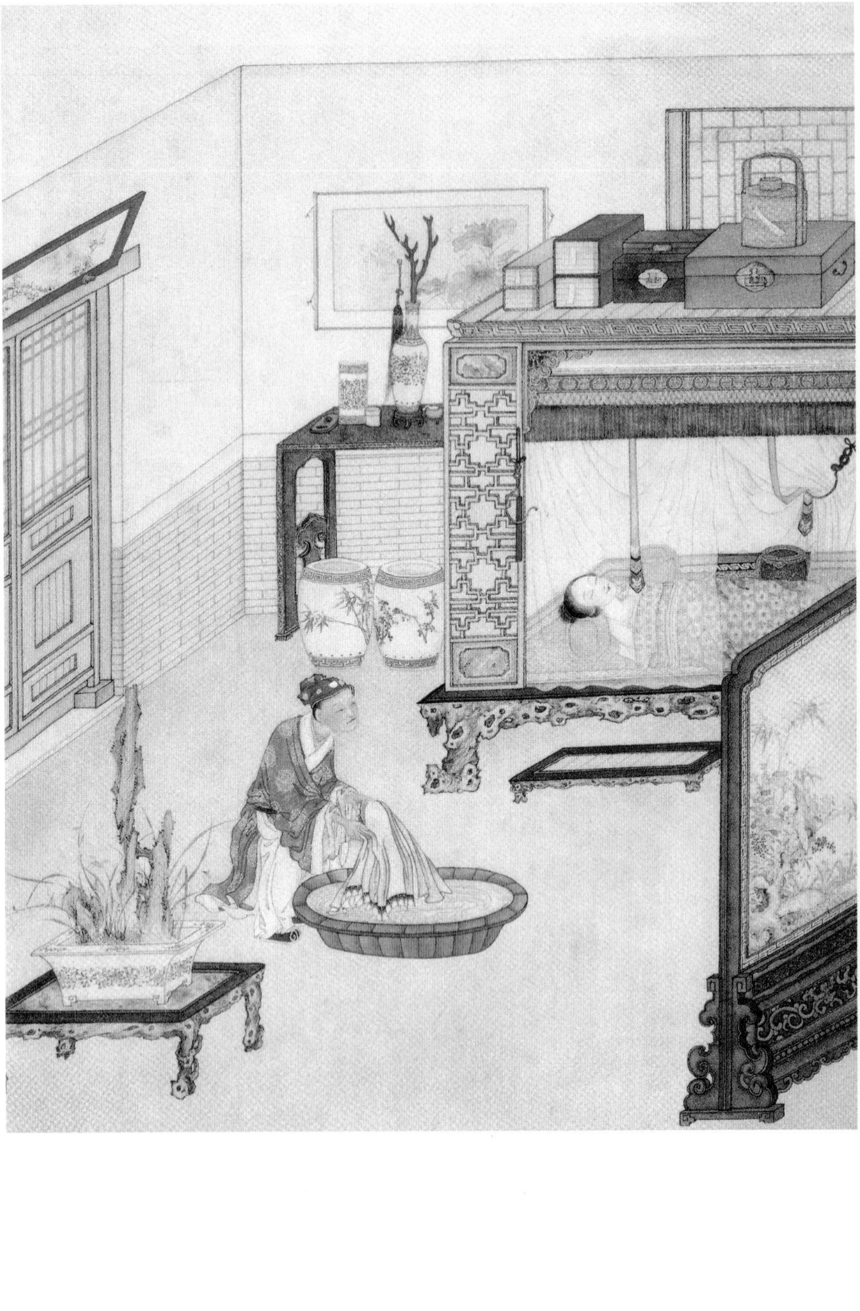

柩前议析遗产,连虽痛切[5],然不能禁止之。但留沃墅[6]一所,赡养老稚,侄辈不肯。连曰:“汝等寸土不留,将令老妪及呱呱者[7]饿死耶!”日不决,惟忿哭自挝[8]。

去世了。几个侄儿聚集在棺材前商议分家产,连氏虽然悲痛之至,却无法阻止他们。连氏只想留下一所土地肥美的村舍,以便赡养老幼,侄儿们不答应。连氏说:“你们一点东西都不留给我们,是要将老妇和孩子都活活饿死啊。”连天哭闹也没有解决,连氏只能痛哭着自己打自己。

注释 1 怒征声色:即不给好脸色、好声气。征,迹象。 2 身:身孕。 3 殇:夭折。 4 中风:中医疾病名。脑内小血管破裂,致病者突然昏倒,中医称为中风。 5 痛切:悲痛之至。 6 沃墅:土地肥美的村舍。墅,田庐;村舍。 7 呱呱(gū gū)者:指一妾所生之女孩。呱呱,小儿啼声。 8 挝(zhuā):打;击。

忽有客入吊,直趋灵所,俯仰[1]尽哀。哀已,便就苫次[2]。众诘为谁,客曰:“亡者吾父也。”众益骇。客从容自陈。先是,婢嫁栾氏,逾五六月,生子怀,栾抚之等诸男[3]。十八岁入泮[4]。后栾卒,诸兄析产,置不与诸栾齿[5]。怀问母,始知其故,曰:“既属两姓,各有宗祏[6],

忽然有个客人来吊唁,他径直来到灵堂,一举一动竭尽哀思。祭奠完毕,客人便坐在守灵子女坐的草席上。大家都问他是什么人,客人说:“死者是我父亲。”大家更加惊异了。客人就不慌不忙地自己叙述起来。原来,当初那个丫鬟嫁给栾氏后,过了五六个月生下了一个男孩,取名栾怀,栾氏像对待其他儿子一样抚养他。栾怀十八岁进了县学。后来栾氏去世了,几个兄弟分家产,却不把栾怀当成自家兄弟看待。栾怀问母亲是怎么回事,这才知道自己的身世,栾怀说:“既然我和

何必在此承人百亩田哉！”乃命骑诣段，而段已死。言之凿凿，确可信据。连方忿痛，闻之大喜，直出曰：“我今亦复有儿！诸所假去牛马什物，可好自送还。不然，有讼兴也！”诸侄相顾失色，渐引去。怀乃携妻来，共居父忧。诸段不平，共谋逐怀。怀知之，曰：“栾不以为栾，段复不以为段，我安适归乎！”忿欲质官[7]，诸戚党为之排解，群谋亦寝。

栾家没什么关系，我自有自家的宗庙，何必在这里瓜分人家的几百亩田地呢！”于是栾怀就骑马来到了段家，可是父亲段瑞环已经去世了。栾怀说得有理有据，确实令人信服。连氏正在愤恨悲痛中，听完后大喜，径直走出来说：“我如今也有儿子了！你们拿去的牛马器物，都好好给我送回来。不然，咱们就有官司打了！”几个侄儿面面相觑，脸色大变，慢慢地都散去了。栾怀于是把妻子带过来，给父亲服丧。几个侄儿愤愤不平，聚集起来商量把栾怀赶走。栾怀知道了，说：“栾家不拿我当栾家人，段家不拿我当段家人，我该到哪里去呢！”恼怒之下栾怀就要告官，亲戚们替他从中调解，几个侄儿也就不再闹事了。

注释　1 俯仰：低头和抬头。此指举动，举止。　2 苫（shān）次：旧指居亲丧的地方。苫，居丧时睡的草荐。《仪礼·丧服》：“居倚庐，寝苫枕块。”　3 抚之等诸男：抚育他同其他儿子一样。　4 入泮：周代诸侯的学校前有半圆形的池，名“泮水”，学校即称“泮宫”。明清府、州、县学考取的生员须入学宫拜谒孔子，因称入学为“入泮”。　5 不与诸栾齿：不把他当栾家的兄弟看待。齿，并列。　6 宗祏（shí）：宗庙。祏，宗庙中藏神主的石盒。　7 质官：向官府申诉，打官司。下文“质审”同。

而连以牛马故不肯已，怀劝置之，连曰："我非为牛马也，杂气集满胸，汝父以愤死，我所以吞声忍泣者，为无儿耳。今有儿，何畏哉！前事汝不知状，待予自质审。"怀固止之，不听，具词赴宰控。宰拘诸段，审状[1]，连气直词恻，吐陈泉涌。宰为动容，并惩诸段，追物给主。既归，其兄弟之子有不与党谋者，招之来，以所追物尽散给之。

然而连氏因牛马没有返还的缘故不肯罢休，栾怀劝她放弃，连氏说："我并不是为了牛马，而是因为怨气郁结在胸，你父亲被他们气死，我之所以忍气吞声，是因为没有儿子。如今我有了儿子，为什么还要怕他们！之前的事情你不了解情况，等我自己与他们在公堂上对质。"栾怀坚决劝阻她，她不听，写好状纸到县衙告状。县官拘押了几个侄儿，审问案情，连氏理直气壮，言辞悲切，话如泉涌。县官被她感动了，一并惩罚了段家的几个侄儿，追回了财物给连氏。连氏回到家，把那些没有参与抢夺财物的侄儿叫来，把追回的财物都分给了他们。

注释 1 审状：审阅诉状。

连七十余岁，将死，呼女及孙媳，嘱曰："汝等志[1]之：如三十不育，便当典质钗珥，为婿纳妾。无子之情状，实难堪也！"

连氏七十多岁要死的时候，叫来女儿和孙媳妇，叮嘱说："你们记住了：如果三十岁还没有生育，就应当典当首饰，给丈夫纳妾。没有儿子的苦处，实在是难以忍受啊！"

注释 1 志：记，记在心里。

异史氏曰："连氏虽妒，而能疾转[1]，宜天以有后伸其气也。观其慷慨激发，吁！亦杰矣哉！"

异史氏说："连氏虽然生性嫉妒，但是能够迅速改变，难怪老天让她有了后代，替她伸张了正气。看她慷慨激昂的样子，唉！也算是个女中豪杰了！"

注释　1 疾转：迅速转变。

济南蒋稼，其妻毛氏不育而妒。嫂每劝谏，不听，曰："宁绝嗣，不令送眼流眉[1]者忿气人也！"年近四旬，颇以嗣续为念。欲继兄子，兄嫂俱诺，而故悠忽[2]之。儿每至叔所，夫妻饵以甘脆[3]，问曰："肯来吾家乎？"儿亦应之。兄私嘱儿曰："倘彼再问，答以不肯。如问何故不肯，答云：'待汝死后，何愁田产不为吾有？'"一日，稼出远贾，儿复至。毛又问，儿即以父言对。毛大怒曰："妻孥在家，固日日算吾田产耶！其计左[4]矣！"逐儿出，立招媒媪为夫买妾。

济南有个叫蒋稼的，他的妻子毛氏不能生育，而且嫉妒成性。嫂嫂时常劝她，她都不听，说："我宁肯绝后，也不让他们眉来眼去惹我生气！"蒋稼快四十岁了，一心想着能有个儿子延续香火。他们打算过继哥哥家的儿子，哥哥嫂嫂也都答应了，却故意拖延敷衍。侄儿每次来到叔叔家，蒋稼夫妻都给他吃好吃的，问他："你愿意来我们家吗？"侄儿也回答愿意。哥哥私下叮嘱儿子说："如果他们再问，你就回答不愿意。如果问为什么不愿意，你就回答：'等你死后，何愁田产不属于我呢？'"一天蒋稼出远门经商了，侄儿又来到叔叔家。毛氏又问他，侄儿就用父亲教的话回答。毛氏大怒说："你们妻儿在家，原来每天都在算计我家田产！你们打错主意了！"说完就把侄儿赶出家门，马上请来媒婆帮丈夫买个小妾。

注释 1 送眼流眉:谓男女以眉目传情,此指丈夫与姬妾眉来眼去。 2 悠忽:放荡轻忽。此指怠慢过继之事。 3 甘脆:亦作“甘毳”。指味美可口的食物。 4 计左:打错主意。左,斜,偏,差错。

及夫归,时有卖婢者其价昂,倾资不能取盈[1],势将难成。其兄恐迟而变悔,遂暗以金付媪,伪称为媪转贷而玉成[2]之。毛大喜,遂买婢归。毛以情告夫,大怒,与兄绝。年余,妾生子,夫妻大喜。

等蒋稼回家时,恰好有个卖丫鬟的要价很高,毛氏就是拿出所有钱财也买不起,眼见这事要办不成了。蒋稼的哥哥担心晚了毛氏会反悔,就悄悄给媒婆一些银两,谎称是她自己从别处借来以成人之美的。毛氏大喜,就买下丫鬟回来了。毛氏把哥哥家的阴谋告诉了蒋稼,蒋稼大怒,与哥哥断绝了来往。过了一年多,小妾生下一个儿子,夫妻俩喜出望外。

注释 1 取盈:满足欲望,此指买妾之事。 2 玉成:成全好事。

毛曰:“媪不知假贷[1]何人,年余竟不置问,此德不可忘。今子已生,尚不偿母价也!”稼乃囊金诣媪。媪笑曰:“当大谢大官人。老身一贫如洗,谁敢贷一金者。”具以实告。稼感悟,归告其妻,相为感泣。遂治具[2]邀兄嫂至,

毛氏说:“媒婆不知道向谁借的钱,一年多了也不来要债,这个恩情咱们不能忘了。如今儿子已经生下了,怎么能还不还上买小妾的钱呢!”蒋稼于是包好银两去拜访媒婆。媒婆笑着说:“你应当好好感谢做哥哥的。我一个老婆子一贫如洗,谁敢借钱给我啊。”接着就把实情全告诉了蒋稼。蒋稼恍然大悟,回家后告诉了妻子,二人都感动得流下眼泪。于是夫妻俩摆下宴席邀请哥哥嫂嫂过来,二人膝行而

夫妇皆膝行，出金偿兄，兄不受，尽欢而散。后稼生三子。

前，拿出银两还给哥哥，哥哥不肯收下，两家人尽情欢乐后才散去。后来蒋稼的小妾生下了三个儿子。

注释 1 贷：借，借钱。 2 治具：备办酒食；设宴。

狐女

原文

伊衮，九江[1]人。夜有女来相与寝处，心知为狐，而爱其美，秘不告人，父母亦不知也。久而形体支离[2]。父母穷诘，始实告之。父母大忧，使人更代伴寝，兼施敕勒[3]，卒不能禁。翁自与同衾，则狐不至；易人，则又至。伊问狐，狐曰："世俗符咒何能制我？然倶有伦理，岂有对翁行淫者！"翁闻之，益伴子不去，狐遂绝。后值叛寇横恣，村人尽窜，一家相失。伊奔入昆仑

译文

伊衮是九江人。一天夜里有个女子来跟他睡觉，他心里知道这是个狐女，却喜爱她的美貌，就保守着秘密没有告诉别人，连他的父母也不知道。时间一长，他的身体逐渐衰弱。父母追根究底地问，他才把实情告诉他们。父母十分担忧，就叫人轮流陪着他睡觉，同时施下咒术，但最终也没法禁止。父亲亲自陪他睡觉，狐狸就不来了；换成别人，狐狸就又会来。伊衮问狐女这是什么原因，狐女说："世俗的符咒哪能制得了我？然而狐狸和常人一样都有伦理道德，哪有当着父亲的面行淫的！"父亲听说了，就更加陪在儿子身边不离开，狐狸就断绝了踪迹。后来碰上叛贼横暴肆虐，村里

山[4]，四顾荒凉。日既暮，心恐甚。忽见一女子来，近视之，则狐女也。离乱之中，相见欣慰。女曰："日已西下，君姑止此。我相[5]佳地，暂创一室以避虎狼。"乃北行数武，遂蹲莽中，不知何作。少刻返，拉伊南去，约十余步，又曳之回。忽见大木千章[6]，绕一高亭，铜墙铁柱，顶类金箔[7]。近视，则墙可及肩，四围并无门户，而墙上密排坎窞[8]。女以足踏之而过，伊亦从之。既入，疑金屋非人工可造，问所自来。女笑曰："君子居之，明日即以相赠。金铁各千万，计半生吃着不尽矣。"既而告别。伊苦留之，乃止，曰："被人厌弃，已拚[9]永绝；今又不能自坚矣。"及醒，狐女不知何时已去。天明，逾垣而出。回视卧处并

人都逃走了，一家人也走散了。伊衮逃进昆仑山，四下一看，满目荒凉。天色已晚，伊衮心里很害怕。忽然看见一个女子走来，走近一看，就是那个狐女。在离乱之中得以相见，他们都很欣慰。狐女说："太阳已经下山了，你暂且留在这里。我去找个好地方，暂时建一间屋子来躲避虎狼。"于是她向北走了几步，就蹲在草丛里，不知道在做什么。一会儿她回到原处，拉着伊衮向南走去，走了大概十几步，又拉着他回来。忽然看见一片高大的树木，环绕着一座高高的亭子，铜墙铁柱，屋顶像金箔做的。走近一看，只见墙跟肩膀一样高，四周并没有门窗，可墙上却密密麻麻排着许多坑。狐女踩着坑过墙，伊衮也跟她过去了。进去以后，伊衮怀疑这座金屋不是人力能造出来的，问她是从哪里来的。狐女笑着说："你就住在这里，明天就把它送给你。这屋子金铁各有千万斤，估计你半辈子吃用不完。"说完就向他告别。伊衮苦苦挽留她，她才留下，说："我被人厌弃，已经不惜永远断绝往来；现在又不能坚守誓言了。"伊衮醒来以后，狐女不知道什么时候已经离开了。到了天亮，伊衮翻墙出去。

无亭屋，惟四针插指环[10]内，覆脂合[11]其上；大树则丛荆老棘也。

回头一看，他睡觉的地方并没有什么亭子和房屋，只有四根针插在指环里，胭脂盒盖在上面；那些大树原来是荆棘丛。

注释 1 九江：今江西省九江市。 2 支离：憔悴；衰疲。 3 敕勒：即敕勒术。一种驱鬼术。道士画符咒制鬼必书敕令二字以约勒鬼神，故称。 4 昆仑山：当指安徽省潜山市东北的昆仑山，地近九江。 5 相：勘察，选择。 6 章：计量大树的量词。 7 金箔：金属薄片。 8 坎窞(dàn)：坑穴。 9 拚(pàn)：不顾惜，豁出去。 10 指环：此指“顶针”，妇女做针线活所用，上多坑点，即上文所云之“坎窞”。 11 脂合：胭脂盒。合，通“盒”。

张氏妇

原文

凡大兵[1]所至，其害甚于盗贼。盖盗贼人犹得而仇之，兵则人所不敢仇[2]也。其少异于盗者，特不敢轻于杀人耳。甲寅[3]岁，三藩[4]作反，南征之士，养马兖郡[5]，鸡犬庐舍一空，妇女皆被淫污。时遭霪雨[6]，田中潴水[7]为湖，民无所匿，遂乘桴[8]入高粱丛

译文

凡是大兵所到之处，带来的危害比盗贼还多。大概是因为对于盗贼人们还可以仇恨，而大兵却是人们不敢仇恨的。大兵稍微有一点不同于盗贼，就是他们不敢轻易杀人。甲寅年，三藩作乱，南征的将士在兖郡驻扎，把鸡犬房屋都洗劫一空，妇女都被他们奸污。当时又遭遇连绵阴雨，田地里积水变成湖沼，百姓没有藏身之处，就乘竹木小筏躲进高粱丛中。大兵知道了，就光着身

中。兵知之，裸体乘马，入水搜淫，鲜有遗脱。

子骑上马，到水里去搜寻奸淫妇女，很少有能躲过一劫的。

注释 1 大兵：军队，士兵。这里指清兵。 2 仇：仇恨；怨恨。 3 甲寅：当指康熙十三年(1674)。 4 三藩：清初封明降将耿继茂为靖南王、尚可喜为平南王、吴三桂为平西王，称三藩。后逐渐成为割据势力。康熙十二年清廷下令撤藩，三藩先后反清，后被清军平定。 5 兖郡：兖州府，今山东省济宁市兖州区。 6 霪雨：连绵的雨。 7 潴(zhū)水：积水。 8 桴(fú)：小筏子。

惟张氏妇不伏，公然在家。有厨舍一所，夜与夫掘坎深数尺，积茅焉；覆以薄[1]，加席其上，若可寝处。自炊灶下。有兵至，则出门应给[2]之。二蒙古兵[3]强与淫，妇曰："此等事，岂可对人行者？"其一微笑，啁嗻[4]而出。妇与入室，指席使先登。薄折，兵陷。妇又另取席及薄覆其上，故立坎边，以诱来者。少间，其一复入。闻坎中号，不知何处。妇以手笑招之曰："在此

只有一个张氏妇没有躲起来，公然住在家里。张氏家里有一间厨房，晚上跟丈夫挖了一个几尺深的坑，把茅草堆在里面；盖上帘子，又在上面加了一层席子，像是可以睡觉的地方。她自己在灶前做饭。有大兵来了，她就出门应酬他们。两个蒙古兵想强暴她，她说："这种事怎么能当着别人的面做呢？"其中一个蒙古兵微笑着，叽叽喳喳地说着话出来了。张氏妇跟他一起进了屋内，指着席子叫他先上去。帘子折断了，大兵掉进了坑里。张氏妇又取了一张席子和帘子盖在上面，故意站在坑边，来引诱另一个人。过了一会儿，另一个蒙古兵进屋来。他听见坑里有人在叫，但不知道在什么地方。张氏妇笑着举手招呼他说："在这里。"大兵踩上席子，

处。”兵踏席，又陷。妇乃益投以薪，掷火其中。火大炽，屋焚。妇乃呼救。火既熄，燔[5]尸焦臭。人问之，妇曰：“两猪恐害于兵，故纳坎中耳。”

又掉了下去。张氏妇就往坑里扔柴火，点火扔进去。火烧得很旺，连屋子都烧着了。张氏妇这才喊人救火。火扑灭以后，烧焦的尸体发出恶臭。有人问她这是怎么回事，张氏妇说：“有两头猪怕被大兵夺走，所以藏在坑里了。”

注释 1 薄：通“箔”。帘子。 2 应给：此处指应酬。 3 蒙古兵：也指清兵。清代兵制以满洲八旗为主体。蒙古人归附者，编为蒙古八旗。 4 啁嗻(zhāo zhē)：啰嗦多言的样子，此处用以形容番语。 5 燔(fán)：焚烧。

由此离村数里，于大道旁并无树木处，携女红往坐烈日中。村去郡远，兵来率乘马，顷刻数至。笑语啁嗻，虽多不解，大约调弄之语。然去道不远，无一物可以蔽身，辄去，数日无患。一日一兵至，甚无耻，就烈日中欲淫妇。妇含笑不甚拒，隐以针刺其马，马辄喷嘶，兵遂絷[1]马股际，然后拥妇。妇出巨锥猛刺马项，马负痛奔骇。缰系股不得

从此张氏妇就到离村几里地外大路旁没有树木的地方，带着女红坐在烈日下做针线活。村子离郡城很远，大兵来往都骑着马，一会儿就来了好几个。他们笑着叽叽喳喳地说话，虽然大都听不懂，但不外乎是一些调戏她的话。但是这里离大路不远，又没有东西可以遮掩身体，大兵就都走了，好几天都没什么祸患。有一天来了一个大兵，非常无耻，光天化日之下就想奸淫她。她面含微笑没怎么抗拒，暗中拿针去刺他的马，马就喷气嘶鸣，大兵就把马缰绳系在大腿上，然后来抱张氏妇。张氏妇拿出大锥子猛地去刺马脖子，马疼得受惊狂奔起来。缰绳系在腿上无法挣脱，大兵被拽着跑了

原文	译文
脱,曳驰数十里,同伍[2]始代捉之。首躯不知处,缰上一股,俨然在焉。	几十里地,同行的士兵才替他把马抓住。大兵的头和身子不知道哪里去了,缰绳上绑的大腿还在那里。

注释 1 絷:用绳索绊住马足。 2 同伍:同列,同伴。伍,古代军队的编制单位,士兵五人编为一伍。后来直接指代军队。

原文	译文
异史氏曰:“巧计六出[1],不失身于悍兵。贤哉妇乎,慧而能贞!”	异史氏说:“张氏妇想了几出巧计,没有失身于强悍的大兵。这个女人真是贤良啊,又聪明又有贞节!”

注释 1 巧计六出:汉陈平曾六出奇计,协助刘邦夺取天下。此指张氏妇屡用巧计。

于子游

原文	译文
海滨人说:一日,海中忽有高山出,居人大骇。一秀才寄宿渔舟,沽酒独酌。夜阑[1],一少年人,儒服儒冠,自称:“于子游。”言词风雅。秀才悦,便与欢饮。饮至中夜,离席言别,秀才曰:“君家何处?	住在海边的人说:有一天,海里突然冒出一座高山,居民们大惊失色。有一个秀才在渔船上寄宿,买了酒自斟自饮。夜深了,进来一个少年人,一身儒生打扮,介绍自己说:“我叫于子游。”他的谈吐很风雅。秀才很高兴,就跟他一起畅饮。喝到半夜,于子游离开座位向他告别,秀才说:“您家在

玄夜[2]茫茫，亦太自苦。”答云：“仆非土著[3]，以序[4]近清明，将随大王上墓。眷口先行，大王姑留憩息，明日辰刻发矣。宜归早治任也。”秀才亦不知大王何人。送至鹢首[5]，跃身入水，拨刺[6]而去，乃知为鱼妖也。次日，见山峰浮动，顷刻已没。始知山为大鱼，即所云大王也。

俗传清明前，海中大鱼携儿女往拜其墓，信有之乎？

哪里？黑夜茫茫，现在回家也太苦了自己。”于子游回答说：“我不是本地人，因为清明快到了，要跟大王一起去扫墓。家眷先走了，大王姑且留在这里休息，明天辰时就要出发了。我该回去提早打点行装。”秀才也不知道大王是什么人。秀才把于子游送到船头，他纵身一跃，跳进水里游走了，这才知道他是鱼妖。第二天，只见那座山峰上下浮动，片刻就消失了。他才知道那高山是条大鱼，也就是于子游说的大王。

民间传说清明前，海里的大鱼会带着儿女去扫墓，确实有这回事吗？

注释 1 夜阑：夜深。 2 玄夜：黑夜。 3 土著：世居本地之人。 4 序：时节，季节。 5 鹢(yì)首：船头。鹢，一种像鸬鹚的水鸟，能高飞。旧时船家多画鹢鸟于船头，故为船头的代称。 6 拨刺：拟声词。此处形容鱼尾拨水声。

康熙初年，莱郡[1]潮出大鱼，鸣号数日，其声如牛。既死，荷担割肉者一道相属。鱼大盈亩，翅尾皆具，独无目珠，眶深如井，水满之。割肉者误堕其中辄溺死。或云“海

康熙初年，莱郡海水涨潮时出现大鱼，鸣叫了几天，声音像牛叫。鱼死去以后，挑着担子割肉的人络绎不绝。鱼比一亩地还大，鱼翅鱼尾都在，只是没有眼睛，眼眶像井一样深，装满了水。割肉的人不慎掉进里边，就会被淹死。有人说过“海里被贬谪的大鱼会被挖掉

中贬大鱼则去其目,以目即夜光珠"云。

眼睛,因为他们的眼睛就是夜明珠"这样的话。

注释 1 莱郡:莱州府。治今山东莱州市。

男妾

原文

一官绅在扬州买妾,连相[1]数家,悉不当意。惟一媪寄居卖女,女十四五,丰姿[2]姣好[3],又善诸艺。大悦,以重价购之。至夜入衾,肤腻如脂。喜扪私处,则男子也。骇极,方致穷诘。盖买好僮,加意修饰,设局以骗人耳。黎明,遣家人寻媪,则已遁去无踪。中心懊丧,进退莫决,适浙中同年[4]某来访,因为告诉。某便索观,一见大悦,以原价赎之而去。

译文

一个官绅在扬州买妾,接连相看了好几家,都没有称心如意的。只有一个客居的老太太在卖女,女孩儿十四五岁,风姿绰约,面容姣好,又多才多艺。官绅非常高兴,出高价把她买了下来。晚上钻进被子里,那人的皮肤像油脂一样细腻。官绅高兴地去摸那人的私处,竟是一个男孩。他大惊失色,就追问是怎么一回事。原来那个老太太买来好看的男孩,刻意打扮成女子,设下圈套来骗人。黎明时,官绅派家人去找那个老太太,她已经逃走毫无踪迹了。官绅内心懊恼沮丧,不知该如何是好,正赶上浙中一位同年前来拜访,就把这事告诉了他。那人就要求看一看这个男孩,一见他,十分高兴,用原价把男孩赎下带走了。

注释 1 相(xiàng):查看,观察。 2 丰姿:风度姿态。 3 姣(jiāo)好:貌美。 4 同年:科举制度中同科考中的人。明清乡试、会试同榜登科者皆称“同年”。

异史氏曰:“苟遇知音,即与以南威[1]不易。何事无知婆子多作一伪境哉!”

异史氏说:“如果遇到知音,即使给他南威那样的美人也不会换。那无知老太又何必多此一举,把男孩扮成女孩呢!”

注释 1 南威:春秋时晋国美女。晋文公得之,三日不听朝。见《战国策·魏策》。

汪可受

原文

湖广[1]黄梅县汪可受[2]能记三生。一世为秀才,读书僧寺。僧有牝[3]马产骡驹,爱而夺之。后死,冥王稽籍,怒其贪暴,罚使为骡偿寺僧。既生,僧爱护之,欲死无间。稍长,辄思投身涧谷,又恐负豢养之

译文

湖广黄梅县的汪可受能记住他三生三世的经历。第一世他是个秀才,在寺庙里读书。和尚有匹母马生下一头小骡子,他看了很喜欢,就抢走了。他死了以后,冥王查看簿册,对他贪婪残忍的行为感到愤怒,就罚他成为骡子补偿那个寺里的和尚。他出生以后,和尚爱护他,他想死也找不到机会。长大一些后,就想从山谷跳下去,又害怕辜负了和尚豢养

恩，冥罚益甚，遂安之。数年孽满自毙，生一农人家。堕蓐[4]能言，父母以为不祥，杀之，乃生汪秀才家。秀才近五旬，得男甚喜。汪生而了了[5]，但忆前生以早言死，遂不敢言，至三四岁，人皆以为哑。一日，父方为文，适有友人过访，投笔出应客。汪入见父作，不觉技痒，代成之。父返见之，问："何人来？"家人曰："无之。"父大疑。次日，故书一题置几上，旋[6]出；少间即返，翳行[7]悄步而入。则见儿伏案间，稿已数行，忽睹父至，不觉出声，跪求免死。父喜，握手曰："吾家止汝一人，既能文，家门之幸也，何自匿为？"由是益教之读。少年成进士，官至大同[8]巡抚。

他的恩情，冥王惩罚他更厉害，就安分了。几年后罪孽偿完，他就死了，降生在一个农户家里。他一生下来就会开口说话，父母觉得他不祥，就把他杀了，才降生到汪秀才家。秀才年近五十岁，得了一个男孩，非常高兴。汪可受生下来就很聪明，但是回忆起上辈子因为过早说话而引来杀身之祸，就不敢说话了，到了三四岁，人们都以为他是个哑巴。有一天父亲正在写文章，恰好有朋友前来拜访，就放下笔去招待客人了。汪可受进屋看到父亲的作品，不自觉手痒，就替他写完了。父亲回来看到文章，问道："有什么人来过？"家里人说："没人来。"父亲感到非常疑惑。第二天，他故意写了一个题目放在几案上，就出门了；不一会儿就回来，蹑手蹑脚地进了房间。就看见儿子趴在桌上，已经写了好几行，忽然看到父亲进来，不由得叫出声，跪在地上请求父亲饶他不死。父亲很高兴，握着他的手说："我们家只有你一个儿子，既然会写文章，这是我们家的幸事，为什么要偷偷摸摸的呢？"从此父亲更加认真地教他读书。他少年时就中了进士，做官做到了大同巡抚。

注释 1 湖广:即湖广行省。元至元年间置,以辖境兼及宋的荆湖南路、荆湖北路和广南西路而得名,治所在今武汉市武昌区。明时辖境约当今湖南、湖北二省地。清康熙初年析分为湖南、湖北二省。 2 汪可受:字以虚,万历庚辰(1580)进士,曾任吉安知府、山西布政使,后擢兵部侍郎,总督蓟辽。见《湖北通志·人物志》。 3 牝(pìn):鸟兽的雌性。 4 堕蓐:生下来。蓐,草垫子,草席。 5 了了:聪明晓事。 6 旋:随即。 7 翳行:隐蔽而行。 8 大同:军镇名,明代"九边"之一,为京师的西北门户,治所在今山西省大同市。

牛犊

原文

楚[1]中一农人,赴市归,暂休于途。有术人[2]后至,止与倾谈。忽瞻农人曰:"子气色不祥,三日内当退财,受官刑。"农人曰:"某官税已完,生平不解争斗,刑何从至?"术人曰:"仆亦不知。但气色如此,不可不慎之也!"农人颇不深信,拱别[3]而归。次日,牧犊于野,有驿马[4]

译文

楚中有一位农夫,去集市回来,途中停下来歇息。有位术士从后面跟上来,停下脚步和他攀谈。术士忽然看着农夫说:"你的气色很不吉祥,三天以内会破财,并且会受到官府的刑罚。"农夫道:"我的官税已经纳完了,平生也从不与人争斗,怎么会受到官府的刑罚呢?"术士说:"在下也不知道。但是您的气色是这么显示的,不能不小心对待啊!"农夫不太相信,和他拱手道别便回来了。次日,农夫在野外放牛,有驿马经过此处,牛犊看见驿马,误以为是老虎,冲上前去用犄

过，犊望见，误以为虎，直前触[5]之，马毙。役报农人至官，官薄惩之，使偿其马。盖水牛见虎必斗，故贩牛者露宿，辄以牛自卫；遥见马过，急驱避之，恐其误也。

角顶撞，马被顶死了。差役把农夫告到官府，长官对农夫从轻发落，让他赔偿驿马的钱。原来水牛见到了老虎就要冲上去厮斗，所以牛贩子在外露宿的时候，就用牛来自卫；如果是远远看见有马经过，就急忙驱赶着牛避开，唯恐牛误伤了马。

注释 **1** 楚：指楚地。古楚国管辖之地。 **2** 术人：俗称从事巫祝占卜的人，此处指相面的人。 **3** 拱别：拱手告别。 **4** 驿马：驿站供传递公文的人或来往官员使用的马。 **5** 触：撞，抵。

王 大

原文

李信，博徒[1]也。昼卧，忽见昔年博友王大、冯九来邀与敖戏[2]，李亦忘其为鬼，欣然从之。既出，王大往邀村中周子明，冯乃导李先行，入村东庙中。少顷周果同王至。冯出叶子[3]，约与撩零[4]，李曰：“仓卒无博资，辜负

译文

李信是个赌徒。一天白天他睡着了，忽然看到当年的赌友王大、冯九来邀他去赌钱，李信也忘记他们早已死了，就高兴地跟着去了。出了家门，王大去邀请村里的周子明，冯九就先引着李信前去，来到村子东头的庙中。过了一会儿周子明果然和王大一起来了。冯九拿出纸牌，大家约好开始赌钱。李信说：“仓促之间没有准备本钱，辜负你

盛邀，奈何？”周亦云然。王云：“燕子谷黄八官人放利债[5]，同往贷之，宜必诺允。”于是四人并去。

们的盛情邀请了，怎么办？”周子明也这样说。王大说：“燕子谷的黄八官人放高利贷，我们一起去借贷，他一定会答应借的。”于是四个人一起去了燕子谷。

注释 1 博徒：赌徒。 2 敖戏：嬉戏。此指赌博。 3 叶子：叶子戏用的纸牌，因大小如树叶，故名。 4 撩零：犹言赌博。 5 放利债：借钱与人，收取利息。

飘忽[1]间至一大村，村中甲第连垣。王指一门曰：“此黄公子家。”内一老仆出，王告以意，仆即入白。旋出，奉公子命请王、李相会。入见公子，年十八九，笑语蔼然。便以大钱一提[2]付李，曰：“知君悫直[3]，无妨假贷，周子明我不能信之也。”王委曲代为请。公子要李署保[4]，李不肯。王从旁怂恿之，李乃诺。亦授一千而出。便以付周，具述公子之意，以激其必偿。

他们很快来到一个大村子，村中高大房屋连成一片。王大指着一个大门说：“这里就是黄公子家。”里面有个老仆人走出来，王大就对他说了来意，老仆人即进去告知主人。一会儿老仆人出来了，奉主人之命邀请王大、李信相见。二人进去见了黄公子，黄公子年约十八九岁，言谈带笑，态度和善。黄公子把一大串钱拿给李信，说：“我知道你正直诚实，把钱借给你也无妨，不过周子明我可信不过他。”王大婉转地替周子明求情。黄公子要李信做担保，李信不肯。王大在一旁怂恿，李信才答应。黄公子也借给周子明一千钱。二人出来后，把钱交给周子明，并且叙述了黄公子的话，来激周子明一定要把钱还上。

注释 1 飘忽:轻快;迅疾。 2 一提:一串,一千文钱为一串。见彭信威《中国货币史》。 3 悫(què)直:忠厚耿直。 4 署保:署名作保。

出谷,见一妇人来,则村中赵氏妻,素[1]喜争善骂。冯曰:"此处无人,悍妇宜小祟[2]之。"遂与王捉返入谷。妇大号,冯掬土塞其口。周赞曰:"此等妇,只宜椓杙[3]阴中!"冯乃捋襟,以长石强纳之,妇若死。众乃散去,复入庙,相与博赌。

出了燕子谷,四人看到一个妇人走来了,是村中赵某的妻子,平时喜欢与人争吵骂架。冯九说:"这里没有人,这样的泼妇我们要暗中捉弄她一下。"于是和王大抓住妇人返回燕子谷。妇人大喊大叫,冯九就抓把土塞进她嘴中。周子明赞许道:"这样的悍妇,最好把木桩塞进她的阴道里。"冯九就脱下妇人的裤子,用长石条硬塞进去,妇人昏死过去。几个人这才散开,又来到庙里,开始赌博。

注释 1 素:平常,平素。 2 祟:暗中作弄或谋害人。 3 椓杙(zhuó yì):敲入木桩。椓,敲打;槌击。杙,木桩。

自午至夜分[1],李大胜,冯、周资皆空。李因以厚资增息悉付王,使代偿黄公子。王又分给周、冯,局复合[2]。居无何,闻人声纷拏[3],一人奔入曰:"城隍老爷亲捉博者,今至矣!"众失色。李舍钱逾垣而逃。

从中午一直赌到深夜,李信赢了很多钱,冯九和周子明的赌资都输光了。李信就把一大笔钱包括利息都交给王大,让他替自己还给黄公子。王大又把这笔钱分给了周子明和冯九,赌局又开始了。过了不久,突然听到人声喧闹,一个人跑进来说:"城隍爷亲自来捉赌博的了,如今已经到了!"大家吓得面色都变了。李信丢下钱不要,爬过墙头跑了。其他人

众顾资皆被缚。既出，果见一神人坐马上，马后縶博徒二十余人。天未明已至邑城，门启而入。至衙署，城隍南面坐，唤人犯上，执籍呼名。呼已，并令以利斧斫去将指[4]，乃以墨朱[5]各涂两目，游市三周讫。押者索贿而后去其墨朱，众皆赂之。独周不肯，辞以囊空。押者约送至家而后酬之，亦不许。押者指之曰："汝真铁豆，炒之不能爆也！"遂拱手去。周出城，以唾湿袖，且行且拭。及河自照，墨朱未去，掬水盥[6]之，坚不可下，悔恨而归。

因舍不得钱而都被抓住了。他们出庙门后，果然看到一个神仙坐在马背上，马后面绑着二十多个赌徒。天还没有亮，一行人已经到了县城，城门打开，他们走了进去。到了衙门，城隍爷朝南坐下，命令把人犯带上来，并拿着名册点名。点名完毕，城隍爷下令用锋利的斧头砍去他们的中指，然后用黑、红两种颜色分别涂抹两只眼睛，游街三圈。押解的人向犯人索要贿赂，就帮他们抹去黑、红颜色，众人都贿赂了押解的人。只有周子明不肯，以钱包里没钱为由推辞。押解的人与他约定送他回家后再交上钱，周子明也不答应。押解的人指着他说："你真是一枚铁豆子，炒也炒不爆！"说完拱拱手就走了。周子明出了县城，用唾沫打湿袖子，一边走一边使劲擦眼眶。到了河边一照，黑、红颜色还是没有擦掉，周子明捧起水清洗，横竖就是去不掉，他便悔恨地回了家。

注释 1 夜分：半夜。 2 局复合：赌局重新开始。 3 纷拏(rú)：同"纷絮"。混乱貌。 4 将指：中指。 5 墨朱：黑色和红色。 6 盥(guàn)：洗。

先是，赵氏妇以故至母家，日暮不归。夫往迎之，至谷口，见妇卧道周[1]。睹状，知其遇鬼，去其泥塞，负之而归。渐醒能言，始知阴中有物，宛转抽拔而出。乃述其遭。赵怒，遽[2]赴邑宰，讼李及周。牒下，李初醒，周尚沉睡，状类死。宰以其诬控，笞赵械妇，夫妻皆无理以自申。

原来，赵氏妻子因为有事回娘家，到了傍晚也不见回来。她丈夫前去迎她，来到燕子谷入口，发现妻子躺在路边上。看她的模样，知道她遇到了鬼，于是处理掉她嘴里的泥巴，背着她回了家。妇人慢慢苏醒过来，可以说话了，丈夫这才知道她阴道里还有东西，于是小心谨慎地抽出了石条。妇人就叙述了自己的遭遇。赵氏大怒，急匆匆地跑到县衙，状告李信和周子明他们。批捕的文书下达后，李信才刚刚睡醒，周子明还在沉睡中，样子像个死人。县令认为这是诬告，就杖打了赵氏，关押了妇人，夫妻二人都拿不出理由为自己申辩。

注释 1 道周：道旁。 2 遽(jù)：急速，快。

越日周醒，目眶忽变一赤一黑，大呼指痛。视之筋骨已断，惟皮连之，数日寻堕。目上墨朱，深入肌理，见者无不掩笑[1]。一日见王大来索负[2]，周厉声但言无钱，王忿而去。家人问之，始知其故。共以神鬼无情，劝偿之。周龈龈[3]不可，且曰：

过了一天周子明醒来，他的眼眶突然一个变成红色一个变成黑色，还大喊着手指痛。家人一看，他的中指筋骨已经断了，只有皮连在一起，过了几天中指就断掉了。他眼眶上的黑红两色，深入肌肤，见到的人没有不掩面而笑的。一天王大来索取赌债，周子明大声说没有钱，王大生气地走了。家人问他怎么回事，这才知道其中缘故。家人都认为神鬼不讲情面，劝说他偿还。周子明争辩

“今日官宰皆左袒赖债者，阴阳应无二理，况赌债耶！”次日有二鬼来，谓黄公子具呈[4]在邑，拘赴质审，李信亦见隶来取作间证[5]，二人一时并死。至村外相见，王、冯俱在。李谓周曰：“君尚带赤墨眼，敢见官耶？”周仍以前言告。李知其吝，乃曰：“汝既昧心，我请见黄八官人，为汝还之。”遂共诣公子所。李入而告以故，公子不可，曰：“负欠者谁，而取偿于子？”出以告周，因谋出资，假周进之。周益忿，语侵公子。

着就是不给，还说：“如今当官的都袒护赖账的人，阴间和阳间都一样，何况赖的还是赌债呢！”第二天有两个鬼差前来，说黄公子在县城把他告下了，要拘捕他到堂对质审讯，李信也遇到鬼差请他去做旁证，于是两个人一下子都死去了。两人来到村外碰面，王大和冯九都在。李信对周子明说：“你还带着红黑眼圈，怎么敢去见官？”周子明仍旧用之前说的话回答他。李信知道周子明吝啬，就说：“你既然没有良心，那我去见黄公子，替你把钱还上。”于是几个人一起来到黄公子家。李信进去说了缘故，黄公子不答应，说：“欠债的是谁？凭什么让你来还呢？”李信出来告知了周子明，于是大家商量凑一笔钱，假托是周子明的还上。周子明更加生气了，言语间还冒犯黄公子。

注释 1 掩笑：掩口而笑。 2 索负：讨债。 3 龈龈(yín yín)：急切争辩貌。 4 具呈：呈上状子，告状。 5 间证：中间证人，第三者证人或证词。

鬼乃拘与俱行。无何，至邑，入见城隍。城隍呵曰：“无赖贼！涂眼犹在，又赖债耶！”周

鬼差就押着周子明一起前行。没多久，来到县城，进入拜见城隍爷。城隍爷呵斥说：“你这个无赖贼！还带着红黑眼圈，又要赖账！”周子明说：“是黄公子放

曰:“黄公子出利债诱某博赌,遂被惩创。”城隍唤黄家仆上,怒曰:“汝主人开场诱赌,尚讨债耶?”仆曰:“取资时,公子不知其赌。公子家燕子谷,捉获博徒在观音庙,相去十余里。公子从无设局场[1]之事。”城隍顾周曰:“取资悍不还,反被捏造,人之无良,至汝而极!”欲笞之。周又诉其息重,城隍曰:“偿几分矣?”答云:“实尚未有所偿。”城隍怒曰:“本资尚欠,而论息耶?”笞三十,立押偿主。二鬼押至家,索贿,不令即活,缚诸厕内,令示梦家人。家人焚楮锭[2]二十提,火既灭,化为金二两、钱二千。周乃以金酬债,以钱赂押者,遂释令归。

高利贷引诱我赌博,这才受到惩罚。”城隍爷叫黄家的仆人上堂,恼怒地说:“你家主人设赌场引诱人赌博,还有脸讨要赌债吗?”仆人说:“他们来借钱的时候,我家公子并不知道他们是要赌博。公子家在燕子谷,抓捕他们赌博的地点却是观音庙,两地相距十多里。公子从来没有做过设赌场这样的事情。”城隍爷回过头看着周子明说:“借了钱抵赖不还,反而捏造事实,要说没有良心,到你这里算是登峰造极了!”城隍爷说着就要下令鞭打周子明。周子明又哭诉说利息太高,城隍爷说:“你还了多少了?”周子明说:“确实一分钱也没有还。”城隍爷大怒,说:“本钱还没有还,还提什么利息?”下令鞭打周子明三十下,立刻押着他去偿还债主的钱。两个鬼差押着周子明回到家里,向他索要贿赂,不给就不让他活过来,还把他绑在厕所里,让他给家人托梦。家人烧了二十提纸做的银锭,火熄灭后,化成二两银子和两千钱。周子明就用银子偿还欠款,用二千钱贿赂鬼差,鬼差这才放他回了阳间。

注释 1 局场:赌场。 2 楮锭:祭祀时焚化用的纸锭。

既苏，臀创坟[1]起，脓血崩溃，数月始痊。后赵氏妇不敢复骂，而周以四指带赤墨眼，赌如故。此以知博徒之非人矣！

周子明苏醒后，屁股上起了很多疮，脓血溃烂，过了好几个月才痊愈。后来赵氏妇人再也不敢乱骂人了，而周子明虽然只有四个指头，还带着红黑眼眶，照旧赌博。由此可见赌徒真不是人啊！

注释 1 坟：此处用于形容臀疮之多。

异史氏曰："世事之不平，皆由为官者矫枉之过正也。昔日富豪以倍称[1]之息折夺良家子女，人无敢言者。不然，函刺[2]一投，则官以三尺法[3]左袒之。故昔之民社官[4]，皆为势家役耳。迨后贤者鉴其弊，又悉举而大反之。有举人重资作巨商者，衣锦厌粱肉，家中起楼阁、买良沃，而竟忘所自来。一取偿则怒目相向。质诸官，官则曰：'我不为人役也。'是何异懒残和尚[5]，无工夫为俗人拭涕哉！余尝谓昔之官谄，今之官谬。谄者固可诛，谬者亦可恨也。

异史氏说："世界上之所以有不平事，都是因为做官的矫枉过正导致的。以前富裕人家用放一收二的高利贷来抢夺良家子女，人们没有敢指责的。不然，富家就给官府写信，官府就用法律来袒护他们。所以以往的地方官，都是权势之家的奴仆罢了。后来，贤德的人发现了这种弊端，就全部反了过来。有的人向别人借了一大笔钱经商，成了富商，穿锦绣衣服，吃山珍海味，家里盖起了楼房，买了良田，却忘记了钱是跟谁借的。只要向他要债他就会怒目相向。向官府告发，当官的就说：'我不是他人的奴仆。'这和懒残的和尚没工夫替俗人擦拭眼泪有什么区别！我曾经说过以前做官的人谄媚，如今做官的人荒谬。谄媚的人当然罪不容诛，荒谬的人也很可恨。让人放高利贷却

放资而薄其息，何尝专有益于富人乎？”

只让他收很少的利息，难道只是对富人有好处吗？”

注释 1 倍称：加倍偿还，借一还二。 2 函刺：书信名片。 3 三尺法：法律。古时把法律条文写在三尺长的竹简或木简上，故称。 4 民社官：地方官。民社，原指民间祭祀的土神，借指地方长官。 5 懒残和尚：指唐衡岳寺僧明瓒禅师，因其性疏懒而好食残余饭菜，故号懒残和尚。明人翟汝稷《水月斋指月录》记载，唐德宗使人诏请明瓒禅师，他寒涕垂膺，使者见之而笑，令拭涕。他回答说：“我岂有工夫为俗人拭涕耶？”

张石年[1]宰淄川，最恶博。其涂面游城，亦如冥法，刑不至堕指，而赌以绝。盖其为官甚得钩距[2]法。方簿书旁午时[3]，每一人上堂，公偏暇[4]，里居、年齿、家口、生业，无不絮絮问。问已，始劝勉令去。有一人完税缴单，自分无事，呈单欲下。公止之，细问一过，曰：“汝何博也？”其人力辨生平不解博。公笑曰：“腰中尚有博具。”搜之，果然。人以为神，而并不知其何术。

张石年任淄川父母官的时候，最厌恶有人赌博。他让赌徒涂花脸游街，做法和阴间很像，刑罚不至于砍掉手指，但是赌博之风立息。这是因为张石年做官非常懂得由此及彼，钩索隐情。当他处理公务很繁忙的时候，每一个人上堂，他都要抽空询问这人的住址、年龄、家里人口、职业，详细地一一过问。问完，才劝勉一番，让人退下。有一个人交完税，递交单子，他以为没自己什么事了，交了单子就要退下。张石年叫住他，细细问了一遍，然后说：“你为什么赌博？”这个人竭力分辩说自己平生并不赌博。张石年笑着说：“你腰里还有赌博的器具呢。”让人一搜，果然有。人们都认为张石年很神，但不知道他用的是什么方法。

注释 1 张石年:张嵋,字石年,仁和(今浙江杭州)人。康熙二十五年(1686)任淄川县令。见乾隆《淄川县志》。 2 钩距:谈话的一种方法,辗转推问,究其情实。 3 方簿书旁午时:当忙碌处理公文之时。簿书,官署中的文书簿册。旁午,交错纷繁,谓事务繁杂。 4 偏暇:忙里偷闲。

乐 仲

原文

乐仲,西安人。父早丧,母遗腹生仲。母好佛,不茹[1]荤酒。仲既长,嗜饮善啖,窃腹诽[2]母,每以肥甘劝进,母咄[3]之。后母病,弥留[4],苦思肉。仲急无所得肉,刲[5]左股献之。病稍瘥[6],悔破戒,不食而死。仲哀悼益切,以利刃益刲右股见骨。家人共救之,裹帛敷药,寻愈。心念母苦节,又恸母愚,遂焚所供佛像,立主[7]祀母,醉后辄对哀哭。年二十始娶,身犹童子。娶三

译文

乐仲是西安人氏。他的父亲很早就去世了,母亲遗腹生下了他。母亲信佛,不沾酒肉。乐仲长大后,却喜欢饮酒吃肉,还私下里取笑母亲,总是用美味佳肴劝母亲品尝,母亲就呵斥他。后来母亲病倒了,弥留之际,特别想吃肉。乐仲情急之下找不到肉,就割下左腿的肉给母亲吃。母亲的病稍微好一点后,十分后悔破戒,就绝食而死。乐仲更加悲伤地哀悼母亲,用锋利的刀子割自己右腿的肉,深可见骨。家人一起抢救他,用布帛裹紧伤口,敷上药物,不久就痊愈了。乐仲念念不忘母亲一生苦守戒律,又悲痛母亲太过迂腐,就焚烧了供奉的佛像,摆上母亲的牌位加以供奉,大醉之后就对着牌位痛哭。乐仲到二十岁才娶妻,这时他还是处男。结婚才

日,谓人曰:“男女居室,天下之至秽,我实不为乐!”遂去[8]妻。妻父顾文渊,浼[9]戚求返,请之三四,仲必不可。迟半年,顾遂醮[10]女。

三天,他就对人说:“男女同居,真是天底下最污秽的事情,我实在从中得不到快乐!”于是就休了妻子。妻子的父亲顾文渊,托亲戚请求乐仲回心转意,亲戚再三请求,乐仲坚决不答应。过了半年,顾文渊只好让女儿改嫁。

注释 1 茹:吃。 2 腹诽:口里不言,心中不以为然。诽,非议。 3 咄:呵斥。 4 弥留:病重濒死。 5 刲(kuī):割取。 6 瘥(chài):痊愈。 7 主:神主,旧时为死人立的牌位。 8 去:抛弃,休离。 9 浼(měi):央求,请托。 10 醮(jiào):女子嫁人。特指妇女再嫁。

仲鳏居二十年,行益不羁,奴隶优伶皆与饮,里党乞求不靳与[1]。有言嫁女无釜[2]者,揭灶头举赠之,自乃从邻借釜炊。诸无行[3]者知其性,咸朝夕骗赚之。或以赌博无资,故对之欷歔,言追呼[4]急,将鬻[5]其子。仲措税金如数,倾囊遗之,及租吏登门,自始典质[6]营办。以故,家日益落。先是仲殷饶[7],同堂[8]子弟争奉事

乐仲独自生活了二十年,行为更加放荡不羁,奴仆和优伶都可以跟他一起喝酒,乡里邻居但有所求他从来不加以拒绝。有人说嫁女儿没有锅,他就端起灶台上的锅送给人家,自己却从邻居那里借锅做饭。那些品行不端的人知道了乐仲的性情,都经常来欺骗他。有的因为赌博没有赌资,就故意对他感慨,说胥吏到门追索号叫,催得很急,他打算卖儿子筹钱。乐仲就把自己交税的钱拿出来,全部送给了他,等催讨税款的官吏上门的时候,他只好开始典当东西筹集税款。因为这个缘故,家道日益衰落。原来乐仲家富裕的时候,家族中的子弟争相跑来侍奉他,家

之,家中所有任其取携,亦莫之较。及仲蹇落[9],存问[10]绝少,仲旷达不为意。值母忌辰[11],仲适病,不能上墓,欲遣子弟代祀,诸子弟皆谢以故。仲乃酹诸室中,对主号痛,无嗣之戚,颇萦怀抱,因而病益剧。瞀乱[12]中觉有人抚摩之,目微启,则母也。惊问:"何来?"母曰:"缘家中无人上墓,故来就享,即视汝病。"问:"母向居何所?"母曰:"南海[13]。"抚摩既已,遍体生凉。开目四顾,渺无一人。

里有的东西乐仲任由他们拿走,也从来不和他们计较。等到乐仲家道衰落,他们过来的就少了,乐仲心胸旷达,也不放在心上。这天正赶上母亲的忌日,乐仲恰好生病了,不能去墓地祭奠,就打算派家族中的子弟代替自己去祭奠,可是大家都推辞有事。乐仲只好在屋里洒酒祭奠,对着母亲的牌位号啕大哭,没有子嗣的痛苦,久久萦绕在他的心胸,因而加剧了他的病情。就在他心神烦乱的时候,感觉有人在轻轻抚摸自己,他微微睁开眼睛一看,竟然是母亲。乐仲惊讶地问:"母亲从哪里来的?"母亲说:"因为家里没有人扫墓,所以就来家中享受祭奠,正好看到你病倒了。"乐仲问:"母亲这一向住在哪里?"母亲说:"南海。"等母亲抚摸完毕,乐仲感觉全身冰凉。他睁开眼睛四下一看,空荡的屋子里一个人影也没有。

注释 **1** 不靳与:不吝赠送。靳,吝惜。 **2** 釜:铁锅。 **3** 无行:品行不端。 **4** 追呼:指胥吏催租追索号呼。 **5** 鬻(yù):卖。 **6** 典质:典当,抵押。 **7** 殷饶:富饶。 **8** 同堂:同祖之亲属称"堂",古时称"同堂"。 **9** 蹇(jiǎn)落:家境困苦败落。 **10** 存问:慰问;问候。 **11** 忌辰:忌日。旧俗父母死亡之日忌饮酒作乐,故称"忌日"。 **12** 瞀(mào)乱:昏乱;精神错乱。 **13** 南海:特指南海观音所在处。

病瘥既起，思朝南海。会邻村有结香社[1]者，即卖田十亩，挟资求偕。社人嫌其不洁，共摈绝之。乃随从同行。途中牛酒薤蒜[2]不戒，众更恶之，乘其醉睡，不告而去。仲即独行。至闽，遇友人邀饮，有名妓琼华在座。适言南海之游，琼华愿附以行。仲喜，即待趣装，遂与俱发。虽寝食与共，而毫无所私。既至南海，社中人见其载妓而至，更非笑之，鄙不与同朝[3]。仲与琼华知其意，俟其既拜而后拜之。众拜时，恨无现示。及二人拜，方投地，忽见遍海皆莲花，花上璎珞[4]垂珠，琼华见为菩萨，仲见花朵上皆其母。因急呼奔母，跃入从之。众见万朵莲花悉变霞彩，障海如锦。

乐仲病好了起床，打算去南海朝拜。恰好邻村有人结成香社去南海朝拜，乐仲就卖掉了十亩田地，带上银两请求与之同行。香社的人都嫌弃他不干净，拒绝他加入。乐仲就跟随他们同行。一路上乐仲不戒荤腥，大家更加厌恶他了，趁着他大醉酣睡之际，大家不辞而别。乐仲只好独自上路。到了福建，遇到一个朋友请他喝酒，宴席上有一个名妓叫琼华。乐仲说了将要前往南海，琼华愿意与他结伴而行。乐仲大喜，就等她迅速收拾好行装，一起出发了。一路上二人虽然吃住都在一起，但是并没有发生私情。等到了南海，香社的人看到乐仲带着妓女赶来，更加讥笑他，都心怀鄙视，不愿意和他一起朝拜。乐仲与琼华懂得他们的意思，就等他们先跪拜完再跪拜。香社的人跪拜时，都遗憾神灵没有什么显示。等乐仲和琼华跪拜时，他们刚跪下去，忽然看到大海里都开满了莲花，花瓣上挂着成串的珠子，琼华看到莲花上站着菩萨，乐仲却看到莲花上都站着自己的母亲。乐仲就着急地呼喊母亲，并朝母亲奔跑过去，跳进花丛中跟着母亲。大家看到所有的莲花都变成了彩霞，像

少间云静波澄，一切都杳，而仲犹身在海岸，亦不自解其何以得出，衣履并无沾濡[5]。望海大哭，声震岛屿。琼华挽劝之，怆然下刹[6]，命舟北渡。

锦缎一样遮住了大海。过了一会儿云散波静，一切都杳无影踪，只有乐仲还站在海岸边。自己也不知道是怎么从海中出来的，衣服鞋袜一点也没有弄湿。乐仲望着大海痛哭，悲声震动了岛屿。琼华挽着他的胳膊安慰他，然后神情悲怆地离开了庙宇，叫了船北上。

注释 1 结香社：民间习俗，信奉神佛的人结伙祀神进香，称“结香社”。 2 薤(xiè)蒜：葱韭薤蒜，均为斋戒者所忌。 3 朝：朝拜，指拜佛。 4 璎珞(luò)：串连珠玉而成的装饰物。 5 濡：沾湿。 6 刹：梵语“刹多罗”的简称。指寺庙佛塔。

途中有豪家招琼华去，仲独憩逆旅。有童子方八九岁，丐食肆中，貌不类乞儿。细诘之，则被逐于继母，心怜之。儿依依左右，苦求拔拯[1]，仲遂携与俱归。问其姓氏，则曰：“阿辛，姓雍，母顾氏。尝闻母言，适雍六月，遂生余。余本乐姓。”仲大惊。自疑生平一度[2]，不应有子。因问乐居何乡，答云：“不

路上有富豪把琼华叫走了，乐仲便一个人住在旅店里。有个八九岁的小孩，在店里乞讨，看样子不像乞丐。乐仲细细询问，才知道他是被继母赶出来的，心里十分可怜他。小孩依依不舍地依偎在他身边，苦苦请求他救自己脱离苦海，乐仲就带着他一起回了家。乐仲问小孩姓氏，小孩说：“我叫阿辛，姓雍，母亲姓顾。我曾听母亲说，她嫁到雍家六个月就生下了我。我本来姓乐。”乐仲大吃一惊。他怀疑自己生平就只有那一次性爱，不应该有儿子。乐仲就问那个姓乐的住在哪里，阿辛说：“不知道。但是母亲去世时，

知。但母没时,付一函书,嘱勿遗失。”仲急索书。视之,则当年与顾家离婚书也。惊曰:“真吾儿也!”审其年月良确,颇慰心愿。然家计日疏,居二年,割亩[3]渐尽,竟不能畜僮仆。

交给我一封信,嘱咐我千万不要丢了。”乐仲急忙索要书信。打开一看,正是当年自己写给顾家的离婚书。乐仲惊讶地说:“你真是我儿子啊!”细细查了生辰年月,也都吻合,他感到很欣慰。但是家里的钱一天天更少了,过了两年,田地也渐渐卖光了,以至于到了连仆人都雇不起的地步。

注释 1 拔拯:解救。 2 生平一度:指仅与其妻性交一次。 3 割亩:割卖土地。

一日父子方自炊,忽有丽人入,视之则琼华也。惊问:“何来?”笑曰:“业作假夫妻,何又问也?向不即从者,徒以有老妪在,今已死。顾念不从人无以自庇,从人则又无以自洁,计两全者,无如从君,是以不惮千里。”遂解装代儿炊。仲良喜。至夜父子同寝如故,另治一室居琼华。儿母之,琼华亦善抚儿。戚党闻之,皆

一天父子两个人正在做饭,忽然有个漂亮女子走了进来,一看竟然是琼华。乐仲惊讶地问:“你是从哪里来的?”琼华笑着说:“已经做过假夫妻了,为什么又要问呢?之前之所以没有立即跟随你,是因为还有个老妈妈在,如今她已经去世了。我想到不嫁人又没什么人能庇护自己,嫁人又无法保持贞洁,两全之计,只有跟随你了,所以我不远千里赶来。”说完就换上衣服替阿辛做饭。乐仲十分高兴。到了晚上父子二人依旧同床而睡,另外打扫出一个房间让琼华住。阿辛叫琼华母亲,琼华也很好地照顾他。亲戚朋友听说了,都送吃的给乐仲以表

馔[1]仲，两人皆乐受之。客至，琼华悉为治具，仲亦不问所自来。琼华渐出金珠赎故产，广置婢仆牛马，日益繁盛。仲每谓琼华曰："我醉时，卿当避匿，勿使我见。"华笑诺之。一日大醉，急唤琼华。华艳妆出，仲睨之良久，大喜，蹈舞若狂，曰："吾悟矣！"顿醒。觉世界光明，所居庐舍尽为琼楼玉宇[2]，移时始已。从此不复饮市上，惟日对琼华饮。琼华茹素，以茶茗侍。一日微醺，命琼华按股，见股上刲痕，化为两朵赤菡萏[3]，隐起肉际。奇之。仲笑曰："卿视此花放后，二十年假夫妻分手矣。"琼华信之。

祝贺，两人都高兴地收下了。有客人来，琼华都置办好酒食接待，乐仲也不问东西是从哪里来的。渐渐地，琼华拿出金银珠宝赎回以前的家产，并广为购买奴仆牛马，家业一天天繁盛起来。乐仲每每对琼华说："我喝醉后，你要避开我，不要让我看到。"琼华笑着答应了。一天乐仲喝得酩酊大醉，一迭声地呼叫琼华。琼华穿着艳丽的服装走出来，乐仲斜着眼看了好久，大喜，手舞足蹈，像发疯了一样，说："我明白了！"说完酒就醒了。乐仲只觉得世界一片光明，自家住的房屋都变成了琼楼玉宇，过了很久幻觉才消失。从此以后乐仲就不再到街市上喝酒，只是整天对着琼华畅饮。琼华吃素，就以茶代酒相陪。一天乐仲喝得稍有醉意，叫琼华按摩大腿，只见大腿上当年割伤的疤痕，已经化为两朵红莲花，隐隐约约地在肉里突起。琼华很好奇。乐仲笑着说："你看到这两朵花开放后，二十年的假夫妻就该分手了。"琼华信以为真。

注释　1 馔(nuǎn)：古代婚礼，女嫁后三日，母家或亲戚馈送食品或办酒祝贺。这里指贺婚赠送礼物。　2 琼楼玉宇：形容瑰丽的建筑物。亦指仙境或月宫中的楼台亭阁。　3 菡萏(hàn dàn)：荷花的别名。

既为阿辛完婚，琼华渐以家付新妇，与仲别院居。子妇三日一朝，事非疑难不以告。役二婢，一温酒，一瀹茗而已。一日琼华至儿所，儿媳咨白[1]良久，共往见父。入门，见父白足[2]坐榻上。闻声，开眸微笑曰：“母子来，大好！”即复瞑。琼华大惊曰：“君欲何为？”视其股上，莲花大放。试之，气已绝。急以两手捻合其花，且祝曰：“妾千里从君，大非容易。为君教子训妇，亦有微劳。即差二三年，何不一少待也？”移时，仲忽开眸笑曰：“卿自有卿事，何必又牵一人作伴也？无已，姑为卿留。”琼华释手，则花已复合。于是言笑如初。

为阿辛操办完婚事后，琼华渐渐地把家交托给儿媳，自己与乐仲住在别院。儿子儿媳三天来别院一次，不是疑难之事他们从来不打搅二老。琼华他们只用了两个婢女，一个负责温酒，一个负责煮茶而已。一天琼华来到儿子屋里，儿媳请教了她很长时间，然后琼华和儿子一起去看望乐仲。进门，只见乐仲光着脚坐在床榻上。听到脚步声，乐仲睁开眼睛笑着说：“你们母子一起过来了，很好！”说完就闭上了眼睛。琼华大惊说：“你想干什么？”往他大腿上一看，莲花已经绽放。试探气息，已经没有了呼吸。琼华急忙用双手揉捏红莲花让其合在一起，并祈祷说：“我不远千里投奔你，着实不容易。我帮你教育儿子训导儿媳，也有些小功劳。如今就差两三年了，为什么不稍稍等我一下呢？”过了一会儿，乐仲忽然睁开眼笑着说：“你自有自己的事情，何必又牵扯上我做伴？没办法，就为你再留一段时间吧。”琼华放开手，莲花已经合在一起。于是二人又像平时一样谈笑起来。

注释　1 咨白：询问；请教。　2 白足：赤脚。

积三年余，琼华年近四旬，犹如二十许人。忽谓仲曰："凡人死后，被人捉头舁[1]足，殊不雅洁。"遂命工治双椟[2]。辛骇问之，答云："非汝所知。"工既竣，沐浴妆竟，命子及妇曰："我将死矣。"辛泣曰："数年赖母经纪，始不冻馁。母尚未得一享安逸，何遂舍儿而去？"曰："父种福而子享，奴婢牛马，皆骗债者填偿汝父，我无功焉。我本散花天女[3]，偶涉凡念，遂谪人间三十余年，今限已满。"遂登木自入。再呼之，双目已含。辛哭告父，父不知何时已僵，衣冠俨然[4]。号恸欲绝。入棺，并停堂中，数日未殓，冀其复返。光明生于股际，照彻四壁。琼华棺内则香雾喷溢，近舍皆闻。棺既合，香光遂渐减。

过了三年多，琼华年近四十，还像二十多岁的人一样。一天琼华突然对乐仲说："人死之后，都要被人抬头抬脚，很不雅洁。"于是她让人打两副棺材。阿辛惊骇地问做什么，琼华说："这事你不懂。"棺材打完了，琼华沐浴梳妆打扮好，对儿子儿媳说："我要死了。"阿辛哭着说："这些年所幸靠母亲经营家业，这才不至于受冻挨饿。母亲还没有享受一点儿安逸，为什么要舍儿而去？"琼华说："父亲种下福种儿子来享受，奴仆牛马，都是欺骗家产的人偿还给你父亲的，我实在没什么功劳。我本来是散花天女，偶然动了凡念，被贬谪人间三十多年，如今时间已经满了。"说完就登上棺木进了棺材。再呼喊她，她双眼已经合上了。阿辛哭着去告诉父亲，父亲不知道什么时候去世，身体已经僵硬了，衣冠穿戴得整整齐齐。阿辛哭号不已，悲痛欲绝。阿辛把父亲装进棺材，和琼华的棺材并排放在大堂上，几天没有入殓，希望他们能活过来。只见一道光从乐仲的大腿上发出，照亮了大堂。琼华的棺材里则有香气喷涌出来，邻近人家都闻到了。棺材合上后，光亮和香气才慢慢减弱。

注释 1 舁(yú):抬。 2 槥(huì):小而薄的棺材。 3 散花天女:佛界天女名。《维摩经·观众生品》有载。 4 俨然:整齐貌。

既殡,乐氏诸子弟觊觎[1]其有,共谋逐辛,讼诸官。官莫能辨,拟以田产半给诸乐。辛不服,以词质郡,久不决。初,顾嫁女于雍,经年余,雍流寓于闽,音耗遂绝。顾老无子,苦忆女,诣婿,则女死甥逐。告官。雍惧,赂顾,不受,必欲得甥。穷觅不得。一日,顾偶于途中,见彩舆过,避道左。舆中一美人呼曰:"若非顾翁耶?"顾诺。女子曰:"汝甥即吾子,现在乐家,勿讼也。甥方有难,宜急往。"顾欲详诘,舆已去远。顾乃受赂入西安。至,则讼方沸腾[2]。顾自投官,言女大归[3]日、再醮日,

安葬完乐仲、琼华后,乐家的子弟觊觎阿辛的财产,共同谋划驱逐阿辛,就告上官府。县令无法分辨,就打算把田产分一半给乐家子弟。阿辛不服气,就一纸诉状告到了郡里,案子拖了很久也没有判决。当初,顾翁把女儿嫁给雍家,过了一年多,雍氏流落到福建,消息就断绝了。顾翁年老无子,苦苦思念女儿,就去了女婿家,这才知道女儿已死,外孙被赶走。顾翁告上官府。雍家怕了,贿赂顾翁,顾翁不要,一定要得到外孙。顾翁到处找也找不到外孙。一天顾翁偶然走在路上,见到一辆华丽的车子经过,他避开在路边。车中一个漂亮女子喊道:"你不是顾翁吗?"顾翁说是。女子说:"你外孙就是我儿子,现在在乐家,你不要打官司了。你外孙现在有难,你最好赶快前去。"顾翁还想详细打听,车子已经走远了。顾翁于是接受了雍家收买他的钱赶去西安。到了那里,乐家争财产的案子正闹得沸反盈天。顾翁主动投案,讲述了女儿回家的日子、再嫁的日子,以及生子的年月,详细地说了个

及生子年月，历历甚悉。诸乐皆被杖逐，案遂结。及归，述其见美人之日，即琼华没日也。辛为顾移家，授庐赠婢。六十余生一子，辛顾恤之。	清清楚楚。于是乐家的子弟全都被打了一顿，赶出了公堂，案子就结了。等他们回家后，顾翁叙述见到美人的时日，正是琼华去世的日子。阿辛替顾翁搬了家，给他房子住，还送给他婢女。顾翁六十多岁生下一个儿子，阿辛照顾抚养他。

注释　1 觊觎(jì yú)：非分的希望或企图。　2 沸腾：水涌起貌。此处引申为热闹、热烈。　3 大归：旧称妇女被丈夫休离回娘家为大归。

异史氏曰："断荤戒酒，佛之似也。烂熳天真，佛之真也。乐仲对丽人，直视之为香洁道伴[1]，不作温柔乡[2]观也。寝处三十年，若有情，若无情，此为菩萨真面目，世中人乌得而测之哉！"	异史氏说："不沾荤腥，不喝酒，只是与佛相近。天真烂漫才是真的佛性。乐仲对着美人，只是把她看作芳香纯洁的求道同伴，而不是看作迷人的美色。二人共同居住了三十年，好像有情，又好像无情，这才是菩萨的真面目，世俗之人怎么可能猜得出来呢！"

注释　1 香洁道伴：芳香洁净的修道伙伴。　2 温柔乡：喻美色迷人之境，此指迷人的美色。

香 玉

原文

劳山[1]下清宫[2]，耐冬[3]高二丈，大数十围；牡丹高丈余，花时璀璨[4]似锦。胶州[5]黄生舍读其中。一日自窗中见女郎，素衣掩映[6]花间。心疑观中焉得此，趋出，已遁去。自此屡见之。遂隐身丛树中以伺其至。未几，女郎又偕一红裳者来，遥望之，艳丽双绝。行渐近，红裳者却退，曰："此处有生人！"生暴起，二女惊奔，袖裙飘拂，香风洋溢。追过短墙，寂然已杳。爱慕弥切，因题句树下云："无限相思苦，含情对短窗。恐归沙吒利[7]，何处觅无双[8]？"归斋冥思。女郎忽入，惊喜承迎。女笑曰："君汹汹似强寇，使人恐怖，不知君乃骚雅士，

译文

劳山有一座下清宫，其中的耐冬树高达两丈，粗数十围；牡丹高一丈多，开花时璀璨如锦。胶州的黄生住在这里读书。一天黄生从窗中看到一个女子，一身白衣，被花丛掩映。黄生心下疑惑观中怎么会有漂亮女子，他赶紧走出去，而女子已经不知去向了。自此以后黄生经常见到这个女子。于是黄生藏在树丛等待女子到来。不多久，女子又和一个穿红衣的女子走来，远远望去，二人都美艳无双。二人渐渐走近，红衣女子却退后，说："这里有陌生人！"黄生突然站起来，两个女子受惊，奔跑起来，她们的衣袖和裙裾飘起，香气飘荡在空气里。黄生追过矮墙，两个女子的身影已经不见了。黄生对女子的爱慕更加殷切，就在树上题了几句诗："无限相思苦，含情对短窗。恐归沙吒利，何处觅无双？"黄生回到住房后苦思冥想。突然白衣女子进来了，黄生喜出望外地迎接。女子笑着说："你气势汹汹像个强盗，让人害怕，却不知道你其实是个

无妨相见。”生略叩[9]生平，曰：“妾小字香玉，隶籍平康巷[10]。被道士闭置山中，实非所愿。”生问：“道士何名？当为卿一涤此垢[11]。”女曰：“不必，彼亦未敢相逼。借此与风流士长作幽会，亦佳。”问：“红衣者谁？”曰：“此名绛雪，乃妾义姊。”遂相狎。

风雅人士，与你相见倒也无妨。”黄生就大致询问了女子的身世，女子说：“我小名叫香玉，原是个妓女，后来被道士关在山中，实在不是我心甘情愿。”黄生问：“那道士叫什么名字？我会为你洗刷这一耻辱的。”女子说：“那倒不必了，他也不敢逼迫我。借机会能与你这个风流人士幽会，倒也是幸事。”黄生问：“穿红衣的是谁呀？”女子说：“她名叫绛雪，是我的干姐姐。”说完两个人就亲热起来。

注释　1 劳山：“崂山”旧称。在山东省青岛市东北崂山区境。为中国北方道教胜地。　2 下清宫：崂山上的道观名。　3 耐冬：为山东对山茶花的称呼。　4 璀璨(cuǐ càn)：玉石的光泽，形容色彩绚丽。　5 胶州：州名，治所在今山东胶州。　6 掩映：忽隐忽现。　7 沙吒利：传奇故事中的人物。唐人许尧佐《柳氏传》载有唐代蕃将沙吒利恃势劫占韩翊美姬柳氏之事。后人因以沙吒利指霸占他人妻室或强娶民妇的权贵。　8 无双：传奇故事中的人物。唐人薛调《无双传》载，刘无双和王仙客原有婚约，后因政治上的变乱，无双被收入宫廷。王仙客求助于侠客古押衙，设计从宫廷中救出了刘无双。　9 叩：询问。　10 平康巷：指妓院。唐代长安丹凤街有平康坊，也称平康里，为妓女聚居之地。旧时因以“平康”泛指妓家。　11 一涤此垢：洗雪这种耻辱。

及醒，曙色已红。女急起，曰："贪欢忘晓矣。"着衣易履，且曰："妾酬[1]君作，勿笑：'良夜更易尽，朝暾[2]已上窗。愿如梁上燕，栖处自成双。'"生握腕曰："卿秀外惠中[3]，令人爱而忘死。顾一日之去，如千里之别。卿乘间当来，勿待夜也。"女诺之。由此夙夜必偕。每使邀绛雪来，辄不至，生以为恨。女曰："绛姐性殊落落[4]，不似妾情痴也。当从容劝驾[5]，不必过急。"一夕，女惨然入曰："君陇不能守，尚望蜀耶[6]？今长别矣。"问："何之？"以袖拭泪，曰："此有定数，难为君言。昔日佳作[7]，今成谶语[8]矣。'佳人已属沙吒利，义士今无古押衙'[9]，可为妾咏。"诘之不言，但有呜咽。竟夜不眠，早旦而去。生怪之。次日，有即墨[10]蓝氏入宫

一觉醒来，天已拂晓。女子急忙起身，说："光顾着贪恋欢愉都忘记天亮了。"她穿衣换鞋，又说："我写了一首诗应答，你不要见笑：'良夜更易尽，朝暾已上窗。愿如梁上燕，栖处自成双。'"黄生握着她的手腕说："你秀外慧中，让人爱得要死。离开一天，就像是分别千里之遥。你有空就过来，不要等到晚上才来。"女子答应了。自此无论早晚二人一定会在一起。黄生每次都让香玉邀请绛雪一起过来，绛雪总是不来，黄生感到非常遗憾。香玉说："绛雪姐生性孤高不凡，不像我这样痴情。我会慢慢劝说她的，你不要过于着急。"一天傍晚，香玉神情悲伤地走进屋说："你连我都守不住了，还奢望绛雪姐姐吗？今天我是来和你告别的。"黄生问："为什么？"香玉用衣袖擦拭眼泪，说："这是定数，很难对你说清。前人的佳句如今应验了。'佳人已属沙吒利，义士今无古押衙'，可以算是为我作的。"黄生询问原因，香玉不说话，只是呜咽哭泣。整整一个晚上香玉也没睡觉，一大早她就离去了。黄生感到很奇怪。第二天，有个即墨姓蓝的来

游瞩，见白牡丹，悦之，掘移径去。生始悟香玉乃花妖也，怅惋不已。过数日，闻蓝氏移花至家，日就萎悴。恨极，作《哭花》诗五十首，日日临穴[11]涕洟[12]。

下清宫游赏，看到白牡丹，很喜欢，就挖出来径直离去了。黄生这才明白香玉其实是花妖，他惆怅惋惜不已。过了几天，听说姓蓝的把花移栽到家里，花一天天枯萎憔悴。黄生恨极了，写了《哭花》诗五十首，每天都对着树坑哭泣。

注释 **1** 酬：以诗文应和。 **2** 朝暾(tūn)：清晨初升的太阳。 **3** 秀外惠中：外貌秀美，内心聪明。惠，通“慧”。 **4** 落落：孤高不凡。 **5** 劝驾：劝人任职或做某事。 **6** 陇不能守，尚望蜀耶：意谓你连我都保不住了，还想得到绛雪吗？此二句是“得陇望蜀”的化用。 **7** 昔日佳作：指“佳人已属沙吒利，义士今无古押衙”一句。 **8** 谶(chèn)语：预言吉凶的话语。此指应验的凶灾之言。 **9** 佳人已属沙吒利，义士今无古押衙：这是南宋许顗《彦周诗话》引王晋卿的诗句。意为虽然仍出现了佳人被有势力者劫夺之事，但难以有古押衙那样的豪侠相助了。 **10** 即墨：古县名。位于中国山东半岛西南部，南依崂山。在今山东省青岛市即墨区。 **11** 穴：指白牡丹被移后所留下的土坑。 **12** 涕洟：痛哭流涕。涕，眼泪。洟，鼻涕。

一日凭吊方返，遥见红衣人挥涕穴侧。从容近就，女亦不避。生因把袂，相向汍澜[1]。已而挽请入室，女亦从之。叹曰：“童稚姊妹，一朝断绝！

一天黄生凭吊完刚返回，远远地看到红衣女子绛雪站在树坑边痛哭流涕。黄生慢慢地靠近，女子也不躲避。黄生就上前拉住她的衣袖，两人相对而泣。过了一会儿黄生拉着绛雪请她去自己房间，绛雪也就跟着去了。绛雪叹息着

闻君哀伤，弥增妾恸。泪随九泉，或当感诚再作[2]。然死者神气已散，仓卒何能与吾两人共谈笑也？”生曰：“小生薄命，妨害情人，当亦无福可消双美。曩频烦香玉道达微忱，胡再不临？”女曰：“妾以年少书生，什九薄幸；不知君固至情人[3]也。然妾与君交，以情不以淫。若昼夜狎昵，则妾所不能矣。”言已告别。生曰：“香玉长离，使人寝食俱废。赖卿少留，慰此怀思，何决绝如此？”女乃止，过宿而去，数日不复至。冷雨幽窗，苦怀香玉，辗转床头，泪凝枕席。揽衣更起，挑灯复踵前韵[4]曰：“山院黄昏雨，垂帘坐小窗。相思人不见，中夜泪双双。”诗成自吟，忽窗外有人曰：“作者不可无和[5]。”听之，绛雪也。启户内[6]之。

说：“一起长大的好姐妹，一下子就断绝了音讯！听说你很悲痛，更增加了我的哀伤。眼泪流到九泉之下，或许她会被我们的诚意打动而复活。可是死者的神气已经消散，仓促之间怎么能和我们一起谈笑呢？”黄生说：“我命薄，害了情人，自然更没有福气消受两个美人。以前我多次请香玉代我转达心中的诚意，你为什么再也不来了呢？”绛雪说：“我以为年轻的书生，十个就有九个轻薄无行，却不知道你是这么痴情。但是我和你交往，只讲感情，不可淫乱。如果昼夜亲热，这是我无法做到的。”说完就告别要走。黄生说：“香玉永远离开了，让我寝食俱废。赖你多停留一会，来安慰我的思念情怀，为什么你如此绝情呢？”绛雪于是就留下了，住了一夜才走，这之后好几天都没有再来。凄冷的雨点敲打着幽深的窗户，黄生苦苦思念着香玉，在床上辗转反侧，泪水打湿了枕头和席子。他披上衣服又起床，点上蜡烛，按照上首诗的韵又写了一首诗：“山院黄昏雨，垂帘坐小窗。相思人不见，中夜泪双双。”诗写成后黄生独自吟诵，忽然听到窗外有人说：“有诗不可无

女视诗，即续其后曰："连袂人[7]何处？孤灯照晚窗。空山人一个，对影自成双。"生读之泪下，因怨相见之疏。女曰："妾不能如香玉之热，但可少慰君寂寞耳。"生欲与狎。曰："相见之欢，何必在此！"

人相和。"听声音，是绛雪。黄生赶紧打开门请她进来。绛雪看了看诗，就在后面续写道："连袂人何处？孤灯照晚窗。空山人一个，对影自成双。"黄生读了又泪如雨下，接着埋怨相见的机会太少。绛雪说："我虽然不能像香玉一样温热，但可以稍稍安慰你的寂寞。"黄生想要和她亲热。绛雪说："我们相见的快乐，何必在这种事情上呢！"

注释 1 汍(wán)澜：流泪。 2 作：兴起。这里指重生。 3 至情人：极重感情之人。 4 踵前韵：依照前诗的韵脚再作一首。踵，追随、继续。 5 和(hè)：和诗；和他人之诗而用其原韵。 6 内："纳"的古字。使进入；放入。 7 连袂人：同伴，这里指香玉。连袂，即"联袂"。衣袖相连。喻携手同行。

于是至无聊时，女辄一至。至则宴饮唱酬，有时不寝遂去，生亦听之。谓曰："香玉吾爱妻，绛雪吾良友也。"每欲相问："卿是院中第几株？乞早见示，仆将抱植家中，免似香玉被恶人夺去，贻恨[1]百年。"女曰："故土难移，告君亦无益也。妻尚不

自此以后黄生无聊的时候，绛雪就过来。来了二人就饮酒作诗，有时绛雪不过夜就走，黄生也听她的。黄生说："香玉是我的爱妻，绛雪是我的好朋友。"黄生每次都问："你是院子里第几棵花？希望你早点告诉我，我要早点把你移栽到家里，以免像香玉一样被恶人夺去，让我抱恨终生。"绛雪说："我不能离开故土，告诉你也没有用。妻子尚且不能终生相守，何况是

能终从，况友乎！”生不听，捉臂而出，每至牡丹下，辄问：“此是卿否？”女不言，掩口笑之。旋[2]生以腊归过岁。至二月间，忽梦绛雪至，愀然[3]曰：“妾有大难！君急往，尚得相见，迟无及矣。”醒而异之，急命仆马，星驰至山。则道士将建屋，有一耐冬，碍其营造，工师将纵斤[4]矣。生急止之。入夜，绛雪来谢。生笑曰：“向不实告，宜遭此厄！今已知卿；如卿不至，当以艾炷[5]相炙。”女曰：“妾固知君如此，曩故不敢相告也。”坐移时，生曰：“今对良友，益思艳妻。久不哭香玉，卿能从我哭乎？”二人乃往，临穴洒涕。更余，绛雪收泪劝止。

朋友呢！”黄生不听她的，拉着她的手臂出来，每到一棵牡丹花旁，黄生就问：“这是你吗？”绛雪不说话，只是捂着嘴笑他。不久到了腊月，黄生回去过年了。到了二月里，黄生忽然梦到绛雪来了，她忧伤地说：“我遇到大难了，你赶紧前来，咱们还能见上一面，迟了恐怕就来不及了。”黄生醒来后感到很奇怪，急忙命令仆人备马，星夜赶去劳山。原来是道士要建屋子，有一棵耐冬树，妨碍施工，工匠正要用斧子砍削。黄生急忙阻止了他们。到了这天晚上，绛雪过来道谢。黄生笑着说：“以前不告诉我，如今才遭遇这样的磨难！如今我已经知道你了，如果你不来，我就点着艾条去烧你。”绛雪说：“我早知道你会这样，所以以前不敢告诉你。”两人坐了一会，黄生说：“现在面对着你这个好朋友，我更加思念漂亮的妻子了。很久没有哭祭香玉了，你能跟我一起去吗？”两个人就一起去了香玉的坑穴前流泪祭拜。哭到半夜，绛雪止住眼泪，劝黄生不要哭了。

注释 1 贻恨：遗憾。 2 旋：不久。 3 愀然：忧愁的样子。 4 斤：斫木斧。 5 艾炷：中医用艾绒团，点燃薰灸经络穴位。

又数夕，生方寂坐，绛雪笑入曰：“报君喜信：花神感君至情，俾香玉复降宫中。”生问：“何时？”答曰：“不知，约不远耳。”天明下榻，生嘱曰：“仆为卿来，勿长使人孤寂。”女笑诺。两夜不至。生往抱树，摇动抚摩，频唤无声。乃返，对灯团艾，将往灼树。女遽入，夺艾弃之，曰：“君恶作剧，使人创痏[1]，当与君绝矣！”生笑拥之。坐未定，香玉盈盈而入。生望见，泣下流离，急起把握。香玉以一手握绛雪，相对悲哽。及坐，生把之觉虚，如手自握，惊问之，香玉泫然[2]曰：“昔，妾花之神，故凝；今，妾花之鬼，故散也。今虽相聚，勿以为真，但作梦寐观可耳。”绛雪曰：“妹来

又过了几个晚上，黄生正寂寞地坐着，绛雪笑着走进来，说：“报告你一个好消息，花神被你的纯真感情打动，让香玉再降生到下清宫。”黄生问：“什么时候？”绛雪回答：“不知道，估计时间不远了。”天亮后绛雪起床，黄生叮嘱她：“我是为你来的，你不要让我长时间孤独寂寞。”绛雪笑着答应了。但是一连两个晚上绛雪都不见影踪。黄生跑去抱住耐冬树，使劲摇晃抚摸，多次呼唤也寂寂无声。黄生于是回屋，在灯下团艾条，打算去烧灼大树。绛雪突然进来，夺下艾条扔掉，说：“你恶作剧，让我受伤留下疤痕，我真要和你断绝关系了！”黄生笑着抱住了她。二人还没坐稳，香玉步履盈盈地进来了。黄生见了，眼泪如决堤的洪水流下来，他急忙站起来握住香玉的手。香玉用另一只手握住绛雪，相对悲咽。等坐下来，黄生觉得握着香玉的手很空虚，像自己握着自己一样，便惊讶地问为什么。香玉流着眼泪说：“以前我是花神，所以身体是凝聚的；现在我是花的鬼魂，所以是分散的。今天虽然相聚，但不要当成真的，就看作是缥缈的梦幻吧。”绛雪说：“妹妹来了真是太好了。

大好！我被汝家男子纠缠死矣。”遂去。

我被你家男人纠缠得要死了。”说完就走了。

注释 1 创痏(wěi):同“疮痏”。伤痕。此指受伤而致留下疤痕。 2 泫然:伤心流泪。

香玉款笑如前。但偎傍之间,仿佛以身就影,生悒悒不乐。香玉亦俯仰自恨,乃曰:“君以白蔹[1]屑,少杂硫黄,日酹妾一杯水,明年此日报君恩。”别去。明日往观故处,则牡丹萌生矣。生乃日加培植,又作雕栏以护之。香玉来,感激倍至。生谋移植其家,女不可,曰:“妾弱质,不堪复戕[2]。且物生各有定处,妾来原不拟生君家,违之反促年寿。但相怜爱,合好[3]自有日耳。”生恨绛雪不至。香玉曰:“必欲强之使来,妾能致之。”乃与生挑灯至树下,取草一茎,布掌作度[4],以度树本[5],自下而

香玉还像以前一样巧笑倩兮。但是两个人依偎的时候,黄生感觉就像依偎着一个影子,为此他闷闷不乐。香玉也十分怨恨自己,就说:“你用白蔹的粉末,稍稍放一点硫黄,每天给我浇一杯水,到明年的今天我会报答你的恩德的。”说完就告别走了。第二天黄生去看树坑,那里已经长出了新的牡丹。黄生于是每天都精心培植,又做了栅栏用来保护她。香玉又来了,十分感谢黄生的恩德。黄生与她商量把牡丹移植到自己家里,香玉不答应,说:“我身体羸弱,不能忍受再被伤害。况且万物生长都有一定的地方,我这次原本就没有打算生在你家,违背了反而会折寿。只要我们相亲相爱,总有一天可以结亲的。”黄生埋怨绛雪又不来了。香玉说:“如果一定要强迫她来,我倒能做到。”香玉和黄生端着灯来到大树下面,香玉折了一根草,用手掌测量好草做尺子,来量

上至四尺六寸，按其处，使生以两爪齐搔之。俄见绛雪从背后出，笑骂曰："婢子来，助桀为虐[6]耶！"牵挽并入。香玉曰："姊勿怪！暂烦陪侍郎君，一年后不相扰矣。"从此遂以为常。

大树，从下到上量到四尺六寸的地方，就用手按住，让黄生用双手一起挠。一会儿就见绛雪从树后走出来，笑着骂道："死丫头，助纣为虐！"说着就牵着香玉的手一起进屋了。香玉说："姐姐不要责怪我！暂时劳烦姐姐陪伴郎君，一年后就不会打扰你了。"自此以后，就习以为常了。

注释 1 白蔹(liǎn)：中草药名，其根可入药。《群芳谱》谓种植牡丹，以白蔹末拌种，可使苗旺；分枝栽培，则需以少量轻粉和硫黄涂抹劈破之处，然后埋坑培土。 2 戕：残害，伤害。 3 合好：结亲。《礼记·昏义》："昏礼者，将合二姓之好，上以事宗庙，而下以继后世也。" 4 布掌作度：以手掌比量，取为尺度。 5 度树本：量树干。 6 助桀为虐：比喻帮助坏人作恶。语出《史记·留侯世家》。桀，夏代末期暴君。

生视花芽，日益肥茂，春尽，盈[1]二尺许。归后，以金遗道士，嘱令朝夕培养之。次年四月至宫，则花一朵，含苞未放。方流连间，花摇摇欲拆[2]。少时已开，花大如盘，俨然有小美人坐蕊中，裁三四指许；转瞬飘然欲下，则香玉也。笑

黄生看到牡丹花的花芽，一天天茁壮繁茂起来，过了春天，已经长到二尺高了。黄生回家后，给道士一笔钱，嘱咐他每天都要悉心培养牡丹花。第二年四月黄生来到下清宫，牡丹花已经长出了一朵花苞，含苞待放。黄生正流连其间，只见花苞摇动似乎要绽放。过了一会儿花已经盛开，花朵大如圆盘，花蕊里面俨然坐着一个小美人，只有三四指大小。转眼间小美人飘然下来，竟然是香玉。她

曰:"妾忍风雨以待君,君来何迟也!"遂入室。绛雪亦至,笑曰:"日日代人作妇,今幸退而为友。"遂相谈宴。至中夜,绛雪乃去。二人同寝,款洽一如从前。后生妻卒,遂入山不复归。是时牡丹已大如臂。生每指之曰:"我他日寄魂于此,当生卿之左。"二女笑曰:"君勿忘之。"

笑着说:"我忍受风吹雨打等待着你,你为什么迟迟不肯来呢!"二人就进了屋。绛雪也来了,笑着说:"我每天代替别人做新媳妇,如今总算可以撤身做朋友了。"于是三人谈笑欢饮。到了半夜,绛雪走了。黄生和香玉同床共枕,亲热一如从前。后来黄生的妻子死了,黄生就来到劳山再也不回家了。这时牡丹已经有手臂那么粗了。黄生经常指着牡丹说:"我死了以后魂魄要长留这里,陪伴在你身旁。"香玉和绛雪笑着说:"你可不要忘了说的话。"

注释　**1** 盈:增长,生长。　**2** 拆:同"坼",裂开,绽开。指花蕾开放。

后十余年,忽病。其子至,对之而哀。生笑曰:"此我生期,非死期也,何哀为!"谓道士曰:"他日牡丹下有赤芽怒生[1],一放五叶者,即我也。"遂不复言。子舆之归家,即卒。次年,果有肥芽突出,叶如其数。道士以为异,益灌溉之。三

以后过了十多年,黄生忽然病倒了,他的儿子匆匆赶来,对着他悲痛不已。黄生笑着说:"这是我重生的日子,不是死期,有什么悲伤的!"黄生对道士说:"日后牡丹花下会长出红色的芽苗,一下子长出五片叶子的,就是我。"说完就不再说什么了。他的儿子把他拉回家,很快就死了。第二年,牡丹花下果然有肥硕的芽苗长出,叶片也如黄生说的有五片。道士认为很神奇,更加

年，高数尺，大拱把[2]，但不花。老道士死，其弟子不知爱惜，斫去之。白牡丹亦憔悴死；无何，耐冬亦死。

细心浇灌。过了三年，已经有几尺高了，有拱把粗细，只是不开花。老道士死后，他的弟子不知道爱惜，砍去了这棵花。白牡丹也憔悴死了，不久，耐冬树也枯死了。

注释　1 怒生：茁壮地生出。怒，形容气势强盛。　2 拱把：拱，两手合围；把，一手所握。常用来指树木枝干的粗细。

异史氏曰："情之至者，鬼神可通。花以鬼从[1]，而人以魂寄[2]，非其结于情者深耶？一去而两殉之[3]，即非坚贞，亦为情死矣。人不能贞，亦其情之不笃耳。仲尼读《唐棣》[4]而曰'未思'，信矣哉！"

异史氏说："感情到了极致，鬼神都可以沟通。花死了后化成鬼陪伴人，人死了后魂魄又陪伴在花旁，难道不是因为他们之间结下了深厚感情吗？黄生死了，香玉和绛雪也殉情了，即使不是因为坚贞，也是为了爱情而死。一个人不能做到坚贞，也是他的感情不深厚导致的。孔子读《唐棣》时说，'没有思念，又何谈远不远呢'，确实如此啊！"

注释　1 花以鬼从：指香玉死后为"花之鬼"，仍然相从黄生。　2 人以魂寄：指黄生死后魂灵依附于香玉之侧。寄，依附。　3 一去而两殉之：一去，指黄生死后所生成的不花牡丹，被道士弟子斫去。两殉之，指牡丹和耐冬相继死去，像是殉情而亡。　4 仲尼读《唐棣》：《论语·子罕》："'唐棣之华，偏其反而。岂不尔思？室是远而。'子曰：'未之思也，夫何远之有。'""唐棣之华"四句是古逸诗，意思是唐棣树的花，翩翩地摇摆，难道我不想你？只因为家住得太遥远。孔子读了这首诗说道："还是没有想念，要是真的想念，有什么遥远呢？”此处引用孔子“未思”之句，意在说明，如有至情，就能够坚贞相爱。

三 仙

原文

一士人赴试金陵，经宿迁[1]，遇三秀才，谈论超旷，遂与沽酒款洽。各表姓字：一介秋衡，一常丰林，一麻西池。纵饮甚乐，不觉日暮。介曰：“未修地主之仪，忽叨[2]盛馔，于理不当。茅茨[3]不远，可便下榻。”常、麻并起捉裾[4]，唤仆相将俱去。至邑北山，忽睹庭院，门绕清流。既入，舍宇清洁，呼童张灯，又命安置从人。麻曰：“昔日以文会友，今场期[5]伊迩[6]，不可虚此良夜。请拟四题，命阄各拈其一，文成方饮。”

译文

一位士子前去金陵赶考，经过宿迁，遇到三位秀才，见他三人谈吐超群放旷，就打了美酒跟他们一块儿饮，相处融洽，三人各自通报姓字：一位叫介秋衡，一位叫常丰林，一位叫麻西池。几人快活畅饮，不觉时间就到了黄昏。介秋衡说：“我们没有尽到地主之谊，就承蒙您准备这么丰盛的酒食，于理说不过去。寒舍离这里不远，可以就近下榻。”常丰林、麻西池一并起立动身，叫上他的仆从一块儿去介秋衡家。他们到了县城北山，忽然看到一处庭院，门前绕着一条清溪。三人进了屋子，只见房舍非常整洁，介秋衡叫小童点上灯火，又命家仆安置士子的仆从。麻西池说：“自古以来就有以文会友的雅好，如今考试的日子也越来越近了，不能虚度如此美好的夜晚。请大家拟出四道题目，以抓阄的方式每人各选一题，文章作成以后，我

众从之。各拟一题，写置几上，拈得者就案构思。二更未尽，皆已脱稿，迭相传视。士人读三作，深为倾倒，草录而怀藏之。主人进良酝，巨杯促釂[7]，不觉醺醉。主人乃导客就别院寝。客醉，不暇解履，和衣而卧。及醒，红日已高，四顾并无院宇，主仆卧山谷中。大骇。见傍有一洞，水涓涓流，自讶迷惘。探怀中，则三作俱存。下问土人，始知为“三仙洞”。盖洞中有蟹、蛇、虾蟆三物最灵，时出游，人往往见之。士人入闱，三题即仙作，以是擢解[8]。

们再开怀畅饮。”大家同意了。四人各出一题，写后放在案桌上，抽到题目的人就坐在桌边构思文章。还没过二更，四人都写成了，互相传阅。士子读了另外三位秀才的作品，深深折服，简单抄录下来，藏在了怀里。主人端上了美酒，用大酒杯，不停地劝酒，大家不知不觉喝得大醉。主人便领着客人到别的院子里就寝。士子醉得连鞋子都没脱，穿着衣服就睡了。等到他醒来以后，太阳已经很高了，四下张望，根本没有什么庭院房屋，主仆二人都躺在山谷里。士子大为惊骇。又见旁边有处小洞，细流缓缓淌出，他很是讶异迷惘。摸索怀中，发现三篇文章都在。士子下山以后询问当地人，才知道那处洞穴是“三仙洞”。洞里有一蟹、一蛇、一蛤蟆三种神物，最有灵性，时常一同出游，当地人经常看到它们。士子进入考场以后，发现三道考题就是三位仙人作文的题目，因此他考中了解元。

注释　1 宿迁：即今江苏省宿迁市。　2 叨：谦辞。承受，承蒙。　3 茅茨：用以谦称自己的家。　4 捉裾：提起袍子。谓动身，启行。　5 场期：指科举考试的日期。　6 伊迩：近，将近，不远。　7 釂(jiào)：饮尽杯中酒。　8 擢解：考取解元。

鬼 隶

原文

历城县二隶，奉邑令韩承宣[1]命，营干[2]他郡，岁暮方归。途遇二人，装饰亦类公役，同行话言。二人自称郡役。隶曰：“济城快皂[3]，相识十有八九，二君殊昧生平。”二人云：“实相告：我城隍鬼隶也。今将以公文投东岳[4]。”隶问：“公文何事？”答云：“济南大劫，所报者，杀人之名数也。”惊问其数。曰：“亦不甚悉，约近百万。”隶问其期，答以“正朔”[5]。二隶惊顾，计到郡正值岁除[6]，恐罹于难；迟留恐贻谴责。鬼曰：“违误限期罪小，入遭劫数祸大。宜他避，姑勿归。”隶从之。未几，

译文

历城县的两位差役，奉县令韩承宣的命令，去别的郡办公事，直到岁末才回来。途中他们遇到两个人，穿着打扮也像是公门的差役，于是就与这两人同行交谈。两人自称是郡里的差役。一位县里的差役说：“济南府的捕快和皂吏，我认识了十之八九，但是我确实不曾见过两位。”这两人说：“实不相瞒，我们是城隍里的鬼隶。现在是带着公文要去东岳大帝那里。”两位差役问道：“公文里面写的是什么事？”鬼隶答道：“济南将要遭遇一场大劫难，我们要去上报的，是被杀人的名册。”两人大惊，问有多少人。鬼隶说：“我们也不太清楚，大约有近百万人。”差役追问大劫的日期，鬼隶回答是“正月初一”。两位差役吓得面面相觑，计算了一下行程，到本郡的时候正是除夕，害怕遭逢此难；但是迟迟逗留在外，恐怕受到谴责。鬼隶说：“耽误期限罪小，赶上劫数祸就大了。二位应当到别处躲躲，暂且别回去。”差役听从了鬼隶的建议。没过多久，

北兵[7]大至，屠济南，扛尸百万。二人亡匿得免。

清兵大量南下，屠济南城，尸首以百万计。两位差役因为逃到别处而幸免于难。

注释 1 韩承宣：字长卿，山西蒲州（今属山西省永济市）人。崇祯七年（1634）进士，曾任淄川县知县，后调任历城县知县。见光绪《山东通志·职官志》。 2 营干：办事。 3 快皂：捕快。旧时州县地方担任缉捕的役卒。 4 东岳：即东岳大帝，道教所奉的泰山神。传说东岳大帝掌管世人生死祸福。 5 正朔：正月初一。 6 岁除：除夕。 7 北兵：指清兵。

王十

原文

高苑[1]民王十，负[2]盐于博兴，夜为二人所获。意为土商[3]之逻卒[4]也，舍盐欲遁，足苦不前，遂被缚。哀之，二人曰："我非盐肆中人，乃鬼卒也。"十惧，乞一至家别妻子，不许，曰："此去亦未便即死，不过暂役耳。"十问："何事？"曰："冥中新阎王到任，

译文

高苑有个叫王十的人，一次他到博兴去背盐，夜里被两个人抓了起来。王十以为这两人是当地盐商派来巡逻的，想丢下盐逃走，却发现腿脚不能动了，就这样，他被绑了起来。王十哀求他们放了自己，那两人就告诉他："我们不是盐商的人，而是鬼差。"王十一听非常害怕，乞求他们放自己回一趟家，与妻儿告别，那两人不同意，对他说："你去这一趟未必就会死，不过是暂时去服劳役罢了。"王十问："是做什么事？"对方回答："地府新阎王到任，

见奈河[5]淤平，十八狱[6]坑厕[7]俱满，故捉三种人淘河：小偷、私铸[8]、私盐。又一等人使涤厕，乐户[9]也。”

看见奈河泥沙淤积，十八层地狱的茅厕都满溢出来了，所以要抓三类人去淘河，也就是小偷、私铸钱币的人和贩卖私盐的人。另外还要抓一类人去清理茅厕，就是乐户。”

注释 1 高苑：旧县名，治所在今山东省博兴县高苑镇。 2 负：负贩。 3 土商：当地盐商。 4 逻卒：巡逻的士兵。 5 奈河：迷信所传地狱中的河名。 6 十八狱：迷信所传阴曹地府的十八层地狱。 7 坑厕：厕所。 8 私铸：私自铸钱。 9 乐户：古代专事吹弹歌舞，供统治阶级取乐的人户。身份低贱，不属于良民。

十从去，入城郭，至一官署，见阎罗在上，方稽[1]名籍。鬼禀曰：“捉一私贩王十至。”阎罗视之，怒曰：“私盐者，上漏国税，下蠹[2]民生者也。若世之暴官奸商所指为私盐者，皆天下之良民。贫人揭锱铢之本[3]，求升斗之息[4]，何为私哉！”罚二鬼市盐四斗，并十所负，代运至家。留十，授以蒺藜骨朵[5]，令随诸鬼督河工。鬼引十去，至

王十跟着他们前去，走进城中，到了一座官府，就看见阎罗王坐在上首，正在核验名册。鬼差上前禀报：“我们抓了私盐贩子王十过来。”阎王看了看，便怒道：“私盐贩子指的应当是那些对上逃避国税，对下损害民生的人。世上那些被凶暴的官员、奸诈的商人指认为私贩的人都只是天下的良民而已。穷人拿着一点点本钱，挣着微少的利润，哪里算是私贩呢！”言罢便罚两个鬼差买来四斗盐，加上王十原来的那些，代为送到他的家中。阎王留下王十，交给他一把蒺藜骨朵，让他跟着众鬼差去监督河工。鬼差带着王十去到奈河边，只见河里的劳工一个接

奈河边，见河内人夫，繦续[6]如蚁。又视河水浑赤，臭不可闻。淘河者皆赤体持畚锸[7]，出没其中。朽骨腐尸，盈筐负舁[8]而出；深处则灭顶求之。惰者辄以骨朵击背股。同监者以香绵丸如巨菽[9]，使含口中，乃近岸。见高苑肆商[10]亦在其中，十独苛遇之，入河楚[11]背，上岸敲股。商惧，常没身水中，十乃已。经三昼夜，河夫半死，河工亦竣。前二鬼仍送至家，豁然而苏。

一个像蚂蚁一样。又看到河水浑浊发红，散发的臭味让人无法忍受。淘河工都赤裸着身体，手持挖土的工具，在河里来来去去。腐朽的尸骨成筐成筐地被运上来，更深处的就只能钻到水下去挖取。偷懒的人会被监工用蒺藜骨朵击打后背和大腿。和王十一起做监工的鬼拿出豆大的香绵丸给他，让他含在嘴里，才靠近岸边。王十这才发现高苑的盐商也在河工之中，便对他尤其苛刻，他走进河里就敲他后背，走上岸来就打他大腿。那个盐商很害怕，总是将身子藏在水里，王十才罢手。过了三天三夜，河里的劳工死了一半，淘河的工程也完成了。先前的两个鬼差仍然把王十送回家中，他突然就醒来了。

注释 1 稽：查核。 2 蠹(dù)：本指蛀蚀器物的虫子。这里比喻侵蚀或消耗国家财物的人或事。 3 揭锱铢之本：持微少的资本。揭，持。锱铢，形容微小的数量。 4 求升斗之息：求取赖以糊口的微利。升斗，喻指少量口粮。 5 蒺藜骨朵：古代由西羌传入的一种兵器。为一长棒，棒端缀一蒺藜形的头，以铁或坚木制成。 6 繦(qiǎng)续：谓人群不断，如用绳索连接在一起。繦，绳索。 7 畚锸(běn chā)：泛指挖运泥土的用具。畚，盛土器。锸，起土器。 8 舁(yú)：抬。 9 巨菽：巨大的豆粒。 10 肆商：店商。肆，店。 11 楚：杖击，敲打。

先是，十负盐未归。天明妻启户，则盐两囊置庭中，而十久不至。使人遍觅之，则死途中。舁之而归，奄有微息，不解其故。及醒，始言之。肆商亦于前日死，至是始苏。骨朵击处，皆成巨疽[1]，浑身腐溃，臭不可近。十故诣之，望见十，犹缩首衾中，如在奈河状。一年始愈，不复为商矣。

之前，王十出门背盐却一直没有回来。天亮时，他妻子打开大门，就看到两袋盐摆在院子里，王十却隔了很久都没有到家，她请人到处寻找，才发现丈夫昏死在半路上。众人把他抬回了家，发现他还有微弱的呼吸，怎么也不明白其中的缘故。等到王十醒过来，才告诉了她事情始末。那个盐商也是前些日子昏死过去，到这时才醒。他被骨朵击打过的地方都有大片的疮肿，全身溃烂，发出臭味，让人无法靠近。王十故意去看他，他一看见王十，就把头缩进被子里，像在奈河里一样。他的病一年过后才痊愈，从此便不再经商了。

注释　**1** 疽：毒疮。

异史氏曰："盐之一道，朝廷之所谓私，乃不从乎公者也；官与商之所谓私，乃不从乎其私者也。近日齐、鲁新规，土商随在[1]设肆，各限疆域。不惟此邑之民，不得去之彼邑；即此肆之民，不得去之彼肆。而肆中则潜设饵以钓他邑之民：其

异史氏说："在盐的贩运上，朝廷所说的私是指那些不遵守国家法度的行为；官吏和盐商所说的私则是指那些不跟从他们营私的行为。近来山东出了新的规定，当地盐商根据所在地开设店铺，各自限定区域。不仅这个县的百姓不能去别的县买盐，应当在一家店铺买盐的百姓也不能去别的店铺。然而有些盐店暗自设下诱饵引来其他县的百姓买盐：卖给其他县的盐就以低价出售，但卖

售于他邑，则廉其直；而售诸土人，则倍其价以昂之。而又设逻于道，使境内之人，皆不得逃吾网。其有境内冒他邑以来者，法不宥[2]。彼此互相钧，而越肆假冒之愚民益多。一被逻获，则先以刀杖残其胫股，而后送诸官。官则桎梏之，是名'私盐'。呜呼！冤哉！漏数万之税非私，而负升斗之盐则私之；本境售诸他境非私，而本境买诸本境则私之，冤矣！律中'盐法'最严，而独于贫难军民[3]，背负易食者不之禁，今则一切不禁，而专杀此贫难军民！且夫贫难军民，妻子嗷嗷[4]，上守法而不盗，下知耻而不倡[5]，不得已，而揭十母而求一子[6]。使邑尽此民，即夜不闭户[7]可也。非天下之良民乎哉！彼肆商者，不但使之

给当地人时却把价格提升到原来的几倍。还要雇人在路上巡视，弄得本县的百姓都没办法脱离他们的控制。如果辖区内有人冒充其他县的人来买盐，他们就会按法惩治，绝不宽宥。各地盐店互相引其他地方的人来买盐，偷偷去外县买盐以及假冒外县人买盐的百姓就越来越多。一旦被巡逻的人抓到，他们先是会被刀枪棍棒毒打，弄得腿脚伤残，然后会被送到官府。官府把他们关押起来，他们就成了'私盐'贩子。唉！冤枉啊！逃掉几万税钱的人不叫私，背着几升斗盐的人却叫私；在辖区内卖盐给其他县的人不叫私，在境内买境内的盐却叫私，冤枉啊！在法令之中，'盐法'是最严苛的，但唯独对贫苦军民背着盐换吃的不予禁止，现在却是什么都不禁止，只是专门断了这些贫苦军民的生路！况且这些贫苦军民，家中妻儿饥饿地哀号，等着他们养活，他们对上守法不偷盗，对下知耻不为娼，万不得已才会拿出十份的本钱去赚一份利润。如果县里都是这样的百姓，那么就可以夜不闭户了。他们难道不是天下的良民吗！那些盐商，我看不但要让他们去淘河，最好直接让他们去

淘奈河，直当使涤狱厕耳！而官于春秋节[8]，受其斯须之润[9]，遂以三尺法[10]助使杀吾良民。然则为贫民计，莫若为盗及私铸耳：盗者白昼劫人而官若聋，铸者炉火亘天[11]而官若瞽[12]。即异日淘河，尚不至如负贩者所得无几，而官刑立至也。呜呼！上无慈惠之师，而听奸商之法，日变日诡，奈何不顽民日生，而良民日死哉！”

清扫地府的茅厕！至于那些当官的，逢年过节收了一点点好处，就要仗着法令帮那些盐商逼死良民。既然如此，我帮贫民考虑了一下，他们不如去做强盗或者私铸铜钱吧：强盗大白天拦路抢劫，官吏却好像是聋子，私铸铜钱的炉火冲天，官吏却好像是瞎子。即使有一天他们沦落到去淘河的地步，也不至于和背盐的人那样挣不到多少钱，就一下子被官府的刑罚处置了。唉！当官的没有制定慈善的法则，却对奸商害民的行为听之任之，一天天地变得诡计多端，顽劣的人怎么会不一天天多起来，良善的人又怎么会不一天天减少啊！”

注释 **1** 随在：犹随处；随地。 **2** 宥：宽免，饶恕。 **3** 贫难军民：贫困的军户和民户。明清时期，屯卫兵丁以及充配为军的犯人及其随配子女和后代，也称军户，其地位低下，生活贫苦。 **4** 嗷嗷：哀嚎声。 **5** 倡：同“娼”，妓女。 **6** 揭十母而求一子：犹言求十一之利。持十本而求一利。 **7** 夜不闭户：比喻社会安定。 **8** 春秋节：犹岁时节序。春秋，岁时、四时。 **9** 斯须之润：意谓暂时捞到一点好处。斯须，片刻、暂时。润，沾润，此指贿赂。 **10** 三尺法：指法律。古代把法律条文写在三尺竹简或木简上，故称。 **11** 亘天：漫天，连天。 **12** 瞽(gǔ)：瞎。

各邑肆商，旧例以若干石盐资，岁奉本县，

各个县城的盐商，按照惯例每年都会拿出一定量的成盐和钱财敬献给县官，

名曰“食盐”。又逢节序具厚仪[1]。商以事谒官，官则礼貌之，坐与语，或茶焉。送盐贩至，重惩不遑[2]。张公石年宰淄[3]，肆商来见，循旧规但揖不拜[4]。公怒曰：“前令受汝贿，故不得不隆[5]汝礼；我市盐而食，何物商人，敢公堂抗礼[6]乎！”捋裤将笞。商叩头谢过，乃释之。后肆中获二负贩者，其一逃去，其一被执到官。公问：“贩者二人，其一焉往？”贩者曰：“逃去矣。”公曰：“汝腿病不能奔耶？”曰：“能奔。”公曰：“既被捉，必不能奔；果能，可起试奔，验汝能否。”其人奔数步，欲止，公曰：“奔勿止！”其人疾奔，竟出公门而去。见者皆笑。公爱民之事不一，此其闲情，邑人犹乐诵之。

还美其名曰“食盐”。逢年过节还要准备丰厚的礼物。所以盐商们去拜见县官，县官总会礼貌地接待他们，请他们坐下来交谈，有时还要奉上茶水。他们送来盐贩，县官就立即重惩，不敢怠慢。张石年在淄川做县令的时候，有个盐商过来拜见他，按照以前的规矩作了揖却不跪拜。张公生气地说：“前任县令拿了你的贿赂，才不得不用隆重的礼节对待你；我自己买盐来吃，你这商人算什么东西，居然敢在公堂上不守礼节！”说完就命人脱下他的裤子要打。那盐商连忙叩头谢罪，张公才放过他。后来盐市上抓到两个盐贩，其中一个逃走了，还有一个被带到官府。张公问：“据说有两个盐贩，另外一个去哪儿了？”被抓的盐贩答道：“他逃走了。”张公说：“你是腿上有毛病不能逃吗？”他回答：“我能跑。”张公接着说：“既然你被捉住了，那你一定是跑不了；如果你真的能跑的话，可以试着跑一跑，让我验证一下你的话。”那人跑了几步想停下，张公说：“一直跑，别停！”那人快跑起来，竟跑出了官府大门。看见的人都哈哈大笑。张公爱护百姓的事迹还有很多，这只是其中一小件，县民们直到现在还很喜欢传颂。

注释 1 厚仪：厚重的礼物。 2 不遑：不敢怠慢。遑，空闲，空暇。 3 张公石年淄：张嵋，字石年，仁和（今浙江省杭州市）人。康熙二十五年为淄川令。乾隆《淄川县志·职官志》载：张嵋“精明有才干，邑中百废俱举”。 4 但揖不拜：只作揖而不行跪拜礼。 5 隆：重，厚。 6 抗礼：行平等的礼。

大 男

原文

奚成列，成都[1]士人也。有一妻一妾。妾何氏，小字昭容。妻早没，继娶申氏，性妒，虐遇何，且并及奚；终日哓聒[2]，恒不聊生。奚怒，亡去；去后何生一子大男。奚去不返，申摈[3]何不与同炊，计日授粟。大男渐长，用不给[4]，何纺绩佐食。大男见塾中诸儿吟诵，亦欲读。母以其太稚，姑送诣读[5]。大男慧，所读倍诸儿。师奇之，愿不索

译文

奚成列是成都的读书人，娶有一妻一妾。妾姓何，小名是昭容。妻子很早就去世了，奚成列又续娶了申氏为妻，申氏性情善妒，总是虐待何氏，并且殃及奚成列，整天聒噪不休，家里没有片刻安宁。奚成列一怒之下离家出走，这之后何氏生下一个儿子叫大男。奚成列一去不复返，申氏更加排斥何氏，不让她与自己一同吃饭，还算计着日子分给她粟米。大男渐渐长大，钱不够用，何氏只好纺线来贴补家用。一日大男看到私塾中很多小孩在吟诵诗书，也想要读书。何氏因为他太年幼，就暂且送他去试读。大男聪慧，读书的效果是其他孩子的好几倍。老师对他的才能感到惊奇，愿意不收学费收他为徒。何氏

束脩[6]。何乃使从师，薄相酬。积二三年，经书[7]全通。

于是让大男跟着老师学习，并给予老师一点点报酬。这样过了两三年，大男读完了经书。

注释 1 成都：即今四川成都。 2 哓聒：吵嚷。 3 摈(bìn)：排斥。 4 用：日用。不给：匮乏，不足。 5 诣读：跟读，非正式学习。 6 束脩：《论语·述而》："自行束脩以上，吾未尝无诲焉。"后因称学生聘请老师的酬金为束脩。脩，干肉。 7 经书：指《诗》《书》《礼》《易》《春秋》等儒家经书。

一日归，谓母曰："塾[1]中五六人，皆从父乞钱买饼，我何独无？"母曰："待汝长，告汝知。"大男曰："今方七八岁，何时长也？"母曰："汝往塾，路经关帝庙，当拜之，祐汝速长。"大男信之，每过必入拜。母知之，问曰："汝所祝何词？"笑云："但祝明年便使我如十六七岁。"母笑之。然大男学与躯长并速，至十岁，便如十三四岁者，其所为文竟成章[2]。一日谓母曰："昔谓我壮

一天大男回家，对母亲说："私塾中有五六个人，都从父亲那里要钱买饼吃，为什么我没有父亲？"母亲说："等你长大了，我再告诉你。"大男说："如今我才七八岁，什么时候才能长大啊？"母亲说："你去私塾，会经过关帝庙，应当进去拜拜，求关帝爷保佑你快快长大。"大男相信了，每次经过关帝庙，都进去参拜。母亲知道后问他："你祷告时说些什么呀？"大男说："不过是希望明年我就能长到十六七岁。"母亲莞尔一笑。不过大男的学业和身体一同迅速增长，到十岁的时候，他便像个十三四的孩子，他写的八股文结构竟已经非常完整了。一天大男对母亲说："当年你说我长大后，就告诉我父亲去了哪里，如今可以兑现诺言了。"

大，当告父处，今可矣。”母曰：“尚未，尚未。”又年余，居然成人，研诘益频，母乃缅述[3]之。大男悲不自胜，欲往寻父。母曰：“儿太幼，汝父存亡未知，何遽可寻？”大男无言而去，至午不归。往塾问师，则辰餐未复[4]。母大惊，出资佣役[5]，到处冥搜，杳无踪迹。

母亲说：“还不到时候，还不到时候。”又过了一年多，大男俨然是个成年人了，他询问父亲的下落更加频繁了，母亲只好详细地述说了原委。大男悲伤无法抑制，就打算去寻找父亲。母亲说：“你还太小，而你父亲如今是死是活都不知道，你去哪里寻找啊？”大男一语不发，去了私塾，到了中午竟然不见回来。何氏前往私塾询问老师，老师说自吃过早饭后他就没有回私塾。何氏大吃一惊，拿出钱雇人到处寻找，但大男杳无踪迹。

注释　1 塾：学校，教书就读之所。　2 成章：成篇，指完整的八股文。　3 缅述：详细诉说。　4 辰餐未复：早饭后没有回来。　5 佣役：雇人。

大男出门，循途奔去，茫然不知何往。适遇一人将如夔州[1]，言姓钱。大男丐食相从。钱病其缓[2]，为赁代步，资斧耗竭。至夔，同食，钱阴投毒食中，大男瞑不觉。钱载至大刹，托为己子，偶病

大男出门后，沿着大道跑去，却茫然不知道要去哪里。恰好遇到一个人，将要到夔州去，这个人自称姓钱。大男一路乞讨跟在钱某身后。钱某嫌大男走得太慢，就替他雇了马车代步，花光了盘缠。到夔州后，二人一起吃饭，钱某悄悄在食物中投毒，大男没有察觉，中毒昏死过去。钱某把大男拉到一座寺庙，诈称这是自己的儿子，偶然病倒，又花光了钱财，打算卖给僧人。

绝资，卖诸僧。僧见其丰姿秀异，争购之。钱得金竟去。僧饮之，略醒。长老[3]知而诣视，奇其相，研诘始得颠末。甚怜之，赠资使去。有泸州[4]蒋秀才下第归，途中问得故，嘉其孝，携与同行。至泸，主[5]其家。月余，遍加谘访。或言闽商有奚姓者，乃辞蒋，欲之闽。蒋赠以衣履，里党皆敛资助之。途遇二布客，欲往福清[6]，邀与同侣。行数程，客窥囊金，引至空所，絷其手足，解夺而去。适有永福[7]陈翁过其地，脱其缚，载归其家。翁豪富，诸路商贾，多出其门，翁嘱南北客代访奚耗，留大男伴诸儿读。大男遂住翁家，不复游。然去家愈远，音益梗[8]矣。

僧人见大男风姿秀逸，争相出钱买下。钱某得到钱财后竟然悄然离去了。僧人喂大男喝水，大男慢慢苏醒过来。长老知道此事后，过来查看，对大男的长相感到惊异，仔细询问后才知道事情的原委。长老十分可怜他，送给他一些盘缠，让他离开了。有一个泸州的蒋秀才，落榜后回家，路上问明了大男事情起因，很赞赏他的孝心，就带着他一起回去。到了泸州，大男就寄居在蒋家。经过一个多月，他到处寻访。有人告诉他福建有个商人姓奚，也许是他要寻访的人，大男于是辞别蒋秀才，打算前往福建。蒋秀才赠送给他一些衣服鞋袜，邻里乡党也都凑钱资助他。在路上大男遇到两个贩卖布匹的商人，要到福清去，他们邀请大男同行。赶了一段路后，布商偷偷看到大男囊中的钱财，就把他引到一个没有人的地方，捆住他的手脚，解下钱袋扬长而去。恰好永福的陈翁路过这里，帮他解开绳子，载着他一起回了家。陈翁是这一带的富豪，各路商人多是他的门下，陈翁嘱咐南来北往的商人代为寻访奚成列的消息，把大男留在家里陪自己的儿子读书。大男于是住在陈翁家中，不再到处寻访。但是离家越远，音讯也越发阻塞了。

注释 1 夔(kuí)州:旧府名,治所在今重庆市奉节县。 2 病其缓:嫌大男走得太慢。病,不满,嫌恶。 3 长老:谓僧之年德俱高者,指主持僧人。 4 泸州:今四川省泸州市。 5 主:寓居。 6 福清:今福建省福清市。 7 永福:今福建省永泰县。 8 梗:阻塞。指不通音信。

何昭容孤居三四年,申氏减其费,抑勒[1]令嫁。何志不摇。申强卖于重庆贾,贾劫取而去。至夜,以刀自劙[2]。贾不敢逼,俟创痿[3],又转鬻于盐亭[4]贾。至盐亭,自刺心头,洞见脏腑。贾大惧,敷以药,创平,求为尼。贾曰:"我有商侣,身无淫具,每欲得一人主缝纫。此与作尼无异,亦可少偿吾值。"何诺。贾舆送去。入门,主人趋出,则奚生也。盖奚已弃儒为商,贾以其无妇,故赠之也。相见悲骇,各述苦况,始知有儿寻父未归。奚乃嘱

何昭容独自生活了三四年,申氏缩减了给她的吃穿用度,还威逼她改嫁。何氏坚贞不肯动摇。申氏于是把她强卖给重庆的一个商人,商人强行把她带走了。到了晚上,商人要交欢,何氏用刀子自己割伤自己。商人不敢逼迫她,等她的伤口痊愈了,又把她转卖给了盐亭的商人。何氏到了盐亭,拿刀自刺心窝,创口深可见到脏腑。商人大为恐惧,赶紧拿药敷上,等到伤口愈合后,何氏请求商人让她削发为尼。商人说:"我有一个商人朋友,没有性生活能力,总是想找一个女人来帮忙缝补打扫。这和做尼姑没有什么两样,还可以稍稍赔偿我买你的钱。"何氏答应了。商人用车马送何氏过去。一进家门,主人赶紧出来迎接,竟是奚成列。原来奚成列已经弃儒经商了,盐亭商人因为他没有妻子,所以把何氏赠送给他。二人相见,惊骇之余悲从中来,各自叙述了多年来的痛苦,奚成列这才知道儿子寻父至今未归。奚成列嘱咐各位旅客

诸客旅，侦察大男。而昭容遂以妾为妻矣。

打听大男的消息。于是何昭容也由小妾变成了正室。

注释 1 抑勒：威逼，逼迫。 2 劙(lí)：割。 3 创瘥(chài)：创伤痊愈。 4 盐亭：今四川省绵阳市盐亭县。

然自历艰苦，痌痛[1]多疾，不能操作，劝奚纳妾。奚鉴前祸，不从所请。何曰："妾如争床笫者，数年来固已从人生子，尚得与君有今日耶？且人加我者，隐痛在心，岂及诸身而自蹈之[2]？"奚乃嘱客侣，为买三十余老妾。逾半年，客果为买妾归，入门，则妻申氏。各相骇异。先是，申独居年余，兄苞劝令再适[3]，申从之。惟田产为子侄所阻，不得售。鬻诸所有，积数百金，携归兄家。有保宁[4]贾，闻其富有奁资，以多金啖苞，赚娶之。而贾老废不

然而何氏经历了一番艰难困苦，体弱多病，不能操持家务，便劝奚成列纳妾。奚成列鉴于之前发生的灾祸，不肯答应何氏的请求。何氏说："妾身如果是争夺床笫之欢的人，这么多年来早就改嫁生下孩子了，哪里还能与你有相见之日？况且他人加诸我身上的痛苦，至今心有隐痛，我怎么会把痛苦施加到别人身上而重蹈覆辙呢？"奚成列这才嘱托朋友，帮忙买一个三十多岁的老妾。过了半年，朋友果然为他买回了一个老妾，进门后才发现竟然是妻子申氏。双方都大惊不已。之前，申氏独自生活了一年多，哥哥申苞劝她改嫁，申氏答应了。只是房屋田产因被奚家子侄阻拦不能出售。申氏卖掉了属于自己的所有东西，获得了好几百两银子，都带着回到了哥哥家。有一个保宁的商人，听说申氏的嫁妆很诱人，就多用银两收买申苞，将申氏骗取了过来。然而这个商人年老体衰没有性能力，婚后生活自然不和

能人[5]。申怨兄，不安于室，悬梁投井，不堪其扰。贾怒，搜括其资，将卖作妾。闻者皆嫌其老。贾将适夔，乃载与俱去。遇奚同肆，适中其意，遂货之而去。既见奚，惭惧不出一语。奚问同肆商，略知梗概，因曰："使遇健男，则在保宁，无再见之期，此亦数也。然今日我买妾，非娶妻，可先拜昭容，修嫡庶礼。"申耻之。奚曰："昔日汝作嫡，何如哉？"何劝止之，奚不可，操杖临逼，申不得已，拜之。然终不屑承奉，但操作别室。何悉优容[6]之，亦不忍课[7]其勤惰。奚每与昭容谈宴[8]，辄使役使其侧，何更代以婢，不听前[9]。

谐。申氏埋怨哥哥，不肯好好待在商人家，不是上吊就是投井，商人一家都不胜烦扰。后来商人大怒，把她的嫁妆搜刮一空，打算把她卖给别人做妾。听说的人都嫌弃申氏年老色衰。商人要去夔州，于是载着申氏一起上路。恰好遇到了奚成列的朋友，朋友一看，申氏各方面都符合奚成列的要求，商人于是卖掉申氏绝尘而去。申氏见了奚成列，又惭愧又害怕，不敢说一句话。奚成列询问了商人朋友，大略知道了事情的来龙去脉，因此说："假如你遇到的是个健壮男人，那么你会留在保宁，我们也就没有再见面的机会，这都是命数啊。然而今天我是买妾，不是娶妻，你可以先去拜见昭容，作为妾向正室行礼。"申氏却以此为羞耻。奚成列说："过去你做正室的时候，又如何啊？"何氏劝阻奚成列，奚成列不答应，抄起木仗逼迫，申氏迫不得已，只好拜见何氏。但是申氏始终不屑于侍奉何氏，只是在别的屋做活。何氏全都容忍她，也不去监督她是勤快还是懒惰。奚成列每次与昭容谈笑宴饮，都要让申氏站在一旁侍奉，何氏让婢女代替她，不让她前来。

注释 1 疴痛：病痛。疴，病。 2 岂及诸身而自蹈之：岂能因自身已为正妻而虐待为妾者。蹈，蹈袭，指沿用“人加我者”之法，以待他人。 3 再适：再嫁。适，女子出嫁。 4 保宁：府名，治所在今四川省阆中市。 5 不能人：没有性能力。 6 优容：宽容。 7 课：监督，考核。 8 谈宴：边叙谈边宴饮。 9 不听前：指不使申在面前侍奉。

会[1]陈公嗣宗宰[2]盐亭。奚与里人有小争，里人以逼妻作妾揭讼[3]奚。公不准理，叱逐之。奚喜，方与何窃颂公德。一漏[4]既尽，僮呼叩扉，入报曰：“邑令公至。”奚骇极，急觅衣履，则公已至寝门[5]；益骇，不知所为。何审之，急出曰：“是吾儿也！”遂哭。公乃伏地悲哽。盖大男从陈翁姓，业为官矣。初，公至自都，迂道过故里，始知两母皆醮，伏膺[6]哀痛。族人知大男已贵，反其田庐。公留仆营造，冀父复还。既而授任盐亭，又欲弃官寻父，

恰好陈嗣宗任盐亭县令。奚成列与乡里某人发生小纠纷，乡人就告发奚成列逼迫妻子做小妾。陈公不受理案件，还把乡人呵斥出去。奚成列很高兴，正在和何氏暗暗称颂陈公的贤德。一更天后，童仆呼喊着敲门，进来报告说：“陈县令来了。”奚成列十分害怕，急忙寻找衣服鞋袜，这时陈公已经来到了寝室门口，奚成列更加恐惧，不知道陈公所来为何。何氏仔细一看，急忙走出来说：“是我儿子啊！”说完便大哭。陈公便拜伏在地，悲痛呜咽。原来大男已经跟随陈公改姓，做了官。起初，陈公前往做官的地方，绕道经过故乡，这才知道自己的两个母亲都已经改嫁，不由得抚胸痛哭。族人知道大男已经显贵，便返还给了他原有的田产房屋。陈公留下仆人打点，希望父亲还能回来。不久陈公被任命为盐亭县令，他又打算弃官寻父，陈翁苦苦劝阻他。恰好有一个占卜的人，

陈翁苦劝止之。会有卜者，使筮[7]焉。卜者曰："小者居大，少者为长；求雄得雌，求一得两，为官吉。"公乃之任。为不得亲，居官不茹荤酒。是日得里人状，睹奚姓名，疑之。阴遣内使[8]细访，果父。乘夜微行[9]而出。见母，益信卜者之神。临去，嘱勿播，出金二百，启父办装归里。

陈公便让他算一算。占卜的说："小的变成大的，年轻的变成长者；寻找男的得到女的，寻找一个得到两个，做官吉利。"陈公于是上任了。因为没有找到亲人，在做官期间陈公从不沾荤酒。这一天拿到乡人递上来的状纸，看到奚成列这个名字，心里十分怀疑。陈公便悄悄派遣心腹仆人仔细察访，果然是自己的父亲。趁着夜晚，陈公微服出行。见到母亲，陈公更加相信算卦的灵验。临行前，陈公嘱咐双亲不要把这事传扬出去，并拿出二百两银子，让父亲置办行装，还归故里。

注释 1 会：适逢，正值。 2 宰：主持，指任县令。 3 揭讼：告发于官。 4 一漏：一更，晚上七点至九点。 5 寝门：内室或寝室门。 6 伏膺：同"抚膺"，捶拍胸口。表示惋惜、哀叹等。 7 筮：占卜。 8 内使：指随身役使之仆。 9 微行：便服出行。

父抵家，门户一新，广畜仆马，居然大家矣。申见大男贵盛，益自敛。兄苞不愤，告官，为妹争嫡。官廉得其情，怒曰："贪资劝嫁，已更二夫，尚何颜

奚成列回到家乡，看到自家门户焕然一新，有许多牛马和仆人，居然是大家族的景象。申氏看大男富贵气盛，更加收敛自己。哥哥申苞愤愤不平，向官府告状，为申氏争取正室的名分。县官细查之下得知事情原委，大怒说："你贪图钱财劝妹改嫁，已经嫁过二人，怎么还有脸面争夺以往妻妾

争昔年嫡庶耶!”重笞苞。由此名分益定。而申妹何,何姊之。衣服饮食,悉不自私。申初惧其复仇,今益愧悔。奚亦忘其旧恶,俾[1]内外皆呼以太母[2],但诰命不及[3]耳。

的名分!”命人重重地打了申苞一顿。自此二人妻妾的名分更加明确了。申氏认何氏做妹妹,何氏把申氏当姐姐,吃穿用度,全都不自私。申氏起初还害怕何氏报复,如今更加悔恨羞愧。奚成列也忘记了申氏以往的行为,让家里家外的人都叫她太母,但是官府的诰命就轮不到她身上了。

注释 1 俾:使,分派。 2 太母:奴仆对其官员主人嫡母的敬称。 3 诰命不及:意谓虽然尊称申氏为“太母”,但对朝廷申报大男之嫡母为何氏,故申氏不能受诰命之封赠。清制五品以上官员授诰命,六品以下授敕命。

异史氏曰:“颠倒众生[1],不可思议,何造物之巧也!奚生不能自立于妻妾之间,一碌碌庸人耳。苟非孝子贤母,乌能有此奇合,坐享富贵以终身哉!”

异史氏说:“颠倒众生,不可思议,造物主做得是多么巧妙啊!奚成列不能在妻妾之间自立,不过是一个碌碌无为的庸人罢了。如果不是有孝顺寻父的儿子、贤德坚贞的何氏,怎么可能有如此奇妙的组合,让他坐享一生的荣华富贵呢!”

注释 1 颠倒众生:佛家语,指迷乱的人世。

外国人

原文

己巳[1]秋，岭南[2]从外洋飘一巨艘来。上有十一人，衣鸟羽，文采璀璨。自言："吕宋国[3]人。遇风覆舟，数十人皆死，惟十一人附巨木，飘至大岛得免。凡五年，日攫[4]鸟虫而食；夜伏石洞中，织羽为帆。忽又飘一舟至，橹[5]帆皆无，盖亦海中碎于风者，于是附之将返。又被大风引至澳门。"巡抚题疏[6]，送之还国。

译文

己巳年秋天，岭南一带发现一艘巨大的船从海上漂来。船上有十一人，穿着用鸟羽毛做成的衣服，色彩华丽，璀璨夺目。他们自我叙述说："我们是吕宋国人。在海上遇到大风，翻了船，几十人都不幸淹死了，只有十一人抱住一根大木头，漂到一个大岛屿上幸免于难。这五年时间里，白天我们靠抓捕鸟虫做食物，晚上就睡在石洞中，用鸟的羽毛编织成船帆。一日忽然又漂来一条船，船上船桨和船帆都不见了，大概也是被海上的大风刮碎了，于是我们爬上船，打算返回家乡。不想又被大风吹到了澳门。"巡抚把这个情况上奏给朝廷，派人送他们回国。

注释　**1** 己巳：指康熙二十八年(1689)。　**2** 岭南：岭南道，治所在今广州市。　**3** 吕宋国：在今菲律宾群岛，都邑马尼拉。　**4** 攫：攫取，捕捉。　**5** 橹：船桨。　**6** 题疏：题奏，指奏闻皇帝。

韦公子

原文

韦公子，咸阳[1]世家。放纵好淫，婢妇有色，无不私[2]者。尝载金数千，欲尽觅天下名妓，凡繁丽之区无不至。其不甚佳者信宿[3]即去，当意，则作百日留。叔亦名宦，休致[4]归，怒其行，延明师[5]置别业[6]，使与诸公子键户[7]读。公子夜伺师寝，逾垣归，迟明[8]而返。一夜失足折肱，师始知之，告公。公益施夏楚[9]，俾不能起而始药之。及愈，公与之约：能读倍诸弟，文字佳，出勿禁；若私逸[10]，挞如前。然公子最慧，读常过程[11]。数年，中乡榜[12]。欲自败约，公钳制之。

译文

韦公子是咸阳的世家子弟。他生性放荡好色，丫鬟仆妇稍有姿色的，无不被他奸淫。他曾经带着数千两银子，打算遍寻天下名妓，凡是繁华热闹的地方没有不去的。遇到妓女容貌一般的，他住上两天便离开，而合他意的，就逗留长达百日。他的叔叔也是一个有名的官员，退休回到家里，对他的行为十分愤怒，就请来贤明的老师，另外购置了一处房产，让他和韦家其他公子一起闭门读书。韦公子到了晚上窥伺老师睡觉后，便翻过院墙回到家里，快天亮时才返回。一天晚上韦公子翻墙时不慎失足摔断了胳膊，老师这才发现他的秘密，告诉了他叔叔。叔叔重重地处罚了他，直打得他爬不起来才给他敷药。等韦公子身子痊愈后，叔叔与他约定：如果读书比其他人强一倍，写的文章好，就不禁止他外出；如果私自外出，定像先前一样痛打他。然而韦公子聪明绝顶，所读之书常常超过老师的课程。过了几年，韦公子考中了举人。这时他想私自毁掉约定，叔叔坚决地制止了他。韦公子赶赴京都科考时，叔叔派一个老仆人

赴都，以老仆从，授日记籍，使志其言动，故数年无过行。后成进士，公乃稍弛其禁。

跟着，并交给他一本日记，让他记录韦公子的言行举动，所以一连几年韦公子都没有出格的举动。后来韦公子高中进士，叔叔才稍稍放松了对他的管制。

注释 1 咸阳：即今陕西省咸阳市。 2 私：指通奸。 3 信宿：连宿两夜。 4 休致：官吏年老去职。 5 明师：贤明的老师。 6 别业：别墅。 7 键户：闭门。键，门闩。引申为关闭。 8 迟明：早晨，天刚刚亮。 9 夏(jiǎ)楚：同“槚楚”。用槚木、荆条做成的鞭扑之具，用于责罚。 10 私逸：私自逃跑。 11 读常过程：读书常超过规定进度。 12 中乡榜：考中举人。

公子或将有作，惟恐公闻，入曲巷[1]中辄托姓魏。一日过西安，见优僮[2]罗惠卿，年十六七，秀丽如好女，悦之。夜留缱绻，赠贻丰隆。闻其新娶妇尤韵妙，私示意惠卿。惠卿无难色，夜果携妇至，三人共一榻。留数日，眷爱臻至，谋与俱归。问其家口，答云：“母早丧，父存。某原非罗姓。母少服役于

韦公子有时将要有所行动，担心叔叔知道，出入妓院时就假称自己姓魏。一天韦公子路过西安，遇见一个名叫罗惠卿的男艺人，年方十六七岁，长相秀丽，如良家女子一般，心里十分喜欢。晚上韦公子就留下罗惠卿缠绵，还赠送给他丰厚的礼物。韦公子听说罗惠卿新娶的媳妇风韵尤为绝妙，便私下向他示意。罗惠卿一点为难的脸色都没有，晚上果然带着媳妇来了，三个人同床共枕。韦公子一连逗留数日，对他们的喜爱更加热烈，便打算带着他们一起回家。韦公子打听罗惠卿家里还有什么人，对方回答说：“母亲很早就去世了，父亲还活着。我本来不姓罗。母亲年轻时在咸阳

咸阳韦氏，卖至罗家，四月即生余。倘得从公子去，亦可察其音耗。”公子惊问母姓，曰：“姓吕。”生骇极，汗下浃体[3]，盖其母即生家婢也。生无言。时天已明，厚赠之，劝令改业，伪托他适，约归时召致之，遂别去。

韦家做丫鬟，后来被卖到罗家，过了四个月便生下了我。如果能跟随公子回去，我也可以访问父亲的消息。”韦公子大吃一惊，问他母亲姓什么，罗惠卿说：“姓吕。”韦公子惊骇不已，汗如雨下濡湿了身子，原来罗惠卿的母亲就是韦公子家的丫鬟。韦公子沉默不语。这时天已大亮，韦公子赠送给罗惠卿丰厚的礼物，并劝他改行，以还要去别的地方为借口，约定回来时招呼他一起回咸阳，说完便告别离去。

注释 **1** 曲巷：偏僻小巷。借指妓女们所居之地。 **2** 优僮：青年男艺人。 **3** 浃(jiā)体：湿遍全身。

后令苏州，有乐伎沈韦娘，雅丽绝伦，爱留与狎。戏曰：“卿小字取‘春风一曲杜韦娘[1]’耶？”答曰：“非也。妾母十七为名妓，有咸阳公子与公同姓，留三月，订盟昏娶。公子去，八月生妾，因名韦，实妾姓也。公子临别时，赠黄金鸳鸯，今尚在。一去竟无音耗，妾母以

后来韦公子做了苏州令，有一个乐妓沈韦娘，谈吐文雅，容貌无双，韦公子十分喜爱，便留下与她缠绵。韦公子开玩笑说：“你的名字是从‘春风一曲杜韦娘’中起的吗？”沈韦娘说：“不是。我母亲十七岁便成为名妓，有一个咸阳来的公子与您同姓，在母亲这里逗留了三个月，还定下了婚约。公子离去后，母亲怀胎八个月生下了我，因此取名‘韦’，这其实是我的姓。公子临走时，送给母亲一对黄金鸳鸯，至今我还保留着呢。谁知公子一去竟然再没有任何消息，我母亲因此愤恨郁郁而

是愤悒死。妾三岁，受抚于沈媪，故从其姓。”公子闻言，愧恨无以自容。默移时，顿生一策。忽起挑灯，唤韦娘饮，暗置鸩毒杯中。韦娘才下咽，溃乱呻嘶。众集视，则已毙矣。呼优人至，付以尸，重赂之。而韦娘所与交好者尽势家，闻之，皆不平，贿激优人讼于上官。生惧，泻橐弥缝[2]，卒以浮躁免官。

终。我三岁时，被姓沈的婆婆收养，所以跟随她改姓沈。”韦公子听了，一时悔恨得无地自容。沉默了好大一会儿，韦公子一下子想出一条毒计。他突然起身点上灯，喊沈韦娘饮酒，却暗中将毒药放在酒杯里。沈韦娘刚刚把酒喝下去，立刻就精神错乱，呻吟嘶喊起来。众人聚过来看的时候，沈韦娘已经死去了。韦公子把一位艺人叫过来，把尸体交给他，并用很多钱贿赂他。但是与沈韦娘交好的都是些世家子弟，他们听说之后都愤愤不平，拿钱贿赂艺人并怂恿他向官府告状。韦公子怕了，不惜倾家荡产来掩盖自己的罪行，最后还是以浮躁的罪名被罢免了官职。

注释　**1** 春风一曲杜韦娘：语出唐刘禹锡《赠李司空妓》：“高髻云鬟宫样妆，春风一曲杜韦娘。”杜韦娘为唐代歌女。　**2** 泻橐弥缝：拿出所有钱财，设法遮掩以免暴露罪过。

归家年才三十八，颇悔前行。而妻妾五六人，皆无子。欲继公孙[1]，公以其门无内行[2]，恐儿染习气，虽许过嗣，但待其老而后归之。公子愤欲招惠卿，

韦公子回到家时才三十八岁，他很后悔自己以前的行为。而韦公子有妻妾五六人，都没有生育儿子。他打算过继叔叔的孙子传宗接代，但是叔叔以他居家没有德行，担心孙子也沾染上纨绔习气为由，虽然答应将孙子过继给他，但要等他老去后才肯将孙子过继过去。韦公子很愤怒，打算

家人皆以为不可，乃止。又数年，忽病，辄挝[3]心曰："淫婢宿妓者非人也！"公闻而叹曰："是殆将死矣！"乃以次子之子，送诣其家，使定省[4]之。月余果死。

把罗惠卿招至家中，家里人都认为这样做不妥，于是只好作罢。又过了几年，韦公子忽然病倒了，总是拍打心口说："奸淫丫鬟夜宿妓家，真不是人干的事！"叔叔听说后感叹说："这恐怕是要死了啊！"于是把次子的儿子，送到韦公子家，让他认韦公子为父。过了一个多月，韦公子果然死了。

注释 1 欲继公孙：想过继叔父之孙为嗣。 2 内行：平日家居的操行。 3 挝(zhuā)：打，敲击。 4 定省："昏定晨省"的略语，乃旧时人子待父母之礼。

异史氏曰："盗[1]婢私娼，其流弊殆不可问。然以己之骨血[2]，而谓他人父，亦已羞矣。而鬼神又侮弄之，诱使自食便液[3]。尚不自剖其心，自断其首，而徒流汗投鸩，非人头而畜鸣[4]者耶！虽然，风流公子所生子女，即在风尘[5]中亦皆擅场[6]。"

异史氏说："私通丫鬟，嫖淫妓女，这种流弊简直不用多说了。然而自己的亲骨肉，却叫别人父亲，也是很羞耻的了。而鬼神又戏耍他，引诱他跟自己的儿女乱伦。他还不自己剖开心脏，割掉脑袋自尽，却只是汗流浃背，甚至下毒杀死自己的女儿，这不是长着人头的畜生吗！虽然是这样，风流公子生下的儿女，即便是在风月场中也是鹤立鸡群呢。"

注释 1 盗：偷情。 2 己之骨血：指自己的孩子。 3 自食便液：喻指与自己的子女淫乱。 4 人头而畜鸣：指长着人的头，干着畜生的行为。 5 风尘：风月场。指以色相谋生的场所。 6 擅场：压倒全场；胜过众人。

石清虚

原文

邢云飞，顺天[1]人。好石，见佳石，不惜重直[2]。偶渔于河，有物挂网，沉而取之，则石径尺，四面玲珑，峰峦叠秀。喜极，如获异珍。既归，雕紫檀为座，供诸案头。每值天欲雨，则孔孔生云，遥望如塞新絮。有势豪某，踵门求观。既见，举付健仆，策马径去。邢无奈，顿足悲愤而已。仆负石至河滨，息肩[3]桥上，忽失手，堕诸河。豪怒，鞭仆，即出金，雇善泅者，百计冥搜[4]，竟不可见。乃悬金署约[5]而去。由是寻石者日盈于河，迄无获者。后邢至落石处，

译文

邢云飞是顺天府人。他喜欢石头，一见到品相好的石头，就不惜重金求取。有一天他在河边打鱼，发现有东西挂在渔网上，便潜入水中把东西取了下来，竟是块直径一尺长的石头，周身精巧细致，像山峦一样层叠秀美。邢云飞喜悦万分，就像得到了奇珍异宝。回家以后，他用紫檀木雕出底座，将这块石头摆在案头。每到天要下雨时，石头上的孔洞就会生出云烟，远远望过去就好像塞着棉絮。一个很有势力的豪绅上门来请求邢云飞让自己观赏奇石。谁知他看完以后，就把石头举起来交给了身边健壮的仆人，骑上快马飞奔而去。邢云飞无可奈何，只能跺脚发泄心中的悲愤罢了。那个仆人带着石头到了河边，在桥上时他卸下石头休息，忽然一个失手，石头掉进了河里。豪绅大怒，把他鞭打了一顿，然后花钱找来擅长游水的人，想尽一切办法尽力搜寻掉落的石头，竟还是找不到。他于是立下约定重赏能找到石头的人便离去了。此后，去找石头的人每天都能把河挤满，但仍然没人能找到。后来邢云飞来到石头

临流於邑[6]，但见河水清澈，则石固在水中。邢大喜，解衣入水，抱之而出。携归，不敢设诸厅所，洁治内室供之。	掉落的地方，忍不住对着河流呜咽，只看见清澈的河水中，那块石头就躺在那里。邢云飞大喜过望，脱了衣服跳进水里，把它抱了上来。这一次把石头带回家后，他再也不敢把它摆在厅堂里了，而是将内室打扫干净来摆设它。

注释 1 顺天：顺天府。明永乐元年(1403)改北平府置，建为北京。治大兴、宛平(今北京)。清中叶后辖境东部略小。 2 重直：犹高价。直，通"值"。 3 息肩：指卸下担子休息。 4 冥搜：尽力寻求，搜集。 5 悬金署约：悬赏立约；意谓招贴声明，愿出重金报答寻到异石的人。 6 於(wū)邑：犹呜咽。低声哭泣。

一日，有老叟款[1]门而请，邢托言石失已久。叟笑曰："客舍非耶？"邢便请入舍，以实[2]其无。及入，则石果陈几上。愕不能言。叟抚石曰："此吾家故物，失去已久，今固在此耶。既见之，请即赐还。"邢窘甚，遂与争作石主。叟笑曰："既汝家物，有何验证？"邢不能答。叟曰："仆则故识之。前后九十二窍，	一天，一个老人敲门进来，请求看一看奇石，邢云飞假称石头已经丢失很久了。老人笑着说："客厅里摆放的不是吗？"邢云飞就请他进客厅，想证明石头确实不在。进去以后，才发现那块石头果真摆在桌上。邢云飞惊愕得说不出话来。老人上前抚摸着石头说："这本来是我家的东西，丢了很久了，原来它如今在这里。既然被我看到了，那就请你还给我吧。"邢云飞很为难，便和老人争做石头的主人。老人笑着说："既然你说这是你家的，有什么凭据吗？"邢云飞答不上来。老人说："倒是我很早就熟悉这块石

巨孔中五字云:'清虚天[3]石供。'"邢审视,孔中果有小字,细如粟米,竭目力裁可辨认;又数其窍,果如所言。邢无以对,但执不与。叟笑曰:"谁家物而凭君作主耶?"拱手而出。邢送至门外,既还,已失石所在。邢急追叟,则叟缓步未远。奔牵其袂而哀之。叟曰:"奇哉!径尺之石,岂可以手握袂藏者耶?"邢知其神,强曳之归,长跽[4]请之。叟乃曰:"石果君家者耶,仆家者耶?"答曰:"诚属君家,但求割爱耳。"叟曰:"既然,石固在是。"入室,则石已在故处。叟曰:"天下之宝,当与爱惜之人。此石能自择主,仆亦喜之。然彼急于自见[5],其出也早,则魔劫[6]未除。实将携去,待

头了。它前后共有九十二个孔洞,里面刻有五个字:'清虚天石供。'"邢云飞仔细一看,孔中果然有像米粒一样大的几个小字,他竭尽目力才辨认出来是什么字;他又数了一遍石头上的孔,数目果然和老人说的一样。邢云飞无言以对,但还是固执地不肯给他。老人笑了,说:"这块石头是谁家的难道就听你做主了?"说完拱手道别就出去了。邢云飞送他到门外,等回去却发现石头已经不见了。邢云飞急忙去追那老人,那老人步伐缓慢,还没走远。邢云飞跑上前抓住他的袖子哀求他。老人说:"奇怪了!一尺见方的石头,哪里是可以用手拿着,藏在袖子里的呢?"邢云飞知道他有神力,就强行把他拉回家中,长跪在他面前请求他。老人于是问他:"石头到底是你家的呢,还是我家的呢?"邢云飞答道:"确实是您家的,我只求您肯割爱。"老人说:"既然如此,那石头就还在这里。"邢云飞进了内室,石头已经摆在了原处。老人说:"天底下的宝物,就应该交给爱惜它们的人。这块石头会自己选择主人,我也很高兴。但它急着显露自身,早早地出世,命中的劫难还没消除。我本来确实得带

三年后始以奉赠。既欲留之,当减三年寿数,乃可与君相终始。君愿之乎?”曰:“愿。”叟乃以两指捏一窍,窍软如泥,随手而闭。闭三窍,已,曰:“石上窍数,即君寿也。”作别欲去。邢苦留之,辞甚坚;问其姓字,亦不言,遂去。

走它,等到三年后才能把它赠给你。既然你想要留下它,就应当减少三年寿命,才能和它始终相伴。你愿意吗?”邢云飞答道:“愿意。”老人就伸出两指捏住石头上的小孔,小孔便软得和泥一样,随着老人的手指就闭了起来。封上了三个孔,老人停下来,说:“石头上的孔数就是你的寿数。”说完老人就准备告辞离开。邢云飞苦苦挽留他,他坚决地推辞,问他名字也不回答,就离开了。

注释 1 款:敲。 2 实:证实。 3 清虚天:指月宫,也称清虚殿或清虚境。 4 长跽(jì):长跪。跽,双膝着地,上身挺直。 5 自见(xiàn):自现于世。 6 魔劫:谓命中注定的灾难。

积年余,邢以故他出,夜有贼入室,诸无所失,惟窃石而去。邢归,悼丧欲死。访察购求,全无踪迹。积有数年,偶入报国寺[1],见卖石者,则故物也,将便认取。卖者不服,因负石至官。官问:“何所质验[2]?”卖石者能言窍数。邢问其他,则

一年多后,邢云飞有事外出,夜里有小偷潜入他家,什么都没拿,只偷走了那块石头。邢云飞回到家,悲痛欲绝。他四处访问调查,拿钱收购,但完全找不到踪迹。就这样过去了好多年,偶然间他进入了报国寺,遇见一个卖石头的人,卖的就是他丢失的那块石头,他上去指认,想要回石头。卖石头的人不服气,于是两人就带着石头来到官府。长官问道:“你们怎么能验证石头是自己的?”卖石头的人能说出石头上的孔数。邢云飞问他其他,他却不知道了。

茫然矣。邢乃言窍中五字及三指痕,理遂得伸。官欲杖责卖石者,卖石者自言以二十金买诸市,遂释之。

邢云飞就说出了孔中的五个字以及三个指痕的所在,真相终于大白。长官本想杖打卖石头的人,卖石头的人声称石头是自己花二十两银子在集市上买来的,长官才放了他。

注释 1 报国寺:寺庙名。位于今北京市西城区。 2 质验:验证;勘验。

邢得石归,裹以锦,藏椟中,时出一赏,先焚异香而后出之。有尚书某,购以百金,邢曰:"虽万金不易也。"尚书怒,阴以他事中伤之。邢被收[1],典质田产。尚书托他人风示其子。子告邢,邢愿以死殉石。妻窃与子谋,献石尚书家。邢出狱始知,骂妻殴子,屡欲自经[2],皆以家人觉救得不死。夜梦一丈夫来,自言"石清虚"。戒邢勿戚:"特与君年余别耳。明年八月二十日昧爽[3]时,可诣海

邢云飞把石头拿回家,用锦缎裹好,藏进了木匣中,偶尔拿出来赏玩,便先焚上异香后才把它取出来。有位尚书想用一百两买下这块石头,邢云飞说:"即使是一万两我都不卖。"尚书被他惹怒,暗中拿别的事情中伤他。邢云飞被捕入狱,家中田产也被抵押。尚书叫人暗示他儿子拿石头换人。儿子把事情转告给他,邢云飞却宁愿以身殉石。他妻子和儿子背着他商量过后,把石头献给了尚书家。邢云飞出狱后才知道此事,对妻儿又打又骂,几次想要上吊自杀,都因为家人及时发现并施救而不成功。一天夜里,邢云飞梦到一个男子前来,他自称叫"石清虚"。男子劝邢云飞不要忧愁,说:"我只不过和你分开一年而已。明年八月二十日天亮时,你可以到海岱门,拿两贯钱把我赎回去。"

岱门[4]，以两贯[5]相赎。”邢得梦，喜，谨志其日。其石在尚书家，更无出云之异，久亦不甚贵重之。明年，尚书以罪削职，寻死。邢如期至海岱门，则其家人窃石出售，因以两贯市归。

邢云飞得到石清虚的托梦，非常高兴，仔细记下了他说的日子。那块石头到了尚书家以后，再也没了生出云烟的奇观，时间长了，尚书也就不太看重它了。第二年，尚书因为犯法而被免职，没多久就死了。邢云飞按照约定的日子来到海岱门，正碰上尚书的家人偷偷地把石头拿出来卖掉，他便用两贯钱买了回去。

注释 1 收：逮捕；拘押。 2 自经：上吊自杀。 3 昧爽：拂晓，黎明。 4 海岱门：北京崇文门的别名。 5 两贯：两千文钱。古时用绳索穿钱，每一千文为一贯。

后邢至八十九岁，自治葬具，又嘱子必以石殉[1]。及卒，子遵遗教，瘗[2]石墓中。半年许，贼发墓，劫石去。子知之，莫可追诘。越二三日，同仆在道，忽见两人，奔踬[3]汗流，望空投拜，曰：“邢先生，勿相逼！我二人将石去，不过卖四两银耳。”遂絷送到官，一讯即伏。问石，

后来，邢云飞活到八十九岁，就自己置办好棺材，又嘱咐儿子一定要用那块石头为自己陪葬。他死后，他儿子按照他的遗愿，把那块石头埋在墓中。大概过了半年，有盗墓贼打开坟墓，偷走了石头。他儿子知道以后，也没办法追究了。又过了两三天，他儿子和仆人走在路上，忽然遇见两个人跌跌撞撞地跑过，满身大汗，对着天空跪拜下来，说：“邢先生，饶了我们吧！我们二人拿走石头，只不过卖了四两银子罢了。”他儿子随即就把这两个人绑到官府，他们一被审问就全部招供了。问他们石头的去处，说是卖给了一个姓宫的人。把石头取

则瘗宫氏。取石至,官爱玩,欲得之,命寄诸库。吏举石,石忽堕地,碎为数十余片。皆失色。官乃重械两盗论死。邢子拾碎石出,仍瘗墓中。

回来后,长官也对它爱不释手,想要得到它,就下令把石头送到库房里。差役举起石头,石头忽然掉在地上,碎成了几十片。众人都惊得脸色发白。长官于是重惩了两个盗墓贼,判了他们死罪。邢云飞的儿子捡起碎石走出官府,把它们又埋回了父亲的墓中。

注释 1 殉:陪葬。 2 瘗(yì):埋葬。 3 奔踬(zhì):跌跌撞撞地奔跑。踬,跌倒,绊倒。

异史氏曰:“物之尤者祸之府[1]。至欲以身殉石,亦痴甚矣!而卒之石与人相终始,谁谓石无情哉?古语云:‘士为知己者死。’非过也!石犹如此,何况于人!”

异史氏说:“珍贵的物品是祸患的源头。邢云飞爱石到了想以身殉石的地步,也是很痴心了!到最后石头与人生死与共,谁又能说石头是无情的呢?古话说:‘士为知己者死。’这话说得并不过分!石头尚且如此,何况是人呢!”

注释 1 物之尤者祸之府:意谓奇异之物将招致各种灾祸。尤,特异,突出。物之尤者,即尤物,指珍贵物品。府,指事物汇集的地方。

曾友于

原文

曾翁，昆阳[1]故家[2]也。翁初死未殓，两眶中泪出如沈[3]。有子六，莫解所以。次子悌，字友于，邑名士，以为不祥，戒诸兄弟各自惕，勿贻痛于先人；而兄弟半迂笑之。先是，翁嫡配生长子成，至七八岁，母子为强寇掳去。娶继室，生三子：曰孝，曰忠，曰信。妾生三子：曰悌，曰仁，曰义。孝以悌等出身贱，鄙不齿，因连结忠、信为党。即与客饮，悌等过堂下，亦傲不为礼。仁、义皆忿，与友于谋欲相仇。友于百词宽譬[4]，不从所谋，而仁、义年最少，因兄言，亦遂止。孝有女适邑周氏，病死。纠悌等往挞其姑，

译文

曾翁是昆阳的世代官宦人家。曾翁刚死去还没有入殓的时候，双眼中流出如汁水一样的眼泪。曾翁有六个儿子，都不知道是怎么回事。次子曾悌，字友于，是昆阳有名的人士，认为这是不祥之兆，告诫诸位兄弟要各自警惕，不要给先人带来痛苦，然而多半兄弟嘲笑他迂腐。原来，曾翁的原配夫人生下长子曾成，到七八岁的时候，母子都被强盗掳走了。曾翁娶了继室，生下三个儿子，叫曾孝、曾忠、曾信。妾生下三个儿子，叫曾悌、曾仁、曾义。曾孝认为曾悌等人身份低贱，对他们鄙夷不屑，因此和曾忠、曾信结为同党。即使是与客人饮酒，曾悌等人经过客厅，曾孝也表现傲慢，十分无礼。曾仁和曾义都十分愤怒，与曾友于商量打算要报仇。曾友于百般劝解安慰，不同意他们的计谋，曾仁、曾义年纪最小，见哥哥这样说了也就作罢了。曾孝有个女儿嫁给了同县的周氏，病死了。曾孝纠集曾悌等人前去痛打女儿的婆婆，曾悌不答应。曾孝愤怒不已，命令

悌不从。孝愤然,令忠、信合族中无赖子,往捉周妻,搒掠[5]无算,抛粟毁器,盎盂[6]无存。周告官。官怒,拘孝等囚系之,将行申黜[7]。友于惧,见宰自投。友于品行,素为宰重,诸兄弟以是得无苦。友于乃诣周所负荆,周亦器重友于,讼遂止。

曾忠、曾信会集族里的无赖,前去捉拿周妻,痛打周氏,把粮食抛撒得遍地都是,捣毁器物,就连坛坛罐罐都无一幸免。周氏向官府告状。长官大怒,拘捕曾孝等人,把他们关进大牢,准备上报上司予以严惩。曾友于十分害怕,就前去拜见长官自首。曾友于的品行素来被长官器重,他的几个兄弟因此没有在牢中受苦。曾友于又前往周家负荆请罪,周氏也很器重曾友于,这件案子就此作罢。

注释 1 昆阳:州名。在今云南省中部、滇池以南,明清时属云南府。 2 故家:世家大族。 3 沈:汁水。 4 宽譬(pì):宽慰劝解。 5 搒(péng)掠:笞打;拷打。 6 盎盂:指代生活器具。 7 申黜:申报上司,革除功名。

孝归,终不德[1]友于。无何,友于母张夫人卒,孝等不为服[2],宴饮如故。仁、义益忿。友于曰:“此彼之无礼,于我何损焉?”及葬,把持墓门,不使合厝[3]。友于乃瘗母隧道[4]中。未几,孝妻亡,友于招仁、义同往奔丧。二人曰:“‘期’且不论,

曾孝回来后,始终不感激曾友于。不久,曾友于的母亲张夫人去世,曾孝等人不服丧,宴饮如旧。曾仁、曾义更加生气。曾友于说:“这是他们无礼,对我们有什么损失呢?”等到下葬时,曾孝等人守住墓门,不让张夫人和曾翁合葬。曾友于于是把母亲安葬在墓道中。不久,曾孝的妻子去世了,曾友于叫曾仁、曾义一同前去吊丧。二人说:“我们的母亲去世了他不服丧,他的妻子死了我们凭什

'功'于何有![5]"再劝之,哄然散去。友于乃自往,临哭尽哀。隔墙闻仁、义鼓且吹,孝怒,纠诸弟往殴之。友于操杖先从。入其家,仁觉先逃。义方逾垣,友于自后击仆之。孝等拳杖交加,殴不止。友于横身障阻之。孝怒,让友于。友于曰:"责之者,以其无礼也,然罪固不至死。我不怙[6]弟恶,亦不助兄暴。如怒不解,身代之。"孝遂反杖挞友于,忠、信亦相助殴兄,声震里党[7],群集劝解,乃散去。友于即扶杖诣兄请罪。孝逐去之,不令居丧次[8]。而义创甚,不复食饮。仁代具词讼官,诉其不为庶母行服。官签拘[9]孝、忠、信,而令友于陈状。友于以面目损伤,不能诣署,但作词禀白,哀求寝息,宰

么去吊丧!"曾友于再次劝说,他们却一哄而散。曾友于只好独自前往,哭得十分哀痛。隔着墙听到曾仁、曾义正热闹地奏乐,曾孝怒不可遏,纠集几个弟弟前去痛打他们家。曾友于拿着木棒率先前去。进到他们家,曾仁先发觉不妙,逃跑了。曾义正在翻越院墙,曾友于从后面把曾义打落到地。曾孝等人拳头木棒交加,殴打不止。曾友于横在面前阻挡他们。曾孝大怒,责骂起曾友于来。曾友于说:"我之所以责打他,是因为他缺少礼数,但是他罪不至死。我不袒护弟弟的不是,也不会助长哥哥的暴行。如果哥哥还不解气,我愿意代替弟弟挨打。"曾孝于是反过来用木棒打曾友于,曾忠、曾信也帮助哥哥殴打曾友于,打骂声惊动了乡人,大家聚起来一同劝解,曾孝等人才散去。曾友于当即拄着拐杖拜见兄长请罪。曾孝把他赶出了家门,不让他加入守丧的行列。而曾义受伤严重,不能够吃东西了。曾仁代替他写了状纸告官,状告曾孝等人不为庶母服丧。长官发文拘捕曾孝、曾忠、曾信,并让曾友于前来陈述状词。曾友于因为面部被打伤,不能前往官府,只是写了证词禀告长官,

遂销案。义亦寻愈。由是仇怨益深。仁、义皆幼弱，辄被敲楚[10]。怨友于曰："人皆有兄弟，我独无！"友于曰："此两语，我宜言之，两弟何云！"因苦劝之，卒不听。友于遂扃[11]户，携妻子借寓他所，离家五十余里，冀不相闻。

哀求长官息事宁人，长官就撤销了案子。曾义不久也痊愈了。自此两家仇怨更深。曾仁、曾义都幼小体弱，总是被曾孝等人殴打。二人埋怨曾友于说："人家都有兄弟，我们却没有！"曾友于说："这两句话，我最适合说了，二位弟弟怎么能这样说！"因此又苦苦劝说他们，最终二人也不听。曾友于便锁了门，带着妻子儿女借住到别的地方，离家有五十多里，希望不要听到家里的这些事情。

注释 1 德：感激。 2 不为服：不穿孝服。服，旧丧礼规定穿戴的丧服，也指居丧。 3 合厝(cuò)：合葬。指与其父合葬。 4 隧道：指墓道。 5 期、功：古代丧服的名称。期，服丧一年。功，按关系亲疏分大功和小功，大功服丧九月，小功服丧五月。此处分别指为张夫人和曾孝妻子服丧。 6 怙：依靠，凭恃。这里指纵容、放任。 7 里党：乡党，邻里。 8 丧次：停灵治丧的地方。 9 签拘：发签拘传。 10 敲楚：杖击，殴打。 11 扃(jiōng)：关锁。

友于在家，虽不助弟，而孝等尚稍有顾忌；既去，诸兄一不当，辄叫骂其门，辱侵母讳[1]。仁、义度不能抗，惟杜门思乘间[2]刺杀之，行则怀刃。一日，寇所掠长兄

曾友于住在家里的时候，虽然不帮助二位弟弟，但曾孝等人尚且稍有顾忌，现在曾友于离开了，曾孝兄弟一不称心，就在曾义他们门前叫骂，甚至辱及其母名讳。曾仁、曾义考虑到无法与之相抗，只有关上门思索谋寻机会刺杀他们，他们外出时都带着一把刀。一天，被强盗掳

成，忽携妇亡归。诸兄弟以家久析，聚谋三日，竟无处可以置之。仁、义窃喜，招去共养之。往告友于。友于喜，归，共出田宅居成。诸兄怒其市惠[3]，登门窘辱。而成久在寇中，习于威猛，大怒曰："我归，更无人肯置一屋，幸三弟念手足，又罪责之。是欲逐我耶！"以石投孝，孝仆。仁、义各以杖出，捉忠、信，挞无数。成乃讼宰，宰又使人请教友于。友于诣宰，俯首不言，但有流涕。宰问之，曰："惟求公断。"宰乃判孝等各出田产归成，使七分相准[4]。自此仁、义与成倍加爱敬。谈及葬母事，因并泣下。成恚[5]曰："如此不仁，是禽兽也！"遂欲启圹[6]，更为改葬。仁奔告友于，友于急归谏

走的长兄曾成，忽然带着妻子逃了回来。曾孝兄弟几个因为分家很久了，聚在一起商量了三天，竟然商量不出在哪里安置曾成。曾仁、曾义暗自高兴，就将曾成夫妇招去，共同供养。曾仁兄弟前去告诉了曾友于。曾友于大喜，回到家里，兄弟三人共同拿出田地房屋让给曾成。曾孝几个兄弟对曾友于兄弟施恩惠给曾成感到十分恼怒，就登门羞辱。而曾成久住强盗之间，习惯了威武凶猛的气势，大怒说："我回来，竟然没有人肯为我安置一个屋子，所幸三位弟弟顾念手足之情，可是你们又怪罪责骂他们。这是想要赶我走吗！"说着就拿石头击打曾孝，曾孝倒地。曾仁、曾义也都拿着木棒出来，捉住曾忠、曾信，打了无数下。曾成就此告官，长官又派人请教曾友于如何处置。曾友于拜见长官，低头不说一句，只是流泪。长官询问他，他说："只求公正处置。"长官就判决曾孝等各拿出田产给曾成，使兄弟七人的财产相等。从此曾仁、曾义与曾成更加亲爱互敬。他们谈到母亲下葬的事情时，都声泪俱下。曾成大怒，说："他们如此不仁义，真是禽兽啊！"就打算打开墓穴，重新安葬张夫人。曾仁

止。成不听，刻期发墓，作斋于茔[7]。以刀削树，谓诸弟曰："所不衰麻[8]相从者，有如此树！"众唯唯。于是一门皆哭临[9]，安厝尽礼。自此兄弟相安。

跑去告诉曾友于，曾友于急忙回家予以劝阻。曾成不听，按照计划的日期挖掘坟墓，在墓地举行祭祀。曾成用刀削树，对几个兄弟说："如果有谁敢不跟随我服丧，这棵树就是他的下场！"众人连连答应。于是曾家一起到墓地吊祭，按照礼节安葬张夫人。从此兄弟相安无事。

注释 1 辱侵母讳：指名道姓地提及曾仁、曾义之母。这在旧时是对长者的大不敬。讳，名讳。 2 乘间：寻找机会。 3 市惠：买好，以私惠取悦他人。 4 七分相准：以财产七份平分为准。 5 恚(huì)：怒。 6 圹(kuàng)：墓穴。 7 茔(yíng)：坟墓，墓地。 8 衰麻：丧服。此指依礼服丧。 9 哭临：泛称人死后集众举哀或至灵前吊祭。

而成性刚烈，辄批挞诸弟，于孝尤甚。惟重友于，虽盛怒，友于至，一言即解。孝有所行，成辄不平之，故孝无一日不至友于所，潜对友于诟诅[1]。友于婉谏，卒不纳。友于不堪其扰，又迁居三泊[2]，去家益远，音迹遂疏。又二年，诸弟皆畏成，久而相习。

而曾成性情刚烈，总是责打众兄弟，对于曾孝尤其厉害。他唯独看重曾友于，即使是在大怒之下，只要曾友于来到，说一句话就能让他释然。曾孝只要有什么举动，曾成就会不公正地对待他，所以曾孝没有一天不到曾友于家里，暗中对曾友于辱骂曾成。曾友于委婉地加以劝谏，曾孝最终也没有采纳。曾友于无法忍受曾孝的骚扰，又迁去三泊居住，这样离家就更远了，与兄弟的来往也少了。又过了两年，几个弟弟都畏惧曾成，时间长了竟成为习惯。

注释　1 诟詈：犹诟詈，即辱骂。　2 三泊：古县名。属昆阳州。

而孝年四十六，生五子：长继业，三继德，嫡出；次继功，四继绩，庶出；又婢生继祖。皆成立。效父旧行，各为党，日相竞，孝亦不能呵止。惟祖无兄弟，年又最幼，诸兄皆得而诟厉[1]之。岳家近三泊，会诣岳，迂道诣叔。入门见叔家两兄一弟，弦诵怡怡[2]，乐之，久居不言归。叔促之，哀求寄居。叔曰："汝父母皆不知，我岂惜瓯饭瓢饮[3]乎？"乃归。过数月，夫妻往寿岳母，告父曰："儿此行不归矣。"父诘之，因吐微隐。父虑与有夙隙[4]，计难久居。祖曰："父虑过矣。二叔，圣贤也！"遂去，携妻之三泊。友于除舍居之，

曾孝这时四十六岁，生了五个儿子：长子继业、三儿子继德，是正室生的；二儿子继功、四儿子继绩，是妾生的；还有一个小儿子继祖，是婢女生的。五个儿子都长大成人了。他们仿效父亲旧日的行为，各自结成党派，每天都互相争斗，曾孝也无法喝止他们。只有继祖没有兄弟，年纪又最小，几个哥哥都可以呵斥辱骂他。继祖岳父家距离三泊很近，一日继祖去岳父家，顺道去看望叔叔。他一进门就看到叔叔家的两个哥哥和一个弟弟正奏乐诵读，相处融洽，心里十分喜欢，就长时间住在这里，也不说回去。叔叔催促他，他却哀求寄居在叔叔家。叔叔说："你父母都不知道你在我这里，我难道是不舍得供你吃喝才赶你走吗？"继祖这才回去。过了几个月，继祖夫妻要去给岳母祝寿，他临行前对父亲说："我这次走就不回来了。"父亲询问他原因，继祖就把要住在叔叔家的意思说了出来。父亲担心自己与曾友于有宿怨，继祖难以在那里长住。继祖说："父亲多虑了。二叔是贤人啊！"于是继祖就走了，带着妻子前往三泊。曾友于打扫好房屋

以齿儿行[5]，使执卷从长子继善。祖最慧，寄籍三泊年余，入云南郡庠。与善闭户研读，祖又讽诵[6]最苦，友于甚爱之。

让他们居住，像对待儿子一样对待他，还让他跟自己的长子继善一起读书。继祖聪慧过人，只在三泊寄住了一年多，就进入了云南府学。他和继善闭门苦读，继祖又读书最为刻苦，曾友于十分喜爱他。

注释 1 诟厉：辱骂。 2 弦诵怡怡：弦歌诵读，兄弟和睦。怡怡，特指兄弟和睦的样子。语本《论语·子路》。 3 瓯(ōu)饭瓢饮：指量少的饮食。瓯，小盆。 4 夙隙：宿仇，旧怨。 5 齿儿行：列入儿辈的行列。意为像亲生儿子一样看待。齿，列。 6 讽诵：诵习，研读。

自祖居三泊，家中兄弟益不相能[1]。一日微反唇[2]，业诟辱庶母。功怒，刺杀业。官收功，重械之，数日死狱中。业妻冯氏，犹日以骂代哭。功妻刘闻之，怒曰："汝家男子死，谁家男子活耶！"操刀入，击杀冯，自投井死。冯父大立，悼女死惨，率诸子弟，藏兵衣底，往捉孝妾，裸挞道上以辱之。成怒曰："我家死人如麻，冯氏何

自从继祖迁居到三泊，家中几个哥哥之间更加水火不容。一天偶发口舌之争，继业辱骂起庶母来。继功大怒，杀死了继业。官府收押了继功，用重刑审问他，过了几天继功死在了狱中。继业的妻子冯氏，还每日用辱骂代替痛哭。继功妻子刘氏听了，恼怒地说："你家男的死了，难道我家男的就活着吗！"她拿起一把刀闯进继业家，杀死了冯氏，自己投井自尽了。冯氏的父亲冯大立，哀悼女儿死得悲惨，亲率族中子弟，衣服中暗藏兵器，前去捉拿曾孝的小妾，把她拖到大路上，扒下衣服痛打，极尽羞辱。曾成大怒道："我家里死人如麻，冯家为什么还

得复尔!”吼奔而出。诸曾从之,诸冯尽靡。成首捉大立,割其两耳。其子护救,继绩以铁杖横击,折其两股。诸冯各被夷伤[3],哄然尽散。惟冯子犹卧道周。成夹之以肘,置诸冯村而还。遂呼绩诣官自首;冯状亦至。于是诸曾被收。

来闹事!”吼叫着就奔出了家门。曾家弟兄都紧跟其后,冯家的人就都散开了。曾成首先捉住冯大立,割掉他的两个耳朵。冯大立的儿子前来救护,继绩横扫铁杖,打断了他的双腿。冯家子弟都被打伤,一哄而散。只有冯大立的儿子还躺在大路上。曾成用胳膊夹着他,拖到冯家村子前就回来了。曾成于是叫来继绩到官府自首,这时冯家的状纸也到了官府。于是曾家几个兄弟都被收押入狱。

注释 1 不相能:不能彼此亲善,和睦相处。 2 反唇:吵架。 3 夷伤:杀伤,创伤。

惟忠亡去,至三泊,徘徊门外。适友于率一子一侄乡试归,见忠,惊曰:“弟何来?”忠未语先泪,长跪道左。友于握手曳入,诘得其情,大惊曰:“似此奈何!然一门乖戾[1],逆知[2]奇祸久矣,不然,我何以窜迹至此?但我离家久,与大令[3]无声气之

只有曾忠逃走了,来到了三泊,在曾友于门前徘徊。恰好曾友于带着一个儿子和一个侄子参加乡试回来,见到曾忠,惊讶地问:“弟弟为何来到这里?”曾忠还没开口眼泪先哗哗流淌,长跪在路边。曾友于拉着他的手走进家门,询问一番得知详情,大吃一惊说:“这可如何是好!然而一家人不和睦,我早预料会发生大祸,不然,我为什么躲到这么远的地方呢?但是我离开家时间太长了,与县官没有交往,如今即便是跪地前去求情,也只不过是自

通,今即蒲伏[4]而往,徒取辱耳。但得冯父子伤重不死,吾三人中幸有捷者,则此祸或可少解。”乃留之,昼与同餐,夜与共寝。忠颇感愧。居十余日,见其叔侄如父子,兄弟如同胞,凄然下泪曰:“今始知从前非人也。”友于喜其悔悟,相对酸恻。俄报友于父子同科,祖亦副榜,大喜。不赴鹿鸣[5],先归展墓[6]。明季科甲最重,诸冯皆为敛息[7]。友于乃托亲友赂以金粟,资其医药,讼乃息。举家泣感友于,求其复归。友于乃与兄弟焚香约誓,俾各涤虑[8]自新,遂移家还。

取其辱。只要冯家父子重伤不至于殒命,我们三个人中幸运地有人考中,那么这场灾祸或许能稍微缓解。”曾友于就留下曾忠,白天与之同桌吃饭,晚上共睡一张床。曾忠内心感到很羞愧。这样住了十几天,曾忠看到曾友于与侄儿情同父子,堂兄弟之间像亲兄弟一样和睦,内心凄楚,忍不住流泪说:“如今我才知道自己以前真不是人。”曾友于很高兴弟弟能够悔悟,兄弟相对,不免心酸凄恻。不久捷报传来,曾友于父子同时高中,继祖也考中了副榜,一家人欢天喜地。曾友于第二天没有去参加庆祝高中的鹿鸣宴,而是先回老家扫墓。明代后期最重视科举,冯家由此气焰便收敛下来。曾友于就托亲友送给冯家很多钱财粮食,还垫付了医药费,于是这场官司就平息了。曾家上上下下流着眼泪感谢曾友于,恳求他重新回到家里团聚。曾友于于是与众兄弟焚香发誓,让他们各自反省,改过自新,才搬回家来住。

注释 1 乖戾:抵触,不和。 2 逆知:预料。 3 大令:旧时对县官的尊称。 4 蒲伏:同“匍匐”。 5 鹿鸣:鹿鸣宴。明清时于乡试放榜次日设宴,歌《鹿鸣》,作魁星舞,以巡抚主其事,内、外帘官及新科举人皆预宴。 6 展墓:扫墓。 7 敛息:收敛气焰。 8 涤虑:洁净身心,清除杂念。

祖从叔不愿归其家。孝乃谓友于曰:“我不德,不应有亢宗之子[1],弟又善教,俾姑为汝子。有寸进时,可赐还也。”友于从之。又三年,祖果举于乡。使移家去,夫妻皆痛哭而去。不数日,祖有子方三岁,亡归友于家,藏继善室,不肯返;捉去辄逃。孝乃令祖异居,与友于邻。祖开户通叔家,两间定省[2]如一焉。时成渐老,家事皆取决于友于。从此门庭雍穆[3],称孝友[4]焉。

继祖跟着叔叔不愿意搬回自己家。曾孝就对曾友于说:“我这一生没什么德行,不应该有光宗耀祖的儿子,弟弟你又善于教导后人,就暂且让他做你的儿子吧。等将来他有了小小的进步,再赐还给我吧。”曾友于答应了。又过了三年,继祖果然中了举人。曾友于让他搬回自己家去,夫妻二人痛哭流涕,依依不舍地离去了。没过几天,继祖有个才三岁的儿子,偷偷跑回了曾友于家,藏在继善的屋子里,不肯回家,把他捉回家,他又跑回来。曾孝就让继祖搬出来,与叔叔曾友于做邻居。继祖在院墙上开了一扇门直通叔叔家,两家互相探望问候像一家人似的。这时,曾成渐渐老了,家中大小事情都交给曾友于决断。从此曾家上上下下和睦融洽,称得上孝悌友爱。

注释 1 亢宗之子:光宗耀祖的儿子。 2 定省:此处泛指探望问候父母或亲长。 3 雍穆:和睦。 4 孝友:孝顺父母,友爱兄弟。

异史氏曰:“天下惟禽兽止知母而不知父,奈何诗书之家往往而蹈[1]之也!夫门内[2]之行,其

异史氏说:“天底下只有禽兽才只知道母亲而不知道父亲,怎么知书达理的人家往往犯这样的错误呢!家中人的道德品行,对于子孙的影响,深入骨

渐渍[3]子孙者，直入骨髓。古云：其父盗，子必行劫，其流弊然也。孝虽不仁，其报亦惨；而卒能自知乏德，托子于弟，宜其有操心虑患[4]之子也。若论果报犹迂也。”

髓。古语说：父亲是强盗，他的儿子一定会行劫，这是弊病流传的结果。曾孝虽然不仁，他得到的报应也够惨的，但是他最终能知道自己缺乏德行，把儿子托付给弟弟，难怪他会有个深谋远虑、居安思危的儿子。如果说是因果报应，好像不免迂腐。”

注释 1 蹈：朝某个方向走，行。 2 门内：家庭；家中的人。 3 渐渍：浸润，感化。 4 操心虑患：深谋远虑，居安思危。

嘉平公子

原文

嘉平[1]某公子，风仪秀美。年十七八，入郡赴童子试[2]。偶过许娼之门，见内有二八丽人，因目注之。女微笑点首，公子近就与语。女问：“寓居何处？”具告之。问：“寓中有人否？”曰：“无。”女云：“妾晚间奉访，勿使人知。”公

译文

嘉平某公子，风度翩翩，仪态秀美。十七八岁时，赶赴郡里参加郡学的入学考试。偶然经过许家妓院门前，看到门内有一个青春年少的美人，就眼睛一眨不眨地看着她。女子微笑着点头，公子就走近了与她说话。女子问：“你住在哪里啊？”公子详细告诉了她。又问：“住处还有其他人吗？”公子说：“没有。”女子说：“我晚上去拜访你，

子归，及暮，屏去僮仆。女果至，自言："小字温姬。"且云："妾慕公子风流，故背媪而来。区区之意，愿奉终身。"公子亦喜。自此三两夜辄一至。一夕冒雨来，入门解去湿衣，罥[3]诸椸[4]上，又脱足上小靴，求公子代去泥涂，遂上床以被自覆。公子视其靴，乃五文新锦[5]，沾濡殆尽，惜之。女曰："妾非敢以贱物相役，欲使公子知妾之痴于情也。"听窗外雨声不止，遂吟曰："凄风冷雨满江城。"求公子续之。公子辞以不解。女曰："公子如此一人，何乃不知风雅[6]？使妾清兴[7]消矣！"因劝肄习[8]，公子诺之。

千万不要让人知道。"公子回去了，到了晚上，屏退了仆人。女子果然如约前来，自称："小名叫温姬。"又说："我倾慕公子风流倜傥，所以背着妈妈前来。我的意思是想侍奉您一辈子。"公子也很高兴。从此隔三两个晚上女子就会前来。一天晚上女子冒雨前来，进门后脱下湿衣服，放在衣架上，又脱下脚上的小靴子，请求公子帮忙除去上面的泥浆，自己就上床用被子裹住身子。公子看这双靴子，是用新的五彩锦做的，完全被雨水打湿了，心里十分可惜。女子说："我并不敢让你做替我擦鞋子这样的事情，只是想让公子知道我对你的一片痴情。"她听着窗外雨声不绝，就开口吟诵道："凄风冷雨满江城。"请公子接下句。公子推辞说自己不懂诗。女子说："公子是这样风度翩翩的人，怎么会不懂风雅呢？真使我雅兴顿消！"因此劝公子好好学习，公子答应了。

注释　1 嘉平：古县名，故治在今安徽全椒县西南。　2 童子试：亦称"童生试"，即明清时取得生员（秀才）资格的入学考试。　3 罥(juàn)：缠绕；挂。　4 椸(yí)：衣架。　5 五文新锦：崭新的五彩织锦。　6 风雅：泛指诗文方面的事。　7 清兴：雅兴，此指诗兴。　8 肄习：学习，练习。

往来既频，仆辈皆知。公子姊夫宋氏，亦世家子，闻之，窃求公子一见温姬。公子言之，女必不可。宋隐身仆舍，伺女至，伏窗窥之，颠倒[1]欲狂。急排闼，女起，逾垣而去。宋向往[2]甚殷，乃修贽[3]见许媪，指名求之。媪曰："果有温姬，但死已久。"宋愕然退，告公子，公子始知为鬼。至夜，因以宋言告女，女曰："诚然。顾君欲得美女子，妾亦欲得美丈夫，各遂所愿足矣，人鬼何论焉？"公子以为然。试毕而归，女亦从之。他人不见，惟公子见之。至家，寄诸斋中。公子独宿不归，父母疑之。女归宁[4]，始隐以告母。母大惊，戒公子绝之，公子不能听。父母深以为忧，百术驱之不能去。一日，

二人来往频繁后，公子的仆从都知道这事了。公子的姐夫宋氏，也是世家子弟，听说这件事后，悄悄恳求公子允许一睹温姬芳容。公子对女子说了，女子坚决不答应。宋氏干脆藏在仆人的房里，等女子来到后，趴在窗户上偷看，不由得神魂颠倒想要发狂。他急急地推开门，女子起身，翻墙离去了。宋氏思慕女子十分殷切，就备下礼物前去拜见许妈妈，点名要见温姬。许妈妈说："确实有温姬这个人，只是死去已经很久了。"宋氏愕然，退了回来，并告知公子，公子这才知道女子是鬼。到了晚上，公子便把宋氏的话说给女子听，女子说："不错。你想得到的是美丽女子，我想得到的是优秀丈夫，我们各遂所愿就够了，人和鬼为什么要分得那么清楚呢？"公子深以为然。考试完，公子回家，女子也随身跟从。别人都看不见她，只有公子可以看到。回到家，公子将女子安顿在书房。公子独自睡在书房不回卧室，父母感到怀疑。温姬回娘家时，公子才悄悄告知母亲。母亲大惊失色，告诫公子与之断绝关系，公子死活不答应。父母深以为忧，用尽各种办法也赶不走女子。一天，公子给

公子有谕仆帖[5]置案上，中多错谬："椒"讹[6]"菽"，"姜"讹"江"，"可恨"讹"可浪"。女见之，书其后："何事'可浪'？ '花菽生江'。有婿如此，不如为娼！"遂告公子曰："妾初以公子世家文人，故蒙羞自荐[7]。不图[8]虚有其表！以貌取人，毋乃为天下笑乎！"言已而没。公子虽愧恨，犹不知所题，折帖示仆。闻者传为笑谈。

仆人写了张条子放在桌子上，里面有很多错字："椒"错写成"菽"，"姜"错写成"江"，"可恨"错写成"可浪"。女子看了，在后面写道："何事'可浪'？ '花菽生江'。有婿如此，不如为娼！"于是女子对公子说："我开始以为你是出身世家的文人，所以不怕害羞，自愿上门。没想到你是一个虚有其表的人！我凭外貌取人，不是让天下人笑话吗！"说完女子就不见了影踪。公子虽然又愧又恨，但还不知道女子在帖上题了字，竟折好条子，仍旧给仆人看。听说的人都把这件事引为笑谈。

注释　1 颠倒：形容因爱慕而入迷。　2 向往：思慕。　3 修贽：谓携带礼物求见。贽，初次见某人时所送的礼物，以表敬意。　4 女归宁：女儿回娘家。女，指公子的姐姐。　5 谕仆帖：谕告仆人的便条。　6 讹：错。　7 蒙羞自荐：不避羞惭，主动相就。荐，进，指荐枕侍寝。　8 不图：没料到，没想到。

异史氏曰："温姬可儿[1]！翩翩公子，何乃苛其中之所有[2]哉？遂至悔不如娼，则妻妾羞泣矣。顾百计遣之不去，而见帖浩然[3]，则'花菽生江'，何殊于杜甫之'子章髑髅'[4]哉？"

异史氏说："温姬真是个可爱的人！翩翩公子，怎么能够苛求他腹有诗书呢？至于温姬后悔，觉得不如去做娼妓，那么公子的妻妾则应羞愧地哭泣了。千方百计赶也赶不走，一见到字条就去意已决，那么'花菽生江'，和杜甫的诗句'子章髑髅'有什么区别呢？"

注释 1 可儿:称人心意的人。 2 苛其中之所有:苛求他胸有才学。中,腹中,胸中。所有,指才学、学问。 3 浩然:谓有归去之念,无所留恋的样子。 4 "花菽生江",何殊于杜甫之"子章髑髅":意谓"花菽生江"这样的错别文句,同杜甫"子章髑髅"的诗句一样,都有驱邪的作用。子章,唐代梓州刺史段子璋。《旧唐书·肃宗纪》谓,唐肃宗上元二年(761),段子璋反,攻占绵州,自称梁王。五月,成都尹崔光远率部将花敬定攻拔绵州,斩子璋。杜甫曾作《戏作花卿歌》一诗,盛赞花敬定的勇武。诗中有云:"子璋髑髅血模糊,手提掷还崔大夫。"《唐诗纪事》载有吟诵这两句诗可以驱邪疗疟的传言。髑髅,死人的头骨。

《耳录》[1]云:"道傍设浆[2]者,榜[3]云:'施"恭[4]"结缘。'"亦可一笑。

《耳录》中记载:"有个路边卖茶的人,招牌上写道:'施"恭"结缘。'"也让人感到好笑。

注释 1《耳录》:蒲松龄友人朱缃曾撰有《耳录》一书。 2 浆:凡水、茶、酒等均可称"浆"。这里指茶。 3 榜:张贴出来的文告或名单。 4 恭:旧时科举考场内设"出恭入敬"牌,以防考生擅离座位。上厕所时必须领这块牌子。因此称上厕所为"出恭"。

有故家子,既贫,榜于门曰:"卖古淫器。"讹"窑"为"淫"云:"有要宣淫、定淫者,大小皆有,入内看物论价。"崔卢之子孙[1]如此甚众,何独"花菽生江"哉!

有个世家公子,家道中落后,在门上张贴道:"卖古淫器。"错把"窑"写成了"淫",道:"有要宣淫、定淫的,大小皆有,到屋里看货论价。"这些世家子弟写错字的事情太多了,岂独一个"花菽生江"啊!

注释 1 崔卢之子孙:指贵族世家子弟。自魏晋至唐代,山东士族大姓有崔氏、卢氏,长期居高显之位。后以崔、卢为显贵世家的代称。

卷十二

二 班

原文

殷元礼，云南人，善针灸之术。遇寇乱，窜入深山。日既暮，村舍尚远，惧遭虎狼，遥见前途有两人，疾趁[1]之。既至，两人问客何来，殷乃自陈族贯。两人拱敬曰："是良医殷先生也，仰山斗[2]久矣！"殷转诘之。二人自言班姓，一为班爪，一为班牙。便谓："先生，余亦避难石室，幸可栖宿，敢屈玉趾[3]，且有所求。"殷喜从之。俄至一处，室傍[4]岩谷。爇柴代烛，始见二班容躯威猛，似非良善。计

译文

殷元礼是云南人，擅长针灸医术。有一次遭逢盗贼作乱，他逃进深山中。此时天色已晚，离村庄却还很远，他害怕会遇上虎狼，远远地看见前面有两个人，他赶紧跑上前去。到了面前，那两人问他从哪里来，殷元礼于是说了自己的姓名籍贯。两个人拱手，尊敬地说："原来是名医殷先生啊，久仰久仰！"殷元礼转而问他们的姓名。他们两人自称姓班，一个叫班爪，一个叫班牙。两人说："殷先生，我们也是来避难的，幸而前面有间石室可以住下，您可以屈尊去我们那儿住下，况且我们也有求于您。"殷元礼高兴地跟随他们前往。不一会儿就到了一个地方，一间石室坐落在悬崖深谷的边上。二班点上柴火当作蜡烛，殷元礼这才看清楚两人容貌威猛，身材雄壮，似乎不是善良之辈。可是殷元礼也想不出什么好办法，也只好听之任之。他又听到床

无所之，亦即听之。又闻榻上呻吟，细审，则一老妪僵卧，似有所苦。问："何恙？"牙曰："以此故，敬求先生。"乃束火[5]照榻，请客逼[6]视。见鼻下口角有两赘瘤，皆大如碗，且云："痛不可触，妨碍饮食。"殷曰："易耳。"出艾团之，为灸数十壮[7]，曰："隔夜愈矣。"二班喜，烧鹿饷客，并无酒饭，惟肉一品[8]。爪曰："仓猝不知客至，望勿以辅亵[9]为怪。"殷饱餐而眠，枕以石块。二班虽诚朴，而粗莽可惧，殷转侧不敢熟眠。天未明，便呼妪，问所患。妪初醒，自扪，则瘤破为创。殷促二班起，以火就照，敷以药屑，曰："愈矣。"拱手遂别。班又以烧鹿一肘赠之。

上有呻吟声传来，仔细一看，发现一个老妇人直挺挺地躺在床上，好像非常痛苦的样子。殷元礼问："她得了什么病？"班牙说："我们正是因为不知道才敬求先生诊治啊。"说着就拿起一根火把照亮床榻，请殷元礼靠近诊视。只见老妇人鼻下嘴角处有两个大肉瘤，都有碗口那么大，班牙还说："肉瘤痛得不能触摸，还妨碍吃饭喝水。"殷元礼说："这个病好治。"于是拿出艾绒团，替老妇人炙了几十次，然后说："过一晚上就会痊愈了。"二班很高兴，烧了鹿肉招待殷元礼，然而没有酒饭，只有鹿肉一种吃的。班爪说："仓促之间不知道您要光临，希望您不要因为招待不周而怪罪我们。"殷元礼吃饱后就躺下睡觉，头部枕着石块。二班虽然诚恳朴实，然而长相粗野，令人惧怕，殷元礼辗转反侧，不敢熟睡。天还没亮，殷元礼就呼唤老妇人，问她患处怎么样了。老妇人刚睁开眼睛，用手摸了摸，发现肉瘤都已经破了，变成了伤口。殷元礼催促二班起床，拿着火把移近照着，在伤口上敷上药末，说："这样一来就可以痊愈了。"殷元礼便拱手告辞。二班又拿出烧好的鹿肉肘子送给他。

注释 1 趁：追逐，追赶。 2 山斗：泰山北斗。比喻众所崇敬之人。此为敬称，用来称呼对方。 3 屈玉趾：劳动别人行动的敬称。屈，屈尊。玉趾，犹玉步，称人行止的敬辞。 4 傍：挨着，靠近。 5 束火：扎火把；用火把照。 6 逼：近。 7 壮：中医针灸术语，施灸时每燃灸一炷即称“一壮”。 8 一品：一种。 9 辅亵：轻简亵渎。

后三年无耗[1]。殷适以故入山，遇二狼当道，阻不得行。日既西，狼又群至，前后受敌。狼扑之，仆，数狼争啮，衣尽碎。自分[2]必死。忽两虎骤至，诸狼四散。虎怒，大吼，狼惧尽伏。虎悉扑杀之，竟去。殷狼狈而行，惧无投止。遇一媪来，睹其状，曰：“殷先生吃苦矣！”殷戚然[3]诉状，问何见识[4]。媪曰：“余即石室中灸瘤之病妪也。”殷始恍然，便求寄宿。媪引去，入一院落，灯火已张，曰：

此后三年殷元礼都没有听到过他们的消息。一天，殷元礼恰好有事进山，遇到两只狼挡在山路上，他因此受阻无法前行。日头偏西以后，狼群又聚拢过来，殷元礼腹背受敌。一只狼向他猛扑过来，殷元礼应声倒地，好几只狼扑上来，争相咬噬，他的衣服被撕扯得粉碎。殷元礼自忖这次一定活不成了。忽然两只老虎骤然赶到，狼群吓得四散奔逃。老虎怒吼连连，群狼害怕得都趴在地上不敢动弹。老虎把它们全都扑杀殆尽后，就离开了。殷元礼狼狈地在山路上奔逃，他内心恐惧，却又找不到借宿的地方。迎面走来一位老妇人，看到殷元礼的样子，说：“殷先生吃苦了！”殷元礼面露忧愁地述说了自己的遭遇，然后问老妇人是怎么认得他的。老妇人说：“我就是石室中被您用针灸诊治肉瘤的生病老妇啊。”殷元礼这才恍然大悟，便请求在老妇人家借宿一晚。老妇人带着殷元礼离开，来到一处院落，屋内灯

"老身伺先生久矣。"遂出袍裤，易其敝败。罗浆具酒，酬劝谆切。媪亦以陶碗自酌，谈饮俱豪，不类巾帼[5]。殷问："前日两男子，系老姥何人？胡以不见？"媪曰："两儿遣逆[6]先生，尚未归复，必迷途矣。"殷感其义，纵饮不觉沉醉，酣眠座间。既醒，已曙，四顾竟无庐，孤坐岩上。闻岩下喘息如牛，近视，则老虎方睡未醒。喙间有二瘢痕，皆大如拳。骇极，惟恐其觉，潜踪而遁。始悟两虎即二班也。

火已经点上，老妇人说："我等待殷先生已经很久了。"说着拿出衣裤，让他换掉身上破烂的衣物。然后张罗着备好美酒，殷勤真挚地劝殷元礼喝酒。老妇人也用陶碗自斟自酌，谈话饮酒都很豪爽，不像一般女子。殷元礼问："以前见到的那两个男子，是您的什么人？今天为什么没有见到他们呢？"老妇人说："那是我的两个儿子，我遣他们去接先生您，现在还没有回来，想必是迷路了。"殷元礼对老妇人的情义非常感动，纵情狂饮，不知不觉酩酊大醉，在席间酣然入睡。等到一觉醒来，天已经亮了，他四下张望，哪里还有什么房屋，只有自己孤零零地坐在岩石上。突然听到岩石下面有像牛一样的喘息声，他走近一看，竟然是一只大老虎，正在酣睡，没有醒来。老虎的嘴角边有两道疤痕，都大如拳头。殷元礼害怕到了极点，唯恐老虎醒来，于是隐蔽踪迹逃跑了。殷元礼这才明白驱赶狼群的两只老虎就是班牙和班爪。

注释 1 耗：音信。 2 自分(fèn)：自己估量。 3 戚然：忧愁貌。 4 见识：认识我。 5 巾帼：古代妇女的头巾和发饰，后为妇女代称。 6 逆：迎接。

车　夫

原文

有车夫载重登坡，方极力[1]时，一狼来啮其臀。欲释手，则货敝[2]身压。忍痛推之。既上，则狼已龁[3]片肉而去。乘其不能为力之际，窃尝一脔[4]，亦黠[5]而可笑也。

译文

有个车夫推着载有重物的车子爬坡，正使尽全力推车时，一只狼跑过来咬住了他的屁股。他想要腾出手来赶狼，那么货物就会损坏，自己也会被压在车子下面。车夫只好忍着疼痛继续推车。等到爬上坡，狼已经咬下一块肉离去了。狼趁车夫无能为力之时，咬去了他身上的一块肉，也是狡猾而又可笑啊。

注释　1 极力：用尽一切力量。　2 敝：损坏。　3 龁(hé)：咬。　4 脔：切成块的肉。　5 黠(xiá)：狡猾。

乩　仙

原文

章丘[1]米步云，善以乩卜[2]。每同人雅集[3]，辄召仙相与赓和[4]。一日，友人见天上微云，得句，请以属对[5]，曰："羊脂白玉天。"乩批

译文

章丘的米步云，善于通过扶乩占卜。每当和志同道合的人举行风雅的集会，他就召仙人和大家唱和助兴。一天，一个朋友看到天空中飘着淡淡的云彩，想到一句上联，请他对下联，说："羊脂白玉天。"米步云通过扶乩求仙，得到批语是："问城南

云:"问城南老董。"众疑其妄。后以故偶适城南,至一处,土如丹砂,异之。见一叟牧豕其侧,因问之。叟曰:"此猪血红泥地也。"忽忆乩词,大骇。问其姓,答云:"我老董也。"属对不奇,而预知遇城南老董,斯亦神矣!

老董。"大家都怀疑仙人是在胡说。后来米步云因为有事偶然到城南去,来到一个地方,看到此地土壤殷红如朱砂,感到非常奇怪。他看到一旁有一个养猪的老头,就问他为什么。老头说:"这是猪血红泥地。"米步云突然想起扶乩得到的批语,十分惊异。他问老头姓什么,老头回答说:"我是老董。"仙人能对对子并不奇怪,但是预先知道米步云会遇到城南的老董,这真是神奇啊!

注释　1 章丘:今山东省济南市章丘区。　2 乩(jī)卜:旧时迷信者求神降示的一种方法,又称"扶乩"。将木制的丁字架放于沙盘上,由两人各扶一端,依法"请神",木架的下垂部分即在沙上画成文字,作为神的启示,或与人唱和,或示人吉凶。　3 雅集:文人雅士吟咏诗文、议论学问的集会。　4 赓和(gēng hè):续用他人原韵或题意唱和。　5 属(zhǔ)对:诗文中撰成对句,此处指给上联对下联。

苗　生

原文

龚生,岷州[1]人。赴试西安,憩于旅舍,沽酒自酌。一伟丈夫入,坐与语。生举卮[2]劝饮,客

译文

龚生是岷州人。他赶赴西安参加科举考试,途中在一家旅店休息,买来酒自斟自饮。这时一个身材魁梧的男子走了进来,坐下与龚生搭话。龚生举起酒杯劝

亦不辞。自言苗姓，言噱[3]粗豪。生以其不文，偃蹇[4]遇之。酒尽，不复沽。苗曰："措大[5]饮酒，使人闷损[6]！"起向垆头[7]沽，提巨瓻[8]而入。生辞不饮，苗捉臂劝釂[9]，臂痛欲折。生不得已，为尽数觞。苗以羹碗自吸，笑曰："仆不善劝客，行止惟君所便。"生即治装行。

男子喝酒，男子也不推辞。男子自称姓苗，谈笑豪放不拘。龚生因为他不是文人雅士，对待他开始傲慢起来，酒喝光了也不去买酒。苗生说："和穷酸书生喝酒，真是让人气闷！"说着站起身到柜台去买酒，旋即提着一大坛酒返回。龚生推辞不喝，苗生却抓住龚生的胳膊劝他喝酒，龚生只感觉胳膊疼得仿佛要折断了一般。龚生不得已，喝了好几杯。苗生用汤碗自斟自饮，还笑着说："我不擅长劝人喝酒，是去是留，悉听尊便。"龚生立即收拾行装上路了。

注释　1　岷州：今甘肃省定西市岷县。明末清初统属于陕西都指挥司，因此龚生需赴陕西西安参加科举考试。　2　卮(zhī)：酒杯。　3　言噱(jué)：谈笑。噱，大笑。　4　偃蹇(yǎn jiǎn)：傲慢。　5　措大：同"醋大"。旧称贫寒的读书人，含轻慢意。　6　闷损：烦闷。　7　垆头：指酒店。垆，酒店安置酒瓮的土墩子。因此作酒店的代称。　8　瓻(chī)：陶制酒器。　9　釂(jiào)：饮尽杯中酒。

约数里，马病，卧于途，坐待路侧。行李重累，正无方计[1]，苗寻至。诘知其故，遂谢装付仆，已乃以肩承马腹而荷之，趋

走了大约几里路，马病了，倒在路上，龚生只好坐在路旁等待。龚生的行李又多又沉重，他正无计可施的时候，苗生没一会儿也到了此处。苗生询问之后知道了事情的原委，于是就把马背上的行李解下来，交给龚生的仆人背着，他自己则用双肩托起

二十余里,始至逆旅。释马就枥[2]。移时[3]生主仆方至。生乃惊为神人,相待优渥[4],沽酒市饭,与共餐饮。苗曰:“仆善饭,非君所能饱,饫饮[5]可也。”引尽一瓻,乃起而别曰:“君医马尚须时日,余不能待,行矣。”遂去。

马腹,把马扛了起来,就这样快步走了二十多里路,才到了一家旅店。他把马放下来,牵到马槽边。过了一会儿龚生和仆人才赶到。龚生于是惊讶无比,把苗生看作神人一般,对待他优厚起来,又是买酒又是置办饭菜,要和苗生一起喝酒吃饭。苗生说:“我特别能吃,你喂不饱我的,我们尽情畅饮即可。”等喝完一大坛酒,苗生站起来告辞说:“你医马还需要一段时间,我不能再等了,先走一步。”说完就离开了。

注释 1 方计:方略,计策。此处指办法。 2 枥:马槽。 3 移时:过了一段时间。 4 优渥:优厚,待遇好。 5 饫(yù)饮:畅饮。饫,饱;足。

后生场事[1]毕,三四友人邀登华山。藉地作筵,方共宴笑,苗忽至,左携巨尊,右提豚肘,掷地曰:“闻诸君登临,敬附骥尾[2]。”众起为礼,相并杂坐,豪饮甚欢。众欲联句[3],苗争曰:“纵饮甚乐,何苦愁思?”众不听,设“金谷之罚[4]”。苗曰:“不佳者,当以军法从事[5]!”

这之后龚生考试完,三四个朋友邀请他一起攀登华山。大家席地而坐设好宴席,正要喝酒谈笑,苗生忽然赶来了,他左手拿着一个大酒杯,右手提着猪肘子,往席上一丢,说:“听说诸位登临华山,我也来凑凑热闹,沾沾名气。”众人站起来行礼,然后混杂着坐在一起,狂饮欢愉,热闹非凡。大家正打算联句作诗,苗生争着说:“我们开怀畅饮如此快乐,何苦费脑筋作诗呢?”大家不答应,约定作不成诗就要罚酒三杯。苗生却说:“作得不好的,要按军法处置!”大家笑着说:“作不成诗的

众笑曰:"罪不至此。"苗曰:"如不见诛[6],仆武夫亦能之也。"

罪过还不至于到这个地步。"苗生说:"如果不惩罚的话,就连我这武夫也可以来上几句。"

注释 1 场事:指科举考试。 2 敬附骥尾:谦辞。附骥尾,蚊蝇附在马尾上,可以远行千里。比喻依附先辈、名人而成名。 3 联句:旧时作诗的一种方式。两人或多人各作一句或两句,相联成篇。多用于宴席或朋友间酬应。 4 金谷之罚:指作诗不成,罚酒三杯。金谷,园名,为晋代石崇所建。石崇曾在金谷园宴请宾客,饮酒赋诗,以助雅兴,诗不成者罚酒三杯。 5 从事:处置,处理。 6 诛:惩罚。

首座靳生曰:"绝巘凭临眼界空。"苗信口续曰:"唾壶击缺[1]剑光红。"下座沉吟既久,苗遂引壶自倾。移时,以次属句[2],渐涉鄙俚[3]。苗呼曰:"只此已足,如赦我者,勿作矣!"众弗听。苗不可复忍,遽效作龙吟,山谷响应,又起俯仰作狮子舞。诗思既乱,众乃罢吟,因而飞觞[4]再酌。时已半酣,客又互诵闱中作[5],迭相赞赏。苗不欲听,牵生豁

坐在首座的靳生说:"绝巘凭临眼界空。"苗生随口对道:"唾壶击缺剑光红。"坐在苗生下座的人沉吟了好久,迟迟对不上来,苗生就拿起酒壶,自斟自饮。过了一会儿,仍旧按照座次对对子,内容渐渐有些粗俗起来。苗生大声说:"就到这里已经够了,饶了我吧,不要再对下去了!"大家不听他的。苗生没办法再忍受了,便学着龙一样长啸,山谷中顿时传来回声,他又站起来前俯后仰像狮子一样舞动。众人的诗思被打乱了,于是不再吟诗作对,继续举杯饮酒。等喝到半醉的时候,众人又开始吟诵自己在考场中作的文章,还不停地互相吹捧赞赏。苗生不想听,拉着龚生猜拳喝酒。猜了

拳[6]。胜负屡分，而诸客诵赞未已。苗厉声曰："仆听之已悉。此等文只宜向床头对婆子[7]读耳，广众中刺刺者[8]可厌也！"众有惭色，更恶其粗莽，遂益高吟。苗怒甚，伏地大吼，立化为虎，扑杀诸客，咆哮而去。所存者，惟生及靳。靳是科领荐[9]。

几轮，可是众人吟诵奉承的话语还是没完没了。苗生厉声说道："你们的文章我都听在了耳中。这等文章只适合在床头读给老婆听，大庭广众之下，你们喋喋不休，实在让人讨厌。"众人都有些惭愧，更加厌恶苗生的粗俗鲁莽，于是变本加厉地高声吟诵不止。苗生怒不可遏，突然趴在地上怒吼，一下子变成了猛虎，把众人都扑杀殆尽，然后咆哮着离开了。幸存下来的，只有龚生和靳生。靳生在这次科举考试中中了举人。

注释 1 唾壶击缺：形容感情激昂。唾壶，痰盂。东晋王敦酒后咏诗，激动之下会用如意击打唾壶，把唾壶击出缺口。 2 以次属(zhǔ)句：按次序联句。属，连缀，连接。 3 鄙俚：粗俗。 4 飞觞：举杯行觞，也指传杯行酒令。 5 闱中作：考场中所作文章。 6 豁拳：同"划拳"。饮酒时的一种博戏。两人同时喊数并出拳伸指，以所喊数目与双方伸指之和数相符者为胜，败者罚饮。 7 婆子：老婆。 8 刺刺者：多言的人。刺刺，多言貌。 9 领荐：领乡荐，谓乡试中举。

后三年，再经华阴[1]，忽见嵇生，亦山上被噬者。大恐欲驰，嵇捉鞚[2]使不得行。靳乃下马，问其何为。答曰："我今为苗氏之伥[3]，从

这之后过了三年，靳生再次路过华阴，忽然看到嵇生，嵇生也是那次在山上被苗生吃掉的人。靳生大惊，想要马上骑马跑开，嵇生拉住缰绳，让他无法走开。靳生只好下马，问他要做什么。嵇生回答说："我现在是苗生的伥鬼，受他奴役，十分辛苦。

役良苦。必再杀一士人，始可相代。三日后，应有儒服儒冠者见噬于虎，然必在苍龙岭下，始是代某者。君于是日，多邀文士于此，即为故人谋也。”靳不敢辨，敬诺而别。至寓，筹思终夜，莫知为谋，自拚[4]背约，以听鬼责。适有表戚蒋生来，靳述其异。蒋名下士，邑尤生考居其上，窃怀忌嫉。闻靳言，阴欲陷之。折简[5]邀尤与共登临，自乃着白衣[6]而往，尤亦不解其意。至岭半，肴酒并陈，敬礼臻至[7]。会郡守登岭上，与蒋为通家[8]，闻蒋在下，遣人召之。蒋不敢以白衣往，遂与尤易冠服。交着未完，虎骤至，衔蒋而去。

必须再杀一个读书人，才可以让新的伥鬼代替我。三天后，应该有一个穿儒生衣服、戴儒生帽子的人被老虎吃掉，但是地点一定要在苍龙岭下，这样才是可以代替我的人。你在那一天，多邀请文人雅士相聚于此，就是为老朋友谋划了。”靳生不敢争辩，只好恭敬地答应一声，拱手作别。到了寓所，靳生苦苦思索了一个晚上，也没有想出好的主意，他打定主意背弃约定，接受伥鬼的惩罚。恰好有一个表亲蒋生来访，靳生便把这件怪异的事情向他说了。蒋生在家乡是小有名气的人物，可是考试中同乡的尤生排在他前面，他暗地里怀有嫉妒之心。蒋生听了靳生的话，想要暗中陷害尤生。于是蒋生写信邀请尤生共同登临苍龙岭，那一天蒋生自己穿着便服前往，尤生也不明白他这样做是什么意思。到了苍龙岭的半山腰，蒋生备下佳肴美酒，礼数周到，态度恭敬。恰好郡守这一日也来登山，已到了苍龙岭的顶峰，他与蒋生家为世交，听说蒋生在下面，便派人请蒋生过来。蒋生不敢穿着便服前往拜见郡守，于是与尤生换了衣服帽子。他们还没有换好衣服，老虎突然袭来，叼起蒋生就离去了。

注释 1 华阴:地名。在陕西省东部、渭河下游,以在华山之阴(北侧)得名。 2 鞚(kòng):带嚼口的马笼头。 3 伥:传说人被虎啮死后,鬼魂为虎服役,称为“伥”,会助虎食人。 4 拚:舍弃,不惜一切。 5 折简:裁纸写信。 6 白衣:指平民服。没有功名、官职的士人也着白衣。此处指便服,区别于生员的冠服。 7 臻至:极好,达到极点。 8 通家:世交。

异史氏曰:“得意津津[1]者,捉衿袖,强人听闻。闻者欠伸[2]屡作,欲睡欲遁,而诵者足蹈手舞,茫不自觉。知交者亦当从旁肘之蹑之[3],恐座中有不耐事之苗生在也。然嫉忌者易服而毙,则知苗亦无心者耳。故厌怒者苗也,非苗也。”

异史氏说:“得意洋洋的人,喜欢拉着别人的衣袖,强迫别人听他说话。听的人不断打呵欠、伸懒腰,想要睡觉,又想赶紧逃离,可是说话的人仍旧手舞足蹈,一点也没有发觉。知心朋友这时候应当在一旁用肘撞他,用脚踩他,以此提醒他,以防在座的人中有像苗生这样容易不耐烦的人存在。然而心怀嫉妒的人因为交换衣服而丧命,可以知道苗生也是无心的。所以厌恶发怒的,可能是苗生,也可能不是苗生。”

注释 1 得意津津:即得意洋洋。津津,满溢貌。 2 欠伸:打呵欠,伸懒腰。 3 肘之蹑之:用肘撞他,用脚踩他,提示之意。

蝎客

原文

南商贩蝎者，岁至临朐[1]，收买甚多。土人持木钳入山，探穴发石搜捉之。一岁，商复来，寓客邸。忽觉心动，毛发森悚，急告主人曰："伤生既多，今见怒于虿[2]鬼，将杀我矣，急垂[3]拯救！"主人顾室中有巨瓮[4]，乃使蹲伏，以瓮覆之。移时，一人奔入，黄发狞丑，问主人："南客安在？"答曰："他出。"其人入室四顾，鼻作嗅声者三，遂出门去。主人曰："可幸无恙矣。"及启瓮视客，已化为血水。

译文

有一个卖蝎子的南方商人，每年都要到临朐收购很多蝎子。当地人就拿着木头钳子到山里去，挖洞穴，翻石头，搜捕蝎子。有一年，商人又来到这里，住在客店里。他忽然觉得心悸，毛发都根根直立起来，急忙对客店主人说："我杀生太多，现在惹怒了虿鬼，他就要过来杀我了，求您赶紧救救我吧！"主人环顾室内，看到房间中有一个巨大的瓮，就让他蹲在地上，用大瓮盖着他。不一会儿，一个人跑了进来，顶着一头黄发，面目狰狞丑陋，问店主人说："那个南方来的客人在哪里？"主人回答说："到别处去了。"来人进入房间，四处看了看，鼻子嗅闻了几下，就出门离开了。主人说："太幸运了，你安全了。"等他打开大瓮一看，商人早已化作了一摊血水。

注释 1 临朐(qú)：今山东省潍坊市临朐县。 2 虿(chài)：蝎子一类的毒虫。 3 垂：敬辞。用于尊称别人的行动。 4 瓮：盛东西用的陶器，一般腹部较大。

杜小雷

原文

杜小雷，益都[1]之西山人。母双盲，杜事之孝，家虽贫，甘旨[2]无缺。一日将他适，市肉付妻，令作馎饦[3]。妻最忤逆[4]，切肉时，杂蜣螂[5]其中。母觉臭恶不可食，藏以待子。杜归，问："馎饦美乎？"母摇首，出示子。杜裂视，见蜣螂，怒甚。入室，欲挞妻，又恐母闻。上榻筹思，妻问之，不语。妻自馁[6]，彷徨榻下。久之喘息有声。杜叱曰："不睡，待敲扑[7]耶！"亦竟寂然。起而烛之，但见一豕，细视，则两足犹人，始知为妻所化。邑令闻之，絷[8]去，使游四门，以

译文

杜小雷是益都西山人。他的母亲双目俱盲，他侍奉母亲非常孝顺，虽然家里贫穷，但是给母亲的好吃的东西从来没有缺过。一天，杜小雷将要出远门，他去集市上买来肉交给妻子，嘱咐她用肉给母亲做汤饼吃。他的妻子最是大逆不道，做汤饼切肉时，把蜣螂混在其中。母亲感觉汤饼有股恶臭，无法下咽，就藏起来准备给儿子看看。杜小雷回来后，问母亲："汤饼好吃吗？"母亲摇摇头，拿出汤饼给儿子看。杜小雷掰开汤饼，仔细查看，发现里面有蜣螂，不禁勃然大怒。他走进内室，想要狠狠地打妻子一顿，但是又害怕被母亲听到。于是杜小雷爬到床上，思考该怎么办，妻子问他怎么了，他也不说话。妻子自觉心虚起来，在床下不安地徘徊。过了好一会儿又传来粗重的喘息声。杜小雷大声呵斥说："还不上床睡觉，是要等着被打吗！"可是床下仍旧没有任何回应。杜小雷爬起来点上蜡烛一照，赫然看到地上有一头猪，再仔细一看，猪的两只脚还是人的脚，他这才明白猪是妻子变成的。县令听说了这件事，把猪

戒众人。谭薇臣曾亲见之。

绑去，牵着它游街，用来警戒众人。谭薇臣曾经亲眼见过那头猪。

注释 1 益都：旧县名。在山东省中部，属今山东省潍坊市下辖青州市。 2 甘旨：美味的食物。此处指奉养母亲的美食。 3 馎饦(bó tuō)：汤饼。古代一种水煮的面食。 4 忤逆：指不孝顺父母、公婆。 5 蜣螂：一种以动物尸体和粪尿为食的昆虫，俗称"屎壳郎"。 6 自馁：丧失勇气，畏缩。 7 敲扑：原指鞭打的刑具，短曰敲，长曰扑。此处指敲打鞭笞。 8 絷(zhí)：拴缚。

毛大福

原文

太行[1]毛大福，疡医[2]也。一日行术归，道遇一狼，吐裹物，蹲道左。毛拾视，则布裹金饰数事[3]。方怪异间，狼前欢跃，略曳袍服，即去。毛行又曳之。察其意不恶，因从之去。未几，至穴，见一狼病卧，视顶上有巨疮，

译文

太行县的毛大福，是主治疮伤的外科医生。一天他外出行医回来，在路上遇到一只狼，狼吐出嘴里叼着的东西，蹲在路旁。毛大福拾起来一看，原来是用布包裹着的几件黄金首饰。毛大福正感到怪异的时候，狼走上前来，欢快地蹦跳着，还轻轻用嘴咬住他的袍子，然后转身就走。毛大福要走，狼又来拉拽他。毛大福感觉狼没有恶意，因此就跟着它走了。不一会儿，到了一个洞穴里，毛大福看到一只狼病倒在地，又看到病狼的头顶上有一个大疮，已经溃烂腐臭，生出了

溃腐生蛆。毛悟其意，拨剔净尽，敷药如法，乃行。日既晚，狼遥送之。行三四里，又遇数狼，咆哮相侵，惧甚。前狼急入其群，若相告语，众狼悉散去。毛乃归。

蛆虫。毛大福这才明白狼的意图，于是为病狼除干净腐肉和脓水，按照成法给它敷药，这才离去。这时天色已晚，狼在后面远远跟着护送毛大福。走了三四里路，毛大福又遇到几只狼，那些狼咆哮着就要扑上来咬他，他害怕极了。先前那只狼急忙跑上前来，好像对群狼说了什么，群狼全都散开了。毛大福这才安然无恙地回家去。

注释 1 太行：古县名。治今河南省焦作市博爱县。 2 疡医：指主治疮伤的外科医生。 3 数事：数件。

先是，邑有银商宁泰，被盗杀于途，莫可追诘[1]。会毛货金饰，为宁所认，执赴公庭。毛诉所从来，官不信，械[2]之。毛冤极不能自伸[3]，唯求宽释，请问诸狼。

此前，县里有一个叫宁泰的银商，被强盗杀死在路上，银子被盗走了，至今没有办法追查到凶手。恰好毛大福拿狼送的黄金首饰去换钱，被宁家的人认出来，把他押上了县衙公堂。毛大福交代了首饰的来源，县官不相信，就把他拘禁了起来。毛大福冤枉至极却无法替自己申辩，只能请求宽释几天，让他去向狼问个明白。

注释 1 追诘：追问，追查。 2 械：拘禁，关押。 3 自伸：为自己申辩。伸，同“申”。陈述，辩白。

官遣两役押入山，直抵狼穴。值狼未归，及暮不至，三人遂反。至半途，遇二狼，其一疮痕犹在，毛识之，向揖而祝[1]曰：“前蒙馈赠，今遂以此被屈。君不为我昭雪，回去搒掠[2]死矣！”狼见毛被絷，怒奔隶。隶拔刀相向。狼以喙拄地大嗥，嗥两三声，山中百狼群集，围旋隶。隶大窘。狼竞前啮絷索[3]，隶悟其意，解毛缚，狼乃俱去。归述其状，官异之，未遽释毛。后数日，官出行。一狼衔敝履委道上。官过之，狼又衔履奔前置于道。官命收履，狼乃去。官归，阴遣人访履主。或传某村有丛薪者，被二狼迫逐，衔其履

县官派了两个衙役押着他进入山中，一直走到狼的洞穴。正赶上狼出去还没有回来，到了傍晚还不见狼返回，三个人便往回走了。走到半路，就遇到了两只狼，其中一只狼的疤痕还在，毛大福认了出来，走上前作揖，请求说：“前日承蒙你们的馈赠，现在我却因为这些首饰被人冤枉。如果你们不替我洗清冤屈，回去以后我一定会被活活打死的！”两只狼看到毛大福被绳子绑着，愤怒地向衙役奔过去。衙役赶紧拔出刀来，与狼对峙。狼便用嘴巴抵着地面，大声嚎叫，只嚎了两三声，山中数百只狼蜂拥而来，把衙役团团围了起来。衙役大为窘困。几只狼争着扑上前来，用牙齿啃咬捆绑毛大福的绳索，衙役明白了狼的用意，于是解开了毛大福身上的绳子，群狼这才一起离开。衙役回去后，向县官汇报了遭遇的事情，县官感到十分惊讶，但是并没有立即释放毛大福。这之后过去了几天，县官外出。一只狼叼着一只破鞋子放在了县官要经过的路上。县官径直走过去，狼又叼着鞋子跑到前面放在路上。县官命人拾起鞋子，狼这才离开。县官回到府衙后，暗中派人去寻访鞋子的主人。有人传某村有一个叫丛薪的人，被两只狼追赶，狼叼走了他的鞋子。

而去。拘来认之，果其履也。遂疑杀宁者必薪，鞫[4]之果然。盖薪杀宁，取其巨金，衣底藏饰，未遑[5]搜括[6]，被狼衔去也。

县官立刻派人把丛薪押来，一验证，果真是他的鞋子。县官因此怀疑杀死宁泰的人一定是丛薪，审问发现他果然就是凶手。原来丛薪杀死宁泰后，拿走了他很多银子，而宁泰藏在衣服里的首饰，他顾不上搜刮，就被狼叼走了。

注释　1 祝：祝祷，请求。　2 搒(péng)掠：笞打，拷打。搒，笞打。　3 縶索：拘囚的绳索。　4 鞫(jū)：审讯。　5 未遑：没有时间顾及；来不及。　6 搜括：亦作“搜刮”，即掠夺财物。

昔一稳婆[1]出归，遇一狼阻道，牵衣若欲召之，乃从去。见雌狼方娩不下。妪为用力按捺，产下放归。明日，衔鹿肉置其家以报之。可知此事从来多有。

从前有一个产婆，外出归来，遇到一只狼挡住了她的路，狼叼着她的衣角好像要请她去什么地方，产婆就跟着去了。到了目的地，她看到一只母狼正在分娩，可是怎么也产不下小狼。产婆就用力按压狼的肚子，帮助它分娩，直到小狼生下后，狼才放她离去。第二天，狼叼来鹿肉放在产婆家门口作为报答。由此可知，这样的事从来就很多。

注释　1 稳婆：旧时以接生为业的妇女。

雹神

原文

唐太史济武[1],适日照[2]会安氏葬。道经雹神李左车[3]祠,入游眺。祠前有池,池水清澈,有朱鱼数尾游泳其中。内一斜尾鱼唼呷[4]水面,见人不惊。太史拾小石将戏击之。道士急止勿击。问其故,言:"池鳞皆龙族,触之必致风雹。"太史笑其附会[5]之诬[6],竟掷之。既而升车[7]东行,则有黑云如盖,随之以行。簌簌雹落,大如绵子[8]。又行里余,始霁[9]。太史弟凉武[10]在后,追及与语,则竟不知有雹也。问之前行者亦云。太史笑曰:"此岂广武君作怪耶!"犹未深异。

译文

太史唐济武,前往日照参加安氏的葬礼。经过雹神李左车的祠堂,便进去游览。祠堂前面有一个池塘,池水清澈见底,里面有几条红色的鱼游来游去。其中一条尾巴是斜着的鱼游出水面吃东西,见到人一点儿也不惊怕。唐太史捡起一块小石子,想逗弄击打它。一旁的道士赶紧劝阻他让他不要扔石子。唐太史问为什么,道士回答说:"池里的鱼都属于龙族,击打它们一定会招致狂风冰雹灾害的。"唐太史笑着说道士附会,没有根据,到底还是把手里的石头扔了出去。过了一会儿,唐太史上车,继续向东行去,这时却有一片黑云,像伞盖一般随着车子飘动。一会儿就簌簌地下起了冰雹,大小如棉花籽。又行走了一里多路,黑云才散去,天气放晴。唐太史的弟弟唐凉武走在车队的后面,赶上来和唐太史说话,竟然不知道刚才下过冰雹。唐太史又问走在前面的人,也说不知道下过冰雹。唐太史笑着说:"这难道是广武君在作怪!"还是没有很怀疑此事。

注释 1 唐太史济武:唐梦赉(lài),字济武,淄川人。顺治六年(1649)进士,授翰林院检讨。太史,明清时翰林院负责修书撰史,因此称翰林为太史。 2 日照:今山东省日照市。 3 李左车:秦末军事家,初在赵封广武君,后归附韩信,提出乘胜争取燕齐之计,信用其策,取得燕地。民间尊李左车为雹神。 4 唼呷(shà xiā):鱼鸟吃食。 5 附会:勉强把没有关系的事物说成有关系。 6 诬:说话虚妄不实。 7 升车:登车,上车。 8 绵子:棉花籽。 9 霁:指冰雹停,云雾散,天气放晴。 10 凉武:唐梦师,字凉武,唐梦赉之弟。

安村外有关圣祠,适有稗贩客[1],释肩门外。忽弃双簏[2],趋祠中,拔架上大刀旋舞,曰:"我李左车也,明日将陪从淄川[3]唐太史一助执绋[4],敬先告主人。"数语而醒,不自知其所言,亦不识唐为何人。安氏闻之,大惧。村去祠四十余里,敬修楮帛[5]祭具,诣祠哀祷,但求怜悯,不敢枉驾。太史怪其敬信之深,问诸主人。主人曰:"雹神灵迹最著,常托生人以为言,应验无虚语。若不虔祝以

安村村外有一座关圣祠,恰好有一个小商贩经过,放下肩上的担子,在门外歇息。忽然小商贩撇下自己的两个竹篓,跑进祠堂,拔起架子上的大刀挥舞起来,说道:"我是李左车,明天将要陪同淄川的唐太史一起送葬,特先告知主人。"说完几句话他就醒了过来,自己都不知道自己说了些什么,也不知道唐太史是什么人。安氏听了小商贩的话,惊恐不安。安村距离李左车祠堂有四十多里地,他们恭敬地备下纸钱和祭祀用的器具,前往祠堂哀求祷告,希望雹神可怜他们,不敢劳驾神仙大驾光临。唐太史对他们敬畏笃信雹神感到十分奇怪,就问主人原因。主人说:"雹神显灵的事情最显著,他常常托生人的口说话,每次都会应验,没有一次是空话。如果我们不虔诚地祷告,

尼[6]其行,则明日风雹立至矣。”

阻止他的行动,那么明天狂风冰雹一定会骤临的。”

注释 1 稗(bài)贩客:小贩。稗,小。 2 簏(lù):竹篾编成的盛物器。 3 淄川:旧县名。今山东省淄博市淄川区。 4 执绋(fú):指送葬时手执牵引灵柩的大绳以助行进。亦为送葬的别称。绋,下葬时牵引灵柩入墓穴的绳索。 5 楮(chǔ)帛:旧俗祭祀时焚化的纸钱。楮,纸币。 6 尼(nǐ):阻止。

异史氏曰:“广武君在当年,亦老谋壮事者流也。即司雹于东[1],或亦其不磨[2]之气,受职于天。然业神矣,何必翘然[3]自异哉!唐太史道义文章,天人[4]之钦瞩已久,此鬼神之所以必求信于君子也。”

异史氏说:“想当年,广武君也是深谙谋略,能做大事的人物。他接任日照一带的雹神之职,大概是因为他有着不可磨灭的气概,这才被上天任命吧。然而他已经是神仙了,为什么一定要张扬突出,显示自己的奇异和能耐呢!唐太史的道义和文章,长久以来都让天上的神仙和地上的人们钦佩,这大概就是鬼神一定要让君子相信自己的原因吧。”

注释 1 东:此处指日照。 2 不磨:不可磨灭。 3 翘然:特出貌。 4 天人:天上和人间。

李八缸

原文

太学[1]李月生，升宇翁之次子也。翁最富，以缸贮金，里人称之"八缸"。翁寝疾[2]，呼子分金：兄八之，弟二之。月生觖望[3]。翁曰："我非偏有爱憎。藏有窖镪[4]，必待无多人时，方以畀[5]汝，勿急也。"过数日，翁益弥留。月生虑一旦不虞[6]，觑无人，即床头秘讯之。翁曰："人生苦乐皆有定数。汝方享妻贤之福，故不宜再助多金，以增汝过。"盖月生妻车氏，最贤，有桓、孟之德[7]，故云。月生固哀之。怒曰："汝尚有二十余年坎壈[8]未历，即予千金，亦立尽耳。苟不

译文

太学生李月生，是李升宇老先生的次子。李老先生最为富有，用大缸贮藏金子，乡里人都称他"李八缸"。李老先生卧病在床时，叫来儿子分遗产：大儿子分得八成，二儿子分得两成。李月生心里不满，不免怨恨父亲。李老先生说："我不是偏心，喜爱他憎恶你。我还藏有一地窖银子，一定要等到没有多少人的时候，才能送给你，你不要着急。"过了几天，李老先生病情愈发加重了。李月生想到万一父亲突然有个三长两短，自己就得不到钱财了，于是他趁着没人的时候，来到父亲的床前悄悄地问父亲钱财的事情。李老先生说："人这一生痛苦和快乐都是有定数的。你现在正在享受妻子贤惠的福气，所以不能再多给你银子，以免增加你的罪过。"原来李月生的妻子车氏，非常贤惠，有历史上桓少君、孟光一样的贤德，故此李老先生才这样说。李月生还是苦苦地哀求父亲。李老先生大怒，说："你还有二十多年的困顿没有经历，即便现在给你一千两银子，也会立刻被你挥霍殆尽的。如果不到山穷水尽走投无路的时候，你就不要期望我能

至山穷水尽时，勿望给与也！”月生孝友敦笃，亦即不敢复言。犹冀父复瘥，旦夕可以婉告。无何，翁大渐[9]，寻卒。幸兄贤，斋葬之谋，勿与校计。

给你银子！”李月生本来就是一个孝敬父母、友爱兄弟，生性敦厚淳朴的人，听了父亲的话，也就不敢再说什么了。他还是盼着父亲的病可以痊愈，这样早晚还是可以委婉地告诉他银子的事情。可是没有多久，李老先生的病更重了，几天后竟然去世了。幸亏大哥贤能，一切丧葬事宜都没和他计较。

注释 1 太学：中国古代的大学。为传授儒家经典的最高学府。 2 寝疾：卧病不起。一般指病危。 3 觖(jué)望：不满意；怨恨。 4 镪(qiǎng)：成串的钱。亦指银子或银锭。 5 畀(bì)：给予；付与。 6 不虞：死亡的婉辞。 7 桓、孟之德：桓少君、孟光的贤德。桓少君，鲍宣之妻。桓少君出嫁时嫁妆十分丰厚，鲍宣不悦，她便将妆奁归还父家，穿粗布衣，与丈夫共挽鹿车回到乡里，婚后孝敬公婆，贤惠能干。孟光，梁鸿之妻。因梁鸿不愿从俗为官，她遂椎髻、布衣相随。梁鸿被人雇佣做工，孟光为他准备饭食，总是把托盘举得和眉毛一样高。旧时二人被视为贤妻的典范。 8 坎壈(lǎn)：困顿；不得志。 9 大渐：谓病势加剧。

月生又天真烂漫，不较锱铢[1]，且好客善饮，炊黍治具，日促妻三四作，不甚理家人生产。里中无赖窥其懦，辄鱼肉[2]之。逾数年，家渐落。窘急时，赖兄小周给[3]，不至

李月生生性天真烂漫，从不与人计较钱财，而且慷慨好客，喜欢与人促膝欢饮，每天都要催促妻子做三四顿饭，置办酒宴，从来不关心家里的生计。乡里的一些无赖看他懦弱，就常常欺负他。就这样过了几年，李月生家道渐渐衰落。困窘急迫时，幸好大哥会稍微接济一下，因此他家还不至于太过贫困。没过多久，大哥就因年老体

大困。无何，兄以老病卒，益失所助，至绝粮食。春贷秋偿，田所出登场[4]辄尽。乃割亩[5]为活，业益消减。又数年，妻及长子相继殂谢[6]，无聊[7]益甚。寻买贩羊者之妻徐，冀得其小阜[8]，而徐性刚烈，日凌藉[9]之，至不敢与亲朋通吊庆[10]礼。忽一夜梦父曰："今汝所遭，可谓山穷水尽矣。尝许汝窖金，今其可矣。"问："何在？"曰："明日畀汝。"醒而异之，犹谓是贫中之积想[11]也。次日，发土葺墉[12]，掘得巨金。始悟向言"无多人"，乃死亡将半也。

弱，得病去世了，李月生更加失去了可以依靠的人，以至于到了家无余粮的窘境。他只能春天向别人家借贷，到了秋天偿还，地里的粮食刚刚收获就马上偿还给了人家。他于是典卖田地维持生计，家业更加消减。又过了几年，他的妻子和大儿子相继离开了人世，李月生更加贫苦无依。不久他买了一个羊贩子的妻子徐氏，本希望她能带来一点小钱，可是徐氏生性刚烈，每天都会凌辱欺负李月生，以至他到了不敢和亲朋好友互通往来的地步。一天晚上，李月生忽然梦到了自己的父亲，父亲对他说："现在你面临的遭遇，可以说已经到了山穷水尽的时候了。我以前曾经答应把窖藏的银子分你，现在可以给你了。"李月生问："银子在哪里呢？"父亲说："明天送给你。"李月生醒来感到十分奇怪，还认为这是自己贫困之中积久的想望。第二天李月生挖土砌墙，挖出一大笔银子。他这才明白父亲生前说的"没有多少人"，其实是指家人死去大半的意思。

注释 1 锱铢：微利，极少的钱。锱、铢都是古代很小的重量单位。 2 鱼肉：欺凌。 3 周给：接济。 4 登场(cháng)：谷物收割后运到场上，借指收获完毕。 5 割亩：卖地。 6 殂谢：去世。 7 无聊：生活穷困,无所依赖。 8 小阜:稍稍富裕。 9 凌藉:欺凌。 10 吊庆:吊唁或庆贺。此处指应酬往来。 11 积想:积久的思虑、想望。 12 葺墉:修理墙垣。墉,墙。

异史氏曰:"月生,余杵臼交[1],为人朴无伪。余兄弟与交,哀乐辄相共。数年来,村隔十余里,老死竟,不相闻。余偶过其居里,因亦不敢过问之。则月生之苦况,盖有不可明言者矣。忽闻暴得千金,不觉为之鼓舞。呜呼!翁临终之治命,昔习闻之,而不意其言皆谶[2]也。抑何其神哉!"

异史氏说:"月生是我不计贫贱而结交的朋友,为人朴实诚恳,一点儿也不虚伪。我们像兄弟一样交往,共同分享哀乐。几年来,村子相隔十几里,竟好久也没有来往了。我偶然经过他的村子,也不敢去看望他。月生的苦处,还有不可明说的地方呀。忽然听说他一下子得到许多钱,也不觉为他欢欣鼓舞。啊!李升宇老先生的临终遗训,早年也曾听说过,没想到他的话都一一应验了。多么神奇啊!"

注释 1 杵臼交:指不计贫贱的交谊。《后汉书·吴祐传》:"时公沙穆来游太学,无资粮,乃变服客佣,为祐赁舂。祐与语,大惊,遂共定交于杵臼之间。" 2 谶:将要应验的预言、预兆。这里指李月生之父临终前所说的言论完全应验。

老龙舡户

原文

朱公徽荫[1]巡抚粤东时，往来商旅，多告无头冤状。千里行人，死不见尸；数客同游，全无音信，积案累累，莫可究诘。初告，有司[2]尚发牒[3]行缉，迨投状既多，竟置不问。公莅任，历稽旧案，状中称死者不下百余，其千里无主者，更不知凡几。公骇异恻怛[4]，筹思废寝。遍访僚属，迄少方略。于是洁诚熏沐，致檄[5]城隍之神。已而斋寝，恍惚见一官僚搢笏[6]而入。问："何官？"答云："城隍刘某。""将何言？"曰："鬓边垂雪，天际生云，水中漂木，壁上安门。"言已而退。既醒，隐谜不解。辗转终宵，

译文

朱徽荫任广东巡抚的时候，往来的商人和旅客，常常来报无头冤案。有的是千里出行，死不见尸；有的则是几个人一同出行，竟全无音信，这样的案件堆积得很多，根本没有办法追查。最开始有人报案时，官府还发公文通缉追捕，等到报案的人越来越多，官府竟然置之案头不闻不问。朱徽荫上任后，一一核查陈年旧案，发现状纸上说已经死去的不下一百人，那些千里出行，不知下落的，就更不计其数了。朱徽荫惊讶异常，内心忧愁悲痛，日夜思考对策，以至于废寝忘食。他把同僚下属问遍了，也没有找到什么方法。于是朱徽荫恭敬诚恳地斋戒沐浴，向城隍神祈祷，希望得到帮助。祈祷完毕，他在斋房里休息，隐约间看到一个官员打扮的人，腰间别着笏板，走了进来。朱徽荫问道："你是什么官？"那人回答说："我是刘城隍。"朱徽荫说："你要对我说些什么？"刘城隍说："鬓边垂雪，天际生云，水中漂木，壁上安门。"说完就离开了。朱徽荫醒来后，梦里的几句隐语，还是无法解开。他

忽悟曰："垂雪者，老也；生云者，龙也；水上木为舡；壁上门为户。岂非'老龙舡户'耶！"盖省之东北，曰小岭，曰蓝关，源自老龙津[7]，以达南海，岭外巨商每由此入粤。公遣武弁[8]，密授机谋，捉龙津驾舟者。次第擒获五十余名，皆不械[9]而服。盖此等贼以舟渡为名，赚[10]客登舟，或投蒙药，或烧闷香，致客沉迷不醒，而后剖腹纳石，以沉水底。冤惨极矣！自昭雪后，遐迩欢腾，谣诵成集焉。

辗转反侧一夜难眠，突然醒悟过来说："'垂雪'就是'老'，能够生云的就是龙，在水上漂着的木头就是'船'，墙上的门就是'户'。连起来不就是'老龙船户'吗！"原来广东省的东北部有两条河，一条叫小岭河，一条叫蓝关河，都发源于老龙津，最后注入南海，北方的商旅总是从这里进入广东。朱徽荫于是派遣衙役，秘密地传授计策，抓捕老龙津上驾船的人。衙役们陆续擒获五十多名贼人，都不用严刑逼供他们就全部认罪伏法了。原来这些贼人用过河渡船的名义，骗客人上船，要么下蒙汗药，要么烧闷香，让客人昏迷不醒，然后就剖开他们的肚子，塞进石头，将人沉入水底。真是冤屈悲惨到了极点！自从沉冤昭雪后，远近地方无不欢呼雀跃，赞扬朱徽荫的诗文都可以编成集子了。

注释　1 朱公徽荫：朱宏祚，字徽荫，山东高唐人。顺治五年(1648)举人。曾任盱眙县知县、御史、刑部主事、兵部郎中、直隶天津道佥事、广东巡抚、闽浙总督。　2 有司：官吏。此处指官府。　3 牒：公文。　4 恻怛(dá)：悲伤，同情。　5 檄(xí)：古代官府用以征召、晓谕或声讨的文书。亦泛指信函。　6 搢笏：插笏。搢，插。笏，笏板。古代朝臣觐见时执笏，用以记事备忘，不用时插于腰带上。　7 老龙津：今广东省龙川县老龙埠一带，当时为龙川江上游。　8 武弁：武官。此处指衙役。　9 械：刑具。此处指严刑逼供。　10 赚：诳骗；欺哄。

异史氏曰:"剖腹沉石,惨冤已甚,而木雕之有司,绝不少关痛痒,岂特粤东之暗无天日哉!公至则鬼神效灵,覆盆[1]俱照,何其异哉!然公非有四目两口,不过痌瘝[2]之念,积于中者至耳。彼巍巍然[3],出则刀戟横路,入则兰麝[4]熏心,尊优虽至,究何异于老龙舡户哉!"

异史氏说:"剖开肚子,塞进石头,沉尸水底,已经很悲惨冤屈了,然而那些木头人一样的官员,还对百姓的疾苦不闻不问,将其视作无关痛痒的事,又哪里只是广东才这样暗无天日呢!朱徽荫一上任就鬼神显灵,使得案子沉冤昭雪,多么奇异啊!但朱徽荫并非拥有四只眼睛、两张嘴,不过是念着百姓疾苦,忧愁郁积于心罢了。那些高高在上的官员,出门有带刀戟的士兵护卫,在家则沐浴着兰麝的香味,虽然地位极其尊贵,生活极度优渥,深究起来又与老龙船户有什么不同呢!"

注释 **1** 覆盆:倒置的盆。《抱朴子·辨问》:"是责三光不照覆盆之内也。"后因以比喻社会黑暗或沉冤莫白。 **2** 痌瘝(tōng guān):原指病痛,后指关怀人民疾苦,如疾病在身。 **3** 巍巍然:高高在上的样子。 **4** 兰麝:兰与麝香,指名贵的香料。

青城妇

原文

费邑[1]高梦说[2]为成都守,有一奇狱。先是,有西商客

译文

费县的高梦说担任成都府地方长官的时候,发生了一件奇怪的案子。之前有一个西面来的商人暂居成都,娶了青城山的一个

成都，娶青城山[3]寡妇。既而以故西归，年余复返。夫妻一聚，而商暴卒。同商疑而告官，官亦疑妇有私，苦讯之。横加酷掠，卒无词。牒解[4]上司，并少实情，淹[5]系[6]狱底，积有时日。

寡妇。后来商人因为有事情返回了家乡，一年多后才回来。夫妻刚刚团聚，商人就暴毙了。和他一同经商的人怀疑他的死有蹊跷，就上报到衙门，高梦说也怀疑是妇人有了私情，于是用酷刑审讯。可是即便用完了残酷的刑罚，妇人最后还是没有认罪。高梦说只好准备官文，将她押赴上一级官府，但是因为缺少有力证据而无法结案，只好把妇人收押在大牢里，关押了很长时间。

注释 1 费邑：今山东省临沂市费县。 2 高梦说：字兴岩，号易庵，费县人。顺治五年(1648)副贡，曾任河南修武县丞，康熙二年(1663)升任四川成都府同知，后任安徽按察使。 3 青城山：位于四川都江堰西南。 4 解(jiè)：押送犯人。 5 淹：滞留，久留。 6 系：拘囚。

后高署[1]有患病者，延一老医，适相言及，医闻之，遽曰："妇尖嘴否？"问："何说？"初不言，诘再三，始曰："此处绕青城山有数村落，其中妇女多为蛇交，则生女尖喙，阴中有物类蛇舌。至淫纵[2]时，则舌或出，一入阴管，男子阳脱[3]立死。"

后来高梦说的衙门里有人病了，请了一位老医生，正说到青城妇人的案子，老医生听了，立刻问："那个妇人是不是尖嘴的？"高梦说问："为什么这么说？"起初老医生不肯明说，高梦说多次询问，他才说道："这里围绕着青城山有好几个村落，村子里的妇女很多都跟蛇交媾，就会生下尖嘴巴的女孩，她们的阴道里有一种类似蛇舌头的东西。她们行房事的时候，有时蛇舌头就会出来，一旦进入男人的阴茎中，男人就会阳脱而死。"高梦说听了十分骇异，但还

高闻之骇，尚未深信。医曰：“此处有巫媪，能内[4]药使妇意荡，舌自出，是否可以验见。”高即如言，使媪治之，舌果出，疑始解。牒报郡。上官皆如法验之，乃释妇罪。

是不十分相信。老医生说：“附近有巫婆，能够用药物让妇人意乱情迷，那时候阴道中的舌头就会出来，是真是假自可验证。”高梦说立刻按照他说的，请巫婆给妇人服药，舌头果然伸了出来，此案的疑惑这才得以解开。高梦说写官文上报上级。上级官员按照他说的办法验证，于是释放了青城妇人。

注释 1 高署：指高梦说的官署。 2 淫纵：纵欲淫乱。 3 阳脱：男子因性交出现虚脱的状况。 4 内(nà)：“纳”的古字。纳入。此处指服用(药物)。

鹗 鸟

原文

长山[1]杨令[2]，性奇贪。康熙乙亥间，西塞用兵，市[3]民间骡马运粮。杨假此搜括，地方头畜一空。周村为商贾所集，趁墟者[4]车马辐辏[5]。杨率健丁悉篡夺之，不下数百余头。四方估客[6]，无处控告。

译文

长山县县令杨杰，生性贪婪异常。康熙乙亥年间，西方边塞有战事，朝廷征购民间的骡马来运送粮草。杨杰就借这个机会搜刮，将当地的牲畜搜刮一空。周村是商贾云集的地方，赶集的人和来往车马都很多。杨杰亲自带着健壮士卒前去将骡马全部抢夺过来，所得有上百头。四方赶来的商人也没有地方去控告他。

注释 1 长山：旧县名，今山东省邹平市长山镇。 2 杨令：长山县令杨杰，奉天监生，康熙二十八年(1689)任长山令，康熙三十五年(1696)因贪污被免职。 3 市：买。 4 趁墟者：赶集的人。 5 辐辏(fú còu)：车辐集中于车毂上，比喻人或物聚集一处。 6 估客：行商。

时诸令皆以公务在省[1]。适益都令董、莱芜令范、新城令孙，会集旅舍。有山西二商迎门号诉，盖有健骡四头，俱被抢掠，道远失业，不能归，哀求诸公为缓颊[2]也。三公怜其情，许之。遂共诣杨。杨治具相款。酒既行，众言来意，杨不听。众言之益切。杨举酒促釂[3]以乱[4]之，曰："某有一令，不能者罚。须一天上、一地下、一古人，左右问所执何物，口道何词，随问答之。"便倡[5]云："天上有月轮，地下有昆仑，有一古人刘伯伦[6]。左问所执何物，答云：'手执酒杯。'右问口道何词，答云：'道是酒杯之外不须提。'"范公云："天上有广寒宫，地

当时诸县县令都因公务齐聚省城。恰好益都县令董某、莱芜县令范某、新城县令孙某在旅社会集。有两个山西的商人找上门来哭诉，原来他们有四头健壮的骡子，全都被杨县令抢走了，此地离山西路途遥远，他们没有了骡子，根本没法回家，所以哀求诸位县令帮忙说说情。三位县令对他们的遭遇很同情，便答应了。于是一起去拜访杨县令。杨县令设宴款待三位县令。酒过三巡，三人说明了来意，杨县令却不听。众人劝说更加急切。杨县令端起酒杯劝三位喝酒，岔开了话题，说："我现在有一个酒令，对不上来的人要受罚。酒令必须说一个天上的事物、一个地上的事物、一个古人，左右要问手中拿的是什么东西，嘴里说的是什么话，而且要随问随答。"随即他第一个说道："天上有月轮，地下有昆仑，有一古人刘伯伦。左边的问手中所拿何物，回答说：'手里拿着酒杯。'右边的问嘴里说的什么，回

下有乾清宫,有一古人姜太公[7]。手执钓鱼竿,道是'愿者上钩'。"孙云:"天上有天河,地下有黄河,有一古人是萧何[8]。手执一本《大清律》,他道是'赃官赃吏'。"杨有惭色,沉吟久之,曰:"某又有之。天上有灵山,地下有泰山,有一古人是寒山[9]。手执一帚,道是'各人自扫门前雪'。"众相视觍然[10]。

答说:'酒杯之外的事不要提。'"范县令对道:"天上有广寒宫,地下有乾清宫,有一古人姜太公。手里拿的是钓鱼竿,嘴里说的是'愿者上钩'。"孙县令对道:"天上有天河,地下有黄河,有一古人是萧何。手里拿着一本《大清律》,口中说的是'赃官赃吏'。"杨县令听了,脸上泛出惭愧的神色,他沉吟良久,才对道:"我又有了。天上有灵山,地下有泰山,有一古人是寒山。手里拿的是扫帚,嘴里说的是'各人自扫门前雪'。"众人听了,面面相觑,露出羞愧的神色。

注释　1 省:省会。　2 缓颊:婉言劝解或代人讲情。　3 促醽:劝酒。　4 乱:混淆。此处指岔开话题。　5 倡(chàng):发起,带头。　6 刘伯伦:刘伶,字伯伦,西晋沛国人。肆意放荡,性嗜酒,为"竹林七贤"之一。　7 姜太公:周朝政治家。曾垂钓于渭水之滨,钓鱼时却不用诱饵,自言"愿者上钩",实际是在等待圣明君主到来。　8 萧何:汉初政治家。曾参考秦代法律,制定了被誉为"律令之宗"的《九章律》。　9 寒山:唐代诗僧,寓居浙东天台山。常在山林间题诗作偈,其诗通俗,多表现山林逸趣与佛教出世思想,讥讽世态,同情贫民。　10 觍(tiǎn)然:羞愧貌。

忽一少年傲岸而入,袍服华整,举手作礼。共挽[1]坐,酌以大

忽然一个少年高傲地走了进来,身上的衣袍整齐华丽,他举起手来向众人作揖。众县令邀请他入座,为他斟了一

斗[2]。少年笑曰："酒且勿饮。闻诸公雅令，愿献刍荛[3]。"众请之，少年曰："天上有玉帝，地下有皇帝，有一古人洪武朱皇帝[4]。手执三尺剑，道是'贪官剥皮'。"众大笑。杨恚骂[5]曰："何处狂生敢尔！"命隶执之。少年跃登几上，化为鸮[6]，冲帘飞出，集庭树间，回顾室中，作笑声。主人击之，且飞且笑而去。

大杯酒。少年笑着说："酒先不忙着喝。听到诸位县令在行高雅的酒令，我想献上自己的一条。"众县令都请他快快说来，少年说道："天上有玉帝，地下有皇帝，有一古人洪武朱皇帝。手拿三尺剑，嘴里说的是'贪官剥皮'。"众县令一听，哈哈大笑。杨县令盛怒，大骂道："哪里来的狂妄小子，敢这样无礼！"命令隶卒抓住他。少年一下就跳到了几案上，化作了一只猫头鹰，冲开帘子飞了出去，站在庭院的树枝上，回头看向屋里，还哈哈大笑。杨县令拿东西击打他，他一边飞一边笑着离去了。

注释　1 挽：拉，牵引。　2 大斗：较大的酒器。　3 刍荛(ráo)：浅陋的见解。多用作自谦之辞。　4 洪武朱皇帝：即明太祖朱元璋，其年号为"洪武"。朱元璋在位时严惩贪官污吏，制定《大诰》整肃贪污，传说"剥皮揎草"就是《大诰》中惩罚贪官的一种酷刑。　5 恚(huì)骂：怒骂。恚，恨，怒。　6 鸮(xiāo)：即猫头鹰。民间认为鸮是不祥之鸟。

异史氏曰："市马之役[1]，诸大令[2]健畜盈庭者十之七，而千百为群，作骡马贾者，长山外不数数[3]见也。圣明天子爱惜民力，取一物

异史氏说："在征购骡马的事件中，各地县令十个中有七个家里挤满了健壮的牲畜，但是像这样有成百上千一大群牲畜，能够做起骡马生意的人，除了长山县的这位杨县令，其他地方真不多见。圣明的天子爱惜民力，拿了老百姓的一件东西

必偿其值，焉知奉行者流毒若此哉！鸮所至，人最厌其笑，儿女共唾之，以为不祥。此一笑则何异于凤鸣哉！”

也要按价偿付，他哪里知道下面奉命行事的官吏竟然流毒到如此地步！猫头鹰所到之处，人们都厌烦它的笑声，就连小孩子也唾弃它，认为它是不吉利的鸟。然而这次它的笑声和凤凰的鸣叫又有什么区别呢！”

注释 1 役：事情；事件。 2 大令：县令。 3 数数(shuò)：经常。

古 瓶

原文

淄邑北村井涸，村人甲、乙缒[1]入淘[2]之。掘尺余，得髑髅[3]。误破之，口含黄金，喜纳腰橐[4]。复掘，又得髑髅六七枚。冀得含金，悉破之，而一无所有。其旁有磁瓶二、铜器一。器大可合抱，重数十斤，侧有双环，不知何用，斑驳陆离。瓶亦古，非近款。既出井，甲、乙皆死。移时乙苏，曰：“我乃汉人。遭新

译文

临淄县北部的一个村子里有口井干涸了，村民甲和乙系着绳子下到井底去淘井。挖了一尺多深，竟发现了一个死人头骨。他们不小心打破了头骨，发现口中含有黄金，就欣喜地放进自己的腰包。继续往下挖，又发现了六七个头骨。他们想要得到其中的金子，就打破了全部头骨，却一无所获。头骨的附近还有两个瓷瓶和一件铜器。铜器大得需要张开胳膊才能抱拢，重达数十斤，两侧都有两个环，不知道是干什么用的，器身锈迹斑驳，色彩繁杂。瓷瓶也是古代的形制，不是最近的款式。甲乙两人出井后，都昏死过去。过了一段时间，乙醒了过来，

莽之乱，全家投井中。适有少金，因内口中，实非含敛之物[5]，人人都有也。奈何遍碎头颅？情殊可恨！”众香楮[6]共祝之，许为殡葬，乙乃愈，甲则不能复生矣。

说：“我是汉朝人，遭逢王莽改制时的变乱，全家人跳进了井中。恰好身边有一点金子，我就含在了嘴里，并不是死后入殓时放进嘴里的，并非人人都有。为什么要打碎所有的头骨呢？这种做法真是可恨！”众人烧香焚纸钱共同祷告，答应为他们下葬，乙这才痊愈，甲却再也没有苏醒过来。

注释　1 缒(zhuì)：以绳拴人或物往下放。　2 淘：此指淘井，即取出井中的污泥浊水。　3 髑(dú)髅：死人的头骨。　4 腰橐(tuó)：藏钱的袋子，旧时多系于腰，故名。　5 含(hàn)敛之物：死者入殓时放在嘴里的金玉等物。　6 香楮(chǔ)：祭神鬼用的香和纸钱。此处指焚香烧纸。

颜镇[1]孙生闻其异，购铜器而去。袁孝廉宣四[2]得一瓶，可验阴晴：见有一点润处，初如粟米，渐阔渐满，未几雨至；润退则云开天霁。其一入张秀才家，可志朔望[3]：朔则黑点起如豆，与日俱长；望则一瓶遍满；既望[4]，又以次而退；至晦[5]则复其初。

颜镇的孙生听说了这件奇异的事，买走了铜器。袁孝廉袁宣四得到了其中一只瓷瓶，可以预见天气的阴晴变化：如果在瓶身上看见湿润的一点，刚开始时只有粟米粒大小，渐渐地变大变多，布满瓶身，不一会儿大雨就会如期而至；等到湿点完全褪去，就会云散天晴。另一个瓷瓶到了张秀才的家里，可以用来显示朔望：初一这一天瓶身上就会出现黑点，像豆粒一样，随着日子的推移，黑点慢慢变多；到了十五，满瓶都会布满黑点；过了十五，黑点又慢慢地消失；到了月末最后一天，瓶子就会恢复如初。因为瓶子在土

以埋土中久，瓶口有小石黏口上，刷剔不可下。敲去之，石落而口微缺，亦一憾事。浸花其中，落花结实，与在树者无异云。

中埋了很久，瓶口上粘有一块小石子，不管怎么刷剔，都无法去除。尝试敲掉它，虽然石子掉下来了，可是瓶口却有了一个缺口，也是一件遗憾的事。把花放进瓶子里，花落了以后可以结出果实，与在树上结的没有什么两样。

注释 **1** 颜镇：即颜神镇，在今山东省淄博市西南。 **2** 袁孝廉宣四：袁藩，字宣四，淄川县人，康熙二年(1663)举人。是蒲松龄的好友。 **3** 朔望：朔日和望日，即农历每月初一和十五。 **4** 既望：农历每月十六日。 **5** 晦：农历每月最后一天，朔日的前一天。

元少先生

原文

韩元少[1]先生为诸生[2]时，有吏突至，白主人欲延作师，而殊[3]无名刺[4]。问其家阀，含糊对之。束帛缄贽[5]，仪礼优渥，先生许之，约期而去。至日，果以舆来。迤逦[6]而往，道路皆所

译文

韩元少先生还是生员的时候，有个小吏突然来到家中，自言他家主人想要请先生做老师，但是那个小吏竟然没有带主人名帖。元少先生询问其主人的家世，小吏也只是含含糊糊地应对。不过小吏带来了很多布帛和银两，请师的礼仪也很丰厚，元少先生便答应了下来，约定好日期，小吏便离开了。到了约定的日子，果然有车子来接元少先生。车子沿着弯弯曲曲的道路行驶，所经过的道路

未经。忽睹殿阁，下车入，气象[7]类藩邸[8]。既就馆[9]，酒炙纷罗，劝客自进，并无主人。筵既撤，则公子出拜。年十五六，姿表秀异。展礼[10]罢，趋就他舍，请业[11]始至师所。公子甚慧，闻义辄通。

都是元少先生以前从来没有走过的。忽然，元少先生看到一座殿阁，下了车走进去，感觉它的气派特别像藩王的府邸。到了学馆，酒席就摆开了，非常丰盛，仆人只是劝元少先生自斟自饮，并没有主人来陪同。宴席撤下后，主人家的公子才出来拜见老师。他看起来十五六岁，姿态端庄，仪表秀丽。拜师的礼仪结束后，公子就离开去了别的地方，只有上课的时候才来老师的居所。公子聪慧异常，各种义理只要听老师一讲，他就能通晓。

注释 **1** 韩元少：韩菼(tǎn)，字元少，长洲人。康熙癸丑(1673)会试、殿试第一，授翰林修撰，官至礼部尚书兼翰林院掌院学士。 **2** 诸生：明清两代称已入太学的生员。 **3** 殊：竟然。 **4** 名刺：名帖。 **5** 束帛缄贽：古时聘师之礼。束帛，帛五匹为一束。缄，封；闭。贽，初次见人时所送的礼物，以表敬意。 **6** 迤逦(yǐ lǐ)：道路曲折连绵的样子。 **7** 气象：气派；气势。 **8** 藩邸：藩王的府邸。 **9** 馆：旧时指教学的地方。 **10** 展礼：行礼；施礼。 **11** 请业：向人请教学业，此处指上课。

先生以不知家世，颇怀疑闷。馆有二僮给役[1]，私诘之，皆不对。问："主人何在？"答以事忙。先生求导窥之，僮不可。屡求之，乃导至一处，闻拷

元少先生因为不知道主人的家世，心里难免疑虑重重。学馆里有两个童仆服侍先生，先生便私下里询问他们，二人都不予回答。先生又问："你们的主人在什么地方呢？"童仆回答说主人事忙。先生便请求童仆带着他偷偷看看主人，童仆更是不肯答应。先生多次请求，童仆于是带着先生

楚[2]声。自门隙目注之，见一王者坐殿上，阶下剑树刀山皆冥中事。大骇。方将却步，内已知之，因罢政[3]，叱退诸鬼，疾呼僮。僮变色，曰："我为先生，祸及身矣！"战惕奔入。王者怒曰："何敢引人私窥！"即以巨鞭重笞讫。乃召先生入，曰："所以不见者，以幽明[4]异路。今已知之，势难再聚。"因赠束金[5]使行，曰："君天下第一人，但坎壈未尽耳。"使青衣[6]捉骑送之。先生疑身已死，青衣曰："何得便尔！先生食御[7]，一切置自俗间，非冥中物也。"既归，坎坷数年，中会、状，其言皆验。

到了一个地方，元少先生听到了拷打的声响。先生从门缝里注视屋内，只见一个君王坐在大殿上，台阶下罗列着刀山剑树，都是阴间才有的东西。元少先生大吃一惊。他刚要悄悄退出去的时候，屋内的主人已经知道他在外面，就停止办公，喝令众鬼退下，大声呼喊童仆进来。童仆脸色大变，说："我为了先生，惹祸上身了！"说完战战兢兢地跑进屋里。君王怒气冲冲地说："你竟敢带生人来偷看！"随即让人用大鞭子重重抽打了童仆一顿后，才召先生进来，说："我之所以不见先生，是因为阴间和人间是不同的世界。现在你已经知道了一切，我们也就无法再相见了。"于是赠送先生一些银两作为学费让他离开，说道："先生是天下第一人，但是遭受的坎坷还没有到尽头。"君王让差役牵来马送先生上路。先生怀疑自己已经死了，那个差役说："怎么会那么容易死呢！先生在这里吃的用的，一切东西都是从人间置办过来的，并不是地府中的东西。"先生回到人间后，果然历经多年坎坷，后来又连中会元、状元，地府君王说的都得到了应验。

注释 1 给役:服侍,供应使役。 2 搒楚:搒打。 3 罢政:停下工作。 4 幽明:指生与死,阴间与人间。 5 束金:旧时送给老师的酬金。 6 青衣:指役吏,差役。 7 御:服用之类物件。

薛慰娘

原文

丰玉桂,聊城儒生也,贫无生业[1]。万历间岁大祲[2],孑然南遁。及归,至沂而病。力疾行数里,至城南丛葬处,益惫,因傍冢卧。忽如梦,至一村,有叟自门中出,邀生入。屋两楹[3],亦殊草草[4]。室内一女子,年十六七,仪容慧雅。叟使瀹[5]柏枝汤,以陶器供客。因诘生里居、年齿,既已,乃曰:"洪都姓李,平阳[6]族。流寓此间今三十二年矣。君志[7]此门户,余家子孙如见探访,即烦指示之。老夫不敢

译文

丰玉桂是聊城的儒生,家里贫穷,没有产业。万历年间突发大的灾荒,他只身逃亡到南方。等回乡到达临沂时,他病倒了。他竭尽全力又赶了几里路,到了城南的一处坟场,更加疲惫,因此在坟边躺下休息。忽然如同在梦中一般,他来到一个村子,有一个老人从一扇门里走出来,邀请丰玉桂进去坐坐。丰玉桂走进院中,看到只有两间房子,都很简陋。屋里有一个女子,十六七岁的样子,仪态容颜秀丽雅致。老人让女子煮柏枝汤,用陶器盛上来招待客人。老人趁机询问丰玉桂家住哪里、今年多大了等问题,问罢,自我介绍说:"我叫李洪都,平阳人氏,流落到此已经三十二年了。你记住我家的门户,我家里的子孙如果要来拜访,还烦请你给他们指路。我不会忘记

忘义。义女慰娘颇不丑，可配君子。三豚儿[8]到日，即遣主盟[9]。”生喜，拜曰：“犬马齿二十有二，尚少良配。惠以眷好固佳，但何处得翁之家人而告诉也？”叟曰：“君但住北村中，相待月余，自有来者，止求不惮烦耳。”生恐其言不信，要[10]之曰：“实告翁：仆故家徒四壁，恐后日不如所望，中道之弃，人所难堪。即无姻好，亦不敢不守季路之诺[11]，即何妨质言之也？”叟笑曰：“君欲老夫旦旦[12]耶？我稔知[13]君贫。此订非专为君，慰娘孤而无倚，相托已久，不忍听其流落，故以奉君子耳。何见疑？”即捉臂送生出，拱手合扉而去。

你的大恩的。我的义女慰娘长得不错，我可以许配给你。等我的三儿子来了，我就让他为你们主持婚礼。”丰玉桂喜出望外，拜谢老人说：“我今年二十二岁了，还没有娶妻。您肯把女儿许配给我固然是一件大喜事，可是我到哪里寻找您的家人告诉他们这里的地址呢？”老人说：“你只管住在村子里，等上一个月左右的时间，自然会有人来找你，只是希望你不要觉得不耐烦。”丰玉桂唯恐他说话不算话，就逼其守信他说：“老实对您说吧，我家徒四壁，一无所有，恐怕日后无法像您期望的那样，如果中途您女儿把我抛弃了，那真是太难堪了。即使没有婚约，我也不敢不遵守诺言，您又何妨直言相告呢？”老人笑着说：“你是要我发誓吗？我当然知道你一贫如洗。这次订婚并不是专门为了你，慰娘孤苦，没有依靠，我和她互相依靠已经很长时间了，不忍心再这样让她跟我一起流离失所，所以才许配给你的。你又何必疑神疑鬼呢？”说完就抓住丰玉桂的手臂，送他出门，然后又对他拱了拱手就关上门回去了。

注释　1 生业：产业；资财。　2 大祲(jìn)：亦作“大侵”，灾情严重的荒年，大饥荒。　3 楹：量词，古代计算房屋的单位。一间为一楹。　4 草草：草率。此处指简陋。 5 瀹(yuè)：煮。 6 平阳：古邑、县名。治今山西省临汾市西南。 7 志：记。 8 豚儿：谦辞。对人谦称自己的儿子。 9 主盟：做媒。此处指主持婚礼。 10 要：要盟。谓逼其守信。 11 季路之诺：季路，仲由，字季路，又字子路。孔子评价子路无宿诺，答应今天兑现的事情，绝不拖延到明天。季路之诺含有信守诺言的意思。 12 旦旦：指发誓。 13 稔(rěn)知：熟知。稔，熟悉。

生觉[1]，则身卧冢边，日已将午。渐起，次且[2]入村。村人见之皆惊，谓其已死道旁经日矣。顿悟叟即冢中人也，隐而不言，但求寄寓。村人恐其复死，莫敢留。村有秀才与同姓，闻之，趋诘家世，盖生缌服[3]叔也。喜导至家，饵[4]治之，数日寻愈。因述所遇，叔亦惊异，遂坐待以觇[5]其变。居无何，果有官人[6]至村，访父墓址，自言平阳进士李叔向。先是其父李洪都，与同乡某甲行贾[7]，死于沂，某

丰玉桂一觉醒来，发现自己仍睡在坟边，此时看日头已到中午时分了。他慢慢爬起来，犹犹豫豫地走进了村子。村里人看到他都很吃惊，以为他死在道旁已经有一段时间了。丰玉桂这才恍然大悟，那个老人原来是坟里的人，他保守秘密，没有说出来，只是请求村人能让他暂时借住。村里人都担心他再次死去，没有人敢收留他。村里有个秀才与丰玉桂同姓，听说了他的事情后，赶过来询问他的家世，一问才知道自己竟然是丰玉桂的远房叔叔。秀才欢欢喜喜地领着丰玉桂来到家中，给他服药医治，过了几天他才病愈。丰玉桂就把自己的遭遇告诉了他，叔叔也很吃惊，于是打算坐在家里等着，看有什么事情发生。过了不久，果然有一位男子来到村里，询问父亲的坟墓位置，他自称是平阳的进士，名叫李叔向。原来之前他的父亲李洪都，与同乡的某人出门行商，不幸死在了临沂，于是那人就把他的尸体草草埋

因瘗[8]诸丛葬处。既归某亦死。是时翁三子皆幼。长伯仁,举进士,令淮南,数遣人寻父墓,迄无知者。次仲道,举孝廉。叔向最少,亦登第。于是亲求父骨,至沂遍访。	进了乱葬的坟场。回到家乡后,那人也随即死去。那时候李洪都的三个儿子还都年幼。长子李伯仁,后来考中进士,做了淮南的县令,曾多次派人来寻找父亲的坟墓,始终没有碰到知情的人。次子李仲道,考取了孝廉。李叔向是最小的儿子,也考中了进士。于是他亲自前来寻找父亲的骸骨,到了临沂将这一带访问了个遍。

注释　1 觉(jiào):醒。　2 次且(zī jū):进退犹疑的样子。　3 缌(sī)服:缌麻服,是死者远亲穿的丧服,后指关系较远的族亲。　4 饵:药物。　5 觇(chān):观察。　6 官人:对男子的敬称。　7 行贾:经商。　8 瘗(yì):埋;埋葬。

是日至,村人皆莫识。生乃引至墓所,指示之。叔向未敢信,生为具陈所遇,叔向奇之。审视两坟相接。或言三年前有宦者葬少妾于此。叔向恐误发他冢,生遂以所卧处示之。叔向命舁[1]材其侧,始发冢。冢开,则见女尸,服妆黯败,而粉黛如生。叔向知	这天李叔向到了这个村子,村民都不知道他父亲的坟墓在哪里。于是丰玉桂就领着李叔向来到坟墓前指给他看。李叔向不敢轻信,丰玉桂就把自己的遭遇告诉了他,李叔向对此惊奇不已。李叔向看到这里有两座坟连在一起。有人说三年前有个做官的把自己的小妾埋在了这里。李叔向唯恐误挖了别人的坟墓,丰玉桂就把自己当初躺卧的地方指给他看。李叔向命令下人把带来的棺材抬到一旁,这才开始挖坟。坟墓挖开后,却看到一具女尸,身上的衣服装饰都已经黯淡甚至破败了,但面容还像

其误，骇极，莫知所为。而女已顿起，四顾曰："三哥来耶？"叔向惊，就问之，则慰娘也。乃解衣蔽覆，舁归逆旅。急发旁冢，冀父复活。既发，则肤革[2]犹存，抚之僵燥，悲哀不已。装敛入材，清醮[3]七日，女亦缞绖[4]若女。忽告叔向曰："曩阿翁有黄金二锭，曾分一为妾作奁[5]。妾以孤弱无藏所，仅以丝线縶腰，而未将去，兄得之否？"叔向不知，乃使生反求诸圹[6]，果得之，一如女言。叔向仍以线志者分赠慰娘。

活着时一样。李叔向知道挖错了，大惊，不知道该怎么办。这时女尸突然坐了起来，四下里看了看说："三哥你来了？"李叔向大惊，靠近她问话，才知道她就是慰娘。于是李叔向脱下自己的衣服披在慰娘的身上，命人把她抬进旅店。然后他急忙吩咐众人挖旁边的坟墓，希望父亲也像慰娘一样复活。坟墓挖开后，只见父亲的皮肤还没有腐烂，摸上去却已经干燥僵硬了，李叔向悲痛不已。把父亲的尸体装进棺材后，李叔向请来道士设坛祈祷超度亡灵七日，慰娘也披麻戴孝，就像亲生女儿一样。一天慰娘突然对李叔向说："以前父亲有两锭黄金，曾分一锭给我做嫁妆。我因为孤苦贫弱没有地方存放，就只用丝线系在腰间，并没有拿走，三哥拿去了吗？"李叔向不知道有这回事，于是让丰玉桂回坟墓里找，果然找到了，就像慰娘说的一样。李叔向仍旧把用丝线做标记的一锭分赠给了慰娘。

注释 1 舁(yú)：抬。 2 肤革：皮肤的表里。 3 清醮：指请道士设坛祈祷。 4 缞绖(cuī dié)：丧服。 5 奁：指嫁妆。 6 圹(kuàng)：墓穴。

暇乃审其家世。先是，女父薛寅侯无子，止生慰娘，甚钟爱

闲暇时间李叔向就询问慰娘的身世。原来，慰娘的父亲薛寅侯没有儿子，只生了慰娘一个女儿，对她很是喜爱。一天慰娘

之。女一日自金陵舅氏归，将[1]媪问渡[2]。操舟者乃金陵媒也。适有宦者任满赴都，遣觅美妾，凡历数家，无当意者，将为扁舟诣广陵[3]。忽遇女，隐生诡谋，急招附渡。媪素识之，遂与共济。中途，投毒食中，女妪皆迷。推妪堕江，载女而返，以重金卖诸宦者。入门，嫡[4]始知，怒甚。女又惘然，莫知为礼，遂挞楚而囚禁之。北渡三日，女方醒。婢言始末，女大泣。一夜，宿于沂，自经[5]死，乃瘗诸乱冢中。女在墓，为群鬼所凌，李翁时呵护之，女乃父事翁。翁曰："汝命合不死，当为择一快婿[6]。"前生既见而出，反谓女曰："此生品谊可托。待汝三兄至，

从金陵的舅舅家回来，带了个婆子去打听渡船。驾船的是金陵的媒人。恰好有一个当官的任满进京，派他寻找漂亮的小妾，他找了好多家，当官的都不满意，这天他正要驾船前往广陵继续寻找。忽然碰上了慰娘，他心里暗生一条诡计，于是急忙招呼慰娘她们上船。婆子与驾船的人旧时相识，于是就带慰娘上了他的渡船。船行了一半路，驾船的暗中把毒药放进食物中，慰娘和婆子吃了都昏迷不醒。驾船人把婆子推进江中，载着慰娘返回金陵，重金卖给了那个当官的。慰娘进了门，家里的正妻才知道买妾的事情，怒不可遏。加之慰娘当时懵懵懂懂的，也不知道给主母行礼，于是主母毒打了慰娘一顿，将她囚禁了起来。船向北行走了三天，慰娘才苏醒过来。婢女对慰娘说了整件事的来龙去脉，慰娘大哭不止。一天晚上，趁他们的船停在临沂过夜，慰娘就上吊自杀了，于是被草草埋在了乱葬岗。慰娘在坟墓中，被很多鬼欺凌，李洪都时时保护她，于是慰娘就像侍奉父亲一样侍奉他。李洪都说："你命还不该死，我应该为你挑选一个好丈夫。"前些日子丰玉桂前来见过又出去，李洪都回去后就对慰娘说："这个书生品行不错，值得托付终身。等你

为汝主婚。”一日曰:“汝可归候,汝三兄将来矣。”盖即发墓之日也。女于丧次[7],为叔向缅述[8]之。

的三哥到了,就让他为你们主持婚事。”一天李洪都对慰娘说:“你可以回到坟墓中等待了,你三哥就要来了。”那天正好是李叔向来挖掘坟墓的日子。慰娘在服丧期间,向李叔向讲述了自己的身世。

注释 1 将:带领,携带。 2 问渡:此处指打听渡船。 3 广陵:古县名。治今江苏省扬州市西北蜀冈上。 4 嫡:正妻。 5 自经:上吊自杀。 6 快婿:称心合意的女婿。 7 丧次:停灵治丧的地方。 8 缅述:尽情叙说。

叔向叹息良久,乃以慰娘为妹,俾[1]从李姓。略买衣妆,遣归[2]生,曰:“资斧[3]无多,不能为妹子办妆。意将偕归,以慰母心,如何?”女亦欣然。于是夫妻从叔向,辇柩并发。及归,母诘得其故,爱逾所生,馆诸别院。丧次,女哀悼过于儿孙。母益怜之,不令东归,嘱诸子为之买宅。

李叔向感慨叹息了很久,认慰娘为妹妹,让她跟随自己姓李。李叔向又买了一些衣服和首饰作为嫁妆,把慰娘嫁给了丰玉桂,说:“我出门时带的钱不多,没办法为妹妹置办好的嫁妆。我打算带着你一起回家,也好让母亲高兴高兴,你看怎么样?”慰娘也高兴地答应了。于是慰娘夫妇跟着李叔向,用大车拉着棺材一起出发。等回到家里,母亲询问后知道前因后果,对慰娘的疼爱简直胜过亲生女儿,并让他们夫妻住在别的院落里。服丧期间,慰娘对李洪都的哀悼超过了其亲生儿孙。于是母亲更加疼爱她,不让她回到聊城去,嘱咐儿子们为她买了一座宅子。

注释 1 俾(bǐ):使。 2 归:指女子出嫁。 3 资斧:旅费。

适有冯氏卖宅,直六百金。仓猝未能取盈[1],暂收契券,约日交兑。及期,冯早至,适女亦从别院入省母,突见之,绝似当年操舟人。冯见亦惊。女趋过之。两兄亦以母小恙,俱集母所。女问:“厅前跮踱[2]者为谁?”仲道曰:“此必前日卖宅者也。”即起欲出。女止之,告以所疑,使诘难之。仲道诺[3]而出,则冯已去,而巷南塾师薛先生在焉。因问:“何来?”曰:“昨夕冯某浼[4]早登堂,一署券保[5]。适途遇之,云偶有所忘,暂归便返,使仆坐以待之。”少间,生及叔向皆至,遂相攀谈。慰娘以冯故,潜来

恰好有一个姓冯的人要卖宅子,要价六百两。李家仓促间没有凑够银两,就暂且收下房契,约定他日交兑。到了约定的日子,冯某早早就到了李家,恰好慰娘也从别院过来拜见母亲,突然看到冯氏,觉得他极像当年驾船谋害她们的人。冯氏见了慰娘也惊骇不已。慰娘快步从他身边走过去。两个哥哥也因为母亲身体有点儿不适,都聚在母亲的房子里。慰娘就问:“大厅前徘徊的人是谁?”李仲道说:“一定是前天卖宅子的人。”当下就要起身去招待。慰娘拉住了他,说出了自己的猜疑,让他出去盘问一下。李仲道答应着出去了,谁知冯氏已经走了,只有巷南的私塾老师薛先生坐在那里。李仲道就问道:“薛先生来这里是为了什么事情?”回答说:“昨天傍晚姓冯的托我早上早点来你家,签名做个保人。刚才在来的路上遇到了他,他说偶然忘了一件事,暂时回家一趟,即刻就回来,让我先在这里坐着等待。”一会儿,丰玉桂与李叔向都来到前厅,几个人就攀谈起来。慰娘因为冯某的原因,悄悄来到屏风后面偷看坐着的客人,仔细一看,竟然是自己的亲

屏后窥客，细视之，则其父也。突出，持抱大哭。翁惊涕曰："吾儿何来！"众始知薛即寅侯也。仲道虽于街头常遇，初未悉其名字。至是共喜，为述前因，设酒相庆。因留信宿[6]，自道行踪。盖失女后，妻以悲死，鳏居无依，故游学至此也。生约买宅后，迎与同居。翁次日往探，冯则举家遁去，乃知杀媪卖女者即其人也。冯初至平阳，贸易成家。比年赌博，日就消乏，故货居宅，卖女之资，亦濒尽矣。慰娘得所，亦不甚仇之，但择日徙居，更不追其所往。李母馈遗[7]不绝，一切日用皆供给之。生遂家于平阳，但归试甚苦。幸是科举孝廉。

生父亲。慰娘突然跑出来，抱着薛先生大哭。薛先生惊讶之余，忍不住涕泗横流，说："孩子你怎么会到这里来的！"大家这才知道薛先生就是薛寅侯。李仲道虽然经常在路上遇见薛先生，但当时并不知道他叫什么名字。至此，皆大欢喜，李家向薛先生叙述了慰娘的事情，并设宴庆祝父女相逢。于是薛先生留下住了两晚，讲述了自己的经历。原来自从爱女失踪后，妻子就因悲痛过度也去世了，他一个人无依无靠，只好教书为生，辗转来到了这里。丰玉桂与薛先生约定等买了宅子，就把他接过去同住。第二天薛先生到冯家探听消息，发现冯某已经举家逃跑了，他这才明白当初杀害婆子拐卖女儿的就是冯某。冯某刚到平阳的时候，靠经商起家。后来沾染上赌博恶习，家道日渐衰落，只好变卖宅子，当年卖掉慰娘所得的银两，也花得差不多了。慰娘得到了宅子，也不怎么仇恨冯某了，只是选了个好日子搬了进去，也不追究姓冯的跑到了什么地方。李母不时地赠送东西给慰娘一家人，一切日常用度都提供给他们。于是丰玉桂就在平阳住下了，只是要回聊城参加科举考试，很是辛苦。幸好这一年他就考中了举人。

注释 1 取盈:此处指凑足银两。盈,足够。 2 趾踱(chì duó):走路时忽进忽退。 3 诺:答应。 4 浼(měi):请托,央求。 5 署券保:指为契据署名做保人。 6 信宿:连宿两夜。 7 馈遗:馈赠。

慰娘富贵,每念媪为己死,思报其子。媪夫姓殷,一子名富,好博,贫无立锥[1]。一日博局争注[2],殴杀人命,亡归平阳,远投慰娘。生遂留之门下。研诘[3]所杀姓名,盖即操舟冯某也。骇叹久之,因为道破,乃知冯即杀母仇人也。益喜,遂役生家。薛寅侯就养[4]于婿,婿为买妇,生子女各一焉。

慰娘富贵后,每每想到当年的婆子因为自己而死,就思量着要报答她的儿子。婆子的夫家姓殷,有一个儿子叫殷富,他好赌博,家里穷得没有立锥之地。一天殷富赌博时与人因赌注起了争执,两人殴打起来,殷富误伤人命,就逃到了平阳,远道来投奔慰娘。丰玉桂就把殷富留在了家里。仔细询问他杀的人姓甚名谁,原来竟是当年驾船的冯某。丰玉桂惊异地感叹了好久,告诉了殷富当年的事情,殷富这才知道冯某就是杀母仇人。至此殷富更加高兴,于是就留在丰玉桂家里做了仆人。薛先生也搬到了女婿家中,丰玉桂还为他买了个女人做妻子,生育了一个男孩和一个女孩。

注释 1 贫无立锥:穷得连插个锥子的地方都没有。形容极其贫穷。 2 注:用来赌博的财物。 3 研诘:仔细询问;盘问。 4 就养:接受奉养。

田子成

原文

江宁[1]田子成，过洞庭，舟覆而没。子良耜，明季[2]进士，时在抱中[3]。妻杜氏闻讣，仰药[4]而死。良耜受庶祖母抚养成立，筮仕[5]湖北。年余，奉宪命[6]营务湖南，至洞庭痛哭而返。自告才力不及，降县丞，隶汉阳[7]，辞不就。院司[8]强督促之乃就。辄放荡江湖间，不以官职自守[9]。

译文

江宁的田子成，走水路过洞庭湖时，不幸翻船淹死了。他的儿子田良耜是明朝末年的进士，当时还是母亲怀里的婴儿。田子成的妻子杜氏听说了丈夫的死讯，服毒自杀。良耜由庶祖母抚养长大，后来在湖北做官。过了一年多，良耜奉命前往湖南办理公务，他到达洞庭湖畔，禁不住痛哭起来，折道返回。他回报上级说自己的才能无法胜任，随即被降职为县丞，分派到汉阳，他仍是推辞不肯赴任。上级强行督促，他才前去任职。但他总是到处游山玩水，不用官员的职责操守来要求自己。

注释 1 江宁：治所在今江苏省南京市。 2 明季：明朝末年。季，指某一朝代、年号的末期。 3 抱中：怀中，指处在婴儿时期。 4 仰药：服毒药。 5 筮仕：古人将出仕会卜问吉凶。后指初次做官。 6 宪命：法令。宪，法令。 7 汉阳：府名。治所在今湖北省武汉市汉阳区。 8 院司：清总督、巡抚称两院，布、按两司布政使、按察使称两司，连称“院司”。 9 自守：自己坚持操守。

一夕，舣舟[1]江岸，闻洞箫声，抑扬可听。乘月步去，约半里许，见旷野中茅屋数椽[2]，荧荧[3]灯火。近窗窥之，有三人对酌其中，上座一秀才年三十许；下座一叟；侧座吹箫者年最少。吹竟，叟击节[4]赞佳。秀才面壁吟思，若罔闻。叟曰："卢十兄必有佳作，请长吟，俾得共赏之。"秀才乃吟曰："满江风月冷凄凄，瘦草零花化作泥。千里云山飞不到，梦魂夜夜竹桥西。"吟声怆恻。叟笑曰："卢十兄故态作矣！"因酌以巨觥，曰："老夫不能属和[5]，请歌以侑酒[6]。"乃歌"兰陵美酒"之什[7]。歌已，一座解颐[8]。

一天晚上，良耜的船停在江边，他坐在船中，突然听到一阵洞箫声，抑扬顿挫，十分动听。于是良耜乘着月色循声走去，差不多走了半里路，看到一处旷野中有几间茅草屋，屋里烛光闪烁。良耜凑近窗户往里面看，见有三个人相对坐着饮酒，上座是一个秀才，年纪有三十多岁；下座是一个老人；一旁坐着一个吹洞箫的人，年纪最小。一曲吹罢，老人打着拍子称赞不已。秀才则对着面前的墙壁沉吟思索，好像没有听到。老人说："卢十兄一定想到佳作了，请放声吟诵吧，好让我们一起欣赏欣赏。"秀才于是吟道："满江风月冷凄凄，瘦草零花化作泥。千里云山飞不到，梦魂夜夜竹桥西。"声音凄恻，令人潸然泪下。老人笑着说："卢十兄的老样子又来了！"于是倒了一大杯酒，说："我不能唱和，就唱一首劝酒歌吧。"于是放声唱起"兰陵美酒"歌。唱完，满座人都禁不住笑起来。

注释　1 舣(yǐ)舟：停船。舣，停船靠岸。　2 椽：指房屋间数。　3 荧荧：微光闪烁貌。　4 击节：打着拍子欣赏诗文或艺术作品，形容十分赞赏。　5 属和：指和别人的诗。　6 侑(yòu)酒：劝酒；为饮酒者助兴。 7 “兰陵美酒”之什(shí):指唐李白《客中作》诗。 8 解颐:开颜欢笑。颐,面颊。

少年起曰:“我视月斜何度矣。”突出见客,拍手曰:“窗外有人,我等狂态尽露也!”遂挽客入,共一举手。叟使与少年相对坐。试其杯皆冷酒,辞不饮。少年知其意,即起,以苇炬燎[1]壶而进之。良耜亦命从者出钱行沽,叟固止之。因讯邦族[2],良耜具道生平。叟致敬曰:“吾乡父母[3]也。少君姓江,此间土著。”指少年曰:“此江西杜野侯。”又指秀才:“此卢十兄,与公同乡。”卢自见良耜,殊偃蹇[4]不甚为礼。良耜因问:“家居何里?如此清才,殊早不闻?”答曰:“流寓已久,亲族恒不相识,可叹人也!”言之哀楚。叟摇手乱之曰:“好客相逢,

少年站起身说:“我出去看看现在是什么时辰了。”出门突然看见了良耜,于是拍着手说:“窗外有人,我们狂妄的姿态都被人家看去了。”于是拉着良耜走进屋,屋里人都站起来拱手行礼。老人邀请良耜坐在少年的对面。良耜摸了摸酒杯,发现酒都是冷的,就推辞不饮酒。少年明白了他的意思,于是起身,用芦苇束成火把烤酒壶底,然后给良耜斟上。良耜也命令仆人拿钱去打酒,被老人坚决劝阻了。老人乘机问了良耜的家世,良耜就说了自己的生平身世。老人恭敬地说:“原来是我们的父母官啊。我姓江,是当地人。”指了指少年说:“他是江西杜野侯。”又指了指秀才说:“他是卢十兄,和您是同乡。”卢十兄自与良耜见面,就态度傲慢,不以礼相待。良耜就问他:“你家住在哪里?你如此清高有才华,怎么竟然没有听说过你的名字呢?”卢十兄回答说:“我在外面辗转流离很久了,亲人族人早就不认识我了,真让人感叹啊!”他的语言哀伤苦

不理觞政[5],聒絮如此,厌人听闻!”遂把杯自饮,曰:“一令请共行之,不能者罚。每掷三色[6],以相逢为率[7],须一古典[8]相合。”乃掷得幺二三,唱曰:“三加幺二点相同,鸡黍三年约范公[9]:朋友喜相逢。”次少年,掷得双二单四,曰:“不读书人,但见俚典,勿以为笑。四加双二点相同,四人聚义古城中[10]:兄弟喜相逢。”卢得双幺单二,曰:“二加双幺点相同,吕向两手抱老翁[11]:父子喜相逢。”良耜掷,复与卢同,曰:“二加双幺点相同,茅容二簋款林宗[12]:主客喜相逢。”

楚。老人赶紧摇着手制止了他说:“遇见贵客,不喝酒行酒令,却絮絮叨叨说些不开心的事情,真让人扫兴!”于是自斟自饮,说:“我这里有个酒令请大家一起来行,接不上来的要罚酒。每个人掷三个骰子,以两个骰子的点数之和等于第三个的点数为标准,还必须说一个与点数有关的典故。”说完掷骰子,掷了一个幺二三,唱道:“三加幺二点相同,鸡黍三年约范公:朋友喜相逢。”接下来轮到少年了,他掷了一个双二单四,说:“我不是读书人,只知道一些粗俗的俚语典故,千万不要笑话我说得不好。四加双二点相同,四人聚义古城中:兄弟喜相逢。”卢十兄掷了个双幺单二,说:“二加双幺点相同,吕向两手抱老翁:父子喜相逢。”良耜掷的时候,所得点数与卢十兄一样,于是说:“二加双幺点相同,茅容二簋款林宗:主客喜相逢。”

注释　1 燎:烘烤。　2 邦族:籍贯姓氏。　3 父母:指父母官。　4 偃蹇(yǎn jiǎn):自大;傲慢。　5 觞政:酒令。　6 色:即骰子。　7 以相逢为率:以所掷三色点数,其一之数与另二点数之和相同为准。率,标准。　8 古典:典故。　9 鸡黍三年约范公:东汉范式与友人张劭同时从太学告归乡里,临别时约定两年后再见,张劭杀鸡为黍等待范式，范式果然赴约。 **10** 聚义古城中：指《三国演义》中刘备、关羽、张飞三人在古城聚义之事。 **11** 吕向两手抱老翁：唐代吕向出生前父亲就远赴他乡不归。后来有传闻其父尚在人世，吕向寻访多年，一日在路旁碰到一位老翁，父子相认，相拥痛哭。 **12** 茅容二簋(guǐ)款林宗：东汉郭林宗善于识人，他发现了茅容的与众不同，便与他交谈，并请求借宿。第二天，郭林宗见茅容杀鸡做饭，以为是为了招待自己。茅容却把鸡给了母亲，自己只与客人吃蔬菜。

令毕，良耜兴辞[1]。卢始起，曰："故乡之谊，未遑[2]倾吐，何别之遽？将有所问，愿少留也。"良耜复坐，问："何言？"曰："仆有老友某，没于洞庭，与君同族否？"良耜曰："是先君[3]也，何以相识？"曰："少时相善[4]。没[5]日惟仆见之，因收其骨，葬江边耳。"良耜出涕下拜，求指墓所。卢曰："明日来此，当指示之。要亦易辨，去此数武[6]，但见坟上有丛芦十茎者是也。"良耜洒涕，与众拱别。

酒令行完，良耜起身告辞。卢十兄这才站起身来说："同乡情谊还没来得及倾诉，为什么你要匆匆离开呢？我有一些事情想问你，希望你可以稍稍再留一会儿。"于是良耜又坐了下来，问："你要问些什么？"卢十兄说："我有个老朋友，不幸淹死在了洞庭湖，他和你是同族人吗？"良耜说："他正是我的父亲，你们怎么认识的？"卢十兄说："我们很小的时候便彼此交好。他遇难的那天只有我看到了，于是收拾了他的尸骨，埋葬在了江边。"良耜一听赶紧起身离席，哭泣着下拜，请求他指点父亲的坟墓在什么地方。卢十兄说："你明天再来这里，我指给你看。要想辨认也很容易，离这儿几步路，只要看到坟墓上有一丛共十根芦苇，就是了。"良耜流着眼泪，与大家拱手作别。

注释 1 兴辞:起身告辞。兴,起。 2 未遑:没有时间顾及;来不及。 3 先君:已故的父亲。 4 相善:彼此交好。 5 没(mò):同“殁”,死。 6 武:半步,亦泛指脚步。

至舟终夜不寝,念卢情词似皆有因。不能待旦,昧爽[1]而往,则舍宇全无,益骇。因遵所指处寻墓,果得之。丛芦其上,数之,适符其数。恍然悟卢十兄之称[2],皆其寓言[3],所遇乃其父之鬼也。细问土人,则二十年前,有高翁富而好善,溺水者皆拯其尸而埋之,故有数坟在焉。遂发冢负骨,弃官而返。归告祖母,质[4]其状貌皆确。江西杜野侯,乃其表兄,年十九,溺于江,后其父流寓江西。又悟杜夫人殁[5]后,葬竹桥之西,故诗中忆之也。但不知叟何人耳。

良耜回到船上,一整夜都睡不着,他想到卢十兄无论是表情还是说的话,似乎都是有原因的。于是等不到天明,黎明时分他就起身前往茅屋,到了一看,哪里有什么茅屋啊,他更加惊骇。良耜于是按照卢十兄的指点寻找坟墓,果然找到了。坟墓上有一丛芦苇,一数,刚好符合卢十兄说的十根。至此良耜才恍然大悟,卢十兄说的话都是有寓意的,他碰到的其实是父亲的鬼魂。他仔细问了问当地的人,知道二十多年前,这里住着一个姓高的富翁,他十分善良,有溺水而死的人他都会打捞起尸体并埋葬,所以这里有好几个坟墓。于是良耜挖开父亲的坟墓,取出父亲的尸骨,然后弃官回家。回去后,他就告诉了庶祖母自己遇到的奇异的事情,并询问父亲的相貌,与那夜遇到的卢十兄一模一样。江西杜野侯其实是良耜的表兄,十九岁时淹死在了江里,后来他的父亲流落到江西,安下家来。良耜又想到了杜夫人死后正是葬在了竹桥的西面,所以卢十兄的诗中有“梦魂夜夜竹桥西”的句子。只是不知道那个老人是谁。

注释 1 昧爽:黎明。 2 称:述说。 3 寓言:指托辞以寓意。 4 质:询问。 5 殁:去世。

王桂庵

原文

王樨字桂庵,大名[1]世家子。适南游。泊舟江岸。临舟有榜人[2]女绣履其中,风姿韶绝。王窥既久,女若不觉。王朗吟“洛阳女儿对门居”,故使女闻。女似解其为己者,略举首一斜瞬[3]之,俯首绣如故。王神志益驰,以金一锭[4]投之,堕女襟上。女拾弃之,金落岸边。王拾归,益怪之,又以金钏[5]掷之,堕足下,女操业不顾。无何,榜人自他归,王恐其见钏研诘,心急甚,女从容以双钩[6]覆蔽之。榜人解缆径去。

译文

王樨字桂庵,是大名府的世家子弟。一次,王桂庵去南方游玩,船停泊在了岸边。一旁的船上坐着船夫的女儿,正在船里绣鞋子,她长得风姿绰约,艳丽无比。王桂庵偷看了很长时间,姑娘却好像没有发觉。于是王桂庵大声吟诵了一句“洛阳女儿对门居”,故意让姑娘听到。姑娘好像这才明白对方是为了引起自己的注意,便略微抬起头斜看了王桂庵一眼,又低下头,像刚才一样绣鞋。王桂庵神志更加摇荡,便把一锭金子投过去,落在了姑娘的衣襟上。姑娘捡起来,随手丢开,金子落在了岸边。王桂庵把金子拾回来,更加感到奇怪了,于是又把金钏投过去,金钏掉在了姑娘的脚下,而姑娘低头绣鞋,看也不看一眼。不一会儿,船夫从别的地方回来,王桂庵害怕他看到金钏而责问自己,心里很着急,姑娘却从容地用双脚踩住金钏,将其覆盖起来。船夫解开缆绳,径直划船离开。

注释 1 大名:今河北省邯郸市大名县。 2 榜(bàng)人:船夫。榜,船桨。 3 斜瞬:斜眼瞅了一下。瞬,眨眼,形容时间短暂。 4 锭:量词,用于金银锭及墨。 5 钏:手镯。 6 双钩:女子缠足的形状,代指双脚。

王心情丧惘,痴坐凝思。时王方丧偶,悔不即媒定之。乃询舟人,皆不识其何姓。返舟急追之,杳不知其所往。不得已返舟而南。务毕北旋[1],又沿江细访,并无音耗。抵家,寝食皆萦念之。逾年复南,买舟江际若家焉。日日细数行舟,往来者帆楫皆熟,而曩舟殊杳。居半年资罄[2]而归。行思坐想,不能少置[3]。一夜梦至江村,过数门,见一家柴扉南向,门内疏竹为篱,意[4]是亭园,径入。有夜合[5]一株,红丝满树。隐念诗中"门前一树马缨

王桂庵心情沮丧怅惘,呆坐着沉思。当时王桂庵刚刚死了妻子,他很后悔没有立刻找媒人把婚事定下。于是他询问船夫,可他们都说不知道姑娘的姓名。王桂庵急忙回到自己船上,想要追赶上去,可是根本不知道姑娘去了哪里。王桂庵没有办法,只好掉转船头继续南下。事情忙完后,王桂庵返回北方,又沿江细细寻访,仍旧没有打听到姑娘的音讯。回到家里,无论是吃饭还是睡觉,姑娘的倩影都萦绕在王桂庵的脑海中。过了一年,王桂庵再次南下,他买了一条船,还把船当作了家。他每天都仔仔细细地检查过往的船只,以至于对过往船只的帆和桨都了如指掌,却仍旧没有找到去年的那条船。就这样过去了半年,王桂庵盘缠耗尽,不得已返回北方。可是无论是行走还是坐下,他都无法停止想念那个姑娘。一天晚上王桂庵做了一个梦,梦中他来到江边的一个小村子里,经过几家家门,他看到一户人家的柴门朝南,门内用稀疏的竹子作为篱笆,他以为是一座亭园,就径直走了进去。只见园子

花",此其是矣。过数武,苇笆光洁。又入之,见北舍三楹,双扉阖焉。南有小舍,红蕉蔽窗。探身一窥,则椸架[6]当门,罥画裙[7]其上,知为女子闺闼。愕然却退,而内亦觉之,有奔出瞰客者,粉黛微呈,则舟中人也。喜出非望,曰:"亦有相逢之期乎!"方将狎就,女父适归,倏然惊觉,始知是梦。景物历历,如在目前。秘之,恐与人言,破此佳梦。

里有一株合欢树,树上开满了红色的花。他暗想,诗中的"门前一树马缨花",说的就是眼前的景色啊。又走了几步,看到用芦苇做成的篱笆,很是整洁。穿过篱笆,他又看到三间坐北朝南的房子,两扇门都紧闭着。南面有一间小房子,红色的美人蕉遮住了窗子。王桂庵探头一看,发现正对着门口的是一个衣架,衣架上还挂着绣花裙,才知道这是女子的闺房。他惊愕地退后,可是屋里的人也已经发觉了,有人跑出来看是谁来了,出来的姑娘粉嫩的脸颊微微露出,竟然就是当时舟中的人。王桂庵喜出望外,说:"我们竟还有相逢的日子!"他正要上前与姑娘亲热,恰巧姑娘的父亲回来了,王桂庵突然惊醒,才知道原来刚刚做了一个梦。可是梦中的景物都很清晰,就像在眼前一样真切。王桂庵把这个梦藏在心里,唯恐讲给别人听了,就会破坏这个美梦。

注释 1 旋:回;归。 2 罄(qìng):原指器物中空,引申为尽。 3 置:搁置,停下。 4 意:料想;猜想。 5 夜合:合欢的别名。合欢的叶子早晨舒展,夜晚合拢,因此又称夜合。 6 椸(yí)架:衣架。 7 画裙:绣饰华丽的裙子。

又年余再适镇江。郡南有徐太仆，与有世谊，招饮。信马而去，误入小村，道途景象，仿佛平生所历。一门内马缨[1]一树，梦境宛然。骇极，投鞭[2]而入。种种物色[3]，与梦无别。再入，则房舍一如其数。梦既验，不复疑虑，直趋南舍，舟中人果在其中。遥见王，惊起，以扉自幛[4]，叱问："何处男子？"王逡巡[5]间，犹疑是梦。女见步趋甚近，閛然扃户[6]。王曰："卿不忆掷钏者耶？"备述相思之苦，且言梦征。女隔窗审其家世，王具道之。女曰："既属宦裔，中馈[7]必有佳人，焉用妾？"王曰："非以卿故，昏娶固已久矣。"女曰："果如所云，足知君心。妾

又过了一年多，王桂庵再度前往镇江。镇江郡的南面有一位徐太仆，与王桂庵家是世交，招呼王桂庵来家中饮酒。王桂庵信马由缰，前往赴宴，不知不觉误入一个小村子，道路两旁的景色很熟悉，就像自己曾经亲自游历过一样。一户人家门内有一棵马缨，宛然是梦中的景象。王桂庵大吃一惊，下马走了进去。园子里的种种景色，与梦境一般无二。再往里面走，房屋的数目也与梦境中的一样。既然梦得到了应验，王桂庵就不再有任何疑虑，直接奔向南面的屋子，船中女子真的就在屋里。远远地看见王桂庵，姑娘吃惊地站起身，用门挡住自己，呵斥道："哪里来的男子？"王桂庵迟疑之间，还以为自己又在做梦。姑娘见王桂庵已经走得很近了，砰的一声关上了门。王桂庵说："你不记得向你投掷金钏的人了吗？"又细细诉说了自己的相思之苦，还一并说了自己做过的梦。姑娘隔着窗户审问王桂庵的家世，王桂庵一一详细地说明。姑娘听了说："既然你是官宦人家的子弟，家中一定已有妻室，哪里还用得着我？"王桂庵说："如果不是因为你，我早就结婚很久了。"姑娘说："果真如你所说，也足以知道你是真心

此情难告父母，然亦方命[8]而绝数家。金钏犹在，料钟情者必有耗问耳。父母偶适外戚，行且至。君姑退，倩冰委禽[9]，计无不遂。若望以非礼[10]成耦[11]，则用心左[12]矣。”王仓卒欲出。女遥呼王郎曰：“妾芸娘，姓孟氏。父字江蓠。”王记而出。

的了。只是我的这份心事难以告诉父母，但也因此拒绝了好几家的婚事。当年的金钏还在我身上，我知道钟情的人一定会有消息的。我父母恰好拜访我母亲家的亲人去了，很快就会回来。你先走吧，请媒人来提亲，一定可以成功的。如果你想用不合礼制的手段与我结合，那你就想错了。”王桂庵仓促间就要出去。姑娘远远地呼喊着“王郎”，说：“我叫芸娘，姓孟。我父亲字江蓠。”王桂庵记住姑娘的话，然后离开了。

注释　1 马缨：合欢的别称。　2 投鞭：扔掉马鞭。借指下马。　3 物色：景象。　4 幛：遮蔽。　5 逡巡：迟疑；犹豫。　6 扃(jiōng)户：关门。扃，上闩，关闭。　7 中馈：指妻室。　8 方命：违命；抗命。方，违逆。　9 倩冰委禽：请媒人提亲。倩，央求。冰，媒人。委禽，旧时婚礼纳采用雁，故称下聘礼为委禽。　10 非礼：不合礼仪制度。　11 耦(ǒu)：配偶。　12 左：不当，偏颇。

罢筵早返，谒江蓠。江迎入，设坐篱下。王自道家阀，即致来意，兼纳百金为聘。翁曰：“息女已字[1]矣。”王曰：“讯之甚确，固待聘[2]耳，何见绝之深？”

宴席结束，王桂庵提早返回，中途便去拜谒江蓠先生。江蓠先生迎他进门，在篱笆下摆好座椅，请他入座。王桂庵主动介绍了自己的家世，并说明了来意，同时奉上百金作为聘礼。江蓠先生却说：“我女儿已经许配人家了。”王桂庵说：“我得到的消息十分准确，您女儿还待字闺中呢，为什么

翁曰："适间所说，不敢为诳。"王神情俱失，拱别而返。当夜辗转，无人可媒。向欲以情告太仆，恐娶榜人女为先生笑，今情急，无可为媒，质明诣太仆，实告之。太仆曰："此翁与有瓜葛，是祖母嫡孙，何不早言？"王始吐隐情。太仆疑曰："江蓠固贫，素不以操舟为业，得毋误乎？"乃遣子大郎诣孟。孟曰："仆虽空匮[3]，非卖昏者。曩公子以金自媒，谅[4]仆必为利动，故不敢附为婚姻。既承先生命，必无错谬。但顽女颇恃娇爱，好门户辄便拗却[5]，不得不与商榷，免他日怨婚也。"遂起，少入而返，拱手一如尊命[6]。约期乃别。大郎复命，王乃盛备禽

您要如此干脆地拒绝我？"江先生说："我刚刚说的都是真的，不敢欺瞒。"王桂庵听了，神情委顿，拱手道别。这天晚上王桂庵辗转难眠，想不到可以请谁来做媒。先前他想要把情况告诉徐太仆，但是担心自己迎娶船夫家的女儿会被他嘲笑，现在情况紧急，找不到媒人，他就只好一大早去拜见徐太仆，把真实情况告诉了他。徐太仆说："江蓠先生和我有一些关系，他是我祖母的嫡孙，你怎么不早点说呢？"王桂庵这才说出了隐情。徐太仆疑惑地说："江蓠先生虽然贫穷，可是平素并不以摆渡为生，你得来的信息是不是有误？"徐太仆就让自己的儿子大郎前往孟家。江蓠先生说："我虽然贫穷，可是不会把女儿的婚姻当作买卖。先前公子亲自拿着银子来提亲，以为我一定会为钱所动，所以我才不敢和他攀附婚姻。现在既然先生来做媒，就一定不会有什么差错了。只是我那女儿太娇纵任性，即便是好的人家她也动不动就拒绝，我不得不与她商量商量，以免过后她会埋怨这门亲事。"江先生于是起身，进屋一会儿就出来了，对大郎拱了拱手，说一切都听先生的。于是约定下婚期，大郎才离开。大郎回来复命，王桂庵于是亲自置办丰富的

妆，纳采[7]于孟，假馆太仆之家，亲迎[8]成礼。	聘礼，前往孟家求亲，借徐太仆的家，举行了婚礼。

注释 1 息女已字：女儿已经许配人家。息女，亲生女儿。字，许嫁。 2 待聘：等待聘娶，即待字闺中。 3 空匮：穷乏；财用不足。 4 谅：料想。 5 拗却：拒绝。 6 一如尊命：一切按照您的意思办事。 7 纳采：旧时婚礼"六礼"之一。定亲时男家送给女家聘礼。 8 亲迎：旧时婚礼"六礼"之一。新婿亲至女家迎娶。

居三日，辞岳北归。夜宿舟中，问芸娘曰："向于此处遇卿，固疑不类舟人子。当日泛舟何之？"答云："妾叔家江北，偶借扁舟一省视耳。妾家仅可自给[1]，然傥来物[2]颇不贵视之。笑君双瞳如豆[3]，屡以金资动人。初闻吟声，知为风雅士，又疑为儇薄子[4]作荡妇挑之也。使父见金钏，君死无地矣。妾怜才心切否？"王笑曰："卿固黠甚，然亦堕吾术[5]矣！"女问："何事？"王止而不言。又固诘之，	过了三天，王桂庵辞别岳父北上回家。晚上夫妇俩住在船中，王桂庵问芸娘："之前在这里遇到你，我就怀疑你不是船家的女儿。那天你们划船去什么地方？"芸娘回答说："我叔叔家住在江北，我们偶然借用一只小船去探望他。我家虽然仅仅只能自给自足，可是对于意外之财并不会看得很重。可笑你目光短浅，竟然多次想用金钱打动我。起初听到你吟诵诗句的声音，我就知道你是风雅文人，可是又怀疑你是轻薄子弟，把我当作轻浮的女子来挑逗。假如让父亲看到金钏，你会死无葬身之地的。我是不是怜才心切啊？"王桂庵笑着说："你固然很聪明，可是还是掉进了我的圈套中！"芸娘问："什么圈套？"王桂庵闭口不言。芸娘又逼问，王桂庵才说："离家一天天近了，这件事也没法一直

乃曰:“家门日近,此亦不能终秘。实告卿:我家中固有妻在,吴尚书女也。”芸娘不信,王故庄[6]其词以实之。芸娘色变,默移时,遽起,奔出。王躧履[7]追之,则已投江中矣。王大呼,诸船惊闹,夜色昏蒙,惟有满江星点而已。王悼痛终夜,沿江而下,以重价觅其骸骨,亦无见者。

保密。实话告诉你吧,我家中原本就有妻子,她是吴尚书的千金。”芸娘不相信。王桂庵故意用郑重的语言来让这件事听起来像真的一样。芸娘脸色大变,沉默了一会儿,突然站起来,跑了出去。王桂庵趿拉着鞋子就去追赶,可是芸娘已经投身江中。王桂庵惊慌地大声呼唤,所有船只上的人都被惊醒了,夜色昏暗,只有满江的星光闪闪烁烁而已。王桂庵悲痛地哀悼了一整个晚上,又沿江而下,出重金悬赏寻觅芸娘尸骨的人,可是没有一个人见到过芸娘的尸体。

注释　1 自给:依靠自己生产,满足自己需要。　2 傥来物:不应得而得或无意中得到的东西。　3 双瞳如豆:眼光像豆子那样小。喻目光短浅。　4 儇(xuān)薄子:巧佞轻佻的人。　5 术:策略,计谋。　6 庄:郑重。　7 躧(xǐ)履:趿着鞋走。

悒悒[1]而归,忧痛交集,又恐翁来视女,无词可对。有姊丈官河南,遂命驾造[2]之,年余始归。途中遇雨,休装民舍,见房廊清洁,有老妪弄儿厦间。儿见王入,即扑求抱,王

王桂庵郁郁归来,内心烦忧悲痛交集,又担心江蓠先生来看望女儿,自己没有话可以应对。他有个姐夫在河南做官,于是命人驾车前去拜访,在那里住了一年多才回来。路上突遇大雨,王桂庵在一户人家避雨,看到房子廊檐清洁,有个老妇人在屋里逗弄一个小男孩。小男孩看到王桂庵走进来,就扑上去让他抱,王桂庵感到很奇

怪之。又视儿秀婉可爱，揽置膝头，妪唤之不去。少顷雨霁，王举儿付妪，下堂趣装[3]。儿啼曰："阿爹去矣！"妪耻之，呵之不止，强抱而去。王坐待治任[4]，忽有丽者自屏后抱儿出，则芸娘也。方诧异间，芸娘骂曰："负心郎！遗此一块肉，焉置之？"王乃知为己子。酸来刺心，不暇问其往迹，先以前言之戏，矢日[5]自白。芸娘始反怒为悲，相向涕零。先是，第主[6]莫翁，六旬无子，携媪往朝南海。归途泊江际，芸娘随波下，适触翁舟。翁命从人拯出之，疗控[7]终夜，始渐苏。翁媪视之，是好女子，甚喜，以为己女，携归。居数月，欲为择婿，女不可。逾十月，

怪。他又看那小男孩，长得秀丽可爱，就抱起来放在大腿上，任凭老妇人呼唤，小男孩就是不肯离开。不一会儿，雨过天晴，王桂庵抱起小男孩交给老妇人，就出门催促仆人速整行装。小男孩哭着说："爹爹要走了！"老妇人觉得小男孩说这样的话很是羞耻，呵斥他也不能阻止，只好强行把他抱走。王桂庵坐在一旁等待仆人整理行装，忽然有一个漂亮的女人从屏风后面抱着孩子走出来，竟然是芸娘。王桂庵正在惊骇中，芸娘骂道："你这个负心汉！留下这个孩子，怎么处置？"王桂庵这才知道小男孩是自己的儿子。一时间酸楚袭上心头，王桂庵没顾上询问芸娘这一年多来是如何度过的，就解释先前的话都是戏言，并指着太阳发誓。芸娘这才转怒为悲，两人相对痛哭流涕。此前，这座宅子的主人莫老先生，年已六旬没有儿子，就带老伴去南海拜见观音菩萨，在回来的途中停船江中，恰好芸娘随波而下，正好碰到了他的船身。莫老先生命令仆人把芸娘救起来，急救了整整一晚，她才渐渐苏醒。莫老先生夫妇一看，是个漂亮的姑娘，十分高兴，就认她做了女儿，带着她一同回去。过了几个月，夫妇俩想要给芸娘择个夫婿，可是芸娘不答应。

生一子,名曰寄生。王避雨其家,寄生方周岁也。

过了十个月,芸娘生下了一个男孩,取名叫寄生。王桂庵在莫老先生家避雨时,寄生才刚刚一岁。

注释 1 邑邑:同“悒悒”。郁闷不乐的样子。 2 造:拜访。 3 趣装:同“促装”,速整行装。 4 治任:整治行装。 5 矢日:指天发誓。 6 第主:宅子的主人。 7 疗控:对溺水者的急救措施。控,使身体的一部分悬空或失去支撑,此处指使溺水者身体弯曲而吐水。

王于是解装[1],入拜翁媪,遂为岳婿。居数日,始举家归。至,则孟翁坐待已两月矣。翁初至,见仆辈情词恍惚,心颇疑怪。既见,始共欢慰。历述所遭,乃知其枝梧[2]者有由也。

王桂庵于是卸下行装,进屋拜谢莫老先生夫妇,他们还认了岳父女婿。过了几天,他们才举家回去。到家时,江蓠先生已经等了他们两个月了。江蓠先生刚来的时候,看到仆人表情慌张,说话恍惚,心里还很疑惑。看到女婿和女儿后,他才感到欣慰。当听他们一一述说了这一年多来的遭遇,江蓠先生才明白仆人说话支支吾吾是有原因的。

注释 1 解装:卸下行装。 2 枝梧:同“支吾”。说话含混躲闪。

寄生附

原文

寄生字王孙，郡中名士。父母以其襁褓[1]认父，谓有夙惠[2]，钟爱之。长益秀美，八九岁能文，十四入郡庠[3]。每自择偶。父桂庵有妹二娘，适郑秀才子侨，生女闺秀，慧艳绝伦。王孙见之，心切爱慕，积久寝食俱废。父母大忧，苦研诘之，遂以实告。父遣冰[4]于郑，郑性方谨，以中表[5]为嫌却之。王孙愈病，母计无所出，阴婉致[6]二娘，但求闺秀一临存[7]之。郑闻益怒，出恶声焉。父母既绝望，听之而已。

译文

王寄生字王孙，是大名府的名士。因为他尚在襁褓中时就能认出自己的父亲，他的父母认为他有慧根，十分喜爱他。王孙越长越俊秀，八九岁时就能写文章，十四岁进了府学。王孙每每谈及婚事，都表示要自己选择配偶。王孙的父亲王桂庵有一个妹妹叫二娘，嫁给了一个叫郑子侨的秀才，生下一个女儿，取名闺秀，长得聪明伶俐，美貌无人可比。王孙自从见到了闺秀，心里十分爱慕，时间久了，竟到了茶不思饭不想的地步了。父母十分忧虑，苦苦询问他到底怎么了，王孙这才说出了实情。父亲于是请了媒人前往郑家提亲，可是郑秀才生性固执拘谨，认为表兄妹不能通婚，就拒绝了。王孙知道后，相思病更重了，母亲也想不出什么好办法，就悄悄地向二娘委婉致意，只希望闺秀能来看一看王孙。郑秀才知道后愈加生气，就说了一些很难听的话。王孙的父母已经绝望了，也就听之任之了。

注释 1 襁褓(qiǎng bǎo):原指背负婴儿用的带子和包裹婴儿用的被子,借指婴儿。 2 夙惠:天生有慧根。夙,素常。惠,通“慧”,聪明。 3 入郡庠:指考取秀才。郡庠,府学。明清时期,凡经过本省童生试取入府、州、县学者通名“生员”,俗称“秀才”。 4 冰:媒人。 5 中表:指同姑母、舅父、姨母的子女之间的亲戚关系。 6 致:传达。 7 临存:亲临省问。

郡有大姓张氏,五女皆美,幼者名五可,尤冠[1]诸姊,择婿未字。一日上墓,途遇王孙,自舆中窥见,归以白母。母沈[2]知其意,见媒媪于氏,微示之。媪遂诣王所。时王孙方病,讯知笑曰:“此病老身能医之。”芸娘问故。媪述张氏意,极道五可之美。芸娘喜,使媪往候[3]王孙。媪入,抚王孙而告之。王孙摇首曰:“医不对症,奈何!”媪笑曰:“但问医良否耳。其良也,召和而缓至[4],可矣。执其人以求之,守死而待之,不亦痴乎?”王孙欷歔

大名府有一大户人家姓张,生有五个女儿,都美貌无双,最小的一个叫五可,比几个姐姐都要漂亮,正待字闺中,还未许人。一天五可去扫墓,路上遇到了王孙,她从车子里看到了王孙,回家后就对母亲说了。母亲深切领会了女儿的意思,就去见了媒人于婆婆,暗中示意她前去提亲。于婆婆就去了王家。当时王孙正相思成疾,于婆婆闻讯后笑着说:“这个病我就能医治。”芸娘问什么缘故。于婆婆就说明了张家的意思,还极力夸赞五可的美貌。芸娘大喜,便请于婆婆亲自去见王孙。于婆婆进了屋子,抚摸着王孙,告诉他自己的来意。王孙摇摇头说:“医不对症,那怎么行呢!”于婆婆笑着说:“那要看医生是不是良医了。如果是良医,就是请医和看病,来的却是医缓,那也是可以的。如果固执地认定一个人来搭救自己,死守着等待,那样不

曰:“但天下之医无愈[5]和者。”媪曰:“何见之不广也?”遂以五可之容颜发肤,神情态度,口写而手状之。王孙又摇首曰:“媪休矣!此余愿所不及也。”反身向壁,不复听矣。媪见其志不移,遂去。

是很傻吗?”王孙叹息着说:“可是天下的医生没有比得过医和的。”于婆婆说:“你为什么见识这么少呢?”于是就把五可的容颜、发肤、神态,连说带比画地描述了一遍。王孙又摇头说:“婆婆不要说了!这个人不是我想念的人。”说完就翻个身,面朝墙壁,不再听于婆婆劝说了。于婆婆见王孙的想法不可动摇,只能离去。

注释 **1** 冠:超出众人,居第一位。 **2** 沈:谓程度深。 **3** 候:看望,问候。 **4** 召和而缓至:指医生的医术都很高明的话,请谁看病都一样。医和、医缓都是春秋时期秦国的名医。 **5** 愈:胜过。

一日王孙沉痼[1]中,忽一婢入曰:“所思之人至矣!”喜极,跃然而起。急出舍,则丽人已在庭中。细认之,却非闺秀,着松花色细褶绣裙,双钩微露,神仙不啻[2]也。拜问姓名,答曰:“妾五可也,君深于情者,而独钟闺秀,使人不平。”王孙谢曰:“生平未见颜色,故目中止

一天王孙正病得昏昏沉沉的,忽然一个婢女进来说:“公子思念的人来了!”王孙大喜,竟然一跃而起。他急匆匆地跑出屋子,发现佳人已经来到了庭院中。王孙仔细辨认了一下,却发现并不是闺秀,只见她穿着松花色细褶的绣裙,双脚微微露出,无异于神仙。王孙施了一礼,问来人的姓名,对方回答说:“我就是五可。你一片痴情都放在了闺秀身上,真让人心中不平。”王孙道歉说:“我从来没有见过你的容颜,所以眼中只有闺秀一个人。现在我知道错了!”于是就与

一闺秀。今知罪矣!”遂与要誓[3]。方握手殷殷[4],适母来抚摩,蘧然[5]而觉,则一梦也。回思声容笑貌,宛在目中,阴念:五可果如所梦,何必求所难遘[6]?因而以梦告母。母喜其念少夺[7],急欲媒之。

五可立下誓约。王孙正要情意深切地握住五可的手,恰巧母亲进来,抚摸了他一下,他惊喜地醒过来,才发觉是一场梦。回想梦境,五可的音容笑貌犹在眼前,于是王孙心想:五可如果真的像梦中一样艳丽,我又何必去追求求而不得的闺秀呢?于是他就把梦告诉了母亲。母亲很高兴他的意志有了一点动摇,就忙着要去提亲。

注释 1 沉痼(gù):积久难治的病。 2 不啻(chì):无异于。 3 要誓:订立盟誓。 4 殷殷:情意深厚貌。 5 蘧(qú)然:惊喜状。 6 遘(gòu):相遇。 7 夺:改变。

王孙恐梦见不的[1],托邻妪素识张氏者,伪以他故诣之,嘱其潜相五可。妪至其家,五可方病,靠枕支颐,婀娜之态,倾绝一世。近问:“何恙?”女默然弄带,不作一语。母代答曰:“非病也,连日与爹娘负气耳!”妪问故。曰:“诸家问名[2],皆不愿,必如王家寄生者方嫁。是为

王孙担心自己的梦不可靠,就托邻居一位平时与张家相识的婆婆,假托其他原因上门拜访,并嘱咐婆婆悄悄相看五可。婆婆到了张家,五可正病着,身子靠在枕头上,用手托着香腮,婀娜的身姿,真是绝世无双。婆婆走近问她:“怎么病了?”五可没有回答,只是玩弄着衣带。张母代女儿回答说:“哪里是病了,不过是这几天与爹娘生闷气罢了!”婆婆又问为什么。张母说:“好几户人家来问生辰八字,她都不答应,一定要是和王家寄生一样的人才肯出嫁。因为我这个做母亲的

母者劝之急，遂作意[3]不食数日矣。”妪笑曰：“娘子若配王郎，真是玉人成双也。渠[4]若见五娘，恐又憔悴死矣！我归即令倩冰，如何？”五可止之曰：“姥勿尔！恐其不谐[5]，益增笑耳！”妪锐然以必成自任[6]，五可方微笑。妪归复命，一如媒媪言。王孙详问衣履，亦与梦合，大悦。意虽稍舒，然终不以人言为信。过数日，渐瘳[7]，秘招于媪来，谋以亲见五可。媪难之，姑应而去。久之不至，方欲觅问，媪忽忻然[8]来，曰：“机幸可图。五娘向有小恙，日令婢辈将扶，移过对院。公子往伏伺之，五娘行缓涩，委曲[9]可以尽睹矣。”王孙喜，明日，命驾早往，媪先在焉。即令絷马村树，引入临路

劝说得太急了，她就故意不吃饭，已经好几天了。”婆婆笑着说：“五娘要是许配给王郎，那真是一对璧人啊。王郎要是见了五娘，恐怕又要相思成疾憔悴死了！我回去后就让王家请媒人来提亲，怎么样？”五可劝阻道：“婆婆千万不要！我担心人家不愿意，徒增笑话！”婆婆毅然表示自己一定可以办成这件事，五可脸上这才有了点笑意。婆婆回去向王孙复命，说五可真的和媒人说的一模一样。王孙还详细问了五可穿的衣服鞋子，也都和梦中所见符合，不由大喜。只是他的心情虽然稍稍舒缓了一些，但还是不太相信别人说的话。过了几天，王孙的病渐渐好转，他暗中请来于婆婆，商量亲自见一见五可的事情。于婆婆感到很为难，姑且答应下来就走了。过了很久也不见于婆婆来，王孙正要前去打探，于婆婆却忽然兴奋地赶来，说：“幸好有机可图了。五娘这几天偶染小病，每天都要让婢女搀扶着去对面的院子散步。公子先去藏起来等待，五娘身子不便，行动缓慢，你就可以尽情目睹她的身姿了。”王孙大喜，第二天，他命令仆人早早驾车前去，于婆婆已经在那里了。她让王孙将马拴在树上，领着他走进路旁的

舍，设座掩扉而去。少间，五可果扶婢出，王孙自门隙目注之。女从门外过，媪故指挥云树以迟纤步。王孙窥觇尽悉，意颤不能自持。未几媪至，曰："可以代闺秀否？"王孙申谢而返，始告父母，遣媒要盟。及媒往，则五可已别字矣。

屋子，让他坐下后就关上门走了。不一会儿，五可果然由婢女搀扶着出来，王孙就从门缝中目不转睛地注视她。五可从门外经过时，于婆婆故意指着云啊树啊让五可看，使五可步子放慢。就这样王孙把五可看了个清清楚楚，感觉心跳加速，不能自持。不一会儿于婆婆来了，说："五可可以代替闺秀吗？"王孙感谢了于婆婆一番就回去了，他这才告诉父母，请媒人前去提亲。可是等到媒人到了张家，却被告知五可已经许配给别人了。

注释 1 不的：不准确，不可靠。 2 问名：旧时婚礼"六礼"之一。男家具书托媒请问女子的姓名和生辰。此处指提亲。 3 作意：故意。 4 渠：代词，他。 5 不谐：事不成。 6 自任：自觉承担；当作自身的职责。 7 瘳(chōu)：病情好转。 8 忻然：高兴的样子。 9 委曲：细微，详尽。

王孙失意，悔闷欲死，即刻复病。父母忧甚，责其自误。王孙无词，惟日饮米汁一合[1]。积数日，鸡骨[2]支床，较前尤甚。媪忽至，惊曰："何惫[3]之甚？"王孙涕下，以情告。媪笑曰："痴公子！前日人趁[4]汝

王孙未能如意，后悔郁闷得要死，结果马上又病倒了。父母很是担忧，责怪他是自己耽误了。王孙没有话可以应对，每天只吃得下一碗米汤。过了几天，王孙就瘦骨嶙峋，躺在床上，比之前病得更重。一天于婆婆突然来了，惊讶地问："你怎么病成这样了？"王孙涕泗横流，诉说了实情。于婆婆却笑着说："痴公子啊！前些日子人家追求你，你却拒绝了人家；现在

来，而故却之；今日汝求人，而能必遂耶？虽然，尚可为力。早与老身谋，即许京都皇子，能夺还也。”王孙大悦，求策。媪命函启遣伻[5]，约次日候于张所。桂庵恐以唐突见拒，媪曰：“前与张公业有成言[6]，延数日而遽悔之。且彼字他家，尚无函信。谚云：‘先炊者先餐。’何疑也！”桂庵从之。次日二仆往，并无异词，厚犒而归。王孙病顿起。由此闺秀之想遂绝。

轮到你追求别人了，怎么能够顺心如意，没有坎坷呢？即使是现在这样的情况，也还是有办法的。你早和我商量，就是她被许给了京城的皇子，我也有办法帮你夺回来。”王孙大喜，问她有什么计策。于婆婆就让他写好一封信，遣人送到张家，约定第二天在张家等候。王桂庵担心这样太唐突了，会被拒绝，于婆婆就说：“前几天我和张公早就说好了，只是延迟了几天，是他家先突然悔婚的。况且虽然说五娘许配给了别家，却还没有收到信函帖子。俗话说：‘先做饭的人先吃饭。’有什么好怀疑的呢！”王桂庵就按照于婆婆说的做了。第二天，两个仆人去张家送信，张家并没有二话，还重重赏赐了仆人才让他们回去。王孙的病一下子就好了。自此以后对闺秀的思念就断绝了。

注释 1 合(gě)：量词。十合为一升，一合差不多即一小碗。 2 鸡骨：比喻瘦骨嶙峋。 3 惫：衰竭；危殆。 4 趁：追求。 5 伻(bēng)：使者。 6 成言：订约；成议。

初,郑子侨却聘[1],闺秀颇不怿。既闻张氏婚成,心愈抑郁,遂病,日就支离[2]。父母诘之,不肯言。婢窥其意,隐以告母。郑闻之,怒不医,以听其死。二娘怼[3]曰:"吾侄亦殊不恶,何守头巾戒[4],杀吾娇女!"郑恚曰:"若所生女,不如早亡,免贻笑柄!"以此夫妻反目。二娘故与女言,将使仍归王孙若为媵[5]。女俯首不言,意若甚愿。二娘商郑,郑更怒,一付二娘,置女度外,不复预闻[6]。二娘爱女切,欲实其言。女乃喜,病渐瘥。窃探王孙,亲迎有日矣。及期,以侄完婚,伪欲归宁[7],昧旦[8],使人求仆舆[9]于兄。兄最友爱,又以居村邻近,遂以所备亲迎车马,先迎

当初,郑子侨拒绝了王家的求婚,闺秀很不高兴。现在听说王家与张家的婚事成了后,就更加郁郁寡欢,于是就病倒了,眼见着一天比一天憔悴。父母询问原因,她又不肯说。婢女看穿了她的心思,偷偷告诉了她母亲。郑子侨听说后,大怒,不肯请医生,打算任她病死。二娘埋怨说:"我侄儿人也不错,你为什么要守着那迂腐的戒律,害死我们的女儿!"郑子侨大怒道:"你生的这样的女儿,不如早早死了呢,免得给家里留下笑柄!"于是夫妻二人闹翻了。二娘故意对女儿说,如果还要把她许配给王孙就只能做小妾了。闺秀低头没有说话,看起来好像很愿意。二娘跟郑子侨商量这件事,郑子侨更是生气,干脆全部交给二娘处理,把女儿的事置之度外,不再干预此事。二娘爱女心切,打算将之前说的话付诸实践。闺秀才高兴起来,病也渐渐痊愈了。二娘悄悄打探王孙的消息,知道迎亲的日子已经定下了。到了那一天,二娘以侄儿成婚为由,假装要回娘家,黎明时分,就派人让哥哥派仆人车马来接她。王桂庵对这个妹妹最友爱,又因为两村相邻,于是就将准备用来迎亲的车马,先派去接二娘。车马到了后,

二娘。既至，则妆女入车，使两仆两媪护送之。到门，以毡贴地而入。时鼓乐已集，从仆叱令吹擂，一时人声沸聒。王孙奔视，则女子以红帕蒙首，骇极，欲奔，郑仆夹扶，便令交拜。王孙不知何由，即便拜讫。二媪扶女，径坐青庐[10]，始知其闺秀也。举家皇乱，莫知所为。	二娘就让盛装打扮的女儿上了车，派两个男仆两个婆子护送她。到了王家门口，仆人把红毯子铺在地上，送闺秀进门。当时打鼓奏乐的人已经聚集在此了，仆从便喝令他们开始奏乐，一时间人声鼎沸。王孙跑出来一看，一个女子用红手帕蒙着头，他吃了一惊，就要跑开，郑家的两个仆人把王孙夹在中间扶着，让他拜堂。王孙还不知道是怎么回事，就拜完了天地。两个婆子搀扶着新娘子，径直让她坐进了婚房，这时候王家才知道那竟然是闺秀。于是全家上下乱成一团，不知道该怎么办。

注释 1 却聘：拒婚。 2 支离：憔悴；衰疲。 3 怼(duì)：埋怨；怨恨。 4 头巾戒：儒生遵守的迂腐戒律。头巾，明清时规定给读书人戴的儒巾。后作为迂腐的读书人或儒生的代称。 5 若为媵(yìng)：如同做妾。媵，小妾。 6 预闻：谓参与其事并得知内情。 7 归宁：已嫁的女子回娘家。 8 昧旦：黎明；破晓。 9 仆舆：仆从与车辆。 10 青庐：青布搭成的棚，古代举行婚礼用。此处指婚房。

时渐濒暮，王孙不复敢行亲迎之礼。桂庵遣仆以情告张。张怒，遂欲断绝。五可不肯，曰："彼虽先至，未受雁采[1]；不如仍使亲迎。"父	时间渐渐到了傍晚，王孙不敢再去张家迎亲。王桂庵派仆人来告知张家实情。张公大怒，于是打算断绝这门亲事。五可不答应，说："她虽然是先进门的，可是却没有正式订婚，不如还是让王家来迎亲吧。"张公采纳了五可的意见，就对

纳其言，以对来使。使归，桂庵终不敢从。相对筹思，喜怒俱无所施。张待之既久，知其不行，遂亦以舆马送五可至。因另设青帐于别室。而王孙周旋两间，蹀躞[2]无以自处。母乃调停于中，使序行以齿，二女皆诺。及五可闻闺秀差长，称"姊"有难色。母甚虑之。比三朝公会[3]，五可见闺秀风致宜人，不觉右[4]之，自是始定。然父母恐其积久不相能[5]，而二女却无间言[6]，衣履易着，相爱如姊妹焉。

仆人这样说了。仆人回来复命，王桂庵还是不敢答应这样做。一家人对坐着想办法，喜也不是，怒也不是。张家等了很久，知道王家不会来迎亲了，于是也用车马把五可送到了王家。因此王家在别的屋子里另外布置了一个婚房。而王孙在两个婚房间徘徊，不知道怎么办才好。母亲就从中调停，让五可和闺秀按照岁数排列长次，两个新娘子都答应了。等到五可听说闺秀比自己年长，她又不是很乐意叫姐姐。母亲很担忧。等到第三天，新娘子在公婆面前见面，五可见闺秀很有风致，称人心意，不自觉地尊她为姐姐，从此，两个新娘子才定下了长幼。可是父母还是担心时间长了两人不能和睦相处，但两个新娘子却始终没有闹过矛盾，衣服鞋子换着穿，像亲姊妹一样相亲相爱。

注释 1 雁采：即"纳采"。古代婚礼"六礼"之一，男家备礼前往女家求婚。纳采需用雁。 2 蹀躞(dié duó)：小步徘徊。 3 三朝公会：结婚第三天互相见面。 4 右：古时以右为尊。此处指尊重，敬重。 5 相能：彼此亲善和睦。能，和睦。 6 无间言：亲密无间。

王孙始问五可却媒之故，笑曰："无他，聊报君之却于媪耳。尚未

王孙这才询问五可拒绝他提亲的原因，五可笑着说："没有什么别的原因，只是报复你拒绝于婆婆的事罢了。没有见

见妾，意中止有闺秀；既见妾，亦略靳[1]之，以觇君之视妾，较闺秀何如也。使君为伊病，而不为妾病，则亦不必强求容矣。”王孙笑曰：“报亦惨矣！然非于媪，何得一觐[2]芳容。”五可曰：“是妾自欲见君，媪何能为？过舍门时，岂不知眈眈[3]者在内耶？梦中业[4]相要，何尚未知信耶？”王孙惊问：“何知？”曰：“妾病中梦至君家，以为妄，后闻君亦梦，妾乃知魂魄真到此也。”王孙异之，遂述所梦，时日悉符。父子之良缘，皆以梦成，亦奇情也。故并志之。

到我以前，你的心中只有闺秀姐姐；见了我以后，我也要矜持一点，看看你对待我，与对待闺秀姐姐比有何不同。假如你为了闺秀姐姐相思成疾，却不为我而思念病倒，那么我也就不强求你来娶我了。”王孙笑着说：“这报复也太惨烈了！然而如果不是于婆婆，我哪里能一睹你的芳容呢？”五可说：“是我自己想要见你，于婆婆一个人能做些什么？经过房门的时候，我哪里不知道你在里面注视着我呢？梦里既然已经和你约定了，为什么你还是不肯相信？”王孙惊讶地问：“你怎么知道做梦这件事的？”五可说：“我生病的时候梦到去了你家，本来觉得很荒唐，后来听说你也做了相同的梦，我才知道我的魂魄真的到过这里。”王孙感到很惊异，于是就说了自己做的梦，时间竟然和五可做梦时一样。王桂庵父子俩的美好姻缘，都是梦境促成的，真是奇异的事情啊。所以我一并记录了下来。

注释 **1** 靳：吝惜。此处指矜持。 **2** 觐：见。 **3** 眈眈：注视状。 **4** 业：既，已经。

异史氏曰：“父痴于情，子遂几为情死。所

异史氏说：“父亲痴迷于爱情，儿子也几乎因情而死。所谓的情种，大概就

谓情种,其王孙之谓与?不有善梦之父,何生离情之子哉!”

是说的王孙这样的人吧?如果不是有善于做梦的父亲,又怎会生下为情离魂的儿子呢!”

周　生

原文

周生者,淄邑[1]之幕客[2]。令公出,夫人徐,有朝碧霞元君[3]之愿,以道远故,将遣仆赍仪[4]代往,使周为祝文[5]。周作骈词[6],历叙平生,颇涉狎谑。中有云:“栽般阳[7]满县之花,偏怜断袖[8];置夹谷[9]弥山之草,惟爱余桃[10]。”此诉夫人所愤也,类此甚多。脱稿[11],示同幕凌生。凌以为亵,戒勿用。弗听,付仆而去。未几,周生卒于署。既而仆亦死。徐夫人产后,亦病卒。人犹未之异也。

译文

周生是淄川县衙门里的一个幕客。有一天县令因为公事外出,他的夫人徐氏一直都有朝拜碧霞元君的心愿,因为路远的缘故,就打算派遣仆人带着祭礼代替自己前往,于是让周生写一篇祝文。周生作了一篇骈文,一一叙述了徐夫人的生平,但是内容有很多轻浮戏谑之处。祝文中有这样的句子:“栽般阳满县之花,偏怜断袖;置夹谷弥山之草,惟爱余桃。”这是在叙述徐夫人的幽怨和愤恨,像这样的语句很多。祝文写完后,周生拿给同僚凌生看。凌生认为内容太不庄重了,劝诫他不要用这篇祝文。周生不听,把祝文交给仆人,仆人就赶往泰山了。过了没多久,周生死在了衙门中。接着仆人也死去了。而徐夫人生下孩子后,也因为有病而亡。不过人们还没有觉得这事有什么奇怪。

注释 1 淄邑:即淄川县,今淄博市淄川区。在山东省中部。 2 幕客:应主管官员之聘,办理文书、刑名、钱谷等的佐助人员。 3 碧霞元君:道教女神。传说是东岳大帝之女,宋真宗时封为“天仙玉女碧霞元君”。 4 赍(jī)仪:带着祭品。赍,带着;抱着。 5 祝文:古代祭祀神鬼或祖先的祷辞。 6 骈词:指用骈体写成的文章。全篇以偶句为主,讲究对仗、声律和藻饰。 7 般阳:般阳路,今属山东省淄博市淄川区。这里代指淄川县。 8 断袖:指宠爱男色。汉哀帝宠爱董贤,曾在晨起时为了不惊动董贤而截断衣袖,后因称男宠为“断袖”。 9 夹谷:古地名,位于今山东省淄博市淄川区西南。 10 余桃:指宠爱男色。弥子瑕是卫灵公的幸臣,受宠之时与卫灵公亲密到可以分食桃子的地步。 11 脱稿:文章写完。

周生子自都来迎父榇[1],夜与凌生同宿,梦父戒之曰:“文字不可不慎也!我不听凌君言,遂以亵词致干[2]神怒,遽[3]夭天年[4],又贻累[5]徐夫人,且殃及焚文之仆,恐冥罚尤不免也!”醒而告凌,凌亦梦同,因述其文。周子为之惕然[6]。

周生的儿子从京城赶来迎接父亲的棺木,晚上与凌生睡在一起,梦到父亲告诫他说:“写文章不能不谨慎啊!我没有听凌先生的话,于是因为轻佻的语言而惹神明发怒,仓促短命而亡,还连累了徐夫人,一并连焚烧祝文的仆人也给害了,恐怕阴间的惩罚我是无法避免的了!”周生之子醒来后,把梦告诉了凌生,凌生也做了一样的梦,于是凌生就诉说了周生写祝文的事情。周生之子听了之后觉得心有余悸。

注释 1 榇(chèn):棺木。 2 干:触犯,冒犯。 3 遽:疾速,仓促。 4 天年:人的自然寿命。 5 贻累:连累。 6 惕然:惶恐忧虑的样子。

异史氏曰:“恣情纵笔,辄洒洒[1]自快,此文客之常也。然淫嫚[2]之词,何敢以告神明哉!狂生无知,冥谴其所应尔。但使贤夫人及千里之仆,骈死[3]而不知其罪,不亦与刑律中分首从者,反多愦愦[4]耶?冤已!”

异史氏说:“放纵感情,任意抒写,总会觉得洋洋洒洒,很是痛快,这是文人常有的事情。但是戏谑轻侮的语句,怎么敢用来敬告神明呢!周生轻狂无知,在阴间受到惩罚是咎由自取。只是让贤惠的徐夫人和奔波千里的仆人也一并死去,都不知犯了什么罪,不是比区分主犯和从犯的残酷刑律,还更让人觉得糊涂吗?真是太冤枉了!”

注释 1 洒洒:形容文辞丰富,连续不断。 2 淫嫚:戏谑轻侮。 3 骈死:并连而死。 4 愦(kuì)愦:昏庸;糊涂。

褚遂良

原文

长山[1]赵某,税[2]屋大姓[3]。病症结[4],又孤贫,奄然[5]就毙。一日力疾[6]就凉,移卧檐下。既醒,见绝代丽人坐其傍,因诘问之。女曰:“我特来为汝作妇[7]。”某惊曰:“无论贫人不敢有妄

译文

长山的赵某,租了大户人家的房子居住。他患有腹部结肿块的疾病,又孤苦贫穷,奄奄一息,只有等死的份。一天他竭力挣扎着要找一个凉快的地方,就挪到屋檐下躺着。当他一觉醒来后,看见一个分外漂亮的女子坐在他身边,于是就问她有什么事。女子说:“我特地来给你做妻子。”赵某吃惊地说:“先不说我这样的穷

想，且奄奄一息，有妇何为！”女曰：“我能治之。”某曰：“我病非仓猝可除，纵有良方，其如无资买药何！”女曰：“我医疾不用药也。”遂以手按赵腹，力摩之。觉其掌热如火。移时，腹中痞块[8]隐隐作解拆声。又少时，欲登厕，急起走数武，解衣大下，胶液流离，结块尽出，觉通体爽快。

人不敢有这样的妄想，何况我现在病得奄奄一息，要妻子做什么呢！”女子说：“我可以治你的病。”赵某说：“我的病并不是仓促间就可以治好的，即使有好的药方，没钱抓药又能怎么办！”女子说：“我治病不需要用药。”于是就用手按住赵某的腹部，用力按摩。赵某只觉得她的手掌很热，如同火一样。过了一会儿，他腹内的肿块就隐隐传出了分解破裂的声音。又过了一会儿，赵某想要去厕所，于是他急忙起身走了几步，解开衣服开始大便，排出许多黏液，腹内肿块全都排了出来，顿时觉得整个身体特别爽快。

注释　1 长山：旧县名。今山东省邹平市长山镇。　2 税：租赁。　3 大姓：大户人家。　4 症结：中医指腹中结肿块的病。　5 奄然：气息微弱的样子。　6 力疾：勉强支撑病体。　7 妇：妻子。　8 痞块：腹腔内可以摸得到的硬块。

返卧故处，谓女曰：“娘子何人？祈告姓氏，以便尸祝[1]。”答云：“我狐仙也。君乃唐朝褚遂良[2]，曾有恩于妾家，每铭心欲一图报。日相寻觅，今始得见，夙愿可

赵某回到原来的地方躺下，对女子说：“娘子是什么人？请告诉我你的姓氏，我好设立牌位日夜祷告。”女子回答说：“我是狐仙。你的前世是唐朝的褚遂良，曾经对我一家有大恩，我常常铭记在心，想着要怎么报答你。我日夜寻找，今天终于得以相见，我的夙愿可以实现了。”赵某只觉

酬[3]矣。"某自惭形秽，又虑茅屋灶煤，玷染华裳。女但请行[4]。赵乃导入家，土莝[5]无席，灶冷无烟，曰："无论光景如此，不堪相辱。即卿能甘[6]之，请视瓮底空空，又何以养妻子？"女但言："无虑。"言次[7]，一回头，见榻上毡席衾褥已设，方将致诘，又转瞬，见满室皆银光纸裱[8]贴如镜，诸物已悉变易。几案精洁，肴酒并陈矣。遂相欢饮。日暮与同狎寝，如夫妇。

得自惭形秽，又担忧自己住的是茅屋，烧煤做饭，恐怕会弄脏女子华丽的衣裳。女子只是让他带路。赵某于是带女人回屋，只见土炕铺着碎草，没有席子，炉灶冰冷，没有生火，赵某说："且不说家里是这样的光景，我不忍心让你受委屈。即便是你能心甘情愿，可是你看看米缸，空空如也，我拿什么来养活妻儿呢？"女子只是说："不要担心。"说话间，赵某一回头，见炕上已经铺好了席子被褥，他正要询问是怎么回事，又是一转眼间，只见满屋都贴满了银光纸，亮堂堂得像镜子一样，其他东西也都变了一个样。桌子整洁，菜肴美酒都摆放好了。于是赵某与女子欢快地对饮。到了晚上又亲热地一起睡觉，就像一对夫妻。

注释　1 尸祝：古代祭祀时对神主掌祝的人。引申为祭祀。　2 褚遂良：唐朝政治家、书法家，钱塘（今浙江杭州）人。隋末时追随薛举，归唐后历任谏议大夫、中书令等，执掌朝政大权。因坚决反对立武则天为后被贬，死在任上。　3 酬：实现愿望。　4 请行：敬辞。请动身。　5 土莝(cuò)：铺着碎草的土炕。莝，铡碎的草。　6 甘：情愿，乐意。　7 言次：言谈之间。　8 裱：用纸或其他材料糊屋子的墙壁或顶棚。

主人闻其异，请一见之，女即出见，无难

屋主听说了这件奇异的事情，就请求见一见女子，女子大方地出来相见，并

色。由此四方传播，造门者甚夥[1]。女并不拒绝。或设筵招之，女必与夫俱。一日，座中一孝廉[2]，阴萌淫念。女已知之，忽加诮让[3]，即以手推其首。首过棂[4]外，而身犹在室，出入转侧，皆所不能。因共哀免，方曳出之。积年余，造请者日益烦，女颇厌之。被拒者辄骂赵。

没有为难的神色。自此赵某的奇遇被广泛传播，登门造访的人很多。女子也不拒绝他们。有人摆下宴席来请，女子一定会和丈夫一起赴宴。一天，席间有一个举人，暗暗生出了淫邪的念头。女子已经知道了，她忽然大声责问举人，随即用手推他的头。只见那人头穿过了窗户，可是身子还在室内，进出转身都无法做到。于是大家一起苦苦哀求，女子才把举人拽了回来。过了一年多，造访或设宴来请的人更多了，女子感到非常厌烦。而被拒绝的人就会骂赵某出气。

注释　1 夥(huǒ)：多。　2 孝廉：明清时期对举人的称呼。　3 诮让：责问；谴责。　4 棂：窗棂。旧时窗户或栏杆上的雕有花纹的格子。

值端阳，饮酒高会[1]，忽一白兔跃入。女起曰："舂药翁[2]来见召矣！"谓兔曰："请先行。"兔趋出，径去。女命赵取梯。赵于舍后负长梯来，高数丈。庭有大树一章[3]，便倚其上，梯更高于树杪[4]。女先登，赵亦随之。女

正值端午，赵某夫妇请来亲朋好友饮酒聚会，忽然一只白兔跳进了院子。女子站起来说："捣药翁来召见我了。"又对白兔说："请你先走一步。"白兔就跑出院子，径直离开了。女子让赵某去取梯子。赵某从房子后面扛来了一架长梯子，梯子高数丈。院子里有一棵大树，赵某就把梯子倚在大树上，梯子竟然比树梢都高。女子先登上梯子，赵某也跟上她。女子回头说："亲朋好友有愿意跟着来的，请移步上梯子

回首曰："亲宾有愿从者，当即移步。"众相视不敢登。惟主人一僮，踊跃从其后。上上益高，梯尽云接，不可见矣。共视其梯，则多年破扉，去其白板耳。群入其室，灰壁败灶依然，他无一物。犹意僮返可问，竟终杳已。

吧。"众人你看看我我看看你，都不敢登。只有屋主人家的一个童仆，踊跃地跟在他们身后。他们越登越高，最后梯子竟然和云连接在了一起，这时已经看不见他们的人影了。众人一起看那梯子，这才发现是一扇用了很多年的破门，抽掉了板子而已的。众人又走进屋子，只见土墙破灶像从前一样，其他什么东西也没有。众人起初还想着可以等童仆回来再向他打听消息，可最终童子也杳无音信了。

注释　1 高会：盛大的宴会。　2 舂药翁：指月中玉兔。舂药，用杵臼捣药。　3 章：大木材。此处用作量词。　4 杪（miǎo）：树梢。

刘　全

原文

邹平[1]牛医[2]侯某，荷饭饷耕[3]者。至野，有风旋其前，侯即以杓[4]掬浆祝奠之。尽数杓，风始去。一日适城隍庙，闲步廊下，见内塑刘全献瓜[5]像，被鸟雀遗粪糊蔽目

译文

邹平县有个牛医侯某，一天担着饭菜去给耕地的人送饭。到了野外，有一阵风在他面前盘旋，侯某就用勺子舀出汤来祭奠。一连祭奠了好几勺，旋风才消失。又有一天，侯某来到城隍庙，在廊檐下散步，看到屋内刘全献瓜的塑像，被鸟雀拉的粪便遮住了眼睛。侯某说："刘

睛。侯曰:“刘大哥何遂受此玷污!”因以爪甲为除去之。后数年病卧,被二皂[6]摄去。至官衙前,逼索财贿甚苦。侯方无所为计,忽自内一绿衣人出,见之,讶曰:“侯翁何来?”侯便告诉。绿衣人责二皂曰:“此汝侯大爷,何得无礼!”二皂喏喏[7],逊谢[8]不知。俄闻鼓声如雷。绿衣人曰:“早衙[9]矣。”遂与俱入,令立墀[10]下,曰:“姑立此,我为汝问之。”遂上堂点手[11],招一吏人下,略道数语。吏人见侯,拱手曰:“侯大哥来耶!汝亦无甚大事,有一马相讼,一质便可复返。”遂别而去。

大哥怎么能受这样的玷污呢!”于是就用指甲刮去了粪便。后来过了几年,他卧病在床,被两个公差带走了。到了官衙前,公差强逼着侯某给予贿赂。侯某正不知道该怎么办的时候,忽然从里面出来一个绿衣人,见了侯某,惊讶地说:“侯老先生怎么到这里来了?”侯某便告诉了他实情。绿衣人呵斥两个公差说:“他是你们的侯大爷,不得无礼!”两个公差忙不迭答应,恭顺地道歉说先前并不知道。不一会儿堂上鼓声如雷。绿衣人说:“早衙开始了。”于是与侯某一起走了进去,让他站在阶下,说:“你暂且在这里站一会儿,我替你问问是什么情况。”于是走上大堂,招了招手,叫来一个小吏,两人简单说了几句话。小吏见了侯某,拱手说:“侯大哥来了啊!其实你也没有什么大事,只是有一匹马状告你,双方对质一下就可以回去了。”说完就告辞离开了。

注释 1 邹平:旧县名。今山东省邹平市。 2 牛医:兽医。 3 饷耕:为耕地的人送饭。饷,送饭。 4 杓:同“勺”。 5 刘全献瓜:神话故事。该故事见《西游记》第十一回,大致情节为:刘全不小心逼死了妻子李翠莲,就自愿舍弃性命,替唐太宗去阴间向阎王进献瓜果。阎王发现他与妻子阳寿未尽,便送其还阳。因翠莲尸首已腐烂,便借猝死公主的身体还阳,夫妻二人终于团聚。 6 皂:差役。 7 喏喏:应诺声。有顺从敬慎意。 8 逊谢:恭敬地道歉谢罪。逊,恭顺。 9 早衙:旧时官府早晚坐衙治事,早上卯时的一次称“早衙”。 10 墀(chí):台阶。 11 点手:招手。

少间,堂上呼侯名,侯上跪,一马亦跪。官问侯:“马言被汝药死,有诸?”侯曰:“彼得瘟症,某以瘟方治之。既药不瘳[1],隔日而死,与某何涉[2]?”马作人言,两相苦。官命稽籍,籍注马寿若干,应死于某年月日,数确符。因诃曰:“此汝天数已尽,何得妄控[3]!”叱之而去。因谓侯曰:“汝存心方便[4],可以不死。”仍命二皂送回。前二人亦与俱出,又嘱途中善相视[5]。侯曰:“今日虽蒙覆庇,生平实未识荆[6]。乞示姓字,以图衔报。”绿衣人曰:“三年前,仆从泰山来,焦渴欲死。经君村外,蒙以杓浆见饮,至今

不一会儿,大堂上呼唤侯某的名字,侯某上堂跪下,一匹马也跪在旁边。大人问侯某:“马说它是被你药死的,有这回事吗?”侯某说:“它是得了瘟病,我用医治瘟病的药方治疗它。喝下药后没有好转,第二天才死的,和我有什么关系呢?”马就像人一样开口说话,双方互相争辩。大人命人去查生死簿,簿上写明了马的寿数是多少,应该在哪年哪月哪日死去,确实和事实相符。大人因此呵斥马说:“这是你的寿数到了,怎么可以诬告别人!”便将马轰了出去。他又对侯某说:“你有心给别人方便,可以免于一死。”就仍旧让两个公差送他回去。绿衣人和大人也一起送了出来,又嘱咐公差在路上好好对待侯某。侯某说:“虽然今天得到了二位的庇护,可是我生平并没有见过你们。还希望你们能告诉我姓名,我好报答你们。”绿衣人说:“三年前,我从泰山赶过来,路上干渴欲死。经过你的村子外面,多亏你洒了几勺汤让

不忘。”吏人曰:“某即刘全。曩被雀粪之污,闷不可耐,君手为涤除,是以耿耿[7]。奈冥间酒馔,不可以奉宾客,请即别矣。”侯始悟,乃归。

我喝,这份恩情我至今不忘。”大人说:“我就是刘全。先前被鸟雀的粪便玷污,闷得受不了,是你用手帮我除去鸟粪的,所以我一直没有忘怀。可惜阴间的酒菜无法招待你,现在我们告别吧。”侯某这才恍然大悟,回到了阳间。

注释 1 瘳(chōu):病愈。 2 涉:牵连,关连。 3 控:控告;控诉。 4 方便:给予他人便利或帮助。 5 相视:看待;照顾。 6 识荆:敬辞。指初次识面或结识。 7 耿耿:心中不安貌。此处指牢记于心。

既至家,款留二皂,皂并不敢饮其杯水。侯苏,盖死已逾两日矣。自此益修善。每逢节序[1],必以浆酒酬刘全。年八旬,尚强健,能超乘[2]驰走。一日途间见刘全骑马来,若将远行。拱手道温凉[3]毕,刘曰:“君数已尽,勾牒[4]出矣。勾役欲相招,我禁使弗须。君可归治后事,三日后,我来同君行。地下代买小缺[5],亦无苦也。”遂去。侯归告妻子,招别戚友,

回到家后,侯某殷勤地留下两个公差款待,公差却连他的一杯水都不敢喝。侯某苏醒后,才知道自己已经死去两天了。从这以后,他更加积极地行善积德。每逢节日,他一定用酒水祭奠刘全。后来他八十岁时,身体还是很强健,还能够骑马奔驰。一天侯某在路上看到刘全骑着马过来,好像要远行的样子。双方拱手寒暄了一番后,刘全说:“你的寿数到了,勾魂的牒文已经发出来了。勾魂的衙役想要来带你,我禁止他们这样做。你可以回家处理后事,三天后,我来接你一起走。我在阴间替你买了一个小官,日子也没有什么凄苦的了。”说完就走了。侯某回家后告诉了妻子,又叫来亲

棺衾俱备。第四日日暮,对众曰:"刘大哥来矣。"入棺遂殁。

朋好友告别,置办好了棺材和寿衣。第四天傍晚,侯某对大家说:"刘大哥来接我了。"于是躺进棺材就去世了。

注释 1 节序:节令,节气。此处指节日。 2 超乘(shèng):跳跃上车。此处指翻身上马。 3 道温凉:即寒暄。 4 勾牒:拘票,此指勾魂的牒文。 5 小缺:空缺的小官位。缺,旧时指官位的空额。

土化兔

原文

靖逆侯张勇[1]镇兰州时,出猎获兔甚多,中有半身或两股尚为土质。一时秦中[2]争传土能化兔。此亦物理[3]之不可解者。

译文

靖逆侯张勇镇守兰州的时候,外出打猎捕获的兔子很多,这些兔子中有的半个身子或两条大腿还是土质的。一时间秦中一带的老百姓争相传说土能变化成兔子。这也是正常道理无法解释的事情。

注释 1 靖逆侯张勇:张勇,陕西咸宁(今西安)人。原为明朝副将,后降清。曾任甘肃提督,驻军兰州,镇守甘肃十余年。三藩之乱时获封靖逆侯。 2 秦中:即关中,今陕西省中部平原地区。 3 物理:事物的道理。

乌使

原文

苑城[1]史乌程家居[2]，忽有乌集屋上，香色[3]类鸦。史见之，告家人曰："夫人遣乌使召我矣。急备后事，某日当死。"至日果卒。殡日鸦复至，随槥[4]缓飞，由苑之新[5]。及殡，鸦始不见。长山[6]吴木欣[7]目睹之。

译文

苑城人史乌程在家中闲居，一日忽然有一种鸟聚集在屋顶上，这种鸟的外貌很像乌鸦。史乌程看到后，告诉家人说："夫人派鸟儿使者来召唤我了。赶紧为我准备后事，某天我就要死了。"到了那一天，史乌程果然死了。出殡那天，乌鸦又飞来了，跟着棺材一路慢慢地飞，从苑城一直跟到新城。等到下葬完毕，乌鸦才不见了。长山人吴木欣亲眼看到过这件事。

注释 1 苑城：今山东省邹平市苑城镇。 2 家居：指辞去官职或无职业，在家里闲住。 3 香色：外形。香，疑为"其"之误。 4 槥(huì)：棺材。 5 新：即新城，今山东省桓台县新城镇，毗邻苑城。 6 长山：今山东省邹平市长山镇，位于苑城南面。 7 吴木欣：吴长荣，字木欣，长山人。与蒲松龄有交往。

姬生

原文

南阳[1]鄂氏患狐[2]，金钱什物[3]，辄被

译文

南阳的鄂氏家里有狐精为患，家中的钱财器具，总是被狐狸偷去。如果触犯了

窃去。迕[4]之，祟[5]益甚。鄂有甥姬生，名士不羁，焚香代为祷免，卒不应。又祝[6]舍外祖使临己家，亦不应。众笑之，生曰："彼能幻变，必有人心。我固将引之俾入正果[7]。"数日辄一往祝之。虽不见验，然生所至，狐遂不扰，以故，鄂常止生宿[8]。生夜望空请见，邀益坚。

狐狸，受到的祸害就会更加严重。姓鄂的有个外甥姬生，是个放荡不羁的名士，他代鄂氏焚香祷告，请求狐狸放过鄂家，到后来也没作用。他又祈求狐狸可以放过外祖父家而来自己家里作乱，狐狸也没有答应。众人都嘲笑姬生，他说："既然狐狸可以变幻，那么它们必定有人心。我一定要将它们引上正途。"他每隔几天就要去一趟外祖父家向狐狸祷告。虽然祷告的内容没有应验，但是只要姬生到了，狐狸就不再作乱。因为这个缘故，鄂家常常留姬生住宿。姬生夜夜望着天空，请求狐狸能出来相见，邀请得一天比一天坚决。

注释　**1** 南阳：今河南省南阳市。　**2** 患狐：即狐患。患，灾祸。　**3** 什物：各种物品器具。多指日常生活用品。　**4** 迕：触犯。　**5** 祟：迷信说法，指鬼怪带来的灾祸。　**6** 祝：用言语向鬼神祈祷求福。　**7** 正果：比喻好的、正经的归宿。　**8** 止生宿：留姬生住宿。止，留住。

一日，生归，独坐斋中，忽房门缓缓自开。生起，致敬曰："狐兄来耶？"殊寂无声。一夜，门自开，生曰："倘是狐兄降临，固小生所祷祝而求者，何妨即赐光

一天，姬生回到家，独自坐在书房里，房门忽然慢慢自己打开了。姬生站起来，恭敬行礼说："是狐兄来了吗？"四下里却寂静无声。有一天晚上，房门又自己打开了，姬生说："如果是狐兄大驾光临，小生本来就祷告能与您相见，您现身相见又何妨呢？"可是四下里仍旧寂

霁[1]？”却又寂然。案头有钱二百，及明失之。生至夜增以数百。中宵[2]闻布幄铿然[3]，生曰：“来耶？敬具时铜[4]数百备用。仆虽不充裕，然非鄙吝者。若缓急[5]有需，无妨质言[6]，何必盗窃？”少间视钱，脱去二百。生仍置故处，数夜不复失。有熟鸡，欲供客而失之。生至夕，又益以酒，而狐从此绝迹矣。

寂无声。桌案上本来放着两百文钱，天亮时却不见了。到了晚上姬生多放了好几百文在桌上。半夜他听到布帐里传来响亮的声音，姬生说：“狐兄来了吗？我准备好了几百文铜钱给你用。我虽然不富裕，可也不是吝啬的人。如果你确实急需用钱，不妨直说，何必偷窃呢？”过了一会儿，姬生看了看钱，少了两百文。姬生把剩下的钱放在原来的地方，一连几晚都没有丢失。还有一只熟鸡，本来是要给客人吃的，也忽然不见了。到了晚上，姬生又另外放上酒，而狐狸从此之后再也没有出现过。

注释 1 赐光霁：此处指现身。光霁，敬辞，犹风采。 2 中宵：半夜。 3 铿然：形容声音响亮有力。 4 时铜：指当时所用的铜钱。 5 缓急：急迫的事；困难的事。 6 质言：如实而言；直言。质，诚信，实。

鄂家祟如故。生又往祝，曰：“仆设钱而子不取，设酒而子不饮。我外祖衰迈，无为久祟之。仆备有不腆[1]之物，夜当凭汝自取。”乃以钱十千、酒一樽，两鸡皆聂切[2]，陈几上。生卧其

鄂家的狐患又和原来一样出现。姬生又前往鄂家祷告，说：“我放好钱你不取，备好酒你也不喝。我外祖父年老体衰，你不要总是在他家作祟了。我备下了一点不成敬意的东西，晚上听凭你来取。”于是姬生就把一万文钱、一坛酒，还有两只切成薄片的鸡放在几案上。姬生自己躺在一旁，但是整个晚上都寂寂无声，钱

傍，终夜无声，钱物如故。狐怪从此亦绝。生一日晚归，启斋门，见案上酒一壶，燂鸡[3]盈盘，钱四百，以赤绳贯之，即前日所失物也。知狐之报。嗅酒而香，酌之色碧绿，饮之甚醇。壶尽半酣，觉心中贪念顿生，蓦然[4]欲作贼，便启户出。思村中一富室，遂往越其墙。墙虽高，一跃上下，如有翅翎。入其斋，窃取貂裘、金鼎[5]而出。归置床头，始就枕眠。

和吃食都没有丢失。狐患从此也消失了。一天姬生回来得晚了，打开书房门一看，只见案上放着一壶酒和整整一盘烧鸡，还有四百文钱，中间用红绳穿着，都是前些日子丢失的东西。姬生知道这是狐狸报答他的东西。他闻了闻酒，酒味很香，倒出来一看，酒色碧绿，喝进口中则倍感香醇。一壶酒喝完，他已经半醉了，突然心生贪念，很想去做贼，便打开房门出去了。姬生想到了村里有一家富户，就赶过去打算翻墙进入。墙虽然很高，他却轻易地上下纵跃，好像长了翅膀一样。姬生进入房中，偷拿了貂裘、金鼎，然后翻墙而出。回到家里，他把偷来的东西放在床头，才开始躺下睡觉。

注释　1 不腆：谦辞。不丰厚。　2 聂(zhé)切：切成薄片。聂，通“牒”。切肉成薄片。　3 燂(xún)鸡：烧鸡。燂，烤熟。　4 蓦然：猛然。　5 金鼎：鼎形的金香炉。

天明，携入内室，妻惊问之，生嗫嚅[1]而告，有喜色。妻骇曰：“君素刚直，何忽作贼！”生恬然[2]不为怪，因述狐之有情。妻恍

天亮以后，姬生将偷来的东西拿到内屋，妻子惊讶地问他是怎么回事，姬生吞吞吐吐地诉说了一遍，还面露喜色。妻子大骇，说：“你平时都很正直，怎么突然要做贼呢！”姬生却一副心安理得的样子，认为这没什么奇怪的，还说起狐狸很有情

然悟曰:“是必酒中之狐毒也。”因念丹砂可以却邪,遂研入酒,饮生。少顷,生忽失声[3]曰:“我奈何做贼!”妻代解其故,爽然自失[4]。又闻富室被盗,噪传里党,生终日不食,莫知所处。妻为之谋,使乘夜抛其墙内。生从之。富室复得故物,事亦遂寝[5]。

义。妻子恍然大悟说:“一定是酒中有狐狸下的毒。”想到丹砂可以驱邪,妻子就研碎丹砂搅入酒中,让姬生喝下去。过了一会儿,姬生忽然不由自主地说道:“我为什么要做贼呢!”妻子向他解释原因,姬生听了心里一片茫然,无所适从。又听说富户家被盗,已经哄传了整个村子,姬生整天都吃不下东西,不知道该怎么办才好。妻子就为他出主意,让他趁着夜色,把东西抛进富户院子里。姬生听从了。富户家的东西失而复得,这件事也就不了了之了。

注释 **1** 嗫嚅:形容想说话而又吞吞吐吐不敢说出来的样子。 **2** 恬然:安然,不在意貌。 **3** 失声:不由自主地发出声音。 **4** 爽然自失:形容茫无主见,无所适从。 **5** 寝:止,息。

生岁试[1]冠军,又举行优[2],应受倍赏。及发落[3]之期,道署[4]梁上黏一帖云:“姬某作贼,偷某家裘、鼎,何为行优?”梁最高,非跋足[5]可黏。文宗[6]疑之,执帖问生。生愕然,思此事除妻外无知者,况署中深密,何由而至?因悟

姬生岁试的时候得了第一,又被举为优贡,应该受到加倍的奖赏。可是到了发榜的时候,道署的房梁上贴了一张帖子,上面写着:“姬生做过贼,偷过某家的貂裘和金鼎,怎么可以说品行优良呢?”房梁很高,不是人踮着脚就可以贴上去的。学政对此感到很怀疑,就拿着帖子询问姬生。姬生感到很惊愕,细思这件事除了妻子之外没有其他人知道,况且道署中守备森严,帖子是从哪里出现的?姬生因此醒

曰:“此必狐之为也。”遂缅述无讳[7],文宗赏礼有加焉。生每自念,无所取罪于狐,所以屡陷[8]之者,亦小人之耻独为小人耳。

悟说:“这一定是狐狸干的好事。”于是就详细地诉说了之前的事,没有一点隐瞒,学政因为姬生的诚实,给的赏赐更多了。姬生常常想,自己并没有得罪狐狸,狐狸之所以多次陷害他,大概是因为小人也以只有自己是小人为耻吧。

注释 1 岁试:清代学政每年对所属府、州、县的附生、增生、廪生举行的考试,以分别优劣,酌定赏罚。 2 举行优:举为优贡。清制每三年各省学政于府、州、县在学生员中选拔文行俱优者,贡入京师国子监。 3 发落:发榜。 4 道署:学道的衙署。学道,即学政,掌学校生徒考课黜陟之事。 5 跛足:踮着脚。 6 文宗:明清时称提学、学政为“文宗”。亦泛指试官。 7 讳:隐瞒。 8 陷:设计害人。

异史氏曰:“生欲引邪入正,而反为邪惑。狐意未必大恶,或生以谐[1]引之,狐亦以戏弄之耳。然非身有夙根,室有贤助[2],几何不如原涉[3]所云,家人寡妇,一为盗污,遂行淫哉!吁!可惧也!”

异史氏说:“姬生想要引邪入正,却反而被狐狸迷惑。狐狸原本的意思不一定有多恶劣,也许是因为姬生用开玩笑的方式来引导狐狸,狐狸便也用开玩笑的方式戏弄姬生。然而如果不是生来就有慧根,又有贤惠的妻子帮助,几乎就要像原涉说的那样,家人、寡妇一旦被强盗玷污,就会自甘堕落!唉!真是可怕啊!”

注释 1 谐:诙谐,滑稽。 2 贤助:即“贤内助”。贤惠能干的妻子。 3 原涉:汉代游侠。祖籍颍川阳翟。原涉的父亲做南阳太守时死在任上，他退还了南阳郡人赠送的助丧钱财，还为父亲守丧三年，得到了世人的仰慕。后来原涉为了给叔父报仇开始了逃亡，遇到大赦后才重新露面，与各地豪杰义士来往密切，无论贤与不贤皆与之相交。有人挖苦他，他回应说："子独不见家人寡妇邪？始自约敕之时，意乃慕宋伯姬及陈孝妇，不幸一为盗贼所污，遂行淫失，知其非礼，然不能自还。吾犹此矣！"

吴木欣云："康熙甲戌，一乡科[1]令浙中，点稽[2]囚犯，有窃盗已刺字[3]讫，例应逐释。令嫌'窃'字减笔从俗，非官板正字[4]，使刮去之，候创平，依《字汇》[5]中点画形象另刺之。盗口占[6]一绝云：'手把菱花[7]仔细看，淋漓鲜血旧痕斑。早知面上重为苦，窃物先防识字官。'禁卒[8]笑之曰：'诗人不求功名，而乃为盗？'盗又口占答之云：'少年学道志功名，只为家贫误一生。冀得资财权子母[9]，囊游燕市博恩荣。'"即此观之，秀才为盗，亦仕进[10]之志也。狐授姬生以进取之资，而返悔为所误，迂哉！一笑。

吴木欣说："康熙甲戌年间，一个举人到浙中做县令，清点囚犯的时候，有一个窃贼已经刺完了字，按照惯例应该将他逐出发送了。但是县令嫌'窃'字减笔从俗，不是官板正字，便让人刮去，等伤口好了后，又按照《字汇》里的笔画形象给他另外刺上了字。窃贼于是随口吟了一首诗：'手把菱花仔细看，淋漓鲜血旧痕斑。早知面上重为苦，窃物先防识字官。'狱卒笑着说：'你这个诗人怎么不去追求功名利禄，反而要去做贼呢？'窃贼又随口吟了一首诗道：'少年学道志功名，只为家贫误一生。冀得资财权子母，囊游燕市博恩荣。'"从这里来看，秀才做窃贼，也是为了求取功名啊。狐狸教给了姬生图谋进取的资本，可是姬生却后悔，认为是被狐狸误导了，真是迂腐！可以让人一笑。

注释 1 乡科:指举人。 2 点稽:清点。 3 刺字:古代的一种肉刑。刺字于额或面、臂,刺明所犯事由或发遣地点。 4 官板正字:官方文件中所使用的正体字。官板,官府刻板刊行的书籍。正字,即正体字。字形结构和笔画符合规范的字。 5《字汇》:字书。十四卷。明梅膺祚撰。共收33179字,除古书中常用字外,还有许多俗字,但不收僻字。 6 口占:不打草稿随口作出诗文。 7 菱花:菱花镜,泛指镜子。 8 禁卒:狱卒。禁,监狱。 9 权子母:指以资本经营或借贷生息。此处指出资捐官,以官敛财。 10 仕进:求取功名。

果 报

原文

安丘[1]某生通卜筮之术,其为人邪荡不检,每有钻穴逾隙之行[2],则卜之。一日忽病,药之不愈,曰:“吾实有所见。冥中怒我狎亵天数[3],将重谴矣,药何能为!”亡何[4],目暴[5]瞽[6],两手无故自折。

译文

安丘有一个人精通占卜之术,他为人放荡,行为不检,每次要做偷鸡摸狗的事情时,就占一卦。一天他忽然病倒了,吃了很多药也没有效果,说:“我早就有所预见。阴间对我亵渎天数的行为感到愤怒,将要重重地惩罚我,吃药有什么用处呢!”没过多久,他的眼睛突然瞎了,双手也无缘无故地折断了。

注释 1 安丘:今山东省安丘市。 2 钻穴逾隙之行:指奸盗方面的不当行为。 3 狎亵天数:民间认为占卜是窥测和泄露天机的行为,依靠占卜避凶化吉更是对天命的亵渎。天数,上天安排的命数。 4 亡何:不久。 5 暴:表示突然。 6 瞽(gǔ):失明。

某甲者伯无嗣[1]，甲利[2]其有，愿为之后。伯既死，田产悉为所有，遂背前盟。又有叔家颇裕，亦无子。甲又父之，死，又背之。于是并三家之产，富甲一乡。一日，暴病若狂，自言曰："汝欲享富厚[3]而生耶！"遂以利刃自割肉，片片掷地。又曰："汝绝人后，尚欲有后耶！"剖腹流肠，遂毙。未几子亦死，产业归人矣。果报[4]如此，可畏也夫！

某人的伯伯没有儿子，那人觊觎伯伯家的财富，愿意做他的儿子继承香火。伯伯死后，他的田产都归那人所有了，那人就背弃了先前的盟誓。他还有一个叔叔，家里也很富裕，同样没有儿子。于是那人又认叔叔为父亲，叔叔死后，他又背弃了约定。于是那人有了三家的财产，成为一乡的首富。一天，他忽然得病了，疯疯癫癫的，自言自语道："你想独自享富贵活下去啊！"然后就用锋利的匕首割自己的肉，一片片地丢在地上。又自言自语说："你绝了人家的后代，还想自己有后代不成！"说完就剖开了肚子，肠子流了一地，死掉了。没过多久，他的儿子也死了，家产都归了别人。因果报应竟然这样灵验，真让人害怕！

注释　**1** 嗣：子孙；后代。　**2** 利：贪图。　**3** 富厚：指雄厚的物质财富。　**4** 果报：佛家语。因果报应。

公孙夏

原文

保定[1]有国学生[2]某，将入都纳资[3]，谋得

译文

保定有个国子监学生，他将要去京城捐钱买官，希望买个县令当一当。他正在

县尹。方趣装而病，月余不起。忽有僮入曰："客至。"某亦忘其疾，趋出逆客。客华服类贵者。三揖入舍，叩[4]所自来。客曰："仆，公孙夏，十一皇子坐客也。闻治装将图县尹，既有是志，太守不更佳耶？"某逊谢，但言："资薄，不敢有奢愿。"客请效力，俾[5]出半资，约于任所取盈。某喜求策，客曰："督、抚皆某最契之交，暂得五千缗[6]，其事济[7]矣。目前真定[8]缺员，便可急图。"某讶其本省。客笑曰："君迂矣！但有孔方[9]在，何问吴越桑梓[10]耶？"某终踌躇，疑其不经[11]，客曰："无须疑惑。实相告：此冥中城隍缺也。君寿尽，已注死籍。乘此营办，尚可以致冥贵。"即起

整理行装的时候忽然病倒了，过了一个多月也起不了床。一天，忽然有童仆跑进来说："有客人来了。"他也忘掉了自己有病，急忙出来迎接客人。来客衣服华丽，看上去像个身份尊贵的人。他就恭敬地行礼请来客进屋，并询问客人来自何方。来客说："我是公孙夏，是十一皇子的座上宾。听说你正打理行装要去买个县令，既然你有这个想法，买个太守来当不是更好吗？"他婉言拒绝，只是说："我的钱财有限，不敢有这样的奢望。"公孙夏表示乐意效劳，让他先出一半的钱，约定剩下的一半在他赴任后再交。他很高兴，求问有什么好计策，公孙夏说："都督和巡抚都与我交情很好，只要先交五千吊钱，这件事基本上就成功了。目前真定府缺一个知府，你可以赶快谋这个空缺。"他十分惊讶，因为根据规定，本地人是不能当本地地方官的。公孙夏笑着说："你太迂腐了！只要有钱，还管什么异乡、家乡呢？"他最终还是有些犹豫，怀疑公孙夏的话荒诞不经。公孙夏就说："你不要怀疑了。实话告诉你吧：这是阴间城隍的空缺。你的寿数已经尽了，已被列入死亡簿。你趁着这个机会赶紧筹办，还可以在阴间谋些富贵。"说完，公孙夏就起身告

告别，曰："君且自谋，三日当复会。"遂出门跨马去。某忽开眸，与妻子永诀。命出藏镪，市楮锭[12]万提[13]，郡中是物为空。堆积庭中，杂刍灵鬼马[14]，日夜焚之，灰高如山。

辞，还嘱咐了一句："你自己去谋划这事吧，三天后我们再见面。"于是就出了门，跨上马奔驰而去。他也忽然睁开了眼，和妻子诀别。又命令家人将藏起来的银子都拿出来，买了一万串纸钱，县里的纸钱为之一空。所有纸钱都堆积在院子里，中间夹杂着扎成的草人纸马，日夜焚烧，灰烬堆积，高如小山。

注释 1 保定：今河北省保定市。 2 国学生：此处指国子监的学生，即监生。 3 纳资：指捐钱买官。 4 叩：探问；询问。 5 俾(bǐ)：使。 6 缗：成串的钱，一千文为一缗。 7 济：成功。 8 真定：府名。治今河北省石家庄市正定县。清朝时保定和真定同属直隶省。 9 孔方：钱的别称。旧时铜钱中有方孔，因称钱为"孔方兄"，含有戏谑的意味。 10 吴越桑梓：吴越，指吴地和越地，在此指外省。桑梓，故乡。这里指本省。 11 不经：荒诞，不合常理。 12 楮锭：旧俗祭祀时焚化的纸锭。 13 提：量词。用于钱币或提着的物体。 14 刍灵鬼马：用茅草和纸扎成的人马，为古人送葬之物。

三日客果至。某出资交兑，客即导至部署，见贵官坐殿上，某便伏拜。贵官略审姓名，便勉以"清廉谨慎"等语。乃取凭文，唤至案前与之。某稽首[1]出

三天后公孙夏果然又来了。他拿出钱交给公孙夏，公孙夏就引着他来到官署，只见一个大官坐在殿上，他赶紧跪下行礼。大官只是简单问了问他的姓名，就拿"清廉谨慎"之类的话勉励他。说完就取出凭文，把他叫到案前，交付给了他。他叩头行礼出了官署。他觉得自己在阳

署。自念监生卑贱[2]，非车服炫耀，不足震慑曹属[3]。于是益市舆马，又遣鬼役以彩舆迓[4]其美妾。区画[5]方已，真定卤簿[6]已至。途中里余，一道相属，意得甚。忽前导者钲息旗靡[7]，惊疑间见骑者尽下，悉伏道周；人小径尺，马大如狸。车前者骇曰："关帝[8]至矣！"某惧，下车亦伏。遥见帝君从四五骑，缓辔而至。须多绕颊，不似世所模肖者，而神采威猛，目长几近耳际。马上问："此何官？"从者答："真定守。"帝君曰："区区一郡，何直得如此张皇[9]！"某闻之，洒然[10]毛悚，身暴缩，自顾如六七岁儿。帝君命起，使随马踪行。道傍有殿宇，帝君入，南向坐，命以笔札授某，俾自

间只是个监生，地位卑贱，如果不炫耀一下车马和衣服，就无法震慑自己的属下。于是他增买车马，还派遣鬼差用彩车去迎接自己的美妾。他刚刚谋划完毕，真定过来迎接的仪仗队已经到了。车马队伍有一里多地，在路上排成长阵，他十分得意。正行走间，前面的先导队伍忽然停止了奏乐，旗子也降下来了，他正惊疑的时候，看见骑在马上的随从都下了马，跪趴在道路边；人瞬间就变小到一尺高，马也只有狸猫一样大了。前面驾车的人惊呼："关帝来了！"他十分害怕，也下了车跪在地上。远远地只见关帝身边跟着四五个骑马的随从，缓缓骑着马来到近前。关帝脸上胡子很多，绕着脸颊长满一圈，不是世人画的那样长髯飘飘，但是神采奕奕，威武勇猛，眼睛很长，几乎靠近耳边。关帝在马上问："这是什么官的仪仗队？"随从回答说："是真定太守。"关帝说："区区一个郡的太守，有什么值得如此铺张炫耀的！"他听了，吓得毛骨悚然，身子也突然变小，他自己一看，竟然像六七岁的小儿。关帝命令他起来，让他跟随自己的马行走。道路一旁有座大殿，关帝进去后，面朝南而坐，命人拿来纸和笔，让他写下自己的籍

书乡贯姓名。某书已，呈进。帝君视之，怒曰："字讹误不成形象！此市侩[11]耳，何足以任民社！"又命稽其德籍。傍一人跪奏，不知何词。帝君厉声曰："干进[12]罪小，卖爵罪重！"旋见金甲神绾锁去。遂有二人捉某，褫[13]去冠服，笞五十，臀肉几脱，逐出门外。四顾车马尽空，痛不能步，偃息[14]草间。细认其处，离家尚不甚远。幸身轻如叶，一昼夜始抵家。

贯和姓名。他写完后，呈给关帝。关帝一看，大怒，说："字错得不成样子！你这样一个市侩小人，怎么可以胜任百姓的父母官呢！"然后又命人检查他的道德品行。一个人跪旁边上奏，他也听不懂那人说了什么。关帝厉声说："想谋取官职的罪小，买官的罪大！"不一会儿就看到一个金甲神拿着锁链走过来。于是就有两个人上前捉住他，剥掉他的衣服和帽子，狠狠鞭打了他五十下，臀肉都快被打下来了，然后他就被赶出了大殿。他四下里一看，自己的车马都不见了，再加上臀部疼痛，举步维艰，就只好趴在草丛中休息。他仔细看了看身处的环境，发现离自己的家并不远。幸亏他身轻如叶，用了一晚上时间，总算回到了家中。

注释　**1** 稽(qǐ)首：古时一种跪拜礼，叩头到地，是九拜中最恭敬者。　**2** 自念监生卑贱：科举时代官员出身以进士为贵，监生靠捐纳买官，被人看不起。　**3** 曹属：下属。　**4** 迓(yà)：迎接。　**5** 区画：筹划，安排。　**6** 卤簿(bù)：大员出行时扈从的仪仗队。　**7** 钲(zhēng)息旗靡：鼓乐停下，旗子放下。钲，一种古代乐器。行军时用以节止步伐。　**8** 关帝：即三国蜀汉大将关羽。宋代以后，事迹被神化，被尊为"关公""关帝"。　**9** 张皇：夸张；炫耀。　**10** 洒然：惊异状。　**11** 市侩：指投机取巧的人。　**12** 干进：谋取官职。干，求取。　**13** 褫(chǐ)：脱去；解下。　**14** 偃息：休养；歇息。

豁若梦醒，床上呻吟。家人集问，但言股痛。盖瞑然若死者已七日矣，至是始寤[1]。便问："阿怜何不来？"盖妾小字[2]也。先是，阿怜方坐谈，忽曰："彼为真定太守，差役来接我矣。"乃入室丽妆，妆竟而卒，才隔夜耳。家人述其异，某悔恨椎胸[3]，命停尸勿葬，冀其复还。数日杳然，乃葬之。某病渐瘳，但股疮大剧[4]，半年始起。每自曰："官资尽耗，而横[5]被冥刑，此尚可忍，但爱妾不知舁向何所，清夜[6]所难堪耳！"

他突然如睡梦中醒来一样，在床上呻吟不止。家人围上来问他怎么了，他只说大腿痛得厉害。原来他已经昏死过去整整七天了，到现在才醒过来。他于是问家人："阿怜怎么没有过来？"阿怜是他小妾的小名。先前，阿怜正坐着与人闲谈时，忽然说："他做了真定的太守，派差役来接我了。"然后就走进内室打扮起来，打扮完就死去了，才过去一个晚上。家人把这件怪异的事情讲述给他听，他悔恨得用拳头使劲捶打自己的胸口，命令不要下葬，希望阿怜能够复活。过了好几天，也没见阿怜有复活的迹象，就只好下葬了。他的病也慢慢地好了，但是腿上的伤还是很严重，过了半年才能下床。他总是自言自语："买官的钱全部花光了，又无端遭受了阴间的刑罚，这些都还能忍受，但是我的爱妾不知道被差役抬到哪里去了，漫漫长夜才是让我不能忍受的啊！"

注释　1 寤：醒来。　2 小字：乳名，小名。　3 椎(chuí)胸：捶胸。椎，敲打。　4 大剧：很严重。剧，剧烈，厉害。　5 横(hèng)：意外。　6 清夜：寂静的深夜。

异史氏曰："嗟乎！市侩固不足南面[1]哉！

异史氏说："唉！投机取巧的小人本来就没资格做官！阴间既然已有买官的

冥中既有线索[2]，恐夫子[3]马踪所不及到，作威福者，正不胜诛耳！吾乡郭华野[4]先生传有一事，与此颇类，亦人中之神也。先生以清鲠[5]受主知，再起[6]总制荆楚。行李萧然[7]，惟四五人从之，衣履皆敝陋，途中人皆不知为贵官也。适有新令赴任，道与相值[8]。驼车二十余乘，前驱数十骑，驺从[9]以百计。先生亦不知其何官，时先之，时后之，时以数骑杂其伍。彼前马者怒其扰，辄呵却之。先生亦不顾瞻。亡何，至一巨镇，两俱休止。乃使人潜访之，则一国学生，加纳[10]赴任湖南者也。乃遣一价[11]召之使来。令闻呼骇疑，及诘官阀，始知为先生，悚惧无以为地，冠带蒲伏而前。先生问：'汝即某县县尹耶？'答

门路，恐怕关帝的马到不了的地方，那些作威作福的人，是杀不完的！传闻我的同乡郭华野先生有一件事，和这个故事很像，先生大概也是人中的神吧。郭先生因为清正廉洁，受到皇上的赏识，再次被起用做湖广总督。郭先生上任时备下的行李很少，只带了四五个随从，衣服和鞋子都很破旧，路上的人都不知道他是个大官。恰好有个新的县令赴任，在路上与郭先生相遇。他有二十多辆驼车，在前面开路的就有几十个骑马的，随从更是有上百个。郭先生也不知道他是什么官，就一会儿走在他们前面，一会儿走在他们后面，时不时还让自己的随从混入对方的队伍。对方开路的人以为他们故意捣乱，非常生气，就大声呵斥想赶走他们。先生对此也不闻不问。不一会儿，他们到了一个大的市镇，两拨人都停下来休息。郭先生就派人悄悄前去探问消息，这才知道对方是个监生，用钱买了官，正前往湖南赴任。郭先生就派一个随从把县官叫过来。县官听到召唤，很是惊异，等询问郭先生的官职时，才知道竟然是湖广总督，他既惊讶又害怕，简直到了无法形容的地步，赶紧整理好帽子，束好腰带，跪爬着赶过去。先生问：

曰:‘然。’先生曰:‘蕞尔[12]一邑,何能养如许驺从?履任[13],则一方涂炭矣!不可使殃民社,可即旋归,勿前矣。’令叩首曰:‘下官尚有文凭。’先生即令取凭,审验已,曰:“此亦细事,代若缴之可耳。’令伏拜而出。归途不知何以为情,而先生行矣。世有未莅任而已受考成[14]者,实所创闻[15]。盖先生奇人,故有此快事耳。”

‘你就是某县的县令?’对方回答说:‘是的。’先生说:‘一个小小的县,如何养得起这么多随从?你前往赴任,那么一方的百姓就要生活在水深火热之中了。我不能让你祸害百姓和社稷,你马上返回吧,不要再往前走了。’县官磕了一个头说:‘下官还有文凭在身。’郭先生立刻就让他拿出文凭,查验完后,说:‘这也是一件小事,我代你上交就可以了。’县官磕头行礼后就退出来了。在回去的路上,也不知道他的心情如何,而郭先生已经上路了。世上竟有还没上任就受到考核的官员,真是闻所未闻。郭先生是一个奇人,所以能做出这样大快人心的事情来。”

注释 1 南面:泛指居尊位或官位。旧时以坐北朝南为尊位,故称。 2 线索:此处指打通门路、营私舞弊的迹象。 3 夫子:旧时对男子的敬称。 4 郭华野:郭琇,号华野,山东即墨人。康熙九年(1670)进士,初任吴江知县、江南道御史,后授左都御史。为官清正廉洁,敢于弹劾权奸。 5 清鲠(gěng):清高刚直。 6 再起:再次起用。郭琇曾上疏弹劾明珠和余国柱结党营私,后遭明珠余党诬陷被罢官。康熙三十八年(1699),康熙南巡,郭琇在德州迎驾时被再次起用,任湖广总督。 7 萧然:简陋。 8 相值:相遇。值,遇,逢。 9 驺(zōu)从:骑马的侍从。 10 加纳:买官。 11 价(jiè):旧时称被派遣传送东西或传达事情的人。 12 蕞(zuì)尔:微小。 13 履任:到任;就任。 14 考成:考核官吏的政绩。 15 创闻:罕闻,罕见。

韩 方

原文

明季，济郡[1]以北数州县邪疫[2]大作，比户[3]皆然。齐东[4]农民韩方，性至孝。父母皆病，因具楮帛，哭祷于孤石大夫[5]之庙。归途零涕，遇一人衣冠清洁，问："何悲？"韩具以告，其人曰："孤石之神不在于此，祷之何益？仆有小术，可以一试。"韩喜，诘其姓字。其人曰："我不求报，何必通[6]乡贯乎？"韩敦请[7]临其家。其人曰："无须。但归，以黄纸置床上，厉声言：'我明日赴都[8]，告诸岳帝[9]！'病当已。"韩恐不验，坚求移趾[10]。其人曰："实告子，我非人也。巡环使者[11]以我诚笃，俾为南乡土地[12]。感君孝，指授此术。目前岳帝举

译文

明朝末年，济南以北的几个州县瘟疫横行，家家户户都有人被感染。齐东县有一个农民叫韩方，生性孝顺。他的父母都染上了瘟疫，卧病在床，他就准备好纸钱，在孤石大夫的庙前哭泣祈祷。回去的路上，韩方还在痛哭流涕时，遇到了一个衣冠整洁的人，对方问他："你为什么悲伤呢？"韩方就把情况详细告诉了他。那个人说："孤石大夫不在这里，你去祈祷有什么用呢？我倒是有个治病的小方法，你可以试一试。"韩方大喜，就询问他的名字。那个人说："我又不求回报，哪里需要让你知道我的籍贯呢？"韩方又诚恳地请他到自己家中。那人说："不用。你尽管回家，把黄纸放在床上，大声说：'我明天就去鬼都，向岳帝告状！'你父母的病就会好了。"韩方担心方法不灵验，坚持要请他走一趟。那人才说："实话告诉你吧，我并不是凡人，巡环使者认为我真诚厚道，让我做南乡的土地神。因为被你的孝心感动，我才来传授你这个法术。现在岳帝正忙着推举

枉死之鬼，其有功人民，或正直不作邪祟者，以城隍[13]、土地用。今日殃人者，皆郡城北兵[14]所杀之鬼，急欲赴都自投，故沿途索赂，以谋口食耳。言告岳帝，则彼必惧，故当已。"韩悚然[15]起敬，伏地叩谢。及起，其人已渺。惊叹而归。遵其教，父母皆愈。以传邻村，无不验者。

枉死的鬼，其中对人民有功，或者为人正直、不作奸弄祟的，可以担任城隍、土地。现在祸害人的，都是郡城里被清兵杀死的人化成的鬼，它们急着赶到鬼都去投状自荐，所以一路上索要贿赂，谋取盘缠。你只要说要告诉岳帝，它们就会害怕的，病自然就好了。韩方肃然起敬，趴在地上磕头。等他爬起来，那个人的身影已经消失不见了。韩方一路惊叹着回到家。他按照那个人教的法术来做，父母果然都痊愈了。他又把这个法术传授给邻村的人，没有不灵验的。

注释 1 济郡：今山东省济南市。 2 邪疫：瘟疫，传染病。 3 比户：家家户户。 4 齐东：今山东省邹平市、博兴县一带。 5 孤石大夫：山东部分地区存在石大夫信仰。传说有巨石常常化成人在县邑中行医。邑人得了重病，只要前往石大夫祠祈祷便可痊愈。 6 通：传达，使知道。 7 敦请：恳请。敦，诚恳。 8 都：此处指鬼都。 9 岳帝：东岳大帝，即东岳泰山之神。其司掌生死，统摄鬼魂，权涉拔罪解冤。 10 移趾：请别人挪动脚步的客气说法。 11 巡环使者：民间传说中阴间派出的巡视人间生死祸福的神。 12 土地：传说中管理一个小地面的神。即古代的"社神"。 13 城隍：古代神话中所传守护城池的神。 14 北兵：此处指清兵。 15 悚然：肃然恭敬貌。

异史氏曰："沿途祟人而往，以求不作邪祟之

异史氏说："沿途作祟害人，只是为了到达鬼都后可以证明自己并非作

用,此与策马[1]应‘不求闻达之科’[2]者何殊哉！天下事大率类此。犹忆甲戌、乙亥之间,当事者使民捐谷,具疏[3]谓民乐输[4]。于是各州县如数取盈[5],甚费敲扑[6]。时郡北七邑被水[7],岁祲,催办尤难。唐太史[8]偶至利津[9],见系逮者十余人,因问:‘为何事?’答曰:‘官捉吾等赴城,比追[10]乐输耳。’农民不知‘乐输’二字作何解,遂以为徭役敲比之名,岂不可叹而可笑哉!”

祟之鬼,这与进京城赶考的举子说自己读书并不是为了出人头地有什么区别啊！天底下的事情大抵上都与此相似。还记得甲戌、乙亥年间,当官的让百姓捐献粮食,上疏却说是百姓心甘情愿要捐献的。于是各州县为了按照数目捐够粮食,很是动用了一番刑罚。当时济南府以北的七个县城遭水灾,闹饥荒,催交粮食更加困难。唐太史偶然来到利津,看到监狱里关押着十几个人,就问:‘你们犯了什么罪?’被关押的人回答说:‘官府抓我们进城,是要追讨乐输。’农民并不知道‘乐输’是什么意思,就以为和徭役、赋税一样,这不是让人可叹可笑的事情吗!”

注释　1 策马:此处指赶考应试。　2 不求闻达之科:唐赵璘有《因话录》载笔记一则:“唐有德音,搜访怀才抱器、不求闻达者。有人于昭应逢一书生,奔驰入京。问求何事?答曰:‘将应不求闻达科。’”不求闻达,指隐退不求人知。此处借以讽刺那些热衷名利而又口是心非的乖违之徒。　3 具疏:写奏章分条陈述。疏,分门别类说明的一种公文。　4 输:献纳,捐献。　5 取盈:谓取足赋税。此处指捐够粮食。　6 敲扑:指敲打鞭笞。　7 被水:遭水灾。　8 唐太史:即唐梦赉。　9 利津:今山东省东营市利津县。　10 比追:即“追比”。指旧时地方官严逼限期交税、交差,过期以杖责、监禁等方式继续追逼的行为。

纫针

原文

虞小思,东昌[1]人。居积[2]为业。妻夏,归宁返,见门外一妪,偕少女哭甚哀。夏诘之,妪挥泪相告。乃知其夫王心斋,亦宦裔也。家中落,无衣食业,浼[3]中保[4]贷富室黄氏金作贾。中途遭寇,丧资,幸不死。至家,黄索偿,计子母[5]不下三十金,实无可准抵[6]。黄窥其女纫针美,将谋作妾。使中保质告之:如肯,可折债[7]外,仍以廿金压券[8]。王谋诸妻,妻泣曰:"我虽贫,固簪缨之胄[9]。彼以执鞭[10]发迹,何敢遂媵吾女!且纫针固自有婿,汝何得擅作主!"先是,同邑傅孝廉之子,与王投

译文

虞小思是东昌人,以囤积货物做买卖养家糊口。他的妻子夏氏,一天从娘家回来,看到自家门外有一个老妇人,带着一个少女,哭得分外悲痛。夏氏问老妇人怎么了,老妇人抹着泪告诉了她缘由。夏氏才知道老妇人的丈夫叫王心斋,也是官宦人家的后代。其家道中落,又没有维持生计的职业,于是就请求保人向富户黄氏借钱来做买卖。王心斋在外出经商的路上却遭遇了盗匪,所借钱全部被抢走了,幸运的是没有死。回到家,黄氏就派人来讨债,连本带息要还至少三十金,王家实在拿不出东西来抵债。黄氏看到王家的女儿纫针貌美,就打算讨来做小妾。黄氏让保人直接告诉王心斋:如果答应把女儿嫁过去,不仅可以抵了债,还会多给二十金。王心斋就与妻子商量,妻子哭着说:"我家虽然贫穷,但也是官宦人家的后代。他黄家靠贱业发家,怎么敢迎娶我女儿做小妾!况且纫针本来就有人家了,你怎么能擅自做主!"此前,同县傅举人的儿子与王心斋交好,傅家生了一个男孩叫阿卯,

契[11],生男阿卯,与襁中论婚。后孝廉官于闽,年余而卒。妻子不能归,音耗俱绝。以故纫针十五尚未字也。妻言及此,王无词,但谋所以为计。妻曰:"不得已,其试谋诸两弟。"盖妻范氏,其祖曾任京职,两孙田产尚多也。次日妻携女归,告两弟,两弟任其涕泪,并无一词肯为设处。范乃号啼而归。适逢夏诘,且诉且哭。	两家的孩子还在襁褓中的时候就定了娃娃亲。后来傅举人到福建做官,上任才一年多就去世了。他的妻子儿女没有能力回来,自此两家音讯断绝。所以纫针已经十五岁了,还没有许配给别人。妻子说到了这里,王心斋就无话可说了,只是想着还钱的计策。妻子说:"实在走投无路的时候,我去试试跟两个弟弟商量商量。"原来妻子范氏的祖父曾经担任过京官,他的两个孙子的田产如今还很多。第二天妻子就带着女儿回娘家,把情况告诉了两个弟弟,可是两个弟弟只是看着她流泪,一句为她想办法的话都没有说。范氏只好号啕大哭着往回走。刚刚遇到夏氏询问,范氏就一边哭一边述说了遭遇的一切。

注释 1 东昌:今山东省聊城市。 2 居积:囤积(财物),做买卖。《汉书·货殖传》:"乃治产积居,与时逐,而不责于人。" 3 浼(měi):请托,央求。 4 中保:居中作保之人。 5 子母:连本带息。子,利息。母,本金。 6 准抵:按价相抵。准,抵偿;折价。 7 折债:抵债。折,折合,抵换。 8 压券:贸易成交时买主交给卖主以示成交的少数钱款。这里指买方扣除卖方需付的三十金外,再给予卖方二十金以平衡差价,即总共以五十金买纫针为妾。 9 簪缨之胄:官宦人家的后代。簪缨,指簪和缨,二者为古时达官贵人的冠饰,用来把冠固定在头上。旧时用作做官者显贵之称。 10 执鞭:原指持鞭驾车,借指职务卑贱。 11 投契:投缘,交好。

夏怜之，视其女绰约可爱，益为哀楚[1]。因邀入其家，款以酒食，慰之曰："母子勿戚[2]，妾当竭力。"范未遑谢，女已哭伏在地，益加惋惜。筹思曰："虽有薄蓄，然三十金亦复大难[3]。当典质[4]相付。"母子拜谢。夏以三日为约。别后，百计为之营谋，亦未敢告诸其夫。三日未满其数，又使人假诸其母。范母女已至，因以实告，又订次日。抵暮，假金至，合裹并置床头。

夏氏对他们的遭遇很是怜悯，看到她女儿纫针风姿绰约，分外可爱，就更加感到哀痛悲楚了。于是夏氏邀请他们到自己家，用好酒好菜款待他们，并安慰说："你们母女不要悲伤了，我一定会竭尽全力帮助你们的。"范氏还没来得及拜谢，纫针已经哭泣着跪在了地上，夏氏对她们的遭遇更是感到痛惜。夏氏筹划思索道："我虽然有一点微薄的积蓄，但一下子拿出三十金对我来说也很困难。我去典卖一些东西，凑钱给你。"范氏母女拜谢不已。夏氏就与她们约定三日后来取钱。与范氏母女分开后，夏氏千方百计地为这件事筹思，也不敢告诉她的丈夫。过了三天没有凑够三十金，夏氏又派人去向自己的母亲借钱。可是范氏母女已经来取钱了，夏氏以实相告，又约定第二天再来取钱。到了这天晚上，钱借回来了，夏氏把三十金都放在布袋中，置于床头。

注释　1 哀楚：悲伤凄楚。　2 戚：忧愁，悲哀。　3 大难：异常艰难。　4 典质：典押，以物为抵押换钱，可在限期内赎回。

至夜，有盗穴壁[1]，以火入。夏觉，睨[2]之，见一人臂跨短刀，状貌

到了晚上，有个强盗在院墙上打了一个洞，举着火把溜了进来。夏氏惊醒，偷偷观察，看到一个人手臂上挎着一把短刀，长

凶恶。大惧，不敢作声，伪为睡者。盗近箱，意将发扃。回顾夏枕边有裹物，探身攫去，就灯解视，乃入腰橐，不复胠箧[3]而去。夏乃起呼。家中唯一小婢，隔墙告邻，邻人集而盗已远。夏乃对灯啜泣。见婢睡熟，乃引带自经于棂间。天曙婢觉，呼人解救，四肢冰冷。虞闻奔至，诘婢始得其由，惊涕营葬。时方夏，尸不僵，亦不腐。过七日，乃殓[4]之。

相凶恶。夏氏十分害怕，不敢声张，就假装仍在熟睡。强盗走近箱子，想要撬开箱门。他回头看到夏氏枕头边有一个包裹，就悄悄探身抓走，靠近火把打开一看是金子，就放进了自己的腰包，也不去撬箱门了，就径直离开。这时候夏氏才敢爬起来呼救。家中只有一个小婢女，她隔着墙壁呼喊邻居帮忙，等邻居赶过来时，强盗已经溜远了。夏氏于是在灯下流泪。后来她见婢女睡熟过去，竟想不开，解下衣带挂在窗棂上，上吊自尽了。天大亮的时候婢女才发觉，赶紧喊人过来解救，夏氏已经四肢冰凉了。虞小思闻讯急忙回家，责问了婢女才知道其中的缘由，十分惊讶，流着泪操办了下葬事宜。当时正是夏天，夏氏的尸体竟不僵硬，也不腐烂。七日之后才为她入殓。

注释 1 穴壁：凿墙洞。 2 睨：斜着眼睛看。 3 胠(qū)箧：撬开箱子。胠，撬开。 4 殓：为死者更衣入棺。

既葬，纫针潜出，哭于其墓。暴雨忽集，霹雳大作，发墓，纫针震死。虞闻，奔验，则棺木已启，妻呻嘶其中，抱出之。见女尸，

夏氏下葬之后，纫针偷偷从家里跑出来，在夏氏的坟前痛哭。忽然倾盆大雨从天而降，雷声大作，竟把夏氏的坟墓劈开了，纫针也被雷震死。虞小思听说这个消息后，赶过去查看，只见妻子的棺材已经被劈开了，妻子在里面呻吟不止，虞小思便把

不知为谁。夏审视，始辨之。方相骇怪，未几，范至，见女已死，哭曰："固疑其在此，今果然矣！闻夫人自缢，日夜不绝声。今夜语我，欲哭于殡宫[1]，我未之应也。"夏感其义，遂与夫言，即以所葬材穴葬之。范拜谢。虞负妻归，范亦归告其夫。

她抱了出来。又看到一旁有一具女尸，不知道是谁。夏氏仔细辨认，才认出死者是纫针。夫妻俩正在惊异，不一会儿，范氏赶来了，看到女儿已经死去，哭着说："我本来就怀疑她在这里，现在果然是这样！听说夫人自杀后，她日夜不停地哭泣。今天晚上她对我说，要来夫人墓前哭祭，我没有答应她。"夏氏被纫针的情意深深感动了，于是就对丈夫说，用自己的棺材和墓穴为纫针下葬。范氏拜谢。虞小思就背着妻子回去了，范氏也回家告诉丈夫女儿的事情。

注释 1 殡宫：坟墓。

闻村北一人被雷击死于途，身有字云："偷夏氏金贼。"俄闻邻妇哭声，乃知雷击者即其夫马大也。村人白于官，拘妇械鞫[1]。则范氏以夏之措金赎女，对人感泣。马大，赌博无赖，闻之而盗心遂生也。官押妇搜赃，则止存二十数，又检马尸得四数。官判卖妇偿补

又听说村北有一个人被闪电劈死在了路上，身上有一行字写道："偷夏氏钱的贼。"不一会儿又听到邻居妇人的哭声，才知道被雷劈死的人就是她的丈夫马大。村人向官府告发，县官把马大的媳妇押到了衙门严加审讯。原来范氏对夏氏凑钱帮自己赎女儿感动不已，就流着泪把这件事向别人述说了。马大是个赌博成瘾的市井无赖，听说后就动了偷窃的坏心思。官府押着妇人回家搜寻赃物，只发现了二十金，又检验了马大的尸体，搜到四金。于是县官宣判，把马大的媳妇卖掉，用来补上不足的

责还虞。夏益喜，全金悉仍付范，俾偿债主。

部分。夏氏更加高兴，把全部的金子都给了范氏，让她去偿还债主。

注释 1 械鞫(jū)：刑讯。鞫，审问。

葬女三日，夜大雷电以风，坟复发，女亦顿活。不归其家，往扣夏氏之门，盖认其墓，疑其复生也。夏惊起，隔扉问之。女曰："夫人果生耶！我纫针耳。"夏骇为鬼，呼邻媪诘之，知其复活，喜内[1]入室。女自言："愿从夫人服役，不复归矣。"夏曰："得无谓我损金为买婢耶？汝葬后，债已代偿，可勿见猜。"女益感泣，愿以母事。夏不允。女曰："儿能操作，亦不坐食[2]。"天明，告范，范喜，急至。亦从女意，即以属夏。范去，夏强送女归。女

纫针下葬三天后，夜里电闪雷鸣，狂风大作，坟墓又一次被劈开，纫针也一下子复活了。她也不回自己家，反而去敲夏氏的家门，因为她认出了葬自己的地方本是夏氏的坟墓，怀疑夏氏已经复活了。夏氏睡梦中惊醒，隔着大门询问是谁。纫针说："夫人真的复活了！我是纫针啊。"夏氏大骇，以为是纫针的鬼魂，急忙呼喊邻居家的老婆子来询问，这才知道纫针也复活了，便欢喜地迎纫针进屋。纫针主动说："我愿意服侍夫人，不再回家去了。"夏氏说："如果这样别人岂不是会说我是花钱买婢女吗？你下葬后，你家的债务我已经代为偿还了，你不用怀疑。"纫针更加感动得流泪，愿意把夏氏当作母亲来服侍。夏氏不答应。纫针说："孩儿能做很多家务活，不会吃闲饭的。"天亮以后，夏氏派人去告诉范氏，范氏大喜，急忙赶了过来。她也遵从女儿的意思，把她托付给了夏氏。范氏离去后，夏氏让人强送纫针回家。

啼思夏。王心斋自负女来，委诸门内而去。夏见，惊问，始知其故，遂亦安之。女见虞至，急下拜，呼以父。虞固无子女，又见女依依怜人，颇以为欢。女纺绩缝纫，勤劳臻至[3]。夏偶病剧，女昼夜给役[4]。见夏不食，亦不食，面上时有啼痕，向人曰："母有万一，我誓不复生！"夏少瘳，始解颜[5]为欢。夏闻流涕，曰："我四十无子，但得生一女如纫针亦足矣。"夏从不育，逾年忽生一男，人以为行善之报。

纫针在家日夜啼哭，思念夏氏。王心斋就背着女儿过来，把她放在门里就走了。夏氏见纫针又回来了，吃惊地询问，才知道个中缘由，就安心地留下了纫针。纫针一见到虞小思回来，急忙下拜，叫他父亲。虞小思本来就没有子女，又见纫针楚楚可人，很是喜欢她。纫针纺纱织布，缝补衣服，很是勤劳。夏氏偶然得了重病，纫针日夜在床前服侍。见夏氏不吃东西，她也不吃，脸上总是挂着泪痕，还悲伤地对人说："万一母亲有个三长两短，我也决计不会活下去了！"夏氏稍微好了一点后，纫针才露出一点笑颜。夏氏听说后感动得泪流不止，说："我四十岁了还没有孩子，如果能生一个像纫针这样的女儿我就知足了。"夏氏一直都无法生育，过了一年却突然生下一个男孩，人们都说这是她做善事得到的好报。

注释　1 内：同"纳"。使进入。　2 坐食：不劳而食。　3 臻至：极好；达到极点。　4 给役：供应使役。　5 解颜：开颜，欢笑。

居二年，女益长。虞与王谋，不能坚守旧盟。王曰："女在君家，

过了两年，纫针年龄大了。虞小思就与王心斋商量，说不能再坚守往日的婚约了。王心斋说："纫针在你们家，婚姻大事

婚姻惟君所命。”女十七，惠美无双。此言出，问名者趾错[1]于门，夫妻为拣富室。黄某亦遣媒来。虞恶其为富不仁，力却之，为择于冯氏。冯，邑名士，子慧而能文。将告于王，王出负贩[2]未归，遂径诺之。黄以不得于虞，亦托作贾，迹王所在，设馔相邀，更复助以资本，渐渍习洽[3]。因自言其子慧，以自媒。王感其情，又仰其富，遂与订盟。既归，诣虞，则虞昨日已受冯氏婚书。闻王所言不悦，呼女出，告以情。女怫然[4]曰：“债主，吾仇也！以我事仇，但有一死！”王无颜，托人告黄以冯氏之盟。黄怒曰：“女姓王，不姓虞。我约在先，彼约在

全听你们的安排。”纫针芳龄十七，贤惠与美貌没有人比得上。王心斋的话一传出来，到虞小思家提亲的人络绎不绝，虞小思夫妇打算为纫针挑选有钱的人家。黄氏也派媒人来提亲了。虞小思厌恶黄氏为富不仁，坚决拒绝了提亲，而为纫针挑选了冯家儿郎。冯氏是当地的名士，他的儿子聪慧，写得一手好文章。虞小思正打算去告诉王心斋，可是王心斋出门做生意还没有回来，他就径直答应了婚事。黄氏因为被虞小思拒绝，也假装外出经商，追到王心斋所在的地方，摆好酒席邀请他，后来甚至还资助他钱财，渐渐地就和王心斋的关系融洽起来。黄氏趁机说他的儿子非常聪明，自己是来给儿子提亲的。王心斋念着黄氏的情意，又仰慕他的富有，于是就和他订下了婚约。王心斋回来以后，就去虞小思家说这件事，可是虞小思前一天已经正式接受了冯氏的婚书。虞小思听了王心斋的话后很不高兴，叫纫针出来，把这件事告诉了她。纫针勃然大怒，说：“黄家是债主，是我的大仇人！让我去侍奉仇人，我只有一死！”王心斋没有脸面去跟黄氏回话，就托人告诉黄氏纫针已经与冯家订下婚约了。黄氏大怒，说：“你的女儿姓王，不姓虞。况且是我们的婚

后，何得背盟！”遂控于邑宰，宰意以先约判归黄。冯曰：“王某以女付虞，固言婚嫁不复预闻[5]，且某有定婚书，彼不过杯酒之谈耳。”宰不能断，将惟女愿从之。黄又以金赂官，求其左袒[6]，以此月余不决。

约在前，他们的婚约在后，你怎么能违背我们的盟约呢！”于是黄氏就到县衙去告状，县官想要凭婚约的先后把纫针判给黄氏。冯氏说：“王心斋把女儿托付给了虞小思，并且说对女儿的婚姻大事不再干预，况且我家已经有定婚的文书，而王心斋与黄氏不过是在酒席间敲定的婚约。”县官没法决断，就打算听凭纫针自己拿主意。黄氏又用银两贿赂县官，乞求县官偏袒自己，导致案子一个多月也没有裁决。

注释 1 趾错：履迹交错。比喻人来往之多。 2 负贩：担货贩卖。 3 渐渍习洽：渐渐亲近熟悉起来。渐渍，逐渐受到沾染或感化。习，熟悉。 4 怫(fú)然：恼怒貌。 5 预闻：参与，干预。 6 左袒：偏袒。

一日，有孝廉北上，公车[1]过东昌，使人问王心斋。适问于虞，虞转诘之，盖孝廉姓傅，即阿卯也。入闽籍，十八已乡荐[2]矣。以前约未婚。其母嘱令便道访王，问女曾否另字也。虞大喜，邀傅至

一天，有一个举人驱车北上参加科举，经过东昌，派人打听王心斋。凑巧问到虞小思家里，虞小思就反过来询问对方的底细，原来举人姓傅，就是当年的阿卯。他已经入了福建籍，如今年仅十八就中了举人。因为先前与纫针有婚约，所以至今还没有成婚。他的母亲嘱咐他在北上途中顺便打听王心斋家的消息，问问纫针是否许配给了其他人家。虞小思大喜，就邀请阿卯进了家门，把这些年的遭遇一一讲述给他听。只是

家，历述所遭，然婿远来千里，患无凭据。傅启篋[3]，出王当日允婚书。虞招王至，验之果真，乃共喜。是日当官覆审[4]，傅投刺[5]谒宰，其案始销。涓吉约期[6]乃去。会试后，市币帛而还，居其旧第，行亲迎礼。进士报已到闽，又报至东，傅又捷南宫[7]，复入都观政[8]而返。女不乐南渡，傅亦以庐墓在，遂独往扶父柩，载母俱归。又数年，虞卒，子才七八岁，女抚之过于其弟。使读书，得入邑庠，家称素封[9]，皆傅力也。

阿卯千里迢迢赶来，虞小思担心他没有凭据证明。阿卯就打开箱子，取出王心斋当日许下婚约的婚书。虞小思赶紧派人请来王心斋，王心斋仔细验证了一番，果然是真的，于是两家人都喜上眉梢。这一天县官又升堂审理这件案子，阿卯送了名帖前去拜见县官，这件案子才被撤销了。阿卯与两家选定吉日、约定婚期才继续驱车北上。会试结束后，阿卯购置了不少礼品回到东昌，仍旧居住在傅家的老宅子里，并在这里举行了婚礼。阿卯高中进士的捷报先是传到了福建，又传到了东昌。阿卯又在礼部会试中高中，于是再度进京在各部实习了一段政务才回来。纫针不想南下福建，阿卯也因为祖坟都在东昌，就独自前往福建，迎回了父亲的灵柩，并载着母亲一同返回。这之后又过了几年，虞小思去世，他的儿子才七八岁，纫针对他的抚养甚于自己的亲弟弟。纫针供他读书，他得以进入县学，家境也富裕起来，这些都有阿卯的功劳。

注释　1 公车：汉代以公家车马递送应征的人，后以“公车”指代举人应试。　2 乡荐：考中举人。　3 篋：竹子制作的箱子。　4 覆审：再审。　5 投刺：投递名帖以求见。　6 涓吉约期：选择好日子，约定婚娶的时期。涓，选择。　7 捷南宫：指考中进士。捷，指科举及第。南宫，指进士考试。 8 观政:指士子进士及第后至六部九卿等衙门实习政事。 9 素封:无官爵封邑而富比封君的人。

异史氏曰:“神龙中亦有游侠耶?彰善瘅恶[1],生死皆以雷霆,此‘钱塘破阵舞[2]’也。轰轰屡击,皆为一人,焉知纫针非龙女谪降者耶?”

异史氏说:“神龙中也有游侠吗?表彰善人,憎恶恶人,用雷电决定人的生死,这可以算是‘钱塘破阵舞’了。雷电轰鸣不止,都是为了同一个人,哪里知道纫针是不是贬谪到人间的龙女呢?”

注释 1 瘅(dàn)恶:憎恨坏人坏事。 2 钱塘破阵舞:唐李朝威《柳毅传》载,钱塘君救龙女时周身围绕着雷霆雨雪。钱塘君救出龙女后,曾在龙宫中演出《钱塘破阵乐》共庆胜利。

桓 侯

原文

荆州[1]彭好士,友家饮归,下马溲便[2],马龁[3]草路傍。有细草一丛,蒙茸可爱,初放黄花,艳光夺目,马食已过半矣。彭拔其余茎,嗅之有异香,因纳诸怀。超乘[4]复行,马

译文

荆州有一个叫彭好士的人,一天从朋友家喝酒归来,路上下马小便,任凭马儿在路旁吃草。路边有一丛细草,毛茸茸的,十分可爱,起初开着黄色的小花,光彩夺目,可惜已经被马啃吃了一半了。彭好士把剩余的草茎都拔起来,放在鼻端一闻,有股淡淡的异香,于是把草放在了怀里。他越上马背继续前行。马儿风一样

骛驶[5]绝驰，颇觉快意，竟不计算归途，纵马所之。

快速驰骋，彭好士只觉得非常惬意，也不想着回家的路怎么走了，任凭马儿在路上奔驰。

注释 1 荆州：府名。治江陵（今湖北省荆州市荆州区）。 2 溲（sōu）便：解小便。 3 龁（hé）：咬。 4 超乘：翻身上马。 5 骛驶：疾速奔驶。骛，奔驰。

忽见夕阳在山，始将旋辔[1]。但望乱山丛沓，并不知其何所。一青衣人来，见马方喷嘶[2]，代为捉衔[3]，曰："天已近暮，吾家主人便请宿止。"彭问："此属何地？"曰："阆中[4]也。"彭大骇，盖半日已千余里矣，因问："主人为谁？"曰："到彼自知。"又问："何在？"曰："咫尺耳。"遂代鞚[5]疾行，人马若飞。过一山头，见半山中屋宇重叠，杂以屏幔，遥睹衣冠一簇，若有所伺。彭至下马，相向拱敬。俄主人出，气象刚

彭好士猛然看到太阳西坠，挂在山头，这才慌忙勒转马头。却见眼前群山起伏环绕，不知道来到了什么地方。这时一个青衣人走来了，看到马还在嘶鸣，就帮忙捉住缰绳，说："天色已近傍晚，我家主人请你去住一晚上。"彭好士问："这里是什么地方？"青衣人说："阆中。"彭好士大吃一惊，原来半天时间马就奔跑了一千余里，他于是问："你家主人是谁？"青衣人说："到了你就知道了。"又问："家在何处？"回答说："近在咫尺。"于是就牵住辔头快步行走，人和马就像在平地上飞起来一样。越过一个山头，彭好士看到半山腰有房屋层层叠叠，用帷幔遮掩着，远远地看到一排人站着，好像在等待什么人。彭好士到达后跳下马来，与他们互相拱手行礼。一会儿主人出来，只见他长得刚强勇猛，头巾和衣服都不像

猛,巾服都异人世。拱手向客,曰:“今日客莫远于彭君。”因揖彭,请先行。彭谦谢,不肯遽[6]先。主人捉臂行之。彭觉捉处如被械梏,痛欲折,不敢复争,遂行。下此者[7]犹相推让,主人或推之,或挽之,客皆呻吟倾跌,似不能堪,一依主命而行。

人世间所有。主人向彭好士拱手致意,说:“今天来的客人,最远的要数彭君了。”说完就向他作揖,请他先行。彭好士赶忙谦让一番,不肯骤然先行。主人干脆抓住他的手臂带着他走。彭好士只觉得被抓的地方像套上了刑具,疼痛难忍,好像折断了一样,不敢再谦让了,于是走在了前面。其他的客人还有互相谦让的,主人要么推搡,要么挽着人家的胳膊前行,客人都痛得呻吟不止,甚至跌跌撞撞,好像无法忍受一样,只好全都听主人的意思。

注释 1 旋辔:调转马头。 2 喷嘶:(马)嘘气嘶叫。 3 捉衔:即控制住马匹。衔,马嚼子。青铜或铁制,放在马的口内,用以勒马,控制它的行止。 4 阆中:今四川省南充市下辖阆中市。 5 代鞚(kòng):代为牵马。鞚,马笼头。 6 遽:急;仓猝;骤然。 7 下此者:其后的人。下,时间在后的。

登堂,则陈设炫丽,两客一筵。彭暗问接坐者:“主人何人?”答云:“此张桓侯[1]也。”彭愕然,不敢复咳。合座寂然。酒既行,桓侯曰:“岁岁叨扰亲宾,聊设薄酌[2],尽此区区之

进入厅堂,只见陈设华丽耀眼,客人每两位坐一席。彭好士悄悄问旁边坐着的客人:“这里的主人是什么人?”对方回答说:“是张桓侯。”彭好士惊愕之下,连轻轻咳嗽都不敢了。满座宾客都寂寂无声。酒宴开始了,张桓侯说:“每年都要打扰各位亲戚朋友,今天我简单准备了一点薄酒,尽一点小小的心意。恰好赶上远方

意。值远客辱临[3]，亦属幸遇。仆窃妄有干求[4]，如少存爱恋，即亦不强[5]。”彭起问：“何物？”曰：“尊乘已有仙骨，非尘世所能驱策。欲市马相易，如何？”彭曰：“敬以奉献，不敢易也。”桓侯曰：“当报以良马，且将赐以万金。”彭离席伏谢。桓侯命人曳起之。俄顷酒馔纷纶[6]，日落命烛。众起辞，彭亦告别。桓侯曰：“君远来，焉归？”彭顾同席者曰：“已求此公作居停主人[7]矣。”桓侯乃遍以巨觥酌客，谓彭曰：“所怀香草，鲜者可以成仙，枯者可以点金，草七茎得金一万。”即命僮出方授彭，彭又拜谢。桓侯曰：“明日造市，请于马群中任意择其良者，不必与之论

的客人光临，也是我的荣幸。我还有一个过分的请求，如果你心里有一点舍不得，我也不会强人所难。”彭好士起身问道：“是什么东西？”张桓侯说：“你的坐骑已经有了仙骨，不是凡间的人可以驱使的。我打算买一匹好马跟你交换，不知你意下如何？”彭好士说：“既然是这样，我就把它献给您，万万不敢让您用马来交换。”张桓侯说：“我一定要送你一匹好马作为回报，还要赠你一万两银子。”彭好士离开坐席，跪下拜谢。张桓侯让人把他扶了起来。不一会儿，丰盛的酒菜都上齐了，大家一直喝到太阳下山，张桓侯命人点亮了蜡烛。这时客人纷纷起身告辞，彭好士也站起身告别。张桓侯说：“你远道而来，怎么回得去呢？”彭好士看了一眼同席的客人说：“我已经跟这位先生说好了，去他那里住一晚上。”张桓侯就用大酒杯一一向客人敬酒，又对彭好士说：“你怀里的香草，新鲜的服下去可以成仙，干枯的可以用来点化金银，七根草茎可以点化一万两银子。”随后就命仆人把点化金银的方子交给彭好士，彭好士又拜谢。张桓侯说：“明天你去集市上，在马群中任意挑选一匹好马，不需要跟对方讨论价钱，我自会

价，吾自给之。”又告众曰：“远客归家，可少助以资斧。”众唯唯。觞尽，谢别而出。

把钱付给对方。”说完又对众人说：“远方的客人要回家，大家可以稍微给他一点银两作为盘缠。”众人应声答应。酒敬完了，客人道谢，告别而出。

注释 1 张桓侯：张飞，涿郡人。三国时期蜀国的大将，雄壮威猛。攻吴前被部下杀害，谥桓侯。 2 薄酌：谦辞。指酒菜。 3 辱临：敬称他人的来临。 4 干求：请求。 5 不强(qiǎng)：不勉强。 6 纷纶：形容丰盛。 7 居停主人：寄宿之处的主人。

途中始诘姓字，同座者为刘子翚。同行二三里，越岭，即睹村舍。众客陪彭并至刘所，始述其异。先是，村中岁岁赛社[1]于桓侯之庙，斩牲优戏[2]，以为成规，刘其首善者[3]也。三日前，赛社方毕，是午，各家皆有一人邀请过山。问之，言殊恍惚，但敦促甚急。过山见亭舍，相共骇疑。将至门，使者始实告之。众亦不敢

在回去的路上，彭好士才询问客人们的姓名，知道了与自己同座的客人叫刘子翚。他们一同行走了两三里路，翻过了一座山岭，一个村庄便横亘在眼前。大家陪同彭好士来到刘子翚的家里，这才开始叙述今天经历之事的奇异。原来村子里年年都会在张桓侯的庙门前举行赛社活动，宰杀牲畜祭祀、表演乐舞杂戏，渐渐成为了习俗，而刘子翚就是赛社活动的发起人。三天前，赛社活动刚结束，这天下午，每家都有一个人被邀请过山。询问来人原因，对方言辞闪烁，不肯明说，只是催得很急。被邀请的人穿过大山就看到亭台屋舍坐落在半山腰，都惊讶疑惑。快要到达门口时，使者才把实话告诉了大家。众人都不敢掉头退回去。使者说：“大家暂时在这里等一等吧，邀请了

却退。使者曰:“姑集此,邀一远客行至矣。”盖即彭也。众述之惊怪。其中被把握者,皆患臂痛;解衣烛[4]之,肤肉青黑。彭自视亦然。众散,刘即襆被[5]供寝。既明,村中争延客,又伴彭入市相马。十余日相数十匹,苦无佳者,彭亦拚苟就之[6]。又入市,见一马骨相似佳。骑试之,神骏无比。径骑入村,以待鬻[7]者,再往寻之,其人已去。遂别村人欲归。村人各馈金资,遂归。马一日行五百里。抵家,述所自来,人不之信,囊中出蜀物,始共怪之。香草久枯,恰得七茎,遵方点化,家以暴富。遂敬诣故处,独祀

一位远方的客人,很快就会到了。”这位客人就是彭好士。大家争相述说起这件事的怪异。其中被张桓侯用手抓过的人,都觉得臂膀痛,解开衣服在灯下一看,皮肉都被抓得乌青发黑了。彭好士看自己的皮肤也是这样的情况。众人慢慢散去,刘子翚就准备好被褥让彭好士好好睡一觉。第二天天亮后,村子里的人都争相请彭好士去自己家做客,还陪着他去集市上选马匹。十几天看了几十匹马,都没有发现一匹良马,彭好士就打算将就着选一匹算了。这一天他又去集市上看马,只见一匹马骨相不错。他骑上去试了试,果真神骏无双。彭好士径直把马骑回了村子,等待卖马的人赶来讨要银两,可是左等右等就是不见有人来,他只好再去集市上寻找,结果卖马的人已经离开了。彭好士于是与村人告别,返回家乡。村里人都慷慨地赠他盘缠,彭好士就骑马上路了。这马一日奔驰五百里。回到家后,彭好士讲述了自己的经历,大家都不相信,直到他从口袋里拿出巴蜀之地的东西,大家才对此感到奇怪。彭好士怀里的香草枯萎很久了,拿出来一看,正好是七根,他遵照桓侯传授的秘方点化,于是家里一日暴富。彭好士就恭敬地前往上次逗留的地方,

桓侯之祠，优戏三日而返。

独自去张桓侯的庙前祭祀，请人表演了三天乐舞才回家。

注释 1 赛社：旧俗。一年农事完毕后，陈酒食以祭田神，相与饮酒作乐。 2 优戏：指表演乐舞或杂戏。 3 首善者：善举的倡导者。 4 烛：用烛火照。 5 襆(fú)被：原指行李，此处指被子。 6 拚苟就之：凑合了事。 7 鬻(yù)：卖。

异史氏曰："观桓侯燕宾[1]，而后信武夷幔亭[2]非诞[3]也。然主人肃客[4]，遂使蒙爱者几欲折肱[5]，则当年之勇力可想。"

异史氏说："看了张桓侯宴请宾客，就会相信武夷君在山顶上设幔亭宴请乡民并不是荒诞不经的事情。不过张桓侯邀请客人，差点使被他看重的宾客们的胳膊折断，由此可以想象当年他是何等勇武。"

注释 1 燕宾：宴请宾客。燕，同"宴"。 2 武夷幔亭：相传，地官武夷君于每年八月十五日在山上置幔亭，化虹桥通山下，宴请乡人。幔亭，用帐幔围成的亭子。 3 诞：虚妄。 4 肃客：迎客。肃，恭敬地引进。 5 肱：胳膊由肘到肩的部分。此处指胳膊。

吴木欣言："有李生者，唇不掩其门齿，露于外盈指。一日，于某所宴集，二客逊[1]上下[2]，其争甚苦。一力挽使前，一力却向后。

吴木欣曾讲过一个故事："有一个李生，他的门牙裸露，嘴唇遮掩不住，露在外面有一指多长。一天，他去一个地方参加宴会，恰好有两个客人互相谦让座位的上下，争执得很厉害。一个人用力挽着对方，让他坐在前面，另一个人却使劲后退。由

力猛肘脱。李适立其后,肘过触喙,双齿并堕,血下如涌。众愕然,其争乃息。”此与桓侯之握臂折肱,同一笑也。

于用力过猛,胳膊脱了出来。李生正好站在他们的后面,手肘打在他的嘴唇上,他的两颗门牙一起被打掉,血流如泉涌。大家惊愕,争执这才停息。”这个故事与张桓侯握住客人的胳膊差点将其折断,属于同一类笑话啊。

注释 1 逊,谦让。 2 上下:座次的尊卑。

粉 蝶

原文

阳曰旦,琼州[1]士人也。偶自他郡归,泛舟于海,遭飓风,舟将覆。忽飘一虚舟[2]来,急跃登之。回视则同舟尽没。风愈狂,瞑然任其所吹。亡何风定,开眸,忽见岛屿,舍宇连亘。把棹近岸,直抵村门。村中寂然,行坐良久,鸡犬无声。见一门北

译文

阳曰旦是琼州的读书人。一次偶然从别的郡县回家,乘船过海时,遭遇了飓风,眼看着大船就要倾覆。忽然漂来一只空船,阳曰旦急忙跳下去,登上小船。回头一看,同船的人都被淹没了。这时风更加大了,阳曰旦害怕得闭上眼睛,任风吹着小船在海上漂行。过了不久,风停歇下来,阳曰旦睁开眼睛,眼前竟有一座岛屿,岛上屋舍连绵。阳曰旦拿起桨划着船靠近岸边,上岸后,他一直走到了村子口。村子里寂然无声,阳曰旦走走停停过了好久,竟然听不到鸡犬的叫声。忽然看到一个大门朝北的院落,里面松

向,松竹掩蔼[3]。时已初冬,墙内不知何花,蓓蕾满树。心爱悦之,逡巡遂入。遥闻琴声,步少停。有婢自内出,年约十四五,飘洒艳丽。睹阳,返身遽入。俄闻琴声歇,一少年出,讶问客所自来,阳具告之。转诘邦族[4],阳又告之。少年喜曰:“我姻亲[5]也。”遂揖请入院。

竹蓊郁,互相掩映。这时候已经是初冬了,墙内却有一种不知名的花,满树花蕾。阳曰旦心里很喜欢,在院墙外徘徊了一会儿就走进了院子。远远地他听到有琴声传来,于是就停下了脚步。有一个丫鬟从屋里走出来,年纪约莫十四五岁,气质洒脱,容貌艳丽。看到阳曰旦,她急忙转身进了屋子。一会儿后就听到琴声停了下来,一个少年走出屋子,惊讶地问阳曰旦是从哪里来的,阳曰旦就详细地诉说了自己的遭遇。少年转而询问他的籍贯姓氏,阳曰旦又告诉了对方。少年听了喜悦地说:“原来是我的亲戚啊。”于是作揖请阳曰旦进入内院。

注释 **1** 琼州:治今海南省海口市琼山区。 **2** 虚舟:空船。 **3** 掩蔼:形容树木茂盛,互相掩映。 **4** 邦族:籍贯姓氏。 **5** 姻亲:由婚姻关系而结成的亲戚。

院中精舍[1]华好,又闻琴声。既入舍,则一少妇危坐,朱弦[2]方调,年可十八九,风采焕映。见客入,推琴欲逝[3],少年止之曰:“勿遁,此正卿家瓜葛[4]。”因代溯所由。

内院房屋雅致漂亮,这时又听到琴声传出来。阳曰旦进入屋子,就见一个少妇端坐着,正在调琴弦,年纪大约十八九岁,光彩照人。看到有客人进来,少妇正要推开琴回避,少年劝阻她说:“不要离开,他正是你家的亲戚。”于是就代阳曰旦讲述了他的身份。少妇说:“原

少妇曰:“是吾侄也。”因问其祖母尚健否,父母年几何矣。阳曰:“父母四十余,都各无恙。惟祖母六旬,得疾沉痼,一步履须人耳。侄实不省[5]姑系何房,望祈[6]明告,以便归述。”少妇曰:“道途辽阔,音问[7]梗塞久矣。归时但告而父‘十姑问讯矣’,渠自知之。”阳问:“姑丈何族?”少年曰:“海屿姓晏。此名神仙岛,离琼三千里,仆流寓亦不久也。”十娘趋入,使婢以酒食饷客,鲜蔬香美,亦不知其何名。饭已,因与瞻眺[8],见园中桃杏含苞,颇以为怪。晏曰:“此处夏无大暑,冬无大寒,花无断时。”阳喜曰:“此乃仙乡。归告父母,可以移家作邻。”晏但微笑。

来你是我的侄子啊。”于是接着问他的祖母还健在吗,父母亲今年多大年纪了。阳曰旦说:“父母亲都已经四十多岁了,身体都很健康。只是祖母年已六旬,得了重病,久治不愈,一步也离不开别人的照顾。侄儿实在不知道姑姑是哪一房的,希望您明白地告诉我,以便我回家后好对家人述说。”少妇说:“道路迢迢,彼此音信不通已经很久了。你回去后只要告诉父亲‘十姑向你问好’,他自然就知道我是谁了。”阳曰旦又问:“姑丈又是哪里人士呢?”少年说:“我姓晏,名海屿。这里是神仙岛,离琼州有三千里远,我流落到这里也没多久。”十娘走进里屋,吩咐丫鬟摆上美酒佳肴来款待客人,阳曰旦只觉得蔬菜美味可口,也不知道是什么蔬菜。吃过饭,晏海屿带着阳曰旦到花园观看,只见花园里桃树杏树含苞待放,阳曰旦很是奇怪。晏海屿说:“这个岛上夏天不会太热,冬天也不会太冷,一年四季都有鲜花盛开,从不间断。”阳曰旦笑着说:“这里真是神仙住的地方。我回去告诉父母,可以把家搬过来,我们做邻居。”晏海屿只是微笑,没有说什么。

注释 1 精舍:精致的房舍。 2 朱弦:熟丝制成的琴弦。 3 逝:此处指离开。 4 瓜葛:瓜与葛皆是蔓生植物。比喻辗转相连的亲戚关系。 5 省:知道。 6 望祈:盼望。 7 音问:音讯;书信。 8 瞻眺:远望;观看。

还斋炳烛[1],见琴横案上,请一聆其雅操[2]。晏乃抚弦捻柱。十娘自内出,晏曰:"来,来!卿为若侄鼓之。"十娘即坐,问侄:"愿何闻?"阳曰:"侄素不读《琴操》[3],实无所愿。"十娘曰:"但随意命题,皆可成调。"阳笑曰:"海风引舟,亦可作一调否?"十娘曰:"可。"即按弦挑动,若有旧谱,意调崩腾[4]。静会[5]之,如身仍在舟中,为飓风之所摆簸。阳惊叹欲绝,问:"可学否?"十娘授琴,试使勾拨[6],曰:"可教也。欲何学?"曰:"适所奏《飓风操》,不知可得几日学?请先录其曲,吟诵之。"十娘曰:

两人回到屋里点上了蜡烛,看到琴横放在案桌上,阳曰旦就请晏海屿展示一下琴技。晏海屿于是抚弦捻柱,准备弹奏。恰好十娘从内屋走了出来,晏海屿说:"来,来,还是你来为侄儿弹奏一曲吧。"十娘就坐下来,问侄儿:"你想听什么曲子?"阳曰旦说:"侄儿平时没有读过《琴操》,实在说不出想听什么曲子。"十娘说:"你只管随意出题目就行,我都可以弹成曲子。"阳曰旦笑着说:"海风吹着小船漂,姑姑也可以谱成曲子吗?"十娘说:"可以。"说着就按住琴弦,挑拨起来,好像有现成的谱子一样,意境奔腾,大开大合。阳曰旦静静地体会,好像整个人还在小船中,被飓风吹得左右颠簸。阳曰旦惊叹佩服,问:"我可以学习弹奏曲子吗?"十娘把琴交给阳曰旦,让他试着勾挑琴弦,说:"我可以教你。你想学什么曲子?"阳曰旦说:"就刚才姑姑弹奏的《飓风操》,不知道几天可以学得成?请先把曲子录下来,我好吟诵一番。"十

“此无文字，我以意谱之耳。”乃别取一琴，作勾剔之势，使阳效之。阳习至更余，音节粗合[7]，夫妻始别去。

娘说：“这个曲子没有文字谱，是我用意念谱成的。”说完就拿过另外一张琴，摆出勾挑琴弦的手势，让阳曰旦模仿。阳曰旦练习到一更天左右，弹奏出的音节才马马虎虎合乎节拍，十娘夫妇这才离开。

注释 1 炳烛：点亮烛火。炳，点燃。 2 雅操：雅正的乐曲。此处指琴艺。 3《琴操》：东汉蔡邕所撰琴曲解题著作。 4 崩腾：奔腾。 5 会：领会。 6 勾拨：弹琴的指法，后文的“剔”同样是一种指法。 7 粗合：粗略合谱。

阳目注心凝，对烛自鼓，久之顿得妙悟，不觉起舞。举首忽见婢立灯下，惊曰：“卿固犹未去耶？”婢笑曰：“十姑命待安寝，掩户移檠[1]耳。”审顾之，秋水澄澄，意态媚绝。阳心动，微挑之。婢俯首含笑。阳益惑之，遽起挽颈。婢曰：“勿尔！夜已四漏，主人将起，彼此有心，来宵未晚。”方狎抱间，闻晏唤“粉蝶”。

阳曰旦目光专注，静心凝神，对着烛光独自弹奏，过了很久，他突然有了超乎寻常的领悟，不自觉地翩翩起舞。他抬头时忽然发现丫鬟还站立在烛光下，便惊讶地问：“你还没有离去呀？”丫鬟笑着说：“十娘吩咐我侍候你睡觉，然后关好门，把灯拿开。”阳曰旦仔细看了看丫鬟，只见她一双眼睛就像一汪秋水一样澄澈明亮，神态娇媚，艳丽无双。阳曰旦为之心动，就试探着微微挑逗对方。丫鬟只是低头微笑。阳曰旦愈发被对方迷惑住了，一下子起身搂住了对方的脖子。丫鬟说：“别！现在已经是四更天了，主人就要起床了，如果我们都有此心，明天晚上再行云雨也不晚啊。”正当他们亲热搂抱时，忽然听到晏海屿呼喊“粉

婢作色[2]曰:“殆[3]矣!”急奔而去。阳潜往听之,但闻晏曰:“我固谓婢子尘缘未灭,汝必欲收录[4]之。今如何矣?宜鞭三百!”十娘曰:“此心一萌,不可给使[5],不如为吾侄遣之。”阳甚惭惧,返斋灭烛自寝。天明,有童子来侍盥沐,不复见粉蝶矣。心惴惴恐见谴逐。俄晏与十姑并出,似无所介[6]于怀,便考所业[7]。阳为一鼓。十娘曰:“虽未入神,已得什九[8],肄[9]熟,可以臻妙。”阳复求别传。晏教以《天女谪降》之曲,指法拗折,习之三日,始能成曲。晏曰:“梗概已尽,此后但须熟耳。娴[10]此两曲,琴中无梗调[11]矣。”

蝶”的声音。丫鬟大惊失色说:“糟了!”说完就急忙跑开了。阳曰旦悄悄跟踪过去偷听,只听见晏海屿说:“我本来就说这个丫鬟尘缘未灭,你一定要收留她。现在怎么办?最好鞭打她三百下。”十娘说:“她的尘心一萌动,就不能再使唤她了,不如把她遣送给我的侄子吧。”阳曰旦听了,心里既羞愧且恐惧,返回屋里,熄灭蜡烛就睡下了。天亮以后,有一个童子来侍候阳曰旦洗手洗脸,没有再看到粉蝶了。阳曰旦心里惴惴不安,唯恐被姑姑驱逐出去。过了一会儿,晏海屿与十娘一起过来了,他们好像心里并没有装着什么事情,只是考查起了阳曰旦练习了一晚的琴技。阳曰旦弹奏了一曲。十娘说:“虽然还没有达到传神的境界,但是已经学到这个曲子十分之九的精华了,等到练得熟练了,就可以达到出神入化的境地了。”阳曰旦又请求她传授其他的曲子。晏海屿就教给他《天女谪降》的曲子,演奏的指法拗折,富于变化,阳曰旦练习了三天,才能完整地弹奏出来。晏海屿说:“曲子的大概你已经掌握了,以后只需要熟练地弹奏即可。把这两个曲子弹奏熟练,琴曲里面就没有什么曲子可以难住你的了。”

注释 1 檠(qíng):灯架。亦指灯。 2 作色:指神情变严肃或发怒。此处指惊慌失色。 3 殆:危险。 4 收录:接纳;收容。 5 给使:侍奉,供人使唤。 6 介:留存。 7 所业:学习的内容。 8 什九:十分之九。指绝大多数。 9 肄(yì):学习,练习。 10 娴:熟练。 11 梗调:难奏的曲子。

阳颇忆家,告十娘曰:"吾居此,蒙姑抚养甚乐,顾家中悬念。离家三千里,何日可能还也?"十娘曰:"此即不难,故舟尚在,当助尔一帆风。子无家室[1],我已遣粉蝶矣。"乃赠以琴,又授以药,曰:"归医祖母。不惟却病,亦可延年。"遂送至海岸,俾登舟。阳觅楫,十娘曰:"无须此物。"因解裙作帆,为之萦系。阳虑迷途,十娘曰:"勿忧,但听帆漾[2]耳。"系已,下舟。阳悽然,方欲拜别,而南风竞起,离岸已远矣。视舟中糗粮[3]已具,然止足供一日之餐,心怨其吝。腹馁不敢多食,唯恐遽尽,但啖胡饼一枚,

阳曰旦很想家,告诉十娘说:"我住在这里,承蒙姑姑抚养,十分快乐,只是担心家中人挂念。这里离家三千里,不知我什么时候才能回到家里呢?"十娘说:"这并不难,你原来坐的船还在,我会助你一帆风的。侄子你没有成家,我已让粉蝶先去了。"于是赠送他一张琴,又送给他一些药,说:"回去给祖母医病。这药不但能治好病,还可以延年益寿。"说完就把阳曰旦送到海边,让他上船。阳曰旦找船桨,十娘说:"不需要这东西。"说完,解下裙子当作船帆,系到船上。阳曰旦担心会迷路,十娘说:"不要担忧,只管听凭船漂荡就行了。"系好了帆,十娘就下了船。阳曰旦心情凄然,正想拜谢告别,忽然刮起南风,船离岸边已经很远了。阳曰旦见船上已经准备了干粮,但是只够吃一天的,心中埋怨十娘吝啬。肚子饿了,他不敢多吃,怕一下子把干粮吃光,只吃了一块

觉表里甘芳。余六七枚，珍而存之，即亦不复饥矣。俄见夕阳欲下，方悔来时未索膏烛，瞬息，遥见人烟。细审则琼州也。喜极。旋已近岸，解裙裹饼而归。

胡饼，觉得胡饼里外又甜又香。剩下的六七块，阳曰旦珍重地保存起来，也不觉得饿了。过了一会儿，夕阳就要下山，阳曰旦正后悔来时没有要灯烛，转瞬间，远远看见有人烟。仔细一看，原来是琼州。阳曰旦高兴极了。一会儿他就到了岸边，他解下裙子，裹好胡饼，就回家了。

注释 1 家室：家庭；家眷。此指妻子。 2 漾：漂浮。 3 糗(qiǔ)粮：干粮。

入门，举家惊喜，盖离家已十六年矣，始知其遇仙。视祖母老病益惫[1]，出药投[2]之，沉痾[3]立除。共怪问之，因述所见。祖母泫然[4]曰："是汝姑也。"初，老夫人有少女名十娘，生有仙姿，许字晏氏。婿十六岁入山不返，十娘待至二十余。忽无疾自殂[5]，葬已三十余年。闻旦言，共疑其未死。出其裙，则犹在家所素着也。饼分啖之，一枚

阳曰旦进了家门，全家人都惊喜不已，原来他离家已经整整十六年了，他这才知道自己是遇到神仙了。阳曰旦见祖母更加衰老病重，赶忙拿出药来给祖母服下，缠身多年的疾病竟然药到病除。家人都感到奇怪，问他原因，阳曰旦就述说了自己的奇遇。祖母听了，流着泪说："她是你的姑姑。"原来，祖母有一个小女儿叫十娘，生来就有非凡的容姿，许配给了晏家。女婿十六岁那年入山修炼不返，十娘一等就等到二十多岁。忽然有一天，她就无端去世了，算起来已经下葬三十多年了。听了阳曰旦的话，大家都怀疑十娘没有死。阳曰旦又拿出那条裙子，果然就是十娘在家时经常穿的。大家分吃了胡饼，吃下一

终日不饥，而精神倍生。老夫人命发冢验视，则空棺存焉。

块一整天都不会再感到饥饿，而且精神倍增。祖母让人打开坟墓验视，才发现棺材竟是空的。

注释 1 惫：衰竭；危殆。 2 投：此处指给以药物服用。 3 沉疴：长久而难治的病。 4 泫然：流泪。 5 殂(cú)：死。

旦初聘吴氏女，未娶。旦数年不还，遂他适[1]。共信十娘言，以俟粉蝶之至，既而年余无音，始议他图。临邑[2]钱秀才，有女名荷生，艳名远播。年十六，未嫁而三丧其婿。遂媒定之，涓吉成礼[3]。既入门，光艳绝代，旦视之，则粉蝶也。惊问曩事[4]，女茫乎不知。盖被逐时，即降生之辰也。每为之鼓《天女谪降》之操，辄支颐凝想，若有所会。

当初阳曰旦定下了吴家的女儿为妻，但还没有娶进门。阳曰旦多年离家不回，吴家女儿就另嫁给了别人。阳曰旦的家人都很相信十娘的话，等着粉蝶到来，等了一年多还是音讯全无，家人才开始为他寻别的人家。邻县有个钱秀才，他有个女儿叫荷生，艳名远播。荷生年方十六，还没有出嫁丈夫就死了，前后共死了三个。阳家就托人定了这门亲事，选定良辰吉日成了亲。姑娘进了家门，容貌艳丽，举世无双，阳曰旦仔细一看，竟然就是粉蝶。他惊讶地询问从前的事情，可是荷生脸色迷茫，一点儿也不知道。原来粉蝶被驱逐的那天，就是她出生的日子。阳曰旦每次为她弹奏《天女谪降》的曲子，她都会用手托着下巴陷入沉思，好像有所领悟。

注释 1 他适：另嫁。适，指女子出嫁。 2 临邑：邻县。 3 涓吉成礼：选择吉祥的日子成亲。 4 曩(nǎng)事：过去的事。曩，从前。

李檀斯

原文

长山[1]李檀斯，国学生[2]也。其村中有媪走无常[3]，谓人曰："今夜与一人舁檀老，投生[4]淄川柏家庄一新门[5]中，身躯重赘，几被压死。"时李方与客欢饮，悉以媪言为妄。至夜，无疾而卒。天明，如所言往问之，则其家夜生女矣。

译文

长山的李檀斯是国子监的学生。他村子里有个老妇人帮阴间当差勾魂，有一天老妇人对人说："今天晚上我和一个人抬着檀老爷托生到淄川柏家庄一户新的士族家里，檀老爷的身子太重了，我差点被他压死。"当时李檀斯正与客人畅快地饮酒，大家都认为老妇人是在说胡话。到了晚上，李檀斯无疾而终。天亮以后，大家按照老妇人说的话前去打听，那户人家昨晚果然生了一个女儿。

注释　1 长山：今山东省邹平市长山镇。　2 国学生：此处指国子监的学生。　3 走无常：旧时迷信，谓活人到阴间当差，事毕放还。无常，勾摄生魂的阴差。　4 投生：投胎。　5 新门：新的士族。

锦瑟

原文

沂[1]人王生，少孤，自为族。家清贫；然风标修洁，洒然裙

译文

沂州的王生，很小的时候父亲就去世了，自为一族。家中清贫，但他风度翩翩，志趣高洁，俨然是一个俊美的少年。一个

屐少年[2]也。富翁兰氏，见而悦之，妻以女，许为起屋治产。娶未几而翁死。妻兄弟鄙不齿数[3]，妇尤骄倨，常佣奴其夫，自享馐馔，生至则脱粟瓢饮[4]，折稊为匕[5]置其前。王悉隐忍之。年十九往应童子试[6]被黜。自郡中归，妇适不在室，釜中烹羊臛[7]熟，就啖之。妇入不语，移釜去。生大惭，抵箸地上，曰："所遭如此，不如死！"妇恚，问死期，即授索为自经之具。生忿投羹碗，败妇颡[8]。

兰姓富翁，看到王生后心生喜爱，就把女儿嫁给他做妻子，并答应帮助他建造房屋，经营产业。可是新媳妇过门不久，丈人就过世了。王生妻子的兄弟们对他鄙夷不屑，他的妻子尤其傲慢无礼，经常把丈夫当作奴仆一样对待，她自己享受珍馐美味，而王生一回到家里，就给他一碗粗米饭、一瓢汤，折草茎做筷子放到他面前。这些王生都一一隐忍了下来。十九岁这一年，王生参加秀才选拔考试，没有考中。从县城回来，妻子恰好不在屋里，锅里炖着的羊肉汤已经熟了，王生就盛了一碗吃起来。不一会儿妻子进来了，她一句话也不说，只是把锅端走了。王生羞愤异常，把筷子往地上一扔，说："人受到这样的待遇，还不如一死了之！"妻子也很生气，竟问他什么时候去死，还递给他一根绳子，让他用作上吊的工具。王生生气地把汤碗扔过去，把妻子的脑门砸破了。

注释　1 沂：即沂州，治今山东省临沂市。　2 裙屐少年：原指六朝贵族子弟。束裙着屐是当时盛行的装束。亦泛指大家子弟。　3 不齿数：表示轻视。齿数，计算在内，提及。　4 脱粟瓢饮：指粗劣的食物。脱粟，糙米，只去皮壳、不加精制的米。　5 折稊（tí）为匕：折断草茎当筷子。稊，一种形似稗的草。匕，古代指勺、匙之类的取食用具。　6 童子试：科举制度中的低级考试。童生应试合格者始为生员(秀才)。　**7** 羊臛(huò):羊肉汤。臛,肉羹。　**8** 颡(sǎng):额头。

生含愤出,自念良不如死,遂怀带入深壑。至丛树下,方择枝系带,忽见土崖间微露裙幅,瞬息一婢出,睹生急返,如影就灭,土壁亦无绽痕[1]。固知妖异[2],然欲觅死,故无畏怖,释带坐觇[3]之。少间复露半面,一窥即缩去。念此鬼物,从之必有死乐,因抓石叩壁曰:"地如可入,幸示一途!我非求欢,乃求死者。"久之无声,王又言之,内云:"求死请姑退,可以夜来。"音声清锐,细如游蜂。生曰:"诺。"遂退以待夕。

王生满腔愤怒出了家门,想着确实还不如去死,于是就把绳子放进怀里,进了深山。王生来到树丛下面,正在挑选树枝好系上绳子的时候,突然看到土崖间微微露出女子的裙子,一转眼的工夫有一个丫鬟出现了,她看到王生后急忙转身回去,好像影子似的,倏忽之间就消失不见了,而土壁完好,并没有什么裂痕。王生当然知道这件事很怪异,然而他打算寻死,所以一点也不感到害怕,干脆放下绳子,坐下来仔细看着土崖。过了一会儿那个丫鬟又露出半张脸,一看到王生就赶紧缩了回去。王生心想,这样的鬼怪,跟着她必然会有一死,便抓起石头敲打土壁说:"如果地下可以进去,请给我指点一条明路!我不是来寻欢的,而是来求死的。"过了好久土壁内都没有回声,王生就又说了一遍,只听里面说道:"求死的话就请先回去吧,如果可以,晚上再来吧。"那声音十分清脆,细小得如同蜜蜂扇动翅膀发出的声音。王生说:"好吧。"于是就退回去,等待夜晚的降临。

注释 1 绽痕：裂痕。绽，裂开。 2 妖异：反常怪异的现象。 3 觇(chān)：窥视；察看。

未几，星宿已繁，崖间忽成高第，静敞双扉。生拾级[1]而入，才数武，有横流涌注，气类温泉。以手探之，热如沸汤，不知其深几许。疑即鬼神示以死所，遂踊身[2]入。热透重衣，肤痛欲糜，幸浮不沉。泅没良久，热渐可忍，极力爬抓，始登南岸，一身幸不泡伤。行次，遥见夏屋[3]中有灯火，趋之。有猛犬暴出，龁[4]衣败袜。摸石以投，犬稍却。又有群犬要吠[5]，皆大如犊。危急间婢出叱退，曰："求死郎来耶？吾家娘子悯君厄穷，使妾送君入安乐窝[6]，从此

没过多久，星星就缀满了夜空，此时土崖突然出现了一座高大的宅院，静静地敞开着两扇大门。王生沿着阶梯走进去，才走了几步，就发现有一条河横亘在眼前，河水涌动，蒸汽缭绕，好像温泉一样。他用手摸了摸，发现河水滚烫如同烧开的热水，也不知道有多深。王生怀疑这就是鬼怪指点的求死的地方，便纵身跳了进去。立刻有一股热气穿过厚厚的衣服，他只觉得皮肤疼痛难忍，仿佛糜烂了一般，所幸身子一直浮着，没有下沉。他在水里游了很长时间，渐渐感觉热度可以忍受了，就竭尽全力抓住石头往上爬，才登上河的南岸，还好身子没有被烫伤。行走间，远远地看到一座高大的房子里有灯火闪烁，王生跑了过去。突然一条凶猛的恶犬跳了出来，一阵撕咬，咬坏了他的衣服和鞋袜。王生抓起一块石头扔过去，恶犬才稍稍退后。接着又有一群狗跑出来拦住去路大声狂叫，这些狗身子都像牛犊一样高大。在这危急时刻，那个丫鬟出来把恶犬都训斥走了，然后说："求死的人来了？我家娘子怜悯你走投无路，让我送你去安乐窝，以后就

无灾矣。"挑灯[7]导之，启后门，黯然[8]行去。

不会再遭遇灾祸了。"她点亮烛火领着王生走，打开后门，冒着夜色前行。

注释 1 拾(shè)级：逐级登阶。 2 踊身：纵身。 3 夏屋：大屋。 4 龁(hé)：咬。 5 要(yāo)吠：拦住吠叫。要，同"邀"，拦阻。 6 安乐窝：安逸舒适的生活住所。 7 挑灯：点灯。 8 黯然：黑暗的样子。

入一家，明烛射窗，曰："君自入，妾去矣。"生入室四瞻，盖已入己家矣。反奔而出，遇妇所役老媪曰："终日相觅，又焉往！"反曳入。妇帕裹伤处，下床笑逆，曰："夫妻年余，狎谑顾不识耶？我知罪矣。君受虚诮[1]，我被实伤，怒亦可以少解。"乃于床头取巨金二铤[2]置生怀，曰："以后衣食，一唯君命可乎？"生不语，抛金夺门而奔，仍将入壑，以叩高第之门。

来到一户人家，屋内明亮的烛光照亮了窗子，丫鬟说："你自己进去吧，我走了。"王生走进屋里，四下一看，原来是回到了自己家里。他转身就往外跑，恰好碰到侍候妻子的老婆子，她说："家里一整天都在寻找你，现在又要往哪里去！"说着就拽住王生回屋里。妻子用手帕裹着额头上的伤，下床笑着迎接他，说："咱们做夫妻有一年多了，跟你开个玩笑你还看不出来吗？我现在知错了。你只不过是受了点言语上的羞辱，我的额头却实打实地被你砸伤了，你的怒气也可以稍稍化解了吧。"说着就从床头取出两锭大银子放到王生怀里，说："以后家里的衣食住行，全部听你的安排，行吗？"王生不说话，把银子丢在地上冲出房门狂奔而去，仍旧打算跑到山谷中，去敲土崖上那座大宅子的门。

注释 1 虚诮(qiào):此处指语言上的责备。 2 铤(dìng):量词。用于计块状的物体。

既至野,则婢行缓弱,挑灯犹遥望之。生急奔且呼,灯乃止。既至,婢曰:"君又来,负娘子苦心矣。"王曰:"我求死,不谋与卿复求活。娘子巨家[1],地下亦应需人。我愿服役,实不以有生为乐。"婢曰:"乐死不如苦生,君设想何左也!吾家无他务,惟淘河、粪除、饲犬、负尸。作不如程[2],则刵耳劓鼻[3]、敲刖胫趾[4]。君能之乎?"答曰:"能之。"又入后门,生问:"诸役何也?适言负尸,何处得如许死人?"婢曰:"娘子慈悲,设'给孤园',收养九幽[5]横死[6]无归之鬼。鬼以千计,日有死亡,须负

王生跑到野外后,隐隐看到那个丫鬟正在缓慢地行走,她还不时举着灯远远地看过来。王生一边急急地奔跑,一边大声呼喊,丫鬟这才停下了脚步。等王生跑上来后,丫鬟说:"你又跑来了,真是辜负了我家娘子的一片苦心。"王生说:"我是来求死的,不是来与你商量怎么活下去的。你家娘子是大户人家,地下也应该需要人手。我愿意供娘子使唤,实在是不觉得活着有什么乐趣可言。"丫鬟说:"好死不如赖活着,你的想法是多么荒谬呀!我们家也没有别的活可以干,只有淘河、除粪、喂狗、背死人。如果没有完成一定的量,就要受到割鼻子、割耳朵,敲断腿和脚趾的惩罚。你能忍受吗?"王生说:"能。"于是两人从后门进去,王生问道:"其他奴仆都干些什么呢?刚才你说背死人,哪里有这么多死人要背呢?"丫鬟说:"我家娘子慈悲为怀,开设了'给孤园',收养阴间横死无家可归的孤魂野鬼。园里的鬼有上千个,每天都有死去的,需要背出去埋掉。请一道过去看看吧。"走了一会儿,他们进

瘗之耳。请一过观之。”移时,入一门,署“给孤园”。入,见屋宇错杂,秽臭熏人。园中鬼见烛群集,皆断头缺足,不堪入目。回首欲行,见尸横墙下,近视之,肉血狼籍。曰:“半日未负,已被狗咋[7]。”即使生移去之。生有难色,婢曰:“君如不能,请仍归享安乐。”生不得已,负置秘处。乃求婢缓颊,幸免尸污。婢诺。

入了一个大门,门口写着‘给孤园’。进入里面,只见房屋交错杂乱,臭气熏人。园中的鬼看到烛光都聚拢了过来,这些鬼都断头缺腿,不堪入目。他们转过头打算走开,就看到墙根下躺着一具死尸,走近一看,尸体已经血肉模糊了。丫鬟说:“才半天没有过来背死尸,就已经被狗咬成这样了。”说着就令王生把死尸背走。王生面有难色,丫鬟说:“如果你干不了这个活,那还是回去享受安乐的生活吧。”王生没有办法,只好背着死尸放到一处隐秘的地方。干完活后,王生求丫鬟代为说情,希望能不要干这种背死尸的脏活。丫鬟答应了。

注释 1 巨家:大户人家。 2 程:进度;期限。 3 聑(èr)耳劓(yì)鼻:割去耳朵和鼻子。聑,古代割去耳朵的刑罚。劓,古代割掉鼻子的刑罚。 4 敲刖胫趾:敲断小腿和脚趾。刖,断足,古代酷刑之一。胫,脚胫,自膝至脚跟部分,俗称小腿。 5 九幽:极深暗的地方,指阴间。 6 横(hèng)死:指因自杀、被害或因意外事故而死亡。 7 咋(zé):啃咬。

行近一舍,曰:“姑坐此,妾入言之。饲狗之役较轻,当代图之,庶几[1]得当以报。”去少顷,奔出,曰:“来,

他们走近一间房子,丫鬟说:“你暂且在这里坐一坐,我进去跟娘子说说看。喂狗的活比较轻松,我会替你争取,如果事成,你可要好好报答我。”丫鬟进去了一会儿,奔跑着出来了,说:“进来,进来!娘子

来！娘子出矣。”生从入。见堂上笼烛四悬，有女郎近户坐，乃二十许，天人也。生伏阶下，女郎命曳起之，曰：“此一儒生，乌能饲犬？可使居西堂主簿[2]。”生喜，伏谢。女曰：“汝似朴诚，可敬乃事。如有舛错[3]，罪责不轻也！”生唯唯。婢导至西堂，见栋壁清洁，喜甚，谢婢。始问娘子官阀，婢曰：“小字锦瑟，东海[4]薛侯女也。妾名春燕。旦夕所需，幸相闻。”婢去，旋以衣履衾褥来，置床上。生喜得所。

出来了。”王生跟着她走进屋子。只见厅堂上四处悬挂着明亮的灯笼，有一个女子靠近门口坐着，大约二十多岁，容颜俏丽，俨然是位仙女。王生跪倒在台阶前，女人让丫鬟把他搀扶起来，说：“他一个读书人，怎么可以做喂狗的粗活呢？可以让他住进西堂，管理文书。”王生大喜，又跪下拜谢。女子说：“你看上去朴实可信，一定要好好做事。如果出了什么纰漏，那你的罪责可不轻啊！”王生毕恭毕敬地连声答应。丫鬟领着王生到了西堂，只见梁壁清洁，王生很高兴，向丫鬟道谢。到了这个时候王生才询问娘子的家世，丫鬟说：“娘子小名叫锦瑟，是东海薛侯的女儿。我的名字叫春燕。你生活上有什么需要，只管告诉我就行。”说完丫鬟就离开了，不一会儿拿来了衣服鞋袜，还有暖和的被褥，一一放在床上。王生大喜，很满意所得到的东西。

注释 1 庶几：也许可以。希冀之辞。 2 主簿：主理簿册。即掌管文书档案。 3 舛错：差错，纰漏。 4 东海：今山东省临沂市郯城县一带。

黎明早起视事[1]，录鬼籍[2]。一门仆役尽来参谒，馈酒送脯[3]甚多。生引嫌[4]，悉却之。

一大早天才蒙蒙亮，王生就到职开始工作，抄录鬼魂名册了。满府的仆人都跑来拜见他，赠送了很多美酒好肉。王生担心招来嫌疑，全都拒绝了。他的一日两餐

日两餐皆自内出。娘子察其廉谨，特赐儒巾鲜衣[5]。凡有赍赉[6]，皆遣春燕。婢颇风格[7]，既熟，颇以眉目送情。生斤斤[8]自守[9]，不敢少致差跌[10]，但伪作呆钝。积二年余赏给倍于常廪[11]，而生谨抑如故。

都是府里送来的。锦瑟看王生廉洁谨慎，就特意赏赐他儒巾华服。凡是锦瑟给的赏赐，全部交给春燕送过来。春燕长得很有风韵，与王生相熟后，就私下里眉目传情。王生还是谦恭谨慎地保持着自己的操守，不敢犯一点点差错，只是装出迟钝不解风情的样子。就这样过去了两年，王生得到的赏赐竟比他的俸禄还多一倍，但他依旧像以前一样谨慎。

注释 **1** 视事：到职开始工作。 **2** 录鬼籍：抄录鬼魂名册。 **3** 脯(fǔ)：干肉。 **4** 引嫌：避嫌。引，避开，退却。 **5** 鲜衣：华美的服饰。 **6** 赍赉(jī lài)：赏赐。赍，持，送。赉，赐予，赠送。 **7** 风格：风韵。 **8** 斤斤：拘谨。 **9** 自守：坚持操守。 **10** 差(cuō)跌：同“蹉跌”，失误。 **11** 常廪：日常薪俸。

一夜方寝，闻内第喊噪。急起捉刀出，见炬火光天。入窥之，则群盗充庭，厮仆骇窜。一仆促与偕遁，生不肯，涂面束腰，杂盗中呼曰：“勿惊薛娘子！但当分括财物，勿使遗漏。”时诸舍群贼方搜锦瑟不得，

一天晚上王生正要睡下，忽然听到内院传来响亮的呼喊声。他急忙起身，拿了一把刀出来，只见内院的方向灯火通明。王生悄悄进去查探，只见一群强盗站满了院子，仆人吓得四处逃散。一个仆人连声催促王生与他一起逃跑，王生没有答应，他涂花了脸，又束起腰，扮作强盗夹杂在他们中间，大声呼喊说：“不要惊动了薛娘子。我们只管分开搜寻财物，不要有所遗漏。”这时强盗们正在满屋子寻找锦瑟，都没有找到，

生知未为所获，潜入第后独觅之。遇一伏妪，始知女与春燕皆越墙矣。生亦过墙，见主婢伏于暗陬[1]。生曰：“此处乌可自匿？”女曰：“吾不能复行矣。”生弃刀负之，奔二三里许，汗流竟体，始入深谷，释肩令坐。欻[2]一虎来，生大骇，欲迎当[3]之，虎已衔女。生急捉虎耳，极力伸臂入虎口，以代锦瑟。虎怒，释女，嚼生臂，脆然有声，臂断落地，虎亦返去。女泣曰：“苦汝矣！苦汝矣！”生忙遽[4]未知痛楚，但觉血溢如水，使婢裂衿[5]裹断处。女止之，俯觅断臂，自为续之，乃裹之。东方渐白，始缓步归，登堂如墟。天既明，仆媪始

王生知道他们还没找到锦瑟，就悄悄到屋后去独自寻找。王生碰到一个趴在地上躲藏的老婆子，一问才知道锦瑟和春燕都已经翻墙逃跑了。王生也赶忙越过墙壁，看到锦瑟和春燕都趴在黑暗的角落。王生说：“这里怎么可以藏身呢？”锦瑟说：“我没办法再往前走了。”王生就丢下刀背起锦瑟，一口气跑了二三里路，汗水浸透了全身，这才来到了山谷的深处，他把锦瑟放下来，让她坐下。忽然一只老虎扑了过来，王生大吃一惊，正要迎上去挡住它的去路，可是老虎已经叼住了锦瑟。王生急忙用手扯住老虎的耳朵，用尽全力把自己的手臂伸进老虎的口中，来代替锦瑟。老虎大怒，放下锦瑟，咬住了王生的胳膊，只听得骨头碎裂的脆响，王生的胳膊已经被咬断，掉在了地上，老虎也转身返回了山林。锦瑟哭着说：“这可苦了你呀！苦了你呀！”王生匆忙之间还没有感觉到断臂的疼痛，只是感觉到伤口血流如水，汩汩不断，便令春燕撕下自己的衣襟，包裹伤口。锦瑟赶紧劝止，自己俯下身子寻找断了的手臂，亲自给王生接上，又细细地包裹好伤口。这时东方的天空已经露出了鱼肚白，一行人才缓缓往回走去，到家一看，房屋被毁，几乎成了一片废墟。

渐集。女亲诣西堂，问生所苦。解裹，则臂骨已续，又出药糁[6]其创，始去。由此益重生，使一切享用悉与己等。

天大亮以后，仆人和老婆子们才慢慢返回。锦瑟亲自来到西堂，慰问王生。解开包裹物，断臂已经接上了，锦瑟又拿出药洒在他的伤口上，才离去。从此以后锦瑟更加看重王生，让他日常生活中的一切用度都跟自己的一样。

注释 1 暗陬：黑暗的角落。陬，角落。 2 欻(xū)：忽然。 3 当：抵抗，抵敌。 4 忙遽：匆忙急速。 5 衿：衣的前幅，衣襟衣领。 6 糁(sǎn)：洒上。

臂愈，女置酒内室以劳之。赐之坐，三让而后隅坐[1]。女举爵如让[2]宾客。久之，曰："妾身已附君体，意欲效楚王女之于臣建[3]。但无媒，羞自荐耳。"生惶恐曰："某受恩重，杀身[4]不足酬。所为非分[5]，惧遭雷殛[6]，不敢从命。苟怜无室[7]，赐婢已过。"一日，女长姊瑶台至，四十许，佳人也。至夕招生入，瑶台命坐，曰："我千里来

王生的胳膊痊愈后，锦瑟特意在内室安排了酒席来慰劳他。锦瑟让王生坐下，王生再三谦让后才在席角旁坐下。锦瑟举起酒杯，像招呼客人一样劝王生饮酒。宴饮进行了很长时间后，锦瑟说："我已经被你背过了，打算效仿楚平王的女儿嫁给大臣锺建一样嫁给你。但是我没有媒人，自己也羞于启齿。"王生诚惶诚恐地说："我受娘子的恩惠比山还重，就是为你去死也不足以报答。如果我做了不合本分的事，恐怕会遭雷劈死的，我实在不敢听从你的命令。如果可怜我没有妻子，把春燕赐给我就已经很过分了。"一天，锦瑟的长姐瑶台来了，她大概四十多岁，也是位美人。到了晚上，瑶台把王生叫过来，让他坐下，说：

为妹主婚,今夕可配君子。”生又起辞。瑶台遽命酒,使两人易盏。生固辞,瑶台夺易之。生乃伏地谢罪,受饮之。瑶台出,女曰:“实告君:妾乃仙姬,以罪被谪。自愿居地下收养冤魂,以赎帝谴。适遭天魔之劫,遂与君有附体之缘。远邀大姊来,固主婚嫁,亦使代摄[8]家政,以便从君归耳。”生起敬曰:“地下最乐!某家有悍妇,且屋宇隘陋,势不能容委曲以共其生。”女笑曰:“不妨。”既醉,归寝,欢恋臻至。

“我不远千里赶来是为妹妹主持婚事的,今天晚上你们就可以拜堂成亲。”王生又站起来推辞。瑶台马上让人倒上酒,让王生和锦瑟喝交杯酒。王生坚决推辞,瑶台干脆抢过酒杯,替他们交换过来。王生这才跪在地上谢罪,接过酒杯喝了。瑶台走了以后,锦瑟说:“实话告诉你吧,我是天上的仙女,因为犯了天条被贬下人间。我自愿住在地府收养孤魂野鬼,是为了做善事来赎我的罪。之前恰好遭遇了天魔的劫难,使我有缘能趴在你的身上。我这次邀请长姐远道而来,主要是为我们主持婚事,也是想请她代我管理家事,以便我能跟着你一起回家。”王生站起来,恭敬地说:“在地下最快乐了!我家里有个悍妇,而且房屋矮小简陋,我绝不能让你受委屈和她一起将就着过日子。”锦瑟笑着说:“这没什么。”两人喝醉以后,一起回去入睡,欢爱备至。

注释 1 隅坐:坐于席角旁。古代尊者坐于正席,卑者坐于旁位。 2 让:用酒食之类款待;请人接受招待。 3 楚王女之于臣建:楚国遭吴国入侵时,楚国大夫锺建背着楚平王的女儿季芈出逃,后季芈以此为由嫁给了锺建。 4 杀身:丧生。 5 非分:不合本分。 6 雷殛(jí):被雷劈死。殛,杀死。 7 无室:没有家室。室,指妻子。 8 摄:代理,兼理。

过数日，谓生曰："冥会不可长，请郎归。君干理[1]家事毕，妾当自至。"以马授生，启扉自出，壁复合矣。生骑马入村，村人尽骇。至家门则高庐焕映[2]矣。先是，生去，妻召两兄至，将棰楚[3]报之。至暮不归，始去。或于沟中得生履，疑其已死。既而年余无耗。有陕中贾某，媒通兰氏，遂就生第与妇合。半年中，修建连亘[4]。贾出经商，又买妾归，自此不安其室。贾亦恒数月不归。生讯得其故，怒，系马而入。见旧媪，媪惊伏地。生叱骂久，使导诣妇所，寻之已遁。既于舍后得之，已自经死，遂使人舁归兰氏。呼妾出，

婚后几日，锦瑟对王生说："凡人在阴间住的日子不能太长，请你先回人间的家里去吧。你忙完了家里的事情后，我就会自己过来。"说完就把一匹马交给了王生，打开府门让他自己出去，王生回头一看，土壁又重新合上了。王生骑着马回到了村子，村里的人见了他都大吃一惊。王生来到家门口一看，原来的家已经变成了高大明亮的宅子了。原来，王生那次离家出走后，妻子就叫来了自家两兄弟，打算把王生暴打一顿，报复他。到了晚上王生也没回来，两兄弟才离去。村里有人在山谷中捡到了王生的鞋子，就怀疑他已经死了。接下来一年多的时间里，王生也没有一点消息。这时有一个陕西的商人，通过媒婆与兰氏勾搭上了，干脆就在王生家里与兰氏苟合。仅仅半年的时间，商人就在原址上修建了许多房屋。商人出外经商，又买回来一个小妾，自此家里就再无安宁之日。商人也常常好几个月不回家。王生打听完这些消息，大怒，把马拴好就进了家门。他看到之前在家供使唤的老婆子，老婆子见了王生，吓得趴在地上不敢动。王生骂了她很长时间，然后让她带路去兰氏的屋子，到了之后却发现兰氏已经逃走了。王生在屋后发现兰氏时，她已经上吊自杀了，王生就

年十八九，风致亦佳，遂与寝处。贾托村人，求反其妾，妾哀号不肯去。生乃具状[5]，将讼其霸产占妻之罪，贾不敢复言，收肆[6]西去。

叫人把兰氏的尸体抬回了兰家。王生又把小妾叫了出来，她年纪大概十八九岁，长得也很有风韵，王生就和她住在了一起。商人托村里人捎信，让他把小妾还给他，小妾痛哭哀号，不愿意离开。王生就写了一纸诉状，打算状告商人霸占他的财产、强占他的妻子，商人就不敢再啰唆了，关店回陕西去了。

注释　1 干理：料理。　2 高庐焕映：高大的房屋明亮耀眼。　3 棰(chuí)楚：原指棍杖。引申为拷打。　4 连亘：接连不断。此处指屋舍连绵。　5 具状：写诉状。　6 肆：店铺。

方疑锦瑟负约，一夕正与妾饮，则车马叩门而女至矣。女但留春燕，余即遣归。入室，妾朝拜之，女曰："此有宜男[1]相，可以代妾苦矣。"即赐以锦裳珠饰。妾拜受，立侍之。女挽坐，言笑甚欢。久之，曰："我醉欲眠。"生亦解履登床，妾始出。入房则生卧榻上，异而反窥之，烛

王生正怀疑锦瑟背弃了约定，一天晚上他正与小妾对饮时，忽然听到门外有车马声，开门一看，锦瑟已经到了。锦瑟只留下了春燕一个，其他仆从都被她遣了回去。进了屋子，小妾向锦瑟行礼，锦瑟说："她有生男孩的面相，可以代替我受苦了。"说完就赏赐给小妾锦绣衣裳和珠宝首饰。小妾拜谢接受了，然后就站在一旁侍候着。锦瑟却拉着她坐下，两个人谈笑风生，很是投缘。过了一段时间，锦瑟说："我喝醉了，想要睡下了。"王生也脱下鞋子上了床，小妾才退出房门。谁知小妾刚进入自己的房间，就看到王生躺在自己床上，她大惑不解，就返回去窥探锦瑟的房间，可是屋里的烛火已经熄灭

已灭矣。生无夜不宿妾室。一夜妾起，潜窥女所，则生及女方共笑语。大怪之，急反告生，则床上无人矣。天明阴告生，生亦不自知，但觉时留女所、时寄妾宿耳。生嘱隐其异。久之，婢亦私[2]生，女若不知之。婢忽临蓐[3]难产，但呼“娘子”。女入，胎即下，举之，男也。为断脐置婢怀，笑曰：“婢子勿复尔！业多，则割爱难矣。”自此，婢不复产。妾出五男二女。居三十年，女时返其家，往来皆以夜。一日，携婢去，不复来。生年八十，忽携老仆夜出，亦不返。

了。自此，王生每天晚上都在小妾的房里过夜。一天晚上，小妾睡醒起来，悄悄来到锦瑟屋外朝里偷看，发现王生与锦瑟正在愉快地聊天。小妾感到十分奇怪，就赶紧回去告诉王生，可是床上哪里还有王生的影子呢！天亮以后，小妾偷偷把这件怪事告诉了王生，王生也不知道是怎么回事，只是觉得自己有时是留在锦瑟的房里，有时又在小妾这边过夜。王生叮嘱小妾不要把这件怪事声张出去。日子久了，春燕也和王生有了私情，锦瑟看起来并不知道这件事。春燕临盆的时候忽然难产，便大声地呼喊“娘子”。锦瑟一进屋，孩子就生下来了，她抱起来一看，是个男孩。锦瑟帮忙剪断脐带，把孩子放在春燕怀里，笑着说：“丫头不要再生了！生得一多，到时候就难以割爱了。”从此，春燕果然没有再生过孩子。小妾像锦瑟说的那样，总共生了五个男孩，两个女孩。就这样过了三十年，其间锦瑟时常回家，往返都是在夜间。一天，锦瑟带着春燕离开，就没有再回来。王生八十岁那年，一天晚上突然带着一个老仆人出门，也没有再回家。

注释　1 宜男：适宜生男孩。　2 私：指有私情。　3 临蓐（rù）：临产。蓐，床上草垫。

太原狱

原文

太原[1]有民家，姑妇[2]皆寡。姑中年不能自洁，村无赖频频就之。妇不善[3]其行，阴于门户墙垣阻拒之。姑惭，借端出[4]妇。妇不去，颇有勃豀[5]。姑益恚，反相诬告诸官。官问奸夫姓名，媪曰："夜来宵去，实不知其阿谁，鞫[6]妇自知。"因唤妇。妇果知之，而以奸情归媪，苦相抵[7]。拘无赖至，又哗辨[8]："两无所私，彼姑妇不相能，故妄言相诋毁耳。"官曰："一村百人，何独诬汝？"重笞之。无赖叩乞免责，自认与妇通。械妇，妇终不承。逐去之。妇忿

译文

太原有一户民家，婆婆和媳妇都守了寡。婆婆已到中年，不能洁身自好，村里有个无赖经常和她勾勾搭搭。媳妇对婆婆的行为很不满意，就悄悄在大门口隔着墙壁阻止无赖进家门。婆婆感到很羞愧，就借其他事做文章，要把媳妇休掉。媳妇不肯离开，婆媳之间就爆发了激烈的争吵。婆婆更加恼怒了，反而向县官诬告媳妇不守妇道。县官问她奸夫姓名，婆婆说："那奸夫都是晚上过来，天一亮就离开，我实在不知道他是谁，您把奸妇抓过来一审就知道是谁了。"于是县官就传唤媳妇审问。媳妇果然知道奸夫是谁，只是把奸情推到了婆婆身上，死活不肯承认自己有奸情。县官又把奸夫抓过来审问，奸夫也大声声辩说："我跟她们二人都没有私情，是她们婆媳不和，才编出这样的谎话互相诋毁罢了。"县官说："整个村子有一百多号人，怎么独独诬陷你呢？"于是命人狠狠鞭打无赖。无赖慌忙磕头，乞求免掉罪责，承认自己与媳妇私通。县官就对媳妇用刑，可是媳妇怎么也不肯承认。于是县官就同意婆婆把媳妇休掉。媳妇满腔愤恨，就

告宪院[9]，仍如前，久不决。

上告到宪院，可情况还是和县里一样，久久不能裁决。

注释 1 太原：府名，治所在今山西省太原市。 2 姑妇：婆媳。姑，丈夫的母亲；婆婆。 3 善：喜欢，认为好。 4 出：休弃。 5 勃谿（xī）：吵架，争斗。 6 鞫（jū）：审问。 7 相抵：抵抗。 8 哗辨：大声声辩。 9 宪院：指提刑按察使司，明清时期设立在省一级的司法部门。主管一省的刑名、诉讼事务，对地方官员行使监察权。

时淄邑[1]孙进士柳下[2]令临晋[3]，推折狱才[4]，遂下其案于临晋。人犯到，公略讯一过，寄监[5]讫，便命隶人备砖石刀锥，质明[6]听用[7]。共疑曰："严刑自有桎梏[8]，何将以非刑折狱耶？"不解其意，姑备之。明日，升堂，问知诸具已备，命悉置堂上。乃唤犯者，又一一略鞫之。乃谓姑妇："此事亦不必甚求清析。淫妇虽未定，而奸夫则确。汝家本清门[9]，不过一时为匪人所诱，罪

当时淄川的孙柳下进士正在临晋县做县令，他是公认的断案奇才，于是上面就把这件案子下放到临晋县审理。一干人犯押解到了，孙公简单地审讯了一番，让把人犯先监禁起来，就命令衙役准备砖石和刀锥，等到明天天亮审讯案子使用。衙役都很疑惑，说："严刑拷打自然有专门的刑具，为什么要用不是刑具的东西来审理案子呢？"虽然不明白这样做的道理，衙役还是暂且把东西都准备好了。第二天，孙公升堂办案，问明东西都已经准备好了，就让衙役全都放在公堂上。这才传唤犯人，又一一简单地审讯一番。于是孙公对婆媳俩说："这件事也不必完全审讯清楚。淫妇虽然还没有确定，但是奸夫已经确定是谁了。你们家本来是清清白白的门户，不过一时被坏人引诱，才败坏了门风，罪责全都在奸

全在某。堂上刀石具在，可自取击杀之。”姑妇趑趄[10]，恐邂逅[11]抵偿，公曰：“无虑，有我在。”于是媪妇并起，掇石交投。妇衔恨已久，两手举巨石，恨不即立毙之；媪惟以小石击臀腿而已。又命用刀。妇把刀贯胸膺，媪犹逡巡未下。公止之曰：“淫妇我知之矣。”命执媪严梏之，遂得其情。笞无赖三十，其案始结。

夫身上。现在公堂上有砖石和刀具，你们可以随便拿东西来击杀他。”婆婆和媳妇听了，都很犹豫，担心如果一不小心杀死了他要偿命，孙公说：“不要担心，有我在呢。”于是婆婆和媳妇都站起身，拿起石头扔向无赖。媳妇内心愤恨奸夫已经很久了，她用双手举起大石头，恨不得立刻就把他砸死；婆婆却只是用小石子击打奸夫的臀部和腿部而已。孙公又命令两人用刀。媳妇拿起刀就向奸夫的胸口刺去，婆婆却犹犹豫豫下不了手。孙公劝阻住媳妇说：“我已经知道谁是淫妇了。”于是命令衙役抓起婆婆，严刑拷打，这才弄清了事情的真相。孙公又鞭打了无赖三十下，这件案子才了结。

注释　1 淄邑：今山东省淄博市淄川区。　2 孙进士柳下：孙宪元，字柳下，淄川人。顺治乙未(1655)进士，授临晋县知县。　3 临晋：旧县名。治所在今山西省运城市临猗县。　4 推折狱才：被推崇为断案奇才。推，推崇，推重。折狱，判决案件。　5 寄监：关押在监狱中。　6 质明：犹黎明。天刚亮时。　7 听用：听候使用。　8 桎梏(zhì gù)：刑具。　9 清门：指清白人家。　10 趑趄(zī jū)：形容疑惧不决，犹豫观望。　11 邂逅：偶然，意外。

附记[1]：公一日遣役催租[2]，租户他出，妇应之。役不得贿，拘妇至。公怒曰：“男子自

附记：有一天孙公派遣衙役去催讨租税，恰好租户家男人出去了，妇人出来应对。衙役因为没有得到贿赂，就把妇人抓了回来。孙公大怒，说：“她家男人自然

有归时，何得扰人家室[3]！"遂笞役，遣妇去。乃命匠多备手械[4]，以备敲比[5]。明日合邑传颂公仁。欠赋者闻之，皆使妻出应，公尽拘而械之。余尝谓：孙公才非所短，然如得其情，则喜而不暇哀矜矣。

会有回家的时候，为什么要打扰女眷！"于是把衙役打了一顿，让人把妇人送了回去。孙公又命令工匠多打造手铐，用来催讨租税。第二天满县城都传颂孙公仁慈。欠租税的人家听说了，都让自己的妻子出来应付衙役，孙公却下令把她们全都抓捕了起来。我曾经说过：孙公并不是才智不足，如果他查明了情况，就会变得对犯法之徒毫不怜悯同情。

注释 1 附记：附带记述。亦指在正文外附带的记述。 2 催租：官府催缴土地税。 3 家室：家眷。 4 手械：手铐。 5 敲比：杖击威逼百姓限期交税、交差。因为对象是妇女，所以用手铐来催缴。

新郑讼

原文

长山[1]石进士宗玉[2]，为新郑[3]令。适有远客张某经商于外，因病思归，不能骑步[4]，赁手车[5]一辆，携资五千，两夫挽载以行。至新郑，两夫往市饮食，张

译文

长山的石宗玉进士，曾做过新郑的县令。当时有个远方来的客商张某在外经商，因为得病想要回家乡，但是他身体虚弱，骑不了马，就租了一辆手推车，带着五千两银子，雇了两个车夫推着车子上路。经过新郑县时，两个车夫去集市上买东西吃，张某独自躺在车里守着银子。有一位甲某经过，

守资独卧车中。有某甲过，睨之，见旁无人，夺资去。张不能御，力疾起，遥尾缀[6]之，入一村中，又从之，入一门内。张不敢入，但自短垣[7]窥觇之。甲释所负，回首见窥者，怒执为贼，缚见石公，因言情状。问张，备述其冤。公以无质实，叱去之。二人下，皆以官无皂白[8]。公置若不闻。

斜眼看到了银两，又见一旁没有别人，就把银两抢走了。张某没办法抵抗，只能吃力地爬起来，远远地跟在甲某后面，进入了一个村子，他又继续跟踪，见甲某进入了一户人家的门内。张某不敢进去，只在矮墙外偷偷地观察。甲某放下背着的银两，一回头看到了偷窥的张某，大怒，就把张某当作贼抓住，绑起来去见石公，并且述说了情况。石公询问张某，张某就详细地叙说了自己的冤屈。石公因为这件案子没有实际证据，就把他俩骂了出来。两个人出了衙门，都埋怨县官办事不分青红皂白。石公只当作没有听见。

注释 1 长山：今山东省邹平市长山镇。 2 石进士宗玉：石日琮，字宗玉，长山人。康熙年进士，授新郑县知县。 3 新郑：今河南省郑州市下辖新郑市。 4 骑步：此处指骑马。 5 手车：手推车。 6 尾缀：尾随。 7 垣：矮墙。 8 皂白：黑白，比喻是非。

颇忆甲久有逋赋[1]，遣役严追之。逾日即以银三两投纳。石公问金所自来，甲云：“质衣鬻物。”皆指名以实之。石公遣役令视纳税人，有与甲同村者

石公想起甲某有长期拖欠的赋税，就派遣衙役前去严加催讨。第二天甲某就拿来三两银子交税。石公问钱是从哪里来的，甲某说：“典当衣服、变卖财物凑来的。”还都说出了典卖的什么东西来证实自己的话。石公派遣衙役看看纳税人中有没有与甲某同村的人。恰好甲某的邻

否。适甲邻人在，唤入问之：“汝既为某甲近邻，金所从来，尔当知之。”邻曰：“不知。”公曰：“邻家不知，其来暧昧[2]。”甲惧，顾邻曰：“我质某物、鬻某器，汝岂不知？”邻急曰：“然，固有之矣。”公怒曰：“尔必与甲同盗，非刑询不可！”命取梏械。邻人惧曰：“吾以邻故，不敢招怨。今刑及己身，何讳[3]乎？彼实劫张某钱所市[4]也。”遂释之。时张以丧资未归，乃责甲押偿[5]之。此亦见石之能实心为政也。

居也在，石公就传唤他问话：“你既然是甲某的邻居，他的钱从哪里来的，你应该知道吧。”邻居说：“不知道。”石公说：“连邻居都不知道，那么这个钱的来源就不明不白了。”甲某害怕了，回头看着邻居说：“我典当了某个东西、变卖了某件器物，你怎么会不知道呢？”邻居这才急忙说：“是的，确实是这样的。”石公大怒，说：“你一定是甲某的同伙，不用大刑审讯看来是不行了！”说完就让人取来刑具。邻居害怕地说：“我因为是邻居的缘故，害怕招来他的怨恨。如今刑罚就要施加到自己身上了，我还有什么忌讳的呢？他确实是抢夺了张某的钱财交的税。”于是石公就释放了邻居。这时张某因为丢失了钱财还没有离去，石公就强令甲某抵押财物把钱还给张某。由此可见石公是诚心诚意为百姓办事的。

注释 1 逋赋：拖欠的赋税。逋，拖欠。 2 暧昧：不光明的，不明不白的。 3 讳：隐瞒。 4 市：此处指交税。 5 押偿：抵押财物以偿还。押，抵押。

异史氏曰：“石公为诸生时，恂恂雅饬[1]，意其入翰苑[2]则优[3]，簿书[4]则诎[5]。乃一行[6]作吏，

异史氏说：“石公还是秀才的时候，为人温恭严谨，言行合乎礼制，人们都说他进入翰林院最合适，去地方当官则不是他的强项。可是他一当官，就被视为神君，

神君之名，噪于河朔[7]。谁谓文章无经济[8]哉！故志之以风[9]有位者[10]。”

名声在黄河以北一带传得非常响亮。谁说有文采的人就不懂得经世济民呢！所以我记下这个故事，来勉励各位做官的。”

注释 1 恂(xún)恂雅饬(chì)：恭顺严谨，言行合乎礼制。恂恂，温顺恭谨貌。雅饬，指言行合礼制。 2 翰苑：翰林院。此处指在翰林院从事文职工作。 3 优：胜任而有余力。 4 簿书：官署中的文书簿册。此处指在官署处理政务。 5 诎(qū)：特指力穷，欠缺。 6 一行：一经。 7 河朔：泛指黄河以北地区。朔，北方。 8 经济：经世济民。 9 风：教育，感化。 10 有位者：居官之人。

李象先

原文

李象先[1]，寿光[2]之闻人[3]也。前世为某寺执爨僧[4]，无疾而化[5]。魂出栖坊[6]上，下见市上行人，皆有火光出颠[7]上，盖体中阳气也。夜既昏，念坊上不可久居，但诸舍暗黑，不知所之。唯一家灯火犹明，飘赴之。及门则身已婴儿。母乳之。见乳恐惧，

译文

李象先是寿光的知名人士。他前世是某个寺庙里烧饭的和尚，后来无疾而坐化。他的魂魄离开身体，落在了牌坊上面，他往下一看，集市上来来往往的行人，他们的头上都有火光冒出来，大概就是体内的阳气吧。这时，天色已经昏黑，他想到牌坊上不能长久地待着，但是四下里的房屋都黑黢黢的，他不知道该去哪里。只有一家灯火通明，他就飘飘荡荡去了这户人家。他进了门身子就变成了婴儿。母亲要用乳汁喂养他，他一看到乳房，就感到非常恐惧，但是肚子又很饥饿，只好闭上眼睛吮吸乳汁。

腹不胜饥,闭目强吮。逾三月余,即不复乳,乳之则惊惧而啼。母以米沈[8]间枣栗哺之,得长成,是为象先。儿时至某寺,见寺僧,皆能呼其名。至老犹畏乳。

这样过了三个多月,他就再也不肯喝乳汁了,只要母亲给他哺乳,他就会受到惊吓一般大声啼哭。母亲只好熬了米汤,里面掺上红枣和栗子来喂养他,由此他才得以长大成人,就是李象先先生。他年幼的时候去某个寺庙玩耍,见了寺庙的僧人,都能叫出他们的名字。李象先先生到了晚年还害怕看到哺乳。

注释 **1** 李象先:李焕章,字象先,寿光人。 **2** 寿光:今山东省潍坊市下辖寿光市。 **3** 闻人:有名望的人。 **4** 执爨(cuàn)僧:烧火做饭的和尚。爨,烧火做饭。 **5** 化:即坐化。佛教称僧人端坐安然而死。 **6** 坊:牌坊。 **7** 颠:头顶。 **8** 米沈(shěn):米汁。

异史氏曰:"象先学问渊博,海岱[1]清士。子早贵,身仅以文学[2]终,此佛家所谓福业[3]未修者耶?弟亦名士,生有隐疾,数月始一动[4]。动时急起,不顾宾客,自外呼而入,于是婢媪尽避。适及门复痿[5],则不入室而反。兄弟皆奇人也。"

异史氏说:"李象先先生学问渊博,是东海到泰山一带的高洁人士。他的儿子很早就做了官,但是他一生都只是位儒生,这就是佛家所说的'福业未修'吗?他的弟弟也是位名士,只是一生下来就有无法启齿的疾病,好几个月才会情动一次。情欲袭来的时候他就立刻站起来,也顾不上面前的宾客,从外厅大叫着跑向内室,于是婢女和老婆子都赶紧避开。可是常常到了内室门口就阳痿了,他也就不进去了,又返回外厅。这兄弟俩都是奇异的人啊!"

注释 1 海岱:今山东省渤海至泰山之间的地带。海,东海,今之渤海。岱,泰山。 2 文学:儒生,指一般读书人。 3 福业:佛教语。指布施行善、慈悲利生等造福的功德。 4 动:此处指情动。 5 痿:阳痿。

房文淑

原文

开封[1]邓成德,游学至兖[2],寓败寺中,佣为造齿籍[3]者缮写[4]。岁暮,僚役[5]各归家,邓独炊庙中。黎明,有少妇叩门而入,艳绝,至佛前焚香叩拜而去。次日又如之。至夜邓起挑灯,适有所作,女至益早。邓曰:“来何早也?”女曰:“明则人杂,故不如夜。太早,又恐扰君清睡。适望见灯光,知君已起,故至耳。”生戏曰:“寺中无人,寄宿可免奔波。”女哂[6]曰:“寺中

译文

开封的邓成德,游学来到了兖州,寄住在破旧的寺庙里,他谋了一个为官府编写户籍的差事,做一些誊录工作。到了这一年的年末,同僚们都各自回家了,邓成德孤身一人在破庙里做饭。一天早上天才蒙蒙亮,有一个少妇敲门进来,长得艳丽无双,她到佛像前焚香叩拜,之后就离开了。第二天少妇又来上香。这天夜里,邓成德睡醒起来,点上灯,刚要写点什么,少妇又敲门进来了,比前两次来得都早。邓成德说:“为什么来得这样早呢?”少妇说:“白天人多杂乱,所以不如晚上来上香。来得太早,又担心打扰了你的好梦。刚才看到亮起了灯光,我知道你已经起来了,所以才敲门进来。”邓成德就开玩笑说:“寺庙中没有什么人,你寄宿在这里就可以免去来回奔波之苦了。”少妇笑着说:“寺庙中没人,难道你

无人,君是鬼耶?”邓见其可狎,俟拜毕,曳坐求欢。女曰:“佛前岂可作此。身无片椽,尚作妄想!”邓固求不已。女曰:“去此三十里某村,有六七童子延师[7]未就。君往访李前川,可以得之。托言携有家室,令别给一舍,妾便为君执炊,此长策也。”邓虑事发获罪,女曰:“无妨。妾房氏,小名文淑,并无亲属,恒终岁寄居舅家,有谁知?”邓喜。既别女,即至某村,谒见李前川,谋果遂,约岁前即携家至。既反,告女。女约候于途中。邓告别同党,借骑而去。女果待于半途。乃下骑,以辔授女,御之而行。至斋,相得甚欢。

是鬼吗?”邓成德见少妇可以亲近,等她祷告完,就拉着她坐下,请求与她欢好。少妇说:“佛前怎么可以做这样的事情。你都没有稳定的住处,还敢有这样的非分之想!”邓成德坚决地求个不停不停。少妇说:“离这里三十里有个村子,村里有六七个童子要请老师,还没有请到。你去拜访一个叫李前川的人,就可以谋得这份工作。然后你就谎称自己带有家眷,请他另外再给一间房子,我就可以去为你做饭了,这才是长久之计。”邓成德担心事情败露后被官府治罪,少妇说:“不要担心。我姓房,小名叫文淑,没有什么亲属,一年到头都住在舅舅家里,有谁知道咱们的事情呢?”邓成德大喜。与少妇告别后,他就赶去了那个村子,拜见李前川,果然谋到了这份工作,并与他约定年前就带着家眷前来。回到寺庙后,邓成德把情况告诉了文淑。文淑与邓成德约定在半路上等他。邓成德与自己的同僚告别后,就借了一匹马骑着前往那个村子。文淑果真在半路上等着他。邓成德就下了马,把缰绳交到文淑手上,让她上马,自己则赶着马往前走。到了书馆,两个人相亲相爱,过得很是欢乐。

注释 1 开封:今河南省开封市。 2 兖:今山东省济宁市兖州区。 3 齿籍:户口册。 4 缮写:誊写;编录。 5 僚役:指同僚。 6 哂(shěn):微笑。 7 延师:请老师。

积六七年,居然琴瑟[1],并无追逋逃者。女忽生一子。邓以妻不育,得之甚喜,名曰"兖生"。女曰:"伪配终难作真。妾将辞君而去,又生此累人物何为!"邓曰:"命好,倘得余钱,拟与卿遁归乡里,何出此言?"女曰:"多谢,多谢!我不能胁肩谄笑[2],仰大妇[3]眉睫[4],为人作乳媪,呱呱者[5]难堪也!"邓代妻明不妒,女亦不言。月余,邓解馆[6],谋与前川子同出经商,告女曰:"我思先生设帐[7],必无富有之期。今学负贩,庶有归时。"女亦不答。至夜,女忽抱子起。邓

就这样过了六七年,他们就像夫妻一样,感情和谐,也没有人来追捕他们。文淑忽然生了一个儿子。邓成德因为自己的原配妻子不生育,现在有了儿子非常高兴,就取名叫"兖生"。文淑说:"假夫妻终究无法成真。我打算与你告别,离你而去,又生这么个拖累人的东西干什么!"邓成德说:"如果我能好命地弄到几个余钱,就打算带着你一起回家乡,你怎么能说出这样的话呢?"文淑说:"多谢,多谢!我不会讨好别人,看着大老婆的脸色过活,还要给别人做奶妈,这样委曲求全就是小孩子也会觉得难堪!"邓成德赶紧代妻子说明她并不嫉妒,文淑也就不再说什么了。过了一个多月,邓成德辞去了教书的工作,打算与李前川的儿子一同出外经商,他对文淑说:"我想着做教书先生开办学馆,肯定没有富裕起来的一天。现在我打算学习经商,这样就有有钱回家的一天了。"文淑也不回答他的话。到了晚上,文淑忽然抱着儿子起床。邓成德问:"你打算做什

问:"何作?"女曰:"妾欲去。"邓急起,追问之,门未启,而女已杳。骇极,始悟其非人也。邓以形迹可疑,故亦不敢告人,托之归宁而已。

么?"文淑说:"我打算离开。"邓成德急忙起床去追赶文淑,询问她为什么,可是房门没开,文淑却已经不见了身影。邓成德十分害怕,这才明白文淑并不是人。邓成德因为文淑的形迹可疑,所以也就不敢告诉别人真相,只谎称她回娘家去了。

注释 1 琴瑟:比喻夫妻间感情和谐。 2 胁肩谄笑:耸起肩膀,装出笑脸。形容谄媚讨好的样子。 3 大妇:正妻。 4 眉睫:指人的脸色、眼色。 5 呱呱者:指婴儿。 6 解馆:旧时谓书塾停办或塾师解聘。 7 设帐:设馆授徒。

初,邓离家,与妻娄约,年终必返。既而数年无音,传其已死。兄以其无子,欲改醮[1]之。娄更以三年为期,日惟以纺绩自给。一日既暮,往扃[2]外户,一女子掩入,怀中绷儿[3],曰:"自母家归,适晚。知姊独居,故求寄宿。"娄内之。至房中,视之,二十余丽者也。喜与共榻,同弄其儿,儿白如瓠[4]。叹曰:"未亡

当初,邓成德离开家时与妻子娄氏约定,年底的时候一定回家。谁知一连数年没有音讯,还有人传言他已经死了。哥哥因为娄氏没有孩子,打算让她改嫁。娄氏就提出以三年为期限,每天都靠纺线织纱维持生计。一天黄昏的时候,娄氏去关大门,一个女子忽然走了进来,怀中还抱着一个婴儿,她对娄氏说:"我从娘家回来,走到这儿正好天晚了。知道姐姐你独自一人居住,所以请求借宿一晚。"娄氏便请她进屋。来到屋内,点灯一看,竟是一个二十多岁的漂亮姑娘。娄氏高兴地与她睡在一张床上,一同逗弄婴儿,她的儿子白白胖胖的,像瓠瓜一样。娄氏忍不住叹息说:"我这个未亡

人[5]遂无此物！”女曰：“我正嫌其累人，即嗣[6]为姊后，何如？”娄曰：“无论娘子不忍割爱，即忍之，妾亦无乳能活之也。”女曰：“不难。当儿生时，患无乳，饮药半剂而效。今余药尚存，即以奉赠。”遂出一裹，置窗间。娄漫应[7]之，未遽怪也。既寝，及醒呼之，则儿在而女已启门去矣。骇极。日向辰，儿啼饥，娄不得已，饵其药，移时湩[8]流，遂哺儿。积年余，儿益丰肥，渐学语言，爱之不啻己出，由是再醮之心遂绝。但早起抱儿，不能操作谋衣食，益窘。

人就没有这样可爱的孩子！”女人说：“我正嫌弃他拖累人呢，干脆把他过继给姐姐当后代吧，怎么样？”娄氏说：“先不说娘子忍不忍心割爱，即便是忍心，我也无法哺乳养活孩子啊。”女人说：“这不难。我当初生孩子的时候，也苦于没有奶水，后来服用了半剂药，奶水就有了。现在剩下的药我还保存着呢，就赠送给你吧。”于是拿出一个小包，放在了窗台上。娄氏只是漫不经心地答应着，并没有马上发现事情的怪异之处。她们睡下了，等到娄氏醒来叫那个女子时，才发现只有孩子还在，女人早已经开门离开了。娄氏害怕极了。时间渐渐到了早晨，孩子饥饿难耐，啼哭起来，娄氏不得已，只好服下女人留下的药，不一会儿奶水流了出来，于是就给孩子喂奶。就这样过了一年多，孩子越来越丰满肥胖，渐渐地学会了说话，娄氏十分疼爱孩子，就像这孩子是自己亲生的一样，从此再嫁的心思就断绝了。只是每天一早就要抱着儿子哄，没办法操劳谋生，日子过得更窘迫了。

注释　1 改醮(jiào)：改嫁。　2 扃(jiōng)：关。　3 绷儿：用包被裹着婴儿。绷，婴儿的包被。　4 瓠(hù)：一年生草本植物，茎蔓生，夏天开白花，果实长圆形，嫩时可食。此处指瓠子，排列整齐，色泽洁白。　5 未亡人:旧时寡妇的自称。 **6** 嗣:过继。 **7** 漫应:随口答应。 **8** 湩(dòng):乳汁。

一日,女忽至。娄恐其索儿,先问其不谋[1]而去之罪,后叙其鞠养[2]之苦。女笑曰:“姊告诉艰难,我遂置[3]儿不索耶?”遂招儿。儿啼入娄怀,女曰:“犊子不认其母矣!此百金不能易,可将金来,署立券保[4]。”娄以为真,颜作赪[5]。女笑曰:“姊勿惧,妾来正为儿也。别后虑姊无豢养之资,因多方措十余金来。”乃出金授娄。娄恐受其金,索儿有词,坚却之。女置床上,出门径去。抱子追之,其去已远,呼亦不顾。疑其意恶,然得金,少权子母[6],家以饶足。

一天,那个女人忽然又来了。娄氏担心她会要回儿子,就先责问她不商量一下就径直离开的罪过,然后又述说自己抚养孩子的辛苦。女人笑着说:“姐姐向我诉说艰辛,难道我就放弃不要回儿子了吗?”于是就招呼儿子过来。谁知儿子竟然啼哭着扑入娄氏的怀里,女人说:“这小犊子不认母亲了!这个孩子没有一百两银子我是不会给你的,你把银子拿来,立下字据,我就把儿子过继给你。”娄氏信以为真,脸一下子就变红了。女人笑着说:“姐姐不要害怕,我这次来正是为了这个孩子。自从上次分开后,我考虑到姐姐没有抚养孩子的钱财,就多方筹措,凑到十多两银子。”于是就拿出银子交给娄氏。娄氏害怕接受了银子,她要回儿子就更有说辞了,就坚决拒绝不要。女人干脆把银子放在床上,出了门,直接离去了。娄氏抱着儿子去追,那女人却已经离得很远了,大声呼喊她也不回一下头。娄氏还疑心女人用心险恶,但是有了银子,总算可以稍稍靠它收点利息,家境也得以渐渐丰饶富足。

注释 1 谋:商量。 2 鞠养:抚养;养育。 3 置:舍弃。 4 券保:字据。 5 赪:红色。 6 权子母:指以资本经营或借贷生息。

又三年邓贾有赢余[1],治装[2]归。方共慰藉,睹儿,问谁氏子。妻告以故,问:"何名?"曰:"渠母呼之宄生。"生惊曰:"此真吾子也!"问其时日,即夜别之日。邓乃历叙与房文淑离合之情,益共欣慰。犹望女至,而终渺矣。

又过了三年,邓成德经商有了盈余,就收拾行装,回到家乡。夫妻俩正在互相慰问的时候,邓成德看到了孩子,就问是谁的儿子。妻子就把原委都告诉了他,他问:"孩子叫什么?"妻子说:"他的亲生母亲叫他宄生。"邓成德大惊,说:"他真的是我儿子!"他问女人带孩子来的时间,竟然正好是文淑与他告别的日子。邓成德就详细地叙述了自己与房文淑的离合之情,夫妻俩都感到更加欣慰。他们还盼望着文淑能够再来,可是最终都没有等到女人的身影。

注释 1 赢余:收支相抵后有余的财物。 2 治装:整理行装。

秦桧

原文

青州[1]冯中堂[2]家杀一豕,焊[3]去毛鬣[4],肉内有字,云:"秦桧[5]七世身。"烹而啖之,其肉臭恶,因投诸犬。

译文

青州冯中堂家杀了一头猪,用开水烫去猪毛的时候,看到肉里有字,写的是:"秦桧七世身"。煮熟后一尝,肉有一股恶臭,就丢给狗吃了。

呜呼！桧之肉，恐犬亦不当食之矣！

呜呼！秦桧的肉，恐怕连狗也吃不下去吧！

注释　1 青州：今山东省潍坊市下辖青州市。　2 冯中堂：冯溥，益都（今青州市）人。顺治年间进士。初授翰林院编修，后升任刑部尚书，拜文华殿大学士。明清时称呼内阁大学士为中堂。　3 焊(xún)：禽畜杀后用开水去毛。　4 鬣(liè)：动物颈部的长毛。　5 秦桧：南宋宰相。他极力贬斥抗金将士，奉行割地纳贡的议和政策，是主和派的代表人物，同时结党营私，排除异己，曾以"莫须有"的罪名陷害了抗金英雄岳飞。

闻益都[1]人说：中堂之祖，前身在宋朝为桧所害，故生平最敬岳武穆[2]。于青州城北通衢[3]傍建岳王殿，秦桧、万俟卨[4]伏跪地下。往来行人瞻礼岳王，则投石桧、卨，香火不绝。后大兵[5]征于七[6]之年，冯氏子孙毁岳王像。数里外有俗祠"子孙娘娘"，因舁桧、卨其中，使朝跪焉。百世下必有杜十姨[7]、伍髭须[8]之误，甚可笑也。

听益都的人说：冯中堂的祖父，前世在宋朝是被秦桧害死的，所以平生最敬重岳飞。他在青州城北的大路旁建了一座岳王殿，又塑了秦桧、万俟卨的像跪在地上。来来往往的行人瞻仰岳飞的时候，都会朝秦桧、万俟卨投石块，殿里香火不断。后来清兵征讨于七那一年，冯氏的子孙把岳飞的像毁坏了。几里之外有一座民间建造的子孙娘娘庙，人们就把秦桧、万俟卨的像抬到了那里，让他们对着子孙娘娘跪着。再过一百年，这件事肯定会像有人把杜拾遗当成杜十姨，把伍子胥弄成伍髭须一样被讹传，真是太可笑了。

注释 1 益都：即今青州市。 2 岳武穆：岳飞，南宋抗金名将，在大败金军后遭秦桧陷害，以"莫须有"的罪名被杀害。孝宗时，追谥武穆。 3 通衢：四通八达的道路，大路。 4 万俟卨(xiè)：政和年间举人，初任湖北提点刑狱，后依附秦桧升任监察御史绍兴十一年(1141)承秦桧意陷害岳飞。 5 大兵：此处指清兵。 6 于七：抗清志士，于顺治五年(1648)在锯齿山起义抗清。后降清，任栖霞把总。十八年率旧部复据锯齿山反清。 7 杜十姨：杜甫曾任左拾遗，世称杜拾遗。后讹为"杜十姨"，杭州有个村子在建拾遗庙时竟塑了女像，还将其配给了刘伶。 8 伍髭须：伍子胥的名字被讹传为"伍髭须"，村人为其塑像时竟把胡子分成了五股。

又青州城内旧有澹台子羽[1]祠。当魏珰[2]烜赫时，世家中有媚之者，就子羽毁冠去须，改作魏监。此亦骇人听闻者也。

还有，青州城内原来有澹台子羽祠。魏忠贤炙手可热，一手遮天的时候，有向他献媚的世家大族，把澹台子羽的帽子毁掉，又弄掉了胡须，改成魏忠贤的样子。这也是一件骇人听闻的事情。

注释 1 澹台子羽：澹台灭明，字子羽，孔子弟子，七十二贤人之一。 2 魏珰(dāng)：魏忠贤，明末宦官。明熹宗时期，出任司礼秉笔太监，极受宠信，自称"九千岁"。珰，汉代宦官充武职者的冠饰，后借称宦官。

浙东生

原文

浙东[1]生房某客于陕，教授生徒[2]。尝

译文

浙东有个姓房的书生，客居在陕西，以授业教徒为生。他常常自诩胆大。一天晚上，

以胆力自诩。一夜，裸卧，忽有毛物从空堕下，击胸有声。觉大如犬，气咻咻然[3]，四足挠动。大惧欲起，物以两足扑倒之，恐极而死。经一时许，觉有人以尖物穿鼻，大嚏乃苏。见室中灯火荧荧[4]，床边坐一美人，笑曰："好男子！胆气固如此耶！"生知为狐，益惧。女渐与戏，胆始放，遂共狎昵[5]。积半年，如琴瑟之好。一日女卧床头，生潜以猎网蒙之。女醒不敢动，但哀乞。生笑不前。女忽化白气从床下出，恚曰："终非好相识！可送我去。"以手曳之，身不觉自行。出门，凌空翕飞[6]。食顷，女释手，生晕然坠落。

他正赤裸着身子躺在床上，忽然有个毛茸茸的东西从空中掉了下来，砸在他胸口上，怦然有声。房生只觉得这东西身大如犬，还呼呼喘着气，四条腿不停地挠着。房生十分恐惧，挣扎着要爬起来，却被这个东西用两只脚扑倒了，房生恐惧到了极点，一下子昏死过去。过了一个时辰左右，房生感觉有人用什么尖锐的东西刺他的鼻孔，他忍不住打了个喷嚏，苏醒过来。只见屋内灯火明亮，床边坐着一个美人，笑着对他说："好一个男子汉！胆量原来不过如此！"房某知道她是狐狸，心里更加恐惧。女人却渐渐地开始与他调情，他的胆子才大了起来，于是便和女人亲热起来。这样过了半年，两人就像夫妻一样和睦美满。一天，女人正靠在床头睡觉，房生偷偷溜了进来，用打猎的网罩住了女人。女人猛然惊醒，不敢乱动，只是苦苦哀求放了她。房生却只是微笑，并不走上前来。女人却忽然化作一股白气，从床底下逃了出来，生气地说："你到底不是个好相识！可以送我离开了。"说着就用手来拉房生，房生的身子不自觉地就跟着她走了。出了门，女人带着房生飞上了天空。大约过了一顿饭的工夫，女人松开了手，房生便晕乎乎地从空中掉落下来。

注释 1 浙东:古以钱塘江为界,分浙东、浙西。 2 生徒:学生,门徒。 3 咻咻然:形容喘气的声音。 4 荧荧:微光闪烁貌。 5 狎昵:指男女苟合。 6 翕(xī)飞:一起飞。翕,合。

适世家[1]园中有虎阱,揉木[2]为圈,结绳作网,以覆其口。生坠网上,网为之侧[3],以腹受网[4],身半倒悬。下视,虎蹲阱中,仰见卧人,跃上,近不盈尺,心胆俱碎。园丁来饲虎,见而怪之,扶上,已死。移时始渐苏,备言其故。其地乃浙界,离家止四百余里矣。主人赠以资遣归。归告人:"虽得两次死,然非狐则贫不能归也。"

恰好某个大家族的院子里有一个关老虎的陷阱,将木头制成圈状,用绳子结成网,覆盖在陷阱上。房生正好掉在了网上,网受力向一边倾斜,他就趴在了网上,半边身子倒悬在空中。房生往下一看,一只大老虎蹲在陷阱中,抬头看到上面卧着一个人,就往上扑跳,离房生不到一尺,他吓得心胆俱碎。园丁来喂老虎,看到了房生,感到非常奇怪,就把他扶下来,这时房生已经昏死过去。过了一段时间,房生才渐渐苏醒,详细地述说了事情的经过。房生掉落的地方已经是浙江地界了,距离他的家乡仅有四百多里。主人送给他一些盘缠让他回家。回到家后,房生对人说:"虽然两次被吓得昏死过去,但是如果没有狐狸,我恐怕还穷得回不了家乡呢。"

注释 1 世家:泛指世代贵显的家族或大家。 2 揉(róu)木:使木头弯曲。 3 侧:倾斜。 4 以腹受网:即趴在网上。

博兴女

原文

博兴[1]民王某，有女及笄[2]。势豪某窥其姿，伺女出，掠去，无知者。至家逼淫，女号嘶撑拒[3]，某缢杀之。门外故有深渊，遂以石系尸沉其中。王觅女不得，计无所施。天忽雨，雷电绕豪家，霹雳[4]一声，龙下，攫豪首去。天晴，渊中女尸浮出，一手捉人头，审视则豪头也。官知，鞫其家人，始得其情。龙其女之所化与？不然，何以能尔也？奇哉！

译文

博兴有一个姓王的平民，他有一个女儿，到了可以出嫁的年纪。本地一个有权有势的恶霸觊觎女孩的美色，就趁她外出的时候，把她掳走了，没有人知道这件事。到了家里，恶霸就要强奸她，女孩呼号着挣扎反抗，恶霸就把她勒死了。门外原本有一个深潭，恶霸就在女孩的尸体上系上石头沉入了水中。王家寻觅女儿，却怎么也找不到，无计可施。天空突然下起了暴雨，雷电围绕在恶霸家的上空，只听一声响雷，一条龙从空中飞下来，抓掉了恶霸的头颅便飞走了。雨过天晴，深潭中突然浮出了一具女尸，尸体的一只手上抓着一颗人头，人们仔细一看，正是恶霸的头颅。官府知道后，就把恶霸的家人押过来审问，这才了解了事情的真相。那条龙难道是女孩变成的吗？不然，它怎么会这样做呢？这真是一件怪事啊！

注释　1 博兴：今山东省滨州市博兴县。　2 及笄：指女子年满十五岁，可以婚配。笄，束发的簪子。特指女子可以盘发插笄的年龄，即成年。　3 撑拒：抵抗；反抗。　4 霹雳：响雷，震雷。

一员官

原文

济南同知[1]吴公，刚正不阿[2]。时有陋规[3]：凡贪墨者[4]亏空犯赃罪[5]，上官辄庇之，以赃分摊属僚，无敢梗[6]者。以命公，不受，强之不得，怒加叱骂。公亦恶声还报之曰："某官虽微，亦受君命。可以参处[7]，不可以骂詈也！要死便死，不能损朝廷之禄，代人偿枉法赃耳！"上官乃改颜温慰之。人皆言斯世不可以行直道，人自无直道耳，何反咎斯世之不可行哉！会高苑[8]有穆情怀者，狐附之，辄慷慨[9]与人谈论，音响在座上，但不见其人。适至郡，宾客谈次，或诘之曰："仙固无不知，请问

译文

济南郡有一位姓吴的同知，刚正不阿。当时官场上流行这样一种陋习：凡是贪污的官员所犯的如亏空公款、贪污受贿罪，上司都会加以庇护，而造成的亏空，则分摊到每个下属官员身上，大小官吏没有一个敢违抗的。上面把这件事分派到吴公头上时，吴公坚决不接受，上面强迫他，他也不干，以至于上司大怒，把他大骂一通。吴公也恶狠狠地出言反击，回复上司说："我虽然是一介小官，但也是受命于皇上。你可以弹劾我，不可以辱骂我！要杀便杀，我是不会拿朝廷给的俸禄，去代别人偿还枉法的亏空的！"上司于是改变态度，温和地加以抚慰。人们都说如今这个世界不可以走直道，但不过是人自己不走直道罢了，怎么可以反过来怪罪这个世上没有直道可行呢！当时高苑县有个叫穆情怀的人，被狐仙附身，动不动就会与别人慷慨激昂地谈天论地，但是人们只能听到狐仙的声音，却看不到狐仙本人。一次他正好来到济南郡，与宾客一起聊天，其中有个人问他："狐仙没有什么不知道的，

郡中官共几员？”应声答曰：“一员。”共笑之。复诘其故。曰：“通郡官僚虽七十有二，其实可称为官者，吴同知一人而已。”

请问狐仙知道济南郡有多少官员吗？”狐仙应声回答说：“一个。”大家哄笑起来。那个人又问狐仙为什么这样说。狐仙说：“整个济南郡虽然有大小官僚七十二个，但是真正可以称为‘官’的，只有吴同知一个人罢了。”

注释 1 同知：官名。称副职。宋代中央及府州军均有设置，元、明因之，清代唯府州及监运使设同知。 2 不阿：不曲从，不逢迎。阿，迎合。 3 陋规：不良的陈规旧习。 4 贪墨者：指贪官污吏。墨，贪污。 5 亏空犯赃罪：亏空公款、贪污受贿。亏空，挪用公款无法弥补。 6 梗：阻塞。此处指反对。 7 参处：弹劾并处分。 8 高苑：今山东省淄博市高青县。 9 慷慨：情绪激昂。

是时泰安[1]知州张公，人以其木强[2]，号之“橛子”。凡贵官大僚登岱[3]者，夫马兜舆[4]之类，需索烦多，州民苦于供亿[5]。公一切罢之。或索羊豕，公曰：“我即一羊也，一豕也，请杀之以犒驺从[6]。”大僚亦无奈之。公自远宦[7]，别妻子者十二年。初莅[8]泰安，夫人及公子自都中来省

当时，泰安知州张公，人们因为他性格质直刚强，给他起了一个绰号叫“橛子”。凡是达官贵人前来登泰山，所需要的役夫、车马、轿子一类的东西，都要当地百姓提供，索求繁琐冗杂，州民们苦于供应。张公干脆把这一切都免了。有的官员索要猪羊，张公就说：“我就是一只羊、一头猪，请把我杀了，犒赏你的随从吧。”大官们对此也无可奈何。张公自从远离京城做官，与妻子儿女分别整整十二年了。当初张公来泰安做官时，夫人和儿子从京城赶来看望他，一家人相

之，相见甚欢。逾六七日，夫人从容[9]曰："君尘甑[10]犹昔，何老悖不念子孙[11]耶？"公怒大骂，呼杖，逼夫人伏受。公子覆母，号泣求代。公横施挞楚，乃已。夫人即偕公子命驾归，矢[12]曰："渠即死于是，吾亦不复来矣！"逾年公卒。此不可谓非今之强项令[13]也。然以久离之琴瑟，何至以一言而躁怒至此，岂人情哉！而威福能行床第[14]，事更奇于鬼神矣。

见后很是高兴。过了六七天，夫人随口和他说道："你还是像以前一样贫穷，难道是老糊涂不为子孙考虑吗？"张公大怒，大骂夫人，呼喊下人拿木杖过来，逼迫夫人趴下接受家法。儿子趴在母亲身上，号啕大哭着请求代母受罚。张公狠狠地打了一顿，才罢手。夫人当即带着儿子，命令下人驾车回京城，并发誓说："他就是死在这里，我也不会再来了！"第二年张公果真死在了泰安。张公不可谓不是今天的董宣了。然而离别多年的夫妻，竟然因为一句话而生气到这种地步，难道合乎人之常情吗！但是张公能把威严施加到自己夫人身上，这样的事情，真是比鬼神都要神奇。

注释 1 泰安：今山东省泰安市。 2 木强：质直刚强。 3 岱：泰山。 4 兜舆：山轿。 5 供亿：按需供给。 6 驺(zōu)从：泛指随从。 7 远宦：在远方做官。 8 莅：到。 9 从容：悠闲舒缓。此处指不经意。 10 尘甑(zèng)：形容清贫。东汉范冉多次拒绝朝廷授官，弃官隐居，穷困潦倒以致常常甑中生尘。甑，古代炊具，底部有小孔，用以蒸食物。 11 老悖不念子孙：年老糊涂不考虑后代。 12 矢：发誓。 13 指强项令：指董宣。东汉董宣任洛阳令时处死了湖阳公主家的恶奴，光武帝命他向公主赔罪，他坚决不从。 14 床第：床铺。引申指夫妇之间。

丐　仙

原文

高玉成，故家子[1]，居金城[2]之广里[3]。善针灸，不择贫富辄医之。里中来一丐者，胫有废疮，卧于道，脓血狼籍，臭不可近。居人恐其死，日一饴[4]之。高见而怜焉，遣人扶归，置于耳舍[5]。家人恶其臭，掩鼻遥立。高出艾亲为之灸，日饷以蔬食。数日，丐者索汤饼，仆怒诃之。高闻，即命仆赐以汤饼。未几，又乞酒肉，仆走告曰："乞人可笑之甚！方其卧于道也，日求一餐不可得，今三饭犹嫌粗粝[6]，既与汤饼，又乞酒肉。此等贪饕[7]，只宜仍弃之道上耳！"高问其疮，曰："痂渐脱落，似能步履，顾假咿嚘作呻楚状。"高曰："所费几何！

译文

高玉成是个世家公子，居住在南京的广里。他擅长针灸，不论病人贫富，都予以医治。一天，里中来了一个乞丐，小腿上长了一个恶疮，躺在路上，腿上的脓血脏乱不堪，发出的臭味让人难以接近。周围的居民怕他死了，就每天给他送顿吃的。高玉成看到了，很可怜他，就派人把乞丐搀回家，安置在耳房中。家里人嫌他恶臭，捂着鼻子站得远远的。高玉成亲自拿出艾给他做艾灸，每天给他送饭送菜。过了几天，乞丐要汤饼吃，仆人愤怒地呵斥他。高生听说后，便命仆人给他送去汤饼。没多久，乞丐又索要酒肉，仆人跑去报告说："叫花子真是太可笑了！当初他躺在路边，每天想要吃顿饱饭都不可得，如今一日三餐还觉得粗劣，已经给了他汤饼，还要酒肉。如此贪吃的人，就该把他扔到大路上！"高生询问他的疮病，仆人回答说："疮痂已经渐渐脱落，好像能走路了，但他还假装哼哼唧唧，做出一副呻吟苦楚的样子。"高生说："这能破费多少！赶快给他送去酒

即以酒肉馈之，待其健，或不吾仇也。”仆伪诺之，而竟不与，且与诸曹偶语[8]，共笑主人痴。

肉，等他康复了，也许不会怨恨我们。”仆人假装答应，而最终也没有给，还跟其他仆人私下悄悄议论，众人都嘲笑主人愚痴。

注释 1 故家子：世家子弟。 2 金城：京城。此处指金陵，即今南京。 3 里：古代五家为邻，五邻为里，类似如今街道。 4 饴：通“饲”。给人吃。 5 耳舍：即耳房，主房屋旁边加盖的小房屋。正房的两侧一般各有一间或两间进深、高度都偏小的房间，如同挂在正房两侧的两只耳朵，故称。 6 粗粝：糙米，形容食物的粗劣。 7 贪饕(tāo)：指十分贪吃。 8 偶语：相聚议论或窃窃私语。

次日。高亲诣视丐，丐跛而起，谢曰：“蒙君高义，生死人而肉白骨，惠深覆载[1]。但新瘥[2]未健，妄思馋嚼耳。”高知前命不行，呼仆痛笞之，立命持酒炙饵丐者。仆衔[3]之，夜分纵火焚耳舍，乃故呼号。高起视，舍已烬，叹曰：“丐者休矣！”督众救灭。见丐者酣卧火中，齁声雷动。唤之起，故惊曰：“屋何往？”群始惊其异。高

第二天，高玉成亲自前往探视乞丐，乞丐跛着腿站起来，感谢说：“承蒙您的高尚道义，让我起死回生，白骨长出新肉来，您的恩德如同天地。只是我的病还没有完全康复，所以就妄想吃点好的解解馋。”高生知道之前的命令仆人没有执行，就把那个仆人喊来狠狠打了一顿，立即命人端来酒肉给乞丐吃。挨打的仆人怀恨在心，到半夜放火烧了耳房，然后故意大声呼号救火。高生起来前去察看，耳房已经化为灰烬，他叹气道：“乞丐这下完了！”于是督促众人把火扑灭。只见乞丐在火中酣睡，鼾声就像打雷一样。把他叫醒，他故作惊讶地说：“屋子哪儿去了？”众人这才

弥[4]重之，卧以客舍，衣以新衣，日与同坐处。问其姓名，自言“陈九”。居数日，容益光泽，言论多风格。又善手谈[5]，高与对局辄败。乃日从之学，颇得其奥秘。如此半年，丐者不言去，高亦一时少之不乐也。即有贵客来，亦必偕之同饮。或掷骰为令，陈每代高呼采，雉卢无不如意。高大奇之。每求作剧，辄辞不知。

惊讶地发觉乞丐的不同寻常。高玉成对他更加尊重，请他睡在客房中，又给他新衣服穿，每天跟他同坐同处。问他叫什么名字，乞丐自称“陈九”。住了几天，乞丐面容愈发有光泽，言谈很有风度。乞丐还擅长下围棋，玉成每每跟他下棋都输。于是高玉成日日跟他学下棋，学到了颇多妙招。这样过了半年，乞丐不说走，高生一时半刻也少不了他，否则就不开心。即便有贵客登门，他也一定要带着乞丐同饮。有时掷骰子行令，陈九常代高生呼彩，每次他叫什么彩头，没有不如意的。高生对此十分惊异。每次求他变戏法，陈九就推辞说不会。

注释　1 惠深覆载：指恩惠深厚，如同天地。覆载，覆盖承载。《礼记·中庸》：“天之所覆，地之所载。”谓天地庇育包容万物。亦用作天地的代称。　2 瘥(chài)：病愈。　3 衔：恨。　4 弥：愈发，更加。　5 手谈：下围棋。

一日，语高曰：“我欲告别，向受君惠且深，今薄设相邀，勿以人从也。”高曰：“相得甚欢，何遽决绝？且君杖头[1]空虚，亦不敢烦作东道主。”陈固

一天，陈九对高玉成说：“我要跟你告别了，这些日子受你的恩惠太多了，今天设下薄宴请你参加，切勿带人前来。”高玉成说：“我们相处得非常欢乐，为何一下子就要分别呢？况且你手头无钱，我也不敢烦请你做东啊。”

邀之曰:“杯酒耳,亦无所费。” 高曰:“何处?” 答云:“园中。” 时方严冬,高虑园亭苦寒,陈固言:“不妨。” 乃从如园中,觉气候顿暖,似三月初。又至亭中,益暖,异鸟成群,乱哢清咮[2],仿佛暮春时。

陈九坚决邀请他,说:“喝杯酒而已,也花不了几个钱。” 高玉成问:“在哪里?” 回答说:“在花园里。” 当时正值寒冬,高玉成担忧花园里太冷,陈九却坚持说:“不碍事。” 于是高玉成跟着他来到花园里,只觉得气候顿时变得温暖,如同三月初一样。又到亭中,感到更加暖和,成群奇异的鸟儿争相鸣叫,仿佛是暮春时节。

注释 **1** 杖头:“杖头钱”的省称,即买酒钱。《晋书·阮修传》:“常步行,以百钱挂杖头,至酒店,便独酣畅。” 后因以“杖头钱”称买酒钱。 **2** 乱哢(lòng)清咮(zhòu):群鸟杂乱地清脆鸣叫。咮,亦作“噣”,鸟嘴。

亭中几案皆镶以瑙玉。有一水晶屏,莹澈可鉴,中有花树摇曳,开落不一;又有白禽似雪,往来勾辀[1]于其上。以手抚之,殊无一物。高愕然良久。坐,见鸜鹆[2]栖架上,呼曰:“茶来!” 俄见朝阳丹凤[3]衔一赤玉盘,上有玻璃盏二,盛香茗,伸颈屹立。饮已,置盏其中,凤衔之,振翼而去。鸜鹆又呼曰:“酒来!” 即有青

亭子里的桌案都镶有玛瑙玉石。有一座水晶屏风晶莹剔透,能照见人影,里面有一株开满花朵的树,在风中摇曳,花朵有开有落,不一而同;又有像雪一样白的鸟,在树上跳跃鸣叫。高玉成用手一摸,却什么也没有。高玉成惊愕了很久。两人坐下后,看到有只八哥站在架子上,喊道:“茶来!” 不一会儿,就见到一只凤凰嘴里衔着一个赤玉盘,上面有两个玻璃杯,里面盛着香茶,伸着脖子站在旁边。茶喝完了,高玉成把杯子放回盘子里,凤凰衔着它扇动翅膀飞走了。八哥又喊道:“酒来!” 随即有

鸾、黄鹤，翩翩自日中来，衔壶衔杯，纷置案上。顷之，则诸鸟进馔，往来无停翅。珍错杂陈，瞬息满案，肴香酒冽，都非常品。陈见高饮甚豪，乃曰："君宏量，是得大爵。"鸜鹆又呼曰："取大爵来！"忽见日边闪闪，有巨蝶攫[4]鹦鹉杯，受斗许，翔集案间。高视蝶大于雁，两翼绰约[5]，文采灿丽，亟加赞叹。

青鸾、黄鹤从太阳里翩翩飞来，嘴里衔着酒壶、酒杯，纷纷放置在桌案上。过了不久，各种鸟儿过来上菜，来来往往飞个不停。珍馐美味错杂陈列，瞬间摆满了桌案，菜肴浓香，美酒清冽，都不是普通的东西。陈九见高玉成酒量很大，就说："您真是海量，得换大杯子。"八哥又呼喊说："取大杯来！"高玉成忽然看见太阳旁边有东西闪动，一只巨大的蝴蝶抓着一只能容下一斗酒的鹦鹉杯，飞落在桌案间。高玉成见那蝴蝶比鸿雁还要大，双翅柔美，花纹灿烂绚丽，不由得大加赞赏。

注释 1 勾辀：即"钩辀"，鹧鸪鸣声，此泛指鸟鸣。 2 鸜鹆(qú yù)：鸟名，即八哥。椋鸟科。因其翼羽有白斑，飞时显露，呈"八"字形，故名。3 朝阳丹凤：指凤凰。《诗经·大雅·卷阿》："凤凰鸣矣，于彼高冈。梧桐生矣，于彼朝阳。" 4 攫(jué)：抓取。 5 绰约：姿态柔美貌。

陈唤曰："蝶子劝酒！"蝶展然[1]一飞化为丽人，绣衣蹁跹[2]，前席进酒。陈曰："不可无以佐觞。"女乃仙仙[3]而舞，舞到酣际，足离于地者尺余，辄仰折其首，直与足齐，倒

陈九喊道："蝶子劝酒！"只见蝴蝶展开翅膀一飞，化为一个美女，身穿锦绣衣服，姿态轻盈飘逸，走向前敬酒。陈九说："不能没有助酒兴的东西。"于是美女飞扬起舞，跳到沉醉的时候，脚离地有一尺多高，不时将头后仰，几乎都和脚平齐了，然后倒翻身站起来，身

翻身而起立，身未尝着于尘埃。且歌曰：“连翩笑语踏芳丛，低亚花枝拂面红。曲折不知金钿落，更随蝴蝶过篱东。”余音袅袅，不啻绕梁[4]。高大喜，拉与同饮。陈命之坐，亦饮之酒。高酒后心摇意动，遽起狎抱，视之，则变为夜叉，睛突于眦，牙出于喙，黑肉凹凸，怪恶不可状。高惊释手，伏几战栗。陈以箸击其喙，诃曰：“速去！”随击而化，又为蝴蝶，飘然飏去。

体不曾碰到一点尘土。她还唱道：“连翩笑语踏芳丛，低亚花枝拂面红。曲折不知金钿落，更随蝴蝶过篱东。”唱完后声音好像还留在耳边，悠扬婉转，绵延不绝，不亚于绕梁三日不绝的歌声。高玉成大喜，拉着美女一同喝酒。陈九命她入座，也让她饮酒。高玉成酒后心摇意动，突然起身把美女抱在怀里，一瞧，女子竟然变成了夜叉，眼睛突出到眼眶外面，牙齿伸出嘴外，脸上黑肉凹凸不平，丑陋异常，简直难以形容。高玉成惊慌地放开手，趴在桌子上直哆嗦。陈九用筷子敲了一下它的嘴，呵斥道：“快退下！”随着筷子这么一敲，夜叉又化为蝴蝶，飘然飞去。

注释　1 展然：舒展的样子。　2 翩跹（xiān）：轻盈飘逸貌。　3 仙仙：形容舞姿轻盈。《诗经·小雅·宾之初筵》：“屡舞仙仙。”　4 绕梁：《列子·汤问》：“昔韩娥东之齐，匮粮，过雍门，鬻歌假食。既去，而余音绕梁欐，三日不绝。”后因以“余音绕梁”形容歌乐之声优美动听，余韵无穷。

高惊定，辞出。见月色如洗，漫语陈曰：“君旨酒佳肴来自空中，君家当在天上，盍[1]携故人一游？”陈曰：“可。”即与

高生惊魂安定下来，向陈九告别而出。见月亮清澈如洗，就随意跟陈九说：“你的那些美酒佳肴都来自空中，想必你家当在天上，何不带我游览一番呢？”陈九说：“可以。”随即就和高玉成

携手跃起。遂觉身在空冥[2],渐与天近,见有高门口圆如井,入,则光明似昼,阶路皆苍石砌成,滑洁无纤翳[3]。有大树一株高数丈,上开赤花大如莲,纷纭满树。下一女子,捣[4]绛红[5]之衣于砧上,艳丽无双。高木立[6]睛停,竟忘行步。女子见之,怒曰:"何处狂郎妄来此处!"辄以杵投之,中其背。陈急曳于虚所[7],切责之。高被杵,酒亦顿醒,殊觉汗愧,乃从陈出,有白云接于足下。陈曰:"从此别矣,有所嘱,慎志勿忘:君寿不永,明日速避西山中,当可免。"高欲挽之,反身竟去。

携手跃起。高玉成只觉得身体在空中,渐渐和天接近,看到有一座高门,门口圆如井,进去后,光亮如同白昼,台阶道路都用苍石砌成,光滑整洁没有一点阻碍。有一棵大树高达数丈,上面开着红色的花,花朵大如莲,茂盛地开了满树。树下有一个女子,在砧板上捣着大红色的衣服,长得美艳无双。高玉成呆立着,眼睛盯着女子,竟忘了走了。女子看到了,生气地说:"哪里来的狂生,竟跑到了这里!"于是将手里的木杵扔过来,击中了高玉成的背。陈九急忙把他拉到无人的地方,严厉地责备他。高玉成被木杵打中,酒也顿时醒了,感到很惭愧,于是跟着陈九走出来,马上就有白云飘在他脚下。陈九说:"我们两个从此就告别了,我有话叮嘱,你千万要记牢不要忘记:你寿命不长了,明天赶紧到西山里躲避,应该可以免于一死。"高生想挽留,陈九转身径直离去了。

注释 1 盍:何不。 2 空冥:天空。 3 纤翳(yì):微小的障蔽。 4 捣:古代妇女把织好的布帛,铺在平滑的砧板上,用木棒敲平,以求柔软熨帖,好裁制衣服,称为"捣衣"。 5 绛红:大红。 6 木立:呆立,失神站立。 7 虚所:指无人之处。

高觉云渐低，身落园中，则景物大非。归与妻子言，共相骇异。视衣上着杵处，异红如锦，有奇香。早起，从陈言，裹粮[1]入山。大雾障天，茫茫然不辨径路。蹑荒急奔，忽失足堕云窟中，觉深不可测，而身幸不损。定醒良久，仰见云气如笼。乃自叹曰："仙人令我逃避大数，终不能免。何时出此窟耶！"又坐移时，见深处隐隐有光，遂起而渐入，则别有天地。有三老方对弈[2]，见高至，亦不顾问，棋不辍。高蹲而观焉。局终，敛子入盒，方问："客何得至此？"高言："迷堕失路。"老者曰："此非人间，不宜久淹[3]，我送君归。"乃导至窟下。觉云气拥之以升，遂履平地，见山中树色深黄，萧萧木落，似是秋杪[4]。大

高玉成觉得云彩降低，人落在园子里，然而景物跟此前大不一样。回到家跟妻子一说，两人都觉得惊异。再看衣服上被木杵击打的地方，有奇怪的红印，如同锦绣一般，闻起来有奇香。第二天一早起来，高玉成听从陈九的告诫，带着干粮进了山。大雾遮住了天空，雾茫茫分不清道路。他踩着荒草快速奔跑，忽然失足坠入云窟里，只觉深不可测，所幸没有受伤。他清醒过来许久，抬头仰望，只见云气如同蒸笼里的水汽。于是自言自语叹息说："仙人让我逃避劫难，但终究还是不能幸免。什么时候才能走出这个云窟啊！"又坐了一会儿，高玉成看见洞窟深处隐隐有光，就起身慢慢走进去，发现别有一番天地。有三个老人在下棋，看到高玉成来了，也不理睬询问，继续下棋。高玉成蹲在一旁观看。一局下完，老人将棋子收入盒中，这才问道："客人是怎么到这里的啊？"高玉成说："迷路掉了进来。"老人说："这里不是人间，不宜久留，我送你回去吧。"于是带着他来到洞窟下。高玉成只觉云气拥着他冉冉上升，然后就到了平地，只见山中树木已变得深黄，树叶纷纷落下，好像是深秋景

惊曰："我以冬来，何变暮秋？"

象。他大惊道："我是冬天来的，怎么变成深秋了？"

注释 1 裹粮："裹糇粮"的省称。谓携带熟食干粮，以备远行。 2 对弈：下棋。 3 淹：留。 4 秋杪(miǎo)：深秋，秋末。

奔赴家中，妻子尽惊，相聚而泣。高讶问之，妻曰："君去三年不返，皆以为异物矣。"高曰："异哉！才顷刻耳。"于腰中出其糗粮[1]，已若灰烬，相与诧异。妻曰："君行后，我梦二人，皂衣闪带，似谇赋[2]者，訩訩[3]然入室，张顾曰：'彼何往？'我诃之曰：'彼已外出。尔即官差，何得入人闺闼中！'二人乃出，且行且语，云'怪事怪事'而去。"乃悟己所遇者，仙也；妻所梦者，鬼也。高每对客，衷[4]杵衣于内，满座皆闻其香，非麝非兰，着汗弥盛。

高玉成奔跑回家，老婆孩子都大惊失色，相聚在一起哭泣。高生惊讶地询问，妻子说："你外出三年不返，我们都以为你已经不在人世了。"高生说："真奇怪呀！我感觉才一会儿的工夫啊。"他把腰间的干粮拿出来一看，已经化成了灰烬，大家你看着我我看着你，都感到很诧异。妻子说："你出去后，我梦到两个人，穿着黑衣，系着闪光的腰带，好像催征赋税的差役，吵吵嚷嚷地闯进屋，东张西望地问道：'他哪儿去了？'我斥责他们：'他已经外出了。你们即便是官差，又怎么能闯入别人的闺房呢！'二人于是走出去，边走边说着'怪事怪事'，然后就离开了。"高玉成这才醒悟，自己此前所遇到的是仙人，妻子梦到的是鬼差。高玉成每次接待客人，都会把被木杵击中的那件衣服穿在里面，满座都能闻到香味，不是麝香也不是兰香，流汗以后香气更加浓郁。

注释 1 糗(qiǔ)粮：指事先做好供外出路上食用的干粮。 2 谇(suì)赋：指催征赋税。 3 詾(xiōng)詾：喧扰不安貌。 4 衷：穿在里面。

人妖

原文

马生万宝者，东昌[1]人，疏狂不羁，妻田氏，亦放诞风流，伉俪甚敦[2]。有女子来，寄居邻人寡媪家，言为翁姑所虐，暂出亡。其缝纫绝巧，便为媪操作。媪喜而留之。逾数日，自言能于宵分[3]按摩，愈女子瘵蛊[4]。媪常至生家，游扬其术，田亦未尝着意。生一日于墙隙窥见女，年十八九已来，颇风格。心窃好之，私与妻谋，托疾以招之。媪先来，就榻抚问已，言："蒙娘子招，便将来。但渠畏见男子，请勿以郎君入。"妻曰："家中无广舍，渠侬[5]时复出入，可复

译文

马万宝是山东东昌人，生性疏狂，放荡不羁，妻子田氏也放荡风流，夫妻二人感情很好。一天村里来了一个女子，寄居在邻居某寡居的老妇家，自称受公婆虐待，暂时逃了出来。她的缝纫技术十分巧妙，便给老妇做些针线活。老妇很喜欢，就把她留下了。过了几天，女子说能在半夜时分替人按摩，可治愈不易康复的妇科疾病。老妇常到马生家里串门，宣扬女子的医术高明，田氏也没有在意。一天，马生在墙缝里看到女子，年纪有十八九岁，颇有风韵。马生心里很是喜欢，就私下与妻子谋划，假装有病把她请过来。老妇先来，在床前慰问了一番，说："承蒙娘子相邀，她这就前来。但她害怕见到男子，请不要让郎君进来。"田氏说："我家没有多余的房子，他总要

奈何？”已又沉思曰：“晚间西村阿舅家招渠饮，即嘱令勿归，亦大易。”媪诺而去。妻与生用拔赵帜易汉帜计[6]，笑[7]而行之。

进进出出，这可怎么办呢？”过了一会儿，又沉思道：“晚上西村的阿舅请他去喝酒，我就告诉他别回来了，倒也很容易。”老妇答应着走了。田氏与马生商量用调包计来戏弄那个女子。

注释 1 东昌：府名。治今山东聊城。 2 伉俪(kàng lì)甚敦：指夫妻感情很好。 3 宵分：夜半。 4 瘵蛊(zhài gǔ)：久治不愈的病。 5 渠侬：古吴方言，他，此处代指丈夫。 6 拔赵帜易汉帜计：此指调包计。据《史记·淮阴侯列传》载，韩信率汉军击赵，将至井陉口，先挑选轻骑二千，人持一赤帜，抄小路埋伏于赵营附近。接着背水列阵以诱赵。赵军出击，汉军佯败而走，赵军果空营追击。赵军进击不能胜，欲回营，见营中尽是汉军赤帜，大惊，以为汉军已俘虏赵王和诸将，于是溃不成军，终于为信所灭。 7 笑：此处指戏弄。

日曛黑[1]，媪引女子至，曰：“郎君晚回家否？”田曰：“不回矣。”女子喜曰：“如此方好。”数语，媪别去。田便燃烛展衾，让女先上床，己亦脱衣隐烛。忽曰：“几忘却厨舍门未关，防狗子偷吃也。”便下床，启门易生。生窸窣[2]入，上床与女共枕卧。女颤声曰：“我

天色昏黑后，老妇带领女子来了，问：“郎君晚上回家吗？”田氏说：“不回来了。”女子高兴地说：“这样就好。”说了几句话，老妇离去了。田氏就点着蜡烛，铺开被子，让女子先上床，自己也脱去衣服熄灭蜡烛。田氏忽然说：“差点忘了厨房的门还没关，得防着狗子偷吃。”于是下床打开门，换马生进来。马生窸窸窣窣地走进屋，上床跟女子一同躺下。女子声音颤抖地说：“我来给娘子治病吧。”话里夹杂了一些亲昵的言辞，马生

为娘子医清恙[3]也。”间以昵辞，生不语。女即抚生腹，渐至脐下，停手不摩，遽探其私，触腕崩腾。女惊怖之状，不啻误捉蛇蝎，急起欲遁。生沮[4]之，以手入其股际，则擂垂盈掬，亦伟器也。大骇，呼火。生妻谓事决裂，急燃灯至，欲为调停，则见女投地乞命。羞惧，趋出。

不言语。女子便抚摸马生的肚子，渐渐到了肚脐以下，停下手不再按摩，猛然把手伸向他的私处，碰到的却是勃起的阳物。女子惊吓的神情，不亚于误捉到蛇蝎，急忙起身要逃走。马生赶忙阻止，把手伸到女子两腿之间，没想到垂累之物握了满把，也是雄伟之器。马生大为惊恐，喊人点火。马生妻子以为事情败露，急忙点灯，想过来调解，进来就见到女子赤身裸体跪在地上乞求饶命。她既羞愧又害怕，赶忙走了出去。

注释 **1** 曛黑：日暮天黑。 **2** 窸窣(xī sū)：树叶、花草等细微的摩擦声音。形容细小的摩擦声。 **3** 清恙：称人疾病的敬语。 **4** 沮：阻止。

生诘之，云是谷城人王二喜。以兄大喜为桑冲[1]门人，因得转传其术。又问：“玷几人矣？”曰：“身出行道不久，只得十六人耳。”生以其行可诛，思欲告郡，而怜其美，遂反接[2]而宫之。血溢陨绝，食顷复苏。卧之榻，覆之衾，而嘱曰：“我以药

马生责问他，他说自己是谷城人王二喜。因哥哥大喜是桑冲的弟子，所以就跟哥哥学了这些男扮女装的方法。马生又问：“玷污过多少人了？”王二喜回答说：“我出道的时间不长，只得手了十六人。”马生认为他的行为实在该死，想要告发到官府，而又怜爱他长得俊美，于是就把他反绑起来给阉了。鲜血直流，二喜昏死了过去，过了一顿饭的工夫才苏醒过来。马生把他放到床上，盖

医汝，创痏[3]平，从我终焉可也。不然，事发不赦！”王诺之。

明日媪来，生绐[4]之曰：“伊是我表侄女王二姐也，以天阉[5]为夫家所逐，夜为我家言其由，始知之。忽小不康，将为市药饵，兼请诸其家，留与荆人作伴。”媪入室视王，见其面色败如尘土，即榻问之。曰：“隐所暴肿，恐是恶疽。”媪信之，去。生饵以汤，糁以散，日就平复。夜辄引与狎处，早起，则为田提汲补缀，洒扫执炊，如媵婢然。

居无何，桑冲伏诛，同恶者七人并弃市，惟二喜漏网，檄各属严缉。村人窃共疑之，集村媪隔裳而探其隐，群疑乃释。王自是德生，遂从马以终焉。后卒，即葬府西马氏墓侧，今依稀在焉。

好被子，然后叮嘱说：“我会用药给你治伤，等创伤好了，你可以跟我过一辈子。否则，事情暴露，罪不可赦！”王二喜答应了。

第二天老妇前来，马生骗她说：“她是我表侄女王二姐，因为不能生育被夫家赶了出来，夜里对我老婆讲明缘由，这才知道。她忽然有些不舒服，我正要给她去买药，并且请求她家人，留下来给我老婆做伴。”老妇进屋看望王二喜，见他脸色很是难看，随即走到床前问询。王二喜说：“阴部突然肿胀，恐怕是生了毒疮。”老妇信以为真，便离去了。马生给二喜服下汤药，在伤口敷上药粉，伤口一天天恢复起来。二喜晚上就陪马生睡觉，早上起来就去给田氏打水，缝补衣服，扫地做饭，就像婢女一样。

没过多久，桑冲被抓住处死，同党七人都被一同斩首示众，唯独王二喜漏网，官府发布文书，传令各地严加缉拿。村人暗地里都怀疑王二喜，便找来村里的老妇，隔着衣服摸其私处，众人的疑虑这才解除。王二喜从此感激马生的恩德，便跟他过了一辈子。他死后，就葬在府西马氏墓地的旁边，现在还依稀可见。

注释 1 桑冲：本姓李，原系山西太原府石州人，其年幼时，被卖与山西榆次县人桑茂为义子，遂改姓桑氏。桑冲为了勾引良家妇女竟男扮女相。后被想要奸淫他的赵文举识破，便告了官。遂被处死。 2 反接：双手反绑。 3 创痏(wěi)：创伤。 4 绐(dài)：欺哄。 5 天阉：男子性器官发育不完全，没有生殖能力的现象。此处指“女子”无法生育。

异史氏曰：“马万宝可云善于用人者矣。儿童喜蟹可把玩，而又畏其钳，因断其钳而畜之。呜呼！苟得此意，以治天下可也。”

异史氏说：“马万宝可以说是善于用人的人啊。儿童喜欢玩螃蟹，而又害怕蟹钳，于是掰断蟹钳养着玩。唉！如果能明白这个道理，用来治理天下也是可以的啊。”

后 记

2018年，岳麓书社编辑李郑龙兄邀请我做一个《聊斋志异》的精选本，彼时鄙人时间充裕，遂欣然应命。2019年选本出版后，居然一再加印，实属意外之喜。郑龙兄即与我商议全本注释翻译计划，因考虑交稿时间紧张，体量过大，经过多次沟通协商，决定邀请数位同仁参与整理。其中，崔涉兄负责第二册部分内容，王晓兄负责第四册部分内容，中途还有数位朋友负责过部分篇目。总之，在大家齐心协力下，2019年底顺利交稿。由于出版社工作计划调整，一直到2021年才进入编校环节，又经两年打磨，终于在今年今月得以付梓。其间，鄙人已从青涩少年而为人夫、为人父，深感出书之不易。文章千古事，此书虽为翻译之作，且经众人之手，鄙人却也认真通读再三，大量篇目都曾逐字逐句修订，努力为读者提供一个较为准确、流畅的译本。最后，衷心感谢岳麓书社，感谢编辑老师，感谢参与本项目的每位朋友，大家为此书的出版皆劳心尽力。由于鄙人水平有限，粗疏舛误之处，望诸位读者多多指教。

胡国浩

2023年5月

图书在版编目(CIP)数据

聊斋志异/(清)蒲松龄著;胡国浩译注.—长沙:岳麓书社,2023.6
(2024.6重印)

ISBN 978-7-5538-1830-6

Ⅰ.①聊…　Ⅱ.①蒲…②胡…　Ⅲ.①笔记小说—中国—清代
Ⅳ.①I242.1

中国国家版本馆CIP数据核字(2023)第069861号

LIAOZHAI ZHIYI

聊斋志异

作　　者:〔清〕蒲松龄

译　　注:胡国浩

责任编辑:李郑龙　张丽琴　牛盼盼　马瑞阳

责任校对:舒　舍

封面设计:贺红梅

封面书名选自《聊斋志异》青柯亭刻本

岳麓书社出版发行

地址:湖南省长沙市爱民路47号

直销电话:0731-88804152　0731-88885616

邮编:410006

版次:2023年6月第1版

印次:2024年6月第3次印刷

开本:890mm×1240mm　1/32

印张:79.375

字数:1980千字

书号:ISBN 978-7-5538-1830-6

(全四册)定价:298.00元

承印:长沙超峰印刷有限公司

如有印装质量问题,请与本社印务部联系

电话:0731-88884129